少女心眠 下

U0660345

猫形云 著

浙江工商大学出版社
ZHEJIANG GONGSHANG UNIVERSITY PRESS
·杭州·

大鱼

有爱的青春陪伴者

些："我的错。"

豆蓉蛋糕吃起来完全不会觉得甜腻。

祁深破天荒地把整块蛋糕都吃了。

只是上面那个抱着竹子的小熊猫被他留下来，放在盘子里。

这顿生日晚餐一直吃到晚上 9 点半。

祁深开车送郁小竹回学校。

在回去的路上，祁深告诉郁小竹："我今年开始会比较忙，会经常出差。我把施雯和牧楠的电话给你，有任何事情你都可以给他们打电话，他们会帮你解决。"

郁小竹从回来到现在，也算是自己可以照顾自己了。

不过为了让祁深放心，她还是答应下来。

这一路，郁小竹都没有说话。

直到车快开到学校，郁小竹才抱着双肩包小声问："那要是……我想跟你说话，可以给你发消息吗？"

女孩的声音很轻，好像有些委屈。

如果有不知情的人听见，估计会以为祁深是要不管她了。

祁深皱眉："当然可以了，我没有说不可以。"

郁小竹低着头："可你说你很忙，还让我有事找别人……"

车此时已经开到了学校门口，祁深把车在路边停稳，拉好手刹后，侧身看着郁小竹，轻轻拨了拨她的刘海，道："是这样的，现在北煜发展遇到瓶颈，我要进入一个新领域，去做一些从没做过的事。这需要花几年的时间。如果我成功了，那我可能会站到一个非常高的地方。"

祁深沉默了一下，继续说："如果我失败了，那我可能这辈子都不能东山再起了。"

郁小竹不知道祁深要去做什么，但她知道自己什么忙也帮不上。

郁小竹攥起小拳头："加油，就算失败了也没关系，就算你什么都没有了，我也会陪在你身边呀。"

祁深本来以为女孩要说"你会成功的"，毕竟自从他做了这个决定

少女心
未眠

284

后，人们说的都是"我相信你""你会成功的"。

只有郁小竹和他们不一样。

她总是和他想的不一样。

"我不会失败的。"祁深勾唇，把帽子拿给郁小竹，"走吧，我送你进去。"

现在已经十点多了，学校里的灯很暗，他不放心郁小竹一个人进去。

这个时间点，学校里一个人都没有。

郁小竹穿着雪地靴，走路时发出"沙沙"的声音。

祁深一路将郁小竹送到宿舍门口，本来想和她说再见，郁小竹踮起脚，抬起胳膊，伸手拍了拍祁深的短发，很认真地说："你一定会成功的。"

祁深垂眸，看着面前的女孩，再次张开胳膊，轻轻抱了抱她："我会的。"

我还要给你最好的生活。

我怎么能失败呢？

寒假从一月二十九日放到二月二十八日。

在放假前，许美珍就托国内的旅游公司帮郁小竹申请了自由行签证，并且帮她买好机票，在放假前寄到了学校。

郁小竹收到的时候是二十七日，期末考试那天。

学校列出的时间是一月二十八日出期末考试成绩，然后从当天下午开始，所有学生就可以离校了。

二十七日晚上期末考试结束，学校里的学生"重获自由"，在外面又吼又叫。

郁小竹坐在写字台前翻着自己的护照。里面的页面基本是空白的，只有一页上贴着C国的签证。

乔妮洗了澡回来，见郁小竹坐在桌前发呆，把脑袋凑过去，道："你假期去C国？"

"嗯，去那边和父母团聚。"

郁小竹在收到签证前并不是十分确定，就没有跟乔妮说假期可能去C国的事。

也不知道为什么，她想念父母，可是又不太想去C国。

C国对她来说，总有种异国他乡的感觉。

乔妮拉开自己的椅子坐下，道："我这几年把远航的奖学金还有奥赛的奖金都存下来了，打算大学也去C国读书。"

郁小竹意外："你要去C国读书吗？"

"当然了！"乔妮点头，"我从进远航第一天就决定要出国读书，但是我和他们不一样，我又没有父母帮我，当然只能靠自己了。我高考考好点，申请全额奖学金，家里给的钱就当生活费，一定能活下来的。"

郁小竹以前一直觉得乔妮是个很随性的人，没想到她居然从高一开始就把自己的未来规划得这么明确。

乔妮说完，又不好意思地吐了吐舌头："你是不是觉得我挺肤浅的？其实对你们来说，出国读书比上三本学校还简单；但对我们这种家庭来说，真的非常非常难。可我就是想出国读书，想出去看看。所以在远航读书，无论如何我都会坚持下去，为的就是拿奖学金出国。"

"这怎么会肤浅？"郁小竹把护照收好，"虽然我不知道、也不确定我会不会去C国读书，但是你如果在那边遇见什么麻烦，随时可以联系我。如果钱不够什么的，我也可以借你。"

"你不去C国啊？"乔妮意外，"你父母不是在那儿？"

在她看来，郁小竹这种父母在C国的，简直就是天时地利人和。

郁小竹有些犹豫："还没想好呢……我觉得国内挺好的。"

嗯……

北城大学是挺好的，她从小的目标就是考进北城大学。

"北城大学的世界排名也不高啊。"乔妮两只手捧住郁小竹的脸颊，让她看向自己，一脸看破一切的样子，"你说，你是不是因为祁深呀！"

郁小竹和祁深的事情，她多多少少会和乔妮说一些。

比如上次阳城比赛，祁深去看她；比如前几天晚上出门去给祁深过生日。

按理来说，他们这样的关系，祁深的生日哪轮得到和她过。

郁小竹脸颊马上有些泛红，下意识地否认："当然不是了！我……"

"不是，不是。"乔妮也不追问，把手拿下来，"你和祁深就是纯纯的……嗯……监护和被监护关系，对吧？"

"对！"郁小竹点头，声音却有点没底气。

乔妮看她："那你知不知道，最近北煜好像出现资金问题了？"

郁小竹摇头。

乔妮解释道："我也是听苏芷淇她们圈子的人说的。祁深以前有很多豪车，还有几台限定款，特别值钱。最近他在卖车，据说全都要卖掉，大家都在猜为什么。"

自从一起学英语后，大家的关系也发生了微妙的变化。

大家之前对乔妮总有些爱搭不理，现在也算是关系不错了。郁小竹和班里同学的关系也是如此，甚至有许多其他班的学生会专程跑来找她。

"应该是想要做什么需要钱吧。"

郁小竹想到生日那天祁深的话。

乔妮不信："可是她们说，圈圈现在这么火，基本上是第三大社交平台了，干什么会需要那么多钱啊？而且她们还说，北煜旗下许多 App 也直接卖了，听说还要裁员……"

因为祁深和郁小竹的关系，乔妮说这件事情的时候，脸上不禁流露出担心的神色。

"你呀，你呀！"郁小竹知道乔妮就是八卦，也不生气，点了点她的鼻子，"你能不能想点靠谱的事？"

虽然不知道祁深在做什么，可郁小竹相信他。

一月二十八日算是这学期的最后一天。

这一天没有课，学校的安排是发寒假作业，公布成绩，发卷子、成绩单，以及让学生们注意假期安全。

每个学期都一样。

这一天，学生们跟飞上天的鸽子没啥区别。

一早，郁小竹和乔妮吃过早饭，还没到教室，一个男生突然跑过来，强行塞给郁小竹一个盒子，说了句"请你收下"，转身就跑了。

郁小竹一头雾水。

乔妮凑过来看了一眼："一大早就有巧克力收哎！"

郁小竹刚拿在手里就发现这是一盒巧克力。

"不是还没到情人节？"

郁小竹其实是想把巧克力退回去的，可是刚才那人，她连脸都没看清，跑得又快，想退都不知道该退给谁。

乔妮跟她解释："远航就是这样的，如果情人节在寒假，大家就会在寒假前一天送巧克力。"

情人节的巧克力，在郁小竹看来，意义非凡。

如果她收了，是不是算是……

郁小竹看着手里的巧克力，问乔妮："你认识刚才那个人吗？我还是把巧克力还给他吧。"

"当然不用还了。"乔妮见郁小竹这么认真，继续向她解释，"远航这一套是和 J 国学的，情人节当天，男生可以给他认为关系好的女生送巧克力。你收到的这种小的叫义理巧克力，表示感谢你啊，肯定你们关系好之类的，或者对你有一些好感；那种大大的叫本命巧克力，才是表白专用，不过女生在情人节当天都会接受。"

本命巧克力、义理巧克力，她在上中学时在 J 国的动漫里看过，只是没想到自己居然有一天会收到。

让郁小竹意外的是，这盒巧克力仅仅是个开始。

当上午过完，郁小竹桌子上和抽屉里已经放满了巧克力。

远航学生家境好，每个人送的巧克力包装都很夸张，所以很占地方。

中午，祁深来接她。

郁小竹出去的时候，不但书包里放着巧克力，连行李箱里都有一半地方放的是巧克力。

行李箱放在后备厢，郁小竹自己抱着书包。

守着一书包的巧克力，郁小竹忍不住从里面拿出一盒。

祁深刚刚准备发动汽车，余光就看见郁小竹打开书包，从里面拿出一盒巧克力。

这不是重点，重点是……

书包里似乎还放着好几盒巧克力？

"你书包里都是什么？"祁深把准备踩油门的脚收回来，看向郁小竹。

"巧克力。"郁小竹轻轻摇了摇手里的巧克力盒子。

"巧克力？"祁深皱眉，也开始算日子。

今天是一月二十八日。

一般送巧克力不都是二月十四日吗？

这前不着村后不着店的时间，送什么巧克力？

郁小竹点头，一边解巧克力盒子上的丝带，一边解释："嗯，如果情人节在寒假，大家就会在放假前最后一天送巧克力。"

祁深伸手，把女孩的包拿过来，打开。

小小的双肩包里塞满了巧克力，大概有五六盒。

"你收了这么多？"

在祁深看来，情人节送巧克力，对方的意图太明显了。

不过他也不算意外。

郁小竹长得好看，又聪明又细心，这样的女孩，谁会不喜欢？

十二年前，祁深就知道学校有许多男生喜欢她，在远航会被男生追也正常。

此时，郁小竹已经把第一盒巧克力拆开了。

盒子里的巧克力就六块，她挑了一块出来后才回答祁深："这是盒子比较小的，还有好多大盒子书包放不下，我都放在行李箱里了。"

祁深："……"

他以为五六盒已经很多了，原来还有更大的"惊喜"等着他。

祁深看着郁小竹咬了一口手上的巧克力，二话不说，伸手过去把女孩手里的半块巧克力抢过来，然后把手伸到她嘴边，道："吐出来。"

男人语气严肃，开口时，仿佛车里的气压都低了几分。

郁小竹有些蒙，第一反应是……这巧克力有毒？

她乖乖地把巧克力吐出来，又拿了张纸把男人手里的巧克力包好才问："有毒？"

祁深冷脸："记得你之前说的，不会早恋。你收别人这么多巧克力，打算做什么？打算答应哪一个？"

郁小竹眨巴眨巴眼睛，这才反应过来——

原来祁深在生气？

她把远航里情人节送义理巧克力的事告诉祁深。

男人听了却丝毫不为所动："那就收了，不许吃。"说完，直接把郁小竹的包扔到后面，同时也没收了她手上那盒巧克力。

郁小竹："那多可惜……"

祁深看她："想吃？"

郁小竹乖乖点头。

女孩子嘛，当然喜欢巧克力了……

祁深道："带你去买。"

车往市中心方向开去。

郁小竹坐在车里，反复想着祁深刚才的话。

这段时间里，祁深已经提过两次让她不要早恋，现在还不让她吃别人送的巧克力……

祁深对她很好。

虽然说她以前也对祁深很好，可是祁深对她的好，已经超出了"报恩"的范畴。

女孩小小的心脏带着几分紧张，双手攥着安全带，问道："那个……

你为什么这么在意我会不会在高中早恋？"

她声音不大，却带着小女孩自己才知道的心思。

祁深看着前方的路，心沉了一下，回答得滴水不漏："你现在才高二，远航我也查了，里面都是些混日子的二世祖。你父母不在你身边的这段日子，作为你的监护人，我已经犯了一个错误——给你选了错误的学校。那么现在我必须监督好你，绝不允许你在垃圾堆里找男朋友。"

车内开着暖风，温度正好。

郁小竹听着祁深的回答——

义正词严，什么毛病都挑不出来。

女孩刚刚飘飘然的心又落了下来。

哦……

果然二十六岁，不对，二十七岁的人不会喜欢十七岁的人。

祁深带着郁小竹进了 Godiva 巧克力店。

临近情人节，店铺里摆着各式各样的情人节限定款巧克力礼盒。

祁深进店后，也不问郁小竹要哪个，直接对店员说："你们店里所有的巧克力礼盒，一样给我拿一个。"

郁小竹惊呆了。

"不用不用，我……我选几个就可以了。"郁小竹赶紧去阻止准备拿货的店员。

她刚跑过去就被祁深抓住羽绒服的领子："等会儿你那些我都要扔了，这些是补给你的。如果你觉得不够，我们可以……"

"够了，够了。"郁小竹看着祁深，认真解释，"我真的是迫于远航的规矩才收下的，没打算答应任何一个人……"

很快，店员就把店里所有的巧克力礼盒包括情人节限定款，都拿到了收银台旁，向祁深确认："先生，是全要吗？"

远航的学生给郁小竹送的巧克力里，有许多是这个品牌的，也是情人节限定款。

祁深点头。

郁小竹被他按着动不了，只能看着店员把一堆同款巧克力礼盒装进包装袋里。

到了车旁，郁小竹眼睁睁地看着祁深把她行李箱里的巧克力礼盒都拿出来，随手扔进后备厢里，然后又把他买的装进去。

装到最后，他留了一盒拿在手里。

郁小竹看着后备厢里那些即将被扔掉的巧克力，忍不住为它们抱不平："其实这些我也不可能退回去了，就算我没有吃，他们也不知道啊。"

她总不能跑去跟别人说，她没吃巧克力吧。

祁深将手里的巧克力递到郁小竹手上，低声说了句："可我知道。"

郁小竹还是有些不高兴。

等两人上了车，她看着手里的巧克力，小声说："其实我也不是非要吃什么情人节巧克力，你也不用再为我花钱了。"

祁深侧头看她，神色中带着几分疑惑："怎么了？"

"我们学校的人说，你穷得都要卖车了……你要是缺钱，就……就都留给自己吧。我有父母给的就可以了，而且我还有奖学金。"郁小竹说得很认真。

听她的语气，是真的在为祁深着想。

祁深卖车这件事，知道的人不多，不过远航的学生什么背景的都有，会有人知道也不奇怪。

祁深笑了笑："不是没钱，放心吧。"

郁小竹拆开礼盒，拿出一块巧克力放入嘴里。

"好吃吗？"

"好吃。"

"以后每年都买给你。"

祁深说完，将车开出地下车库。

冬日的阳光照进车里，似乎比来时更加明媚。

二月的第一天，郁小竹登上了去 C 国的飞机。

郁家在 C 国的房子非常气派，像一个庄园。

前院有花园和喷泉，后院有游泳池；家里有十几间客房，还有四个用人。

大概是被郁家安教训过了，自从郁小竹来了，郁小耀一直离她远远的，不招惹她，也不和她说话。

郁小竹每天除了在家写作业学习外，大部分时间都在圈圈里和别人玩"你画我猜"的游戏。

每天她都会联系祁深。男人大部分时间都在忙，回消息很慢。

只是待了一周，郁小竹就觉得这里真的很无聊。

许美珍和郁家安似乎是过习惯了这样的日子，在郁小竹来的第二周，他们就开着车带郁小竹参观他们所在城市的大学，张罗着要帮郁小竹申请大学。

郁小竹虽然嘴上答应了，可心里是不愿意的。

她觉得，比起这里，北城真的要有意思一万倍。

从高二下学期开始，祁深就变得非常忙碌。郁小竹很难见到他，连长假接她回市里住的人，也变成了牧楠。

牧楠每次来接她，都会说："祁总在 J 国出差，近一个月都不会回来。"

郁小竹只能听着。

只是，学校经常会有一些关于祁深的流言蜚语。

大家都在传，祁深欠了一大堆债，要跑路了，北煜要易主了。

郁小竹和祁深认识，这事在远航不是秘密。偶尔也会有人问她，她只是说："除了北煜不会易主外，其他的我什么都不知道。"

这种流言不只是在远航四起，似乎整个互联网圈子里都在传。

郁小竹偶尔在微博上也能看到与北煜相关的消息，都是说北煜进入破产倒计时、现金流断裂等。

可是一直到第二年六月，郁小竹要参加高考了，北煜还好好的，北煜旗下几个大的软件也都生龙活虎，持续更新版本，持续更新节日活动。

其中，悟空直播已经在做六月下旬的六周年庆预热活动了。

许美珍五月就从C国到了北城陪着郁小竹，一直到她高考的这一天。

郁小竹的考场在恒安三中。

截止到高考的前一天，郁小竹已经有一个月没有跟祁深联系过了。

当她抱着床角的泰迪熊发呆时……

"嘀嘀嘀！"

是QQ的声音。

她的QQ用得很少，里面只有祁深一个人。

郁小竹拿起手机，上面是祁深的QQ消息：高考加油，等你考完，我回来看你。

祁深最近一直在J国出差，听牧楠说，他已经在那边待好几个月了，中间只回来过几天。

郁小竹抱着手机，看着上面短短的一行字，心脏收缩了一下，像是一个在沙漠里待了很久的人，终于喝到一点点水——根本不解渴。

她不想只听祁深说加油。

郁小竹编辑了一条短信，犹豫了一下，还是发了出去。

下一秒，远在J国的祁深收到了来自女孩的QQ消息：你有时间吗？我想和你视频。

自从郁小竹拿到准考证后，牧楠就帮她在考点附近租了间高档民宿。

民宿在一个高端小区里，与恒安三中只隔着一条街，走路十分钟就能到。

高考前两天，郁小竹和许美珍一起搬了过来。

民宿里生活用品一应俱全，郁小竹只带了几张数学卷子，以及祁深送她的小熊。

郁小竹抱着手机，等着祁深的消息。

整整过了十分钟，那个熊猫头像亮着，可是没有任何新消息。

这个时候，北城这边是十点多，J国和这里有一小时时差，那边的时间是十一点多。

刚才许美珍就让郁小竹早点休息。

她对许美珍说了句"晚安"，回房间把灯关上，躺回床上。

郁小竹把手机放在一旁，抱着小熊，闭上眼睛……

平时她都是十一点以后睡觉，这个时间毫无困意。

郁小竹趴在床上，打开远航的圈子，今天，里面最热的帖子是——

明天谁高考？

嗯。

远航的画风和其他高中果然不一样。

下面的评论也是——

郁小竹和乔妮考吧？

那预祝郁小竹和乔妮旗开得胜！

加油，我在 A 国给你们送去祝福。

来自 C 国的祝福。

……

远航学生高三这一年，大部分人已拿到有条件录取通知书，陆续出国读书了。

高三时，文理科各剩下一个班的学生。

等到快高考时，基本上就是几个老师围着郁小竹和乔妮两个人，针对她们的情况指导复习。

和私人家教差不多。

现在出国的这些人，去年还天天为考雅思、托福愁得掉头发，在郁小竹和乔妮的带动下，不少人提前拿到了有条件录取通知书，甚至还有几个 N 刷之后，奇迹般地考到了四个七分，就等着秋季入学了。

乔妮和郁小竹都只考了一次雅思。乔妮拿到八分；郁小竹写作没发挥好，总分只有七分。

两个人如果多刷几次，肯定有更高的分数。

乔妮不刷是因为她心疼钱。考一次 2000 块的报名费，对她来说不是小数目；而郁小竹则根本无心出国，考一次不过是为了给中介交材料。

此时，大家留下祝福时，昵称都是自己的名字。

郁小竹正在帖子里找自己熟悉的名字时，屏幕上弹出 QQ 视频聊天邀请界面。

与此同时，手机响起悦耳的铃声，在黑夜安静的环境里，吓了郁小竹一跳。

她下意识地把被子拉过来，盖住手机，又关掉声音。

是祁深的视频邀请。

明明还没有接通视频，郁小竹的心就已经跳得厉害了。

她很久很久没见过祁深了。

上一次见面，还是她过十七岁生日时，祁深来学校里接她，给她送了礼物，陪她吃了饭。

之后，祁深就一直在忙。

郁小竹把脑袋从被子里伸出来，打开床头的台灯，坐好，又整理了一下头发，才点了一下绿色的接通键。

下一秒，手机屏幕里出现祁深的样子。

许久未见，祁深明显比以前瘦了许多，脸部轮廓更加硬朗，似乎……比以前看上去更加帅气。

男人那边，灯光从他的头顶照下来，鬓角的发丝间有晶莹的水珠。

"你是不是……刚洗过脸？"

郁小竹是这么觉得的，可是祁深身后的环境明显不是家里或者酒店，更像是一个……仓库。

或者工厂？

祁深轻轻抹了抹脸上的水珠："没有，只是出去找了家二十四小时便利店，买了把剃须刀把胡子剃了。"

祁深最近太忙了，这几天一直住在外面，又没带剃须刀。

郁小竹问他能不能视频时，他的胡子已经很明显了。

本来就比她大十岁了，再胡子拉碴，祁深真的怕自己点了视频，郁小竹看见视频里的大叔直接把窗口关了。

郁小竹看着男人身后的景象，问：“这么晚你还不回家？”

“还有点事，晚点再回去。”祁深说完，又问郁小竹，“你还不睡觉，明天考试不怕在考场打瞌睡？”

和郁小竹减少联系，不仅仅是因为祁深很忙，更多是因为他觉得郁小竹高三了，不能太影响她。

“我平时都十一点多睡觉，不会耽误的。”郁小竹回答得很认真。

视频里，男人的皮肤在室内冷光灯的照射下白得有些不健康，眼睛下面的黑眼圈很大……

此时，J国那边已经快十二点了。

祁深说晚点再回去，可他明明连胡子都是临时刮的……

郁小竹大概猜到祁深这么长时间在那边过的是什么样的生活了。

郁小竹呆呆地盯着屏幕，看着祁深，一时居然不知道下一句要说什么……

“怎么了？”

祁深看郁小竹这边，反而是一片温馨的画面。

屋里的大灯没有开，只开着旁边的小台灯。灯光是暖橘色的，光线不算太强，将女孩的五官衬得更加柔和。

看到郁小竹的脸，祁深才发现，自己是真的想她了。

这个月下旬，北煜旗下的悟空直播六周年庆，他是肯定要回去的。

郁小竹噘了噘嘴：“你知道吗？你现在和你的头像特别像。”

祁深：“嗯？”

郁小竹：“你的黑眼圈重得和熊猫没什么区别了。”

祁深脸往镜头前凑了凑，似乎在仔细看自己在屏幕上的样子，然后很不用心地解释了一句：“灯光不太好。”

“胡说，你都瘦了这么多。”郁小竹说完，又补了句，“都变丑了。”

如果只是黑眼圈很重，郁小竹可能真的会信了他的话，可是祁深明显瘦了好多……

脸是比以前好看了，可郁小竹还是喜欢以前的祁深。

祁深自己的情况，他自己最清楚，为了不让郁小竹担心，自嘲了一句："嗯，确实丑了，等我忙完回去，你陪我多吃些好的。"

明天高考。

他看了眼时间："你早点休息，我收拾收拾准备回去了。明天考试加油。"

挂断视频，祁深找了把椅子坐下，脸上带着深深的倦意。

不只是一年多前……早在北煜成立不久，祁深脑海里就有了这个想法——他未来要开发手机，研发一套属于自己的闭源式手机系统。

后来几年，北煜发展得不错，祁深也一直在关注国内外优秀的手机系统工程师。

从前年开始，祁深着手挖人，组织团队。

但是，要设计一款成熟的、程序兼容性好的、搭载新型智能系统的手机，需要大量的金钱和时间。

北煜 2019 年的财报，全年净利润超 10 亿美元。

可这对于开发一款全新的手机来说，远远不够。

北煜是一家互联网公司，系统方面的问题可以独立解决，但是在其他方面，需要找人合作。

这年头，想进入手机行业的互联网公司不只是北煜一家，许多公司虽然都研发了新款手机，但是其使用的系统依然是安卓居多。

安卓作为开源系统，其安全性、营利性都和闭源式系统有差距。

这类互联网公司做的手机，大部分还没走几步就死在沙滩上了。

祁深越发觉得，只有研发自己的系统，才是出路。

当时国内的大部分公司不看好祁深的项目，反而国外一些公司觉得他的想法很有前瞻性。

最终，祁深在几家投资公司里，选了一家不仅在资金上，而且技术上也可以给他们提供更多帮助的公司。

这家公司在 J 国。

自从研发开始后，整个团队的人一心扑在项目上，在研发过程中不断精益求精，让系统兼容安卓、iOS 的已有程序。就这样，研发已有一年半，仍未进入测试阶段。

即便如此，团队仍对这款系统充满信心。

祁深最近在 J 国，主要是为了处理手机设计及生产的事情。

他们要做的第一代手机，主板方案早就确定，外形设计打算使用 J 国一家公司的专利技术。他们有一个大胆的想法——

无边框设计。

这个设计在技术上不是完全做不到，但是以目前的技术只能做到少量生产，且有许多不稳定性。然而难题一旦被攻破，搭载新的系统，这款手机对于市场而言，绝对是重新洗牌的存在。

之后再做成完整的生态链。

祁深和合伙人意见是一致的——

他们既然已经砸了这么多钱进去，就要做最好的。

搞事情，就搞大的。

第16章

/

最好的年华

高考一共持续两天。

郁小竹学习很好，加上她在考大学这件事情上比别人有更多的选择，心态要轻松不少。

两天的考试，郁小竹觉得题不难，自己也基本上会。

高考结束的当天晚上，标准答案就出来了。

郁小竹粗略计算了一下，保守估计自己的成绩在640分。

看郁小竹估完分，许美珍坐在卧室里问："高考结束了，你的高中生涯算是画上了圆满的句号。C国的几个大学你考虑得怎么样了？妈妈觉得G大比较好，离家不远，你周末就能回来。"

郁小竹看着自己算分的草稿纸，上面写着几科的最后成绩列成的竖式，最后加起来的分数是642分。

这还是保守估分。

其中，语文作文满分60分，郁小竹是按照45分估的。就算是模拟考，她也从没拿过这么低的分数。

如果不出意外，成绩应该在660分以上。

660分，北城大学文科能报的所有专业，她可以随便挑了。

郁小竹握着笔，轻轻在纸上点了两下，小声说："我……我再想想吧，我觉得教育学可能不适合我。"

郁小竹申请的国外大学专业，是中介和父母帮着定的——

教育心理学。

在许美珍和郁家安看来，郁小竹性格单纯善良，非常适合这个专业；加上Ｃ国对这方面非常重视，郁小竹毕业后，就业也不是问题。

郁小竹当时高三，忙着复习，没有很好地了解过她申请的几个大学，糊里糊涂地就同意了。

刚才郁小竹翻了一下学校发的高考专业报考指南，在北城大学社科学院里，经济学院是排名最前的。

其中，经济学和金融学，比起大人们挑选出的教育学，让郁小竹更感兴趣。

可是，在这一年多的时间里，许美珍和郁家安经常和她联系，对她去Ｃ国非常期待。

郁小竹有些难以抉择。

六月二十八日是北煜科技旗下悟空直播的六周年庆。

这次庆典，北煜斥重金在北城举办了一场盛大的庆典活动。

悟空直播的所有大主播全部受邀盛装出席，按照计划，走红毯、签名、采访，一个环节也不能少。

祁深在盛典前就回国了。

这次盛典是要向大家证明北煜科技财务正常，为了不出差错，祁深每个环节都亲自过问，自然没时间见郁小竹。

盛典的前一天晚上，郁小竹知道祁深回来了，想要去见他。

她悄悄给施雯打电话，想问祁深在哪儿。

施雯当时正在场地跟公关公司的人做最后的环节确认，祁深也在现场。

接通郁小竹的电话，施雯看着不远处忙得不可开交的祁深，道："小美女，祁总今天可能没空见你。"

"哦……谢谢。"

郁小竹没有多问，只是声音中带着几分沮丧。

施雯见她这么懂事，有种自己做了恶人的感觉。

今天晚上是庆典开始前的最后一晚，需要确认的事情太多了，就算她去问，祁深肯定也没有空见郁小竹。

施雯想了想，道："小美女，你明天想来参加庆典吗？"

郁小竹心中希望的小火苗本来都要熄灭了，施雯的一句话，又给小火苗加了火力。

"我可以去吗？"

"当然可以了。"施雯笑道，"我们的活动是下午四点开始，地点在恒安区文化会展中心。你来了打电话给我，我可以叫人去接你。"

"真的？"郁小竹之前从没想过要参加悟空直播的六周年庆活动，虽然施雯这么说了，她还是有些担心，"祁深会同意吗？他会不会不想让我去？"

"没事，这点小事我还是能说了算的。"施雯安慰郁小竹。

作为主播运营部主管，这件事情，施雯还是能拍板的。

六月二十八日下午，郁小竹打车去了恒安区文化会展中心。

还没开到会展中心门口，前面的路就因为车太多，堵上了。

郁小竹只能提前下车，给施雯打电话。

施雯让她去侧门的位置，安排了工作人员在那里等她。

工作人员将郁小竹放进来后，塞给她一张嘉宾证，道："等一下盛典开始，你自己去嘉宾席找一个位子坐下就行了。我还有事，先走了。"

这个地方是会展中心的侧门，周围除了他们，一个人也没有。

郁小竹也不知道往哪儿走是去会场，只能循着工作人员离开的方向跟过去。

绕过一个拐弯处，郁小竹才发现自己不但没到会场，反而来了后台。

她蒙了。

眼前站的全是俊男美女，应该都是主播。

今天是大活动，所有人都化着精致的妆容，盛装出席——尤其是女主播的晚礼服，要么是蕾丝的，要么是低胸的。有那么一两个前面布料多的，那后背就肯定会露一大块。

而且这些女主播身材都特别好……

郁小竹站在那儿，双手不自觉地环胸，生平第一次生出了自卑感……

郁小竹正看女主播呢，肩膀就被人拍了一下。

"怎么到这里来了？"

郁小竹抬头，看见施雯站在自己身边。

施雯穿着一身黑色套装，淡妆，脚踩五厘米的高跟鞋，整个人显得成熟干练。

"我……不小心走错了。"郁小竹有些不好意思。

施雯："跟我来吧。"

她带着郁小竹穿过主播休息厅，刚走到走廊就看见祁深，他身边还跟着两个美女。

那两个美女和之前休息室的主播一样，妆容很精致。

一个穿着香芋紫的晚礼服，另一个穿着木粉色的晚礼服，都是非常挑人的颜色，可此时穿在这两人身上，只会让人觉得非常合适。

更重要的是，两个人明明瘦得要命，细胳膊细腿加上"A4"腰，可胸前二两肉一点都不含糊……

"过去打个招呼吧。"

施雯知道郁小竹是来见祁深的。

她虽然有权限把郁小竹放进来，不过还是该跟祁深说一声。

"不，不……不了吧。"郁小竹终于深刻体会到自卑的滋味。

以前她身边都是同学，就算偶尔看见几个漂亮的人，她也并不会多想。可是此时站在祁深身边的两个美女，让郁小竹第一次觉得自己不够漂亮，身材也不够好。

她甚至都没有勇气过去。

她想，万一自己过去了，祁深拿自己和她们比……

她有什么可以和这两个美女比的？

小姑娘的心情都写在脸上。

施雯见她这样，皱眉："她们有什么好看的，我觉得你很好看。"

"哪有？"郁小竹一脸沮丧，"我直接去嘉宾席坐吧。"

这个时候，郁小竹都后悔来了。

施雯见她要走，想了想，道："你要不要化个妆？后台有衣服，你换一件。"

郁小竹："嗯？"

"走吧，你这不都高中毕业了！等到了大学，参加活动也是需要化妆的。"施雯拉着她往化妆间走去，"而且我们这儿都是专业的化妆师，保证把你化得美美的。"

施雯从来都不觉得郁小竹比那些主播差。

郁小竹是天然美，和主播们美得不一样。

这个年纪的郁小竹，就像是《莲的心事》里说的那样——

风霜还不曾来侵蚀，

秋雨也未滴落，

青涩的季节又已离我远去。

现在的她，就是最好的年华。

加上良好的家教，她有着不曾蒙灰的心性，这是最难得的。

施雯将郁小竹带到化妆间时，其他主播已经离开了。

施雯叫来一个化妆师，指着郁小竹说："给我这个小妹妹化个淡妆，然后把最好的那个衣架推过来，让她选套礼服。"

今天庆典，公司准备了不少礼服供主播们挑选。

主播也分级别，不同级别的主播，有资格选不同级别的礼服。

公司准备了二十件高档礼服，但一般能穿这些衣服的主播，也不差这点钱，都是自己准备衣服。

所以，公司准备的礼服大部分还挂在那里。

给郁小竹安排完化妆师后，施雯就去忙了。

大概过了二十分钟，施雯回来，发现郁小竹已经完全变了样子。

女孩刚才还素净的小脸，已经化上了精致的妆容，软翘的嘴唇涂着红色的唇膏，只是这个颜色比一般正红要偏粉一些，嘴巴像是咬着樱桃一样。

在妆容的衬托下，她就像是初熟的蜜桃……

"不是让你们化淡妆吗？"施雯承认这个妆容很好看，但是它真的不适合郁小竹。

施雯有些慌。

如果祁深知道她找人把郁小竹化成这样，不会把她开除吧？

"是我让他们这么化的，唇膏是我选的。"郁小竹小声说。

也许是看过刚才的主播们，郁小竹有种——

也想把自己变成那个样子的冲动。

施雯皱眉："这不适合你。"

"我觉得……挺好看的啊。"郁小竹看着镜中的自己。

镜子中的女孩和之前完全不一样。

之前她长相显小，明明今年都十八岁了，别人还以为她在读高中；现在化了妆后，她看上去就像二十岁了。

郁小竹觉得，挺好的。

施雯一下就看透了小姑娘的心思。

"行吧，那你选衣服吧。"

郁小竹个子不高，选了一套红黑相间的短礼服。

这套礼服以红色为主要色调，领口高低正好，搭着两根细细的吊带。

郁小竹穿上后，造型师又为她梳了两个高高的马尾，配上红色的唇膏……

她整个人一改风格，像是个小恶魔。

施雯看出郁小竹对这个造型的喜欢，无奈地摇了摇头："大概每个乖乖女心里都有颗叛逆的心。万一祁总要开除我，你要替我说话。"

礼服选好，造型做好，最后只剩下鞋了。

虽然这套衣服也可以搭配帆布鞋，可郁小竹不愿意。

最终，她选了一双黑色五厘米左右的小尖头高跟鞋。

全部整理好，施雯问她："带你去找祁总？"

郁小竹之前信心满满，可是施雯真的要带她见祁深时，她又有些慌。

她想了想，摇头道："我……我先到嘉宾席吧。"

施雯点头："好。"

从化妆间到嘉宾席并不远，可就这短短百米的距离，郁小竹只觉得脚已经不属于自己了。

她第一次意识到，那些穿着八厘米、十厘米高跟鞋的女明星和女主播，真的都是强人。

郁小竹坐在观众席上，老老实实地看完整场庆典。

临近结束，施雯坐了过来，道："等一下有晚宴，你是坐祁总的车过去，还是坐我的过去？"

"要不……要不我不去了。"郁小竹小声说。

施雯见郁小竹这么怂，忍不住逗她："我以为你打扮得这么漂亮是给我们祁总看的呢，原来不是呀？"

郁小竹："……"

施雯笑道："打扮这么漂亮，祁总看不见太亏了。一会儿你坐我的车过去，我给你来个惊艳登场。"

郁小竹低头。

她其实是想让祁深看见自己这个样子的，可是高跟鞋穿着太痛苦了，她不确定自己能坚持多久。

施雯这么说，郁小竹又觉得她说得有理，点头道："那我和你一起走吧。"

施雯将郁小竹带到自己的车里，让她等着，然后自己先回会场收尾。

大概过了一个小时，施雯才回来，开车带着郁小竹去宴会厅所在的酒店。

车停在地下车库。

施雯帮郁小竹补了口红后，才带她坐电梯到宴会厅所在的楼层。

电梯正对着宴会厅的大门。

郁小竹跟着施雯到门口时，看见里面已经有不少人了，刚才活动上的那些大主播也都在。

走到门口时，郁小竹脚疼得要命，走路都屈着腿。可看到宴会厅里那些主播都气质极好，她也抬头挺胸，强忍着脚疼走了进去。

郁小竹一进去，就看见了祁深。

男人此时已经换了一套西装，站在几个男人中间，正谈着什么。

施雯是主播运营部主管，她的工作就是管这些主播。

见她进来，主播们纷纷凑过来和她打招呼。

"施雯姐好。"

"施姐姐，这是新的主播吗？"

"施雯姐，晚上好。"

祁深听见大家都过来围着施雯，下意识地往门口的方向看了一眼。下一秒，他表情僵住，和周围的人招呼都没有打，大步向郁小竹的方向走去。

郁小竹进入宴会厅时，视线本来就黏在祁深身上，但男人突然过来，她反而慌了。

还没等她做出反应，祁深已经走到她身边，看着她这副打扮，不禁皱眉："怎么穿成这样？"

"咳咳，我本来就是想给她化个淡妆，小竹小可爱看见您身边都是腿长腰细的大美女，自己强烈要求化妆师把她化成这个样子……"施雯解释得很巧妙，既把自己的好意说了，又暗示了某些事情。

祁深垂眸看着面前的郁小竹，问她："是这样？"

男人语气平淡，分辨不出有没有生气。

"当……当然不是了！"郁小竹语气明显底气不足，可还是扬起小下巴，"我之前就看中了这件衣服，只是让化妆师帮忙配个适合的妆容而已。"

郁小竹说完，又抛给祁深一个自信的小眼神。

祁深上下打量了一下郁小竹。

女孩扎着高高的双马尾，之前的直发做成了鬈发，有些凌乱的空气感；巴掌大的小脸上，眼影颜色并不深，却亮闪闪的；眼角的眼线微微上挑，眼尾用暗红色的眼线笔点了一颗痣。

整个人像极了……叛逆期的少女。

祁深知道，既然是施雯安排的化妆师，那郁小竹肯定是去过庆典了，于是低头问她："什么时候来的？"

"庆典开始就来了。"施雯在旁边先认错，"不过看您忙就没打扰您，一直在嘉宾席坐着呢。"

祁深这人，长着好脾气的脸，施雯和他共事这么久，他什么样子是不高兴她还是知道的。

比如现在，男人看着郁小竹小礼服领口处那不算明显的曲线，就……不太高兴。

祁深还没吭声，施雯先说："祁总，我……我去看看我的小宝贝们都在干什么呢。"

她的小宝贝们就是主播们。

说完，她踩着高跟鞋快步离开。

郁小竹站在那儿看着祁深，也看出他不高兴，站在原地不敢说话。

时间一分一秒地过去，郁小竹悄悄低下头等着祁深训她的时候，突然感觉到肩膀一沉。

冰凉的肩膀马上被温暖包裹，是祁深把西装披到她身上了。

周围发出一片唏嘘声。

紧接着，郁小竹听见头顶传来男人的声音："饿了吗？带你吃点点心。"

这种宴会主要是以交流为主,自助餐台上都是些水果和点心。

郁小竹没回答,而是抬头说:"我不冷,不想披这个……"

这么好看的裙子,这么好看的造型,披上他的西装外套,就都被挡住了!

"那我现在找人把你送回去。"祁深说话时,又伸手帮她整理了一下西装的领子部分。

男人指尖微凉,不小心触碰到她的侧颈,她微微缩了缩脖子。

周围的主播们虽然站得很远,却都往这边看。

祁深的一个动作后,大家疯狂地交换眼神,空气中仿佛飘着几个问题:

她是谁?

她和祁总什么关系?

虽然郁小竹想穿好看的裙子,可是她太久没见祁深了,更想待在祁深身边。

她抬头看着男人一点也不像开玩笑的表情,只能点头,很不情愿地说出一个字:"穿。"

她语气中带着极度的不情愿。

祁深迈步走在前面,郁小竹跟在后面。

郁小竹在这里站了一会儿,本来觉得脚已经不太疼了,可这一迈步,她才发现自己错了……

"嘶……"

郁小竹小声吸气。

还好周围比较吵,祁深并没有听见她的声音。

祁深带郁小竹往餐台旁边走时,尹亦洲过来,道:"深哥,孟总等着你呢,你要过去见见不?"

尹亦洲刚把话说完,目光就落在郁小竹身上。

郁小竹身上披着的是祁深的外套,男人的外套很大,披在她身上几乎和她的晚礼服一样长。

在情场身经百战的尹亦洲愣了一下，下一秒就发现了不对，先问："你们公司的新主播？"

这么漂亮……

还把外套给她披着？

西装外套敞开着，可以看见女孩身上的礼服的胸口有点低。

这是怕她冻着，还是怕她……走光？

可穿着领口比这低的主播不是多的是？

祁深否认："朋友。"

男人的回答让尹亦洲马上闻到了一丝很熟悉，但是他在祁深身上从来没闻过的味道。

尹亦洲秒懂："那孟总那儿，我替你说你在忙？"

就这么小一个宴会厅，忙不忙的，一眼不就看见了，根本不需要人带话。

祁深看了眼郁小竹："你跟我过来吧。"

郁小竹本来想着拿点东西找个地方坐下的，听到祁深的话，她轻轻抬了抬右脚，还是点了点头："好。"

尹亦洲站在旁边跟见鬼了似的。

他跟祁深认识多少年了？

掰掰手指算也有五年了吧！

祁深做事，从来都是相关人员可以来，无关人员靠边站，什么时候会带小姑娘？

尹亦洲忍不住又看了郁小竹两眼。

是挺漂亮的，可这年龄……就算化了妆，以他丰富的交女朋友的经验判断，肯定不到二十岁！

估摸着也就十八九岁。

尹亦洲走到祁深身边，小声说："可以啊，深哥，原来你是好这口，我还没找过这么嫩……"

话没说完，祁深一个警告的眼神扔过来，尹亦洲果断闭嘴。

郁小竹跟在两人身后，脚跟上刑了一样，每走一步都疼得要命。

刚才郁小竹还能分清是脚底前掌疼，这会儿已经有点分不清哪里疼了，因为哪里都疼……

郁小竹吸了吸鼻子，有点想哭。

还好宴会厅不大，只是走了几步就到了那个孟总的旁边。

郁小竹站在一旁，等祁深忙完，带着她拿了些甜点，找了个地方坐下。

宴会厅里灯光明亮，祁深坐下后，这才有时间细细地观察郁小竹。

很长一段时间没见，女孩的头发似乎又长了不少，虽然这会儿扎着长马尾，又做了卷曲效果，还是比他上次见的时候长许多。

而且化妆师不但在女孩的脸上扑了腮红，连耳垂也扑了些，从他这个角度看过去，像是她在害羞一样，似乎眼圈也有点红红的。

祁深在看郁小竹的时候，周围好多人都在看着这边，其中也包括站在施雯旁边的尹亦洲。

"啧啧，这是哪来的小祖宗，把我深哥迷成这样？"尹亦洲摇晃着手中的杯子，有些不爽，"这不是重点，重点是我事先居然一点也不知道！"

祁深组建的研发手机系统的几百人团队，目前在科技园的一栋办公楼里。

这栋办公楼离尹亦洲公司就隔着一条街，他经常往那跑。外面的人一般都见不到祁深，但他一个月能见好几次。

可即使这样，尹亦洲也根本不知道有这么一号人啊！

看祁深现在这眼神，分明就是爱了八百年了！

施雯端着饮料，喝了一小口："我也不知道。"

她之前觉得祁深只是对郁小竹格外关照，本以为是小姑娘青春里一场奋不顾身的单恋，不知什么时候成了两情相悦……

施雯也没想到，这么多年，这么多美女都没能入其眼的祁深，居然喜欢这么一个——小可爱？

祁深看着郁小竹专心地吃点心。

等她吃完了，他问："还吃吗？"

郁小竹舔了舔嘴唇，想吃，可是又不想站起来。

她下意识地动了动脚。

祁深的目光很自然地落到她脚上的高跟鞋上。

女孩的皮肤白皙，一双小脚塞在黑色的高跟鞋中，只是右脚后脚踝和高跟鞋接触的皮肤……隐隐有些发红。

祁深眯起眼睛仔细看了一下，凑过去，二话不说直接把郁小竹右脚的高跟鞋给脱了。

男人的动作太快，等郁小竹反应过来时，右脚的高跟鞋已经被祁深拿在手里了。

郁小竹下意识地把右脚往后藏，心虚地解释："没，没事……"

即使这样，祁深还是能看清她右脚发红以及后脚踝处破皮的地方。

祁深没再动，也没说话，只是手里拿着女孩的鞋，似乎没打算还。

郁小竹也坐着不动。

祁深先败下阵来，将鞋放在女孩的脚前，问她："能走吗？我把你送回去。"

郁小竹点头，她把脚塞回鞋里。

祁深向她伸手，扶着她站起来。

郁小竹站起来才发现，此时宴会厅里的主播以及其他客人都在看着他们，她的脸"唰"地红了。

她下意识地把手从祁深的胳膊上收回来，藏在身后。

脚疼得厉害，可是被这么多人看着，她又不想一瘸一拐地走出去。

她心一横！

反正就这几步了，疼就疼吧！

郁小竹挺直后背，舌头抵着牙齿，让自己的表情尽量自然地往外走。

周围的人都看着他们，郁小竹保持着正常的姿势一路走到宴会厅门口。

女孩背对着宴会厅，牙齿紧紧咬着嘴唇，发红的眼眶里，眼泪已经在打转了。

这一切，被祁深看在眼里，他一秒都没有犹豫，直接将女孩横抱起来。

"不用！"郁小竹吓了一跳。

祁深抱着她往电梯的方向走，同时低声说："你已经走出宴会厅了，表现得很好。"

在宴会厅时，祁深就想把郁小竹抱出来，不过他明白，郁小竹坚持了这么久，可能就是小姑娘爱面子。

所以，他才会让她自己走出来。

可看到郁小竹现在这个样子，祁深觉得，让她自己走出来的决定是个错误。

祁深一路将郁小竹抱进电梯。

在电梯门关上前，站在宴会厅门口的人都目瞪口呆了。

"这也太帅了吧。"尹亦洲也蒙了，"不愧是我深哥，这恋爱谈得也太高调了！"

这是什么地方？是悟空直播庆典后的宴会！

这里不但有主播，还有北城不少企业的负责人。

祁深这一抱，算是在北城圈子里皆知了。

郁小竹生平第一次被人公主抱。

大概是刚才和太多人在一起，男人身上有淡淡的酒精味、烟味，还有香水味。

郁小竹忘记了疼，她偷偷抬眼，看着祁深。

祁深瘦了，下颌线轮廓好看得不得了，甚至比好多明星还要帅。

男人的两只胳膊，一只托着她的背部，一只托着她的膝盖。郁小竹两只无处安放的手，学着电视剧里看过的，勾上男人的脖子。

也许是电梯里太安静，郁小竹觉得自己仿佛能听见自己的心跳声。

电梯缓慢下降，郁小竹只希望时间慢一点，再慢一点。

她想在他的怀里多停留一会儿。

郁小竹觉得，心脏跳动的声音实在是……太吵了。

当电梯门再次打开时，两人已经到了地下车库。

祁深今天喝了酒，不能开车，司机已经在车旁候着，并且为二人将后排车门开好。

祁深弯腰，将郁小竹放进车里，自己才上车。

一上车，祁深第一句话就是："把鞋脱了。"

郁小竹乖乖照做。

祁深打开后排车灯。

灯光不算特别明亮，但是足够看清女孩的两只脚——

脚趾和脚背交界处都红得厉害。

祁深伸手，将女孩的右脚托起来，看着她脚踝处破皮的地方，问她："疼吗？"

郁小竹点头，小声说："疼，特疼。"

祁深被她这么干脆且肯定的回答气笑了："知道疼，还不换鞋？还坚持穿这么久？"

郁小竹脚踝处的伤口，一看就不是刚刚破的，肯定破了有段时间了。

郁小竹噘着嘴巴，满脸委屈："可是别人都穿得那么漂亮，身材也好，气质也好，我就是想……"

"想什么？"

"不想被她们比下去。"

郁小竹说完，小脑袋耷拉下来，快埋进衣服里了。

车还没走，施雯坐电梯下来把郁小竹的衣服给了司机后，赶紧就跑了。

祁深把袋子里的棉袜拿出来。

郁小竹见他要帮自己穿，小声说："我来吧。"

"我来。"祁深没有把袜子给她。

少女心未眠

314

车厢空间很大。

祁深怕弄疼她，把袜口撑得很大，将她的小脚一点点套进去。

郁小竹看着男人小心翼翼的动作，小声问："祁深，你听说过一个脑筋急转弯吗？"

"嗯？"

"新买的袜子为什么有一个洞？"

祁深没有马上回答，而是替她穿好一只袜子后才抬头问："坏了？"

郁小竹摇头，很得意地说："因为袜子本身就有一个洞，要不然怎么穿？"

祁深看着自己手里另一只白色棉袜，露出匪夷所思的表情。

女孩却和他不同，眼眸弯弯，盛着橘色的灯光，像月亮一样好看。

郁小竹看着祁深，突然收敛了笑容，带着几分认真再次开口："祁深，我大学要留在北城读。"

祁深此时已经替她把另一只袜子穿好。

"为什么？"

男人眼神中有几分意外。

郁小竹的高考成绩已经出来了，661 分。

北城文科考生成绩排名第三。

之前郁小竹家里已经在帮她办理出国留学的手续了。

大部分学生面对留在国内还是出国读书的选项时，一般会选择后者。

所以祁深一直认为，郁小竹最终也会出国。

郁小竹跪在后排座椅上，小脸凑近祁深，狐狸一样的眸子里带着几分狡黠："你猜。"

今天的郁小竹化了妆，又点了红色的泪痣，带着几分撩人的魅力。她嘴上的口红被吃了不少，却还剩下一些。

女孩的脸猛地凑过来，让祁深有些措手不及，尤其是那红色如樱桃一样的唇，让他有种想品尝的冲动。

男人的喉结微微滚动，身子没动，只是摇头："不知道。"

他，猜不到。

或者说不想猜。

让他猜，他只会多想。

郁小竹噘嘴："那以后再告诉你。"

她没有说出口的下一句是："那我以后再告诉你，我喜欢你。"

郁小竹觉得，表白这种事应该让男孩子来。可是万一祁深不主动，那她也不是不能主动。

如果祁深喜欢成熟型的，那她就用四年的时间变成熟。

司机开车将郁小竹送回家。

许美珍还在家里等着她。

郁小竹回去后就告诉许美珍，自己要留在北城读大学。

许美珍劝郁小竹再想想，郁小竹却很坚定地说："不想了，我就待在北城，哪里也不去。"

她觉得，她在北城，祁深都不一定会喜欢她，如果她离开这里四年，再回来的时候，祁深说不定孩子都能下地走路了！

为了多陪陪父母，郁小竹七月上旬收到北城大学的录取通知书后，就坐飞机跟着许美珍去了 C 国。

郁小竹收到通知书的那天，拍照发给了祁深。

祁深答应她，开学送她去报到。

在 C 国时，郁小竹想回去时送祁深一件能随身携带的礼物，有事没事便去高档商场逛一逛。

好巧不巧，居然遇见了苏芷淇。

苏芷淇高三就来 C 国读书了，离开远航前，她和郁小竹偶尔也会说话。

"郁小竹。"苏芷淇看见郁小竹后，表情里没有半分欣喜，而是把脸凑过来，"我听说，你和祁深在一起了？"

"什么？"

郁小竹蒙了。

有这事？我怎么不知道？

苏芷淇和祁深的事情，郁小竹知道得并不多，只知道一开始苏芷淇号称祁深是她未婚夫。后来这件事情就无疾而终了。

当初祁深拒绝霍城的条件后，苏芷淇在家里哭了好几天，惹得霍城心疼，才对祁深出手。后来北煜科技似乎出事了，看到祁深变卖豪车，苏芷淇又觉得祁深不过如此，也就不再把他放在心上。

可是就在上个月，居然有人告诉她，祁深和郁小竹在一起了。

那人发了好几张宴会上的照片给苏芷淇，有祁深给郁小竹披衣服的，也有祁深抱着郁小竹离开的。

苏芷淇满心愤怒。她之前一直觉得郁小竹单纯，没想到郁小竹竟然这么有心机！

此时见郁小竹一脸无辜，苏芷淇十分火大，一脸看好戏的表情道："你知道吗？北煜都快倒闭了！北煜旗下最赚钱的悟空直播，几个大主播都被举报封杀，已经关停节目了。"

"是吗？"

郁小竹很少关注这些新闻。

她也不知道，封了几个大主播的节目对一个直播平台有多大影响。

苏芷淇问她："告诉你，祁深不过如此，你知道他原本有那么多钱，都用到哪儿去了吗？"

"嗯……其实我不太感兴趣。"郁小竹说的是实话。

苏芷淇才不理她，依然自顾自道："他把钱拿去做手机了，结果眼高手低，欠了一屁股债，北煜可能也要易主了。"

苏芷淇嘴角弧度弯起，表情和气质依然符合她大小姐的形象，只是眼底那几分幸灾乐祸很难遮掩。

郁小竹听得认真。她听完后，恍然大悟："你的意思是说，现在是他的人生低谷对吗？"

苏芷淇有些看不懂郁小竹的反应。

郁小竹双手一拍，马上露出一副高兴的表情："那我现在去追他，是不是比平时更好追？"

这回轮到苏芷淇蒙了。

郁小竹高兴地说："谢谢你告诉我这些，我去给祁深买礼物了。"

苏芷淇站在原地，看着郁小竹的背影，有些凌乱。

郁小竹其实不是真的高兴，但她觉得，如果她做出其他反应，肯定会正中苏芷淇的下怀。

她才不要！

郁小竹在男装店逛了很久，选了款黑色的护照夹作为礼物。

八月二十五日、二十六日两天是北城大学的新生报到时间。

祁深和郁小竹约在二十五日一早去报到。

祁深大学也是在北城大学上的，这里也算是他的母校。

两个人到大学时，学生会早就支起了摊子，迎接新生。

郁小竹和祁深一进去，马上就有好心的学长过来问："同学是来报到的新生吗？"

郁小竹今天穿着一条牛仔背带裙，上身是白色 T 恤，脚下穿着帆布鞋。

而祁深是衬衫配西裤，一副商业人士的样子。

郁小竹说自己是经济学院新生后，学长马上对祁深说："叔叔，我带她去办手续就行，您可以找个阴凉的地方等一等。"

这突如其来的称呼让祁深和郁小竹都愣了一下。

郁小竹马上说："不是叔叔，是哥哥！"

祁深倒是没纠正，只是说："我跟着一起吧。"

虽然说学生会的学长学姐有义务帮助新生，可大家都是视觉动物，自然是更愿意主动帮助长得好看的新生。

学长带着郁小竹去报到，等入学手续办完后，又带着郁小竹去宿舍。

路上，那学长把手机拿出来："从今天开始，你就算是我学妹了。

我是计算机学院的，你可以加我微信，以后电脑出了问题，随时都可以找我。"

郁小竹眼睛弯弯："不用，我自己会修电脑。"

学长愣了。

郁小竹说："一般重装系统啊或者需要在 BIOS 里修改的问题，我都会。"

学长沉默了。

一般女生连 BIOS 是什么都不知道。

祁深见男生问郁小竹要微信，本来是有点不高兴的，可是见郁小竹拒绝得这么干脆，微微勾了勾嘴角。

"郁小竹。"

两人还没到宿舍门口，就遇见了林杉。

林杉留在北城大学读研的事情，郁小竹之前就知道，没想到报到第一天就遇见他。

一年多不见，林杉看起来更成熟了。

"你叫郁小竹啊。"学长知道了郁小竹的名字，"真好听，我叫……"

"这位同学，郁小竹是我朋友，剩下的事情交给我就可以了。"林杉把学长的话打断，阻止他自我介绍。

学长有些不高兴："我是学生会的，有义务帮助新生。"

"新生还很多，你可以去学校门口再等等。"

林杉虽然性子温和，此时的语气却有几分强硬。

空气中有淡淡的尴尬弥漫开。

郁小竹见这个情况道："要不你们告诉我宿舍在哪儿，我知道个大概位置就行。我等一下还有事，赶时间。"

"我带你去吧。"林杉主动说。

学长见林杉和郁小竹本来就认识，也没坚持，就离开了。

林杉带着郁小竹去宿舍和食堂转了一圈。

其间祁深接了个电话。

当他挂了电话去找郁小竹和林杉时，远远看见林杉和郁小竹站在一起。

林杉属于那种特别干净的男生，年纪不大，但是一看就非常有头脑，性格也温柔。如果做男朋友，应该是体贴型。

他这一路也在观察。

北城大学是全国最好的大学之一，也是全国精英的聚集地，能考入这里的男生都是很优秀的。

大概是过了这一年多的时间，祁深心中的执念在一点点变少。

他觉得，有些事情不能勉强。

十二年的时间是跨不过的鸿沟。

郁小竹这么聪明，她在大学里应该会遇见不错的男生。

祁深跟在林杉和郁小竹后面，等两人回到学校门口才走了过去，将郁小竹送回家里。

这一路，祁深都没有说话。

周末两天，祁深是可以不加班的，但他还是待在办公室里。他知道，要收起某些心思了。

就像从前一样。

就算心里的城墙早已崩塌，但也可以重新建设，总有一天会建好的。

第 17 章

/

我选择你

周日晚上，祁深找了个借口没有陪郁小竹吃晚饭，晚饭过后才去接她，然后送她回学校。

今天是返校日，学校门口停了不少车，祁深绕了半天，才找了个路边的位置停下。

在郁小竹要下车时，祁深叫住她："小竹，你明天就是大学生了，作为……马上要卸任的临时监护人，我有些话想说。"

祁深很少以这种老气横秋的语气对郁小竹说话。

郁小竹本来都准备下车了，祁深的话让她有些紧张，听这语气，就好像下一句他就要说：以后再也别联系了。

郁小竹侧身看他。

车厢里的灯是关着的，只有外面路灯的灯光透进来。

祁深伸手，拨了拨郁小竹的刘海，故作轻松道："你马上十八岁了，也要成为大学生了。我想了想，我以前好像管你挺多的，不过还好你也不怎么生我的气。"

郁小竹盯着祁深，心里有种不好的预感："你不会……得绝症了吧？"

祁深的语气太沉重，就像是要跟她永别。

郁小竹觉得祁深最近这么忙，不会把身体累垮了吧？

"想什么呢。"祁深愣了一下，马上笑道，"只是想告诉你，以前我说的话，自今天开始就失效了。"

"什么话？"

"你长大了，有了自己的判断能力，有能力选择自己的人生、自己喜欢的人，以后我就不会再管你了。"

车内很安静，虽然男人的声音有些沙哑，但郁小竹听得一清二楚。

她盯着祁深，沉默了足足十秒，突然伸手抓住祁深的领带，把脸凑了过去，小声问："那我喜欢你，怎么办？"

祁深皱眉。

下一秒，郁小竹也不知道哪里生出的勇气，把脸凑得更近，在祁深脸颊上亲了一下，带着几分怯生生的语气问他："我能不能……选择你？"

车刚刚就熄了火，空调停了，车内的温度逐渐升高。

祁深被郁小竹亲了一下，表情连变都没变，坐姿也没变。

借着不算明朗的光线，祁深的目光落在郁小竹的脸上。

今天，女孩扎着马尾，没有化妆，小脸素净，一点也不像大学生，依然像个高中生。

郁小竹明明刚才还胆大包天，此时眸子怯生生的，绯红从脸颊快蔓延到脖子了，抓着他领带的手也松了不少。

祁深就这么静静地盯了郁小竹十秒，道："不行。"

郁小竹愣了。

她想过会被拒绝，但没想到祁深会这么直接！

她盯着祁深，眼眶红红的，带着几分委屈："可是……可是刚才那个是我的初吻。"

祁深皱眉。

他已经猜到了。

郁小竹见他没什么反应，抓着领带的手又微微收紧，脑袋耷拉着，小声吸了吸鼻子。

车内很安静。

郁小竹有一点点后悔自己做的事情。

如果祁深不喜欢她，那么她做的事情、说的话，从某种程度上说，都是在逼他。

这样是不对的。

喜欢只是一个人的事情，可是谈恋爱是两个人的事情。

她一个人说了不算，也不该她一个人说了算。

郁小竹把抓着领带的手收了回来，正想道歉，只听见面前的男人开口："你这个不算初吻。"

祁深的声音有些哑，比平时听起来更像成熟的男人。

郁小竹抬头。

祁深看着她，表情比平时要严肃许多："我今年二十八岁，是成年人。我们成年人谈恋爱和你们学生不一样，不是小孩子过家家。"

祁深说着，伸手将脖子上的领带扯松，身体往前压，语速很慢地说："在我们成年人看来，初吻是指接吻。"

男人身上有一种危险的气息弥漫开来。

看他往前压，郁小竹下意识往后退，不禁想拉开两人之间的距离。

祁深将女孩逼到门边才说："我们成年人，接吻以后，是被默许做下一步的事情的。"

当郁小竹整个人靠在车门上，一时不知道怎么应对时，祁深突然伸手过来，将她的腰托了一把，另一只手摸到后面——

"咔"的一声，郁小竹身后的车门开了。

祁深道："下车吧，我送你去学校。"

郁小竹呆呆地看着祁深，大脑一片空白。

他让她下车，她就下了车。

祁深见她下车，眸光黯了黯，却又告诉自己，这样是最好的。

就在刚才，祁深第一次觉得自己是个龌龊的人。

他明明很清楚郁小竹这轻轻掠过的一个吻，是她目前能给予的最大限度。

可是他还是想要更多。

他想吻她，想做更亲密的举动。他甚至有些分不清是车里太热，还是他由内而外的燥热。

或者是单身久了，他的控制能力变差了。

祁深觉得，自己如果真的做了什么，郁小竹可能会……讨厌他。

他不希望自己在郁小竹的记忆里，留下这样的印象。

郁小竹下车，看见祁深一边整理领带，一边走到车后，从后备厢中拿出行李箱，之后，拖着行李箱往学校方向走。

这里离学校还有一段距离。

夏天的晚上有些闷热。

郁小竹走在祁深身边，想着刚才在车里的事情。

快到学校门口时，她才问："祁深，你喜不喜欢我？"

她的声音虽然不大，但是晚上人少，周围安静得很，祁深肯定听见了。

男人的脚步没有停，继续往前走，步子比之前更快了一些。

人大概是一旦表白了，就有种想打破砂锅问到底的冲动。

郁小竹加快速度，跟上祁深的脚步，继续问："要不你就回答我你不喜欢我吧，那我也死心了。"

她说完，又后悔了。

"或者你告诉我你喜欢什么样的，成熟型吗？我觉得等过几年我就成熟了，你要是没喜欢的人，要不就等等我？"

祁深一语不发。

在已经可以看见女生宿舍楼的时候，祁深才站住，将行李箱立在地上，对郁小竹说："别胡思乱想了，好好读书。这里是北城大学，是全国精英的聚集地。等你上了四年大学，看过更多的风景，你就会觉得，世界上比我好的人很多。"

郁小竹摇头。

祁深抬手，轻轻拍了拍女孩的头顶："别人说我是奇迹，不是因为我是奇迹，我不过是赶上了一个好的时代。这个世界优秀的人很多，你越长大，可能越会发现我不过如此。"

郁小竹把男人的话认认真真地听完，把里面的关键词筛选了一遍，仰起脸问他："那就是说，你喜欢我对吗？"

他说了那么多，都没有说一句他不喜欢她。

郁小竹觉得，这个意思是不是……

他也喜欢她？

祁深嘴角勾起浅浅的弧度，轻笑一声，然后抬起手看了眼表，道："回宿舍吧，我还有事要忙。"

他依然没有说，他不喜欢她。

"等一下！"

郁小竹没有走。

她拉着行李箱的扶手，把行李箱平放在地上。

祁深本来以为她是要拿什么东西出来，没想到郁小竹直接站在行李箱上，双手环住祁深的脖子，在男人没反应过来时，嘴巴贴在男人的薄唇上，发出"吧唧"一声。

她问他："当你女朋友，我还要做什么？"

祁深看着郁小竹。

男人的表情沉静如水，眸底却有暗流涌动，垂在身侧的手微微握紧，问她："你确定要当我女朋友？"呼吸变得比刚才粗一些。

"不是很确定。"郁小竹否认。

在祁深微微有些搞不清楚她要做什么时，郁小竹又说："你如果喜欢我，愿意我做你的女朋友，我就答应你。"

郁小竹站在行李箱上，身高和祁深一样。

他们站的地方没有路灯，祁深不能很真切地看见女孩的表情。

可是，如果不是郁小竹步步紧逼，祁深觉得自己一定可以将自己的心思藏得很好。

他会像一个普通朋友一样，陪在她身边。

可是……此时女孩的胳膊搭在他的肩膀上，两人的距离不过几厘米。

祁深鼻息间是属于女孩的清甜香气，有点像草莓的味道。

祁深终于抬起手，大掌先是落在女孩的背后，盯着郁小竹，哑着嗓子问她："不后悔？"

"你要是不喜欢我……"

"我爱你。"祁深打断她的话。

不是喜欢，是爱。

成年人光是喜欢，不足以为一个人做这么多。

语毕，男人的吻已经落了下去。

郁小竹的唇软软的，涂着草莓味的唇膏，甜甜的。

祁深想继续，又怕吓着她，极力隐忍后，最终只给了她一个比刚才热烈少许的浅吻。

郁小竹脸颊微红。

明明一直是她在逼着他，可是男人真正回应后，郁小竹却又害羞起来。

她把小脸贴在祁深的肩膀上，小声问："那我现在……算不算你女朋友了？"

祁深抬手，拨开女孩颊旁的碎发，低低回了一个字："算。"

明明只是一个最简单的字，却让郁小竹的心情飞到了天上——活了十几年，好像从来没有这么开心过。

可她明明心里开心得不得了，却又不知道该如何表达。她觉得，就算现在把所有认识的人都叫过来，让她大声宣布一遍，都没办法表达她内心喜悦的万分之一。

原来和自己喜欢的人谈恋爱是这样的感觉。

郁小竹下巴埋在祁深肩膀处，小声偷笑。

祁深就这么抱着她。

"怎么了？"

"那个……以后我能不能晚上睡觉之前跟你说'晚安',早上起来的时候跟你说'早上好'?还有,我如果遇见了什么事情,能不能都发QQ消息告诉你?"郁小竹知道祁深忙,又说,"你也不用第一时间回我,有时间回我就可以。"

这是郁小竹一直想做的事情。

虽然她的消息祁深每次都会回,可是她的心里总是不太踏实。

"好。"祁深回答。

他一般看见郁小竹的消息都是必回的。

就算当时没有时间,事后也会补回。

郁小竹心满意足,又在祁深脸上亲了一下,才从行李箱上下来,道:"我们找个亮点的地方拍个照行不行?不然到时候别人问我有没有和男朋友的合影,我拿不出来,别人以为我骗人呢。"

"好。"

祁深点头答应。

男人拉着行李箱。郁小竹像是怕他把她丢了一样,跑过去紧紧拉住祁深的手。

这是两个人第一次牵手。

女孩的手软软的。

祁深垂眸看了眼身边的女孩,嘴唇的弧度更大了一些。

两人找了个光线充足的地方,前前后后一共拍了十几张照片。

祁深自己平时很少拍照,郁小竹要拍,他倒是很愿意配合。

等拍完照,祁深把郁小竹送到宿舍门口才离开。

北城大学的宿舍是前几年新建的,高十二层,楼内配有电梯。

宿舍都是四人间。

郁小竹的宿舍在八〇三。

上次郁小竹只是拿了宿舍的钥匙,还没有来过,也没有见过自己的室友。

郁小竹拖着行李箱到了宿舍门口，上面贴着宿舍四个人的名字。

里面传来几个女生聊天的声音，郁小竹深吸一口气，推门。

当郁小竹推开门时，宿舍里的声音突然停了。

三个女生坐在各自的位子上，齐刷刷地看着郁小竹。

其中一个敷着一张黑色面膜，看到郁小竹的时候，面膜掉了。

"你是……"另一个抱着平板电脑的女生发问。

郁小竹指了指宿舍里唯一的空位。

"你是郁小竹啊！"抱着平板电脑的女生站起来。

"我这刚拿了两天的舍花头衔，就这么易主了。"贴面膜的女生把面膜捡起来，扔到了一旁的垃圾桶里。

还有一个戴眼镜的女生原本正在看书，此时正把书签放进书里，对郁小竹说："欢迎。"

这两年的时间，郁小竹对这个时代已经非常了解，也算是完美融入。

可是在见新室友前，她难免有些紧张。

不过还好，三个室友似乎都是非常好的人。

郁小竹是新来的，其他三人都先自我介绍了一下。

贴面膜的女孩叫秦亚轩，是北方姑娘，桌上摆了一堆化妆品；抱着平板电脑看剧的小姑娘叫宓雪，个子不高，刚刚来两天，她桌上的摆设太有个人风格——铺着粉色格子的桌布，墙上固定着一个格子铁架，上面挂着小灯和玩偶；抱着书的姑娘叫唐词，桌上干干净净，除了书本，几乎没有多余的东西。

三个人介绍完，就等着郁小竹自我介绍。

郁小竹简单地说了一下自己的名字和星座之类的。

宓雪抱着平板电脑，先八卦："你有没有男朋友呀？"

秦亚轩："我猜有。"

本来郁小竹进宿舍前，已经做好要被问这件事情的准备。毕竟女生之间，这个话题不可能被避开。可是她们一问，郁小竹又有些不好意思，只是点了点头。

秦亚轩一边按摩着脸上的面膜精华液，一边说："郁小竹肯定有男朋友，说不定刚才就是男朋友送的。毕竟她这么好看，如果男朋友和她不在一个学校的话，肯定特别有危机感。"

宓雪问："那你男朋友是我们学校的吗？"

郁小竹摇头："不是。"

宓雪马上说："哇，那我觉得你男朋友很危险呀。你这么漂亮，开学肯定很多人追。"

郁小竹摇头，很自信道："那怎么可能，我男朋友是我表白了好几次才追到的。"

嗯，就是刚才，问了好几次呢！

"你追他啊？"

一直沉默的唐词说话了。

郁小竹的这句话，让本来热闹的宿舍一下子安静下来。

秦亚轩不相信："天哪，你男朋友是什么天神，能让你追？"

郁小竹正在收拾行李箱。她把祁深送的小熊拿出来，爬到二层床上放到枕头边，才说："反正，就是特别特别好。"

好得不得了。

任何人都比不了。

明天还不算正式开学，早上有新生体检和开学典礼。

大家聊了一下八卦就各自睡下了。

郁小竹躺在床上，抱着手机，给祁深发了个晚安。

只过了几秒，就收到了男人的消息：晚安。

虽然只有短短的两个字，还是让郁小竹用手攥着被子，一直拉到鼻梁的位置，藏在被子下的嘴角笑得根本收不住。

郁小竹以前只觉得自己喜欢祁深，可就在他变成自己男朋友后，这种喜欢好像就凭空开始翻倍。

一倍，两倍，三倍……

等郁小竹反应过来的时候，发现自己已经喜欢他喜欢得不得了。

这种感觉好奇怪，只是变了个身份，心情却完全不一样。

明明只分开了几个小时，她却觉得自己很想祁深。

从来没有这么想过。

郁小竹给祁深发消息的时候，祁深正和几个朋友在会所喝酒。

是尹亦洲叫他来的。

大概是人心情好的时候，不想一个人待着吧。

不过即使在会所，别人喝酒，祁深也只是在角落里坐着，时不时看一眼手机。

正因为如此，郁小竹发来"晚安"消息时，祁深可以第一时间回过去。

尹亦洲从开始就在旁边观察。

自从祁深回国，他一个月内叫祁深喝酒的次数在六次以上，祁深每次不是加班就是应酬，从没来过。今天对方突然答应，他一时都没反应过来。

刚才祁深回了条消息，那眼角眉梢的笑意……

啧啧啧。

他还能不懂是怎么回事？

尹亦洲端着酒坐过去，先绕了个弯子，问："深哥，有啥好事？是不是你的手机项目有大进展了？给哥们说说啊。"

这就是明知故问。

一上来就问祁深是不是恋爱了，以祁深的性格，肯定不会说。

祁深摇头，什么话也没说，可男人嘴角的弧度明显，明显心情好得不得了！

尹亦洲更确定了自己的猜测，继续说："深哥，你这样不对啊！有什么发财的路子不跟兄弟说！"

祁深看他："我都快破产了。"

确实，祁深现在在手机研发项目上投进去的钱太多了，而且目前看来，这种烧钱模式至少还要持续一到两年。

悟空直播又遇到了问题，几个大主播相继出事。

要么是 N 年前还是小主播时说的一些不恰当言论被人翻出来，要么就是自己行为不端遇上仙人跳，都是直接被封号，怕是很难再有出头之日。

祁深后来查了，又是霍城做的。

他突然觉得，霍城这人真的记仇。

尹亦洲没把这事当回事："你是能人，车到山前必有路。我爸那天还问你手机项目呢，说你有事让我帮帮你。"

"谢了。"祁深拿起酒杯，和尹亦洲手上的酒杯碰了一下。

他手里这个项目，如果真的到了缺钱动不了的地步，那么所需要的钱，尹家是绝对给不起的。

尹亦洲看时机差不多成熟了，脑袋凑过去，小声问："不是发财的事情，还有啥事能让我深哥这么高兴？"

祁深不吭声。

尹亦洲乐呵呵地笑："我猜猜，是不是庆典那天那个小妹妹，我要改叫大嫂了？"

要是让一般人冲比自己小好几岁的人喊大嫂，肯定是叫不出来的。但尹亦洲不一样。

他这人这辈子就佩服祁深。

只要是祁深选的女人，别说是十八岁了，就算是八十岁，他这声"大嫂"也能诚心诚意地喊出口。

祁深依然没说话。

那就是默认了。

尹亦洲拿着酒杯，继续找话题："深哥，其实兄弟我是有点生气的，这个小……我大嫂你是什么时候认识的啊，我怎么以前一点也不知道这个人？"

尹亦洲就想不明白了，祁深这么个大忙人，到底是什么时候忙里偷闲，认识了这么个小姑娘。

祁深这才回他："认识挺久了。"

"挺久是多久啊？"尹亦洲不信。

以前他和祁深见面多，也就这两年祁深开始忙活手机的事情，他们见面才少了。

祁深漫不经心地回答："十几年吧。"

从他十岁的时候，到现在。

虽然其中有十二年郁小竹缺席，可是这十二年，她一直在祁深心里住着，从来不曾消失过。

"十几年？"尹亦洲自然不会想到什么消失啊，失踪啊这样的事情，他的脑袋里只想到一种可能性，"原来你是早早就看上人家小姑娘了，等了十几年，终于等到十八岁下手了，对不对！"

尹亦洲也见过那种特别特别可爱的小萝莉，也会想她长大了一定是标致的美人。

可他最多也就是这么一想。

尹亦洲越想越觉得自己想得靠谱。

这么多年，他给祁深介绍了多少女人，什么类型的都有，一个也没入祁深的眼。

原来是等着这么一个呢？

"去你的，我这么不像人吗？"祁深骂尹亦洲，语气并不是真的生气。

虽然有缘由，可他们实实在在有十岁的差距。

祁深心里知道不应该，却控制不住自己。

比如现在，明明发过晚安短信，他却还是想问问郁小竹在做什么。

"咳咳……"尹亦洲轻轻咳嗽两声，"那你，那你下次把我大嫂叫出来行不行？咱们好歹是兄弟，我跟我大嫂连个正式的招呼都没打过，我内心都过意不去！"

尹亦洲想跟郁小竹正式见面只是一个小小的借口。

他觉得，既然从祁深这里套不出话，从郁小竹那里总能套出来吧。

他更想知道的是，这小姑娘有什么魔力，能把他深哥套牢十几年！

九月一日当天，北城大学新生军训开始，经济学院新生被分到了第四营。

经济学院女生较多，早上教官让站军姿，不到半小时的时间里，整个营中暑了十几个。

不远处的树下阴凉处，齐刷刷地坐了一排女生。

郁小竹体育不算好，身体素质还可以，第一天虽然有些辛苦，还是坚持了下来，只是明明仔仔细细涂了防晒霜，脸上、手上还是明显黑了一圈。脱掉迷彩服后，她脖子上有很明显的色差。

宿舍四个人一起行动，吃完晚饭后一起往宿舍走。

刚到宿舍楼门口，就有一个穿着迷彩服的男生跑过来，直接跑到郁小竹面前，提着一个大塑料袋说："同，同学，你，你渴吗？"

那男生结结巴巴说了一句话，脸直接就红到耳根了。

秦亚轩反应最快，拉着宓雪和唐词的胳膊冲着郁小竹说："我们去那边等你！"

郁小竹先愣了一下，很快也反应过来，赶紧摆手："我不渴，谢谢你。"

那男生不甘心："这是我给你买的水，我买都买了，你，你要不就收下吧？"

男生手里的塑料袋里差不多放着七八瓶饮料，颜色不一，似乎是不知道郁小竹爱喝哪个，就都买了。

"对不起啊，我不能收。"郁小竹知道男生什么意思，直接把他的念头扼杀在摇篮里，"我有男朋友了，所以不能收其他男孩子的东西。"

她有男朋友了。

说出这句话的时候，郁小竹甚至有点小骄傲。

那男生愣了，手里攥着水，收也不是，不收也不是。

郁小竹看他这么为难，从口袋里拿出手机："要不你把收款码给我，我把钱转给你，这个水算是我买你的。"

"算，算了！"那男生说完，提着水就跑了，跑的时候，眼眶好像都红了。

回到宿舍，郁小竹就把有人给她买水的事情发消息跟祁深说了。

祁深的电话很快打了过来，直接问："这男生喜欢你，你拒绝了吗？"

"我当然知道了，我可是从小被人追到大的。"郁小竹拿着手机站在宿舍阳台上，为了让祁深安心，解释道，"我告诉他我有男朋友了，他就走了。"

电话那边沉默了几秒后，男人饶有兴致道："从小被人追到大？"

郁小竹拿着手机站在阳台上，本来是看着楼下来来往往的学生，听到祁深这么一问，她把目光收了回来，眨巴两下眼睛，说道："对呀。"语气比起平时多了几分无邪。

祁深此时还在公司，黑色的签字笔在手里转了个圈，他抬眼看了看窗外。

太阳刚刚落山，天还没黑。

他问："今晚没事了？"

现在这个时间，应该足够他去一趟北城大学见郁小竹一面，再继续回来工作。

当这个想法冒出来时，祁深觉得，自从和郁小竹确认关系后，他变了。

工作好像不是最重要的了。

或者说，也可以稍微放在郁小竹的后面一些。

下一秒，电话里就响起郁小竹带着几分沮丧的声音："等一下还要去开会，不知道几点结束。"

祁深已经毕业好多年了，他记得他们那时军训，晚上也会有各种各样的活动。要么是检查内务，要么是拉歌比赛。

这些计划在军训开始前就安排好，并且会在学校网站上公示出来。

祁深顺手打开北城大学主页，很快找到了本届新生的军训安排。

他正在看的时候，听见电话那边郁小竹问他："军训十八日结束，十九日那天我休息，那天你在北城吗？我想去找你。"

因为不想耽误祁深工作，郁小竹又说："你不用担心我打扰你工作，你忙你的，我，我会自己找事情做的。"

女孩说得很快，似乎是怕说慢了被他拒绝一样。

"十九日我在北城，早上我去接你。"祁深顿了顿，继续说，"这个周日晚上你们休息，我晚上去学校里接你吃晚饭。"

"你知道？"

"嗯，军训安排在你们学校的主页上。"祁深回答。

郁小竹这才想起来，他们的军训安排早就在学校主页公示了。

"好！那我等你！"

挂了电话，郁小竹转头想开阳台的门，就看见……

秦亚轩和宓雪两个人的椅子挨在一起，目光齐刷刷地看向她。

郁小竹低头，看见阳台的门没锁好，留了一条窄窄的缝隙……

见郁小竹进来，秦亚轩先说："不是我们想故意偷听你跟你男朋友打电话，是门没锁好，宿舍就这么一点大，然后我们就……"

宓雪："全听见了。"

有那么一秒，郁小竹恨不得找个地缝钻进去！

可惜她宿舍在八楼，没什么地缝让她钻。

宓雪拿着平板电脑挡着自己的半张脸，只露出一双八卦的眼睛，道："你男朋友多大？都工作了呀！就算是你追他，你这样也太卑微了，见面还要考虑打不打扰他工作？"

秦亚轩双手环在胸前，不满地点头："我觉得你就是把自己放太低了，你男朋友就算再优秀再帅，今年都上班了，至少二十三岁了吧？你看你，能考上我们学校已经是全国百分之一的精英了，人又长得漂亮，配他肯定绰绰有余。"

宓雪附和道："就是就是，那天咱们英语分级考试我都看过了，我们系虽然男生少，但有些质量挺高的，我觉得你不要在一棵树上吊死。"

秦亚轩："对，至少你不能摆出这么低的姿态！以我的经验看，你这么宠着他，他会越来越把自己当回事的。"

听到两个人的话，郁小竹倒也不生气。

她把手机收起来，回到自己的座位旁，拿起梳子一边重新梳马尾，一边说："我乐意宠着他呀。"说的时候，声音里像掺了糖，嘴角的笑意藏也藏不住。

秦亚轩默默叹了口气，脑袋歪着，搭在宓雪的肩膀上："宝贝，别劝了，这个已经是恋爱脑晚期，救不回来了。"

宓雪点头，默哀道："我觉得也是。"

郁小竹没觉得自己宠祁深，她觉得自己没做什么，只是希望少给祁深添点麻烦而已。

从那天起，郁小竹就开始每天算日子。

她从来没有觉得七天这么长。

她熬得头都快秃了，才终于从星期一熬到了星期日。

经过七天的军训，郁小竹已经从之前那个水水嫩嫩的小姑娘，变成了黑皮小妞。

周日下午军训结束，郁小竹打算在祁深来之前先回去换身衣服洗个脸，光速涂个晒后修复什么的。

她去跟秦亚轩她们几个说自己要先回宿舍。

自从军训开始，她们四个都是一起行动，军训结束一起去吃饭，然后一起回宿舍，和连体婴差不多。今天郁小竹要先走，宓雪马上拉住她："我们也要回宿舍，我们说好晚上去吃火锅的。"

郁小竹摆手："我就不去了。"

秦亚轩过来，她个子高，很自然地揽住郁小竹的脖子。

"嗯？有情况！"

"那个……"郁小竹想说男朋友要来，还没说，脸就红了。

秦亚轩秒懂："要去见你男朋友？那就让他等着，谁家男朋友还不等女朋友啊？"

宓雪："就是，就是。"

唐词平时话少，见她们强留郁小竹才说："小竹是想回去化妆吧？"

郁小竹不好意思地捋了一下马尾："也不是，我就是想回去涂个晒后修复。"

主要是她不会化妆，宿舍也没有化妆品。

"涂什么晒后修复。"秦亚轩一脸自信，"交给我吧，我给你化妆，保证你美美的。"

宓雪也在旁边附和："轩轩化妆超级厉害，那天晚上我开直播就是她帮我化的，粉丝都说妆化得好。"

郁小竹不禁有点心动。

她倒不是想化得多美，只是想变白一些。

现在的她太黑了，黑里透红，怕祁深嫌弃她。

郁小竹边走边给祁深发消息，想告诉他，自己要先回一趟宿舍，让他等一下。

她的消息还没编辑完，耳边就响起宓雪和秦亚轩的对话。

"那个穿衬衫的好帅，是不是明星？"

"那个是……祁深吧？"

郁小竹猛地抬头，第一反应就是看向那天她向祁深告白的地方。

果然，祁深站在那里。

男人穿着衬衫西裤，和周围穿着迷彩服或者休闲服的学生在造型上有很大区别。

他站在人群里，很难被忽视。

祁深前几年在社交平台上特别火，热度和二线明星差不多，随便发个微博，评论就有大几千，转发上万。就算北城大学的学生沉迷学习，大部分也是认识他的。

此时，路过他身边的女生们几乎都放慢了脚步，目光整整齐齐，都停留在他身上。

有一些女生干脆站在一旁看。

这就好比学校里来了个明星一样。

但祁深又不是明星，没人主动上前，大家也不好意思过去。

"祁深。"郁小竹是众人中第一个开口的。

她的声音不大，却足够让祁深听见。

宓雪下意识地想拉住郁小竹，可是郁小竹已经跑了过去。

秦亚轩和宓雪的第一反应是郁小竹也是祁深粉丝之一，看见本尊忍不住就过去了。

两个人正想去把郁小竹抓回来时……

祁深看见郁小竹，嘴角勾起温柔的笑。

等郁小竹走到他身边，男人抬手摸了摸她的头发，两人亲昵地说着什么……

秦亚轩蒙了："是我猜的那样吗？"

宓雪："是吧？"

唐词站在一旁，最为冷静："她的手机桌面就是她和祁深的合影。"

秦亚轩和宓雪齐刷刷地看向唐词，异口同声地问："你看过？"

唐词解释道："那天小竹她把手机放在桌子上，来了条信息，屏幕亮了，不小心就看见了。"

宓雪："那你不告诉我们？"

唐词微微一笑："人家的秘密，我也不好说，不过现在不是知道了？"

三人说话时，郁小竹已经把祁深领到了她们面前。

她先向祁深介绍三人："这是我室友，秦亚轩、唐词，还有宓雪，姓是甄宓那个宓。"

祁深微微颔首，嘴角带笑，对着三个女孩说："你们好，我叫祁深，小竹的男朋友。"

他们确定关系的时间很短，这是郁小竹第一次听祁深介绍他是她的男朋友。

　　她觉得，这大概是这世界上最好听的话了，光是听着，就觉得心里甜滋滋的。

第18章

/

你可以多信任我一些

平时宿舍四个人里，性格最活泼的就是宓雪。

此时宓雪一个劲儿地点头，什么话都说不出来。其他两个人也不说话。

郁小竹先问："那个……我们等一下要去吃饭，你们要不要……和我们一起去？"

三个人面面相觑，谁也没发言。

她们三个本来是打算叫郁小竹一起出去吃饭的，现在突然多个人，还是祁深，好像有点……不好意思。

郁小竹说完，祁深才说："你们大学四年应该都在一个宿舍，我有些事情想麻烦你们，可以请你们吃饭，慢慢说吗？"

男人嘴角带笑，表情看上去非常温和。

因为最近瘦了，他本人比几年前在微博上看起来更帅。

郁小竹惊讶地看祁深："你要跟她们说什么？"

这个她不知道！

他们刚才只是说好要请室友吃饭而已，根本没提其他的事情。

祁深没回答郁小竹，而是问："你们需要上去换衣服吗？我在楼下等。"

宓雪："要不……不换了吧？"

秦亚轩也点头："要是在门口吃的话，就不换了。"

"都可以。如果你们对这里不熟悉，我可以选几个地方让你们参考。"

祁深没有把选餐厅的主动权完全交给几个大学生。

她们几个年龄小，可能也没去过好的餐厅，而他作为郁小竹的男朋友，第一次请她的室友吃饭，档次当然不能太低了。

郁小竹也明白了祁深的意思，对几个室友说："走吧走吧，去换衣服吧。"

她们白天军训一直穿着迷彩服，休息就直接坐操场上，脏得不得了，这么穿着去餐厅也不太好。

秦亚轩见状，突然问祁深："小竹的男朋友，我们想给小竹化个妆，要等多一点点时间，你介意吗？"

"我不用……"郁小竹刚想拒绝，祁深已经把话接了过去。

"去吧，我在楼下等你们。"

男人语气温和从容，似乎对秦亚轩提出的事情不但不生气，反而很乐意。

宓雪在旁边羡慕得连眼泪都差点流下来。

四个人往宿舍走。

路上，秦亚轩先开口道："对不起，郁小竹，我收回我之前的话。"

宓雪也说："我也是。"

郁小竹一头雾水："什么话？"

"这样的男朋友确实值得追好几次。"

"值得你宠着他。"

"值得卑微。"

"你配他不是绰绰有余。"

"也确实应该顾及一下见面会不会打扰他工作。"

……

宓雪和秦亚轩两个人一人一句，一路说到宿舍门前。

唐词开门。

几个人把衣服换好，郁小竹本来都准备出门了，秦亚轩把她压在自己的椅子上："来来，化妆。"

"不用，走吧。"

郁小竹不想让祁深多等。

秦亚轩把自己桌子上的灯打开，又把镜子拿过来："看看，都丑成什么样了。我们丑就算了，楼下那可是你追了好几次才追上的男朋友，你这么丑去跟他吃饭，不怕他退货？"

"不会的……"

"不会也不行。"秦亚轩说着，把一堆瓶瓶罐罐拿出来，"给我五分钟就行。"

秦亚轩对化妆很有研究，自然知道给郁小竹这种小可爱要怎么化。

她只给郁小竹涂了一层轻薄的底妆，把脖子处晒出来的印子遮掉，简单做了修容，画了细细的内眼线，在南瓜色眼影盘里选了两个暖色的眼影，眼下画了卧蚕。

最后，还不忘涂上大片的腮红。

一个妆五六分钟搞定，郁小竹整个人已经变了样。

之前郁小竹虽然是可爱型，但是脸蛋干干净净；化过妆后，她就像一个洋娃娃，典型的蜜桃女孩，J国杂志上的那种。

秦亚轩站在那儿欣赏了半天自己的作品，怎么看都觉得缺点什么，最后拿出卷发棒，帮郁小竹把头发卷了一下。

这副样子配上郁小竹身上的裙子，用两个字形容——

完美。

郁小竹真的没想到，秦亚轩化妆居然……这么厉害！

几个人在楼上待了不到二十分钟就下了楼。

祁深依然站在原来的地方。

周围围满了女生。

她们下楼的时候，有个女生跑过去正跟祁深说话，祁深回了几句，往女生宿舍那边指了指。

正好郁小竹过来。

此时郁小竹已经走近了，她听见祁深对那女生说："我女朋友来了。"

那女生看了眼郁小竹，愣了一下，眼底的惊艳藏也藏不住，赶紧道歉："对不起，打扰了。"说完，直接就跑了。

祁深一眼就看出郁小竹化妆了，而且化得很好看，这个妆容比起之前庆典活动的要更适合她。

男人的手伸过去，很自然地落在郁小竹的肩膀上，道："我的车停在学校东门门口，需要走一段，你们可以先考虑吃什么。"

"你定！"

"对对，我们吃什么都行！"

唐词温温柔柔地补了句："我们听小竹的。"

她说完，宓雪和秦亚轩都看了过去。

宓雪一脸崇拜："词词情商太高了，今晚词词负责发言好了。"

唐词这个人性格文静，话不多，但是每次开口，基本上都不是废话。

之前三人说要去吃火锅，郁小竹就带着大家到了一家很小众的海鲜火锅私房店。

几个人进去后，服务员拿来了菜单。

祁深微微示意，服务员先将菜单交给郁小竹的三个室友。

三个人抱着菜单看了半天，齐刷刷地抬起头来。

唐词问："这菜单是没有价格吗？"

祁深笑道："喜欢吃什么，点就可以了。"

宓雪拿着手机，有几分不好意思："那个……我能拍照吗？我是主播，没来过这样的地方，想随便发一发跟粉丝分享。"她说完又补了句："放心，肯定不拍您。"

这个"您"是指的祁深。

祁深点头。

于是就变成了其他两个人点菜，宓雪在那儿拍照。

等菜上来，宓雪也先拍照。

菜下锅，秦亚轩先问："小竹的男朋友，你说找我们帮忙，是不是怕小竹太受欢迎，被抢走了？"

祁深这么厉害的人物，一般也不可能有什么事情是需要她们帮忙的。

如果有，也就是帮助一下自家女朋友之类的。

秦亚轩率先开口问祁深，主要是这菜单没价格，她们又点了这么多，越想越慌。

祁深浅笑，偏头看向身边的郁小竹，用略带担忧的语气道："嗯，我快三十岁了，终于遇见一个喜欢的人，年龄比我小这么多，长得又可爱，从小被人追到大，我好不容易追到手，很担心被你们学校其他优秀男生截和了。"

祁深语速不快，说得特别认真。

郁小竹越听祁深的话，越觉得离谱，正想发表意见，宓雪先问："小竹不是说是她追你吗？她说她追了好几次。"

"是我追他呀！"郁小竹肯定地说，语气里莫名透着几分骄傲。

唐词看着两个人都说是自己追的对方，忍不住捂嘴笑了起来，没说话。

祁深听郁小竹这么说，点头道："确实是她先开口。因为我年龄大，本来不敢奢望她能喜欢我。"

祁深这两句话说得宓雪和秦亚轩都要抱一起哭了。

这是什么百年难得一见、优秀又痴情的男人呀！

火锅里的海鲜烫好了。

宓雪夹起一根蟹腿肉，吃了一口。

美味！

这种大螃蟹腿，她只在其他主播的吃播里见过，自己从来没吃过。

宓雪把蟹腿肉咽下去才对祁深说："小竹的男朋友你放心，如果有人找我们打听小竹的情况，我们一定会告诉他们，小竹有个他们这辈子都赶不上的男朋友。"

一个被蟹腿肉收买的室友。

唐词也说："我会告诉他们，小竹有个感情很好的男朋友。"

秦亚轩："谁跟我套近乎不是追我是追郁小竹，我就当场翻脸，拒绝带话。"

火锅吃完，餐厅里又送了冰激凌。

饭后，祁深开车把四个人送回学校。

车停在学校门口，三个人特别上道地先下了车，把车内空间留给郁小竹和祁深。

当车门关上，郁小竹斜睨着祁深，没有动。

祁深拿出手机，正要说话时，就听见郁小竹说："我……我想抱抱你。"

其实，刚见到祁深的时候，郁小竹就想抱抱他。

之前上高中时，他是她的临时监护人。

他们虽然见面也不多，但她都没有这么想他，更没有想更多接触的想法。

自从祁深成了她男朋友，她就很想他。

刚才在学校里见到祁深，她就忍不住跑了过去，根本顾不得别人的眼光。

想牵他的手，想抱着他撒娇，怎么也控制不住。

可是刚才室友在，祁深只是把手搭在她的肩膀上，她也不好意思主动。

祁深还没说话，郁小竹突然抬腿，单腿跪在中间放水杯的地方，下一秒，郁小竹身体就倾了过去，搂住祁深的脖子。

她虽然行为大胆，脸却红到脖子根了。

然后，她小声问："那个……我是不是太不……矜持了？"

郁小竹只是打算抱祁深一下就坐回去，可刚动一下，男人的胳膊就自然地搭在她后腰上，然后将她带到自己腿上，道："不会。"

祁深想说，她这哪里算是不矜持，他心里想做的事情更多。

不过是怕她接受不了，一直忍着罢了。

祁深把手机从口袋里拿出来，道："恒安区的那套房子我打算重新做软装。我找了几个软装设计师做了几套方案，你选一下。"

他打开手机里的一个单独相册，里面分文件夹放着几套设计方案。

郁小竹被祁深禁锢在他腿上坐着，其实是有些不好意思的。

可她又很愿意这样坐着。

自从变成恋人关系，她就很喜欢和他进行这种亲密的互动……她甚至有点怀疑，自己脑袋里是不是藏了许多黄色废料，只是以前没发现而已。

郁小竹坐在那儿，没看软装设计，而是先问："你不是不喜欢家里放家具吗？"

之前祁深说过，他对家里有家具这件事感到恐惧。

祁深胳膊轻轻环着女孩的腰，道："我在那间小公寓里试着放了家具，发现现在情况好一些了。"

祁深确实在郁小竹隔壁那套房子买了些家具，但他的情况其实并没有好多少。

不过他最近有空都会去那里住，尽量让自己克服这个心理障碍。

郁小竹将信将疑："真的？"

"真的。"祁深拨开女孩脸颊旁的头发。

祁深想得远。

他觉得，如果以后要结婚，他不可能让郁小竹去适应他。

家这个地方，该有的家具，肯定是要有的。

郁小竹简单看了一下几套软装设计方案，选了一套家具看上去最少的，道："要不就这个吧？"

祁深看了一下，问："是因为它家具少？"

郁小竹摇头，撒谎："也不是，就是觉得颜色挺……和谐的。"

其实这几套软装设计都做得非常棒，选哪一套不过是看个人喜好而已。

郁小竹其实更喜欢白色系的那套，可是那套家具有点多……

祁深也没反对。

这套房子他不打算拿来做婚房，只是北城大学离他恒安区的房子不算远，想让郁小竹周末或者假期偶尔过去住一下而已。

定下了设计，祁深道："走吧，我送你回宿舍。"

现在已经快十点了。

郁小竹抱着手机，听祁深说要送她回去，马上又把手机抱紧："那，那我再看看其他几套吧……"

北城大学的官网公示出来的军训安排里，只有今天晚上有休息。

下次见面就要到十九日了。

这时手机已经锁屏了，既然刚才说了要再看看其他设计，郁小竹自然要先装装样子。

她双手把手机端到祁深面前，等着他解锁。

车内灯熄着，只有车外的灯光照进来。

郁小竹今天化了妆，刚才饭后，她把口红吃没了，秦亚轩又帮她补了一些。

女孩的小脸看着粉扑扑的，配上眼睛下面的卧蚕，整个人可爱又有朝气。

祁深看着女孩的脸，低头将手机解锁。

手机上跳出刚才郁小竹选定的设计方案。

他先将这个页面缩小，然后进入指纹录入设置。

手机界面上很快弹出新指纹录入的提示。

郁小竹看着祁深操作，不知道他要做什么时，男人将她的右手拇指拉到手机屏幕下方，按住。

"啊？"

郁小竹知道祁深要做什么了，她下意识抽手。

"别动。"男人力气大，将她的手按压在手机屏幕下方，"下次解锁我的手机，你就不用喊我了。"

祁深就这一台手机……

这里面有祁深的通信信息，可以查看许多资料。

指纹录入到一半，郁小竹忍不住问："你就这么把我的指纹录入你手机，不怕我窃取你的资料呀？"

她只是想让祁深解锁一下手机，没打算把自己的指纹录进去……

而且她大部分时候，并不需要用他的手机。

郁小竹把手又往回缩了缩："别录了，我平时都用我自己的手机。"

祁深抬头看她："之前的庆典活动，是谁因为我和别人说话，连过来打招呼都不敢？最后化了个不适合自己的妆，穿不适合自己的衣服和鞋，脚都破了。"

想到那天的事情，郁小竹就觉得有些丢人。

也是从那天起，她对高跟鞋这个东西有了心理阴影，大概这辈子都不会穿了。

郁小竹噘嘴，微微扬起小下巴："那也得怪你！你如果早早告诉我你喜欢我，我才不会做那种傻事呢。"

当时她一直觉得祁深喜欢成熟型，特别担心祁深喜欢别人。

"以后我的手机对你完全开放，你可以多信任我一些。"祁深浅笑，大掌握着女孩的右手，把指纹录入好，又把手机锁屏，"试试吧。"

郁小竹的右手拇指在手机下方点了一下，手机解锁。

郁小竹拿着手机，抬眸看向祁深："你就……这么放心我呀？不怕我有指纹，乱刷你支付宝什么的？"

一般手机的支付方式都是指纹支付，有指纹，基本上可以为所欲为了。

祁深平视着坐在自己身上的女孩，伸手揽住她的腰，摇了摇头，道："我刚才说的话是真的。"

"哪句？"郁小竹不明白。

祁深苦笑一下，道："我最近两年特别忙，可能没有太多时间陪你。大学里的男生应该比我更有时间，所以我很担心你被别人截和了……"

郁小竹意外。

祁深的手攀上女孩的脖颈，手指扶着女孩的脸颊，将她的脸压向自己的方向，道："担心得……晚上连觉都睡不好，害怕早上起床会收到你的分手短信。"语毕，微微倾身。

他的唇压在女孩的嘴唇上，动作很轻，可是压在女孩脸颊上的手指，指尖微烫，微微颤抖，和男人轻描淡写的吻的力度完全不同。

祁深用舌尖描摹着女孩的唇形，没有更深入，却又舍不得离开。

这是他爱了十几年的女孩。

以前她不属于他，他只担心郁小竹会遇见什么不开心的事情，担心她会被人欺负。

可是现在她属于他。

祁深发现，在郁小竹属于他后，他才是真的痛苦。

比起曾经的那些担心，他更怕因为自己太忙，或者一些其他的原因，郁小竹会喜欢上别人，会发现他们并不合适，会遇见更合适的人，然后离开他。

可偏偏这个时候，他有不得不去做的事情，没有太多的时间陪郁小竹。

这个吻并没有持续太久。

祁深正要拉开距离，下嘴唇却被郁小竹咬了一下。

女孩的动作很轻，并没有咬破皮。

郁小竹两只手托着祁深的脸，问他："打个赌好不好？"

"什么？"

"赌我不会和你提分手。"郁小竹很认真地说，"当然，你也不能和我提分手。我们谁提了，谁就输了。"

明明是个幼稚的赌约，祁深却忍不住问："输了怎么办？"

他想知道，输了怎么办。

"输了……"郁小竹没有想到这一步。

祁深的问题，是真的把她难住了。

郁小竹觉得，自己肯定不会提分手。

她也没法告诉祁深自己多喜欢他。

可她心里知道，这么喜欢，怎么舍得分手？

可是如果祁深和她提分手……

应该是他有了更合适的人。

人家都变心了，她让他做什么都没用……

郁小竹想到这里，居然有几分难过，吸了吸鼻子，道："输了就是小狗，学一百声狗叫！"

说话时已经有了鼻音，说完，她眼圈就红了。

郁小竹觉得丢人，干脆把手机扔给祁深："我要回去了。"

见她要哭，祁深哪里会让她走。

"如果我提了，我学一万声狗叫，还戴狗耳朵、狗爪子学，行不行？"

"那时候都分手了，你学关我什么事。"郁小竹不高兴。

她发现自己并不喜欢讨论这个话题。

她不想分手。

"那我把视频传到微博上，让所有人都看见，行不行？"祁深这么说，不过是想哄郁小竹高兴。

他只担心郁小竹会喜欢别人，却从不担心自己。

他爱她这么多年，怎么会舍得变心？

郁小竹破涕为笑，举起拳头，伸出小拇指："拉钩！"

"嗯，拉钩。"

这么幼稚的事情，祁深小时候都没做过。

送郁小竹回去后，祁深回到了他在郁小竹隔壁买的那个小公寓里。

这里之前已经让人布置了些家具。

客厅里有沙发、茶几、电视柜，卧室里有床和衣柜。

祁深换鞋进屋，首先看见客厅里离沙发很近的茶几，不禁皱了皱眉头。

祁深的心理问题很奇怪。

当他认定某个房子属于自己时，就会产生心理压力，但是在别人家完全不会有此类负担。

祁深在原地站了一会儿，走到沙发旁边，看着沙发和茶几中间很宽敞的通道，迟疑了一下，还是迈步过去，坐在了沙发上。

他抬眼看着面前的茶几，明明离沙发还有一段距离，但在他眼里，还是太近了。

当然，也有这个房子面积太小的缘故。

如果是在恒安区的平层里，距离可以更大一些。

祁深坐在沙发上，打开电视，调到财经台，一边听财经新闻，一边将手机拿出来，询问研发那边的情况。

手机突然响了一下，跳出郁小竹的信息：晚安。

明明只是一条信息，却让祁深忍不住勾起嘴角，回她：晚安，十九日早上我就去接你。

北城大学。

郁小竹此时已经卸了妆，躺在被窝里刷某宝。

刚才她借秦亚轩的卸妆油把妆卸了，本来白白嫩嫩的皮肤马上露出了真面目。

郁小竹看着镜子里黑了不少的皮肤有些泄气，左思右想，还是决定在宿舍微信小群里问："轩轩，睡觉了吗？"

很快，旁边床传来秦亚轩的声音："啥事？"

郁小竹小声说："你能不能给我推荐些化妆品，嗯，就是粉底什么的。"

她对化妆品不了解，只是化过两次妆，知道大概步骤，但是这些瓶瓶罐罐具体叫什么,她不太清楚。

"想学化妆吗?光买粉底不够哦。"秦亚轩道。

"就是想把脸涂白一点。"郁小竹郁闷,"最近太黑了,等军训结束,我怕自己黑得见不了人了。"

她的计划是,马上选好下单,等到十九日的时候,快递应该都到了。

就算秦亚轩不介意,她也不能每次都用秦亚轩的化妆品。

"唉,我也是。"宓雪突然开口,"我也晒黑了好多,等军训完还不知道怎么见人呢。"

"没事,一起丑。"秦亚轩说完,又对郁小竹说,"小竹,你这种情况,买个 BB 霜就可以,再买个散粉,其他腮红、睫毛夹、睫毛膏随便买点。"

"慢,慢点。"郁小竹平时记单词挺快的,这会儿听秦亚轩说化妆品的名字,突然有点头晕。

她抱着手机记。

秦亚轩等了她两秒,干脆说:"明天我有空列个单子给你吧。"

第二天,郁小竹就收到了秦亚轩给她列的化妆品单。

上面虽然列了十几样东西,但秦亚轩很贴心地标了"必买""推荐""其他"三类标签。

郁小竹把"必买"和"推荐"里的东西都在网站上下了单。

两天后,快递都到了。

十九日当天,郁小竹睡不着,早早就起床,穿了个小吊带,坐在椅子上开始尝试自己化妆。

她收到化妆品后,秦亚轩从网上找了几个基础化妆教程,郁小竹这几天睡觉前看了好几遍,把过程都熟记于心。

郁小竹把视频又找出来,跟着教程一步一步来。

大概过了二十分钟,郁小竹的第一个妆化完了。

她坐在镜子前看着镜子里的自己,越看越觉得哪里不对。

最后看不下去,她干脆拿着卸妆油,去洗手间把脸上的妆都给卸了。

秦亚轩刚才就醒了。她看着郁小竹去卸妆，又看郁小竹回来重新化妆。

等郁小竹重新坐下来后，秦亚轩才说："你可以把修容的步骤省去，你脸这么小，鼻梁也挺，不用修容也没关系。"

"这样吗？"郁小竹刚才全脸脏，就是因为修容失败。

秦亚轩趴在二层的床上点头。

郁小竹在那儿化妆，秦亚轩就趴着看，见她哪里不对就指点一下。

二十分钟后，郁小竹重新化好妆，果然比刚才要好得多。

她站起身，换了衣服，扎好头发，祁深的信息就来了。

他已经到郁小竹宿舍楼下了。

祁深只在楼下等了五分钟的时间，就看见郁小竹从楼上下来。

女孩像一只轻快的小鹿一样，连蹦带跑到他身边，停下时，手扶着男人的手臂，轻轻喘着气。

她脸颊微红，一看就是以最快的速度跑到他面前的。

"下次不用这么着急。"祁深伸手，稍微整理了一下女孩的刘海。

郁小竹今天穿的卡通T恤配短裙，祁深今天有事，依然是衬衫西裤，只是没有系领带。

两个人的年龄差，在打扮上就表现出来了。

郁小竹摇头，忍不住去挽住祁深的手："因为我想你呀。"

祁深目光移向郁小竹。

秋日早晨的阳光不算强烈，罩在女孩身上，仿佛为她镀上一层浅浅的光晕。

他看见女孩眼角眉梢都是浅浅的笑，以前他们一起，也没见她这么高兴。

祁深想到自己接下来想说的话，又生出一些愧疚："今天我有点事，你上午得跟我去公司那边一趟。我争取上午把事情搞定，下午空出时间陪你。"

"不用。"郁小竹拉开自己的小斜挎包，从里面拿出一本粉色封面的书，"宓雪借给我一本小说，你忙你的，我看小说就好。"

祁深之前想，郁小竹没开学，应该是没有什么事情做的。

他原本还担心她会无聊，没想到女孩早就计划好了要做什么。

"抱歉。"祁深还是道歉。

"没关系呀，反正我也没有特别想去的地方。"郁小竹摇头，头发轻轻蹭了蹭男人的胳膊，有些痒。

祁深开车带着郁小竹到了科技园。

他们没有去北煜，而是去了另一栋写字楼。

写字楼一共有十几层高。

祁深带着她到四楼的办公室，对她说："我去楼上看看他们的进度，你在这里自己看书，如果觉得无聊，也可以上来。"

郁小竹点头。

四楼也有几间办公室，不过里面都没有人。

郁小竹抱着小说看。

宓雪借给她的这本小说，一看就是典型的"霸道总裁爱上我"类型。

郁小竹上初中时，也有这类小说在班里传阅。没想到这么多年过去，流行趋势居然基本上没有什么变化……

郁小竹不想打扰祁深工作，就坐在办公椅上，从第一页开始看。

第一章的内容是：

女主去酒吧遇见一个帅哥，稀里糊涂地和帅哥睡了……

其实帅哥是个总裁，还特有钱的那种。

郁小竹深吸一口气，把书合上了。

她发誓这辈子再也不看宓雪给她推荐的小说了。

郁小竹在办公室里转了个圈，想去楼上看看，又担心打扰祁深，干脆坐回来继续看小说。

后来的故事，大概就是……这个帅哥虽然是个总裁，公司规模特大，但是特别有空，白天工作，晚上就在女主身边蹭吃蹭喝……

郁小竹越往后看，越是瞠目结舌，但是莫名有点上头，甚至连有人来了办公室在她身边站了半天也没发现。

郁小竹坐在那儿专心致志地看书，直到身边的人忍不住"噗"地笑出声来！

她抬头，就看见尹亦洲站在旁边……

郁小竹赶紧把小说合起来。

尹亦洲的脸微微有些涨红，从表情来看，明显是从刚才开始就憋笑憋得很辛苦。

郁小竹有些不高兴，干脆翻出手机来看，不吭声。

尹亦洲脸皮贼厚，直接就喊："大嫂，你喜欢看这类书啊？"

郁小竹撇嘴："不要这么喊我。"

尹亦洲坐在办公桌对面的椅子上，道："这样，我不告诉我深哥你看这类书，你能不能告诉我，你们怎么认识的啊？"

尹亦洲看着郁小竹，这小姑娘，头发长长的，皮肤白白的，小小的脸，狐狸眼，眸子漆黑漆黑的。

嗯……长得挺好看的。

可是再好看，也没理由把祁深迷成这样啊。

那天晚上，尹亦洲是第一次看见祁深对着手机傻笑。

妈呀，跟被下蛊一样。

不，绝对是被下了蛊！

他刚才在旁边观察了郁小竹半天，怎么看都觉得这小姑娘不像有那本事。

他就不明白了，他那个什么样的女人都入不了眼的深哥，怎么就能……陷进去了呢？

郁小竹当然不可能告诉尹亦洲她和祁深是怎么认识的，于是又把小说拿出来继续看。

反正她也是跳着看的，这会儿快看完了。

尹亦洲见她不说话，干脆换了个策略，问："小美女，那你想不想知道我深哥的事情，又不好意思开口问？我和他可是穿开裆裤就认识的好兄弟，他的事情，没有我不知道的。"

郁小竹一听，就知道尹亦洲在骗人。

尹亦洲这个人，即使只是第二次见，她也能感受到这人身上浓浓的二世祖气息。

而祁深的家世，郁小竹还挺清楚的。

"你怎么会和祁深从小认识？别骗人了。"郁小竹当场揭穿他。

听到她的话，尹亦洲有点相信祁深了——

他们两个可能还真是认识了十几年。

尹亦洲的谎话被揭穿也不觉得丢面子，目光落在郁小竹手上的小说上，问："你是不是从小就看这种小说？我深哥是不是特符合这种小说的男主形象？"

郁小竹书看不下去，也不想抬头。

尹亦洲也没发觉自己多招人讨厌，继续问："你是不是因为这个喜欢上我深哥的？"

他话音刚落，郁小竹没回答他，就听见身后有人喊他名字。

"尹、亦、洲。"

祁深刚进门就听见尹亦洲这句话，再看郁小竹低着头不搭理他的样子，就知道这货肯定又在这里招人烦了。

尹亦洲这人不坏，就是有点没脑子，说话有时候也不太经过大脑。

尹亦洲一下从椅子上站起来。

他动作太快，身后的椅子移位，发出"哐当"一声。

"深哥。"

祁深进来，走到郁小竹的身边，手自然地搭在郁小竹的肩膀上，问尹亦洲："什么时候来的？"

"来……好久了。"尹亦洲见郁小竹没有把书收起来，以为祁深也知道她爱看这类小说，才说，"看见我大嫂在看书，就没打扰。"

祁深点头，问郁小竹："饿了吗？带你去吃饭。不过吃完饭还要回来一趟，四点以后都陪你。"

郁小竹之前看书的时候就觉得，这本小说里的总裁和祁深不一样。

这会儿祁深一说，她终于意识到哪里不一样了——

书里的总裁好像特别有空，每天这个男主都会回到女主那里，充分扮演自己的角色，白天再去上班，而且男主不会加班，也很少出差。

可是祁深不一样，他很忙，加班是家常便饭，出差也很多。

他们见面的时间间隔很难用"天"来计算，短一点要用"周"，长一点估计要用"月"。

郁小竹倒是很理解。

郁家公司没有祁深的北煜大，郁家安平时都挺忙的，更何况是祁深。

尹亦洲赶紧说："我这是第一次和大嫂见面，我要请大嫂吃饭！"

祁深看他。

"深哥，给个机会吧。"尹亦洲干脆坦白，"其实我就是太好奇了，你们到底怎么认识？怎么……彼此吸引的？"

尹亦洲当然不会怀疑郁小竹是那种爱钱的女生，他相信他深哥的眼光。

但是祁深和郁小竹，一个刚上大一的小公主，一个只靠着自己走到今天的北煜老总，两个人无论哪方面都差距巨大。

剧情上有点……玄幻？

如果祁深和施雯在一起，他都不惊讶。

祁深不想带尹亦洲，可他太了解尹亦洲的性格了，今天不答应，那后面八成会有事没事缠着他。

"可以。"祁深先答应，接着说，"但是关于我们两个的事情，你不用问，我也不会说。"

尹亦洲满脑子除了废料就是废料。

郁小竹看上去就像未满十八岁，尹亦洲把脑袋里的废料脱口而出："不就是上床嘛，我不问这个，我问别的。"

他说完，办公室里安静了三秒。

祁深冷脸："你别去了。"

尹亦洲看向郁小竹，就见郁小竹呆呆地看着他，脸蛋跟熟了的番茄一样……

尹亦洲突然意识到自己说错话了，问："你们……还没啊……"

第 19 章

/

成人谈恋爱，都是奔着结婚去的

尹亦洲的话，彻底把祁深惹毛了。

他拍了拍郁小竹的肩膀："走吧，去吃饭，不带他。"

"哎哎！"尹亦洲终于意识到自己的问题，"我闭嘴，我真的什么也不说了，带上我！"

祁深没答应，而是低头问郁小竹："带他吗？"

"大嫂！"尹亦洲态度果决，"你别不好意思我这么叫你，你是我大哥的女朋友，以后还要嫁给我大哥对不对，那我不叫你大嫂叫什么！"

郁小竹："带吧……"

尹亦洲笑："还是大嫂好说话，以后有什么事我就问你好了，我深哥肯定都听你的。"

祁深瞥了一眼尹亦洲，没吭声，却也没生气。

尹亦洲厚脸皮习惯了，关键时刻脑子还算够用。

他说这几句话时，一直观察着祁深的态度。

现在祁深这样，说明什么？

说明被他说中了！

尹亦洲的好奇心爆棚。

尹亦洲衣橱里的衣服是按季更新，女朋友则是月抛，有时候是半月抛，偶尔日抛。

身为一个换女友比换衣服还快的人，他理解不了，祁深和这小姑娘在一起几个月了吧，居然……还那么纯情？

祁深今年都二十八岁了！

二十八岁的男人，交女朋友只是看看吗，还这么宠着……

他的忍耐力惊人！

尹亦洲越想越觉得祁深不仅仅是在生意头脑上高人一等，忍不住走到祁深身边冲他竖起大拇指，说了句："深哥，你真的是……神，此生必有大成！"

祁深睨了尹亦洲一眼，从尹亦洲的表情，已经看出他在想什么了。

祁深懒得理他。

三人在离科技园不远的一家餐厅吃饭。

吃饭时，祁深和郁小竹没说太多话，反而是尹亦洲这个发光发热的电灯泡一直在夸祁深——

"大嫂，你选我深哥就对了，我深哥这人长得就长情。"

"我跟深哥认识这么多年，就没见他对其他女人多看一眼，我还担心他孤独终老呢。"

"我深哥虽然年龄大一点，但是经常健身，健康方面你也不用太担心。"

"吃饭吧。"祁深提醒。

说来说去，又绕回来了。

吃完饭，祁深带着郁小竹回公司，进公司前把尹亦洲赶走了。

回到办公室里，郁小竹才问："这个人是不是你的头号迷弟？"

尹亦洲说的每句话都不离祁深。

祁深有些无奈："是不是觉得尹亦洲挺吵的？"

祁深不讨厌尹亦洲。也许正是因为尹亦洲这个性格，当年他有目的地结交一批富二代，最后只和尹亦洲关系不错。

尹亦洲在做生意方面没什么头脑，祁深也愿意帮对方一把，就因为这人不坏，关键时刻也是肯帮他的。

"没有呀。"郁小竹挽住祁深的胳膊，仰头道，"我觉得你身边有这么个朋友挺好的。"

她回来的这些年，对祁深的了解越多，越发现他这些年过得似乎非常孤独，以公司为圆心，连家都回得少，出门吃饭多是应酬。

她在祁深身边见到的那些人，真正算得上是朋友的，她觉得就只有这个尹亦洲。

祁深听郁小竹这么说，心情不错，拍了拍女孩的脑袋："你等我一下，我上去忙一会儿就回来。"

"不着急。"郁小竹摇头，她又把小说拿出来，"我才看了一半，还有很多没看呢。"

其实，这本小说她都快看完了。

祁深离开没有半个小时，郁小竹就把这本小说跳着翻完了。虽然开头很雷人，但是中间还是很有趣的，结局也很好。

女主作为一个普普通通的女生，克服重重困难，终于和出身名门的男主步入婚姻殿堂。

故事到此结束。

郁小竹看完，想到的却是初中时看过的一部电视剧——《金粉世家》。

她想就像王子和公主的故事一样，永远不会去讲婚后生活，因为婚后生活可能并不如大家想象的美好。

郁小竹把书合上，转了一圈，实在没意思，最后悄悄上了楼。

她是走楼梯上到五楼的。

五楼没有像四楼那样划分办公室，而是一个开放的大空间，里面摆着不少格子间。

今天是周日，可大部分格子间里都坐着人。

大家倒是没有像祁深那样穿衬衫西服，基本上都穿着T恤、休闲裤。

祁深正在角落里和一个头发不太多的员工讨论着什么。

郁小竹只探出一个脑袋，远远看着工作中的祁深，忍不住想，如果她不消失十二年，那她现在会在哪儿？

她会不会也像这些人一样，也是每天坐在格子间里工作？

"小妹妹，你找谁？"郁小竹正在胡思乱想，身边响起一个男人的声音。

郁小竹抬头，看见离自己最近那个格子间的员工站起来，正看向她。

"我……"

"我女朋友。"

郁小竹话没说完，祁深已经开了口。

这句话像是一根火柴，突然点燃了死气沉沉的办公室。

"女朋友？"

"我们总裁夫人吗？"

"原来祁总你有女朋友啊？"

所有人都站了起来，看向郁小竹的方向。

郁小竹有些不好意思。

祁深勾唇，冲着郁小竹招了招手，道："过来。"

郁小竹双手扒着门，摇头。

她瞬间就有些后悔上来了，本来只是想看一眼的。

祁深走过去，伸手拉住她的手，笑着劝说："有什么不好意思的？就算今天不见，以后也要见。我这两年都比较忙，以后可能经常会带着你加班。"说着，就把郁小竹从门后拉了出来。

他一路将她拉到角落里自己原先站的地方，对刚才那个员工说："你继续说。"

他虽然忙着，可是手却一直拉着她的手，像是怕她跑了一样。

男人的手掌很大，将她小小的手包裹在手心里。

周围的人都在看着。

那员工也说不下去了："要不祁总，这事我们先自己商量，明天您再来拍板行不？"

这里的员工，谁不知道祁深工作忙。

如果不是出差，一天十六个小时以上都在这里，比任何一个员工的工作时间都长。

他们搞不清楚，祁深到底什么时候交的女朋友。

像他这种工作狂，当他女朋友肯定很辛苦，现在都把女朋友带来加班了……

怪不得平时随时都有空的祁深，今天提过一句"下午有事可能要早走"，原来是因为这样。

其他人也在旁边说："祁总，去陪女朋友吧，保证明天有结果。"

郁小竹摇头："不用……我，我下去等你。"

祁深这么忙，她不想因为自己耽误他工作。

祁深看了眼在场员工，沉默了一下，道："大家辛苦了，咱们一起加把劲，最多三年，我跟你们承诺的东西，保证全都会实现。"

男人语气诚恳，他是真的感谢他们这些日子的付出。

尽管高强度的工作，但每个人都无怨无悔，因为他们相信这个项目一定会成功，他们相信祁深。

当初北煜刚刚创建不久，也有几个从海外归来、非常厉害的程序员，放弃高薪跟着他，就是因为相信祁深。

他们相信他这个人能够创造奇迹。

有些人的魅力，是很难说清的。

祁深带着郁小竹出公司时，郁小竹有些忧心："我是不是耽误你工作了？"

"没有。"祁深从口袋里拿出车钥匙，问郁小竹，"想好去哪儿了吗？"

郁小竹摇头，一时间有些迷茫。

祁深看她："那我来定？"

"嗯。"郁小竹答应。

男人将车发动，开出科技园，往市里的方向开。

郁小竹看他："去哪儿？"

祁深不答。

他们从郊区往市中心走，越开车越多，道路越拥挤。

车开了一个多小时，终于进到一个地下停车场里。

这里郁小竹认识，是北城中心的一家商场，之前施雯也带她来过。

郁小竹以为祁深是要带她买衣服，赶紧说："我最近从网上买了不少衣服，学校的衣柜很小，放不下太多衣服。"

祁深听到她紧张的解释，抬手揉了揉她的脑袋，说："主要是希望你帮我选。"

郁小竹记得，祁深的衣服都是每个季度由固定品牌送过来，根本不需要他自己买。

不过既然他让她陪着买，她也愿意。

祁深带着郁小竹上楼。

在郁小竹以为他要带她去商务男装区时，男人却按了其他楼层，带她去了休闲男装区。

"我以为你是要买衬衫什么的呢。"郁小竹随口说。

平时她见祁深都穿着商务装，偶尔在家才会穿得休闲一些。

男人将手轻轻搭在女孩的肩膀上，道："女朋友年龄太小，想打扮得年轻一些。"

这是祁深刚才临时做的决定，就在他向员工介绍郁小竹是他女朋友，员工眼里露出惊异、不可思议的目光时。

祁深记得他在北城大学和郁小竹并肩走时，也有人投来类似的目光。

他们之间不仅仅是十年的年龄差。

祁深经常会穿商务装，商务装穿在身上，总给人一种成熟的感觉。

出门穿正装是祁深从刚创办北煜时养成的习惯。那时他年龄小，出去和别人见面穿 T 恤牛仔裤，一看就是个小屁孩，谁都不把他放在眼里；后来，祁深开始穿衬衫、西服。

那时候没钱，穿的都是廉价货，看上去和卖保险的差不多，但是年龄感上来了。

从那之后，祁深出门必穿正装，用来遮掩身上青涩的学生气。

在郁小竹成了他的女朋友后，祁深觉得这种成熟的气质成了负担。

两个人到了休闲区，郁小竹帮祁深选了些 T 恤。

快入秋了，店员推荐了些卫衣，只要郁小竹觉得好看的，祁深都让店员包起来。

逛了一圈，祁深在最后一家店里试了一件蓝白格子的上衣搭配休闲裤。

刚才试了十几件衣服，祁深的头发有些乱了，有些头发垂下来遮住一部分额头，再加上身上衣服的颜色干净浅淡，整个人的气质都变得青春起来。

郁小竹坐在不远处的沙发上看着站在试衣间门口的祁深，试探地问了句："要不……你穿着这件走吧？"

祁深点头。

郁小竹从沙发上站起来，自信满满道："我把你的尺码记下来了，以后在网上看见好看的衣服也会帮你买的。"

以前网购不发达，郁小竹都是跟着妈妈逛街。

许美珍格外喜欢逛街，每次带着她从这个商场逛到那个商场，每家店都会看。

自从她消失回来后，父母不在身边，祁深又忙，她便很少来商场，都是从网上买东西，吃了几次亏后，现在网购经验非常丰富，几个购物 App 用得特别熟练。

祁深对买衣服这件事情，除了偏向蓝色喜好外，没有其他的需求。

祁深发现郁小竹喜欢他穿浅色、宽松一些的衣服，这和他平时常穿的深色、剪裁得体的西装正好相反。

“好。”祁深看着站在身边的郁小竹，轻轻摸了摸女孩的头发，道，“麻烦你了。”

两人吃过晚饭，时间刚过七点。

郁小竹怕祁深要送她回去，正在想找什么理由，祁深先问她：“公寓的软装已经搞定了，装修公司也撤了，等着我去验收……”

“我去！”

郁小竹不等祁深问完，先答应下来。

嗯，和祁深一起，做什么都可以。

两人到了公寓的门口，祁深开门。

郁小竹进去，站在门口看了一眼。

客厅已经变了样子——

屋顶的吊灯换了；之前黑色的沙发变成了灰色的；沙发前面是圆形茶几，下面铺着地毯；餐厅里也摆了餐桌。

郁小竹不确定地看向祁深：“你……真的可以住这里吗？”

郁小竹其实不太理解祁深这种“病”到底是什么情况。

她这些年一直在网上搜索祁深的“病情”，网上也有许多人有奇怪的恐惧症，可是大家的情况似乎和祁深都不一样。

根据她的了解，恐惧症在每个人身上表现出来的症状都不一样，但是大部分人在面对恐惧的东西或者地方时都会选择逃避，如果不能逃离，则会出现心慌、呼吸急促、手脚发抖等症状。

“没事。”祁深微微勾唇。

其实，他在看见家里的家具时，有种发根都从头皮上竖起来的感觉。

虽然之前他在小公寓多多少少有些适应了，可是看见这里原来空空荡荡的房间多了这么多家具，心里的排斥感随之而来。

郁小竹站在原地，感觉到男人搭在她肩膀上的手微微收紧。

她转身，把手推到男人的腹部上，小声说：“要不我们走吧，我觉得挺好的。"

算了，她还是回学校吧。

她觉得，祁深待在这里应该挺痛苦的。

郁小竹有些后悔，她那天就应该拒绝祁深的要求的。

虽然房间里没有什么家具会有许多不方便，可是她也不是不能适应。

"没事。"祁深将手上的力度松了一些，又怕郁小竹不放心，干脆拉着女孩的手往里走。

这套公寓特别大，除了主卧、次卧外，还有客房、书房、多媒体室、茶室。

这些在当初都是规划好的。

加上房子是精装修，软装公司来其实没做什么，只是配置了一些家具而已。

祁深故作镇定地带着郁小竹，本来是打算把房间都参观一遍的，可是刚刚走了两个房间，郁小竹就感觉被他握着的手心潮潮的，染了不少汗珠。

虽然郁小竹不知道祁深看见这些家具是什么感觉，可是这一路男人的手一直在出汗，握着她的手力道时轻时重，她就知道，祁深应该是不想看见这些的……

"不用看了。"郁小竹拉着祁深在多媒体室里站住，"我觉得……不太好。"

祁深看她。

"还是之前什么都没有的时候好。"郁小竹继续说。

其实什么都没有，怪怪的，她觉得现在这样很好。

可是这只是对她来说很好，对祁深来说并不好。

祁深知道郁小竹想的什么，坐在多媒体室的沙发上，他将女孩拉到身边，道："我觉得这样挺好，之前那样不好。"

郁小竹看他。

男人因为坐下，比她要矮一点。

郁小竹微微垂眸，摇头，很认真地说："家里家具多你会不舒服，家具少你不会不舒服；我呢，家里家具多和家具少，对我来说都是一样的。这么算下来，还是家具少好，这样两个人都很好。"

祁深依然没说话，嘴角挂着笑，一双眸子看着郁小竹。

多媒体室里灯光很暗，男人的眸底除了笑意，似乎还有其他的意味。

郁小竹愣了一下才意识到什么："我，我没打算和你住，我就是……不是……"

郁小竹有些语无伦次。

她和祁深交往，满打满算也就二十天。

她现在在说什么？

分明就是同居的事情！

就算灯光很暗，祁深也看见郁小竹的脸全红了，连被他握着的指尖都变烫了。

"可我打算跟你住。"祁深把话接过来，"我们成人谈恋爱，都是奔着结婚去的，两个人自然是要住在一起的。要不然等结婚再住在一起，万一发现某些方面合不来，退货都来不及。"

郁小竹看他，有些纳罕。

退……退货？

祁深左手顺着女孩的发丝一点点上移，刚才还带着些潮气的指腹，此时已经移到了郁小竹的后颈，另一只手轻轻揽住她的后腰。

郁小竹前面就是沙发，她身体前倾，下意识将腿弯曲，膝盖压在了面前的沙发上。

男人的手压住她的后脑勺，将她的脸压向自己。

在马上要亲上的时候，郁小竹突然伸手捂住自己的嘴巴，男人的薄唇只贴在她的指缝上。

"不能退货。"隔着一只手，郁小竹的声音有些不清晰，"你发现我哪里不好我就改，反正……不能退货。"

她当然不知道，祁深所谓的某些方面合不来，并不是指性格。

郁小竹用手捂着嘴和鼻尖，只露出一双眼睛。

祁深的目光落在女孩的眸子上，带着一丝讳莫如深的情绪问她："所以，你已经做好准备和我同居了？"

郁小竹："……"

郁小竹这辈子走过最长的路，大概就是祁深的套路了……

"不，不行……"郁小竹摇头，她把手拿下来，小声说，"学校不让学生出来住，而且我们的课特别多，晚上偶尔还查寝……"

他们大一课特别多，每天早上都有课，周末也有。

就算这里离北城大学近，也没有住宿舍来得方便。

郁小竹也不是怕麻烦，就是觉得……

虽然她身份证上的年龄比现在大十二岁，可在她看来，自己才十八岁，哪有这么小就跟人同居的。

在郁小竹脑袋里，谈恋爱自然是要从拉拉小手开始，为了跟祁深表白，主动亲了两次都已经算是大跨步了。

这刚过二十天就提同居……

虽然她恨不得一天二十四小时都见到祁深，可是她对同居这件事情，还真的有些接受不了。

女孩挣扎的表情全写在脸上。

祁深盯着她的眸子，算是把她的内心戏看足了。

男人微微探身，轻吻了一下女孩的下唇，道："不会这么早。我这两年很忙，等忙完了，我们再讨论这些事情。"

郁小竹呆呆地看着祁深……

嗯……最近不同居就算了。

怎么一下就说到两年后了？这时间跨度……

祁深看着女孩目不转睛地看着自己，问她："失望了？"

郁小竹赶紧摇头。

祁深看她："看电影吗？"顿了顿，他又拍了拍自己身边的位置道："坐这里。"

郁小竹摸出手机看了眼时间。

现在八点刚过，看一场电影还是够的。

郁小竹点头，乖乖地坐在祁深的身边。

祁深把选择权交给郁小竹，郁小竹按照自己喜好，选了3D动画电影。

祁深胳膊环着女孩的肩膀，低头看着认真看电影的小姑娘，忍不住低头吻了一下女孩的发顶。

他十分享受难得与她在一起的时间。

他最近太忙了，脑子几乎连睡觉都在转。

可是但凡有一点点空闲的时间，就会忍不住想她。

会在想她在做什么，军训会不会辛苦，会不会有男生给她送水告白。

祁深越发觉得，自己大概是中毒了，却又甘之如饴。

动画电影的时长都比较短，一个半小时就结束了。

郁小竹站起来，伸了个懒腰，又看了眼手机。

此刻已经十点了。

她必须回宿舍。

祁深看郁小竹起身，忍不住伸手环住女孩的腰，低低地问了句："今天要不要……住下来？"

下次见面，最早也要一周后了。

多媒体室里很暗。

屏幕上滚动着演职人员表，立体音响里还在播放英文片尾曲。

可是祁深的话，郁小竹听得很清楚。

借着屏幕上不算明朗的灯光，郁小竹能清晰地看清男人脸上的表情，眼中带着几分说不清道不明的暧昧。

郁小竹呆呆地站在原地，脑海里却已经开始天人交战。

她是想留下的，她想和祁深多待一会儿。

可是……

女孩的情绪写在脸上，盛在眼底。

少女心，趣眠

祁深看她这么纠结，站起身来，收回扶在女孩腰际的手，拍了拍她的头发："算了，送你回去吧。"

明天正式开学，她回去应该还有些东西要准备。

男人说完，已经把屏幕关掉，准备出去了。

郁小竹看着祁深出去的背影，脑袋还没从刚才的天人交战中缓过神来。

听见祁深说"算了"，她小声开口："要不……再看一场电影吧？"

其实，她不是想看电影，而是想和他在一起。

坐在他的身边，待在同一个空间里，做什么都好。

祁深打开多媒体室的灯。

郁小竹的话让他收回握在门把上的手，看了眼表："再看一场电影，宿舍就关门了。"

男人的声音极其平淡，听不出情绪，只是在陈述一个事实。

郁小竹被祁深说蒙了。

她是女孩子，说留下来看电影，已经是非常明显的暗示了。

她知道这里有一间主卧和两间客卧。在说要留下来时，她也想过楼下有二十四小时便利店，房间里如果没有她用的东西，她可以下楼去买。

可是祁深的话，让郁小竹一下子不知道该如何接。

女孩眨了眨眼睛，好几秒后才开口，极力缓解尴尬的气氛："哦……我忘了。"

说完就往门口走。

祁深忍着笑，一直等郁小竹走到多媒体室门口，先一步将女孩拦住，不掩饰笑意道："逗你的，去选电影吧。明天早上七点准时出门送你，保证你第一天上课不会迟到。"

北城大学第一节课都是八点。

这里离北城大学近，别说开车，就算走路，半小时以内也能到。

这回，换郁小竹不干了。

"不看了，回学校。"

"对不起。"祁深先道歉，"就是想逗逗你。"

"不看了。"郁小竹将脸扭到一边，明显小脾气上来了，劝也劝不住的架势。

祁深目光落在小姑娘脸上，沉默了半秒，手指攀上女孩小巧的下巴，将她的脸微微转向自己。

在郁小竹还没反应过来时，他俯下身，一吻落在女孩的软唇上。

刚刚看电影时，女孩从一旁的柜子里拿了果汁喝，嘴上还留有橙汁的酸甜味。

这种味道像一种勾引，让他的理智丢盔卸甲，勾着他想继续入侵。

祁深一只手轻轻落在女孩的后背，压着她的脊椎，将她的身体推向自己，而捏着她下巴的那只手抬起，覆在女孩的双眼上……

同时，他毫不留情地撬开女孩整齐的齿列，用自己的味蕾去夺取残留的橙汁的香甜……

郁小竹什么都看不见。

她看不见祁深的表情，只能感觉到男人的气息一点点侵占着自己，让她有些不知所措。

郁小竹和祁深也不是没亲亲过，只是从来没有这么亲密过……

数秒后，郁小竹终于反应过来，手轻轻推了推男人的身子，拉开两人距离。

只是男人的手还覆在她的眼睛上。

她只听见祁深一声低低的"对不起"，然后，听他解释道："成年人谈恋爱，做错事情就是这么道歉的。"说完，将手放下来。

郁小竹红透了的小脸露出来，除了羞怯，还有一些不知所措。

看见她这个表情，祁深又觉得自己好像有些过头了。

他该克制一点的。

"对不起。"祁深伸手，抹掉女孩嘴角一点点浅浅的水渍，"下次会提前问你的。"

郁小竹看他，不说话，眸光闪闪。

祁深第一次有些猜不出郁小竹是什么心情。

"还看电影吗？不看我送你回去吧。"祁深觉得，自己好像是太过分了。

对他来说，她是他放在心底十几年的女孩。

可对她来说，并非如此。

祁深说是道歉，不过是贪心。

他是想要得更多，是想要更靠近。

郁小竹两只手藏在身后，紧紧攥在一起，见祁深要开门，过去挡住门把手，小声说："看电影。"

祁深勾唇，一颗心稍稍放下了一些。

郁小竹问："你看什么？这次我陪你看。"

他们看电影，每次都是她在选。

祁深看了眼表："别看了，你去次卧看看缺什么，我陪你下楼去买。"

现在已经十点了。

不管什么电影，看完都十二点了。

他们明天早上七点还要出门。

郁小竹点头："你去门口等我，我自己去看，看完了我告诉你。"

郁小竹觉得，让祁深陪着她进次卧，对他来说，大概是一种心理上的伤害……

这次祁深虽然说是让郁小竹来验收，在次卧里却已经把基本的生活用品配齐了，有牙膏、牙刷、毛巾，衣柜里还有一些新的家居服。

郁小竹今天出门时化了妆，她得下楼去买卸妆油、洗面奶这些。

郁小竹从次卧出来时，祁深已经站在玄关处了。

男人身上穿的还是下午她选的那套休闲服，宽松的 V 字领，可以清晰地看见男人很少露出的锁骨；头发过了一整天的时间，发型不再，不少碎发落在了额头上；玄关灯光从头顶照下来，是冷色调，显得祁深的皮肤很白，睫毛在眼下映下一片阴影；还有看见她出来时，他嘴角的浅笑……

郁小竹就这么远远看着，觉得祁深一点也不像北煜的总裁，反而像是学校里的一个学长。

郁小竹跑过去挽住男人的胳膊，脸在男人 T 恤袖子上蹭了蹭，小声说："我喜欢你这么打扮。"

"那以后我去找你，会在车里备一套衣服。"祁深道。

"不用这么麻烦，以后我们一起出门的时候你再换。"郁小竹摇头。

两个人去楼下二十四小时便利店买了生活用品，又买了不少零食和饮料。

回来之后，郁小竹就跟祁深说可以去掉哪些不必要的家具。

等一切搞定，两个人坐在沙发上。

祁深看财经新闻，郁小竹就蜷腿坐在旁边，抱着薯片吃。

客厅里很安静，除了电视里传来主持人用标准的普通话念稿子的声音，剩下就是郁小竹跟仓鼠一样吃薯片的声音。

"咔嚓咔嚓……"

一片接着一片。

祁深坐在那里，第一次好像连内心都平静下来，工作上的烦恼和心理上的焦虑全都随着这份平静暂时被放下。

剩下的，仅仅是这难得的缱绻时光。

祁深这套公寓位于恒安区 CBD 的中心，大平层，客厅有 $180°$ 的观景落地窗。

客厅里只开着小灯。此时，窗帘拉开，窗外大厦灯光秀的彩光照进房间里，将在一旁吃零食的女孩染上迷幻的色彩。

祁深抬手，环住女孩的肩膀，吻了吻她的额头，哑着嗓子道："我以为，这个场景会在许多许多年后才出现。"

郁小竹手里的薯片吃得差不多了。

她扬起袋子，把里面仅剩的薯片渣渣都倒出来，吃完，又用纸把手擦干净，跪在沙发上，环着祁深的脖子道："这个场景可以一直有，到许多许多年以后……"

她说完，伸脖子亲了下祁深的脸，亲完才发现，自己嘴上还有一些薯片渣，留在了祁深脸上……

"对不起。"郁小竹转身拿纸帮着祁深擦。

男人没挣扎。

郁小竹擦完男人的脸，又坐了回去，脑袋搭在男人的肩膀上，喃喃："要是不消失就好了……要是一起长大就好了……"

祁深看她。

郁小竹小声说："那样的话，就可以一起上完高中，一起读大学，你创业说不定我也可以帮上忙……"

"不用。"祁深拍了拍女孩的脑袋，"这样正好。"

如果一起长大……

她身边优秀的人那么多，她也许并不会选择他。

九月下旬，祁深就去出差了，时间预计是一个月。

整整一个月的时间，两个人只是短信联系。

十月十七日那天，是郁小竹自己算的十九岁生日。

零点，她就接到了许美珍发来的短视频。

短视频是许美珍和郁家安一起录的，祝她生日快乐，他们还同时往她的银行卡里打了10万元。

这些年，许美珍和郁家安虽然在C国，但在生活费上从来没有亏待过郁小竹。

不过郁小竹从小都在普通学校，也没有大手大脚花钱的习惯。

之前秦亚轩她们知道郁小竹男朋友是祁深时，在宿舍刨根问底地问他们是怎么认识的，郁小竹答不上来，就把高中那套说辞搬了出来。

她们几个才知道，宿舍里居然有一个小富婆。

不仅仅是许美珍，这几年祁深也在往他之前给郁小竹的卡里汇款。

每个月固定2万元。

自从高考结束后，就变成了每个月5万元。

郁小竹说过几次让他不用再打钱，都被祁深拒绝了。

几年的积蓄，已经足够郁小竹在北城买一套小公寓了。

郁小竹的生日是周一，由于周一晚上有课，秦亚轩她们几个趁着周日，提前给郁小竹庆祝过了。

周一晚上上大课，郁小竹第一次没心思听课。

她生日这天快过完了，她知道祁深忙，回不来，可是没想到祁深连个短信都没有。

郁小竹心里多多少少有些失落。

宿舍四个女生一起回宿舍，眼看着要到宿舍门口，郁小竹以要去买东西为借口，让她们几个先上去。

她找了个人少的地方坐下来，拿出手机，正想给祁深发消息时，发现祁深的 QQ 名字下面显示着一行小字：

对方正在输入……

下一秒，一条消息弹出来。

祁深：回宿舍了吗？

郁小竹想了想，回道：回了。

她刚回完这条消息，就看见有个熟悉的身影从她面前跑了过去，跑向宿舍楼的方向。

郁小竹站起来悄悄地跟过去。

很快，她收到祁深的下一条消息：我在楼下。

郁小竹拿着手机，往祁深的身边走。

她可以看见男人站在那里，肩膀微微有些抖，似乎是在平顺呼吸。

男人双手背在后面，手里拿着一个白色的小盒子。

宿舍楼旁的路灯不算明亮，郁小竹看不清盒子上的品牌。她站在祁深身后，又发了条消息：回头。

祁深看见，回头。

他看见郁小竹站在身后，先是无奈地笑了笑，然后才将手上的盒子拿出来，道："生日快乐。"

郁小竹接过盒子，小声嘀咕："我以为你忘了呢。"

"抱歉，急着赶回来。"祁深指了指盒子，"礼物是在机场买的，别介意，打开看看喜不喜欢？"

郁小竹打开盒子。

里面躺着一根很细的手链，手链上有五个八芒星图案的吊坠。

祁深将手链拿出来，又把郁小竹的左手托起来，弯着腰，帮她把手链戴上。

手链很细，加上光线暗，祁深站在那儿半天也没扣上。

郁小竹把手机拿出来给他照明。

前前后后足足花了两三分钟，掉了两次，这根手链才安安稳稳地挂在郁小竹的手腕上。

等手链戴好，祁深将郁小竹的左手托起，轻轻吻了一下，又郑重其事地说了一遍："生日快乐。"

郁小竹戴着手链上楼，才从秦亚轩口中得知，这条手链的寓意是——

爱的幸运符。

郁小竹大学的第一个寒假。

如往常一样，郁家安早早帮她办好了签证，让她回 C 国过寒假。

祁深一直在 J 国出差。

两个人除了每天互发消息外，最常用的联系方式是视频。

前阵子，宓雪还开玩笑吐槽了一句："小竹，我觉得你跟你男朋友谈恋爱和网恋一样。"

考完试的那一天，郁小竹抱着手机跟祁深说她考完了，过几天要回 C 国的事情。

在等祁深消息时，郁小竹把消息栏往上翻了翻。

她和祁深虽然每天都会发消息，但是消息数量很少。

偶尔有时间会视频。

郁小竹回顾了一下最近他们的聊天记录，突然觉得宓雪说得对："还真的和网恋一样……"

郁小竹前前后后有几个假期都是在 C 国过的，对这里也算熟悉了。

比起国内极度发达的支付方式、外卖配送和网络购物，C 国真的像是个落后的村子。

郁小竹回来的第二天早上，醒来第一件事就是给祁深发消息，问他：睡觉了吗？

她这边的八点，差不多是祁深那边的二十四点。

郁小竹发完消息便出了房间。

C 国这边并不过春节，因此学校的假期时间也不同。

郁小竹还在寒假休息，郁小耀那熊孩子已经开学了。

郁小竹到了餐厅，坐在餐桌旁，把手机放在桌子上。

用人还没把早饭端上来，她的手机屏幕就亮了。

上面显示着祁深的消息：还没有，你到 C 国了？

郁小竹：嗯，刚起床。

很快，祁深的消息发过来：可以视频吗？

郁小竹没有回，而是马上点了视频发过去。

趁着视频还没接通，她起身一边往楼上走，一边对用人说："我等一下再下来吃。"

再重要的事情，也没有和祁深视频重要。

祁深还在 J 国那边。

视频接通时，男人脸上带着深深的倦意。

男人身上的衬衫穿得整齐，领带紧紧扎在脖子上，头发一根不乱。

背景虽然是白墙，但一看就是还没有回家。

郁小竹看着祁深眸子里的血丝，忍不住吸了吸鼻子，问他："你几天没睡觉了？"

视频那边，祁深揉了揉眼睛："没关系，快好了，等一切都上了正轨，我就有时间陪你了……"

"不着急……"郁小竹皱眉，看见男人这样，心疼得不得了，"我学习也很忙……你不用管我的。"

虽然她也很想见到他，可是她知道，祁深是真的很忙。

最近网络上有一些关于祁深的报道，都是说他研发新手机的事。

祁深目前还没有对外界公开说过什么，不过大家对此都抱着怀疑态度——

毕竟太多互联网企业搞这个，最后都死得很惨。

这种自主研发系统的，破产的时候尤其惨，甚至有不安好心的公司混在里面散布谣言，想趁机挖北煜的主播。

这些祁深都跟郁小竹说过，让她不要信。

郁小竹自然是不信的，她只信祁深一个人的话。

祁深单手撑着脑袋，道："对不起，我这男朋友太失职了，以后再补给你，把现在没做的都补上。"

男人的声音比以前沙哑不少。

郁小竹皱着眉头："你是不是连水都不记得喝了？"

祁深眨了眨眼睛，点头："现在去买。"

视频里的画面变了。

郁小竹可以很明显感觉到祁深从地上坐起来，走到外卖机旁。在一系列操作后，"咚"的一声，有饮料掉了出来。

郁小竹看见了祁深手里拿的饮料。

是咖啡。

"都十二点了你还喝咖啡？"郁小竹皱眉，"你不打算睡觉了？"

"睡。"祁深看了眼屏幕上的表，"这就回去了。"

这话，明显是在撒谎。

喝咖啡的人，就是不打算睡觉的人。

可是郁小竹又管不着他。

女孩盯着屏幕，眼眶红得厉害，带着很重的鼻音道："祁深……你，你可别死了。"

她真的怕他这么勉强自己，终有一天撑不住。

挂了视频，郁小竹回到餐厅。

许美珍已经坐在那里，看见她下来，先说了一句"早上好"。

看见女儿眼眶有些发红，许美珍问她："这是和谁打电话，还把我的宝贝小竹给气哭了？"

郁小竹伸手擦了一下眼泪，摇头。

许美珍把热好的牛奶推到郁小竹面前，看她坐那儿默不作声地喝牛奶，叹了口气，问："是祁深吧，你是不是和祁深在谈恋爱？"

第 20 章

/

你真的了解祁深吗

自从郁小竹回来后，许美珍虽然回了 C 国，但是每周都会跟郁小竹联系。

她会时刻关注北城的天气，提醒郁小竹天冷要加衣服，下雨记得带伞，等等。

许美珍和郁小竹分离十二年，初见郁小竹时，很多事的处理方法都不对，许美珍都记得，也反思过。

这些年，虽然郁小竹不在身边，可她还是像当年一样关心郁小竹。

母女关系是这个世界上最亲的关系。

郁小竹也如从前一样，有什么事情都会跟许美珍说一说，自然也没少提祁深的事情。

只是和祁深谈恋爱的事情，郁小竹暂时没说。

郁小竹倒不是打算瞒着，只是当初郁家安和许美珍对祁深似乎有所顾虑，她想当面把这件事情告诉许美珍。

此时，许美珍问起来，郁小竹拿着牛奶一边喝，一边点头……

算是默认了。

许美珍见女儿承认，忍不住皱眉："那祁深说什么了，怎么把你惹哭了？如果是这样的男朋友，我觉得不要也罢。"

许美珍并不知道发生了什么事情，她只是刚才下来时听用人说，郁小竹刚下来了一趟，然后又抱着电话回屋了。

按照用人说的，郁小竹出来时是没哭的，接了个电话才哭的。

许美珍从小宠着郁小竹，知道她是接了祁深的电话才哭的，自然有些埋怨他。

"不是……他没惹哭我。"郁小竹伸手抹了抹眼角。

"那你为什么哭？"许美珍不信，"总不能是因为寒假见不着面吧？你和他不是才在一起半年吗？"

早餐是牛奶和三明治。

郁小竹刚拿起三明治想吃，许美珍这一问成功地让她停下动作："你怎么知道我和他在一起半年？"

她回来后，一直是祁深在照顾，就算许美珍猜出他们是在她考上大学后才开始交往的，可这语气也太斩钉截铁了吧！

诡异！

许美珍坐在郁小竹对面笑得温柔，缓缓开口："因为啊，你高中的时候，每次发消息基本都会提到祁深，高三暑假回来也会提他，可是上了大学后，突然不提这个人了，我就知道你们不是闹翻了，就是谈恋爱了。"

郁小竹眨了眨眼，惊得有些说不出话。

确实，自从上大学后，为了守住这个秘密，郁小竹刻意不在信息里向许美珍提这个名字……

没想到，弄巧成拙了。

郁小竹看着许美珍。虽然是最宠她的妈妈，虽然许美珍的态度似乎没有反对，可郁小竹小小的心脏仍然忍不住高高悬起，问许美珍："那你……同意吗？"

许美珍马上板起脸，严肃道："那得看看他为什么把你惹哭。"

今天，郁家安和往常一样去了公司，郁小耀在学校上课。

家里只有郁小竹和许美珍两个人。

比起郁家安，郁小竹更愿意把这件事情跟许美珍说。

"不是祁深惹我哭。"郁小竹有些不好意思，"就是他太忙了，刚才视频我看他很憔悴，十二点多了都不睡，眼圈黑得跟熊猫一样，有点……"

"心疼？"许美珍把她的话接过来。

郁小竹拿起牛奶杯，遮住害羞的脸，小幅度地点了点头。

许美珍叹了口气，嘴角依然挂着温和的笑："我们小竹啊，从小就是个懂事贴心的好孩子，当女朋友也当得这么懂事。"

许美珍一直很温柔。至少在郁小竹的印象里，许美珍一直都很温柔。

许美珍偶尔不温柔的时候，都和郁小耀有关。

郁小耀从小被惯着，是个绝对的熊孩子，熊起来能让人崩溃。

当然也能让许美珍手足无措。

每次郁小耀做错事情，许美珍也优雅温柔不起来，必须要给这个被自己宠坏的熊儿子收拾烂摊子。

不过这几次寒暑假，郁小竹见到郁小耀，觉得他好像没有在北城时那么熊了。

郁小竹摇头："不是我懂事，是祁深对我真的很好，我心疼他是当然的。"

许美珍看着对面的郁小竹，看到她在说起祁深时，嘴角弯弯。

早晨的阳光透过纱窗洒在餐厅里，在女孩的身上淡淡地笼了一层，让她眸子的颜色变得有些浅，就好像凝了蜜糖一样。

许美珍看得出自家女儿深陷在这段恋情中，脸上挂着笑，心里却暗暗叹了口气。

虽然有些不合时宜，她还是问："小竹，妈妈问你，你真的了解祁深吗？"

"嗯？"郁小竹歪着脑袋，似乎不明白许美珍的意思，马上道，"了解呀。"

许美珍脸上温柔的笑有些挂不住："妈妈不是不让你谈恋爱。祁深他确实很有能力，要不然也不会发展到今天这一步，只是……"

郁小竹看着许美珍，没有说话。

许美珍顿了顿，继续说："当年你失踪后，祁深曾经多次来家里找你，我曾经一度怀疑他精神不太正常。"

"他没有，他没有精神不正常。"郁小竹下意识地为祁深辩解。

她觉得，祁深的精神很正常。相处这么久，他都没有冲她发过脾气，怎么会精神不正常？

"自从你失踪后，祁深几乎每天都会来敲咱们家的门，问你回来没有。后来，甚至要去你房间，说要找找有没有什么线索。"许美珍表情有些担忧，"当时我们说民警都来看过，他还说民警不上心，好几次硬闯，最后我们不得不报警。"

"那是他担心我，想快点找到我吧。"郁小竹说。

"可是后来他打了咱们小区一个小孩，就因为那孩子说你丢了，找不回来了。当时他把别人按在地上打，连保安都拦不住……"许美珍垂着眸子，"妈妈知道你这个孩子认真，妈妈就是怕他……有家暴倾向。"

郁小竹一颗心本来是高高悬起的。

她原本担心许美珍看不起祁深的出身，当许美珍说担心祁深会家暴时，她的一颗心才放下来，满脸轻松。

"当然不会，他肯定不会，一定不会。"

女孩的语气特别笃定，连一丝怀疑都没有。

这种脱口而出、没有一丝迟疑的信任，让许美珍明白，这个女儿啊，心都跟了别人了，自己现在说什么，她怕是都听不进去了。

许美珍叹了口气，对郁小竹说："小竹，妈妈相信你，只不过如果祁深对你不好，你千万不要委屈自己。一辈子很长，你还会遇见很多人。就算你遇不到好的人，那就在妈妈身边待一辈子也没关系。"

许美珍虽然声音温柔，却是郁小竹最坚实的盾牌。

寒假只有短短一个月的时间。

北城大学的放假通知和开学时间早早就在学校主页上公布了。

祁深在放假前就告诉郁小竹，他那时候应该在 J 国出差，会让牧楠去机场接她。

回学校这件事情，郁小竹一开始就默认来接她的是牧楠。

当郁小竹推着行李车到出口时，门口围栏外站着一堆接旅客的人。

明明有那么多人，可郁小竹第一眼就看见了祁深！

他居然来了！

而且，他没有穿惯常的商务风黑色风衣西装，而是穿着一件白色运动羽绒服，拉链没有拉，里面是一件深色休闲衬衫，外面是浅蓝色 V 领宽松针织衫，领口有一道深色细边，带着一股学院风。

这些衣服都是郁小竹给祁深买的，有的是逛街时买的，有的是在网上买的。

每次买完，她都会把衣服提到祁深的公寓里，把它们挂在更衣间里。

郁小竹在原地愣了三秒，直到祁深退出人群站到围栏出口处等她，她才快速把车推了过去。

可是这行李车走得太慢了，郁小竹刚走到围栏的尽头就忍不住把行李车丢到一边，先跑过去给了祁深一个大大的拥抱。

男人的大掌落在女孩的后背上，问她："我这身打扮怎么样？"

他平时并不太擅长这些。

"100 分！"郁小竹的脸埋在男人胸口，忍不住偷笑。

不知道为什么，看见祁深，她就忍不住高兴，嘴角忍不住上扬，根本控制不住。

祁深的心这才放了下来。

男人伸手握住郁小竹的手，道："饿了吗？带你去吃东西。"

"不吃……"郁小竹摇头，"我陪你吃吧，吃完我想睡觉。"

C 国和北城有时差。

现在北城傍晚五点多，C 国那边是半夜一点。

"我陪你回家，我叫外卖就好。"祁深道。

"没事，先去吃饭吧。"郁小竹摇头，"这样我也好倒时差。"

今天是二月二十四日。学校于二月二十七日开学，她要把时差先倒过来比较好。

祁深的车停在外面的停车场里。

他把她的行李箱从行李车上拿下来，一只手拖着行李，一只手牵着郁小竹往外走。

接近三月，天气预报预测的最高温度虽然还是-1℃，可外面的天气已经非常暖和了。

这个时间，太阳还没下山，迎面吹来的风有些温暖。

郁小竹走在祁深身边，目光一直看着祁深身上的衣服。

和她想象的效果差不多。

郁小竹本以为祁深是自己开车来的，可当两个人到车旁边时，李群突然从车上下来，快速跑了过来，接过祁深手里的行李箱。

祁深拉开车门让郁小竹上车，两人坐在后排。

郁小竹看见李群打开后备厢，正在往里放行李箱，忍不住抬起胳膊攀上祁深的脖子，仰头亲了亲男人的脸颊，然后脸埋在祁深的外套里蹭了蹭，小声说："我好想你。"

她真的很想祁深。

别人说时间可以让人淡忘一切，可是郁小竹也不知道自己怎么回事，不见他，思念一日日增加；见到了，明明就在身边，还是想得不得了。

男人从来要大胆一些。

祁深捏住女孩小巧的下巴，正想俯身吻她，驾驶位的门打开。

郁小竹赶紧挣脱男人的手指，规规矩矩坐好，也不说话，耳朵却红了。

祁深看着女孩害羞的样子，伸手将她捞到自己怀里靠着，俯身吻了吻她的发顶，小声说："下次我开车来。"

不是祁深不想自己开车，而是最近他太累，已经很久没有睡一个好觉了，加上满脑子都是事情，为安全考虑，才叫李群来。

机场离市中心有几十千米。

郁小竹坐在车上的时候，已经昏昏欲睡了。

她把脑袋搭在祁深的肩膀上。

一直到车停了，她睁眼，才发现车停在了祁深恒安区平层公寓的地下车库里。

郁小竹揉了揉眼睛，首先想到的是祁深还没吃饭。

"你不吃饭吗？"

"买了。"祁深提起手边的塑料袋，"刚才路过便利店停了一下，买了盒饭。"

郁小竹看过去。

塑料袋里大概装着两三盒盒饭的样子，一看就是便利店卖的那种。

郁小竹用手遮住嘴巴打了个哈欠，才说："别吃这个了。如果你不嫌弃我做得不好，我给你做饭吧。"

"不用。"祁深把门打开，指了指副驾驶座，"还买了零食，如果你饿了，不想吃饭可以吃那些。"

祁深说话时语气很平常，如果是其他人听见他的话，一定以为他们是普通的情侣，天天见面的那种。

可事实是，他们并不常见面。

郁小竹从车上下来，跟着祁深上楼。

在电梯里，她把脑袋靠在男人胳膊上，忍不住又打了个哈欠，半闭着眼睛道："你说帮我买了零食，我们又一起上楼，我总觉得我们好像一直是这样……"

她顿了顿，叹了口气，继续说："可是我仔细一想，我们上次一起来这里，都是半年前的事了。"

郁小竹困得要命，大脑反应也慢。

祁深看着郁小竹，眸底带着温柔，却没有说话。

到了家里，郁小竹先拖着行李去次卧换了家居服，才坐在沙发上。

这个房间的家具已经按照她之前说的，去掉了许多。

比如，客厅只剩下沙发以及沙发旁的小桌和电视柜，餐厅里的桌子改成了那种可以收纳起来的。

这样一来，整个房间的空间显得特别大。

郁小竹就坐在沙发上，身子靠着后面的靠背闭目养神。

祁深见她这样，过来劝她："去睡觉吧。"

郁小竹摇头："我等你吃饭。吃完饭你要看新闻吗？我陪你看……"

她觉得，祁深一定是百忙之中抽空来接她，八成明天又要走了。

他们能在一起的时间就这么短短一个晚上，她根本不舍得现在就睡觉。

她怕自己明天早上醒来的时候，祁深已经走了。

祁深半蹲下来，看着郁小竹明明想睡却努力睁着眼睛的样子有些心疼，抬手摸了摸她的脑袋："睡吧，这两天我把时间空出来陪你。"

郁小竹半睁着眼睛，摇头："不用，你要是有工作就去忙……我不用你陪也没关系。"

女孩因为太困，发音含混。

沙发前铺的是地毯。

祁深干脆坐在地毯上，伸手拍了拍女孩的肩膀："所有的工作已经在收尾了，我之前把事情都安排得差不多了，这两天是专门空下来陪你的，安心睡吧，明后天我都会在。"

郁小竹听祁深这么说，心才安下来，半睁着的眼睛缓缓闭上。

她突然好后悔在飞机上没有补觉，而是一直在看电影。

现在她真的好困……

那天晚上，郁小竹做了个梦。

她梦见她站在老宅门口。

祁深跪在门前，双手扒着门框对许美珍说："阿姨，求求您了，求求您让我进去看看吧。我保证不碰任何东西，不会偷东西的，我只是想看看有没有其他线索。"

许美珍双眼通红，却还是尽量好脾气地对他说："阿姨知道你好心，可民警来了好多次了，能找的地方我都找过了，连小竹的日记我都翻过了……真的……"

许美珍话没说完，祁深突然推开她跑了进去！

郁小竹跟上去。

许美珍以为祁深会翻乱郁小竹的房间，可她跟上去后，只看见祁深小心翼翼地拉开郁小竹的抽屉看着里面的东西，看完后，又完完整整地放回去，就像他不曾碰过一样。

许美珍冲进来，先是生气，可是看见祁深这样后，又有些动容。

"出去！"郁家安眼里布满血丝，抓着祁深想赶他走，"唯一的女儿丢了，我们能不急吗？所有能提供的线索我们都提供给民警了，你一个小孩子能帮上什么忙！"

祁深虽然瘦，可是力气极大。

他求郁家安让他再看看，许美珍也在旁边劝说。

僵持之下，郁家安同意了。

后来祁深走了，是保安把他赶走的。

郁小竹就在梦里一直看着……

郁小竹睁眼，窗外的天还黑着，眼角有些潮。

她下意识地抹了抹眼角。

原来……她哭了。

是在梦里哭的吧。

郁小竹摸到一旁的手机看了一眼，现在才凌晨四点。

记得睡觉前祁深说这两天都会陪她，可她不放心，小心翼翼地打开门，在客厅里转了一圈。

没有人。

她走到了对面主卧门口。

主卧的门虚掩着，她小心地打开一小条缝隙……

她探头往里看了一眼，床上好像是躺了个人。

光线太暗，她看不清楚。

郁小竹弓着腰，蹑手蹑脚地走进去，看见祁深躺在床的一侧，双眼紧闭，已经睡着了。

不知道为什么，郁小竹看见祁深在睡觉就特别安心。

最近她和祁深视频，祁深总是一副八百年没睡觉的疲惫脸，她真的有点担心祁深的身体受不住，哪天直接病倒。

房间里的窗帘没有拉，清冷的月光透过玻璃照进来，可以隐约看见男人的眉眼轮廓。

郁小竹睡醒了，她蹲在床旁边，把胳膊撑在床垫上，偷偷看着祁深睡觉的样子。

男人最近似乎又瘦了，侧脸的轮廓更加立体，下颌线更加明显。

不知道是不是因为有人在看，祁深睡着睡着，微微皱眉，缓缓把眼睛睁开……

看见郁小竹，男人似乎一点也没有意外，反而伸手拉住女孩的手腕，哑着嗓子道："睡醒了？上来，再陪我睡一会儿。"

祁深说话时，嘴里像含了口水，声音不太清晰，眼睛只是睁开一下又闭上了。

可他握着郁小竹手腕的手非常用力。

郁小竹抽了抽手，却没有抽动。

祁深感觉到她抽手，闭着眼睛说："你走了我估计会起床……"

郁小竹看他。

"为了陪你，好几天没好好睡了。"

男人的声音带着很浓的睡意，很困，一点也不想起床。

郁小竹看着男人的睡颜，迟疑了一下，还是站起身来。

祁深以为郁小竹要走，刚要睁眼，就觉得床铺一侧微微塌陷。

很快，一个毛茸茸的小脑袋枕在了他的手臂上。

祁深这才松手，掀起身上的被子给郁小竹盖上，将女孩揽到自己的怀里。

郁小竹翻身，脸埋在祁深的胸口。

她感觉到男人的大掌落在她的背后，又俯身吻了吻她发际线的位置。

下一秒，只听祁深说："乖，睡觉。"

郁小竹从昨天傍晚不到七点睡到早上四点，早就清醒得不得了了。

她睡不着，被男人桎梏在怀中，鼻息间除了被子上洗衣液的味道外，还有另一种味道。

很好闻。

以前她在祁深身边时，也会若有似无地闻到，却没有像这次这么明显。

郁小竹怀疑，这是不是就是传说中男性荷尔蒙的味道？

房间里很安静，郁小竹睡不着，却依然闭着眼睛。

耳边传来男人均匀的呼吸声。

郁小竹悄悄地伸手，环住祁深的腰。

手的动作随心，可郁小竹又有些懊恼——身为女孩子，她好像太不矜持了。

可是她想了想，自从和祁深谈恋爱，她好像一直特别主动。

她主动告白；别人不答应，她还主动亲他；这次到他房间，也是她主动来的。

虽然是因为她有点不放心他，可是看见别人在睡觉，明明可以出去的嘛……

郁小竹将额头抵在男人结实的胸口，暗暗叹气。

她这样会不会被嫌弃啊？

可是她好想待在祁深的身边，好想离他很近，喜欢牵他的手，喜欢靠在他怀里，什么都不做也没关系。

就这样待着也很好。

郁小竹突然想摸一摸男人的心跳。

听说，男人的心跳比女人的更有力。

她将缩在脸边的另一只手悄悄地压在祁深心口处，轻轻压着。

很快就找到了。

郁小竹把手压在男人心口处一会儿，又压在自己心口处一会儿，然后又压去男人的心口处。

对比了一下，好像祁深的心跳更有力一些。

祁深一动不动，就这么抱着她睡觉。

郁小竹在他怀里折腾来折腾去，又有些困了，不知不觉，自己也睡着了。

郁小竹再次醒来时，天已经大亮。

她被笼罩在一片阴影里。

祁深依然保持着她睡着前的样子，就这么抱着她，好像还没醒？

郁小竹想仰起脑袋看祁深醒了没有，她一抬头，一个吻就落在了她的额头。

紧接着，头顶传来男人低沉的声音："醒了？"

郁小竹在男人怀里点头，想翻身，可是男人的手臂搂着她，让她动弹不得。

"让我再抱一下。"祁深接着说，"十分钟吧。"

男人的声音里带着笑意。

"我都睡了十几个小时了，躺着不舒服。"郁小竹小声抱怨，身子却没动。

祁深这才把胳膊抬起来。

郁小竹翻身坐起来。

男人坐在那里，身上穿着家居服，头发有些乱。明明昨天还干干净净的脸上，此时居然有了一层薄薄的青色胡楂。

以前郁小竹看见祁深起床，都是见他洗漱好的样子，第一次见他这刚起床的脸，忍不住抬手摸了摸那浅浅的胡楂。

嗯……有点扎手。

"我去刮胡子。"祁深自己也摸了摸脸颊，"你想一下今天做什么，还有明天，我都陪你。"

男人说话时已经从床上站了起来，穿上拖鞋去了洗手间。

郁小竹也跑去了次卧的洗手间，认认真真地洗脸、刷牙，把头发在头顶束成一个丸子，之后站在原地发呆。

今天去哪儿呢？

大冬天的，好像也没有什么地方是特别值得去的。

"咚咚。"

门口传来两声敲门声。

是祁深叫她。

现在这个房子，其他房间家具都特别少，大部分的空间都是空着的。

祁深也算适应了。

只有这间次卧，里面有床、衣柜、沙发和梳妆台。

次卧的面积很大，这些家具放在里面，还有许多空间。

但这些空间对祁深来说有些少。

所以他从不进来。

郁小竹这才走出去。

祁深靠在墙上，抬手轻轻捏了捏女孩的丸子头，问她："想好去哪儿了吗？"

郁小竹抬头看着祁深。

男人这一觉明显睡得不错，洗过脸后，皮肤不错，连黑眼圈都从灰色变成了浅青色。

她想了想，歪着脑袋问："哪儿也不去行不行？就在家待着，做什么都可以。"

"做什么都可以？"祁深挑眉。

简单的一句话，瞬间让走廊里的气氛变得有几分暧昧。

郁小竹反应过来，耳朵微烫，小声说："就是看看电视啊，看看电影啊，看看书啊什么的……"

祁深把一只手插在口袋里，点头："好。"

祁深工作忙，虽然极少回来，但是为了保证房子的干净，让郁小竹回来能在这里住得舒心，他还是找了专门的家政管理公司打理这里。同时，他也会让助理定期往冰箱里放些食物，往柜子里放些零食。

他们起床已经快十点了。

郁小竹热了两杯牛奶，她和祁深一人一杯。

之后，两个人就坐在客厅的地毯上。

祁深盘腿坐着，一只手拿着平板电脑，另一只手拿着电容笔在看文件。

郁小竹则用手机播放电影，投屏到电视上。

不过她并没有把声音开得太大，将零食抱在怀里，一边吃一边看。

客厅里的气氛特别和谐。

郁小竹偶尔会偷看一下祁深在看什么。

屏幕上是一份她看不懂的文件，里头有许多复杂的术语，郁小竹看不太懂。

祁深拿电容笔在一行字下面画了一条横线，又反复加粗了几次。

郁小竹看过去，仔细读了一遍，发现那句话不通顺。

"这个是翻译过来的呀？"郁小竹问。

"嗯。"

男人回答她时没有回头，目光依然落在屏幕上，眉头拧着，似乎对出现这种错误很不悦。

等他把文件大概看完，直接打开圈圈的企业版，传给别人。

郁小竹伸手，用右手食指指腹轻轻压住男人的眉心，道："要不我有空学 J 国语言，等我学得差不多了，我给你当翻译，行不行？"

郁小竹自认为自己还是挺有语言天赋的。

北城大学大一新生有英语分班考试，按照成绩一共分为三个等级，最高三级。三级的新生大一就可以报名参加四级考试。

郁小竹英语很好，轻松考进了三级班。

十二月她参加了四级考试，前几天刚出的成绩，682分。

对这个成绩，郁小竹其实是有些不满意的，她有些粗心，连阅读题都有错。

祁深的目光微微移向郁小竹，道："不用这么麻烦。"

"不麻烦啊，反正我有空就自学一下。"郁小竹自信满满，"我看J国语言和我们国家有的汉字是一样的，意思也差不多，学起来应该很快吧。"

祁深摇头："这个语言和英语不一样，英语诞生得晚，语法体系比较成熟，属于入门难；而J国语言对我们来说属于入门简单，但是想学好很难。"

祁深之前也考虑过学J国语言，多少有些了解。

"那是我的事情。"郁小竹探身，轻轻吻了一下祁深的脸，"等我学到可以做笔译的程度，保证你的文件不会出错。"

许久，祁深才说："好，那我等着。"

男人的目光落在身边女孩的脸上，只见她用手机打开一个主营图书的App，小声喃喃："我是报个网络课程，还是买书自学一下？嗯……还是报网络课程方便一点吧，这样有同学群，还能督促一下我。"

郁小竹属于不甘落后的那种人，如果是有一个班级，最好再有个什么进度排名之类的，她应该很有冲劲。

祁深看着郁小竹开始在搜索引擎里搜索网课，问她："这就学？"

"嗯。"郁小竹点头，"其实我都觉得自己现在开始学有点晚，如果我高考完就开始学，说不定现在可以帮你一点小忙了。"

笔译比起口译，相对来说要容易一些。

祁深伸手将女孩揽住，仰起下巴吻了吻女孩的头发："那你现在学，什么时候可以帮我？"

"嗯……我也不清楚，如果要完整翻译一份文件，至少要一年吧。"郁小竹低着头，还在对比哪个网络培训班比较好。

现在的搜索引擎非常智能化。

郁小竹刚输入完搜索网课的词条，搜索引擎就混入了一条恒安区语言培训学校的广告。

她顺手点进去。

线下的这种语言培训学校没有线上那么自由，不过有老师教课，每天都会留作业。

刚刚从高中上来，郁小竹倒是觉得，这种模式更适合她。

而且这家学校离北城大学非常近，在北城大学和他们所在的这所公寓中间的位置。

"你忙完了吗？"郁小竹将手机举起来，"要不我们去这家培训学校看一看？合适的话，我就报这里好了。"

祁深把平板电脑放在一旁，点头："好。"

学校不远，今天天气又好，两个人走路就过去了。

学校在一栋写字楼里，整整占了一整层。

两个人一上去，门口的前台马上过来接待他们，热情地问："二位同学，你们好，请问是来咨询什么课程的？"

郁小竹说明来意，前台便把他们送到接待老师那里。

这所学校和大部分语言速成培训学校差不多，分全日制班和周末班。周末班又分周六班和周日班，都是全天上课。

有初级班、中级班和高级班。

郁小竹这种零基础的，自然是从初级班学起。

在郁小竹表示要报名初级班时，负责接待他们的老师便开始推销："我们初级班的课程一共16周，学费是3200元，每个班学生不超过30人。如果二位一起报名，可以减免800元，两人一共是5600元，二位需要考虑一下吗？"

"不用了。"郁小竹摆手，"我男朋友很忙，只有我学。"

祁深今天换了一身卫衣，外面搭着厚外套，头发贴着前额，看上去很年轻。

见郁小竹说祁深没空，接待老师老练地劝道："一周就上一天课，就当陪女朋友了，是不是？"

接待老师今年快四十岁了，也在这里干了好多年了。

来学语言的大部分是女孩子，这种男朋友来陪女朋友报名的她见多了，也很清楚该怎么劝。

"他真的没时间。"郁小竹拒绝。

接待老师打量着祁深："是研究生课程忙对吗？你看看你女朋友这么漂亮，我儿子要是有这么漂亮的女朋友，肯定天天上课陪着了。"

接待老师的孩子今年刚上小学，这么说完全就是推销套路，为的就是多卖出去一个名额，多拿提成罢了。

"他……"

"嗯，那就一起报名吧。"

郁小竹正想再拒绝，祁深却先答应了下来。

他们就这么稀里糊涂地交了5600元的学费，报了初级班的周末班。

郁小竹周六有选修课，所以他们选了周日班。

开学时间是三月十二日，也就是两周后。

两个人出了学校，郁小竹才问祁深："你真的要来学吗？"

这周末班并不是上一上午课或者一下午，而是上一整天，加起来七个小时。

其实郁小竹知道，祁深根本没有时间。

祁深手臂搭在女孩的肩膀上，低低说了声："尽量来。"

郁小竹懂了，尽量来就是基本上没时间来。

郁小竹想了想："反正我会好好学的，等什么时候你不忙了，我再教你好了。"

祁深垂眸看着郁小竹，张了张嘴，想说什么，却又咽了下去。

他们确认关系到现在有半年了。

这半年的时间，祁深很少和郁小竹见面，可是郁小竹从来也没有抱怨过什么。

刚才接待老师让他报名，郁小竹还一再强调他很忙。

明明是自己比郁小竹大十岁，女孩懂事的程度让他觉得自己太不称职了。

祁深和郁小竹在外面吃了饭。

回到家里，郁小竹坐在客厅的地毯上，开始翻刚刚拿到的教材。

祁深坐在她身边，将女孩圈在自己的臂弯里，问她："小竹，我陪你的时间少，你要是不高兴就告诉我，不用自己消化。"

他觉得，郁小竹应该是会不高兴的。

"嗯……"郁小竹把书本合上，歪着脑袋看着祁深，"是有点不开心……"

她说着，小嘴就不禁噘了起来。

可是下一秒，郁小竹又说："不过你不是说，你也就这几年最忙，忙完了就有时间陪我了？"

似乎是为了向男人确认，她多问了一句："对吧？"

祁深看着女孩眸底期待又笃定的眼神，沉默片刻，才在嘴角挂上笑，拍了拍女孩的小脑袋。

"嗯，看书吧。"

郁小竹低头，目光落在书上，浅浅地吸了口气，没再说话。

开学后，郁小竹的日子过得和之前一样——

每天早上会跟祁深发信息说"早上好"，晚上会说"晚安"。

祁深也会回她。

大概是女孩子心思敏感。

郁小竹总感觉好像有哪里不对劲。

三月十二日是语言学校第一次上课。

郁小竹早上到学校时，那天接待他们的老师马上问她："咦，你男朋友没有来吗？"

"他有空会来的。"

郁小竹嘴上这么说，可她觉得，祁深大概到结课都没有时间来一次。

这种培训学校的课程进度非常快，第一天上课，老师花一上午教了平假名和片假名，下午就开始教对话和单词。

下午一共讲了教材上的两节课，然后布置了作业。

等一天的课程结束，周围的同学就开始抱怨。

"这也太快了吧，这一天教这么多，我根本就听不懂。"

"是啊，都是零基础，这么教我能学会个屁啊。"

"想退钱。"

"我也要去退钱！"

这种培训班的学生年龄参差不齐。

最小的有初中毕业生，最大的有四十几岁的业余爱好者。

郁小竹把书和笔记本收拾好，背着书包出门等电梯，同时拿出手机给祁深发消息，告诉他，她的第一次培训课上完了。

电梯到了她所在的楼层。

郁小竹低着头，一边编辑消息，一边往电梯里走。

电梯里还有其他人，她没太注意。

编辑完信息后，郁小竹把手机攥在手里。

电梯降到一楼，郁小竹往门口的方向走时，肩膀被人拍了一下。

头顶响起一个男声："喂。"

郁小竹微微仰头，看见一张有些熟悉的脸——谭长东。

比起前些年，男人要更成熟一些。

她在英语演讲比赛时见过他，当时两个人并没有正式说过话。

只是祁深说过，谭长东找过他。

谭长东以为，祁深找了个和她一模一样的人，把她当成了替代品。

郁小竹站住，没有喊谭长东的名字，而是问他："有事吗？"语气中带着疏离。

谭长东盯着郁小竹的脸，表情严肃道："我认识祁深，我有些事情想跟你谈一谈。"

"对不起，我要赶回学校。"郁小竹拒绝。

不管是出于什么原因，现在的郁小竹都不想和以前的同学联系了。

谭长东看郁小竹要走，几步走到她前面，压低声音说："我知道你冒名顶替别人参加高考，进入北城大学，我完全可以举报你，让你无学可上。"

郁小竹和谭长东以前关系还是不错的，所以此时此刻，他的这句话以及认真的态度，让她有些无奈。

郁小竹站住，仰起脑袋，一脸莫名地问他："我顶替谁了？"

谭长东不说，只是指了指门口："我们去咖啡厅。我知道许多你可能不知道的事情，关于郁小竹，也关于祁深。"

他没有喊她郁小竹。

和以前的祁深一样，他认定她是个冒牌货。

第 21 章

/

分手

郁小竹并不觉得谭长东能说出什么有关祁深的秘密，不过就是个幌子而已。毕竟祁深的事情，如果他本人觉得是秘密，一般人是不会知道的。

北城大学里目前只有班主任问过她年龄的事情，郁小竹就把之前祁深说的治病的事情解释了一下。

郁小竹长着一张娃娃脸，从小别人都觉得她比实际年龄小几岁。

对她的话，班主任也是将信将疑。

不过现在高考政策放宽，郁小竹以 661 分的高分考进北城大学，只要是她自己考的，班主任就没有权利干涉学生的其他事情。

而谭长东这人，郁小竹上学时也对他比较了解。

他这个人有点较真——学习好的人，很多都是较真的人，这点倒是也不奇怪——只是郁小竹担心他真的把这件事情反映到学校。她得心理疾病的事情本来就是假的，经不起特别严谨的推敲和调查。

万一这件事情闹大了，又要给祁深添麻烦。

郁小竹看了一眼手机上的时间，现在不到六点。

"我七点前要到学校。"郁小竹道。

"可以。"谭长东点头。

旁边就是咖啡厅，郁小竹跟着谭长东进去。

谭长东点了一杯咖啡，郁小竹则点了一杯棉花糖热可可。

等服务员将两人点的饮品送上来后，谭长东开门见山道："我们并不是第一次见面。我是希望杯英语演讲大赛的评委,在阳城我就见过你。"

郁小竹端起杯子，先咬了一块棉花糖含在嘴里，然后对谭长东说："不是呀，我记得我复赛的评委也是你。"

谭长东表情有些讶异，似乎是没想到郁小竹居然记得他是她复赛评委的事情。

谭长东端着面前的咖啡微微抿了一口："你记忆力不错，不过高考能考这么高分的，一定是聪明人。"

在说"聪明人"三个字时，谭长东故意加重了语气。

郁小竹端着杯子，专心致志地吃上面挂着巧克力酱的彩色小棉花糖，也不说话。

谭长东盯着对面的女孩。

此时她正看着面前的杯子，卷卷的睫毛垂着，脑袋上扎着马尾，身上穿着荷叶领的衬衫，套着件可爱的圆点针织外套。

她虽然已经是大学生了，却和几年前她参加演讲比赛时没有太大差别。

不过也能看出，女孩的稚气褪去了不少，五官也长开一些，更像个大姑娘了。

这说明她是一个正常的人，她在成长。

谭长东觉得，既然郁小竹这两年会成长，那么失踪的那十二年不长大就是不可能的事情。

他认为自己的猜测是对的——

这个郁小竹，就是祁深找来的一个和郁小竹几乎一模一样的姑娘。

谭长东看着眼前的郁小竹，不禁想起以前的事情，默默叹了一口气："不过，你真的和郁小竹很像。我很佩服祁深，居然能在这世界上找出两个这么像的人。如果郁小竹还活着，她高考一定也能考这么高的分。不过估计她不会留在国内读书，会去国外留学。"

原来，这个世界上真的有长得一模一样的两个人。

郁小竹："……"

谭长东无奈地笑了笑，问她："你能告诉我你原本叫什么名字吗？如果你做你自己，日子可能暂时苦一些，可你这么聪明，生活总会向好的地方前进的。"

在谭长东看来，郁小竹八成是收了祁深的钱，才会这么尽职尽责地扮演着另一个人。

郁小竹这时把棉花糖都吃完了，她把杯子放下。

"我叫郁小竹。"

她就叫郁小竹，没有其他的名字。

谭长东是打算先礼后兵的。

他夸完郁小竹，见面前的女孩没有说实话的打算，神情也冷了下来，问她："那你知道，这个郁小竹在祁深心中的地位吗？"

郁小竹看他，摇头。

她来之前，已经想好怎么做了。

谭长东双腿交叠，背靠在沙发靠背上，目光微微向上，像是在回忆很久之前的事情。

过了十几秒，他才缓缓开口："其实我也不知道他们之间发生了什么，我只知道，郁小竹失踪那天，祁深在学校门口站了好几天，就那么一直站着。别人叫他走，他说他在等郁小竹，等放学了，她就会出来了。那几天还特别热，祁深就那么站着，整个人一点表情都没有，一动不动，没有人知道他在想什么。他站了三天。你相信一个人可以在一个地方站三天三夜吗？"

郁小竹看着谭长东，表情凝固。

好半天才意识到他在问自己，她摇了摇头。

"以前我也不信，可是见到祁深，我信了。"谭长东叹气，"后来他晕倒了，被送到了校医那里。九月份重新来上课后，他开始特别努力地学习，拿到了那一年的高考状元，获得不少奖励。"

郁小竹坐在那儿静静地听着。

她从许美珍那里听说了一部分关于祁深的事情，又从谭长东这里听了一部分。

郁小竹只是知道了她消失后，祁深等过她，找过她。

可是她不是祁深，她不知道他当时真正的心情。

谭长东见她这副样子，以为是被打击到了，带着几分善意的笑："所以，就算你和郁小竹长得一模一样，你把性格模仿得和她一模一样，你们学习一样好，你也不过是个替身。他对你再好，也只是在你身上找郁小竹的影子……"

谭长东顿了顿，继续说："我觉得你是个很好的女孩，为什么不做自己，要做别人的影子？"

如果郁小竹真的是别人的影子，那她可能会非常非常感激谭长东对她说这些。

郁小竹看着谭长东，脸上的表情一点也不轻松，过了好久才说："那个人永远都不会回来了。只要我能待在祁深的身边，做影子也没关系。"

谭长东皱眉，他不太了解小姑娘的心思。

不过对于郁小竹说出这样的话，他倒是也不算意外。

他叹了口气，问她："你以前在哪里住？有父母吗？还是说你父母把你卖给他了，你……"

"这位先生……"郁小竹打断谭长东的话，认真地说，"我非常感谢你能告诉我这些，其实我都知道，可是我没办法离开祁深的身边。

"当初郁小竹失踪的时候，祁深这么痛苦，他历尽千辛万苦才找到我。他对我很好，对我说话都很温柔，看我的眼神也温柔。就算是透过我在看一个已经不存在的人，我也会留在他身边……"

谭长东眉头拧着："这对你不公平。"

郁小竹微微一笑："可是，祁深等了这么多年才见到和他记忆中一模一样的女孩，如果我再离开他，那他该多么痛苦。"

郁小竹从包里拿出一张 100 块钱放在桌上，对谭长东说："先生，我非常非常感谢您能告诉我刚才的这些事情，但是所有的一切，在我选择接受这个身份时已经想好了。就算是替代品也好，影子也罢，我都愿意留在祁深的身边。"

谭长东叹了口气："你会后悔的。"

"谢谢你对我说的这一切，这说明这位郁小竹也是你的好朋友。我知道她很聪明、很善良、很热心，我可能没有她那么好，但是既然我现在是这个身份，我一定不会让这个名字蒙羞，我一定会用尽全力走好未来的路。"郁小竹站起身来，冲谭长东深深鞠躬，"所以，请你高抬贵手，不要把这件事情再告诉其他人，让我安心上学。"

郁小竹说完，径自离开。

只是，她在路过谭长东时，低声说了一句："班长，再见。"

这是她失踪前，对谭长东说的最后一句话。如果他还记得，也许会高抬贵手。

谭长东坐着没动，连头也没有回。

自从在演讲比赛上看见郁小竹后，他一直在关注她。他知道她高考考了很好的成绩，知道她进了北城大学金融系。

不过，今天的相遇是个意外。

谭长东双眼微闭，开始回想刚才女孩的语气、神态、声音，还有她的笑颜。

最后，他将面前的咖啡喝完，对着对面已经空下来的座位，低声说了句："再见，郁小竹。"

他觉得，他和祁深一样疯了——

相信了一件绝不可能发生的事情。

郁小竹离开咖啡厅时，正是傍晚。

最后一抹暖色调余晖浅浅地罩着整个城市。

郁小竹找了个墙角站着，拿出手机，又给祁深发了一条信息：我今天见到谭长东了，还和他喝了咖啡。

郁小竹是故意这么发的。

她想，祁深会不会有点紧张，给她回个信息什么的？

郁小竹站在原地等了一会儿，又怕祁深误会，干脆把刚才咖啡厅发生的事情都编辑成信息发给祁深。

然后，走路回学校。

三月早春，寒潮过后，北城的温度从 0℃ 直升到了 20℃。

天气一点也不冷。

郁小竹背着包往回走，满脑子都是刚才谭长东的话。

祁深在学校门口站了三天……

原来，她的消失，不仅仅是对父母的打击巨大，还有祁深。

后来父母生了郁小耀，而祁深……

郁小竹不知道祁深是事业太忙，还是在等她。

反正她回来时，他还是一个人。

郁小竹进宿舍楼时，还没有收到祁深的信息。

她知道他忙。嗯，她理解的。

郁小竹在宿舍门口又看了一眼没有任何变化的手机，收拾了一下心情，把手机装进口袋里，然后推门进了宿舍。

"小竹，你男朋友上热搜了。"

郁小竹一进门，宓雪先给她汇报。

"热搜？"郁小竹愣了一下，连椅子也没顾上坐，拿出手机，点开微博。

前面几条热搜都是和明星有关的，再往后翻……翻到最后也没有找到。

"没有呀？"郁小竹想了想，在搜索栏里搜索祁深的名字。

宓雪也在拿手机看："上午的热搜了，现在估计掉了，好像是什么合作的问题。"

宓雪说的时候，郁小竹已经找到了那条热搜。

她大概看了一下内容：祁深开发的新手机和合作方签了合约，如今合约到期，祁深可能面临巨额赔款。

　　关于这条热搜，有许多互联网大 V 发表了评论，除了蹭热度以外，大家也都是各抒己见。

　　有人说，了解过祁深正在做的这款手机，目前系统和芯片都已经完成，年内肯定可以发布，一旦上市，前景很好；也有人说，当初合约有补充协议，但是补充协议有漏洞，很可能有人从中作梗。

　　郁小竹坐在宿舍里，花了一个小时的时间，把这些大 V 发的东西看了一遍。

　　以前，祁深没有跟郁小竹说过太多他做的事情。现在从这些大 V 的解读里，郁小竹也算懂了一些。

　　一些保持中立的大 V 说，祁深是被人算计了——有人看准祁深这个人追求完美，工期肯定会超，早就准备了一份有漏洞的补充协议来让他签。

　　如果祁深赔不出这部分钱，最差的结果就是把整个项目转让。

　　这个项目，业内非常看好，愿意接手的也大有人在。

　　如果祁深真的扛不住，转让这个项目，整件事情恐怕就是一个局。

　　郁小竹看完这些信息后，心脏狂跳。

　　自从开学后，祁深一次都没有和她联系过。

　　她再联想到祁深开学前专门抽出两天时间陪她……

　　一种不好的预感从她心中渐渐升起。

　　郁小竹打开通话记录，给祁深拨了电话过去……

　　很快就传出系统提示音："您好，您拨打的电话正在通话中，请稍后再拨。"

　　是在通话吗？

　　郁小竹把书包放下，等了一会儿，又打了一个电话过去，依然是正在通话中的系统提示音。

　　郁小竹想了想，把唐词的电话借了过来，给祁深打过去……

下一秒，电话就接通了。

当郁小竹听见"嘟"的接通音时，心紧了一下。

祁深把她拉黑了？

郁小竹看着手机发呆，一时居然不知道该做什么样的表情。

祁深居然把自己的电话拉黑了？

宿舍里很安静。

宓雪在直播，秦亚轩在看剧。

只有借给她手机的唐词注意到郁小竹的变化。

"小竹，你没事吧？"唐词走到郁小竹的桌子旁问她。

郁小竹微微摇头。

从唐词站着的角度，本来是看不见郁小竹表情的，可她一摇头，一滴眼泪落在屏幕上。

郁小竹很快把眼泪擦掉，小声说："没事。"声音里带着很重的鼻音。

唐词半蹲下来，小声问她："我还没吃晚饭，你吃饭了吗？要是没吃的话，一起去学校外面吃吧。"

现在晚上八点了。

学校食堂六点四十分关门。

这个点再想吃饭，只能去学校外面的小餐厅吃。

郁小竹现在心堵得厉害，不想待在宿舍里，于是点了点头，把手机还给唐词后，和她出了宿舍。

等到了楼下，唐词才问她："怎么了？是不是今天热搜的事情？宓雪她们在宿舍说了以后我也看了。"

郁小竹看向唐词。

唐词继续说："宓雪她们都说祁深公司这么大，不会有问题，可我大概看了一下，好像事情挺严重的？"

郁小竹有些迷茫："我也不知道，祁深没有跟我说过这些。"她说完，又补了一句："他很少跟我说工作上的事情。"

祁深很少会跟郁小竹说工作上的事情，就算再辛苦，他也不会在郁小竹面前透露半分。

所以郁小竹从来不知道祁深在工作中有什么困难，遇见了什么问题。

大概是因为跟她说这些也没什么用吧。

唐词平时话不多，也不太喜欢八卦别人的事情，只是见郁小竹这么伤心，只能安慰她道："大概是不想让你担心。毕竟那么大一个公司，肯定会经常遇见问题，跟你说了你也解决不了，他都自己扛着，肯定是想让你过得开开心心的。"

郁小竹点头。

这些她都知道，可是……

郁小竹喃喃："可是他把我的电话拉黑了，你说这是什么意思？"

唐词也愣住："点错了？"

郁小竹摇头。

她和唐词在学校门口的面馆吃了饭，在结账要走的时候，郁小竹的手机发出"嘀嘀嘀"的声音。

消息来自群"爱学习的少女们"。

是她们宿舍的宿舍群。

宓雪："小竹！你男朋友又上热搜啦！"

秦亚轩："这次肯定是发给你看的，不知道你们小情侣之间有什么特殊的情趣。"

郁小竹赶紧打开热搜。

这次，这个热搜在第一名，＃祁深三个小时视频＃，后面还顶着一个鲜红的"沸"字。

郁小竹心中一紧。

她点开热搜，第一条就是祁深微博下发的一条视频。

微博正文只有四个字：

我是小狗。

下面是一条视频。

郁小竹没点开视频，先看见下面热评的第一条：

没开 Wifi 慎点！这个视频时长三个小时！！！

再下面的一条热评是：

哈哈哈哈哈，这是不是跟谁打赌输了？

下面热搜的实时微博里，许多人都在问——

这一共多少声啊？有没有人数？

三个小时，得有一万声了吧？

我的妈，祁总好几年没发微博了，这一发就玩这么大？

这个视频刚刚发布二十几分钟，所有人都才刚开始看，还没有人看完。

郁小竹看了一圈评论，甚至没有勇气去点那个视频。

以前，祁深说如果他提分手，他就学狗叫。

一万声。

在郁小竹看着那个视频，正犹豫要不要点的时候，一个电话突然打了进来。

屏幕上显示"牧楠"的名字。

之前祁深因为在出差，担心郁小竹在北城有事，才把牧楠和施雯的号码都给了郁小竹。

不过牧楠从来没有主动给郁小竹打过电话。

这是第一次。

唐词看着她。

郁小竹盯着那个名字数秒，最终还是接了起来。

电话接通的下一秒，她听见牧楠在电话那边说："郁小姐，我现在在您学校门口，祁总有东西让我交给您。"

郁小竹她们所在的面馆开在学校旁的小吃街上。

她跟唐词眼神示意了一下，走出面馆才问牧楠："你在哪里？我现在过去。"

北城大学历史悠久，学校扩建了好几次，大小校门有好几个。

她们在的这个面馆，是在学校侧门的附近。

"在北门。"牧楠回答道。

北门是北城大学的正门，修建得特别气派。

一般来学校的人，大部分都会走北门。

郁小竹挂了电话，唐词问她："是谁的电话？你要去哪儿？"

"祁深的助理，说有东西要给我。"郁小竹说完，冲着唐词挥了挥手，"你先回宿舍吧，我拿了东西就回去。"

唐词看得出来，自从刚才看了热搜后，郁小竹的精神状态明显变得更不好了。

她想了想，还是跟了上去："我跟你一起去吧，然后我们一起回学校。"

北城大学是全国第一的高校，里面的学生也都是来自全国的精英。

即便如此，这里面的学生其实也都是普通的年轻人。

学校里会有人恋爱，也会有人分手。

唐词虽然平时话不多，观察力却很强。

上个学期，祁深只是军训时来过一次，后来几个月里，郁小竹几乎每天都和她们在一起。

她和祁深见面的时间少得可怜。

有时候，宓雪或者秦亚轩会拿两人见面少开开玩笑，每一次郁小竹都很认真地解释："他忙嘛。"

唐词知道祁深在郁小竹心里的地位。

她怕郁小竹想不开。

郁小竹摆手："不用，我拿了东西就回去。"

"那我也跟你去吧。"

唐词还是走在她身边，一点要离开的意思也没有。

两个人一起到了北门。

路边停着一辆迈巴赫，牧楠穿着一身西服，手里提了一个不大的袋子，站在车旁。

郁小竹走过去。

牧楠看见郁小竹来了，只是将手里的袋子递给她，道："郁小姐，祁总说您应该已经知道他的意思了，这个是他为了表示歉意，给您的补偿。"

袋子就在郁小竹的面前，里面放着一个牛皮纸文件袋。

除此之外，什么也没有。

一般人光看这个，不会知道里面装的是什么。

牧楠道："这是北城世家的一套别墅，是祁总前几天以您的名字买下的，这里面是钥匙，以及购房合同。"

郁小竹愣住："什么意思？"

牧楠解释道："祁总说，您有这套房子的绝对支配权，无论是留下还是卖了，您喜欢就好。"

郁小竹就这么仰着脖子看着牧楠："这是什么？分手费？"

牧楠没有正面回答，只是催促："郁小姐，现在公司的情况您也知道，我给您送完东西还要赶回去工作，请您收下。"

祁深那边的情况，郁小竹算是清楚的。

她也没浪费牧楠的时间，道："你告诉祁深，我不要。想分手可以，明天早上我要去见他，让他亲自跟我说，他说了，我就听。"

郁小竹说这句话时，带着很重的鼻音。

不过直到她转身前，眼泪也没有落下来。

牧楠站在原地一动不动。

直到女孩过了马路快进校门时，他身后跑车的后排窗户才缓缓降下。

祁深只是看了一眼女孩的背影，对牧楠说："上车吧。"

郁小竹不收，他早就猜到了。

回宿舍的路上，郁小竹跟唐词再三保证自己会在十点半前回宿舍，唐词这才肯让她自己待一会儿。

北城大学很大。

郁小竹在女生宿舍旁的花坛坐下，打开微博。

可是她始终没有勇气点开那个三个小时的视频，只是翻了翻下面的评论。

她回来这段时间，视频评论已经上万。

评论的人大部分都认为，祁深是和别人打赌赌输了才这么做的，评论里充斥着欢乐气氛。

郁小竹坐在花坛的旁边，看着手上的手机，眼睛有些发涩。

过了好久，她才拨通了一个电话。

屏幕上显示着施雯的名字。

手机里传来"嘟……嘟……"的等待音。

郁小竹不禁有些紧张。

祁深身边的人她大部分都不熟悉，最可能获得祁深消息的渠道就是施雯。

如果施雯不接她电话……

在郁小竹胡思乱想的时候，电话里传来熟悉的系统女声："您好，您拨打的电话暂时无人接听，请稍后再拨……"

郁小竹一下子就蒙了。

看来，祁深已经猜到她会给施雯打电话，所以提前跟施雯说过什么。

在郁小竹有些无助的时候，手里的电话响起。

屏幕上是施雯的名字。

"怎么了？"郁小竹把电话接起来时，那边传来施雯的声音，"刚才催我女儿洗澡呢，没听见。"

施雯的声音很随意，就好像什么也不知道一样，甚至对她没有一丝防备。

郁小竹拿着手机，有些紧张："施雯姐，我想知道……祁深公司是什么情况，他什么也不告诉我。"

郁小竹选择了隐瞒。

她没有告诉施雯，祁深要跟她分手的事情。

施雯在家里的沙发上坐下，看着家里浴室的方向，轻笑一声："刚才我们祁总发神经发的那条视频，是不是和你有关？"

郁小竹："……"

施雯叹了口气："小竹，如果祁总做了什么，你也别怪他，他真的是为了你好，而且他现在自身难保，做什么都是不想连累你罢了。"

她没有说破，但很明显已经猜到发生了什么。

郁小竹吸了吸鼻子，小声问："那你能告诉我，发生什么事了吗？"

这个时间的北城大学非常安静，只有微风吹过树叶沙沙作响的声音。

郁小竹听见电话那边传来一声很轻的叹息。

几秒后，施雯开口："简单来说，祁总被人算计了。这个项目，开发前和几个投资方都签了合同，之前就预计合约会超期，几方都表示理解，态度也不错，很痛快地签了补充协议。当时事情多，当然也是因为他们态度好，我们这边就有些放松警惕了，没想到被埋了个坑。"

施雯说到后面，忍不住有些生气，语气也变得很激动。

"然后呢……"

"然后现在祁总要赔钱，但是这钱……唉，反正就特别多。"施雯也没说具体数字，"然后就有人露出了狐狸尾巴，一下拿出百亿美元要接手我们的项目。"

"所以，这个项目要卖了？"

郁小竹的理解是这样的。

按照她的了解，祁深应该是拿不出这么多赔款的。

"所有人都这么想，我也这么想，可是没想到，祁总居然决定要转让自己所持的北煜所有股份。北煜科技是一家稳定营利的公司，他又是控股人，而手机这个东西，就算外界再看好，没有发布，一切都是虚无的……"施雯顿了顿，向郁小竹解释，"祁深如果是要和你分开，只不过是不想让你跟他一起背这个风险。"

施雯的话，郁小竹有些懂，又有些不懂。

不过最后几句她是听懂了的。

祁深做了最冒险的决定，这个决定，可能让他成功，也可能让他一无所有。

他在冒险，冒一个非常大的险。

施雯跟郁小竹解释后，郁小竹一直没怎么说话。

施雯怕她承受不住，又好心安慰了一句："不过你也不要太悲观，祁总就算真的要转北煜的股份，运作起来也比较复杂，最后怎么样还不一定呢。"

郁小竹微微点头："谢谢施雯姐……"

电话挂了，郁小竹看见手机上还有唐词发给她的微信。

唐词：小竹，你什么时候回来？

唐词：都快十点了，外面天冷，你别冻感冒了。

郁小竹看着唐词的消息，心里有些小感动，先回她：我这就回去。

这种月份，太阳落山前很温暖，可太阳一旦落山，温度就会很无情地降下来。

郁小竹裹了裹身上的针织衫，快步回了宿舍。

睡觉前，她将耳机插在手机里，终于点开了那个长达三个小时的视频。

视频里，祁深什么都没说。

他只是戴着一个有点像迪士尼出品的狗狗耳朵发卡，戴着两只毛茸茸的狗爪子，一本正经地坐在那里。

郁小竹认得出，他坐的地方是北煜总公司的办公室。

拍视频用的手机应该是放在办公桌上的。

这个视频没有想象中有趣，甚至很无聊。

从第一秒开始，祁深就对着镜头："汪，汪，汪……"

特傻。

傻得郁小竹甚至有点想笑。

这时宿舍已经熄灯了，大家都躺在床上做着各自的事情。

郁小竹把被子蒙在头上看这个视频。

祁深基本上保持着一秒一声的速度在学狗叫。

"傻死了……"郁小竹躲在被子里偷偷吐槽，越往后看越觉得他傻。

郁小竹觉得自己在笑，可是视线却越来越模糊。

她想笑，可是一点也笑不出来。

郁小竹就这么躺在被窝里，整整看了三个小时的视频。

看完整个视频，已经是凌晨两点了。

她一直盯着屏幕，清清楚楚地看见从后半段开始，祁深的眼圈渐渐发红。

最后几分钟的时候，她看见……他哭了。

郁小竹爱哭，可她从来没有看见过祁深哭。

可是他在拍这个视频的时候，哭了。

郁小竹拿出手机，给祁深发了个消息：想分手是吗？明天早上我去北煜见你，你亲自对我说，我就同意。

在她以为得不到回复的时候，下一秒就收到了信息：好。

他也没有睡。

郁小竹眨了眨眼，赶紧回道：明天见。

她发出去这条信息的同一时间，收到了男人的第二条信息：早点睡。

看见这三个字，郁小竹忍不住笑了起来，认认真真地在手机屏幕上输入两个字：晚安。

第 22 章

/

你是不是傻

第二天是周一，郁小竹有课。

不到六点她就起床了，梳洗打扮好，让唯一醒来的唐词帮她跟老师请假，就说她生病了。

然后，她将衣柜最底下的一个枣红色本本拿出来装进包里，快速离开了宿舍，打车去了北城科技园。

周一的早高峰一般在早上七点半开始。

她出门时，路上的车不算特别多，加上科技园又在郊区，所以不到八点，郁小竹就到了北煜科技的门口。

虽然网上出了那么大的事情，但北煜科技内部还和往常一样，员工们有序上班，仿佛谁也没有被那些新闻影响。

看到郁小竹迈步进入大厅，前台跑出来帮她刷了卡，客客气气道："郁小姐，祁总在办公室里等您。"

祁深早早就在等她了。

郁小竹手轻轻摸了摸自己的包，深吸一口气，快步过了闸口，坐电梯到了顶层。

顶层的总裁办，员工们也都在忙着各自的工作。

她从电梯里走出来，牧楠站起来挡在她面前，道："郁小姐，我先进去通报一声。"

"好。"郁小竹点头。

要分手了，或者说在祁深看来，他们已经分手了。

祁深就开始有了做派——

连她来，也需要通报了。

牧楠进去只待了十几秒就从办公室里出来，做了个"请"的手势："郁小姐，请进。"

郁小竹微微颔首示意，进了办公室。

祁深的办公室还是和从前一样，宽敞简洁。

这个时间，天还未大亮，办公室里有些暗。

郁小竹站在门口，只看见祁深坐在办公桌后面，表情却看不太真切。

在来的路上，郁小竹已经有了打算，想好来了之后要说什么，如果祁深不同意她要如何应对。

此时，郁小竹把手放在包上，几步走到祁深的办公桌前，才发现，祁深正冷着脸看着她……

他深色的眸子看着她，不带温度。

身上穿着深色的衬衫，没有系领带，腰背挺得笔直。

他的手轻轻地扣在座椅的扶手上，仿佛下一秒就要扬手把她赶出去了……

郁小竹来之前明明把要说什么、该说什么都想好了，可就在她看见祁深这个状态后，还没张口，眼泪就在眼眶里打了个转，直接落了下来。

郁小竹吸了一下鼻子，伸手擦掉眼泪。可是泪腺跟坏掉了一样，根本控制不住，眼泪自己就往外冒。

郁小竹越擦，它越落。

短短几秒的时间，刚才还一脸镇定的小姑娘已经哭成了个泪人，不仅仅是脸上，连袖子上都被打湿了一大片。

祁深坐在那儿看见郁小竹哭，忍不住拧眉，落在扶手上的手指收紧，骨节有些发白。

但他没动，就这么看着郁小竹哭。

本来是想等郁小竹哭完的，可女孩站在那儿足足哭了两分钟，眼泪也没有要收住的样子。

看着眼泪不停落下、小脸委屈得不得了的小姑娘，祁深在心里好不容易搭起来的豆腐渣工程壁垒，早就土崩瓦解。

他终于没忍住，问她："哭够了吗？"

"没有！"郁小竹回答的时候，眼泪不但没有止住，反而越冒越多，她不停地吸鼻子擦眼泪，眼眶红红的。

这样子，简直就是受了天大的委屈。

祁深皱眉，知道她确实受了天大的委屈。

郁小竹站那儿哭了一会儿，终于决定把自己想好的话说出来了。

她站在桌子前盯着祁深，边哭边说："你，你不就是想结束目前的关系吗？我，我告诉你，我早就受够了！你算是什么男朋友！"

祁深看着郁小竹。

女孩哭得厉害，吐字不清楚，声音却很大："你有什么事情都不跟我说，周末也不陪我，每次都是我主动给你发短信，你在忙什么我也不知道，你也不关心学校有没有人追我，你这个人……你……你……你简直就是世界上最差劲的男朋友！谁要当你女朋友啊？追我的人多的是，可多了，特别多！我干吗要在一棵树上吊死！"

祁深坐在办公椅上听着女孩边哭边碎碎念，自认为知道她后面要说什么了。

明明这就是他想要的结果，他想听见的，可是……

他的心像是被一只无形的大掌捏住。

好疼。

他疼得喘不过气来。

祁深就这么坐着，看着郁小竹，喉结上下滚动，却没有说话。

他这么努力做了一场戏,拍了三个小时的视频,不就是为的这个吗?

他等到了。

郁小竹见他不说话,更生气了:"我问你呢!你就不怕我被别人追走了吗?"

祁深看着她,好半天才开口:"你来了,不就是想亲口听我说吗?那我说……"

"你不许说!"

祁深话没说完,郁小竹直接把耳朵捂上:"不听不听,王八念经!"

她的声音很大,完全盖过了祁深的声音。

祁深被她吓到了,最后几个字也没说出来。

郁小竹吸了吸鼻子,从包里拿出一个枣红色的本本,很有气势地拍在办公桌上,然后,很有气势地对祁深说:"我们结婚!我要跟你结婚!我不要当你女朋友了!我要当你老婆!"

女孩说这句话的时候,声音更大,眼眶红红的,双手攥拳。

她像是鼓起了很大很大的勇气。

她说完这句话后,整个空间都陷入了沉默。

一秒。

两秒。

三秒。

祁深看着眼前的女孩,一时居然有些没有反应过来。

今天郁小竹过来会发生什么事情,祁深已经想了很多种可能性。

她会哭,会闹,会生气,当然也可能直接潇洒走人,毕竟他这个男朋友太不称职了。

可他从来没想过,郁小竹会拿着户口本过来,要跟他结婚。

祁深看了一下面前的本本,确定自己没有听错,不知道为什么,一直沉重的心一下子就被治愈了。刚才他心里所有的不舒服,在这一秒,居然都不见了。

他看着那个写着"居民户口本"的小红本,抬手对郁小竹说:"你过来。"

郁小竹摇头："我告诉你，我已经铁了心了，你别想拒绝我！"

祁深被她逗笑了。

男人嘴角勾起这些天第一次发自内心的笑，重复了一次："你过来。"

郁小竹犹豫了一下，拿起户口本，绕过桌子，走到祁深的身边。

看着男人，她的眼泪又不争气地落了下来。

祁深微微抬头，抬手擦掉女孩的眼泪，问她："你知道我最近遇到什么困难了吗？"

郁小竹点头，小声说："施雯姐跟我说了。"

祁深表情里带着几分无奈："那你知道，我现在做的选择就是在赌博，如果失败了，我会欠很多很多钱。"

"那我们就一起还，我也赚钱，我们一起还！两个人还，总比你一个人还得快吧！"

女孩干净的声音中带着不可动摇的坚定。

祁深听到郁小竹的话，就知道她天真了。

她不知道她做的到底是多么疯狂的决定。

祁深告诉她："如果失败了，我会欠几百亿美元。"

男人的声音在安静的办公室里显得格外清晰。

郁小竹眨了眨眼睛，蒙了。

见小姑娘这样，祁深忍不住笑问："被吓到了？"

确实，郁小竹被吓到了。

她想到祁深会欠钱，却从来没想过，祁深居然会欠这么多……

几百亿就算了，还是美元！

郁小竹觉得，自己大概一辈子也赚不了这么多钱……

不对，她大概这辈子都不会见到这么多钱。

郁小竹咽了一口口水，盯着面前的男人看了好几秒才说："要不这样……"

"嗯？"

"那个，万一你真的欠了这么多钱，我们结婚后，你赚的钱你就拿去还债，我赚的钱就用作生活开支。"郁小竹又往前走了一步，离男人更近一些，"我知道你需要花钱的地方大概挺多的。我想好了，等我毕业就进证券公司或者投行，我会努力工作，好好赚钱，我会让我们的生活过得不错的！"

这次，女孩的声音不大，却很认真，看着他的时候，目光里带着不容忽视的笃定。

她是真的认真地打算和他结婚的。

然后——

养着他。

祁深听完郁小竹的话，心微微颤了一下，终于还是没有控制住，抬手将近在咫尺的女孩揽入怀里。

他的大掌落在她的背后，薄唇轻轻压在她的锁骨处，低低地问了一句："你是不是傻？"

大概是太久没有进入这个怀抱，郁小竹鼻子一酸，眼泪又落了下来。

她伸手环住祁深的脖子，小声抱怨："你才傻！傻死了！这么好的女朋友你都不要，你还要跟我分手！你才是天下第一傻！"

祁深伸手捋了捋女孩的长发，自嘲道："对，我确实是天下第一傻，所以我觉得如果我破产了，你应该有更好的选择。"

"你……"

"听我说完。"祁深薄唇贴在女孩的脸颊旁，继续说，"就是因为你这么好，我觉得，你应该被人呵护，应该被人保护，追你的人那么多，如果我破产了，你可以选择的任何一个人，应该都比我好。"

祁深知道，郁小竹把他的事情想简单了。

如果他欠下巨债，那么和他在一起，她是不可能置身事外的。他们的生活，也不会像她想得这么简单。

可是祁深不想被人压着。他想靠自己站在金字塔的顶端，不被任何人牵制。

而且他明明马上就要做到了，绝对不会就这么放弃。

如果他放弃了，真的把手上的系统、芯片和其他一切都卖了，才是中了别人的计。

是把未来拱手让人。

"我，我为什么要选择别人？"郁小竹要气死了，她低头在祁深的颈窝处狠狠咬了一口，"你是不是想把我甩了！然后找个，找个就像苏芷淇那样有背景的！"

郁小竹本来是一时气话，可她说完，又觉得如果是那样的话，好像她也不是不能接受。

不对，不是她能接受，而是她能理解。

祁深现在这么辛苦，最主要的原因是他没有靠山，只能靠自己。

所有和他做生意的人，都是因为利益。

不过这也正常，大家都是出来赚钱的。

商人重利，自古以来便是如此。

虽然郁家安也在 C 国做生意，但他也就是做做房地产生意，在当地也就是中产，加上国外税重，根本帮不上祁深什么忙。

郁小竹站在那儿，仔仔细细地想明白了，突然推开祁深，往后退了一步："如果是这样的话，你可以跟我说的，我……我接受的。"

郁小竹的家庭也不错，商业联姻的事情她见过许多，也觉得很正常。

商业联姻不仅是让家族企业更上一层楼，也是因为门当户对。

大部分时候，门当户对的婚姻可能更加和谐。这是许美珍以前告诉她的。

郁小竹以前不理解，可是高中在远航读了两年，加上随着年龄的增长，对曾经看过的《金粉世家》剧情的理解加深，她也理解了。

祁深皱眉，他没想到，郁小竹居然想的是这个！

他伸手拉住都快退出他伸手可及范围的女孩，问她："你脑子里在想什么？"

郁小竹噘了噘嘴，小脸有些丧气，可还是说："那样的话，你也不会这么辛苦了……"

"不辛苦。"祁深又把女孩拉到自己面前，轻轻捏了捏她的下巴，"我就是怕你跟着我辛苦，你本来不该这么辛苦的。"

她本来就是长在温室的小公主。

"那是我自己的事情！"

郁小竹听明白了祁深的意思，轻轻舔了舔嘴唇，小声说："反正我这辈子只打算嫁给你，如果你不娶我，我就一个人过一辈子。年轻时还好，老了别人都儿孙满堂或者有人一起散步，就我一个人，每天自己吃饭，自己睡觉，自己看日出日落，你说我辛苦不辛苦？"

"辛苦。"祁深点头。

"所以，"郁小竹站在原地，微微仰起下巴，带着些小骄傲地说，"如果你想跟我和好的话，你得跟我道歉……"

祁深先是微微愣了一下，眼底笑意渐浓，突然站了起来，微微弯腰……

在郁小竹还没搞清楚他要做什么的时候，男人突然就把她抱到了旁边的办公桌上……

女孩正惊讶，祁深已经伸手撑住她的后背，另一只手覆在她的后脑勺，倾身——

一吻落下。

祁深在吻她时，脑子里想的是女孩认真地说要和他结婚，说他的钱只需要还债，她的钱来养家。

还有……

她说可以接受他选择对他有帮助的人。

祁深越想，越觉得自己不是东西。

女孩懂事得让他心疼。

他情不自禁地加深了这个吻，想更霸道地占有……

这个吻太过肆意，男人甚至没有打算克制自己，也不舍得停下……

直到感觉到女孩呼吸变得急促，祁深才直起腰来，看着女孩通红的小脸和急着呼吸空气的模样，忍不住皱眉，却还不忘说："我们成年人都是这么道歉的。"

郁小竹轻咬着嘴唇，知道自己脸红得厉害，忍不住低下头来……

可是她刚刚低头，就看见了……

她马上又把脸别开。

祁深倾身吻了吻女孩的额头，笑道："你在这儿等我一下。下午还有课吧，一会儿我送你回学校。"

郁小竹微微垂眸，看见身边的户口本才想起来自己今天是来做什么的……

为了把话题引回来，她小声说："结，结婚的话，可以。"

祁深正要去休息室，听见女孩的话不由得愣了一下。

他站在原地，直接拒绝了她："那也不能是今天。"

郁小竹不解："为什么？今天是阴历二月二十日，算是好日子呀！"

他们……他们不是和好了？

为什么不能结婚？

郁小竹这个年龄，结婚在她看来是一件很简单的事情。

大概就是去民政局领个证，生活在一起就好。

至于什么婚礼，她倒没有特别的想法。

旅行结婚也不是不行。

只要和祁深在一起，怎样都好。

祁深眸底带着浅笑："流程还是要走的。明年过年我跟你回 C 国，首先要征得你父母同意，对吧？"

"啊？"郁小竹眨眼，"明年？"

才刚刚过完年，要等到明年过年……

还有几乎整整一年。

大概是她已经做好今天要和祁深结婚的准备了，男人一下子说到明年，她就觉得时间格外长。

"今年比较忙，明年吧。"祁深认真地说，"明年我一定带着百分百的诚意上门，保证能让岳父岳母满意。"

这一年的时间，是给他留的。

今年他的公司、他的未来会如何，差不多就会有个结果了。

郁小竹看他，还要说什么，祁深又俯身吻了她一下。

"我先去处理一下，不然……"他顿了顿，带着微微痛苦的表情吐出一个字，"疼。"

郁小竹在外面等了不到二十分钟，祁深就从旁边的休息室出来，换了身衣服，对郁小竹说："走吧，送你回学校，等一下我还有事。"

车开到学校门口时还不到上午十点，郁小竹还可以赶上下节课，只是……

她忍不住又有些担心，看着祁深，问他："我们不会再分手了吧？"

祁深把女孩的手拿到嘴边吻了吻，郑重其事道："不会。"

以前，祁深做好了失败的准备。可是从此刻起，祁深才发现，哪怕是万分之一的概率，他也不会让它发生。

祁深还没发动车，手机响了起来。

是牧楠的电话。

祁深将车驶离北城大学才戴上蓝牙，接通电话。

"祁总，刚才我接到了一个电话，是一位自称袁先生的管家打来的，说他家先生明天早上九点希望见到您。"牧楠道。

"袁先生？谁？"祁深问。

最近，全国许多大的集团都在和他联系，能吃下北煜科技或者他的整个手机研发项目的，也就那么几个。

没有一个是姓袁的。

现在居然有人约了个准确时间，让自己去见他？

按理来说，这种人牧楠会直接筛选回绝。但是他现在会给祁深打电话，绝对不简单。

牧楠道：“对方给了个地址，我稍微查了一下，大概是那个袁先生。”

他说得很隐晦，但是祁深一下子就有了头绪。

这个社会，有钱人特别多。

那些什么福布斯排行榜都是给外行人看的，还有一些人的财富超过，甚至远远超过富豪排行榜上的大部分人。

但是排行榜上没有他们的名字。

祁深沉默了下：“确定？”

牧楠道：“可能性很大。”

祁深只是简单答道：“我现在开车回去。”

电话挂断，祁深看着前方畅通无阻的道路，忍不住开始思考。

这些隐于世的人，绝对不会主动掺和商场上的事情，这次居然专门派人跟他联系？还要亲自见他？

祁深在商场摸爬滚打这么多年，从来不信天上掉馅饼的事情。

可他又想不出缘由。

不过，不管是出于什么原因，他都要去见一见。

合约超期的事情不仅上了网，还在业内快速传播。出事短短几天的时间，莫说是北城，全国都知道了。

而且，自从出事之后，似乎有人刻意在散布谣言，说祁深正在研发的手机系统兼容性不好。

许多互联网公司都在研发新的手机系统，想分割市场，而大部分系统“死掉”的原因，都是兼容问题。目前，安卓和 iOS 两个系统在手机市场各霸一方，如果不能同时兼容，新的系统很容易被放弃。

如果祁深开发的这个平台代码没有良好的移植性以及移植后的稳定性，死亡不过是时间问题。

接手这个项目需要大量的金钱。

那么多前车之鉴，没有十足的把握，谁也不会拿这么多钱试水。

祁深的车还没有开到北城科技园，手机再次响起。

祁深看了一下车载屏幕上的号码。

虽然是个陌生号码，但这个号码非常抢眼，十一位的数字里，尾号是六个八。

这么吉利的号码，主人肯定不是一般人。

祁深接起电话。

"祁深，好久不见。"

电话那边的声音祁深很熟悉，也不意外。

是霍城。

"霍总。"祁深道。

霍城之前不是没有表示过自己的态度，只不过上次和他联系的是霍城公司的副总。

这次他本人前来，看来是算准快到祁深做决定的时间了。

霍城的声音要比祁深轻松很多："祁深，我一直觉得你是聪明人，聪明人大可不必把自己搞得这么狼狈，你完全可以从容选择。如果我接手这个项目，未来，我也是可以让你当持股人的。"

持股人和控股人不同，持股人是没有决策权的。

此时，祁深的车已经开到科技园门口。他将车停在路边，看着不远处北煜科技的公司大楼，道："霍总，你下这么大一盘棋，以为别人都是你的棋子，最后发现自己输了的话，会怎么样？"

这些年，祁深和霍城偶尔也有交集。

加上这次的事情，让他想明白了许多事情。

霍城把别人当棋子。这盘棋，他布得挺早。

霍城对他的话没有否认："祁深，整个北城年轻一辈里，我最看好的就是你，所以我才会在小淇面前夸你那么多次。我本以为你行事高调，一定会做聪明的选择，后面的事情确实是我没想到的。"

霍城宠爱苏芷淇的事情，整个北城都知道。

霍城自己也有个儿子，今年十几岁了，只是这个儿子一直是他妻子在带。

他和他妻子的关系并不好，所以他并不能完全信任自己的儿子。

哪怕是亲儿子。

也正因为如此，霍城做了个自以为聪明的选择——

让他看好的人，成为苏芷淇的丈夫。

而这个人就是祁深。

为了让苏芷淇喜欢祁深，霍城除了在家庭饭局上偶尔提到他以外，还特地买了许多营销号宣传，让祁深一度被捧上"国民男朋友"的位置。

女孩子嘛，都有虚荣心。

苏芷淇轻而易举地就中了霍城的"圈套"。

当然，祁深这个人无论颜值还是气质，对女孩子都是有吸引力的。

"霍总，感谢你的抬爱，可惜我这个人就是讨厌别人算计我。如果别人算计我，那我必然不能让他如愿，所以恐怕要让你失望了。"

祁深语带挑衅，声音中却无半分不敬，就像是在叙述一个事实，可是又带着一些晚辈的桀骜。

霍城的公司以 AI 和机器学习为主，当然能预见手机系统开发是一块大肥肉。霍城当初一步步逼迫祁深走这条路，就是因为相信他的能力。

相信他可以做好。然后等一个坐收渔利的时机，把风险最低化。

霍城明知道祁深现在的处境。他觉得聪明的商人不会把做生意当赌博，去选择高风险高回报。

没想到祁深到这个时候还嘴硬。

霍城也不急："那我等你的好消息。"

全国敢接手这个项目的人已经不多了。

挂了电话，祁深的脸色变得更差。

也许他没有太多的选择，也许最后他会不得不把自己几年的心血转出，但是……

那个人可能是任何人，却绝不可以是霍城。

他不配。

回到公司，祁深跟牧楠沟通了一下，最终决定去赴袁先生的约。

毕竟，祁深现在没有更好的选择了。

袁先生的府邸在北城北郊的半山上，是一栋独门独院的大宅子，在网络实景地图上是可以查找到的。

山路存在许多不确定性，为了避免迷路等不确定性因素，翌日早晨六点半，祁深就从公司出发。

为保万无一失，祁深找了两个司机，开了两辆车上山。

早晨的山上，雾很大。

为了安全，司机只能放慢速度。

两辆车打着双闪，一前一后前行。

根据地图位置，祁深快八点才到别墅附近。

别墅在山路主路上，另修了一条岔路。只是，那条路被一扇铁门拦着，周围也修了围栏，门口站着两个年轻的保镖。

这种山路旁，一般不会站人。此时有人站在这里，不用问，肯定是在等着他们。

祁深开门下车。

牧楠坐的另一辆车也跟了过来。

门口的保镖看见祁深，道："祁先生，私人车辆禁止入内。"

保镖站得笔直，双手贴着裤缝，说话语气也硬邦邦的，有些不近人情。

他的话没说全，祁深也听得明白。

意思就是，让他下车，走进去。

牧楠过来，小声说："祁总，这还有一段距离。"

祁深没有回牧楠的话，而是对保镖说："请带路。"

保镖点头。

这个路口离别墅还有些距离。

山上的温度要低一些。

祁深穿着整齐的西装，并不觉得寒冷。

往别墅走的路是上坡，保镖一看就是受过训练的，以比常人快的速度在前面带路，步幅平稳，速度均匀。

他们大约花了二十分钟才走到别墅正大门的门口。

祁深最近疏于锻炼，汗水凝在短发的发尖，额头也布着细密的汗珠，不过从脸上看，他没有露出半分狼狈，呼吸也很浅。

跟在后面的牧楠则和前面两人形成鲜明的对比。他走到门口时，脸上的汗水顺着脸颊落下，整个人呼吸急促，明显很累了。不过到了门口他尽量调整呼吸，快步跟在了祁深身后。

门里站着一位老管家，穿着深灰色的唐服，看见祁深，客客气气道："请跟我来。"

祁深微微颔首示意。

这座别墅近看要比网络地图上看上去气派得多，而且隐私度很高，除了正门，周围都用灌木墙围着，他们进去的一路上，旁边都站着保镖，从身形上看，就知道个个都是练家子。

管家带着两人到了别墅门口，对祁深说："祁先生跟我进去吧。"

牧楠站住。

管家带着祁深到了一个类似会客厅的房间，道："祁先生在这里等着，老爷子忙完就过来。"说完，就离开了。

祁深知道自己该做什么，他没有坐，一个人站着。

管家的话很微妙，只说忙完了过来，却没有说什么时候过来。

祁深站在房间离墙比较近的位置，抬头，看见上面有个视频监控摄像头。

他站着不动，只是简单看了一下房间里的家具，最后，目光落在旁边的一个博古架上。

这个博古架不大，上面只有五六个格子，放了几个非常小的器物。

祁深对木头了解不多，但是这个柜子颜色是黑褐色的，从外观上来看，他觉得这似乎是土沉香家具。

他不敢确定。

沉香木从明清开始就是一片万钱，现在更是论克卖，这么大一个博古架，绝对不是用金钱可以衡量的。

他站得又远，无法验证自己的判断。

祁深站在那里等了将近一个小时，会客厅的门才打开。

刚才的管家站在一旁，一位穿着麻质唐服的老人缓步进入。

不用问，这位肯定就是袁先生。

袁先生先坐在房间正位上，打量了一下祁深，道："有点事，久等了。"嘴上说久等了，语气和表情却丝毫没有这意思。

祁深客客气气道："应该的。"

祁深在大脑里搜寻了一下，觉得这位老先生声音有点耳熟，却不记得自己在哪儿见过他。

袁先生应该有七十多岁，满头银发，精神状态不错。

在祁深回忆自己在哪里见过这位袁先生时，只听老人问他："和你一起那个小姑娘，最近可好？"

祁深愣住，抬头看着袁先生，带着几分不确定地问："小竹？"

他身边如果有小姑娘，除了郁小竹，不会再有别人了。

"大概是叫这个名字吧。"袁先生笑道，"我们在飞机上有过一面之缘，那次你似乎病了。"

病了，郁小竹也在，还有其他人。

这几个关键信息集合在一起，祁深马上就回忆起从阳城飞回北城的那次。

祁深想了想，当时飞机上，郁小竹唯一和其他人有交集的就是换座位。

当时他烧得厉害，没太注意和郁小竹换座位的是谁，只记得……

那个人好像还在郁小竹生气时帮他说话了。

祁深把时间捋清楚，才对袁先生恭恭敬敬道："那次换座位的事情，麻烦袁先生了。"

"小事。"袁先生摆手，顺手指了指旁边的座位，"坐吧。"

"谢谢袁先生。"

祁深这才敢坐下，但是他也没有完全放松，只坐了半个椅子，腰背挺直。

用人端着一个托盘进来，上面放着一壶茶和两个杯子。

茶已经泡好了，用人先为袁先生倒上茶，之后才给祁深倒茶。

茶汤清亮，一看就是好茶。

等用人退出去后，袁先生喝了一口茶，对祁深说："你的事情啊，我也有关注。"

祁深微微露出无奈的表情："让您见笑了。"

"年轻人嘛，有梦想、有冲劲是好事。"袁先生把茶杯放下，和气道，"对了，我找人查了一下你那边的情况，发现了一个很有意思的事情。"

祁深看着老人不说话。

袁先生的真名，他查了，但没查到。

他们这类人一般不直接参与商业活动，更不会在公共场合露脸，但是只要他们想知道的事情，就没有不知道的。

果然，下一秒，袁先生说："那个和你一起的小姑娘，我听说今年三十多岁了？看着可不像啊。"

袁先生长得慈眉善目，说话语气也很平和，提起郁小竹的事情，就像是随便想起的一个话题，顺口就说了。

祁深沉默了一秒，开口道："其实这件事情我无法解释，小竹确实十九年前失踪了，她家以及我都找了她许多年，但一直没有找到。"

他说到这里，犹豫了一下，还是决定实话实说："但是失踪十二年后，也就是四年前她突然回来了，是恒安区大桥路派出所的民警联系的我，我才见到她。之所以联系我，是因为她的父母都移民去了国外，当时她没有其他亲戚可以联系，而我又是她高中时的好友，所以……"

袁先生平静地听完祁深的话，点了点头，露出淡淡意外的表情，笑道："其实啊，这个事情我找了好多人去查，查到的结果都一样，我就觉得很有意思。"

祁深垂眸："我也觉得很不可思议。"

不过，他在回忆这件事情的时候，嘴角始终挂着浅笑，似乎并不是在回忆什么不可接受的事情。

他说完，又补了句："不过只要小竹能回来，其他都无所谓了。"

袁先生将祁深的表情看在眼里："你这个人，倒是长情。"

祁深毫不掩饰："她值得我长情。"

如果是以前，祁深可能不会说这句话。

郁小竹于他，就像是童年的一个执念，根深蒂固。

不再次见面就无法拔除。

后来这几年到前几天发生的事情，祁深越发觉得……

她值得。

她值得这世间所有的美好。

她值得他等十二年。

袁先生靠在座椅的靠背上，点头："你啊，确实该谢谢她，要不是因为那天下飞机有人跟我汇报她快三十岁了，我根本不会关注到你们的事情。"

仅仅是一面之缘，一个招人喜爱的小姑娘，根本不值得他去关注。

祁深看向袁先生，似乎有些明白他的意思。

袁先生道："你的事情我知道了，你需要的那部分钱，我可以借给你。"

"您需要我做什么？"祁深问得很谨慎。

祁深知道，袁先生这种身份地位的人，就算自己不出手，他张张口，有的是银行会拿出钱帮他。

袁先生摇头："你就好好做，以后把钱正常还上就好。等你忙完，把那个小姑娘带来给我看看。我这辈子，什么山什么水都见过，却还没听说过这么奇妙的事情。"

祁深点头："好的，非常感谢。"

第 23 章

/

世界上最浪漫的礼物

祁深离开袁先生家一周后，两家银行为祁深融资贷款，这件事情直接传到了霍城的耳朵里。

霍城知道后气得狠狠拍了一下桌子。

"怎么回事？"

之前祁深向银行借了不少钱，加上这个项目的风评一度被操纵，这件事情简直不可能！

助理摇头："不是很清楚，几家银行突然同时松了口。"

霍城一脸黑，从来没有像现在这样暴跳如雷："祁深到底傍上什么大人物了，这面子可真大！"

助理道："不过上周，祁深他们一早出发去了北山，您说有没有可能……"

霍城抬眼看助理："北山？"

北山不是旅游景点，更没有寺庙什么的，但是，北山住着一个人……

准确地说，是住着一个家族。

这事，北城知道的人并不多。

但如果是那个人……让几家银行松口，对他来说轻而易举。

霍城坐那儿想了很久，嘴里骂了一句，再没了下文。

从七月开始，祁深作为创始人打造的手机品牌，第一次在网上公开，命名——

PANDA。

号称搭载全新的闭源式操作系统，操作简单，使用方便，主题随心变。

为了保持神秘感，他们并没有将手机信息完全公开，而是选择每周一公布一点信息。

等到全部公布完时，正好是九月十八日——PANDA第一次发布会的时间。

第一次公布的是PANDA手机的吉祥物——一只可爱的、抱着竹子的卡通熊猫。

这只卡通熊猫有个名字叫福宝，原型是一只六岁的雄性熊猫。PANDA手机公司于今年年初拍下了福宝的终身认养权。

下一个周一公开的是手机的背部外观。

一次性公布了五款。除了黑、白、灰经典单色系外，还有一款是黑白色调的熊猫脸图案，最后一款则是限量款，背后印着福宝的形象。

之后的每个周一，PANDA手机都会公布手机的一点信息。每一次公布，都会上热搜，同时也会引发热议。

而且每次公布出来的信息，都比上一次更让人震撼。

从侧边指纹认证到屏幕内隐藏摄像头，人们越来越相信，这真的是一台走在时代前端的手机。

根据之前公开的信息，逐渐有人发现——

这周公布侧边指纹认证那台手机，是无边框屏幕对不对！

真的假的？这不是好多品牌的概念机吗？

我不信！除非给我看真机！

怪不得用这种挤牙膏的方式公布，原来在憋大招。

侧边指纹认证和上周公布的屏内隐藏前置摄像头，如果不是无边框，并没有太大必要。

仅仅几周，PANDA 手机已经成了各类科技迷和手机发烧友的关注重点。

暑假，郁小竹因为报名了七月的语言能力考试，没有回 C 国，而且她选择在结束了语言培训的初级课程后，继续去培训学校上全日制暑期培训班。

每周上五天课，周末两天休息。

报名时，祁深也陪她一起去了。

虽然初级班他白花了钱，一节课都没上，但是这个强化班他在报名时……

不用老师劝，是祁深主动交的钱。

这次，培训机构老师有些不忍心了："要不算了，你初级班没有上，中级班也跟不上。"

没想到祁深淡定一笑："没事，我女朋友给我补课了，而且，两个人一起不是打折吗？"

稀里糊涂地，他们再次交了双人学费。

八月十八日，一个平平无奇的周五。

郁小竹如往常一样，一早去培训学校上课。

班级的桌子是两人一桌。

因为祁深报了名，所以郁小竹旁边的座位一直是空出来的。

郁小竹把自己的书放在桌子上后，就把双肩包放在了旁边的椅子上。

每天早上，老师都会听写单词。

郁小竹翻开课本，刚想预习单词，余光看见有人走到自己旁边坐了下来。

她旁边的位子从来不坐人的。

郁小竹下意识转头说道："不好意思，这个座位是……"话说到一半就咽了下去，下一秒变成，"你怎么有空来上课了？"说着把自己的书包拿过来，放在了椅子后面。

自从资金问题解决后，祁深又进入连轴转的模式。郁小竹想见他，基本上就是跟着他到处跑。

有时候一天都只能在一旁看着，和祁深说不上一句话。

即便如此，郁小竹也非常愿意。

祁深微微整理了一下女孩的头发，倾身吻了吻女孩的额头，道："今天正好空出一天，来陪你上课。"

随着 PANDA 手机的公开，时隔几年，祁深再次频频因为颜值上热搜。

这次的热搜不是祁深制造的，而是当年的一些老粉在网上拿祁深的旧照发帖，将祁深一次又一次送上热搜。

大家格外期待九月十八日的 PANDA 发布会，正因为如此，祁深也算是吸了一批新粉。

暑假来上培训课程的大部分是学生，北煜科技的圈圈软件在学生中间非常流行，加上热搜，现在和以前差不多，极少有学生不认识祁深。

祁深走进来的第一时间，谁都没注意，全以为是学生进来了。后来他坐在郁小竹的旁边，这才有人看过去——

他在班花郁小竹脸上亲了一口！

"祁深！"

终于有个穿着黑色 T 恤、非常瘦的男生喊了出来。

这个瘦男生开学第一天就向郁小竹表白过，刚才瞥见有人坐郁小竹身边他就不高兴，后来看那人亲她一下，他就惊了。再仔细看……

瘦男生一喊，其他学生都看了过来。

大家都知道郁小竹旁边的位子是给男朋友留的，此时看见祁深坐在这里。

"活的。"

"郁小竹的男朋友不会是祁深吧？"

旁边的同学蠢蠢欲动，大家你看我我看你，谁也不好意思过来问话。

祁深对于他们来说，更像是一个明星。

距离太远，差距太大。

郁小竹被大家这么盯着有些不好意思，为了证明祁深不是来蹭课的，介绍道："这是我男朋友，他也报名了，就是因为太忙，从来没来过。"

祁深点头："嗯，今天有空，就来陪一下女朋友。"

男人说着，把手自然地搭在郁小竹的肩膀上，像是在证明自己的身份。

同时也是告诉同学们，不要惦记他女朋友。

这一整天的课，一个班的同学没几个在认真听课的，大家的关注点几乎全在祁深的身上。

晚上下课的时候，老师有点慌，忍不住过来问祁深："祁总，您下周还来吗？"

祁深摇头："暑假大概就来这一次吧。"

老师这才松了一口气。

等出了学校，郁小竹忍不住说："你以后别报名了，浪费钱。"

一个学期才上一节课，有钱也不是这么浪费的！

祁深将女孩揽在怀里："能在你身边坐一天，怎么算浪费？"

"你可以下课来接我呀！"郁小竹不服气。

"那不一样。"

因为年龄差，祁深本不能和郁小竹在同一个年级，如果不是这个课，他可能永远没有机会和郁小竹坐在同一个教室里。

今天他什么都没有做，就是看着郁小竹听课，记笔记，一点也不觉得无聊，反而觉得自己一直耿耿于怀的遗憾，弥补上了一些。

郁小竹想到祁深说今天有空，明知道他明天没空，还是忍不住问：

"你明天要工作？"

明天是周六。

她问起这件事情时，祁深不禁有些歉意："嗯，明天要去出差，周二回来。之后我要去工厂那边，周末尽量陪你。"

"没事。"郁小竹摇头，脑袋微微往男人的肩膀上靠了靠，"你忙你的，我复习我的。"

她虽然不太懂手机发布之前要做什么，可她知道，祁深好不容易走到这一步，现在是最关键的时刻，她不能拖后腿。

郁小竹为了让祁深放心，又补了句："我现在是成熟的女朋友了，不需要每周都让你陪着。"

"抱歉，让你成熟得这么早。"祁深带着女孩走到车旁，为她打开副驾驶侧的车门后才说，"不过今天晚上可以陪你。"

祁深带着郁小竹吃了饭，两个人回到家里。

郁小竹默认祁深要看新闻，将课本拿出来，坐在沙发上，一边复习单词，一边等着祁深过来。

没想到男人拿着语言初级课本过来，将女孩圈在臂弯里，吻了吻她的发丝，问道："有空给我补课吗？"

男人的声音低低的，在房间安静的气氛中……带着几分蛊惑的意味。

夏天的北城白天特别长，两人坐在客厅时已经是晚上七点多。

太阳斜斜地挂在天边，还没有落山，给开着冷气的房间铺上温暖的色调。

男人已经把衬衫换掉，换上纯棉质地的家居服，短袖下露出的小臂线条看上去非常结实。

他一挨近她，那种属于男人的独特荷尔蒙味道就在狭小的空间中蔓延开来。

算起来，两个人恋爱时间不算短，可因为见面时间少，这突如其来的亲密让郁小竹不禁心跳加快，她眼睛看着自己手上的书，却不记得看到哪个单词了。

她看着男人手上的初级课本，小声问："你真的要学吗？我上个月考的三级，题并不难，打算报十二月的二级试试看。其实你不用学，你要翻译什么，我帮你就好。"

郁小竹想，如果她给他做翻译的话，就可以经常跟在他身边了。

不过培训班教小语种都是应试型教育，郁小竹考试虽不错，口语却不行。

祁深见郁小竹认真回答的模样，忍不住勾唇："那我学费白交了，没时间学，女朋友也不教我。"

明明是比她大十岁的男人，此时语气中却带着一些小沮丧。

这让郁小竹一下子回忆起以前，祁深比她小的时光。

郁小竹微微偏头："你真要学吗？"

"嗯。"祁深点头。

以前属于两个人的时间，总是各忙各的。

她学习，他看新闻或者处理公司的事情。有的时候，几个小时两个人连一句话也不会说。

祁深今天是真的把一整天的时间都空了出来，不希望和她像之前一样。

郁小竹犹豫了一下，把自己的课本放在一旁，关掉手机上的播放软件，将祁深的书拿过来。

初级的书对她来说非常简单。

翻开第一页，里面是假名，郁小竹默认祁深不会，先给他介绍："这个是假名，分平假名和片假名，片假名是平假名的大写，一般外来语才会使用。"

"嗯。"祁深的胳膊搭在女孩的肩膀上，像个好学生一样认真回应。

比起各做各的事情，郁小竹更乐意教祁深。

虽然明知道以他工作的强度，明年可能也背不完这 48 个假名。

"那你跟我念，从第一行开始：a，i，u，e，o。"

"a，i，u，e，o。"

跟着念倒是不难。

很快，郁小竹就把四十八个平假名给祁深教完了。

说是教完了，其实不过是他跟着她念了两遍，并没有教他怎么写。

等念完了，郁小竹将书本塞给祁深，道："好了，教完了，郁老师要布置作业啦。"

祁深本来就是想找些可以和郁小竹互动的事情，没想到她当起老师来格外认真。他自然也配合她，拿过一旁的平板电脑和电容笔，打开备忘录："说吧，我来记。"

郁小竹道："下次见面的时候，你要把平假名都记住吧，就是我随便说一个，你就知道怎么读、怎么写，没问题吧？"

比起片假名，郁小竹觉得，平假名要好记很多。

祁深先拿笔记下来，抱着平板电脑，像是真的学生一样问："老师，如果记不住，怎么办？"

明明就是非常普通常见，甚至很有可能发生的问题，可祁深这么问出来，突然就带着些奇奇怪怪的感觉。

郁小竹耳朵微红。

"记不住，记不住就……"郁小竹眨了眨眼，一下子也想不到什么好的惩罚制度。

毕竟学习是全靠自觉的事情。

她读的初级班里，就有那种年龄很大，没有什么一技之长，周一到周六在工厂上班，周日来学习还不用心的人。

"那这样吧，"祁深换了个思路，"如果记住了，有什么奖励？"

"那你说了算，什么都可以呀。"这个郁小竹就擅长了。

当然是什么都可以，只要她做得到。

"确定？"祁深微微挑眉。

郁小竹倒不是不相信祁深会记住，为了激励他，她点头道："嗯，只要我办得到的。”

她话音落下，祁深把书重新递给郁小竹，自己打开平板电脑的备忘录，道："你考我吧。"

郁小竹："……"

"你记住了？"

"刚才念的时候，记得差不多了。"

男人的回答淡定从容。

郁小竹拿着手里的书愣了三秒，有一种被耍了的感觉。

不对，她要自信一点——

不需要感觉，她就是被耍了！

郁小竹知道祁深很聪明，但是才讲了两遍，写都没写就全记住了，八成是之前就会吧？

为了验证自己的猜测，郁小竹煞有介事地坐在那里开始考他。

她先让祁深把四十八个字母都写出来。

祁深坐在那儿开始写。

他写得并不是很顺利，中间有一些会卡壳，要想一下才能想出来，还有些假名涂涂改改了几次才写对。

但是当全部字母写完时，每一个都是正确的。

郁小竹故意指着其中"ha"和"ho"的假名道："这两个，写反了。"

两个假名差别不大。

祁深听见后，露出苦恼的表情，从善如流道："是吗？看来是我有些自信了。"说着，就把两个假名改了过来。

男人动作自然，表情里的郁闷似乎也是真情流露，没有一点装的样子。

见他把对的假名改错了，郁小竹终于生出一点点内疚的心思："你真的是刚才记的？"

祁深看她，点头。

郁小竹有些不好意思，把刚才男人改的那两笔撤销，拿书挡住半张脸，只露出带着一百分歉意的双眼。

"对不起，你全写对了，我就是想看看你是真的临时记的，还是以前就会……"

她说完，调整了一下姿势，把书放在膝盖上，整个人跪在沙发上低头认错！

刚才，祁深真的以为自己写错了，为了错失要奖励的机会而苦恼，现在看到郁小竹的认错，祁深把平板电脑放去一旁，双手抱臂看着她。

房间里静悄悄的。

郁小竹低着头，听不见祁深说话，也看不见他的表情。

她忍不住有些紧张，小声问："你，生气了？"

"嗯。"祁深的声音有些哑。

只说了一个字，就没下文了。

过了几秒，她听见祁深问她："就这么不想给奖励？"

"不是，就是没想到你真的这么快记住了。"郁小竹这才把头抬起来。

她看向祁深脸的时候，发现男人双眸带笑，一点生气的样子也没有。

郁小竹的心稍稍放下一点，试探性地问："那你要什么奖励？"

沙发很宽敞，祁深本来离郁小竹有半米的距离，她问他时，男人突然往她这边移了半个身位，倾身，墨色的眸子盯着她，带着几分玩味道："奖励是下次的事，这次你故意改错，是不是得惩罚？"

郁小竹看他。

祁深却没有将身子靠得更近，而是问她："多大了？"

郁小竹不解他的意思，小声说："十……十九岁了。"

她虽然身份证上的年龄是三十一岁，但郁小竹很少说自己三十一岁。

这个年龄太大了。

除了必要的时候说一说，她心理上其实还是接受不了的。

祁深继续问她："知道成年人怎么道歉吗？"

郁小竹眨巴眨巴眼睛，将这个问题在大脑里转了一秒，也没有回答，而是直接直起腰，伸手环住男人的脖子，在他的嘴上亲了一下。

她拉开距离后，笑颜里带着狐狸般的狡黠："我会。"

轻描淡写的一个吻。

嗯，和以前差不多。

祁深的手攀上女孩的后腰，带着几分无奈道："你学得挺快的，就是学得不太好。"

男人的手将女孩推向自己。

两人身上穿着的家居服都是纯棉质地，贴近时，一边柔软，一边结实，产生了明显的对比。

祁深另一只手轻轻攀上女孩的后脑，骨节分明的手指穿过女孩清爽的发丝。

他的脸微微压下，薄唇贴着女孩的耳朵，哑声道："再教你一次，好好学。"说完，薄唇压上。

既然说是"教"，自然没有着急。

他吻得很细致。

其实，祁深也没有什么经验，但他总觉得自己这个年龄了，如果让他说自己什么也不会，一起学习这类话，他肯定说不出口。

祁深以为，慢一点，会好一些。

可当他吻上去，鼻息间满是不知道是来自洗发水还是洗涤剂的清甜，祁深终于承认，是自己高估了自己的定力。

都说女人是水做的，十九岁的女孩更是哪里都软得不得了。

男人匆匆将距离拉开，没有抬头，而是将脸藏在女孩的肩窝处，鼻息间满是果香的清甜，哑着嗓子道："你怎么这么好闻？"

郁小竹身子微僵地坐在那里。

刚才祁深煞有介事要"教她"，结果只是浅尝辄止；郁小竹还没反应过来怎么回事，祁深就没头没尾地问了这么一句。

男人的手指顺着她的长发打了个圈，没说话，就听见郁小竹问他："那个……你疼不疼？"

祁深微微支起身体，只是简单发出一个音节："嗯？"

他疼。

但是……

她怎么知道？

郁小竹脸颊微红。

因为距离太近，男人的一切变化她都清清楚楚。

上次他说，会疼。

祁深以为自己理解了女孩的意思，浅笑一声："我自己解决，不能麻烦你。"

郁小竹脸上发烧，一下子就不知道该怎么接话了。

祁深坐直，用自己的 T 恤稍微遮了一下，用手指轻轻摩挲着女孩的嘴唇，道："我得见过你父母，等你父母点头，我才能对你下手。"

他这个年龄，不是不想，恰恰相反，是想疯了。

如果他少一点理智，真的恨不得毫无顾忌，就在这里，一秒也不等地把她吃干抹净。

可这是他等了十二年、守了这么多年的宝贝。

是不沾染灰尘的珍珠。

是他的小福星。

如果没有她，袁先生就不会注意到他，更不会出手帮忙。

现在 PANDA 手机进展到哪一步他都不敢想。

正是因为如此，祁深哪怕自己受点苦，也不想着急。

他想等到最稳妥的时候。

等到 PANDA 发布，不用等到发售——真实预售量基本上就可以看出这款手机的未来。

他要确定自己能把最好的给她，才要她。

郁小竹并不知道祁深想得这么多，可她是女孩子，刚才的话已经是她的最大限度了。

他说不可以，那她就不会再说了。

她只是埋着脸，小声说："那，那算了……"

祁深拉着女孩的手，道："我去冲个澡，你在这里等我，我有礼物要送给你。"

"好。"郁小竹乖乖地在客厅坐着。

男人洗完澡出来时，手里拿了一个长方形的盒子递给女孩。

郁小竹接过来看了一眼，盒子是卡其色的，什么品牌文字也没有。

祁深用眼神示意她："打开看看吧。"

郁小竹把盒子打开，里面躺着的是一款手机。

全屏幕的。

虽然 PANDA 手机目前为止一直犹抱琵琶半遮面地公布，但郁小竹也猜出来了。

"这是你做的手机？可以用吗？"

郁小竹把手机翻过来。

背后是福宝的卡通形象，限定款的那种。

不过唯一不同的是，底色不是微博上公布的白色，而是粉色。

"不是白色？"郁小竹问祁深。

听郁小竹问到颜色，祁深探身吻了吻女孩的耳朵，带着几分难掩的骄傲道："PANDA1 限定款，编号 0000，粉色，全世界独此一台。"

男人语速不快，明明只是简单介绍了这款手机的编号、颜色，可每个字在郁小竹听来都浪漫到极致。

郁小竹看着手机，也不知道怎么回事，眼泪就落了下来，落在还未开机、黑色的手机屏幕上。

"激动的？"祁深问她。

郁小竹有些不好意思，没有擦眼泪，而是直起腰，环住祁深的脖子，带着很重的鼻音道："谢谢，我很喜欢这个礼物。"

她认为，这是世界上最浪漫的礼物，比什么钻石、宝石，浪漫一百倍、一千倍、一万倍。

九月十一日早上九点，PANDA 手机正式发布前最后一次公开信息。

广大网友终于见到了 PANDA 手机的庐山真面目。

如大家之前所猜想的一样，侧边指纹认证、屏内隐藏摄像头全是为它服务——全屏幕。

手机全貌发布的半个小时后，#PANDA 手机 # 直接冲上热搜第一，后面跟着一个写着"沸"字的小火苗。

北城大学已经开学了。

不知道是不是吸引定律的原因，自从 PANDA 发布会前最后一次微博发了后，郁小竹跟室友走在校园里，似乎到处都能听见有人在讨论 PANDA 手机。

大部分女生对电子产品没有男生那么热衷，宿舍的几个人也是中午吃饭的时候顺便看了一眼。

她们会关注，完全是因为祁深是郁小竹的男朋友。

秦亚轩打开微博，看了眼热搜上 PANDA 手机微博发的 360°无死角真机图后，随口问郁小竹："那天你在宿舍里拿着的那台就是 PANDA 真机啊？"

"什么？"宓雪惊了！

郁小竹却马上紧张了起来，给两个人一个眼神，示意她们说话小点声。

两个人都看着郁小竹，尤其是宓雪，盯着她问："这不是还没发布？你就有了？"

郁小竹尴尬一笑。

秦亚轩递给宓雪一个眼神："你男朋友要是开发个手机，不得早早送一台给你用？"

郁小竹拿到手机后，祁深告诉她是可以用的，但是因为系统还在最后的测试阶段，更新会比较频繁。

PANDA手机关注度高，加上又没发布，郁小竹不好意思这么高调，干脆就没用，只是放在宿舍里，偶尔拿出来看一看。

没想到被秦亚轩看见了。

回到宿舍，宓雪马上要求看手机，郁小竹就把手机拿了出来。

宓雪惊了："我的天！为什么是粉色的？网上不是白色的吗？"

秦亚轩站在一旁摇头："虽然不想承认，可是我真的酸了。"

因为是全屏幕，整个手机看上去特别特别脆弱。

宓雪也不敢多摆弄，只是看了两眼就还给郁小竹，和秦亚轩并排站着，两个人齐声合唱《柠檬精之歌》。

"有没有哪天，走进宿舍你突然才发现，隔壁床睡的室友，男友是'国民男朋友'。"

"因为开发新款手机，就给女友来个限定色。"

……

两人一人一句，歌词意外地特别合得上。

两个人在那儿撕心裂肺地唱："柠檬树上柠檬果，柠檬树下你和我……"

郁小竹站在一旁一脸蒙。

等唱完了，宓雪又来问郁小竹："这个手机是不是还不能用？"

郁小竹摇头："可以用，就是系统可能需要升级。"

宓雪一听，马上缠着她说："那你用吧！既然给你了，肯定是给你用的，你别藏着掖着了，你用吧！"

唐词劝她："小竹肯定是不好意思用。"

宓雪撇嘴："手机买来不就是用的，这么拉风的手机，全世界是不是就你一个人有啊！我要是你，肯定一拿到就拿出来用了。"

郁小竹有些不好意思："这个限量款，就这么一台，用坏了怎么办？"

祁深说，这是0000号，全世界就这么一台。

连个手机壳也没有，她真的怕弄坏了。

秦亚轩靠在金属杆上，道："男人送礼物肯定是希望你用的，你用他才高兴，你像宝贝一样藏着，别人不知道，还以为你嫌弃呢。"

郁小竹看她："真的吗？"

"对对，是这样的！没错！"

宓雪其实就是想看郁小竹用那台手机，就算不是她自己用，一个宿舍的人用，她也觉得倍有面子。

郁小竹拿出手机给祁深发了个 QQ 消息，问他："你们的手机有没有手机壳啊？"

祁深大概在忙，到郁小竹下午上课前也没回消息。

下午第二节课的时候，郁小竹收到了祁深的信息。

祁深："有，比较丑。手机换代很快，每一款都有你的 0000 号，放心用。"

祁深似乎已经猜到郁小竹在纠结什么了。

郁小竹现在用的这款手机是她上大学的时候买的，到现在不过刚刚用了一年。前阵子这部手机的品牌开了发布会，新款已经出来了，半年前还出了一款彩色平民款。

总之，现在手机更新换代确实很快。

祁深的话让郁小竹稍稍安心。

下课回宿舍后，她就把那款手机拿出来，将电话卡放进去后，开机。

刚刚开机，就收到系统升级的提示。

郁小竹一边在后台下载系统，一边研究新系统。

PANDA 的系统虽然是全新研发的，但为了方便操作，和其他系统差不多。

更新了系统后，郁小竹在更新界面里找到了主题更换的界面。

PANDA 手机为了迎合年轻消费者，设置了一个主题库，里面有几十种主题。郁小竹选了其中一个。

手机界面马上变了样子。

除了粉嫩嫩的界面，一个个 App 图标也像被覆上一层果冻膜一样，点一下，还会有像戳果冻一样的特效。

Q 弹 Q 弹的感觉。

她这边正在研究手机，宓雪突然凑过来，站在郁小竹的桌子旁小声问："小竹，手机研究得怎么样了？"

"嗯，差不多了吧。"郁小竹道，"其实和普通的系统差不多，要用手机号注册账号才能下载，然后下载程序就行了。"

宓雪点了点头，突然蹲下来，两只手扒着郁小竹的胳膊，小声问她："我等一下开直播，那个……能不能把你手机借我在直播上展示一下？"

郁小竹眨眼："不，不行吧？"

倒不是她小气，而是 PANDA 手机还没有正式发布，就算开了发布会，发售也还要几个月的时间。

宓雪也算是小有人气的主播，郁小竹不确定能不能给网友看。

"那个……要不然你问问你男朋友？我就给大家看看，看一眼两眼的，不做别的。"宓雪双手合十，星星眼看着郁小竹，又蹲在那里，像是一只可怜巴巴的小猫咪。

郁小竹皱眉："那我发个信息问问，祁深一般比较忙，可能没空回我。"

这个手机郁小竹还没有下载什么，不过里面预装了北煜科技的一系列软件，其中聊天软件有圈圈。

郁小竹想了想，用圈圈给祁深发了个信息：室友想在直播里展示一下我的手机，可以吗？

马上就到发布会了，她觉得祁深肯定忙得不得了，不确定他能马上看见信息。

宓雪在旁边看着。

郁小竹输入消息的时候，她马上发现一个大问题，等消息发出去才说："等一等，刚才是不是有新的表情包？"

"嗯？"郁小竹没注意。

宓雪伸手点了一下默认表情包，发现有新的一个选项，里面有两套全新的表情包。

其中一套是福宝熊猫表情包！

虽然是根据福宝形象做的，但也有些改良，更加可爱。

小小的，很适合在聊天时使用。

"这个，你给我发个消息！"

宓雪赶紧摸出手机，打开界面等着郁小竹发消息。

郁小竹打开宓雪的聊天框，随手点了熊猫表情发过去。

宓雪那边是可以接收的，点保存时却提示该表情包为指定机型限定款，不可保存。

"呀，是PANDA手机指定款表情包，好可爱啊，好想用。"宓雪羡慕得直流口水，"等这个手机发布了，肯定很难抢，身为创始人女友的室友，我能不能预定一台？"

郁小竹忍不住发笑："应该可以。"

郁小竹在看表情包时，发现里面还有一套竹子的表情包——

是一小节圆滚滚的竹子，带一片竹叶。

郁小竹忍不住点了一个发给宓雪。

"咦，这个也可爱哎。"宓雪顺手也点了个收藏，可还是跳出来个不可保存的提示。宓雪没仔细看，只是对郁小竹说："这套表情好适合你，你以后就用这套表情好了！"

郁小竹也是这么想的。

她正在研究表情包时，一个电话打了进来。

是祁深。

电话接通，男人开门见山说道："手机可以展示，但不要做太多操作；系统可以看桌面，不能进一步操作，因为这几个月系统还会升级，随时都可能做其他修改。"

他说得很快，背景也有些吵。

不用猜就知道，他肯定是在忙。

"我知道了。"郁小竹应下。

听见她答应后，祁深问她："手机打开了？感觉怎么样？你最近用的时候，如果觉得哪里需要改进，或者有什么问题都可以告诉我，我反馈给技术部那边。"

郁小竹点头："嗯，我知道了。"

"真乖。"祁深的声音里是遮不住的笑意，"我这里有点忙，这几天可能没空跟你聊天，发布会结束后我联系你。"

为了 PANDA 手机，不只是祁深一个人，整个团队连轴转了几年。

中间出事，差点整个项目都要黄了。

这是黎明前最后的战役，也是最关键的时刻。

郁小竹不可能在这个时候还不懂事地添乱。

她把祁深的话转述给宓雪，宓雪满口答应。

PANDA 的真机并不是只有郁小竹手上这一台，为了测试手机，团队不少人都已经开始使用了。

这种主播网络宣传对手机本身也是有好处的。

只不过，宓雪本以为自己拿出一台现在热搜大爆的 PANDA 真机出来，观众会吹一拨彩虹屁，结果评论跟她想的完全不一样。

主播下次作假麻烦认真一点，PANDA 的五个颜色里没有粉色限定。

呃，这是什么粉色塑料质地？假得有点夸张。

这颜色不会是主播自己涂的吧？为什么我觉得有点好看？

真的是假得不能再假了，目前根本没有粉色好吗？

看见评论后，她不禁有些生气："这个是真的好吗！如假包换！"

关注主播好几年了，不是不信你，可是 PANDA 真的没有粉色……

这个颜色是你自己涂的吗？

下次麻烦认真做一下功课。

宓雪看了眼旁边的郁小竹，把脸凑近屏幕，小声说："因为，我室友是祁深的女朋友。"

她声音很小，郁小竹又在那边背单词，根本没有注意。

宓雪说完，评论又炸了。

哈哈哈，我笑了，主播，你再编下去我就要取关了。

有点听不下去了……

祁深有女朋友就算了，还是你室友？我记得主播今年才上大学吧，祁深都多大了，怎么会找你室友当女朋友？

同上，祁深今年是不是都三十岁了？主播的室友才多大？

只有我突然有点信了吗？不是说男人大都喜欢二十岁的吗？我觉得此事有理有据。

一台手机换个女朋友吗？有点便宜。

哈哈哈，也许还送了别的。

……

宓雪开始只是想拿郁小竹的手机满足下虚荣心，给自己涨涨粉，被质疑后就说了郁小竹和祁深的关系，没想到自己的粉丝里居然还混着这样的人。

她和郁小竹关系好，看见评论区的人毫无道德的字句，有些忍不了。

"你们怎么回事，祁深对我室友特别好好不好，两个人认识好多年了，在一起也挺长时间的，根本不是你们说的那样，你们这样别关注我了，取关吧！"

她一周直播三天，声音都不大，大家也都习惯了她直播的事。宓雪突如其来的大声回应，让几个人都看了过去。

秦亚轩问："说什么呢？"

宓雪把手机放在一旁："你们爱信不信，不信算了，觉得我说谎的就取关吧。都是我的错，我就是想拿室友的手机给大家炫耀一下，是我好面子了。"

还有人不信：

是不是你室友骗你啊？

宓雪："我室友骗我什么？祁深都来请我们吃过饭好不好，下播了。”

下播后，宓雪向郁小竹道了歉。

郁小竹倒觉得没什么。

直播这事，大家谁也没放在心上。

第 24 章

/

我没有那么优秀

九月十八日，PANDA 手机发布会如约而至。

发布会是在悟空直播平台独家直播，还没到点，悟空直播用来转播发布会的一号直播间在线人数过十万人。

早上第二节课是大课。

以前从来都坐第一排的郁小竹，这次早早去了教室，破天荒地坐在了后排，戴着耳机，等着发布会直播。

此时，直播间里正在放 PANDA 手机的广告，弹幕刷得飞起。

郁小竹把手机平放在桌子上，静静等着发布会开始。

十点整，最后一秒广告播完，画面一转，切到了发布会的现场。

画面背后的大屏幕上，是 PANDA 手机。

在弹幕疯狂刷"开始了"的时候，祁深终于从一旁走了上来。

男人穿着一套深灰色的西装，里面穿着白衬衫，系着同色系领带，缓步走到台上，和台下以及屏幕前的观众打招呼："大家好，我是PANDA 手机的创始人，祁深。"

以前，祁深身为所谓的"国民男朋友"，在网上露脸基本是以照片的形式，除了个别是祁深找人拍的，大部分都是媒体为了蹭热度抓拍的。

即便是抓拍，当初祁深的颜值放在娱乐圈里，绝对是第一梯队，不比哪个当红流量明星差，加上他又有白手起家的背景，天生让人有好感。

这次发布会，是祁深除了三小时狗叫视频以外，第一次真人出现在视频上。

现在的祁深比起两年前瘦了不少。

男人身材高大，双腿颀长，脸部轮廓硬朗，鼻梁高挺，下颌线明显，和之前网络上那些照片以及狗叫视频里的样子比起来，帅了不止一点点。

唯一不变的是男人那张好脾气的脸，微长的眸子带着浅浅的笑意，纵然是这样的大场合，依然淡定从容。

在他这一句自我介绍之后，弹幕全炸了。

这是谁家流量明星走错门了？

祁深这么帅吗？怎么觉得和以前照片上不一样了？

自从之前看过祁总的狗叫视频，我就觉得这是一个被开公司耽误的流量明星。

就冲着祁总这张脸，我也要买买买！！

长这么帅当明星不好吗？为什么要辛苦做手机？

啊啊啊啊啊！老公！！！

弹幕里说什么的都有。

更多的是刷"啊啊啊啊啊"的。

弹幕把屏幕挡得死死的。

没办法，郁小竹只能选择按照等级筛选掉大部分弹幕，只留下一小部分。

祁深站在台上，开始向大家介绍PANDA手机的全新操作系统。

男人声音温和，从容有序，抽丝剥茧地将一个复杂的、全新的操作系统展现在大家的面前。

郁小竹趴在教室的最后排，眼睛只看着祁深，心里泛起淡淡的涟漪。

时间，真的是一个神奇的东西。

在她的时间里，几年前，祁深还是个小孩子，有些内向，不善言表。可是，当她消失十二年再回来时，他已经成了一个完全的大人。

他身上有大人该有的所有气质，冷漠、从容，甚至带着几分疏离。

但是他会把关于她的事情都安排好。

郁小竹不知道这十几年祁深经历了什么，可他确确实实变了。

他变得成熟，变得优秀。

郁小竹上大学后，一直很努力想追赶上祁深的脚步，想变成优秀的大人。

在她觉得自己和祁深的距离拉近了一些时，他好像又不一样了。

郁小竹看着视频里的男人。

他穿着整齐的西装，衬衫领口平整，领带系着好看的温莎结。

她看着祁深站在台上，带着满脸自信的笑容介绍着自己研发的产品。

她发现，他们之间的差距从来没有缩小过。

此时的她和屏幕前所有的观众一样。

祁深之于她，是天上星，是水中月，是高不可攀的山峰，是浩瀚无边的宇宙。

她那么渺小，渺小到仿佛只能站在世界上一个小小的角落里，仰望他。

发布会结束之后，微博热搜前十条，有四条和祁深有关——

三条关于手机，一条关于祁深这个人。

祁深的热搜下面，有一条视频被顶到了最前面——

是那天宓雪的直播录屏。

视频里，宓雪拿着一台粉色的 PANDA 手机，在被群嘲后，她小声说，她的室友是祁深的女朋友。

当时评论里的人都是不信的，还对她冷嘲热讽。

可是今天发布会后，大家发现，那天宓雪手里的手机屏幕上的系统确实是 PANDA 的系统。

除此之外，还有有心人高清分析了一下宓雪手里的手机，得出的结论是——不像假的。

这条微博是营销号为了蹭热度发的，开了热门。

祁深今天露脸后，颜值高到爆炸，虽然他不是明星，依然有许多人关注他的感情生活。

这条视频，光是评论就有上万条。

不会真的是祁深给女朋友的手机吧？

这个主播是谁啊？哪个学校的？

我去查了，这个主播好像是北城大学的，高才生！

祁总女朋友是北城大学的啊？是研究生吗？如果是的话，我也不会太酸了。

今天我就要去北城大学门口蹲守，看看哪个美女是我们祁总的女朋友：）

我还是觉得这是假的，专门给女朋友做个手机没什么，可这是个主播拿出来的，这分明就是这个主播在蹭热度。

……

"咚咚咚！"

在郁小竹看这些评论时，有人敲宿舍的门。

唐词起身开门。

门一打开，门口站着的三四个女孩不停探身往里看："哪个是祁深的女朋友？"

这几个女生都是别的学院的，只知道宓雪是这个宿舍的，还不知道郁小竹是祁深女朋友的事情。

女生们对新手机发布不感兴趣，但是对一个又帅又有钱的总裁的女朋友很感兴趣。

唐词看了一眼外面的女生，皱眉说了句："你们好无聊。"

宓雪跟着附和："就是，你们好无聊。"

外面的女生七嘴八舌地说道："大家就是好奇嘛。"

"哪个是祁深女朋友？我们就是想知道。"

"就是，好奇祁深喜欢哪个类型而已。"

"说起来我之前好像是在宿舍门口见过祁深？"

八〇三宿舍就四个人。

宓雪是学霸人设主播，从高中时就经常直播，直播内容不定，有时候是聊天，有时分享电影、读书心得之类的，偶尔也会直播学习。

唐词是学生会干部，在同年级也有不少人认识。

秦亚轩性格比较开朗，又特别会化妆，和不少宿舍关系都不错。

四个人里，门口站着的人认识三个，只有一个不认识。

外面的女生问了句："不会是秦亚轩吧？"

秦亚轩端了个水杯靠在桌子上，听到门口女生这句话，她差点把嘴里含的半口水吐了出来："我的妈，饭可以乱吃，话不能乱说，我上辈子可没拯救过宇宙。"

"不是你啊？"外面女生笑道，"也是，要是你，我们能不知道？"

秦亚轩把杯子放下，擦了擦嘴上的水，吐槽道："你们消息也太不灵通了，我们班甚至半个学院都知道谁是祁深女朋友了，你们还不知道。"

大一的时候，不少人追郁小竹。

宿舍几个人也是见过祁深的，自然帮着解释郁小竹有男朋友的事情，还有不死心的，宓雪和秦亚轩直接就说了，郁小竹的男朋友是祁深，不信就拿合影给他们看。

几次之后，男生中间好多人都知道了郁小竹男朋友是祁深这事。

女生反而知道的不多。

这几个女生在门口问的时候，旁边八〇四宿舍的人终于待不住了，走过来说："郁小竹啊，整个学院都知道的事情，你们不知道？"

门口站的那几个女生惊了！

郁小竹的床位在门口，歪着个脑袋，看着门口的几个女生，有些不好意思地打了个招呼。

秦亚轩走过来："看见了？看见了就关门了，午休啦午休啦，下午还上课呢！"

几个女生和郁小竹不熟悉，纵使有一肚子的问题，也都不好意思问。

几个人跟郁小竹打了个招呼就先走了。

发布会是于中午十二点三十分结束的。

结束的第一时间，PANDA手机的官网开放个人预订服务。

手机内存分为256G、512G和1024G三种；除了限定款外，其他款手机的售价均是4999元起。

这个价格一出，手机的定位已经确定了。

在定价出来后，微博马上有营销号开始说风凉话，表示国产手机走国外高端手机路线，肯定要凉如何如何。

这边微博帖子热度还没上去，那边PANDA手机预订超过十万台已经上了热搜榜。

半个小时后，十万台的热搜下去了，三十万台的热搜上来了……

一直持续到晚上七点三分。

#PANDA手机预订超百万台#出现在热搜榜上，几分钟便上了热搜第一。

一整天，郁小竹都在关注微博，关注热搜，关注大家对这款手机的评价。

今天PANDA手机只是举行发布会，正式发售时间为十月二十七日，国际熊猫日。

虽然手机还没到手，但是大家对这部手机的期待非常高。

大家普遍认为这部以国宝命名的手机和全新的系统，能和现在最火的国外闭源系统手机一较高下。

同时，更多的人提到了祁深，将他誉为年轻的天才，称他的成功不可复制。

从小到大，郁小竹从来都没有自卑过。

她家庭好，学习好，会弹钢琴，会画画，长得也算不错。见别人夸祁深，她高兴，她骄傲。

可是在心底看不见的地方，她越发觉得自己好像配不上他。

就像中午找过来的那些女生一样。

知道祁深的女朋友是她，似乎也露出了微妙的表情。

宿舍十一点熄灯。

郁小竹一直刷微博到十点半才把手机放下，洗漱过后，把书桌整理好，拿着手机正准备上床睡觉时……

手机振动起来。

郁小竹站在床梯上看了一眼。

祁深。

看见这个名字，郁小竹莫名心跳加快。

今天是发布会当天，PANDA 手机预售超百万台，这会儿他应该是在开庆功宴吧。

郁小竹从床梯上下来，到了阳台才把电话接起来。

"小竹，我想你了。"当电话接通，男人直截了当的一句话从手机里传了过来。

郁小竹拿着手机，大脑空了一下。

还好秋天的夜晚，晚风微凉。

她很快就反应了过来。

"我今天上午看了发布会，下午一直在刷关于你还有 PANDA 手机的微博，现在满脑子都是你。"郁小竹拿着手机，把今天自己做的事情汇报了一遍。

都和祁深有关。

"是吗？"男人的声音微哑，他顿了顿，道，"我让李群去接你了，你下楼吧，他一会儿来接你回家。我等一下……宴会结束了也回去。"

男人说话发音不清楚，断断续续的，一听就是喝了不少酒。

"现在吗？我们宿舍……"

"还有十分钟关门。"祁深似乎猜到她要说什么，"你到北门就好，李群应该很快就到了。我很想见你……"

最后几个字，男人的声音很轻，带着几分示弱。

"嗯，那我现在下楼！"郁小竹答应下来。

挂了电话，她换了衣服，赶在宿舍楼关门前两分钟出了宿舍。

到门口时，李群开的车果然已经停在了北门门口。

郁小竹坐在车上，心中其实是有些不踏实的。

今天的发布会这么成功，预售过百万台，祁深身为创始人，绝对是最大的受益者。

可他好像……不高兴？

车开到祁深公寓，要进地下车库时，郁小竹问李群："请问，你等一下是要去接祁深吗？"

李群点头。

郁小竹想了想，说道："我能不能和你一起去？我不下车，我陪你一起在车上等着他。"

李群以为自己听错了。他从后视镜里看向郁小竹，向她解释道："我们过去后有司机专门休息的地方，不过司机之间是不允许交流的。今天大家都很高兴，宴会可能会到半夜才结束，祁总作为主角不可能提前退场，你确定要去等他？"

郁小竹有些犹豫。她倒不是怕等，而是怕给祁深添麻烦。

郁小竹问李群："祁深今天心情好吗？"

"心情？"李群完全不理解郁小竹的问题，"当然很好。"

在他看来，这是一件毫无疑问的事情。

郁小竹想了想，自己跟李群一起过去等祁深确实不太合适，道："那你去接他吧，我去旁边便利店买点东西再回去。"

郁小竹下车后，去旁边的便利店买了零食、咖啡以及蜂蜜。

蜂蜜水有解酒的功能，以前郁家安应酬回来，许美珍都会给他泡蜂蜜水。

至于买咖啡，是因为郁小竹想给自己提神，等祁深回来。

回到家后，郁小竹坐在客厅的沙发上，一边喝咖啡，一边抱着平板电脑看电影。

　　为了不让自己睡着，郁小竹把客厅的灯都打开了，整个房间灯火通明。

　　即便如此，她撑到一点多，还是靠在沙发的扶手上，迷迷糊糊睡着了。

　　不知道过了多久，郁小竹听见耳边传来"砰"的关门声。

　　声音不大，但她睡得不沉，这个声音像是直接撞到了她的大脑里。

　　郁小竹下意识地皱了皱眉，鼻息间闻到很重的酒味，还没睁眼，就听见急促的脚步声穿过客厅。

　　与此同时，传来跌跌撞撞的声音。

　　郁小竹半梦半醒间才意识到，她在等祁深。

　　应该是祁深回来了。

　　等她反应过来，顺着酒味追到洗手间时，还没进去，就听见呕吐的声音。

　　"祁深。"郁小竹揉着眼睛，快步跟了进去。

　　祁深弯着腰，双手扶着马桶圈两侧吐个不停。

　　洗手间里弥漫着酒精和食物混在一起的味道，不太好闻。

　　听见郁小竹的声音，男人微微转头，看见女孩站在门口，眼神中带着几分意外，很快道歉："抱歉，吵醒你了。"

　　"没有，我，我在等你呢。"郁小竹实话实说，"你需要我做什么吗？不需要的话，我去给你泡蜂蜜水吧。"

　　祁深看她，片刻后点头："好。"

　　郁小竹又说："你，你有什么事情喊我呀，我就在厨房。"

　　男人看着女孩紧张的样子，点了点头，嘴角勾起笑意："知道，出去吧，这里难闻。"

　　厨房的热水器有快速加热的功能，不到一分钟的时间，水就被加热到近 100℃。

　　郁小竹先接了小半杯热水，又接了些常温纯净水，把杯子里的水调成正好可以入口的温度，然后把刚才买的蜂蜜打开，舀出一勺放进杯子里。

她想了想，又舀了一勺，之后才把勺子放在杯子里搅拌。

木勺碰撞玻璃杯壁，发出轻微的声响。

等她把蜂蜜水泡好，想去看看祁深怎么样了的时候，发现男人已经进了主卧的洗手间。

她跟过去，听见电动牙刷"嗡嗡"响的声音，才放下心来。

还能刷牙，看来不算太难受。

回到厨房，郁小竹端着蜂蜜水进到卧室。

等祁深刷完牙洗完脸，郁小竹说："你喝点蜂蜜水，我妈妈说，醉酒后喝这个有好处，可以缓解头疼。而且果糖吸收得快，可以加速乙醇的代谢，所以……"

"嗯，我喝。"祁深没等郁小竹说完就把手伸了过来。

郁小竹刚把水杯递到他手上，男人没拿稳，"咣当"一声，玻璃杯落地，碎了一地。

"抱歉。"祁深皱眉。

男人正要弯腰，郁小竹赶紧说："你别动，我扶你到床上躺着，这里我来收拾就好了！"

她说着，绕过地下的水和玻璃碴，扶着祁深坐到床上，帮他把枕头调整了一下位置，继续说："你要是困了就睡觉，要是不困就等我一下，我把玻璃碴收拾好了，再泡一杯蜂蜜水给你。"

女孩的声音，柔软中带着关切。

祁深摇头："不困，我等你。"

郁小竹把灯打开，把地下的玻璃碴和水都清理好之后，去厨房帮祁深又冲了一杯蜂蜜水，小心翼翼地端到卧室。

她坐在床边，祁深想伸手拿蜂蜜水，郁小竹马上拒绝："我来端着，喂你喝。"

水洒到地下还可以擦，洒到床上就睡不了了。

男人眼角弯弯，本来想说什么，最后化作沉默，乖乖地让郁小竹端着杯子，喝了两口蜂蜜水。

喂水其实是个高难度的活，两个人很难配合好。

男人喝了两口，把水杯接过去，道："我来吧，我这次保证拿稳。"

郁小竹犹豫了一下才把水杯给祁深，怕他拿不稳，小手一直在下面托着。

祁深把蜂蜜水喝完，郁小竹才说："是不是有一点甜？我去给你倒杯白开水冲一下。"

祁深不太喜欢甜味的东西。

郁小竹伸手想把水杯接过来，男人却一扬手，把水杯放在床头的台灯旁，拍了拍自己身边的位置说："不用，陪我睡觉吧。"

男人声音很轻，眼神温和。

和今天发布会上的他，气质略有不同。

可是他的话，还是让郁小竹的心颤了一下。

她看着男人身边的位置，犹豫了一下，还是乖乖躺了过去。

等她躺好，祁深将卧室的灯关上，大掌落在她的背后。

郁小竹的心微微悬起，却发现男人的手掌只是落在她背后，什么也没有做。

这么近的距离，郁小竹闻见酒味和牙膏的薄荷香气。

她的脸贴在男人的丝质睡衣上，感受着浅浅的呼吸起伏，小声问："今天很累吧？"

祁深轻轻摇头，下巴在她的额头处摩擦。

片刻后，男人才说："小竹，今天庆功宴来了许多人，他们都想给我介绍女人。"

郁小竹微愣。

下一秒，男人继续说："不过我告诉他们，我有女朋友了。"

他顿了顿，又说："我想告诉别人，告诉所有人，你是我的女朋友，行不行？"

郁小竹的手指捏起男人的睡衣面料。

房间里静悄悄的，郁小竹甚至可以听见自己的心跳。

可她脑子里想的全是今天发布会上的祁深。

他那么优秀……

就算郁小竹此时在他的怀里，也莫名有些不真实的感觉。

直到男人问她："可以吗？不过这样的话，可能会给你的生活带来一些麻烦。"

祁深现在是风口浪尖的人物。

营销号现在为了蹭热度，在发布会开始前就准备好了文章。

如果他公开他们的关系，一定会影响到她。

可他……就是想公开。

郁小竹淡淡叹了口气："他们如果知道你女朋友只是个普通的大学生，会不会很失望啊？"

北城大学的大学生，是全国学生里百分之一的尖子生。

可是祁深是独一无二的。

"失望？"祁深的手轻轻缠着女孩的发丝，"没有你，我可能真的已经破产了。"

祁深突然支起身子，看着女孩的脸，道："你知道吗？我之所以能挺过危机，全都是因为你。"

房间里的灯是关着的。

厚重的窗帘拉着，郁小竹躺在床上，只能看见男人的轮廓，却看不见他的表情。

祁深的手指轻轻掠过女孩的发丝，将袁先生的事情一点一点地讲给她听。

郁小竹听得一愣一愣的："因，因为我？"

"嗯……"祁深低低地俯下身，薄唇贴在女孩额头上的发丝处，吻过之后，道，"你知道吗？我今天特别高兴。虽然我从来都知道我一定会成功，我一定会让所有人都记住，会让所有人都说我是商业奇才，可是我从来不曾说过……我没法跟任何人说。"

"我知道，你很厉害。"郁小竹发自内心这么觉得。

祁深骨节分明的手指落在女孩的发丝间，微凉的薄唇下移到女孩的额头，浅吻之后又抬起头。

他声音里带着几分自嘲的浅笑："别人都说我这个人谨慎、谦虚、做事周全，其实不是的。我是个狂妄自大的人，我一直觉得我比绝大多数人都强。就比如说霍城，我觉得他根本不配压着我，他能有这个成就不过是因为他有背景，离开他的背景，他给我提鞋都不配。"

郁小竹不说话。

今天祁深很明显喝了许多酒，他平时不会这么说话。

他平时总是一副谦和的样子，虽然有点冷冰冰，却从来不曾如此直白地表达自己的想法。

祁深的手从发丝移到女孩的前额，大掌盖住了女孩的半张脸："别人都觉得我好，其实我不好。那些没本事、只会在我成功后在我身边阿谀奉承的人，我连正眼都不想看他们。面对他们的祝贺，我只是谦虚地说未来的路还很长，我没有告诉他们，我想去更高的山上，看更好的风景，而这些虚伪的人都不配听我说这些，更不配同我分享喜悦。"

祁深说得很慢，每个字都很清晰。

他说完后，轻哼一声："我是个特别不堪的人，我狂妄自大，我自命不凡，我没有别人看见的那么优秀，我的缺点只是被我完美地藏起来了而已，我很懂得该怎么藏住自己的缺点。"

"你……"

郁小竹刚想发表自己的意见，祁深就用手指覆上她的薄唇。

男人将脸埋下，带着些苦恼："可是我生来就是如此，我也改变不了。别人说，人越是没有什么，越会被什么吸引。这大概就是我被你深深吸引的原因吧。在虚伪、谎言和自私中长大的我，第一次见到这么干净的你……即使我从来都知道我不配，可我还是忍不住接近你，爱上你……"

男人的唇再次落下，吻落在女孩微微颤抖的睫毛上，落在娇挺的鼻梁上，落在小巧的鼻尖上，最后在柔软的双唇上停住。

祁深看着郁小竹，问她："我有许多缺点，可我爱你，我会一辈子都对你好，所以你能不能做我的祁太太，一辈子都不离开我？"

两个人的距离近到只有几厘米。

黑夜中，郁小竹看不清男人的表情，只能感觉到他覆在自己薄唇上的手在微微颤抖。

凌晨的房间，安静得像是一个与世隔绝的世界。

没有风声，没有雨声。

没有白天城市的嘈杂，也没有车水马龙的喧闹。

在这安静的环境中，郁小竹能清晰地感受到自己心跳如鼓。

可是，白天发布会上的他，微博上别人文字里的他，郁小竹全都记得。

此时此刻，格外清晰。

而更加清晰的是，郁小竹在看见他时，内心生出的遥远的距离感。

郁小竹隔着黑暗看着面前的男人。

看不见他的表情，她依然抬手摸索着，将手压在男人心口的位置，低低道："这个世界上我这样的人很多，只是你以前太忙了遇不见，可你以后不忙了，你会遇见的……"

而且，不就是经历简单，智商稍微高出普通线一点点，长相尚可？

这个世界上这样的人很多。至少，不是万中无一。

郁小竹微微蜷住手指，指缝间是男人家居服的柔软布料："不过是最不值钱的善良罢了，每个被保护在温室里的女孩都是善良的。"

郁小竹待过普通学校，上过私立学校，又进了北城大学。

这一路的经历让她发现，她出生在最好的家庭。

家里是中产，不需要为钱发愁，也没有那些所谓豪门世家的烦恼，更没有奇葩亲戚。

父母恩爱，日子过得简简单单。

"可是，她们再也没有机会遇见一个弱小无助、无依无靠，连药都买不起的祁深。"男人的声音带着笑意，"就像再也没有人会遇见一个身边没有我的你……"

男人的意图非常明显。

黑暗中，郁小竹忍不住吐了吐舌头，小声抗议："你怎么这么笃定我会答应？"

她刚说完，祁深说道："那我收回刚才的话。"

"啊？收，收回什么？"

"做我祁太太的那句。"

听见祁深认真地回应，郁小竹蒙了，大脑有点反应不过来。

她还没开口，男人将手重新伸到她的额头上，轻轻摩挲了两下。

"仔细回想一下，我这个男朋友做得太不合格了。你们学校的女生，恐怕没有一个人的男朋友像我这么差的，今天喝多了，就有点想当然了。"说着，他俯身吻了吻女孩的额头，低低说了声，"抱歉。"

郁小竹哪会想到祁深突然就要把这句话收回："你，你都说了，哪有说收回就收回的！"

"不想让我收回？"

"我都听见了！"郁小竹小声嘟囔，"怎么能当没听见嘛？"

如果祁深压根没说过，她可能也不会这么早去想。

可他说了。

她也想了。

现在祁深居然说要收回！

"可是……我觉得自己确实很差，在一起一年多也没陪过女朋友几次，让我家小竹怀疑自己只是运气好，还觉得我以后会遇见其他人，会变心。"祁深有些苦恼，"我要重新做一个好的男朋友，等你相信我，我再提出来也不迟。"

"我，我没说不信你啊……"郁小竹小声说，"就是……你太好了，我觉得自己够不上做你女朋友的标准……"

连女朋友都够不上，更别说祁太太了。

女孩说话时轻轻吸气，声音有些委屈。

祁深拧眉。

他以为，郁小竹会说刚才的话是因为不信任，是觉得他不能抗拒诱惑。

他没想到，郁小竹居然是在苦恼这件事情。

"我一直觉得你很聪明，没想到也有犯傻的时候，做我的太太，哪有什么标准……"男人将薄唇下移，"我爱你，就够了。"

男人说着，终于将这个四处游走的吻落在女孩的唇上。

刚刚喝过的蜂蜜水将酒精的味道冲淡不少。

他是真的想她。

但是祁深从来都是清醒的人，他知道自己在什么阶段要做什么事情。

今晚的庆功宴上，曾经在他最困难的时候冷眼旁观的人，来了许多。

所有人都在祝贺他。

身为主角的他，今天晚上说的话不足百句，更多的时候，是在欣赏这些人虚伪的表演。

大概就是那个时候，祁深特别想郁小竹。

他很想将女孩圈在怀里，告诉他自己多么高兴，多么兴奋，对未来多么期待。

可惜，那时她不在他身边。

男人的手臂下意识收紧，吻也随着动作变得更有侵略性。

蜂蜜的味道只有薄薄的一层，很快褪去。

祁深喝的酒太多了，酒味太重，牙膏的寒香也压不住。

郁小竹只能感受到男人将带着酒气的味道一点点送入她的口腔中，半点不由她拒绝。

"唔……"

明明不是自己喝酒，郁小竹却觉得自己也像醉了一样。

黑暗中，她看不见祁深的表情，只能感受到两人的家居服之间轻轻的摩擦。

她的大脑一片空白。

不，也不算是一片空白。

她很清楚祁深在做什么，自己在做什么，接下来会发生什么……

可是，一切只是她以为。

男人吻过之后抬起头来，手指再次微微摩挲着她的唇道："我不知道怎么做才能给女朋友安全感，但是我会学着去做的。"

说完，他躺在床上，将女孩搂在怀里，说道："睡吧。"

郁小竹觉得，自己的大脑从来没有像现在这么清醒过，甚至清醒到，她随时都可以回忆起刚才那个吻。

她不禁有些脸红。

祁深感觉到怀里女孩一动不动，身体微僵，低头吻了吻她的发顶，忍不住调侃："有点失望？"

他这个语气，"失望"指的什么，郁小竹太清楚了。

她不吭声，假装自己睡着了。

祁深知道她没有睡，只是将手掌落在她后腰的位置："我得好好努力让你全心全意相信我，这样你才能答应当我的祁太太。这样……未来，我才能每天都揽着你入睡。"

房间很安静。

郁小竹闭着眼睛，耳边是男人好听的情话。

黑夜中，她将嘴角勾起甜蜜的弧度，在心里告诉他——

我相信你。

我愿意。

我未来的，祁先生。

第 25 章

/

你不会后悔

郁小竹醒来时，虽然手边没有手机，但根据窗外太阳的高度也可以判断出至少八点了。

郁小竹想起床，才发现一条胳膊压在她的腹部。

她看向祁深。

男人双眼紧闭，呼吸略浅，明显还在睡。

只是，男人似乎在做什么不好的梦，眉头轻轻拧着……

郁小竹从被子里伸出右手，食指压在祁深的眉心，轻轻揉了揉。

女孩的指腹柔软温暖，压上去时，软绵绵的。

在男人眉头舒展之后，郁小竹把身子微微往上蹭了蹭，在自己勉强能够着的男人下巴上轻轻印上一吻。

男人嘴角微微勾起，将怀里的女孩搂得更紧，呢喃道："再睡一会儿。"

"我去做早饭，你继续睡吧。"郁小竹小声说。

她说完后，男人半天没有反应。在郁小竹以为他又睡着了的时候，男人带着很重的鼻音开口："叫外卖吧。"

他说着，将桎梏着女孩的胳膊抬起，给她自由活动的空间。

"不用，煮粥而已。"郁小竹从床上坐起来，整理了一下头发，又帮祁深把被子盖好，"你不用着急起床，反正粥要熬很久。"

祁深眼皮动了动，哑着嗓子说了声："好。"

祁深不仅仅是昨天晚睡，他在发布会前，就一直没有好好休息过。

他真的太累了。

郁小竹把粥做好，自己先吃了，然后抱着平板电脑点开一部电影，等着祁深醒来。

刚刚看了一半，主卧里传来响动。

她赶紧把平板电脑放下，跑到主卧，本来想喊祁深出来吃饭，刚进去就看见……

男人站在床边，家居服的上衣已经脱了，被他拿在手里。

房间厚重的窗帘拉开了一条窄窄的缝隙。阳光透过缝隙倾泻进来，在光滑的黑色大理石地面上映出一道浅痕。

男人赤裸的上身直接撞入女孩的眼中。

郁小竹站在原地愣了一秒，喊了句"对不起"，转身出了卧室。

很快，房间里传来男人的声音："我洗个澡。"

"那个……"郁小竹站在外面不好意思进去，站在门口小声说，"你要不吃了饭再洗澡吧。"

祁深昨天喝了那么多酒，吃的东西差不多都吐出来了，现在都快十一点了。

空腹洗澡容易晕倒……

"好。"

"那我去盛粥，准备蜂蜜水，你，你，你不用着急。"

祁深站在主卧里，忍不住笑笑。

刚才有那么一秒，他本来打算就这么出去的，可低头看看自己的腹部……

最近忙着准备发布会的事情，锻炼没有以前勤，加上人又瘦得厉害，虽然腹肌还在，却没有以前养眼。

祁深之前不在意这些，他健身不过为了穿衬衫时更好看。经过这次，祁深意识到，时刻保持完美的身型很重要。

至少，能让女朋友赏心悦目。

祁深重新套上家居服到餐厅时，郁小竹已经把粥盛好，放在餐桌上。

旁边还放了一杯蜂蜜水。

女孩坐在一边低着头，看不清表情，却可以看见微红的耳朵。

祁深忍着没有笑，坐下来，吃饭。

等粥喝得差不多了，他问她："下午有其他事情吗？没事的话，想让你陪我去见一个人。"

大二开学几周了，郁小竹的课表祁深早就记在心里。

她这一周周二上午有课，下午是空着的。

郁小竹抬头看他："见谁？"

"袁先生。"祁深道。

"啊？"郁小竹纳罕，不禁有些紧张，"我，我也去吗？"

祁深点头："之前答应过袁先生要带你去，不过，如果你不愿意，我可以和他说。"

郁小竹是他的女朋友，不是他的下属，如果她不想去，他不会强迫。

之前祁深说过袁先生帮他渡过难关的事情，也提过袁先生希望见一见郁小竹。

在祁深以为郁小竹不想去的时候，女孩已经站起身来，表情有些生气："你应该早点告诉我，我得好好选选穿什么衣服。毕竟袁先生帮了你这么大的忙，我也要好好感谢他。"

郁小竹不太懂做生意的事情，可是她知道祁深当时很难。

如果不难，绝对不会把他逼到那个程度——

一万声狗叫的视频现在还在他微博下面挂着呢。

祁深看着女孩匆匆跑进次卧的背影，猛地一下站起身来，快步跟了上去。

在郁小竹进次卧前，他拉住女孩的胳膊，俯身直接将她抱起来，将女孩的后背抵在墙上，空出一只手攀上女孩的后脑勺，自己微微仰头，吻了上去。

祁深吮着女孩的下唇，稍稍用力，唇齿间是粥的清香还有蜂蜜水的甜蜜。

郁小竹被这个突如其来的吻惹蒙了。

她糊里糊涂地被吻着，直到男人和她拉开距离，被男人轻轻放在地上。

只是，祁深似乎并没有打算放过她，而是将手掌撑在墙上，牢牢将她禁锢住。

在这小小的范围里，郁小竹听见他说："户口本在家吧？去拿过来。"

"什，什么？"郁小竹纳罕。

"我决定了，不从怎么让女朋友有安全感开始学习。"祁深单膝下跪，牵着女孩的手，"就从如何让我的祁太太有安全感开始学习吧。"

就在郁小竹刚才认认真真地和他生气时，祁深突然下定了决心。

明明是他自己的事情，她却如此放在心上。

郁小竹愣在原地，大脑有点转不过来，还是问了句："怎么突然就改变主意了？"

上一次她拿着户口本去他办公室，明明被拒绝了！

而祁深现在的姿势，完全就是求婚。

虽然没有婚戒，可男儿膝下有黄金。

祁深将女孩的小手轻握在掌心，温热的温度缓缓透过皮肤传递给女孩，回答她："因为这样……我有安全感。"

郁小竹看他。

祁深道："我怕有人把你从我身边抢走。我找了十二年，等了十二年，我知道你还在上学，我该等一等，可我……突然不想再等了。"

就在郁小竹冲他生气的那一秒，他觉得，要让这个女孩成为他的祁太太。

他一天也不想多等。

郁小竹的大脑终于恢复运转，先问祁深："你不会后悔？"

果然，她还是没有安全感。

祁深有些无奈："等我们都变成老爷爷老婆婆的时候，我再告诉你答案。"

"永远"这个词，任何东西都证明不了。

除了时间。

郁小竹往前一步，倾身吻了吻男人的额头："等我一下。"

郁小竹在衣柜里挑来选去，最后才选了一件长袖衬衫，下身配半身牛仔裙，认认真真地穿了双白色棉质袜子，搭上帆布鞋。

不是特别正式，但是很符合她的年龄和气质。

再化个淡妆。

等他们开车到最近的民政局时，已经快十二点了。

此时民政局的人特别少。

两个人进去做了一系列检查后，顺顺利利地进入最后一步。

工作人员例行公事地翻开两个人已经盖好章的小红本，看了一眼，略带惊讶地抬头，先看向祁深："您是 PANDA 手机那个祁深？"

昨天发布会刚刚播完，截至今天网络播放量已经超过五亿次。

年轻人没几个不认识祁深。

祁深点头。

工作人员低头看了看结婚证上的信息，又看向祁深身边的郁小竹："您太太今年三十一岁了？"

郁小竹是娃娃脸，齐刘海，扎着马尾，身上的衣服也是二十岁上下的学生才会穿的。

看着像是大学生，不过也有点像高中生？

郁小竹点了点头。

工作人员虽然满腹疑问，可从郁小竹的信息来看是没有错的，她也没有权限多问，只能将结婚证交给两人，道："恭喜二位，祝二位永结同心。"

看着两人离开,工作人员在心里默默感叹:有钱真好,三十岁能看上去和十八岁一样……

郁小竹拿着结婚证,直到走出民政局,还有些不真实的感觉。

她这就……结婚了?

从祁深的女朋友变成妻子了?

看着女孩傻呵呵地站在原地,祁深将她手里的结婚证拿过来,问道:"老婆,怎么了?"

郁小竹:"……"

"怎么了老婆?"

祁深表情自然,念起这两个字也格外顺口,仿佛这不是一个新晋称呼,而是已经叫了几十年。

郁小竹摇头:"没事……"

她嘴上这么说,绯红色却已经悄悄爬上脸颊。

明明女孩嘴角难掩的笑意证明她没有不高兴,祁深却还是半蹲下来,认真地问她:"怎么了?是不是觉得这么嫁给我太亏了?放心,婚戒、求婚、婚纱、婚礼,一样都不会少,都会补给你。"

"不是因为这个,我就是还没反应过来,"郁小竹摇头,"我怎么突然就从你女朋友成了你妻子。"

"不然呢?你还想做谁的妻子?"祁深自然地握住女孩的手,"走,先去挑个对戒。"

"你不是要去见袁先生?戒指可以周末再买。"

郁小竹知道袁先生的身份,她觉得买戒指这件事情可以再往后放一放。

"先去看看有没有合适的?"祁深看她,"我后悔上次没答应你,如果我在发布会上戴婚戒,全世界都会知道我已婚。"

他愿意把这个消息分享给全世界。

祁深通过尹亦洲介绍，找了家酒香不怕巷子深的珠宝店。

店在一条老街里。店前的院子不算宽敞，里面只能停两三辆车。

祁深将车停好，进去后才发现店铺别有洞天。

外面是一个会客厅，放着几组沙发和茶几；角落里是两个小展台，里面摆着两串翡翠项链；天花板上 N 个监控摄像头，无死角地拍摄会客厅的每一个角落。

店长是个中年女人，穿着深红色旗袍，身上没有什么多余的首饰，最惹眼的是耳垂上的一对珍珠耳环。

郁小竹对珍珠了解不多，但靠她仅有的知识也能分辨出，那是大溪地珍珠里最贵重的颜色——孔雀绿。

而且这对耳环上的两颗珍珠，无论是光泽还是大小都很相近。

这是非常难得的。

这对耳环已经证明了这个店里宝贝的价值。

经营着这样的店铺，店长自然对北城乃至全国的权贵了如指掌。

女店长看见祁深，直接拿着一串钥匙，带着两人进了比较靠里的一间屋子。

打开灯，屋子中间摆着一个展柜，周围一圈摆着格子柜。

整间屋子里展示的都是裸钻，有大有小。

虽然郁小竹平时不关注钻戒，但是她也知道普通钻戒的大小。

这间屋子里最小的一颗裸钻，都比她见过的那些钻戒上的大！

"不，不用这么大吧。"郁小竹赶紧说。

女店长被郁小竹的话逗笑了。

刚才她的注意力都在祁深的身上，此时才将目光移向郁小竹那边。

平日里跟着老板们来的女人，各有千秋。

有端庄的正牌太太，有身材火辣的情人，也有电视上的大明星。

但凡来这里的，几乎个个都是挑大的，挑贵的。

祁深带来的这位，外形少见，连说出的话也是她没怎么听过的。

如果是给别人省钱就算了。

这可是祁深。

这两天大家听这个名字，耳朵都快听出茧了。

女店长没反驳郁小竹，而是走到角落一个柜子前，用指纹打开柜门，又打开下面的保险箱，从里面拿出三个托盘。

她将三个托盘放在中间展台的玻璃上后，问郁小竹："祁太太，看这里有没有喜欢的？"

郁小竹刚才看了一眼屋子里的钻石，是真的一点兴趣都没有。

可是当女店长将这三个托盘拿过来时，郁小竹忍不住咽了一下口水……

三个黑丝绒托盘上只放着一种颜色的钻石——

粉色。

不过颜色深浅不一，大小也不一样。

女店长笑道："还有蓝色和绿色的，我想你应该不太喜欢，就不拿了。"

郁小竹长着一张学生脸，在她看来，清纯干净得都要滴出水了。

女店长没想到祁太太居然这么年轻，不过她的工作是卖东西，祁深喜欢什么类型，找什么样的人做祁太太，和她一点关系也没有。

有些人喜欢有色钻石是因为它们稀有，而像郁小竹这种女孩，女店长猜，如果是不喜欢的东西，价格在她眼里不过就是一串数字。

祁深垂眸看着身边女孩的样子，对女店长微微颔首，示意她可以继续介绍。

女店长得到财神爷的首肯，对郁小竹说："祁太太，婚戒分两种，一种是普通对戒，以日常佩戴为主；而这种钻石做出来的是婚戒，主要是珍藏用，一般人一辈子就买这么一颗，就算不戴，也可以代代流传。"

原来是这样。

郁小竹这才稍稍有些了解。

女店长继续说："比如前阵子 E 国的王子结婚，珠宝里就有他母亲

481

的坦桑蓝宝石订婚戒指。"

女店长戴上黑色手套，打开托盘上的玻璃罩，四指并拢指着这些硕大的粉钻说："都说物以稀为贵，世界上许多富豪的太太都是彩钻的忠实客户。这里面任何一颗彩钻拿出去，十分钟之内肯定就能卖掉。"

郁小竹看她："那你为什么不卖？"

女店长笑道："因为它们太稀有了，是大自然馈赠给人类的礼物，只有懂得珍惜的人才配拥有它们。我觉得这些彩钻应该戴在'妻子'这个称谓的女人身上，而非'情人'。"

女店长这话不仅仅是说给郁小竹听，更多的是说给祁深听。

这个店里来过多少对男女，他们之间是什么关系，女店长一眼就能看破。

有的是玩一玩，送个小玩意儿博美人一笑；有的是家族联姻，送东西要大气，但因为是走过场，夫妻两人喜欢哪个不重要，重要的是长辈喜欢，讲究一个低调。

而祁深则不同。

男人进来后，目光一直落在女孩的身上，走哪儿手都护着她的肩膀。

好像谁要跟他抢老婆似的。

这种啊，肯定就是老婆喜欢哪个送哪个。

女店长的话确实让祁深很爱听，他问郁小竹："喜欢哪个？可以做成戒指，如果觉得大，也可以做成项链。"

郁小竹看着面前大小不一的粉钻，有的虽说是小，但也有两三克拉的样子。

听刚才女店长那番话，这些粉钻，明显哪一颗都不便宜。

她纠结了一下，抬头先问："这个贵吗？"

"不贵。"女店长笑道，"对祁先生来说，也就是一两天的收入吧。"

祁深点头："都不贵，可以多选几个。"

其实，这里面的粉钻，最大的至少十克拉，价格对祁深来说是绝对不低的。

但郁小竹开口，他肯定会买，哪怕自己最近少花一些，也要让她选到喜欢的。

郁小竹知道祁深的手机还没发售，目前只是预售，加上之前开发花了大笔的钱，现在还欠着银行的钱呢。

可是都到了这里，郁小竹觉得自己说不要也不合适。

仔细看了看，郁小竹选了一颗稍小一点的圆形粉钻，道："这颗吧。"

这在女店长的意料之中："祁太太真是善解人意。"

祁深也不意外，却觉得有些亏待女孩："一辈子只有一颗，不再选选？"

"就这个吧，挺好看的。"郁小竹说着，挽住男人的胳膊，"反正是摆在家里，太大的也没必要。"

女店长看了眼祁深，敬业地继续说："钻石是有限的，尤其是这种纯度高的大克拉钻石，卖一颗少一颗，每年价格都在涨，你买大的回去，也算是一种投资。"

这也是女店长不愁卖这些东西的原因。

女店长也不是第一次这么劝人了，一般都能劝动。

可听她劝完，郁小竹果断地摇了摇头："不用了，这种投资没有什么意义。就这一颗吧，我很喜欢。"

女店长点头："好的，请跟我选一下戒指款式。"

郁小竹跟着女店长选款式，没有选那种繁复带钻的，而是选了最普通的六爪。

钻戒选好，两人又选了日常的对戒。

"等戒指做好，我和祁总联系。"女店长道。

戒指选完，祁深和郁小竹刚准备出门，门口又进来一个人。

"深哥！"尹亦洲还是一副纨绔子弟的样子，看见郁小竹后还不忘喊一声，"大嫂！"

"你怎么来了？"祁深皱眉。

"我这不是怕你不知道怎么挑钻石，来帮你参谋参谋。"尹亦洲看了眼桌上的票据，知道他们已经选好了，道，"看来已经不需要我了，既然遇到了，就一起吃个饭吧。"

尹亦洲根本就不是来帮着他们参谋的。

祁深最近太忙了，他见祁深的机会也少，这次逮到祁深陪郁小竹买戒指，尹亦洲是特地过来找祁深吃饭的。

"下午有事，晚上回来约吧。"祁深看了眼表。

他之前联系袁先生管家时，管家表示袁先生会午睡，一般三点钟起来。

他说有事，尹亦洲也不生气："那行，我晚上和你们联系！"

祁深和郁小竹从店里出来后，直接上了北山，去了袁先生的宅子。

这次他们将车开进了袁先生宅子的院子里。

郁小竹在知道袁先生的身份后紧张得不得了，但去了后才发现，袁先生和之前飞机上一样，是个健谈和蔼的老先生。

袁先生这次想见郁小竹没有别的原因，只是真的好奇为什么有人可以突然消失十二年。

两个人在袁先生那里待了将近三个小时。

离开时，外面的天色已经暗了下来。

祁深出来后，看了眼被他静音的手机上的未接来电，回了几通工作电话，只留下尹亦洲的未接来电没有回。

他转动方向盘，问郁小竹："想和尹亦洲吃饭吗？不想去我就拒了。"

"去吧，今天这个买戒指的地方不是他介绍的吗？"

郁小竹对尹亦洲的印象没怎么变，不过他是祁深的朋友，她自然不反对和他吃饭。

"OK。"祁深这才回了尹亦洲的电话。

他和尹亦洲确定好餐厅地址，直接就开车过去了。

到了尹亦洲提前订好的包厢后，郁小竹进去第一眼就看见包厢的角落里放着一个大礼盒。

粉色的，上面还缠着一层层的丝带。

郁小竹还没开口，祁深先问："这是什么？"

"当然是我送你们的新婚礼物！"尹亦洲嘿嘿一乐，"我下午问过老板娘了，她说你们连对戒都订了，看来是好事将近，这是要订婚了？"

祁深看着尹亦洲这没正行的样子，懒得说他，直接告诉他："不是订婚，是领证了。"

尹亦洲还在殷情地给祁深倒茶，祁深一句话，他连水壶都差点没拿稳："领，领证了？"

"嗯。"祁深颔首。

郁小竹反而有些不好意思。

她才大二……宿舍里几个女生都还没脱单，她就大跨步，直接结婚了。

尹亦洲反应了几秒，把水壶放下，问："不会是……今天吧？"

祁深没吭声。

郁小竹也没说话。

尹亦洲看着两个人这反应秒懂，两手一拍："那我今天这礼物可真的是买对了！我怎么这么聪明啊，临时能想到提前送你们新婚礼物！"

他看着地上那个箱子，忍不住自夸："我可真是个小机灵鬼。"

见尹亦洲这样子，祁深的目光也看向那箱子，问："里面装的是什么东西？"

这箱子说大不大，说小也不算小，像是能放个大玩偶什么的，不过好像又不太重。

"嘿，秘密，晚上你们打开就知道了。"尹亦洲得意地笑。

祁深瞥他一眼，起身就往箱子那边走，那气势分明就是要在这里把箱子打开。

"哥！"尹亦洲冲过去，拦在他面前，"哥，这个不能开！绝对不能在这儿开！"

祁深看他。

尹亦洲看了眼郁小竹，使了个眼色。

祁深皱眉。

这里面什么玩意儿祁深已经猜到一些了，冷脸道："不收。"

"唉！我都买了！"尹亦洲双手合十。

郁小竹坐在旁边，尹亦洲刚才的动作被祁深挡住，她没看见，好奇地问："这里面什么东西啊？"

她也猜的是玩偶之类的。

祁深冷脸："都是些无聊的东西，一会儿让尹亦洲带回去吧。"

"大嫂，我都买了，辛辛苦苦搬过来，你舍得让我带回去吗？"尹亦洲这么大一个人，对着比自己小好几岁的女孩露出一副可怜巴巴的表情。

郁小竹哪能想到这箱子里是什么玩意儿，看祁深："为什么不收呀？"

祁深暗暗叹了口气，道："先吃饭吧。"

他根本没法跟郁小竹在这里解释。

而且他越发觉得，自己低估了尹亦洲的下限。

尹亦洲脸皮厚，倒是无所谓，乐呵呵地走到桌边，拿着茶壶给郁小竹把茶水斟满。

为了防止晚上礼物开箱后郁小竹再也不见他，尹亦洲先拍马屁："大嫂，你知道吗？你是我在这世界上最佩服的人了，毕竟我大哥这种千年冰山、铁树开花他都不开花的老男人，平时对女人看都不看一眼，现在和你谈恋爱不说，你年龄一到就马上领证，这简直就是怕你跑了啊！"

尹亦洲感觉自己这话还缺个总结，想了一秒，露出了个崇拜的眼神："说实话，我觉得你这已经不是魅力了，简直就是魔法！"

尹亦洲心里打的什么算盘，祁深清清楚楚。

他把菜单递给郁小竹："点菜吧，别理他了。"

郁小竹乖乖点菜。

尹亦洲指着桌上的红酒醒酒器道："我珍藏多年的柏翠，今天拿来本来是打算庆祝深哥你发布会成功的，现在双喜临门，我这酒拿得不亏。"

祁深看着桌上的醒酒器，道："我少喝一点。"

昨天发布会他喝多了，今天本来不打算再喝酒，但尹亦洲既然拿好酒来，肯定是真心祝贺。

这红酒倒入醒酒器，就不可能再倒回瓶中。

"好好好！"尹亦洲起身亲自拿起醒酒器，给祁深倒酒。

他给祁深倒酒的时候，祁深的电话响了起来。

男人看了眼上面的号码，起身出了包厢。

祁深一出去，包厢里就只剩下郁小竹和尹亦洲两个人了。

此时，尹亦洲手里还拿着醒酒器，大脑飞速旋转，看了眼包厢半掩着的门，先问郁小竹："大嫂要不要喝一点？"

郁小竹从来不喝酒，加上又是女孩子，以前在酒桌上，根本就不会有人问她喝不喝酒。

尹亦洲问起来，她先愣了一下，赶紧摇头："不喝，谢谢。"

尹亦洲就知道郁小竹要拒绝，不死心，问她："大嫂，你是不是从来没喝过酒？"

郁小竹点头。

见她点头，尹亦洲咧嘴一笑，坐到自己的位子上，把醒酒器放在一旁，对郁小竹说："大嫂，你今年大二了，过几年就工作了吧？"

郁小竹看他，点头，不知道尹亦洲想说什么。

尹亦洲一只胳膊撑在桌子上，小声说："大嫂，你能上北城大学，肯定也是很好强的，我觉得你毕业后肯定不会甘心给我深哥当全职太太。"

"对。"

郁小竹胡思乱想，难道尹亦洲是想劝她当全职太太？

不应该啊，这和他也没什么关系。

"大嫂，"尹亦洲看了眼门口才继续说，"以后工作有这种应酬是难免的，你是女的，别人就算不灌酒，但是你多多少少也要喝一点，一滴不喝太不给别人面子。但是你肯定不知道你自己的酒量是多少吧？"

郁小竹确实不知道。

尹亦洲话说完，她不禁看向那个醒酒器，开始思考……

要不，喝一点？

尹亦洲趁热打铁："我觉得你应该喝一点。你不知道自己的酒量，以后会吃亏的，更何况今天深哥在，你就算喝醉了，他肯定会送你回家，这是最好的机会了。"

这套说辞，尹亦洲在祁深出去的那一刻就想好了。

因为怕祁深中途进来，他几乎不给郁小竹说话的机会，一口气全部说完了。

而他的话，确实把郁小竹说动了。以后工作，难免要参加一些聚餐，滴酒不沾也不可能。

尹亦洲见郁小竹那暗下决心的模样，起身把醒酒器拿起来，问她："我帮你倒一点吧，红酒才几度。"

郁小竹点头，小声说："谢谢。"

多少喝一点，她应该不会喝一点红酒就醉吧。

尹亦洲拿着醒酒器走到郁小竹身边，祁深推门而入。

他进门第一眼看见的就是尹亦洲在给郁小竹倒酒，马上出声阻止："她不喝酒。"

"咳咳……"尹亦洲轻声咳嗽，立马收手。

这时水晶高脚杯里已经有了一层浅浅的深红色液体。

祁深自然地走过去，拿起酒杯，准备把郁小竹杯子里的红酒倒进自己的杯子里。

他的手指刚落在水晶杯杯口，女孩一把压住杯底，小声说："我喝的。"

祁深有些意外。

"我，我也想喝。"

女孩的声音很小，有些底气不足。

刚才郁小竹明明一点喝酒的打算都没有，他就出去接了个电话，怎么前后就这么大变化？

只有一种可能……

祁深抬头，目光落在还拿着醒酒器的尹亦洲身上。

他一个字没问，可尹亦洲在这眼神下先招架不住，不打自招了："我就是说，大嫂以后出去工作难免要应酬，不知道自己什么酒量不太好，更何况今天你在这儿，就算她喝醉了，你也不会让她出事！"

"我，我就是想，如果我喝个半杯没事的话，以后我出去，最多只喝半杯。"郁小竹是这么想的。

包厢里一片安静。

祁深犹豫了一下才将手指拿开，淡淡叹了口气："想喝的话就喝吧。"

他还有话想说，不过其他的话，等两个人单独相处的时候再说吧。

尹亦洲赶紧倒酒。

等菜上来，尹亦洲收起了刚才吊儿郎当的样子，认真地问了祁深手机项目的情况，包括发售库存、工厂情况等。

他问的，祁深基本上没什么隐瞒，都回答了。

两个人聊天时，偶尔会碰杯，每次都带上郁小竹，郁小竹每次也都喝上一小口。

餐前尹亦洲亲自服务，等开始吃了，就由服务员来服务。

晚饭吃到后半程，服务员为几人斟了酒后，问道："打扰一下几位贵客，醒的酒已经喝完了，请问需要再开一瓶吗？"

喝完了？

祁深看向桌上的弧形醒酒器。

这种醒酒器的设计是为了让倒酒者看上去姿势优雅，比起普通醒酒器，这里面盛不了多少酒。

也就是说，大部分的酒已经被喝完了。

他和尹亦洲谈话时喝了一些……

祁深转头看向身边的郁小竹，女孩面前酒杯里的酒还剩下一些，此时她正在低头抱着手机发消息，没有看他。

"你喝了多少？"祁深问她。

"嗯？"郁小竹抬头，看了看面前的杯子，表情明显有些恍惚，回答，"没多少吧……就是你们跟我碰杯时，我喝一点。"

由于喝了酒的缘故，女孩说话时声音已经有些不清晰了，比起平日的清甜，此时听上去软绵绵的。

而女孩的脸上更是一片浅浅的绯红色，连耳尖都红了。她的眼神有一点不聚焦，楚楚动人的模样，看上去别有一番……

祁深心动了一下，忍不住又有些生气，目光移向尹亦洲，眼神从发愁变成不悦。

尹亦洲干笑两声："看来，大嫂以后出门，半杯也喝不了。"他嘴上这么说，心里却开始叫苦。

他大嫂也太不能喝了吧！

郁小竹坐在祁深旁边，祁深和尹亦洲说话时，有时看不见郁小竹。

尹亦洲这个方向则一抬眼就能看见。

每次郁小竹喝酒、服务生倒酒，他都看着呢！

天地良心，郁小竹从头到尾喝了也就……小半杯吧。

以尹亦洲多年的泡妞经验，郁小竹现在这个状态，妥妥是醉了啊！

"算了。"祁深看了眼表，"不要开酒了，把这点给我们两个分一下。"

他觉得让郁小竹知道自己不能喝多，也是一件好事。

郁小竹喝成这样，祁深也没心思再跟尹亦洲多聊，而是转身将一杯水放在郁小竹面前，道："喝点水，我们准备走了。"

他们喝了酒，都没法开车。

尹亦洲在这方面经验丰富，早早就安排了司机在下面等着。

祁深将水递到郁小竹面前，她乖乖接过去，喝了一半。

等她把杯子放下，他才问她："能走吗？"

"嗯。"郁小竹知道，祁深认为她喝醉了。

郁小竹以前没有喝过酒。

她对"喝醉"的定义不是特别明确，觉得喝醉应该是脑子不清醒，满嘴说胡话。

可她目前只是眼皮有点沉，脑子却清醒得不得了。

她并不觉得自己醉了。

而且尹亦洲也在这里，她如果摆出醉态，肯定会给祁深丢人的。

郁小竹从椅子上站起来，觉得头有点晕，却还是坚持住让自己身子不晃。

祁深过来后，她赶紧伸手挽住男人的胳膊。

尹亦洲还没忘记自己送的"新婚礼物"，他对服务生说："把这个给我们拿到车上去。"

服务生赶紧过去，把箱子抱了起来。

祁深还没有离开包厢，服务生抱箱子时他特地看了一眼。

箱子应该不重，服务员抱起来非常轻松，只是站起来时，里面的东西发出一些声响。

很明显，箱子里放了不止一件东西。

郁小竹一语不发，保持着正常状态跟着祁深走到车边。

打开车门，坐进后排。

祁深正想跟郁小竹上车，看见尹亦洲让服务员将箱子放到后备厢，这才重新直起腰来。

"里面到底是什么？"祁深皱眉。

尹亦洲拿出 200 块小费递给服务员后才小声说："好东西啊。"

"具体点。"

"情趣用品。"

祁深的太阳穴明显暗跳了一下，把箱子拿出来，塞到尹亦洲怀里："自己拿着用。"

"开，开玩笑的！"尹亦洲马上改口，"就是一个包，送给我大嫂的！限量款！"

祁深根本不信。

"真的是包！"尹亦洲说着，三两下把绸带打开，把盒子开了个口。

里面的东西用防尘包包着，从外形上看，似乎真是个包。

祁深看他："她需要你送包？"

"不用不用，就这一回，以后不送了。"尹亦洲干笑两声，"她可是我大嫂，我一点表示都没有，觉得心里有愧。就当我送你们的新婚礼物，等你们办婚礼我就空着手去，行了吧！"

祁深也不是真跟尹亦洲生气，抬手拍了拍他肩膀："谢了，婚礼空手来就可以了。"

"不客气，不客气！"尹亦洲说着，赶紧把箱子放回后备厢，还特地往里放了放，生怕祁深把它拿出来再打开。

把箱子放好，祁深重新回到车上。

郁小竹靠在车座靠背上，闭着眼睛。

祁深坐进去后，将女孩揽住，温声道："坚持一下，到家再睡吧。"

"嗯。"郁小竹把脑袋靠在祁深的肩膀上，眼睛微微闭着。

祁深看她这样，忍不住说道："以后就算出去工作也别喝酒，如果非喝不可，倒在杯子里沾沾嘴唇就好，不用真喝。"

祁深也是从无到有把酒量喝上来的，他知道，身为男人，大部分场合不喝根本不现实。

但是女孩子要宽松不少，只要是正式场合，她们都可以解释过去。

"我知道。"郁小竹小声说。

祁深忍不住吻了吻身边的女孩，低声说："如果有人敢强迫你喝酒，或者借着酒劲对你动手动脚，你就拿着酒瓶子往他头上砸。就算出人命也不用怕，有我呢。"

他不会阻止郁小竹出门工作，但是，他要给她不妥协的底气。

第 26 章

/

新婚礼物

车开到小区地下车库。

祁深抱着尹亦洲买的新婚礼物和郁小竹一起上楼。

郁小竹见箱子上的丝带拆开了，才问："这里面是什么呀？"

"包。"祁深向郁小竹解释道，"亦洲这人给异性送礼物，除了包，不会送其他东西。"

祁深和尹亦洲认识好几年了。尹亦洲给异性送礼物，无论对方什么年龄，大部分时候都是送包，除非是交往超过三个月的女朋友才会送点首饰。

进屋后，郁小竹换上软毛拖鞋，刚往里走一步，只觉得腿一软，自己把自己给绊了一下。

祁深眼疾手快，扔下箱子赶紧去扶她。

"哐"的一声，郁小竹没事，箱子里面的东西倒是被摔了出来。

郁小竹看见，从箱子里掉出来的东西里确实有一个包，而除了包，还有一些其他东西，基本上是样式不一的小盒子？

其中一个金属小盒子摔到了她的脚边。

郁小竹下意识地弯下腰，把小盒子拿起来。

盒子的底色是黑色，上面印着一个卡通兔子……

"这是什么？"郁小竹小声问。

祁深刚换好鞋，抬头看见郁小竹手上的东西，先愣了一秒，脸马上黑了下来。

他早就知道，尹亦洲就不是只送一个包的人！

"没什么。"祁深二话不说，直接将郁小竹手上的盒子抢走，又快步走进屋里，弯腰开始捡其他东西。

郁小竹迈着步子跑到旁边，拿起另一个盒子，摸索了半天，一边拆开外面的塑料包装，一边问："是口香糖吗？"

祁深再看过来的时候，女孩已经把盒子打开了。

里面三个和外包装图案相同的袋子掉了出来。

祁深想去把那三个袋子拿起来，郁小竹却先一步将手伸了过去。

祁深的手伸过去时，正好压在女孩的手上。

郁小竹抬头，看他："到底是什么呀？"

两个人的距离很近，祁深甚至能闻见女孩说话时带出的红酒味。

只有玄关的灯开着，客厅里的光线不算太明朗。

祁深看过去时，女孩脸颊上的浅粉色依然没有褪去，密长的睫毛下，漆黑的眸子里映着他的倒影，表情中带着满满的求知欲。

祁深默了默，问郁小竹："想知道？"

问她时，他心中泛起淡淡的涟漪。

郁小竹点头。

一种暧昧的气氛在空气中散开，她却丝毫没有察觉，一双眼睛就这么看着祁深。

她像是一个学生一样，在等着老师回答自己的问题。

郁小竹想把手抬起来拿一片看一看，祁深压着她的手，不让她动，另一只手压住女孩的后脑勺，脸贴近女孩的脸颊，带着几分蛊惑道："老婆，我们领证超过十二个小时了，还没听你叫我一声老公呢。"

酒精作用下，郁小竹的大脑反应微慢，沉默了好几秒才说："这是避孕套啊？"丝毫没有害羞的情绪，"避孕套"三个字说得特别清晰，眼神中的求知欲和刚才一模一样。

她的反应，绝对在祁深的意料之外。

男人忍不住笑了一下，点头承认："是。"

目前他看见的，全都是这个东西。

两人的距离近在咫尺。

他的眼睛只看着她。

女孩黑色的长发垂在肩膀两侧，一张小脸成熟了一些，却还带着稚气，清澈的眸子里带着酒后的失神。

酒气混着女孩身上的洗发水的味道在二人中间缓缓散开，化成一种奇妙的催化剂。

郁小竹呆呆地看着眼前的男人，一秒后开口："老公。"

祁深微微愣住。

女孩的大脑就像是有延迟一样，总是在数秒甚至更长时间后，才会回答他的上一个问题。

在他以为这个话题已经结束的时候，她才喊他。

女孩的声音比起平时更软一些，仿佛口中含着水。

轻轻的一声，像是小猫抓在心上，痒痒的。

男人的喉结上下滚动，低低应了一声，脸又往前靠了几分，鼻尖触到女孩的脸颊，问她："想不想用一个？"

郁小竹就这么抬头看着祁深。

时间一分一秒地过去。

直到数秒的延迟结束，郁小竹的大脑才终于接收到信号，问他："用什么？避孕套吗？"

祁深真的被郁小竹的反应惹得无所适从。

男人干脆不回答，直接就吻了上去。

也许是酒精的力量，也许是女孩一脸坦然地说出"避孕套"三个字，更可能是郁小竹第一次喊他"老公"——

这两个字对他来说不仅仅是一个称呼，而是象征着关系的改变，象征着两个人一生都无法扯开的牵绊。

吻的同时，男人第一次解放自己大脑里所有只属于成人的思想，手指顺着衬衫的边缘向上平移。

郁小竹本来是蹲着的，被男人亲吻着，肺里的空气也丝丝减少。她感觉腿有些麻了，干脆坐在地下。

房间地上铺的都是大理石，在这深秋，还是有些凉的。

祁深感觉到女孩坐在地上，稍稍和她拉开距离，大掌扣在女孩纤细的腰上，将她捞起来坐在自己的腿上。

他再次向她确认："想好了吗？要用一个吗？"

他们是夫妻，合法的。

按理来说，做什么都是被允许的。

可是祁深还是想再确认一下。

两人都是第一次，在祁深看来，女孩子的第一次要更为重要一些。

他不希望是在郁小竹糊里糊涂的情况下进行。

女孩抬着头看着祁深。

男人半蹲在光与影交汇的地方，他的左半边脸在冷色调的白炽灯光下，而右半边脸则在阴影之中。

郁小竹一时有些分辨不出男人的表情，只觉得他落在自己腰间的手指，指尖在收紧，温度有些灼人。

祁深是个成年人，这么长时间，他不是不想。

只是以前郁小竹太小了。

他一遍一遍告诉自己不可以，不要去想。

哪怕是现在，已经成年的郁小竹对他来说，依然很小。

是他刚才喝了酒，加上这满地尹亦洲送的新婚礼物，他才会想放肆一回。

因为早有预谋，所以他说服自己的时候格外顺利。

"我……我能不能问你一件事情？"

在祁深耐心快被耗尽的时候，听见了女孩的问题。

祁深将三个兔子包装袋塞进盒子里，把盒子拿在手里后，才将女孩抱到沙发上。

等祁深坐好后，男人深吸一口气："你说。"

都等了这么久了，如果她说不行，他就再等一等……

郁小竹两只手放在膝盖上，像小学生一样坐着，看着祁深，先是眨了眨眼睛，好几秒才开口："嗯……半年前吧，我遇见了谭长东。"

"嗯。"祁深半跪在客厅沙发旁的地毯上，像是很有耐心听女孩说话的样子。

郁小竹刚刚被他亲过，唇上还留着一层薄薄的水渍，像是刚洗过的樱桃。

祁深的喉结上下滚动，却依然保持着耐心。

郁小竹微微歪着脑袋看着祁深："他跟我说，我失踪后，你在学校门口站了三天三夜。"

祁深脸上的表情本来是温和的笑，可是听郁小竹说到这里，男人眸子里闪过一丝无奈，回答她："是。"

他不知道，她怎么突然说起这个。

"还有，我妈妈说，我失踪后，你去过我家好多次，还说要帮忙调查？"郁小竹问他。

祁深微愣，片刻后依然点头："是。"

郁小竹微微往前坐了一点，伸手拉过男人撑在沙发上的手，两只手握着他的一只手问："你这么多年，是不是一直在等我，从来没有交过女朋友？"

祁深微微挑眉，静静地盯着眼前的女孩。

脸还是那张脸，满脸的稚气褪去一些，有点大学女生该有的模样了。

腰细细的，手小小的，可是说话的语气特别平和，就好像男女之事根本不是什么值得害羞的事情。

虽然以前郁小竹没有提过这类事情，但祁深可以肯定，如果她清醒着，肯定不会如此坦然地说出这三个字，也不会像刚才那样，坦然地说出"避孕套"三个字。

祁深才发现，喝醉了的郁小竹，好像变成了比他还大两岁的大人呢。

郁小竹见祁深不回答，眨了眨眼："难道……有吗？"

"没有。"祁深回答。

郁小竹低低叹了口气："我要是不回来，你是不是就要一辈子单身？"

祁深抬起另一只手，指腹掠过女孩光洁的额头，低声道："不，我始终坚信我会找到你，哪怕你在天涯海角，我都会找到你。"

只是，他没想到，她回来时，还是十二年前的样子。

"幸亏我回来了。"郁小竹顿了顿，继续说，"要不然你一辈子都没有老婆了。"

祁深覆在女孩脸颊上的手顿了顿，有些意外。他眼角带着笑意，脸微微凑上前去，低声问："所以你是做好准备，解决我老婆的问题了吗？"

他另一只手扯了扯领带。

客厅的灯没有开。

房间过大，玄关的灯光不足以照亮这里。

祁深看不清郁小竹的表情，只听见郁小竹说："其，其实我不会……但是我可以试一试。"

女孩说话时，已经伸手，将刚才祁深扯了一半的领带完全扯了下来，手指捏着小巧的扣子，一颗一颗地解。

女孩的手指柔软微凉，有意无意的触碰，让祁深只觉得自己的理智一点点被蚕食，已所剩无几。

郁小竹却格外专注，一路解到腰带，卡住了……

她不会解。

看着她认真研究的模样，对祁深来说像极了钝刀子杀人。

有那么一秒，祁深甚至怀疑郁小竹是故意的。

可是，女孩的表情又仿佛在说，她不是故意的。

她真的是想试一试。

毕竟他们都是第一次……

祁深重重地吸了口气，手落在女孩的手上，帮她完成未完成的事情，脸压上去，继续刚才那个未完成的吻。

翌日。

郁小竹是被手机闹铃吵醒的。

她伸手想去关闹铃，大脑里却闪过了记忆的片段。

"用什么？避孕套吗？"

"女朋友……"

还有许多，许多。

郁小竹睁着眼睛，反反复复地把大脑里闪过的片段想了几遍，确定不是梦。

每一个字都是她亲口说的。

在郁小竹觉得自己要不要找个地缝钻进去的时候，耳边传来男人鼻音略重的问候："早上好，老婆。"

这声"老婆"响起，郁小竹只觉得脸上温度陡然升高，大脑里，昨晚的记忆更清晰地涌了上来。

昨天晚上，祁深叫了她大概一百声"老婆"吧。

她也不差，至少回了五十声。

男人伸手将她揽过来，声音中带着些试探："不会昨天的事情全忘了吧？"

怎么可能忘。

就算全忘了，他们现在的情况也会强迫她把该想的、不该想的都想起来！

别人都说喝醉后会断片，为什么她醉了不但没断片，反而记得特别清楚！

清楚到每一个细节……

祁深从后面吻了吻女孩肩胛骨的位置，道："我觉得，以后你和我在一起的时候，喝点酒也是可以的。"

喝醉酒的郁小竹，真的像是把羞耻心都喝没了一样，平时会害羞的话，喝醉了都能心平气和地说出来。

"不喝了。"郁小竹拼命摇头，"再也不喝了。"

现在清醒了，两人直接接触的感觉对她来说满满都是害羞。

郁小竹小声抗议："我，我要去上课了。"

她不要再缺课了。

"那我送你。"祁深没有挽留她，俯身再次吻了吻女孩后颈，直接起床。

郁小竹洗了个澡，穿衣服的时候，开始庆幸现在是秋季，高领衫可以完美地遮住她脖子上某人留下的痕迹……

等郁小竹再次回到主卧时，便看见男人也洗漱好，穿好了衣服，正在撤床单。

床单上，一抹暗红格外明显……

昨天她好奇得不得了的三个黑色兔子图案的包装袋，此时全部拆开，被随意地丢在地下。

刚刚降下温度的脸颊，绯红再次爬上耳畔。

她悄悄走过去，把三个包装袋捡起来，走到主卧洗手间的垃圾桶旁，全部扔了进去。

她出来时，见祁深已经把床单收拾好，才小声说："我上课快来不及了，我去热两杯牛奶，喝完你先送我去学校行不行？早饭你自己回公司吃。"

郁小竹是典型的好学生，她上大学后两次缺课都是因为祁深。

虽然宓雪和秦亚轩说不逃课的大学是不完整的，可郁小竹不想去 C 国读研，她想保研，每一科成绩都必须好。

祁深点头："好。"

他今天也有其他的事情。

祁深当天下午就坐飞机去了南边的工厂。

发布会只是第一步，发售以及之后的事情才是重中之重。

郁小竹周三满课，连晚上都有大课。

等她把一天的课上完，浑浑噩噩地回到宿舍后，坐在书桌前写了一会儿作业，不等熄灯，就先上床把衣服换成家居服，然后进卫生间洗脸。

她刚进来，还在拿发带，卫生间的门再次被打开。

进来的是唐词。

郁小竹愣了一下。

宿舍就这么小一点，卫生间有人，别人是不会进来的。

唐词反手把门关好，指了指郁小竹的脖子，小声说："小竹，你脖子上的东西……是不是忘了？"

郁小竹先反应了一下，当她意识到唐词在说什么时，脸直接红到了脖子根！

她赶紧用手捂住脖子。

唐词看她这样，小声问："看来有大进展了？"

郁小竹有点庆幸，进来的是唐词。

别人肯定不会像她这么温柔，只是这么隐晦地问问了。

郁小竹吐了吐舌头，害羞地点了点头。

唐词笑笑："放心，我会保密的。我出去了。"

等唐词出去，郁小竹站在洗手间的镜子前。

昨天的事情到现在还在她的脑子里回荡。

太清晰了。

太羞人了！

十月二十七日。

PANDA 手机在当天上午正式发售。

几个大城市陆续有预订的客户收到了手机。

PANDA 手机连上五条热搜，直接霸屏微博。

郁小竹上课时收到了一条快递短信，信息内容是快递给她放在宿舍楼门口了。

平时，郁小竹有事没事都会网购，她以为是自己买的什么东西到了。

午饭后，郁小竹拿了快递回了宿舍。大家都在各忙各的。

郁小竹把快递拆开，发现里面静静躺着三台PANDA手机的手机盒。

都是福宝限量款。

郁小竹愣了一下。

她并没有预订PANDA手机，当然了，就算她有预订，也抢不到限量款。

据说限量款网上只卖两百台，秒没。

没她什么事。

郁小竹先拿手机给祁深发消息，问他：手机是你送给我室友的吗？

十分钟过去，男人没有回消息。

今天是PANDA手机第一天发售，祁深肯定忙得四脚朝天，估计连看手机的时间都没有。

郁小竹想了想，直接把手机拿出来，放在其他三个人的桌子上。

第一个反应过来的是宓雪："是不是你男朋友送我们的？"

"嗯。"郁小竹点头。

宓雪迫不及待地拆包装："是限量款对不对？我听说一机难求！"

秦亚轩看着她，淡淡一笑："对，没拆的有人8万收。"

宓雪手一抖，马上说："谁卖呀？小竹送我们的，当然不能卖了！"

秦亚轩没拆，而是问郁小竹："真的送我们吗？这个很贵吧？"

"当然是送你们的！"郁小竹胸有成竹。

唐词道谢："那替我们谢谢你男朋友了。"

她和祁深是九月十九日领的证，到现在已经一个多月了。

郁小竹双手在身后攥着，不好意思地说："他……已经不是我男朋友了。"

"啊？"宓雪惊了。

秦亚轩本来要拆盒子，郁小竹一说，她手停下来。

唐词也看郁小竹。

郁小竹在宿舍里的气氛完全变僵前，补了后半句："其实，我们已经领证了，祁深现在是我老公了。"

"领，领证了？"宓雪惊了，"什么时候的事情？"

"发布会结束的第二天。"郁小竹从实招来。

宓雪心里默默算了下日子，假装生气："哇！你们都领证一个月了也不告诉我们！我生气了！！"

秦亚轩直接吐槽："怕你一个大嘴巴，直接在直播里说了，就像上次手机的事情一样。"

那件事情，宓雪一直觉得有点理亏，硬请郁小竹喝了几天饮料。

她吐了吐舌头："结婚的事情总不能瞒着吧。"

宓雪是典型藏不住事的性格，有什么秘密也经常会不小心就说漏嘴。

秦亚轩也把手机拆开了。

PANDA 手机是国内目前唯一一种全屏手机，无论是质感还是设计都非常好。

秦亚轩只是看了看外观就不禁感叹："这手机，就算不送，我自己花钱也得买。"

宓雪已经开了机，喜滋滋道："下次直播就播这个好了！"

唐词也拆了手机，在那里摆弄。

郁小竹看大家都很喜欢这款手机，心里也挺高兴。

秦亚轩拿着手机看了一会儿，又看郁小竹，问道："小竹啊，我有个问题有点好奇，想问问你。不过如果你觉得不方便，就不用回答啦。"

秦亚轩问她时，她正在收拾桌上的盒子。

听秦亚轩的语气这么郑重，郁小竹不禁有点紧张："什么事？"

郁小竹怕秦亚轩问她和祁深"进展到哪一步"之类的问题。

秦亚轩小声问："那个……你跟祁深领证的时候，签婚前协议了吗？"

"婚前协议？"郁小竹只是稍稍回忆了一下，摇头道，"没有啊。"

她回答后，不仅仅是秦亚轩，连唐词和宓雪都看了过来。

几个人脸上都带着讶异的表情。

宓雪也问："没，没签啊？"

郁小竹点头。

一直沉默的唐词开口："小竹和祁深关系好，不需要这些。"

虽然秦亚轩完全没想到，但是郁小竹根本没必要骗她们。

她忍不住感慨："说实话，我以为祁深这种靠自己双手打拼出来的总裁，再喜欢一个人都会留一手，没想到对小竹这么放心。"

宓雪星星眼："好羡慕啊，我要是会写小说，一定要把你们当素材！"

郁小竹之前从来没有想过这个问题。

当初祁深叫她领证，她就去了。

现在领证很简单，连9块钱都不用了。

也许是她年龄小的缘故，完全没有签婚前协议的概念。

不过郁小竹了解自己，如果她和祁深有一天真的因为什么原因非离婚不可，她也不会拿走不属于自己的任何东西。

PANDA不管未来如何，都是祁深靠自己做到的，和她半毛钱关系都没有。

她也不会因为没有婚前协议，就觉得这公司有一部分是她的。

今天是周五。

当晚，郁小竹打车回家里住。

一直到晚上十一点，祁深才回家。

男人满身都是烟味。他换了衣服洗了澡，看见郁小竹还在客厅看平板电脑，也不说话，忍不住过去亲了亲她，顺便回答她白天的问题："那三台手机就是送给你室友的。"

这个问题，祁深白天已经回过了，不过只回了一个字：是。

郁小竹满脑子都是秦亚轩提出的问题，她把耳机摘下来，偏头看着祁深，忍不住问他："你怎么……不和我签婚前协议啊？"

郁小竹问完这个问题，祁深第一时间没有回答。

房间里的气氛好像一下子冷了下来，落在女孩肩膀上的手指也微微松了几分力度。

这个小动作让女孩的心一颤，赶紧转身圈住男人的腰。

她还没说话，祁深先问她："怎么，想离婚的事情了？"

他语气不太好，像是生气了。

"没有，没有。"郁小竹赶紧摇头，实话实说，"今天给室友送手机的时候，顺便说了一下我们结婚的事情，轩轩问我的，我就是有些好奇。"

听她说出实情，祁深的神色才好了几分，侧着身子不方便，他干脆将郁小竹抱到自己怀里，让她坐在腿上。

男人用手指梳着女孩垂在肩膀上的发丝，身体微微前倾，蜻蜓点水般吻过女孩的软唇，才解释道："因为不会离婚，所以没想过签这些。"

男人刚刚洗过澡，发丝间满是薄荷味洗发水的味道，很好闻。

郁小竹环着男人精瘦的腰，忍不住逗他："以后的事情谁说得准，万一哪天你遇见一个爱得不得了的人，八匹马都拉不回来要跟我离婚怎么办？"

祁深："嗯……确实有这种可能性。"

郁小竹本来就是随口一问，没想到祁深居然认真地思考了起来！

下一秒，她听见祁深继续说："要不签一个吧？"

郁小竹脸上的笑有些垮，把手收回来："不用签，如果离婚的话，我什么都不会要的。"

听见这话，她心里自然起了小疙瘩，又有些后悔自己挑起这个不愉快的话题，干脆打算去睡觉。

她想起身，可男人压在她身上的胳膊仿佛有千斤重。

祁深脸上的表情有些苦恼，他圈着郁小竹说："这就比较麻烦了。我本来想说，签一个我提离婚就净身出户的协议，万一我们离婚，那我手中的企业岂不是都没人要了？"

郁小竹愣住。

祁深却继续说："如果没有你，PANDA公司现在不但黄了，我肯定还负着债。所以不管签不签这协议，这公司我肯定都不会要了。交出去也不是不行，就是公司加上工厂有上万人，这是上万个家庭，他们都跟着我吃饭，万一别人没我这本事，公司黄了，上万个家庭还不上房贷车贷的，会给社会添麻烦的。"

男人说得特别认真，那表情简直就是已经在为手下员工的未来担忧。

郁小竹吐了吐舌头，明明知道男人的意思，还故意问："那怎么办？"

她刚问出口，脑袋就被男人弹了一下："那能怎么办？当然是不离婚了。"

"啊？"郁小竹装出恍然大悟的样子，"还能这样啊？"

祁深无视她浮夸的演技，脸色沉了沉，圈着女孩腰部的胳膊收紧，问她："这个问题解决了，我们是不是该解决一下你怀疑我这个问题？"

男人说话时，微微拧眉，神色似是不太高兴。

"我没有怀疑你啊。"郁小竹表示自己很无辜，"就是她们问了，我才问问你。"

"那你就没想过，婚前协议是为离婚准备的？"祁深说着，两只手换了个姿势，一只扣住女孩的腋下，另一只落在她的膝弯，直接将她抱了起来，一边往卧室走，一边说，"你问我，说明你是考虑过和我离婚这件事情的。"

明明房间里开着中央空调，可男人在说这话的时候，郁小竹莫名觉得有些冷飕飕的。

郁小竹双手赶紧攀上男人的脖子，生怕祁深走到半路把她给扔了。

直到她被安然放在主卧的床垫上，郁小竹才长出一口气，解释道："我没有想过。"

"那离婚协议和你有什么关系？"祁深伸手将灯打开后，单手撑着床垫，将女孩圈在怀里。

男人刚才回家时虽然身上满是烟酒的味道，可两人此时如此近距离地说话却一点酒气也没有，说明他本人是没有喝酒的。

郁小竹微微噘嘴，小声问："你就这么相信我呀？"

随着大家法律意识越来越强，莫说是祁深这样的身份，就算是普通人结婚，许多都会跟另一半签个婚前协议。

祁深拧眉："果然是我这个老公当得不太称职，老婆连相不相信我她都不确定。"

"不是。之前我认为你该对你的财产负责一点。"郁小竹老实交代，"可你刚才说话大喘气，说要签协议的时候我还是不高兴的……"

是她太矛盾了。

"没关系。"祁深空出一只手捏住女孩的下巴，眸子盯着她，"是我之前没说清楚，我可以再告诉你一遍，认真听。"

郁小竹下巴被控制着动不了，只能用眼神示意祁深。

祁深没有笑，缓慢开口："自从我确定你回来后，一分一秒都没有怀疑过你。虽然我前些年一直在说服自己允许你喜欢别人，和别人在一起，但是当你和我在一起的那一刻，我从来没有想过会和你再分开。"

"你说谎。"郁小竹抗议，"狗叫的视频还在微博上呢！"

那一万声狗叫的视频，她听了三个小时，哭了三个小时。

"那我更正一下，只要我还养得活你，我就不会跟你分开。"祁深道。

当时，他是做了最坏的打算，所以才会用那种方式提分手。

"谁要你养活啊！我自己有手有脚，干吗要人养？"郁小竹忍不住生气，将手抽出来，捏住男人的脸，"那你告诉我，你录视频的时候，是怎样的心情？"

祁深表情微凝，过了好几秒才说出三个字："不甘心。"

他不甘心就这么失败，不甘心就这么失去她。

男人说完，俯身将脸埋在女孩的肩窝，低声道："对不起，不会有下次了，再也不会分开了。"

他说完，在女孩肩窝处轻轻咬了一下。

"提分手的是你，你干吗咬我！"

虽然咬得不疼，郁小竹还是忍不住抗议。

"惩罚你怀疑我。"祁深将脸抬起来，眼眸中的笑意除了温柔，还有一抹暧昧，"我犯的错，你也可以咬回来。"

"你……"

男人的话在郁小竹脑海里莫名就有了奇怪的画面。

她眼睛落在男人松松垮垮的家居服上，什么都没做，脸就红到了脖子根。

祁深半坐起来，手指落在家居服的扣子上，慢条斯理地解着，一边解，一边问："想咬哪儿？自己选。"

两人的阅历在这一刻马上就体现出了差距。

明明在说暧昧得不得了的事情，男人的表情却淡定得要命，脸上没有露出半分羞耻之感。

郁小竹不服气，抗议道："我喝点酒再选。"

见她要跑，祁深抓住女孩的双手。

女孩胳膊细，男人的一只大掌便可以轻松桎梏。

"那可不行。"祁深将女孩的手压到头顶，薄唇贴着女孩的耳垂，低声道，"我觉得你脸红的样子比较可爱。"

房间里的灯亮着。

男人的一句话，让女孩的脸红成一片。

祁深将一切尽收眼底，带着命令的口吻道："以后不许喝酒了。"

他果然还是更喜欢此时的郁小竹。

第 27 章

/

不称职的老公

转眼，PANDA 手机发售已经一周了。

这一周的时间，微博热搜随时打开，前五十名至少有两条是关于 PANDA 手机的。

这些热搜除了公司买的，也有用户自己发起的。

而更多的则是——对家发的。

对家发的一般都是——

#PANDA 手机黑屏 #

#PANDA 手机续航短 #

#PANDA 手机系统乱扣费 #

#PANDA 手机系统游戏少 #

……

PANDA 手机之所以是创新，不仅仅因为外观，更多是因为 PANDA 手机的系统是新开发的闭源系统。

目前市面上，尤其是国内公司的程序都移植了过来。

国内公司之所以乐意移植，除了 PANDA 系统的兼容性好以外，更多是因为 PANDA 系统充值抽成很少——这是直接关系到各公司利益的。

随着对家制造的热搜越来越多，公司团队商议后，决定让祁深接受国家媒体的采访，澄清热搜里提及的问题。

自从发布会之后，祁深又收获了一批新粉，甚至有了自己的超话和后援会。

发布会后，祁深一直在忙发售的事情，没有空露面。

这次采访的预告提前在媒体上发布出去，同时也向广大网友公开征集问题，表示会在采访时选取部分，让祁深回答。

最终，采访的时间定在十一月下旬。

祁深从工厂那边出差回来，上午九点下了飞机，在车上换了套西装后，直接去了电视台。

此时，电视台的采访厅里，所有人员都准备好了。他一到达，采访马上开始。

关于这次采访的内容，团队早已经准备好，祁深在飞机上看了一遍稿子，稍微修改了一下，同时也记得差不多了。

这次采访除了解答热搜上的问题外，更多是讲一讲 PANDA 公司未来的发展。

祁深要做的，不仅仅是一款手机，而是一个完整的闭环生态圈。

采访时，祁深按照之前的计划，讲述了 PANDA 公司未来五年的发展，除了研发手机，还会推出电视、电脑、智能家居等。

等这些原定内容讲完，主持人拿起几张手卡，道："祁总，广大网友在知道您要接受我们的采访后，提出了许多问题，我们精选了几个，希望您能回答一下。"

祁深点头："可以。"

这个环节他之前知道，不过采访要问的具体问题是什么，祁深不是特别清楚。

主持人先念第一个问题："第一个问题是，请问祁总是从什么时候开始有做手机的想法？"

听见这个问题，祁深的心放下了一点，看来都是普通的问题。

他如实回答。

主持人问了四个问题。

祁深回答完后，主持人手里只剩下最后一张手卡。

主持人快速看了一眼问题，抬头问祁深："这是最后一个问题。网友问，之前网上有一个主播拿了一款粉色 PANDA 手机，说是你送给你女朋友的，请问这件事情是真的吗？"

当初宓雪拿着郁小竹的手机直播的事情，确实引起了小小的水花，不过很快就被其他消息压下去了，没有引起多大的讨论。

上次祁深和郁小竹一起订的婚戒昨天刚刚拿到，祁深还没来得及送给郁小竹，这次采访自己先戴上了。

当主持人问到这个问题时，男人先承认："那款手机是 PANDA 限量款 0000 号，也是目前唯一一台粉色的 PANDA 手机。"

他回答时说的不是一款，而是一台。

"请问是送给您女朋友的吗？"主持人问道。

祁深双腿交叠，换了个坐姿，用右手轻轻转了转左手无名指上的婚戒，道："当时确实是我女朋友，不过现在已经是我的祁太太了。"

主持人看向婚戒，恍然大悟："恭喜祁总。"

采访于次日晚间播出，碰巧当天宓雪要直播。

当晚她刚刚打开直播，弹幕马上滚滚而来……

在线人数有两万人！

宓雪揉了揉眼睛，以为自己进错直播间了，仔细看了一下，没错啊……

她又仔细看了看弹幕……

啊啊啊啊啊，主播你终于开播了！我们等好久了！

我的天呀，我等了半个多小时，终于等到开播了。

主播，我们要见祁太太！

对不起，上次我们说你说谎，我们错怪你了，这就刷个大火箭认错。

上次我也说主播说谎，我刷不起火箭，刷个飞机可以吗？

我想看看祁深的老婆。

我记得主播是北城大学本科生吧？也就是说，她室友跟主播一样大。

呵呵，别人的二十岁和我的二十岁。

宓雪蒙了。

什么情况？

她刚开播时，直播间已经有两万多人，后来还在不断增加。

等她把弹幕看了一半时，人数已经快三万了。

宓雪虽然从弹幕里大概看出了端倪，还是问："怎么回事，怎么回事？我这是没睡醒吗？走错直播间了吗？"

弹幕里开始刷祁深接受采访的事情，大家都让她去看微博。

宓雪点头："你们等等！我去看看微博！"

宓雪直播时用专门直播的手机，平时用的手机就换成了郁小竹送的PANDA限量款。

她刚把手机拿出来看微博，弹幕又炸了。

我信了，我信主播是祁太太的室友了。

10万块的限量款就这么用啊，这是在用手机吗？这是在用钱！

我酸了，主播，你们宿舍还有空床吗？不行我就去打地铺。

我手上这个是我花8万块买的，我还以为自己占便宜了。

微博里，有关祁深的热搜有两条。

一条是 #祁深专访#，热度在第三十五名；另一条是 #祁深已婚#，热度在第一名。

这条热搜后面有个小小的"新"字。

也就是说，这条热搜刚出来，就被顶上了热门。

宓雪点进去，最上面一条是国家卫视蓝 V 微博发的视频。从第一帧的画面看，是祁深接受采访的视频。

宓雪没空看视频，而是先把头抬起来，冲着大家摆手："你们信我就好了，其他的事情我不太方便说。"

弹幕里一个劲儿地问，宓雪一直顾左右而言他。

虽然她什么都没说，但是直播间的热度还是一个劲往上涨。

不到一个小时的时间，已经快十万人在线了。

宓雪想挑两个和郁小竹无关的问题回答，可惜弹幕刷得太快，她真的是一个都找不到。

无奈，宓雪只能实话实说："哎呀，你们别问了，结婚什么的都是隐私，以后都不会再说了，你们也别问了。"

这场人气爆棚的直播，宓雪勉勉强强播了一个小时就下播了。

她刚才直播，宿舍的人都听着，大家也都去看了微博，知道祁深接受采访的事情。

宓雪一下播，秦亚轩拍了她一下："看，让你当初嘚瑟，自己给自己嘚瑟出事了吧？"

宓雪欲哭无泪："我错了，都是我的错。"

确实，当初她不拿郁小竹的手机给大家看，可能确实没这么多事。

郁小竹知道祁深接受专访后一直在看视频。

秦亚轩看宓雪："我觉得这事过去，你要是不大红大紫，那估计要凉透。"

宓雪倒无所谓："凉就凉呗，我也没打算靠这个赚钱。"

宓雪当初开直播是因为父母忙，她一个人在家没意思，开着玩的。结果进来些观众陪她聊天，她觉得直播挺有意思，所以才一直开到现在。

郁小竹看完了祁深的直播，把耳机取下来。

宓雪赶紧对她说："小竹你放心，我什么都没说，以后也不会再提你跟祁深的事情了。"

"没事，反正过一阵子大家就忘了。"郁小竹并不在意。

她消失回来后，为了跟上时代的步伐，一直关注社交媒体。这么长时间，她早就看出了门道。

这种社交网站的网友许多都是金鱼记忆，大部分无关痛痒的事情，几分钟都忘了；稍微有点影响的，大概能记一天，最多三天。

秦亚轩端着水杯站在宿舍中间："小竹懒得跟你计较罢了，要跟你计较，估计得气死。"

郁小竹正要解释，放在桌上的手机振动了起来。

她看了一眼，屏幕上是"祁深"的名字。

秦亚轩瞥了一眼，随口问了句："怎么还这么生疏，不该改成老公吗？"

郁小竹有些不好意思，她把耳机塞回耳朵里，接起电话。

"我在你们宿舍楼下。"

祁深的声音很快从耳机里传了出来。

"楼下？"郁小竹从椅子上站起来。

郁小竹今年大二，周一到周五都有课，大部分时候晚上也有。这几周，周六下午也有课。

她平时周一到周四都住在学校。

今天才周二，祁深怎么就过来了？

"嗯，有东西给你，下来告诉你。"

男人没有直接说是什么东西，而是选择卖了个关子。

现在不到十点。

郁小竹换了拖鞋，披着羽绒服跑到楼下。

她下楼时，祁深正站在宿舍楼下，穿着一件浅色羽绒服特别显眼。

郁小竹跑到男人跟前才发现，祁深大概是为了兑现他之前承诺的"见她时尽量穿得休闲一些"才套的这件羽绒服，里面依然穿着一整套西装，和羽绒服搭在一起特别不和谐。

郁小竹先抱了抱祁深，才问："是什么东西呀？"

"伸手。"祁深道。

郁小竹乖乖把右手伸出去。

没想到男人弯腰，把她藏在袖子里的左手握住，拉到面前。

下一秒，她只觉得指尖一凉，一个和刚才采访视频上同款的婚戒此时已经戴在了她左手的无名指上。

这对戒指是当时那家店的女店长买断的一个珠宝设计师的获奖作品。

全世界仅此一对。

戒指戴稳，祁深才将女孩的左手握到唇边，吻了吻，道："担心别人看了视频问你婚戒的事情，赶紧送来了。"

整个学校和郁小竹同级的人以及女生宿舍八楼，许多人都知道郁小竹和祁深的关系，如果她没有戴戒指，确实会引来议论……

郁小竹忍不住再次抱住祁深："谢谢。"

他总是想得这么周到。

女孩毛茸茸的脑袋在男人的怀里蹭了蹭，闻见男人身上那淡淡的只属于他的味道，有点不舍得撒手，好半天才问："你等一下是回家吗？"

郁小竹猜，现在都晚上十点了，他等一下应该是要回家的吧。

祁深猜到女孩的意思，摸了摸她的头发："不回，要去公司，还有许多事情。"

男人的语气中带着几分歉意。

他陪伴她的时间太少了，比他做她男朋友时，陪伴的时间更少。

郁小竹听见祁深的话，忍不住噘嘴。

她将额头压在男人冰凉的羽绒服表面，小声问："那你能不能等等我？我上去换身衣服陪你去公司。"

说完后，她又问了句："行吗？"

明天上午她正好没有课，不用赶时间。

祁深的手落在女孩的头发上，听见她的话，手指微微顿住。

他还没说话，郁小竹马上改了口："我就随便问问，天这么冷，出来一趟都冻死了。"

祁深很明白，郁小竹不是真的怕冷，是给自己一个台阶下罢了。

男人放在女孩头顶的手落下，小声说："去吧。"

郁小竹低着头，用一秒钟的时间藏起丧气的表情，笑着抬头。

她还没说话，祁深继续说："去把衣服穿好，跟我去公司。"

郁小竹眨了眨眼。

祁深看了眼表："再不去，等一下宿舍关门就下不来了。"

"等我！"

女孩说这两个字时，人已经跑到了一米外。

祁深看着郁小竹的背影，忍不住勾唇，却也有些内疚。

身为老公，他真的太不称职了。

十一月的北城，晚上的最低温度已经接近 0℃了。

这个季节，学生们都不爱出门，所以女生宿舍门口人很少，只有稀稀拉拉的几个女生在往宿舍走去。

大家来去匆匆，只看见路灯下站了个穿羽绒服的高个子男生。

谁也没有注意到那是网络红人祁深。

大概过了十分钟，郁小竹就从宿舍里出来了。

女孩和以前一样，上身全副武装，羽绒服、围巾、毛绒护耳一件不少；到了下半身，却变成了裙子和雪地靴，腿上是深色打底裤。

等女孩到了跟前，男人依然忍不住说："下次穿厚点。"

郁小竹低头看了看自己的裙子，很自然地辩解："我不冷。"

其实也不是不冷，这种天穿线织打底裤当然没有穿老式毛裤、棉裤暖和，可是那些裤子穿在腿上，整条腿粗了 N 圈，一点也不漂亮。

在漂亮面前，冷不值一提。

祁深知道，即使是冬天，公司里那些女员工基本还是风雪无阻地穿裙子。

郁小竹冬天也一直这么穿。

他以前也说过，没用，于是干脆不说了。

他只是用左手握住郁小竹的右手，然后将女孩的手放进自己羽绒服的口袋里。

祁深今晚加班是因为手机系统在 App 按月续费上有漏洞，整个团队都在公司加班。

他必须要去。

祁深将车开到科技园。

当初研发部门只租了科技园一栋写字楼的几层，现在整栋楼的 28 层都被祁深租了下来。

在车上，祁深将羽绒服换成了深色羊绒大衣。

两个人上电梯时，祁深按下三层和七层两个楼层。

他将羊绒大衣脱下来交给郁小竹："你帮我把外套拿到办公室，我直接去三楼了。"

郁小竹点头。

祁深先下电梯。

郁小竹抱着祁深的大衣到了七楼，认认真真地把男人的大衣抖开，挂在了办公室的木质衣架上。

祁深这边的办公室比较简陋，没有休息室，办公桌也没有北煜那边的好。

郁小竹站在办公室的落地窗前。

现在是晚上十一点。在主城区里的这个时间点，许多写字楼的灯都熄了；可是在科技园，却是另一番景象。

郁小竹能看见的几栋写字楼，几乎都是灯火通明。

科技园的建筑都是玻璃墙，离得近的几栋写字楼，她甚至能看清坐在格子间里对着电脑工作的程序员。

郁小竹打了个哈欠。

平时这个时间她已经要睡觉了，可既然陪着祁深来公司，她不想这么早睡。

为了让自己打起精神来，郁小竹打算去三楼看一看。

她刚走到电梯门口。

"叮"的一声，电梯在七楼停下。

郁小竹以为是祁深来了，往后退了一步。

当电梯门打开的时候……

尹亦洲站在里面，手上提着四个袋子，里面好像装的都是一次性饭盒。

尹亦洲看见郁小竹，一点也不惊讶，他一边下电梯一边说："深哥怕你饿了，让我给你送点夜宵来。"说着，直接往办公室的方向走。

尹亦洲身上带着女人的香水味，各种香味混在一起，根本闻不出到底是什么香型。

他肯定是从女人堆里过来的。

郁小竹跟着尹亦洲进了办公室。

男人将袋子放在茶几上，对郁小竹说："我下楼找一趟深哥，你先把东西拿出来。都是深哥让我给你买的，想吃什么随便吃。"

郁小竹点头。

尹亦洲假模假样地往外走，到门口时，还偏头看了看郁小竹，才坐电梯去了三楼。

三楼。

祁深正和工程师聊事情，尹亦洲又等了一会儿。

等两个人解决完问题，尹亦洲才凑过去说："深哥，夜宵买来了。"

"嗯。"祁深点头。

"一起去吃呗。"尹亦洲邀请道。

男人看了眼表，晚上十一点多。

平时这个时间，郁小竹已经要睡觉了。

他计划着等吃完饭，就把郁小竹送到北煜，让她先睡觉。

祁深跟着尹亦洲上楼。

走廊上，尹亦洲小声说："深哥，我刚看见我大嫂了，我觉得大嫂好像变了。"

祁深看他。

"虽然五官没变，但气质变了，就是……一下子更有女人味了。"尹亦洲露出一个"你懂的"的笑容，"兄弟送的新婚礼物是不是及时雨啊？"

祁深没说话。

尹亦洲懂，沉默就是默认。

他深哥别的事情都有一说一，可是说到底还没吃过肉，刚摆脱纯情老男人的身份，这种事情当然不好拿到台面上说。

可是尹亦洲就是好奇。

祁深以前虽然在社交网站上拉风得不得了，其实平时走的还是禁欲老土风，衬衫扣子在公共场合从来都是严格地扣到最上面一颗，身上除了袖扣和领带夹以外，极少使用其他配饰。曾经他孜孜不倦地给祁深推荐了几次袖箍和链条领针以及亮色领带，都被祁深拒绝了。

等两人上了电梯，尹亦洲不可能直接问祁深。就算他问，祁深也不会回答。

尹亦洲旁敲侧击道："深哥，我跟你说，婚姻生活和谐不和谐非常重要，这是一门学问，无师自通也不是没可能，不过我觉得大嫂她肯定不是那种什么感觉都会说出来的人。"

郁小竹就是说点荤话都害羞的人，肯定不会说。

三楼到七楼就几层。

尹亦洲说完这些，电梯已经到了七楼。

祁深瞥了他一眼，道："不需要你操心。"

直接把天聊死了。

尹亦洲挫败感顿生。

祁深以前觉得，郁小竹喝醉酒之后的状态不真实；听尹亦洲说完，他又觉得，也不是一点也不好。

两人到七楼时，郁小竹已经把尹亦洲买的吃的都摆在了办公室的茶几上。

尹亦洲买了不少东西，偌大的透明茶几，基本上被摆得满满的，种类也特别多。

有粥，有炸鸡，有麻辣烫，有寿司，有炒青菜。

饮料除了"肥宅快乐水"以外，还有奶茶。

郁小竹此时正抱着一杯奶茶，边喝边问："尹先生，这么晚了，你是在哪儿买的奶茶啊？"

这个时间点，奶茶店早就关门了。

尹亦洲一脸骄傲："只要想买，办法总比问题多，更何况是深哥嘱咐的事情。"

祁深刚才给尹亦洲打电话的时候，只是随便说了几样，没想到尹亦洲都买来了。他也闻见男人身上的香水味，拍了拍尹亦洲的肩膀，道："谢了，兄弟。"

"客气啥。"

尹亦洲除了真心佩服祁深外，他的公司都是靠祁深养活的，跑跑腿那都不是事儿。

祁深让尹亦洲一起留下来吃点东西。

尹亦洲也不是没有眼力见儿的人，他知道祁深天天忙工作，要是不忙，不可能这个点把老婆接到公司来。

"不了，不了，我那儿还有妹妹等着我呢。"

尹亦洲也没空手走，临走时拿了个炸鸡腿。

郁小竹坐在办公室的长沙发上，祁深则坐在旁边的单人沙发上。

祁深晚饭吃得晚，他不太饿，不过为了陪郁小竹，还是喝了几口粥。

放下粥碗后，祁深问郁小竹："寒假你回 C 国吗？"

之前的寒假，郁小竹都是回 C 国陪父母过。

郁小竹点头："目前是这么计划的，回去的机票已经买好了，不过回来的还没买，如果你有其他安排，我可以早点回来。"

她暑假没有回 C 国，寒假还是想回去的。

"有。"祁深看着女孩，"我打算过年去 C 国，跟你父母说我们结婚的事情。"

他本来计划是走流程，先去 C 国见郁小竹的父母，等她父母同意了再求婚，等郁小竹毕业后领证举行婚礼。

一时冲动，领证提前了，其他程序却还是要走的。

"真的？"

郁小竹想过带祁深回家的事情，可他一直这么忙，忙得都快没时间睡觉了，她又不好意思提，没想到这次祁深自己提了出来。

"嗯。"祁深点头，"不过你寒假要先自己回去。我大概大年二十九过去，能在那边待……七天左右吧。"

祁深说七天的时候，还是有些犹豫的。

虽说过年期间全国放假，可 PANDA 作为一个新企业，要做的事太多了。

现代社会，科技是一个只有不停奔跑才能站在原地的领域。

PANDA 手机第一代发布只是一个开始，后面还有更多的东西等着他们。

七天的假期对目前的祁深来说，已经非常多了。

郁小竹把手里的东西放下，拿了张纸把嘴巴擦得干干净净，凑到祁深身边，香香地吻了一下："七天就够了，不行六天也行，我父母会理解的。"

郁小竹从来都是这样。

她很懂事，无论是上学时他们做朋友，还是后来他做她的监护人，又或者现在两人在一起，认识十几年的时间，好像一直都是她在迁就他。

以前她比自己大两岁就算了，现在明明自己比她大十岁。

祁深看着身边的女孩，脸上只有无奈："抱歉，又让你迁就我了。"

祁深每次都会因为没时间陪她而道歉。

郁小竹摇头："没有迁就。不是有人说小别胜新婚吗？我现在觉得，我每次看见你都特别高兴。"

"以后会改善的。"祁深看了眼窗外，又抬手摸了摸郁小竹的刘海，"快吃饭，吃完我送你回北煜那边休息，等我这边忙完，我也过去。"

郁小竹其实是不想去的，可是祁深刚才怕她饿了，特地找尹亦洲来送饭。如果她继续在这边待着，估计他又怕她困了，不能好好工作，于是干脆答应下来。

她吃完饭，抱着奶茶，让祁深把她送到了北煜这边。

祁深把郁小竹一路送到楼上休息室才离开。

这间休息室有点类似酒店房间，不过面积要更大一些。

这会儿已经过了十二点了。

郁小竹刚才坐到车上时就已经困得上眼皮撞下眼皮了。

她换了衣服，坚持着给祁深发了个"晚安"，还没等到男人回消息就睡着了。

休息室的床垫极软，郁小竹一觉睡到天亮。

当她醒来时，看见陌生的环境先愣了一下，下一秒才意识到……

哦，昨天晚上是她提出要陪祁深来工作的。

可是祁深呢？

床上还是她睡下时的样子，另一边平平整整，根本没有人睡过的痕迹。

郁小竹在休息室里转了一圈，发现没有祁深回来过的迹象，这才去了办公室。

办公桌上干干净净，只有角落放着一沓文件。

看了一圈，郁小竹才确定，祁深昨天晚上没回来。

郁小竹简单洗漱了一下，把头发扎成马尾，刚准备出门，外面就传来办公室的开门声。

她看过去。

祁深刚进办公室，还在脱外套。

牧楠站在男人的身边，刚想说话，看见郁小竹的脑袋从休息室的门里探出来，微微愣住，之后客客气气地喊了声："总裁夫人。"

总裁夫人……

郁小竹第一次听到这个称呼，先消化了一下才说："叫我郁小竹就行，不用叫这个。"

祁深把外套挂在办公室里，拽掉领带，先对牧楠说："早上的会取消，车十一点在楼下等着吧，我先把小竹送回学校，再去吃饭。"

"知道了。"牧楠答应。

祁深冲他摆了摆手。

等牧楠出去，祁深快步走进休息室，对郁小竹说："我先洗个澡。"男人说着，连更衣间都没进，直接站在房间里就开始脱衣服。

郁小竹站在墙边，看着男人先把宝石袖扣扔在床上，脱掉深色针织背心，然后脱掉衬衫。

上半身脱完，他的手又落在皮带上。

郁小竹看着男人的后背，小声问："你是不是忘了……我还在房间呢？"

虽然说他们坦诚相见过了，可郁小竹就这么看着祁深脱衣服，还是有些不好意思。

祁深偏头，反问："我脱衣服需要回避你吗？"

呃……

这个问题太难答了！

说回避吧，那以后是不是都要回避？

郁小竹也不想这样，毕竟他们是夫妻。

更何况，祁深的身材也挺好的。

郁小竹想了几秒才摇头："不，不用了，你脱吧。"

虽然她这么说，但祁深还是去更衣室才把西裤脱了。

祁深花了十分钟冲了个澡，洗完后只是用毛巾把头发简单擦了一下，套上浴衣从浴室走出来，坐在床上对郁小竹说："你先自己待一会儿，我睡一会儿，十一点叫我。"

"好。"

见郁小竹答应，祁深躺到床上，头刚沾上枕头就睡着了。

郁小竹暗暗叹了口气。

每次见祁深，男人忙的程度都能让她惊掉下巴。

她凑到床边捧着男人的脸轻轻吻了一下，收拾了东西就出了办公室。

"郁小姐。"牧楠看见郁小竹出来，赶紧从工位上站了起来。

郁小竹拉上外套拉链，指了指办公室的方向说："我先走了。昨天祁深一晚上没睡，你可以晚一点叫他。"

"好的。"牧楠答应后，沉默了两秒，道，"总裁夫人。"

牧楠又把称呼改回来了。

以前他对郁小竹了解不多，刚才她让他改口，他就改口了。

可郁小竹刚才的话让牧楠觉得，郁小竹配得上"总裁夫人"这四个字。

至少，她知道体谅祁总。

郁小竹叫了辆网约车回学校。

刚上车，手机微信响了一下。

是许美珍发来的信息。

许美珍：小竹，我看天气预报，北城过几天要下雪，你记得提前买衣服。

这条消息之下，是一笔 10000 元的转账。

郁小竹没收钱，先回：谢谢妈妈。

此时正是上班高峰期，前面有些堵车。

郁小竹看着一辆辆往科技园开的车，决定把祁深过年要去 C 国的事情提前告诉许美珍。

她本来想跟许美珍说明祁深只待六七天，以及两个人已经领证的事情，编辑了几次消息，删删减减，最后只留下了短短几个字：妈妈，今年过年祁深和我一起回去看你们。

结婚先斩后奏这件事郁小竹决定先瞒着，等回家再慢慢解释吧。

消息发过去没几秒，许美珍的视频电话打了过来。

许美珍和祁深一样，也是少数记得郁小竹课表的人。

郁小竹现在在出租车上，虽然刚才在休息室认真梳洗过，但此时要和许美珍视频又有些心慌，生怕她多问什么。

郁小竹盯着视频电话好几秒，才接了起来。

轿车内部的背景是无法修改的。

视频一被接起来，许美珍马上问她："小竹，你这一大早的是要去哪儿？"

此时，C国那边是下午四点多，而北城则是早上八点多。

这些年，许美珍和郁小竹经常通话或者发消息，早就把两国时差熟记于心，随时都能一秒换算过来。

虽说郁小竹和祁深结婚了，但她毕竟还只是个二十岁的女生，不好意思告诉许美珍，自己这一大早是从祁深办公室过来。她干脆说了个谎："我去一趟书店。"

郁小竹以前也喜欢往书店跑，这周就周三上午没课，去一趟书店也不奇怪。

许美珍没怀疑，继续问她："你说祁深过年要和你一起回来啊？这，这回来是有什么说法吗？我和你爸也好准备准备。"

郁小竹今年二十岁，可她户口本上是实打实的三十二岁。

许美珍作为一个母亲，早就盼着能有女婿登门拜访了。

郁小竹失踪后几年，许美珍生了郁小耀。郁小耀今年十一岁，娶妻生子要等到猴年马月去了。

刚才郁小竹说祁深要来C国，许美珍马上联想到，他是不是要提亲了？

她心里是非常乐意的。

郁小竹见母亲这期待的语气，再想到祁深之前说过最多待七天，决定先打个预防针："妈，祁深很忙，他公司研发的新手机上市了你知道吧？其实他可能没法跟我一起回去，会在过年前回去，也就能待个六天左右吧。"

"我知道，那个手机现在在C国这边也挺有影响力的，大家都很关注。"许美珍表示理解。

郁小竹和许美珍视频时，一直盯着屏幕。而网约车的司机在听了郁小竹的话后，一直通过后视镜看她。

粉色的PANDA手机，加上昨天采访时给过特写的婚戒……

等视频通话挂断了，司机马上开口："小妹妹，你不会就是网上说的 PANDA 手机祁总那个女朋友……哦不对，是老婆！"

司机年纪不大，看上去应该也就二十七八岁，按照网约车公司规定，穿着白衬衫和西装。

郁小竹从后视镜里看了眼司机，笑了笑，却没有说话。

祁深热度高就够了，她可不想也跟着上热搜。

司机看着前方的路，没继续说话。

今天也不知道怎么回事，路上的车特别多，一个红绿灯要等三次变灯才过得去。

司机觉得无聊，又跟郁小竹说："实不相瞒，我啊，跑车前在国企有个闲职，那时候没事干，天天看直播，看的就是北煜的悟空直播，不过现在工作忙，没时间看了。"

她消失的时候还没有直播这种娱乐形式，后来知道北煜的业务后，郁小竹还纳闷了好一阵子。

此时红灯变成了绿灯，司机终于通过了这个路口。

郁小竹小声说："那也挺好的，每个人都有不同的打发时间的方式，虽然我不理解，但我觉得存在即合理。"

"哈哈哈，没想到你是这么想的。"司机见郁小竹年龄不大，被她的话逗乐了，"不过啊，我后面一直关注祁深，这个人真的是又有本事又有想法。前几年网购火了，他没有进入市场抢蛋糕，而是做小众专业的网购平台，现在买家具啊，买母婴用品啊，我和我媳妇都在北煜旗下的 App 买。"

虽然司机是在夸祁深，但郁小竹心里却是满满的骄傲，赞同道："嗯，他超级厉害。"

自从回来之后，她一直觉得祁深超级厉害。

无人能及。

北城大学这学期寒假从一月二十七日开始放。

而春节是在二月十日。

郁小竹考完最后一门课，订了一月二十六日下午五点的飞机。

祁深专门抽空去学校接她，又将她送到了机场。

两个人说好祁深二月八日到 C 国。

她去接他。

第 28 章

/

我的祁太太

十个小时后，飞机落地 C 国。

郁小竹在飞机上睡了一觉，飞机落地时是当地时间上午十一点多。

郁家安和许美珍都来了机场接她。

郁小竹走出到达大厅时，看见父母并肩站在那儿，一时有一些恍惚。

她想起初三时去参加国外的英语夏令营活动。

那次她回国时，就是郁家安和许美珍一起来接的她。

在她的时间里，那件事也过去许多年了；而在郁家安和许美珍的时间里，还要再加十几年。

看见郁家安和许美珍脸上以及发丝被岁月留下的痕迹，郁小竹忍不住有些难过。

郁小竹拖着行李快步跑出去，抱住两个人，小声说："爸爸妈妈，我想你们了。"

她已经有一年没回来了，真的很想他们。

"想我们了就常回来看看，等我们有时间，回国看你也可以。"许美珍拍了拍女儿的肩膀。

郁家安伸手接过郁小竹手里的行李，抿嘴笑了笑。

郁家安亲自开车，将郁小竹和许美珍安全送到家里。这一整天他都没有出门工作，而是留在家里陪母女两人吃饭。

郁小竹今天回来的事情早就定好了。

用人从早上开始忙，他们一家三口进家门后，餐桌上很快就摆了一大桌菜。

今天不是休息日，郁小耀还在学校。

三个人坐下来后，郁小竹看着郁家安。

许美珍看她："小竹，动筷子呀！"

郁小竹很自然地说："以前妈妈说，爸爸先动筷子，我们才可以动。"

她的一句话，让许美珍和郁家安都愣住了。

尤其是郁家安，看了对面的郁小竹三秒才拿起筷子，夹了一块鱼肚子上的肉放在郁小竹的碗里，道："来，爸爸先给你夹。"

"谢谢爸爸。"郁小竹笑道。

以前，郁家安作为一家之主，从来都是理所当然地第一个动筷子；后来小竹失踪了，家里吃饭从三个人变成了两个人，规矩自然就没了。

再后来有了郁小耀。

郁小耀从小被许美珍宠得无法无天，吃饭时别说是等郁家安先动筷子了，饿了他能直接自己爬上桌子用手抓着吃，大多数时候连手都不洗。

起初许美珍还会埋怨用人不看住郁小耀，后来她也发现，郁小耀跑得跟猴子一样快，经常上一秒还在沙发上呢，下一秒就爬上餐桌。许美珍才不得不接受郁小耀和郁小竹不一样这个现实。

许美珍看着郁小竹和郁家安的互动，道："我们一家三口好久没有一起吃饭了。"

"是啊。"郁家安感慨，"几年前，我做梦也没想到还能有这样的日子。"

"要是知道小竹会回来，我说什么也不会来Ｃ国。"许美珍也有些遗憾。

现在他们在Ｃ国，也回不去了。

郁小竹虽然最近没提过读研的事情，但因为祁深，许美珍觉得，郁小竹应该不会到 C 国来读研究生了。

郁小竹吃着刚才郁家安给她夹的鱼肉，咽下去后才说："没事，我以后会常来看你们的啊。"

如果没有郁小耀，郁小竹还真是有些放不下许美珍和郁家安。

可是，现在有了郁小耀。

郁小耀这孩子虽然是熊了点，但是对郁家安和许美珍的感情是真实的。

吃过午饭，许美珍跟着郁小竹上楼。

郁小竹本来是打算回房间休息的，许美珍先打开她卧室旁边的客房门，道："等祁深来了就住这里吧，一般的生活用品我都找人买了，你看看他还有没有什么其他需要的，这两天去买了。"

"他，他睡这里？"郁小竹蒙了。

这间客房和她的房间……可以说就隔着一道墙。

难道许美珍就不怕祁深半夜过来？

或者，许美珍已经猜到他们……

许美珍看她反应这么大，没说破，也没有坚持："那我把他安排到三楼那间吧。"

郁小竹："……"

也不用到三楼吧。

"就住这里吧。他对家里不熟悉，住得离我近点，有事还可以喊我，不用打扰你们。"郁小竹找了个借口，顺势给自己找个台阶下。

许美珍没继续这个话题，而是进了客房。

郁小竹也跟了进去。

家里有三间客房，两间有家具。

之前这两间客房的布置都差不多，里头有一张床和一个衣柜，旁边有两个床头柜。

这家具并不多，可是对祁深来说……

郁小竹想了想，指着衣柜说："那个……这些家具能不能放到空客房去，留张床就可以。"

虽然祁深之前说过，不是自己家一般不会产生不适感，但以防万一，郁小竹还是觉得家具少一些比较好。

"这怎么行？一个房间里就放一张床？那他还以为我们不欢迎他呢。"许美珍有些为难，"我们这边无所谓，就是怕他因为这事，以后对你不好。"说到底，一切都是为了郁小竹。

"怎么会？"郁小竹解释，"是因为他不喜欢房间太拥挤。"

"就算不喜欢拥挤，也得放衣服吧，衣柜得要。"许美珍还是觉得客房里只放床太不礼貌了，住着也不方便。

"我在网上买个可折叠的挂衣架就好。"郁小竹已经想好了。

祁深就住几天，衣服就算每天换一套，一个衣架也够挂了。

许美珍不了解祁深，可是又不能不信郁小竹的话，只能先说："那我一会儿让人把家具搬走，他要是因为这事跟你不高兴，你就都推到我身上，说客房之前都是这么布置的。"

许美珍除了在祁深小时候见过他外，不过是在找到郁小竹时和他有过短暂的接触。她很清楚，有些人表面上看上去和和气气，心里很可能藏得深着呢。

许美珍不算了解祁深，可是郁小竹喜欢他，她信女儿，又担心女儿以后被欺负了，这才想对他好一些。

希望他以后在国内多多照顾郁小竹，不要欺负她。

此时是 C 国的下午，郁小竹却因为时差困得哈欠连天。

为了把时差倒过来，郁小竹决定不睡觉，而是跟许美珍出门逛一逛，买买东西。

C 国的华人很多，临近华国的农历新年，商铺为了招揽游客，店铺外张灯结彩，很多店家的玻璃上贴着"HAPPY NEW YEAR"的新年标语，更有店铺甚至用中文写上"新年快乐"。

郁小竹跟着许美珍在商场逛了几圈。许美珍许久没有给郁小竹买衣服了，看见什么都让她去试试。

为了让许美珍开心，她让郁小竹试什么，郁小竹就去试什么，最后买的东西连汽车后备厢都快放不下了。

两个人开车回家时，时间已经是晚上六点多。

她们开车回去的路上，夕阳斜斜地挂在天边，当车开到社区里，整个社区被薄薄一层浅金色笼罩，给人一种温暖归属的感觉。

许美珍将车停在自家停车位里，用人们出来拿东西。

两人刚进屋，饭香已经飘到了门口。

郁小竹咽了口口水，逛了一圈，她是真的饿了。

见她们进屋，郁家安把手里的报纸放在一边，站起身来，关心地问："累不累？都买了什么好东西？"

"买了好多，等过几天小竹休息好了穿给我们看。"许美珍先开口。

似乎是听见了许美珍和郁小竹回来，郁小耀从楼上噔噔噔下来，手里还抱着他的此生挚爱——游戏机。

郁小耀没有往客厅走，而是直接坐到了餐桌上。

餐桌上此时已经摆了三道菜。

郁小耀拿起筷子刚想夹一块肉吃，旁边的郁家安看见，吼道："没规矩！别人都没上桌呢，你动什么筷子！"

郁家安的声音大，郁小耀拿筷子的手微抖，"哗啦"一声筷子掉到桌子上。

他看着郁家安愣了一下，抱怨道："以前不都是我想吃就吃了，今天姐姐回来怎么就……"

"以前不是我们没教过你，是你不听！"郁家安脸色严肃，声音中带着威严，"规矩就是规矩，免得以后出去吃饭，你再被人家笑没教养。"

自从找到郁小竹后，郁家安对郁小耀的态度比以前严厉许多，不再像从前那样任由许美珍放纵着，而自己视而不见。

郁小耀这两年确实变规矩了不少。

见郁家安不是开玩笑，郁小耀把筷子放桌上，继续玩游戏："等就等。"

吃完晚饭，郁小竹就困得不得了了。

她给祁深发了个"晚安"，直接就睡着了。

二月八日当天。

祁深的飞机跟之前郁小竹那班一样，也是中午十一点到。

本来郁小竹是想自己去接祁深的，可郁家安和许美珍坚持要一起去，郁小竹也就答应了。

飞机准时落地。

祁深从机场出来时，看见郁小竹和父母一起在等他，明显愣了一下。

他拖着行李快步走到三人面前，客客气气地跟两位老人打招呼："郁叔叔，许阿姨，麻烦你们来接我，真的是不好意思。"

PANDA 手机发售已经有几个月的时间，除了刚开始有些恶评外，后续的评价还是不错的。

这几个月的时间，PANDA 手机卖出超一千万台，目前市面上所有型号都处于缺货状态。

此刻的祁深，是无数人想巴结的财神爷。

他客气的语气让郁家安顿生好感，摆手道："没事，没事。"

平日里，祁深和郁小竹见面，为了配合她，都会穿休闲一些；今天因为要见郁小竹的父母，祁深一丝不苟地穿着一整套正装，领带系成正式的温莎结，外面搭着同色系羊绒大衣，衬得他的身材颀长挺拔。

一行人开车回家。

午饭后，用人在收拾碗碟，郁小竹小声问祁深："等一下你要工作吗？你房间的家具我都让用人搬走了，目前就一张床，你要是需要用写字台，我房间有。"

在郁小竹看来，祁深一直那么忙，这次来C国肯定也带了不少工作。

祁深微微偏头看向她，沉默片刻，道："是还有一点事情，你先带我上去吧。"

"好的。"

郁小竹跟郁家安和许美珍说了一声后，带着祁深上楼。

到二楼后，郁小竹先将祁深带到客房的门口，把门打开："这是你的房间，除了床以外，其他东西都是我帮你选的！"

祁深往里看了一眼。

房间里摆着一张床，墙上挂着夜灯，旁边有一个衣架固定在墙上，用的时候可以放下来，不用可以收起来。

家具不多，房间显得特别空。

因为这是郁小竹家，家里家具多少，祁深都没有太多的不适感，不过想到这是郁小竹为他改的房间……

祁深摸了摸女孩的头发，说了声："谢谢。"

看完客房，郁小竹才带着祁深到了自己房间，指着房间里不大的书桌，说："插头就在桌子下面，家里有 Wifi，你需要工作的话，就在这里好了。"

郁小竹的房间是许美珍布置的，房间配色粉粉嫩嫩，充满了少女气息，床品是紫色的，这次不是小美人鱼，而是换成了浅紫配色的乐佩公主。

以前祁深是不太分得清这些迪士尼公主的，但是郁小竹回来以后，他经常陪着她看动画，现在的祁深，不但知道这些公主属于哪部动画，甚至还能叫出她们的名字。

桌上摆着三本书，祁深看了一下，是 J 国语言教材和练习册。

除此之外，没有其他东西。

祁深还在看房间的布置时，郁小竹已经退到了一边，道："你电脑在行李箱里吗？你拿过来工作吧，我不会打扰你的。"

祁深点了点头，转身。

郁小竹本以为他是要去拿笔记本电脑，转身准备坐在房间里的小沙发上，就听见身后传来"咔"的一声。

门关上了。

回头，祁深已经从门口的方向两步走到了她面前，张开双臂，把女孩结结实实抱在怀里，下巴抵着她的额头，低声说："想你了。"

拥抱来得突然，却又因为是熟悉的怀抱，郁小竹很自然地回抱住祁深，喃喃："我也想你了。"

祁深俯身，轻轻衔住女孩的薄唇。

不过，这个吻并没有延续太久，两人就拉开了距离。

祁深轻轻摸了摸女孩的头发，道："来之前我把所有的工作都安排好了，这次来，就是来陪你，还有来见你父母的。"

两个人自从确定关系后，祁深陪郁小竹的时间其实很少，连约会都没几次；就算两个人都在家里，祁深的手机也随时开着，邮件处理工作也没停过。

这次说要来 C 国的时候，祁深就决定这次来之前把工作都安排好，这几天只用来陪郁小竹。

"没关系的，有工作的话，你先忙工作就好。"

郁小竹习惯了祁深高强度工作的日常，现在他说这几天都陪她，她反而有些慌张，生怕因为自己，耽误了几百亿的生意。

祁深微微扯了扯脖子上的领带，道："没有，之前手机刚发售，许多事情需要我亲力亲为，现在公司渐渐步入正轨，我不会一直那么忙。"

北煜科技在北城算是规模较大的互联网公司。但 PANDA 作为实业公司，不说总公司研发等部门的员工，单是最近几个月的工厂扩招，规模已经超过两万人。

北煜科技现在和 PANDA 公司毫无可比性。

未来不仅仅是北煜科技，国内大部分公司很可能和 PANDA 都无可比性。

打江山容易守江山难，祁深未来要面对的，不仅仅是技术上的问题，更多的是管理上的问题。

不过，祁深相信，家庭和事业，总会找到一个平衡点的。

祁深说完，坐在旁边的小沙发上，拉过郁小竹的左手，问她："戒指呢？"

男人表情严肃，语气中……似乎带着几分不高兴。

"在呢！"郁小竹本来想去拿，祁深却死死捏着她的左手不让她走。

没办法，郁小竹只能指着枕头的方向说："在枕头下面呢。"

祁深拧眉："干吗不戴着？嫌不好看？"

郁小竹知道自己理亏，怕祁深生气，干脆另一只手搭在男人的肩膀上，俯身吻了一下他的额头，带着些撒娇的语气道："别生气啦，我是怕父母问起来，我一个人也不知道怎么解释，所以就摘掉了。"

她才二十岁。

谈恋爱就算了，如果许美珍和郁家安知道他们两个直接领证结婚了，估计得生气。

许美珍还好说，郁家安那边，郁小竹真的解释不过去。

其实，祁深刚才在车上的时候就发现郁小竹摘了戒指，为了配合她，自己也把戒指摘了。

至于郁小竹摘戒指的原因，他不用想也能猜到。

祁深板着脸问她："真的？我以为你回来是偷偷相亲呢。"

郁小竹都要被气笑了："我要相亲干吗还叫你来呀！"

祁深不假思索地回答："当然是做两手准备，通常有 PlanB 很正常。"

郁小竹愣了一下，觉得自己被绕进去了："这哪一样啊，我又不是非要嫁人！"

"嗯？"祁深微微抬眸，看着站着的郁小竹，"你还想再嫁人？"

其实，郁小竹当然知道祁深不会真的不信她，也知道祁深说相亲什么的不过是开玩笑。

为了逗祁深，郁小竹故意说："那可不好说，万一我父母不喜欢你，不同意我嫁给你，那我只能听父母的，毕竟结婚这事是父母之命，媒妁之言嘛。"

女孩说得一本正经，祁深点了点头："有道理。"

他站起身来，往门外走去。

郁小竹：“你去哪儿？”

祁深不说话，出门就进了客卧。

他将其中一个行李箱打开，里面整整齐齐地躺着几个盒子。

祁深将其中一个小的递给郁小竹，嘱咐了一句：“拿稳。”之后又把几个大的盒子拿了出来。

“这里面是什么？”郁小竹惊讶。

祁深先站起身来，道：“等一下你就知道了。”

祁深下楼，郁小竹跟着。

一楼客厅里，许美珍和郁家安正坐在沙发上说话。

见他们两人下来，许美珍问：“怎么了？”

祁深将几个盒子放在茶几上，客客气气道：“初次登门拜访，我也不知道郁叔叔和许阿姨喜欢什么，就按照自己的想法给二老带了些见面礼。”

祁深是目前国内炙手可热的企业家，跟郁家安和许美珍说话时，语气中满是作为晚辈的谦卑。

郁小竹手里拿着小盒子，也赶紧放在了桌子上。

许美珍先说：“你有这个心意就好。”

郁家安没有打开这些礼物，道：“祁深，你也别怪我说得直，你送的这些东西，可能值个十万、百万甚至千万，是我们普通人家买不起的，但是我和美珍这个年纪，其实也不看重这些东西了。”

“我知道。”祁深应下，“但是我来拜访二老，出于尊敬，说什么都不能空着手。”

许美珍冲郁小竹招了招手，示意她到自己身边来。

郁小竹赶紧小跑过去，站在妈妈的身边。

许美珍拉着郁小竹的手，接着郁家安的话对祁深说：“我们就这么一个女儿，她当年失踪，我们找了几年，草率地觉得女儿不会回来了，才移民来了C国。现在虽然有了小耀，可是小竹在我们心里是独一无二的，作为妈妈，我当然希望女儿留在自己身边……”

祁深不说话。

郁小竹也有些紧张。

许美珍眼眶微红，继续说："可是我们也明白，父母只能陪着孩子成长，真正能和她相互扶持、走完一生的还是爱人。我们家在国内没有什么人脉，可能也帮不了你什么，你金钱方面也不缺，我们只有一个要求，就是希望你对小竹好。"

"妈……"

郁小竹听见许美珍说完，眼眶也跟着红了。

祁深站在原地，认真听完许美珍说的每一个字，郑重开口："叔叔，阿姨，我这个人你们也知道，我住的地方，是当时大桥路对面没拆的棚户区，我爸爸是赌鬼、酒鬼，除了赌博、喝酒没有其他本事，后来因为欠债把命搭进去了。我妈妈在足疗店工作，具体赚钱方式你们也该明白。而我是个意外，我唯一感激他们的是，他们在我没有自力更生能力的时候没让我饿死。"

这是祁深第一次把自己家里的情况直接拿到台面上说。

郁小竹心中微酸。

祁深道："从小我没有父母教，以前没有教养，为了吃饱，打架抢钱什么都做过，但是我从来没有碰过赌博，喝酒也是做生意求人办事，不得不喝。不过这几年做生意，接触的人多了，我也明白了许多道理。"

郁家安点头，同是生意人，他太了解了。

祁深这种毫无背景的人，能走到今天这一步，光有头脑眼光是不够的，还要对自己狠。

祁深吃过什么苦，郁家安不用问也能想到。他猜，祁深并不想让郁小竹知道这些。

祁深补充道："对了，我现在花的每一分钱都是干干净净的，是靠自己本事赚的，没有做过一点亏心事，不存在任何突然被人翻老底抓进监狱的可能。"

当该说的都说完了，祁深稍微调整了一下站姿，对着郁家安和许美珍郑重其事道："我这个人也不会说什么漂亮话，我向你们承诺，我永远都会给小竹安全感，无论是金钱上还是感情上，以及未来所有的事情，只要我在，就不会让她受任何委屈。"

说完后，他鞠躬："请叔叔阿姨放心让小竹嫁给我。"

祁深在说这些话的时候，没有一个人打断他。

除了郁家安和许美珍，连用人都站在一边，听着祁深说自己的过去，说自己的成长，说希望郁小竹嫁给他。

郁小竹看着郁家安和许美珍，心高高地提到了嗓子眼。

祁深微微鞠躬，头也不抬。

房间里安静得有些压抑，郁小竹被许美珍握着的手心渗出一层薄汗。

不知过了多久，郁小竹听见身边的郁家安说："大丈夫一言既出驷马难追，要说到做到。"

这句话将安静打破，同时也给出了郁家的态度。

祁深点头，非常肯定地回答："一定说到做到。"

郁小竹站在原地，抿嘴小声笑。

许美珍看她，说道："好了，陪祁深出去逛逛吧，晚上我亲自下厨给你们做饭。"

"谢谢妈！"郁小竹俯身环住许美珍的脖子，大大地亲了一口，才去了祁深身边。

两人出门时，郁家安让祁深开车走。

郁小竹这才知道，祁深居然有国际驾照。

等两个人出门后，许美珍眼圈红了，靠在郁家安肩膀上抹了把眼泪："小竹失踪那几年，我经常会算，如果小竹还在，今年该多少岁了，是不是该高考了，该读大学了，该交男朋友了……

"以前啊，我会想小竹会喜欢什么样的男孩子，会和什么样的男孩子在一起。

"我那时候觉得，小竹肯定会喜欢那种成长环境简单、干干净净的男孩子，怎么也没想过，会是祁深。"

这个曾经在郁小竹失踪后，一次又一次在门口求他们再找一找的祁深；这个曾经在小区里因为郁小竹把别人家的孩子打伤的祁深。

以前他的这些行为，在许美珍看来是不太正常的，现在想来，也许那时候祁深就把小竹当成了——

不可替代的朋友。

郁家安拍了拍妻子的肩膀："以前他比小竹小，现在经历了这么多，小竹心理年龄还小，如果他说到做到，也是适合小竹的。"

父母终是不能陪子女一辈子的。

把子女培养成对社会有用的人，看着他们找到能陪着他们走完下半生的伴侣，才算是了却一桩心事。

祁深和郁小竹出门后，没有想好去哪儿。

男人漫无目的地开着车，最后不知怎的，就开到了附近那所著名大学的校门口。

这所大学在C国乃至国际上排名都非常靠前，校门口却只有几根柱子和一块石头。

站在校门外，可以看见学校里的古老建筑。

这个季节，爬山虎的叶子全部脱落，只留下一片灰褐色的植株。

不过这种植物韧性很强，到了明年春天，又会重新发芽，长叶。

祁深将车停下，问郁小竹："进去看一看吗？"

"好。"

这所大学郁小竹来过不止一次。

因为这里离家近，以前许美珍就希望郁小竹进这所大学。

今天天气还算不错，温度虽然不高，但好在没有什么风。

祁深和郁小竹并肩行走在校园里。

这所大学拥有C国几座历史悠久的哥特式建筑，经过修复后，完整保存了建筑原有的特点。

而这些古老建筑在其他现代建筑中却不显突兀，反而相得益彰。

冬天的校园里格外冷清，路上也没有几个人。

郁小竹和祁深转了一圈，在学校里找了个咖啡厅坐下来。咖啡厅里除了他们两个人，只有两个棕发的外国学生。

两个学生都抱着电脑坐在角落，根本没有注意到他们。

祁深点了杯咖啡，郁小竹点了杯热可可。

两个人端着饮品坐在玻璃窗前的高桌旁，看着窗外的景色。

大概是咖啡厅太安静的原因，两个人坐在那里，几分钟都没有说话。

郁小竹双手捧着马克杯，先是看着窗外的景色，看腻了，干脆单手撑着下巴，歪着脑袋看祁深。

此时，祁深正看着窗外，只留给她一个侧脸。

男人自从前些年太过忙碌瘦下来后，体重就一直维持在那个数字。

男人侧脸的轮廓非常好看，鼻梁高挺，下颌线明显，只是一双眸子不太聚焦，似乎是在思考着什么事情。

郁小竹也没打扰他，只是这么看着。

咖啡厅里很安静，门口的风铃偶尔因为有学生进来而响起清脆的声音，也没有打扰到祁深。

郁小竹不知道祁深在想什么，她就这么看着他，还不忘偷偷拍几张照片。

直到她把杯子里的热可可全部喝完，又低头玩了一会儿手机，祁深才终于回过神来，问她："你研究生想来这里读吗？"

"嗯？"郁小竹纳罕。

祁深不会想了半天，是在想她的事情吧？

祁深端起咖啡喝了一口，才发现咖啡有些冷了。他将杯子放下，再次问郁小竹："你想在这里读书吗？"

他的问题把郁小竹问蒙了。

她对留学没什么执念，尤其是高中时远航那帮问题学生都出国读书后，郁小竹更觉得出国读书并非捷径，国内的教育可能更适合她。

不过既然祁深问了，她思考了片刻还是回答："我确实考虑过，不是我想在这里读书，而是我想陪陪父母。如果不能保研，来这里读研也是我的选项之一。"

这是郁小竹的真心话，她之前也这么考虑过。

之所以一直没有跟祁深说，主要是祁深太忙了，两个人一起的时候，祁深依然在忙工作。

祁深听了她的话才稍微放心了几分，抬手顺了顺女孩的刘海："嗯，如果想来就来吧，陪陪父母，以后再陪我。"

"所以……你刚才想了那么久，就是在想这件事情？"

郁小竹觉得，这并不是一件需要思考这么长时间的事情吧。

祁深无奈："我刚在想你出国读书后可能出现的结果。"

"结果？"

"比如，你突然决定不回去了。"

郁小竹："……"

祁深手圈着，微微挡住嘴巴，向郁小竹解释道："你来这里读书顺便陪父母，理想的情况是毕业后回去，或者留下来再多陪父母几年。"

郁小竹点头："嗯。"

"但是也有可能你的想法突然发生了改变，决定一直留在这里陪着父母，又或者在学校遇见对你好的人，你要和我离婚。"

"我……我不会啊。"

"这不好说，我之前在网络上看过一篇调查，异地恋的分手率在95%以上。"

"……"

"所以，我刚才一直在思考，要不要建议你来这里读书。"

郁小竹这才明白，祁深更多的时候不是在思考她来这里读书的结果，而是在思考要不要开这个口。

她有些无奈："我都说了不会和你离婚。"

祁深伸手拉过女孩的左手，放在唇边，缱绻地吻了吻女孩的手心："可是，我都三十岁了，你才二十岁，你来读研时，你身边都是二十五岁的小鲜肉，而我是三十五岁的老……"

"老腊肉。"郁小竹无情地接道。

"对，老腊肉。"祁深听见这个词，更是郁闷，"最重要的是，他们随时在你身边，可以陪你学习，陪你逛街，陪你看电影，陪你吃饭……"

祁深本来是随口提的，现在越说，越怀疑自己出局是早晚的事情。

郁小竹眼珠转了一圈，故意说："对啊，毕竟异国他乡的，这里也没什么娱乐活动，难免会无聊。"

下一秒，她听见祁深说："你几个室友有出国的意向吗？学费生活费我全包，请她们出国陪你。"

郁小竹：？

祁深说完，一边思考一边自言自语："出国读研，大三最好就要着手准备了。"

外人看来的祁深，从来都是好整以暇的状态，面对任何问题和情况，说出来的话简而言之就是——靠谱。

哪里说过这么莫名其妙的话？

可想想祁深当初请室友吃饭，宣布主权的事情，郁小竹又觉得，这事祁深搞不好真做得出来。

"我就这么不值得信任啊。"郁小竹一生气，干脆把手抽出来。为了不打扰其他客人，她压低声音抱怨，"果然我在你心里就是一个朝三暮四、不靠谱的女人！"

郁小竹在大学也不是完全宅在宿舍，她也参加过很多活动，遇见过很多优秀的人。

即使祁深不能经常陪着她，她也从不曾因为和谁一起合作而喜欢上别人。

"没有。"

"就有！我生气了，我要回去了。"

郁小竹说着从椅子上跳下来，穿上外套就往外走。

祁深笑着跟在后面。

等两人一起出了咖啡厅，祁深靠着身高腿长的优势快步追了上去，将女孩圈在怀里，说道："我这不是为了我下半生的幸福考虑嘛。"

男人声音不大，却让郁小竹直接站住了。

她左右看了看，确定周围没有人，不满地说道："就因为这个？"

"你说呢？"祁深无奈地笑，站到女孩面前，弯腰，拉着她的手问，"我要不是为这个，舍得提议让你来读两三年的研究生？"

郁小竹哑口无言。

祁深倾身吻上女孩的额头："算了，不找你室友陪着了。你敢因为别的男人不回去，那我就亲自来这里绑人好了。"

"那犯法。"

"那我把公司卖了，来 C 国陪你好了。"

祁深让步极快。

郁小竹的手拍了拍男人的发际线处，用哄小孩的语气说："放心吧，姐姐从来不骗比我小的人。"

祁深微愣，笑着承认："那可太好了。"

嗯，他比她小。

两个人回家时，郁小耀已经放学回来了。他看见祁深，莫名有些害怕，客客气气地打了招呼。

两人相安无事。

C 国新年的气氛远不如国内那么浓，没有烟花爆竹，没有亲戚拜年，唯一庆幸的是国内的时间比 C 国早，春节当天可以随时看春节联欢晚会的回放。

晚饭后，大家从餐厅挪到客厅。

许美珍上了一趟楼，再下来时，手里攥着三个大红包，分别发给郁小竹、祁深和郁小耀。

郁小耀欢天喜地，郁小竹也开心道谢。

只有祁深愣住，只是看着那个红包，没有去拿。

郁小竹问他："怎么不拿？"

祁深很快收敛讶异的情绪，笑了笑："我这个年龄，已经不该拿红包了。"

许美珍笑道："这不是红包，是压岁钱，是长辈对晚辈的祝福，希望你们可以平平安安度过一岁。"

"对的，你给红包那是你的事情。"郁小竹在旁边帮腔。

祁深这么多年在外面打拼，什么场面没见过，什么事情没经历过？

此时他看着这个红包，胸口有些起伏，一种说不出的情绪充斥在心里。

几秒后，他才伸手拿过那个红包，低声说道："谢谢。"

过年对别的孩子来说都是值得期待的，但对祁深来说，并不是什么特别的日子。

他的新年从来没有新衣服，压岁钱更是不敢奢望的东西。

压岁钱许美珍每年都会给，今年准备祁深的一份也没有提前跟郁小竹说。

郁小竹见祁深这个反应，猜到他以前从来都没有收到过压岁钱，轻轻挽住祁深的胳膊，右手搭在男人左手上，小声道："新年快乐，老公。"

祁深脸上笑意渐浓，回应："新年快乐，老婆。"

祁深回国的日子是二月十四日早晨。

他们按照北城那边的时间，提前一天过了情人节。

祁深陪着郁小竹在外面逛了一天，吃完晚饭才回来。礼物、玫瑰，该买的都买了。

两个人回来后，准备直接回二楼休息。

两个人刚到房门口，还没开门，郁小耀就噔噔噔从楼上跑下来，突然冲到祁深身边，把什么东西放在祁深的手里。

祁深低头看，手里是一张银行卡。

郁小竹也看见了，问："这是什么意思？"

她和郁小耀的关系这些年缓和了不少，不过郁小耀俨然成了一个网瘾少年，天天抱着游戏机不撒手，两个人也没有什么交流的机会。

　　两人不说话，自然也不会起冲突。

　　郁小耀盯着祁深问：“你是不是要跟她结婚？”

　　祁深：？

　　郁小竹：？

　　两个人不明白郁小耀问这话是什么意思。

　　郁小耀不等他们说话，继续说：“我同意你们结婚，这是我给你们结婚的礼金，希望你们早日结婚，你快把她娶回家！”

　　郁小竹蒙了：“你……盼着我们结婚？”

　　郁小耀葫芦里卖的什么药？

　　祁深却明白了：“你是觉得，我们结婚了，小竹就会跟我回北城生活对吧？”

　　郁小耀丝毫不遮掩：“对！自从她回来，爸爸妈妈横竖看我不顺眼，觉得我不懂规矩、不懂事也不聪明。你赶紧把她娶走，爸爸妈妈就不嫌弃我了！”

　　郁小竹这才明白郁小耀的意思，她双手叉腰，很不客气地说：“不好意思，我研究生决定在这里读了，大概要在家里住三年。”

　　“你……你不是要和他结婚吗？你们结婚不该天天在一起吗？为什么要来这里读书啊？”

　　郁小耀说着，语气里居然带着些哭腔。

　　他今年都快十二岁了，还是男孩子，平日里明明就是一副除了打游戏什么也不关心的样子，现在居然为了这事快哭了。

　　这么大的孩子，还是怕父母不要自己。

　　郁小竹也不惯着他，看着身高已经和自己差不多的弟弟，道：“你搞错了一件事情——爸爸妈妈不喜欢你，不是因为我。”

　　“就是因为你！”郁小耀肯定地说。

　　郁小竹换了个姿势，双手环在胸前：“不，是因为你自己。你出生在华国，周围应该也有许多华国同学，你自己心里应该很清楚，任何人都不会喜欢没教养、狂妄自大的人。父母宠着你，是因为你是他们的儿子，而不是喜欢你。就算没有我，他们对你的宠爱总有一天也会消耗殆尽。"

郁小耀看着郁小竹，脸上虽然还写着不服气，却一句辩驳的话都说不出来。

郁小竹从祁深手上拿过银行卡，道："不过这礼金我收下了。"

郁小耀一下子就后悔了："我不给了！这是我让他把你带走的钱，你还要回来读书，我后悔了！"

"抱歉，后悔没用。"郁小竹拿着卡敲了一下郁小耀的脑袋，"还有，叫姐姐！"

祁深回国后不到十天，郁小竹也回国了。

PANDA手机的第二次发布会——夏季新品发布会预热了几个月后，在七月十五日如约而至。

与上次不同的是，祁深在发布会上不仅仅公布了最新款的PANDA手机，还公布了可折叠平板电脑以及智能手表。

发布会上来的都是记者和媒体人，除了悟空直播独家直播外，许多媒体也都进行了同步文字报道。

郁小竹这次也参加了发布会。

她就坐在第一排，最近距离地看着祁深从容地向大家介绍着新产品的功能。

发布会计划时长是三个小时。

几款产品介绍过后，发布会进入问答环节。

回答了大家的问题，发布会接近尾声时，祁深开口道："接下来，我要借这个时间，做一点点私人的事情。"

所有记者本来都打算整理东西回家写稿了，听到男人的这句话，大家马上打起精神。

私人的事情？

郁小竹看见祁深看向自己，女人的第六感突然就在线了！

之后，果然如她所想，她看见祁深走到她的座位旁边，向她伸出左手，道："向大家介绍一下，我的太太，郁小竹。"

全场目光马上聚焦了过来。

之前祁深根本没有告诉郁小竹，会向大家介绍她。

祁深只是拉着她的手，说道："我和我太太在一起两年了。曾经PANDA手机合同超期，所有人都对我冷眼旁观，我可能会背上百亿债务的时候，我太太不但没有放弃我，还决定要嫁给我。"

周围的人都看着这里。

郁小竹有些不好意思。

祁深在说这件事时，嘴角不住上扬，弯成好看的弧度。

祁深这个人，长着桃花眼，看上去就是好脾气，可是此时他眼中和嘴角的笑，和他平时的商业微笑完全不同。

是发自内心的。

是代表幸福的。

祁深道："那时候我就决定，我一定要娶这个姑娘。不过我们结婚的时候只是领了个证，什么仪式都没有举办。那时候我答应过她，所有的一切，未来我都会补上，所以……"

男人说到这里，突然单膝下跪，从口袋里拿出一个黑丝绒盒子，打开。

一枚粉色的钻戒静静地躺在盒子里——

不过不是郁小竹上次选的那一颗，而是更大的一颗。

祁深抬头，看着女孩："小竹，你愿意嫁给我吗？"

郁小竹愣住。

这，这先上车后补票的，她要怎么回答啊？

此时，所有的摄影机镜头都对准他们的位置。

郁小竹在原地站了三秒，才回答："我，我不是已经嫁了？"

祁深丝毫不觉得尴尬，他先拉过女孩的左手，将婚戒褪下，又将这枚钻戒戴在她的手上。

他站起身，俯身蜻蜓点水一般吻过女孩的薄唇："谢谢你当初选择我，谢谢你嫁给我，谢谢你在我身边。"

男人的声音不大，眼底的温柔浓得化也化不开。

旁边的记者拿着手机拼命拍摄。

发布会到这里就结束了。

后面的宴会，郁小竹也陪着祁深参加了。

宾客们来和他们打招呼，开始只是说恭喜，后来就不停有人夸郁小竹——

大家发现，只要夸郁小竹，祁深就会很高兴。

祁深现在在北城的地位今非昔比，为了讨好他，每个人过来都会夸郁小竹几句。

一整晚，郁小竹没有喝酒，却觉得自己掉进酒缸里，像要醉了一样。

晚宴在晚上十一点结束。

祁深喝了酒，不能开车。

司机一直候在下面。

当车开出地下车库时，他们才发现外面不知道什么时候下起了雨。

七月的天气像小姑娘的心情，说变就变。

大雨拍打着轿车的窗户，发出"啪啦啦"的声音。

轿车行驶在公路的中央，在这黑漆漆的雨幕中，路灯暖色调的灯光也显得那么微不足道。

郁小竹坐在车上，右手覆在左手的戒指上，看着窗外。

雨幕中，一个娇小的身影撞入她的眼中。

"停车！"郁小竹下意识喊道。

司机愣了一下，却还是把车停下。

祁深喝了酒，本来闭眼已经睡了，郁小竹的喊声让他又清醒了过来。

雨很大，郁小竹不确定自己是不是眼花了。

这么晚了，怎么马路上会有个小姑娘？

她问司机拿了伞，快步下车。

街道上已经积起了一厘米左右的雨水。

郁小竹下车后，顺着来的方向看，这才确定自己没有看错——路边坐着一个小女孩，背着书包，年龄看上去是初中生的样子。

郁小竹撑伞走过去，为小女孩挡住雨，问她："小妹妹，你怎么一个人在这里？你家大人呢？"

小女孩抬头看见郁小竹，不由得惊了一下。雨水顺着她的头发落下来，虽然她满脸是雨水，郁小竹还是觉得这其中应该掺着泪水。

"怎么了？"郁小竹问。

小女孩摇头。

郁小竹想了想，拿出手机报了警。

这时，祁深也撑着伞跟了过来。

很快，警车就来了。郁小竹和祁深开车跟着民警去派出所。

当车开到派出所门口时，郁小竹愣了一下。

这个地方……有点眼熟。

祁深也很快认出了这里。

是大桥路派出所。

两个民警将小女孩接到派出所后，问了一下情况。

原来小女孩期末考试没考好，怕回家被家长责骂，才不敢回家。

民警联系了家长。

很快，小女孩的家长就来了，妈妈抱着女孩哭个不停，爸爸不停地跟民警和郁小竹道谢。

民警简单地做了记录后，郁小竹和祁深离开了。

两人走到派出所的门口，祁深没有着急去撑伞，而是先将外套脱下来披到郁小竹的身上，之后才撑起伞，挡在郁小竹头顶的同时，说道："对不起。"

郁小竹看他，不明白男人为什么道歉。

祁深空出的左手将女孩揽在怀里，解释："你回来的那天淋了雨，我没有把外套脱给你，也没有给你撑伞……我内疚了好几年，今天终于有机会让我赔罪了。”

郁小竹听见男人的话，思绪回到那天晚上。

那天，她一觉睡了十二年。

这十二年里，郁家安和许美珍最痛苦，祁深过得也不好。

郁小竹顿时很庆幸自己回来了。

要不然，她岂不是要错过他？

郁小竹轻轻环住男人的腰，仰头吻了一下男人的下巴，小声说：“那天我也有一句道歉没有说。”

“什么？”

“对不起，让你等我这么久。”

“没关系。”

只要等到了，什么都没关系。

我的祁太太。

（全文完）

番外 1

/

白头偕老

两年后的七月四日。

北城大学大四本科生毕业典礼的日子。

典礼从早晨八点开始，到学位证授予完毕，上午十一点刚过。

等校领导离开，才是毕业典礼最重要的环节——拍照。

大学与高中有很大的不同。

高中时，一个班许多人可能都关系不错；等到了大学，也许毕业时许多人才发现，关系最好的其实就是宿舍那几个，最多再加上隔壁宿舍。

等班级照完集体照后，同学们马上就以宿舍为单位分散拍照。

八〇三的四个人先回宿舍，由秦亚轩帮忙补了个妆，先在宿舍里拍了几张才出门。

她们几个在学院楼和学校水塘边拍了几组照片，最后才准备去人最多的地方——操场。

几个人正往操场走，郁小竹就接到了祁深的电话。

她接起电话，先问男人："你到了吗？我们准备去操场呢。"

"好。"祁深答应。

郁小竹这边挂了电话，秦亚轩凑过来问："新郎官？"

郁小竹点头。

秦亚轩之所以叫祁深"新郎官"，是因为郁小竹和祁深的婚礼就定在毕业典礼的第二天，也就是明天。

这件事情，最初是郁小竹要求的。

两年前的春节，两人从C国回来后，祁深就跟郁小竹商议婚礼的事情，郁小竹表示，希望大学毕业后再结婚，毕竟当时她才大二。

祁深没有反对，然后就把婚礼定在了她毕业典礼的第二天。

上午，祁深亲自去酒店看了一下布置的情况，现在才赶过来。

宓雪把学士帽拿在手里玩："一想到明天我要去给小竹当伴娘就特别激动，有种见证你们感情历程的错觉。"

秦亚轩认可："你这么说，我也有这种感觉。"

郁小竹到北城大学那一天，他们刚刚在一起，后来领证，到现在结婚。

宿舍里三个人也算是见证人了。

拍学士服照，操场永远都是最热门的地方。她们四个人到操场的时候，操场每一片绿地上都站着照相的人。

即便如此，郁小竹一眼就在人群中看见了站在操场跑道上的祁深。

男人戴着墨镜，并没有像工作日那样穿正装，而是穿着一件牛仔蓝短袖休闲衬衫，衬衫的扣子没有系，可以看见内搭的黑色T恤；下身是休闲裤配板鞋；发型也搭配装束，前额的短发向两边梳，露出光洁的额头。

此时操场上站着的大部分是毕业生。

祁深虽然穿得休闲，可站在毕业生中间，和学生的气质明显不同。

这些年，祁深频繁出现在北城大学，他和郁小竹的关系无人不知。

此时大家看见祁深，都知道他是来找郁小竹的，除了有些同学在旁边拿手机拍拍照以外，没有人过去。

"祁深！"

郁小竹快步跑过去。

秦亚轩也跟上来，举着手机说道："小竹，来来，我帮你和你老公照几张。"

郁小竹站在祁深的身边，挽着男人的胳膊，规规矩矩地等着秦亚轩照相。

秦亚轩端着手机先帮忙照了两张，看着手机屏幕忍不住皱眉："你们两个明天都要结婚了，怎么还跟刚谈恋爱一样。"

宓雪凑在秦亚轩旁边看着屏幕："就是就是，一辈子就一次穿学士服照相的机会，你们估计是我们大学唯一一对已婚夫妻，来点亲密的啦！"

"比如亲一亲。"唐词难得起哄。

当着室友的面，郁小竹还是有些不好意思。她还在想着怎么拒绝，身边的祁深先开口："可以。"

"哇！"秦亚轩调回相机模式等着拍照。

祁深抬手，将女孩头上的学士帽拿掉，先伸手稍稍帮郁小竹整理了一下头发，然后将帽子稍稍压下一点，用尖尖的帽檐挡住女孩的半张脸，然后俯身，吻了下去。

郁小竹的下巴被男人轻轻捏住，看着男人脸贴过来时，耳边还有几个室友惊呼的声音。

下一秒，她听见祁深带着些温柔地说："闭眼。"

男人并没有真的吻她。

大概是受祁深所谓成年人行事方式的影响，郁小竹把双唇贴一贴这种事情，根本没当成接吻。

郁小竹乖乖闭眼。

男人的吻也不过是蜻蜓点水，便把腰直了起来。

学士帽被拿下时，郁小竹的唇膏完好无损，一看就知道只是单纯的摆拍。

秦亚轩低头操作着手机："我先把原图发给你们，你们别急着发朋友圈，等本P图大神下午有空给你们P完了，你们再发。"

郁小竹口袋里的手机叮叮当当地响——

是秦亚轩通过圈圈发来图片的声音。

之后，四个人在操场上让祁深帮忙拍了十分钟的八〇三宿舍合影后，宿舍的三个人就识趣地走了，只留下郁小竹和祁深两个人。

祁深将学士帽重新帮郁小竹戴好，问她："想去哪里拍照？"

郁小竹看了看操场上人山人海的景象，单手压着学士帽抬头："去你们学院拍吧，我还没怎么去过计算机学院呢。"

祁深大学读的北城大学计算机系，不过他并不算什么好学生，大二下学期创办了北煜科技。为了公司，祁深逃了不少课，因为平时成绩太低，好几门课都是补考通过的。

即便如此，祁深依旧成为北城大学计算机系的骄傲。

随着 PANDA 公司的发展，北城大学计算机专业近几年成了学校最热门的专业，分数线高得吓人。

祁深陪着郁小竹到计算机学院。

计算机学院门口此时只有几个人在拍照。祁深将墨镜戴好，陪着郁小竹进了学院楼。

学校里的学院楼外部设计都差不多，里面却完全不同。

一进计算机学院大厅，从配色到装饰马上就有了理工科那种超前的科技感。

今天学院里没有人，郁小竹握着祁深的手走在走廊里，看着一间间教室，想起来："如果我没有消失，现在你还在上大二吧？"

如果这荒谬的事情没发生，祁深现在一定是她的学弟。

祁深摇头："那不一定。"

郁小竹："为什么？"

祁深拍了拍女孩的肩膀，没有说话。

其实，自从郁小竹去高中部读了高一，祁深已经开始考虑跳级的事情。

就在郁小竹失踪的几周前，他就曾向老师咨询过跳级的事情。

只是，跳级的要求比较苛刻，加上当时中考已经考完了，他想跳级，只能上高中后再考虑。

后来郁小竹失踪了，祁深有一阵子连课都不去上，成绩一落千丈，只是以擦线的分数上了三十二中高中部。

当初郁小竹失踪后，他在高中部校门口站了三天，加上他考进来时成绩很差，平时在学校里独来独往，很像心理有问题的样子，老师们都本着多一事不如少一事的原则，对祁深施行放养政策——

就是不管他，不说他，连考试卷也不需要他拿回去给家长签字。

有一个老师却例外……

祁深带着郁小竹在学院里照了几张相，问她："下午有空吗？陪我去见一个人。"

"见谁？"郁小竹拿着手机，正在看刚才拍的照片——似乎只有在照片上，她和祁深才不会有那么明显的年龄差。

平时她和祁深出门，不单单是喜好、穿着，就是一言一行，祁深都透露着历经社会沧桑的成年人气息。

而她……

虽然大三暑假在一家证券公司实习了几个月，可除了日常工作外，人情世故方面没有学到太多。

祁深卖了个关子："是你认识的人，不过你应该想不到是谁。"

吃过午饭，祁深带着郁小竹开车到了离三十二中不远处的一个老小区。

这个小区不是商业小区，而是政府给附近学校教职工盖的福利房，郁小竹还在上中学时，三十二中许多老师都住在这里。

小区里道路很窄，祁深只能将车停在路口。

进了小区，郁小竹看着休闲区里散步遛鸟的老人，已经猜到了祁深带她来这里的原因："是来看哪位老师吗？"

"对。"祁深承认。

十几年前，郁小竹失踪的事情在学校闹得很大，因为她失踪得太过离奇，学生中间还流传着不少关于这件事情的灵异版本。

什么半夜十二点会唱歌的镜子，晚上游荡在街上的女孩……

甚至还有人说，郁小竹是被人带走配阴婚了。

中学生的想象力在奇怪的地方总是特别丰富，以至于当时郁小竹家所在的小区房价跌了好多。

两年前，祁深当众向郁小竹求婚后，不少当年的同学认出了郁小竹。

郁小竹当年的同学们现在都是三十岁左右的成年人了，却也难忍八卦的心，开始在网上发当年的事情，都说郁小竹当年明明就是失踪了，这事民警都知道，现在却以这么年轻的状态重新出现，太诡异了。

有人和谭长东想的一样，认为祁深放不下执念，找了个和郁小竹长得像的女孩当替身；也有人信了当年的鬼故事，觉得郁小竹压根就不是人。

这件事情在网上还没掀起水花就被祁深压了下去。

当年那些同学大部分和祁深根本不在一个阶层，加上大部分人成家立业，家庭事业忙得脚不沾地，都没有太多时间去网上关心一个多年不见的同学。

事情很快就平息了。

走在小区的人行道上，祁深缓缓开口："当年我学习不好，中考是擦线进的三十二中高中部，加上你失踪时我做的一些事情，许多老师都把我当问题学生，只有这个老师对我很好，不但假期允许我去她家补习，而且在其他老师说我时，也会帮我说话……"

"我知道是谁了！"郁小竹马上猜了出来，"是教语文的张珺老师，对吧？"

对于她这么快猜到，祁深并不意外，因为这个老师在学生中间的口碑一直都非常好。

祁深带着郁小竹走进一个单元楼的二楼，轻轻敲了敲房门。

郁小竹忍不住有些紧张。

当年她读高一时，张老师就五十多岁了，现在已经有六七十岁了。

这么多年没见，郁小竹担心自己这样吓着她老人家。

面前的门打开，门里站着一位满头银发的老人。

老人第一眼便落在郁小竹的身上，上下打量了好几秒，扶着门框的手微微有些颤抖，嘴半张着，却没有说话。

"张老师。"郁小竹先开口，"我是郁小竹。"

眼前的姑娘头发乌黑浓密，皮肤紧致，声音清脆好听，一看就是个二十出头的姑娘。

张珺愣了好半天才反应过来，她退后一步，将门口的道路让出来，道："进来，快进来。"

屋里除了张珺还有一个三十多岁的保姆，此时正提着茶壶从厨房走出来，对祁深和郁小竹道："二位请坐，我给你们倒茶。"

等祁深和郁小竹坐下，保姆倒了茶，又去端水果出来。

张珺的目光一直落在郁小竹的身上，好半天才缓过神来，道："你真的是郁小竹？"

"是我。"郁小竹点头。

张珺皱着眉头："前阵子啊，有学生跟我说在网上看见你，还特别年轻，我不信，还给祁深打了电话。"

郁小竹看向祁深。

祁深解释道："以前读高中时认识的人，目前我只和张老师还有联系。"

祁深这个人，有恩必报。

张珺笑道："其实啊，我都不算祁深的老师。当初小竹你失踪后，祁深这孩子在学校门口站了三天三夜，让我很有触动。后来我听说你帮过他，就觉得这孩子重情重义，肯定不是什么坏孩子，肯引导的话，应该是能走上正途的。"

高中老师大部分都是带一个年级的学生，从高一一直带到高三。

祁深入学时，张珺带的那级学生正读高三。

郁小竹一直只知道她失踪后祁深在学校门口等她，后来努力学习读了高中，上了北城大学，却不知道原来张珺还帮过他，忍不住道谢："谢谢张老师帮助祁深。"

以前的祁深，确实很需要关心。

她消失了，还好他遇见了张珺。

"谢什么。"张珺摆手，"我啊，当初不过做了老师该做的事情。祁深定期找人带我去做检查，又帮我请了保姆，我才是该谢谢他。"

"因为您帮了我，这些事对现在的我来说都是举手之劳。"祁深道。

"祁深就是这样，帮过他的人他都会记得的。"郁小竹忍不住夸他。

祁深拉着郁小竹的手，道："张老师，明天是我和小竹的婚礼，上次我邀请您，您说身体不便无法参加，所以我今天特地带着小竹来拜访您。"

原来是这个原因。郁小竹刚才还在想，为什么不邀请张珺去参加他们的婚礼。

张珺点了点头，看向郁小竹："郁小竹当年还是我的语文课代表。小姑娘生得漂亮，性格也好，那时候班里男生都喜欢她。"之后，张珺又看向祁深："祁深，当年我和你接触并不算很多，当时虽然学校有许多关于你的流言，但我始终相信你是个有原则的好孩子。"

张珺稍微往前坐了坐，一只手拉着祁深，另一只手拉着郁小竹，将两个人的手交叠在一起，道："你们两个都是好孩子，你们的经历比故事书上写的还奇妙。虽然我明天不能参加你们的婚礼，但我相信，你们两人一定可以白头偕老。"

老人说着，眼眶不禁有些湿润。

"谢谢张老师。"

"谢谢张老师。"

两人一同道谢。

为了祁深和郁小竹的婚礼，郁家安、许美珍和郁小耀提前一个月就从 C 国过来了。

今天，许美珍看了皇历，特地去平安寺烧香。

当晚，按照旧俗，新郎新娘不能见面，郁小竹陪着父母住在他们在北城新买的房子里。

为了保证明天有个好状态，郁小竹晚上十点就早早回卧室睡觉了。

婚礼由策划公司全权负责，郁小竹和祁深以及伴郎团和伴娘团只要听从工作人员安排，做自己该做的事情就行了。

婚礼从早上一直持续到下午三点。

宾客散去时，祁深站在一旁喝水，发型整齐，脸色如常。

当伴郎的尹亦洲此时还不忘吹彩虹屁："深哥，你也太牛了，喝了这么多酒居然一点事情都没有！"

祁深看他一眼，不说话。

郁小竹去送许美珍和郁家安他们。

送到门口时，许美珍说："不用送了，你回去看看祁深吧。你们不是在楼上开了房间？让他先休息吧。"

"祁深没事。"郁小竹笑道。

刚才她离开时，看见祁深说话走路一点事情没有，默认他没醉。

许美珍轻轻点了一下女儿的额头："男人在这样的场合，再醉都不会说半个字，更不会表现出来。你等一下把他扶上去休息吧。"

"好。"郁小竹点头。

送走了家人，郁小竹返回宴会厅。

此时宴会厅里除了婚礼策划公司的人在那边收东西，只有尹亦洲还跟祁深站在那儿说话。

郁小竹远远看着，祁深表情平淡，一点也不像醉了。

不过为了保险起见，她走过去问了一句："去楼上休息还是先回去？"

祁深果断回答："去楼上吧。"

尹亦洲一听祁深这么说，马上很懂地说："那我不打扰二位了，祝你们新婚愉快，早生贵子，我先走了！"

等尹亦洲走出宴会厅，祁深胳膊搭在郁小竹的肩膀上，脑袋突然就耷下来，用很含糊的声音说："上楼。"

这个状态，和刚才简直判若两人！

男人说话时，嘴里满是酒气。

郁小竹扶着祁深上楼，等到了电梯里才忍不住问："你怎么突然醉得这么厉害？"

郁小竹问的时候满脑子都在想，祁深不会是想套路她吧？

祁深眼睛微闭，摇头道："这么重要的场合，我怎么能让别人知道我喝醉了？就算再难受，也得把样子摆出来。"

郁小竹这才相信了许美珍的话——

果然还是妈妈比较有经验。

郁小竹将祁深扶到顶层的套房。男人先去洗手间洗脸漱口，她就站在旁边，用手一下一下拍着祁深的背。

祁深手指穿过短发，将定过型的发型打乱，转身看着身边的郁小竹。

郁小竹此时正穿着香芋色敬酒小礼服，脸上化着新娘妆。

忙了一整天，祁深看见郁小竹的脸时，才发现他今天好像都没有好好看过她。

男人伸手，直接将身边的郁小竹抱到了面前的洗漱台上，一只手抓住郁小竹下意识找平衡点的胳膊上，低声道："别动，让我好好看看你。"

郁小竹乖乖坐着。

祁深的手覆上女孩的睫毛，看着她的目光缱绻情深，许久才开口："别人都说，女人结婚这天是她一生中最美丽的日子，你让我好好看看。"

郁小竹觉得自己就像是一个漂亮的玩具娃娃，被男人细细端详着。

祁深的手指顺着她的睫毛落到脸颊，最后落在嘴角，目光更是把她脸上每一寸皮肤都扫过，最后得出结论："这句话是假的。"

郁小竹："嗯？"

祁深开口："虽然我没有见过明天的你，可我觉得，明天的你会和今天一样美丽，后天的你会和明天一样美丽……"

要不是祁深吐字不清，郁小竹甚至有些怀疑祁深是不是在装醉。

他怎么能如此冷静地说出这么好听的情话。

她忍不住质疑："你没醉？"

"还好。"祁深的脸稍稍前压，为了保持住平衡，胳膊撑在一旁的平台上，看着她的目光一点点变得迷离，许久才开口，"洗澡吗？"

郁小竹：！！

男人在问问题的时候，一只手扣在领结上，在扯领带时，将衬衫领子中间的链条胸针也一并扯掉。

"哗啦"一声，胸针落地。

男人喝醉了，他微微倾身，薄唇摸索着压到郁小竹的唇上，没有探入，只是浅浅地描摹着女孩的唇。

即使祁深刚刚漱过口，酒气依然很浓。

男人另一只手摸索着去解衬衫的扣子，可是喝醉了酒，手指像是不听使唤一样，半天也解不开一颗。

最后耐心耗尽的祁深想直接扯，郁小竹赶紧说："我来，我来。"

她没有喝酒。

女孩在为他解扣子时，男人的手空下来，落在女孩蝴蝶骨中间的拉链上。

比起男士衬衫的扣子，女士礼服设计就方便多了。

他的一个动作，让抹胸连身裙直接掉到了地上……

房间里开着冷气，郁小竹不禁打了个哆嗦。

祁深却没有注意到，只是将手掌攀上女孩的后脑勺，将薄唇贴到她的耳边，哑着嗓子道："一直忘了告诉你，我不喜欢熊猫。"

"啊？"

"还记得当年套中的那个熊猫吗？"

郁小竹点头。

"我喜欢的不是那只熊猫,我是喜欢熊猫怀里抱着的竹子。"祁深说着,手移向女孩心口处,低声道,"小小的,特别可爱。"

"你……"

郁小竹刚反应过来男人的话是什么意思,男人继续说:"我大概是从那时起,就开始觊觎你了……"

番外 2

/

怀孕

六月。

郁小竹硕士论文答辩通过，十七年的求学生涯正式宣告结束。

当天中午，祁深陪着郁小竹回宿舍拿之前收拾好的行李。

郁小竹回到宿舍后，又在宿舍里检查了一遍，发现洗手间里放着两包卫生巾。

她的生理期在月末，以免万一，每个月都会在宿舍里准备两包备用。

看着两包未开封的卫生巾，她想到一件事情……

现在是六月初，她生理期推迟差不多有一周的时间了。

不会是怀孕了吧？

这个想法在郁小竹的脑子里一闪而过，很快就被她自己否定了。

她和祁深结婚几年，因为一直在上学，每次都会采取措施。

郁小竹走过去把卫生巾放进行李箱里，下了楼。

祁深在楼下等她，见她下来，上前从女孩手中接过行李箱，问道："还要在学校里逛一逛吗？"

大概是天气太热，郁小竹觉得脑袋有些发晕，摇了摇头道："不用了，有些困，想回去休息了。"

两人上了车，郁小竹坐在副驾驶座上，将右边的安全带拉下来。

当安全带扣掠过小腹时，生理期延期的事情又在郁小竹脑袋里冒出来，于是她随口说了句："我生理期晚了差不多有一周了。"

祁深刚刚将车发动，女孩的话让他停住手里的动作。

生理期延迟意味着什么，祁深和她一样清楚。

感受到男人的目光投过来，郁小竹赶紧补了一句："大概是最近准备论文、答辩压力太大了，我中考的时候生理期也晚了很久。"

"知道了。"祁深回答。

男人的声音平常，听不出什么其他的情绪。

汽车启动后，以较慢的速度行驶在马路上。

车厢内无人说话，过分的安静让气氛显得有些压抑。

郁小竹抱着手机算日子。她的生理期差不多晚了有十天，确实时间有点长，可是她和祁深一直都采取措施，不可能怀孕。

想到这点，郁小竹内心也有些小失望。

她研究生刚刚毕业，再等个几年怀孕都无所谓；可祁深今年三十四岁了。

郁小竹将手机装起来，看着祁深的侧脸，认真地说："我现在也毕业了，也可以考虑家里再多一个人的事情了，虽然这件事对我来说有点早……"

正好是一个红灯路口，祁深将车停下来，偏头看向郁小竹。

郁小竹继续说："但是你年纪这么大了……我在网上看过，男人最佳生育年龄上限是三十五岁，再晚的话，那个……小蝌蚪的质量就下降了。"说前半部分时郁小竹一本正经，可说到后面，难免有些不好意思。

祁深看着女孩微红的脸颊，嘴角勾起弧度，抬手摸了摸她的刘海，道："谢谢老婆大人为我着想。"

对怀孕这件事，祁深并没有太多执念。

他爱郁小竹，哪怕这辈子只有他们两个人也没关系。

可是祁深又担心，他比郁小竹大十岁，女性的平均寿命长于男性，如果他先去世，郁小竹就只能一个人留在这个世界上。

一想到郁小竹可能一个人留在这个世界上好多年，祁深就有些不忍心。

当面前的红灯变成绿灯，祁深重新将车子启动。

郁小竹这才发现，车并不是往家的方向开，而是开向另一个方向。

她看着窗外，问："我们去哪儿？"

祁深双手握着方向盘，目视前方，回答道："带你去做孕前检查。"

车一路开到北城有名的私立妇产医院。

郁小竹和祁深在工作人员的接待下见到了医生。

因为孕前检查一般建议非生理期时段，医生例行公事问道："上次例假是什么时候？"

"应该是月底。大概我最近毕业答辩太忙了，差不多推迟了十天。"郁小竹说完，看见医生有几分疑惑的表情，又解释道，"不过我和我老公一直都采取措施，不是怀孕了。"

医生看郁小竹年龄不大，只是说这件事情耳朵就红了，没继续问，在电脑里简单操作了一下，将挂号单交给祁深，道："去交费吧，然后你陪着她先把检查做了。"

医生的话什么意思，祁深自然明白。

他陪着郁小竹抽血，又做了 B 超。

等 B 超结果出来后，最下面的超声提示清楚地写着：宫内早孕。

"早，早孕？"郁小竹惊了，她看了看身边的祁深，一脸蒙，"是不是拿错了？"

可是这份 B 超单上写的确实是她的名字。

祁深轻轻护着郁小竹，对她说："去问问医生。"

两个人把 B 超以及血常规的检查结果交给医生后，医生很确定地说："已经怀孕六周了。"

"真的？"郁小竹不敢相信。

医生解释道："这个世界上没有百分百有效的避孕方法，不用太惊讶。"

医生低头继续看 B 超，目光瞥了一眼年龄那一栏，写着：三十六岁。

她抬头看向面前的郁小竹，小姑娘脸小小的，扎着马尾辫，怎么看也不像三十六岁，最多也就二十来岁。

医生向她确认："你今年三十六岁了？"

郁小竹愣了一下，尴尬地点了点头。

这是一家私立妇产医院，收费很高，来这里的人，经济条件都不会差。

这年头，只要钱到位，驻颜有术也不是不可能的事情。

本着专业的精神，医生向郁小竹和祁深嘱咐："你这个年龄属于大龄产妇，前三个月除了来做检查，其他时间最好在家静养，少吃甜食，预防妊娠期糖尿病。"

郁小竹不好解释，只能一一应下。

说完孕妇注意事项，医生又对祁深说："身为丈夫要多关心妻子，多陪陪她，大龄孕产妇更容易患上产前产后抑郁症。"

祁深点头："我知道了。"

等两个人离开医院，回到家里，郁小竹还觉得有些不真实。

他们本来是去做孕前检查的，结果突然被告知肚子里已经悄悄孕育了一个小宝宝。

郁小竹站在玄关处，轻轻摸着腹部问祁深："我们要做爸爸妈妈了，对吗？"

祁深将拖鞋摆在郁小竹的面前："嗯。"

郁小竹不禁有些苦恼："可是，我感觉自己还很不成熟……"

在她看来，做父母，陪伴孩子，教育孩子是一件非常复杂的事情，她并不确定自己能做好。

"那就一起学习。"祁深倾身，一吻落在女孩的额头，低声说，"我也是第一次照顾孕妇，有什么做得不好的地方，随时告诉我，我好改正。"

郁小竹有些不好意思："我又不是真的大龄孕妇，自己也能照顾自己。"

祁深不为所动，伸手扶着正在换鞋的郁小竹，眼底满是温柔的笑意："等了十二年才等来的老婆，怎么舍得她在怀孕时自己照顾自己。"

有爱的青春陪伴者

少女心眼 上

猫形云 著

浙江工商大学出版社
ZHEJIANG GONGSHANG UNIVERSITY PRESS
·杭州·

图书在版编目（CIP）数据

少女心未眠：上、下 / 猫形云著. —杭州：浙江
工商大学出版社, 2023.9
ISBN 978-7-5178-5497-5

Ⅰ.①少… Ⅱ.①猫… Ⅲ.①长篇小说－中国－当代
Ⅳ.①I247.5

中国国家版本馆CIP数据核字(2023)第101287号

少女心未眠（上、下）
SHAONÜ XIN WEIMIAN（SHANG、XIA）

猫形云 著

出 品 人	林连连　郑英龙
策划编辑	郑　建
责任编辑	黄拉拉
责任校对	韩新严
策　　划	王睿婧
特约编辑	年　年
封面设计	Insect
内页设计	孙欣瑞
责任印制	包建辉
营销支持	得满文化
出版发行	浙江工商大学出版社

（杭州市教工路198号　邮政编码310012）

（E-mail：zjgsupress@163.com）

（网址：http://www.zjgsupress.com）

电话：0571-88904980，88831806（传真）

排　　版	长沙大鱼文化传媒有限公司
印　　刷	长沙鸿发印务实业有限公司
开　　本	880mm×1230mm　1/32
印　　张	18
字　　数	545千
版 印 次	2023年9月第1版　2023年9月第1次印刷
书　　号	ISBN 978-7-5178-5497-5
定　　价	65.80元（全2册）

目录

Contents

目录

Contents

第1章

/

十六岁的郁小竹

北城。

七月。

一场大雨，从中午一直下到深夜十一点，依然没有半点要停的迹象。

恒安区某警察局内，一个全身湿答答的女孩坐在椅子上，雨水将她的黑发束成一绺一绺，水珠顺着发尾落下。

她身上只穿了一条单薄的睡裙，外面裹着一条半干的小毛毯，裙摆依然在往下滴水。

女孩坐着的椅子周围，已经积了一小滩水。

派出所的两个值班民警坐在她对面的桌子旁，其中一个对她说："小姑娘，你父母改了国籍，以前的电话也注销了，你还记得其他人吗？"

女孩是半个小时前自己来到派出所的。

她说自己叫郁小竹，十六岁，找不到家了。

迷路的一般是四五岁的小孩或者暮年的老人，这种十几岁、完全有自理能力的人说自己找不到家，民警们还是第一次见。

郁小竹进来后，说自己本来在家里睡觉，醒来却在一个公园里的躺椅上。

她提供了自己的生日、家庭住址以及父母的信息。

经过系统查找，她口中的父母六年前已经移民去了 C 国，并在三年前放弃本国国籍，入了 C 国国籍。

　　一起入 C 国国籍的还有他们当时刚刚四岁的儿子。

　　国内已经没有他们近期的信息了。

　　从系统资料上看，这家人中唯一保留本国国籍的只有女儿郁小竹，只是……

　　资料中的郁小竹按照出生年份来算，今年二十八岁，而且她在十二年前就已经失踪了。

　　由于失踪时年龄太小，还没有办理身份证，系统里并没有她的照片。

　　此时坐在椅子上的女孩，个子不高，巴掌大的鹅蛋脸被头发盖住大半，露出的一双眸子仿佛因为这场大雨的冲刷，显得格外干净澄澈。

　　被雨淋得太久，小巧的鼻尖下，嘟着的嘴唇有些发白。

　　从外貌上判断，女孩绝不可能超过二十岁。

　　两个民警猜测，郁小竹如果没说谎的话，那可能是精神有些问题。

　　为了帮助她，两人试图询问女孩有没有其他可以联系的人。

　　"祁深。"郁小竹从醒来到现在身处派出所，已经发现了不对劲。

　　她这一觉……好像睡了很久？

　　但她不确定。

　　他不是她的亲人，却是她认为和自己关系最好的人。

　　睡觉前，她还和祁深发过信息。

　　但她不确定这里有没有祁深。

　　"祁深？"两个民警听见这个名字，对视了一眼。

　　祁深这个名字，不算少见。

　　近几年，在各类媒体上频频出现一个名为北煜科技的公司。这个公司最初以娱乐互动平台起家，创立之后迅速发展，经营范围涉及多个领域。

　　该公司的老板年仅二十六岁就登上了国内富豪排行榜，经常在社交媒体上露面，行事高调，换车如换衣服，成了大众讨论的焦点。

　　好巧不巧，这个总裁，也叫祁深。

　　两个民警心照不宣，觉得应该是重名。

郁小竹不知道他们在想什么，在说出"祁深"的名字后，又补了句："我有他的电话。"

祁深的电话号码，郁小竹记得很清楚。

因为，这是她和祁深一起去选的。

当时营业厅的店员给出许多号码，祁深很快选中一个。

等号码办好，祁深给她打过来时她才知道，号码最后四位是1017。

她的生日。

外面，大雨依旧在下。

北城市中心一处没有挂牌的私人会所里，一场小型派对还未结束。

主厅里，光线不算明亮，一个穿着短裙的女人光脚站在中央的茶几上跳舞，周围有不少人在起哄。

周围的长沙发上，人们三三两两地坐在一起喝酒聊天。

会所的二楼比一楼安静得多。

一个年轻男人坐在角落的沙发上，手里拿着平板电脑，正快速浏览屏幕上的新闻。

一楼的派对似乎和他没有任何关系。

通往二楼的楼梯处传来响动。

很快，一个穿着粉色衬衫、白色西裤的男人出现在年轻男人面前。

他走过来，一屁股坐在沙发上，看见平板电脑上的内容，直接按了一下锁屏键，道："深哥，钱是赚不完的，楼下这么热闹，你怎么还在这儿坐得住？春宵一刻值千金啊！"

"那我更应该抓紧时间工作。"

祁深一边说，一边重新点开平板电脑。

来的人叫尹亦洲。

祁深白手起家，当初为了公司，跟一群不务正业的富二代打过一阵交道，最后圈子散了，还有来往的只有尹亦洲。

两人虽然性格喜好差距很大，但关系还算不错。

尹亦洲哪知道祁深在想什么，伸手勾着他的肩膀，带着酒气充满深意地道："咱们要劳逸结合，享乐这事儿，你没试过不知道其中美妙，试过一次可能就会发现……"

"你知道'春宵一刻值千金'什么意思吗？"祁深打断尹亦洲的话，解释道，"是说春天的夜晚十分短暂，要珍惜时间，不要把时间都花在享乐上。"

尹亦洲上来，本来是想叫祁深下去和他们一起玩，没想到自己才开口，就被祁深给上了一课。

看着祁深一本正经地跟他解释古诗词，尹亦洲蒙了："深哥，没发现你这么有学问啊！"

祁深眸光微敛，突然觉得自己没必要说这些。

冲尹亦洲说了句"你去玩吧"，他又重新解锁平板电脑。

他的目光落在屏幕上，却没有看上面的内容。

他知道尹亦洲是在开玩笑。

只是，当他听见那句诗，便不由自主想起好多年前有个女孩认真地给他解释过："这首诗的真正意思，是讽刺那些醉生梦死、只贪图享乐的达官贵人，同时告诉人们，时间宝贵，要珍惜光阴。"

想到这件事，祁深也觉得自己可笑。

那个女孩消失在自己的生活里十几年了，他却还记得她说的话。

祁深正想着，刚站起身准备离开的尹亦洲俯身拍了拍他的肩膀，道："深哥，你手机响了。"

他这才回过神来。

摸出手机时，他才意识到，自己刚才之所以没反应过来有电话，是因为收到来电的是另一个号码。

他的手机是双卡的。

一个是公用号码，另一个是私人号码。

两个号码两套铃声。

只是，平时响的从来都是公用号码，另一个私人号码已经好多年没响过了。

祁深看了眼屏幕，上面显示的是一个陌生号码。

他接通。

电话那边传来一个陌生男声："你好，我是恒安区大桥路派出所的民警，请问是祁深先生吗？"

对方先自报家门，才问他的身份。

"我是。"祁深回答。

公安系统会记录公民的联系方式，查到他这个号码也不奇怪。

对方继续说："是这样的，我们这里有个叫郁小竹的女孩迷路了，她提供的联系人里，目前只能联系到你。请问你认识她吗？"

当电话那边的人说出"郁小竹"三个字时，祁深握着电话的手微微收紧。

世界在这一刻仿佛被人按下了静音键，嘈杂声都消失了。

直到电话那边的民警再次问他："祁深先生，请问你认识郁小竹吗？"

"我认识，我现在过去。"

祁深毫不犹豫地回答。

挂了电话，祁深直接就下了楼。

这场派对是祁深一个场面上的朋友组织的。

为了不驳朋友面子，派对开始时，祁深在楼下喝了不少酒。

派对邀请了不少模特、明星。

祁深年轻有为，身高一米八四，眼角狭长，明明长了一张看似好脾气的桃花脸，却对笑格外吝啬。

和他接触过的人都知道，他远没有看起来那么好接触，是座实打实的冰山。

他这会儿下来，马上就有女人喊他："祁少来喝酒啊！"

祁深连个眼神都没分给她，只是跟派对主人说了一声，便拿上西装外套，喊上休息室的司机，坐电梯直接去了地下车库。

外面，雨依旧在下。

路上一个人都没有。

祁深坐在汽车后排。车厢里的温度略低，听着雨水拍打玻璃的声音，他逐渐清醒了起来。

他拿出手机，先查了一下那个号码，确实是恒安区大桥路派出所的电话。

但他从事互联网行业，很清楚能用技术手段伪装成派出所的号码打电话。

郁小竹，这是他在心里藏了十二年的秘密。

是她将深陷泥沼的他拉了上来，也是她让他知道，一个人的未来从来不会在生下来那一刻注定。

可是这个人，在十二年前的一个夜晚突然失踪了。

那一年郁小竹十六岁，他十四岁。

郁家有自己的公司，家里还算有钱。

郁小竹的父母花重金找了女儿整整三年都没有找到。

活生生的一个人就在家里失踪了。

活不见人，死不见尸。

起初，祁深也是怀着希望去寻找的。

可一年年过去，他渐渐接受了郁小竹再也回不来的事实。

郁小竹已经失踪十二年了，她为什么会突然出现？

祁深觉得，这件事情怎么想都有些蹊跷。

他看着手机上的号码。

如果这个电话真的是派出所打来的，那么很可能是有人挖出了他过去的事，想拿这个要挟他，和他谈条件。

如果对方想演戏，那他就陪着把戏演下去。看看他们是谁，有什么目的。

"恒安区大桥路派出所。"祁深对司机重复了一遍派出所的名字，冷笑道，"还挺会下功夫。"

祁深和郁小竹以前都住在这条路上。

当初的住宅区，现在早就改成了 CBD（中央商务区），很是繁华。

对方把他叫到这里，肯定是在暗示什么。

保险起见，祁深打电话叫了几个保镖过来。

车很快开到了恒安区大桥路派出所门口。

司机从车里翻出一把伞，正想下车。祁深道："伞给我，我自己进去就行了。"

雨夜里，派出所的玻璃门里透出白色的灯光。

祁深走到屋檐下，将伞收了。

透过玻璃门，祁深可以看见屋里的情景。

两个民警坐在桌子后面，对面的椅子上坐着一个披着头发的女孩。

带着潮气的黑色长发将她的脸完全挡住，看不见五官，只能看到身形……

祁深整个人怔住。

明明他已经十几年没有见过郁小竹。

这会儿，屋里坐着的女孩，仅仅看见她的身形，祁深却觉得，她就是郁小竹。

那个十六岁的郁小竹。

因为看见的是十六岁的郁小竹，祁深心中被失望填满。

郁小竹失踪十二年了，就算真的回来了，今年也已有二十八岁。

二十八岁的人和十六岁的人，从骨型上就是有差距的。

这会儿坐在那里的女孩，身形单薄，裙摆下的小腿纤细，分明只有十几岁。

祁深觉得，这个对手不够聪明。

祁深将伞收了支在门口，准备推门进去。这时，两个民警已经看见他，站起身道："祁先生。"

民警喊他时，坐在椅子上的女孩也抬起头来。

当祁深看见那张脸时，迈出去的步子又收了回来。

眼前女孩的这张脸，和他十二年前的记忆完全重合。

一时间，他居然从外形上找不出任何瑕疵来质疑她。

可他更清楚——

一个人不可能在十二年后，和十二年前一个模样。

就算再像，假的终究是假的。

如果他上当了，就中了幕后人的圈套。

在祁深自我警醒时，郁小竹也一脸意外地看着他。

在等待祁深来的时候，郁小竹旁敲侧击地从民警那里得知，现在是十二年后。

她搞不清楚自己为什么会一觉睡了十二年，但她能很明显地感觉到，民警怀疑她有妄想症。

祁深来之前，郁小竹想得明白，既然是十二年后，祁深现在不是那个十四岁的少年，而是二十六岁的成年人，那么二十几岁的人和十几岁的人，肯定会有所不同。

她上次见祁深，他还穿着宽大的校服，身材精瘦，胳膊却非常有力。

看见她时，他会露出好看的笑容。

可面前的祁深，改变的不仅是外貌。

他从外面进来时就冷着脸，这会儿看见她，眉头微蹙，眸底的愠怒藏不住。

他在生气。

民警也看出祁深不高兴，猜测女孩的身份是假的。

一个民警走上前小声向他解释："祁深先生，这个女孩来了之后说自己在家里睡着后，醒来就躺在恒安公园的长椅上，而且她说她睡觉的时间是十二年前……如果你不认识她，我们天亮会带她去医院做检查。"

有人自称来自十二年前？

如果不是精神有问题，那肯定要送去研究所。

祁深的目光移向郁小竹。

女孩这会儿正看着他，明澈的眸子里透出几分退缩。

她怕他。

祁深觉得，这是个陷阱。

一个明显且拙劣的陷阱。

祁深内心很清楚该怎么做——

他该否认自己认识她，让民警来揭穿她的谎言。

可祁深看着女孩盯着自己的眸子，沉默片刻后，鬼使神差道："我认识她。"

"真的？"民警意外。

祁深点头："她确实有些特殊情况。人我带走了。"

他虽然说要把郁小竹带走，但脸上还是写着不情愿。

民警又问了一句："如果你和她不熟，我们可以再联系其他人。"

祁深闭了闭眼，内心挣扎了一下，最终否认："没有，很熟。"

祁深签过字后，民警通知郁小竹可以跟着祁深离开了。

郁小竹这会儿头发上的雨水干得差不多了，睡衣却还湿着。

她将派出所的毛毯叠好放在椅子上，看见祁深签过字后直接往外走，也快步跟了过去。

郁小竹本以为，自己和祁深关系不错，可祁深从走进派出所到离开这段时间，始终没和她说过一句话，也没给过她一个好脸色。

祁深似乎并不高兴见到她。

这会儿的郁小竹别无选择，她必须跟着祁深离开。

她可不想去什么奇怪的研究所……

祁深走到门口撑起伞往外走，雨水被雨伞挡住，沿着黑色伞布滑落下来。

刚走两步，听见身后"吧嗒吧嗒"拖鞋踩地的声音。

他微微偏头。

郁小竹跟在他身后。她没有伞，此时正站在雨里。

刚刚干了一些的长发这会儿又全湿了，白净的小脸上也都是雨水。

雨太大了，女孩瘦弱的身子仿佛下一秒就会融进雨水里。

祁深握着雨伞的手指骨节微白，转身快步走到郁小竹的身边，为她遮住雨水。

他下意识想脱掉西服让她披上，刚刚解开一个扣子，手停住。

他闭了闭眼，在心中告诉自己：这是个冒牌货。

司机看见两人出来，连忙将车开了过来。

祁深把门打开，等郁小竹上车，他才收伞坐了上去。

司机李群给祁深开车好几年了，祁深的车上极少出现异性，就算有，也都是工作伙伴。

李群问："祁总，去哪儿？"

带着个小姑娘，肯定不会回家。

祁深斜睨了一眼身边的女孩，道："岚山酒店。"

轿车启动。

祁深问道："你叫什么名字？"

郁小竹蒙了。

他忘了她的名字了？

就算忘了，刚才民警也说过了啊！

郁小竹深切感受到祁深的疏离，她把这些问题咽进肚子里，小声回答："郁小竹。"

祁深冷漠道："你自己的名字。"

不是她的名字。

郁小竹不知道祁深什么意思，只重复道："郁小竹。"

车里很安静，即便她声音不大，祁深也听得清楚。

郁小竹失踪十几年，他已经不太记得她的声音了，可这声音和印象里的，似乎……很像。

看来，对方真的是有备而来。

既然如此，他就陪她演一场戏。

"我这个人脾气不太好，也没有闲情逸致哄小孩儿。"

祁深语气冰冷。

也许是喝了酒的缘故，此时他心中生出无名火。

他从没想过，会有人无耻到用郁小竹来挑衅他！

郁小竹觉得，朋友就算是十几年没见，再见面也不该这么冷冰冰。

她开始怀疑，自己不会真的来到什么平行世界了吧？

一般在和平行世界有关的小说和电影中，同一件事在不同的世界是相反的。

原来世界里的祁深脾气很好。

难道，这个世界里的祁深脾气不好，她和祁深的关系也不好？

郁小竹纠结了一下，问："祁……先生，我和你以前的关系是不是不好？"

"你问我？"祁深以为自己发现了破绽，侧身，突然抓住郁小竹的胳膊，脸无限贴近她，一字一顿地问，"你装成她来骗我前，你的主子没有给你说清楚吗？"

男人突如其来地近身，浓郁的酒精味扑面而来。

郁小竹吓一跳，只能往后躲。

可她在这句话里听明白了一件事——

祁深还没有相信她。

郁小竹理解。

这种事，换谁都很难相信。

为了证明自己，郁小竹直截了当地问他："昨天……不对，是那天晚上我睡觉时你还在复习英语，后来你的期末考试怎么样了？英语及格了吗？"

简简单单几十个字，在车厢安静的环境中，一字不落地落入祁深的耳朵里。

车厢里很暗。

祁深坐回原位，很长时间，他都一语未发。

直到车开到岚山酒店，祁深帮郁小竹开了个房间。

两个人一起上了电梯，祁深才平静地开口："你的主子为了这场戏，还真的是做足了准备。"

郁小竹一头雾水。

祁深这么长时间不说话，就是在想这件事情？

"没有，我……"

"郁小竹失踪当晚，我给她发过消息，说我在复习英语，说这次考试一定会及格。"电梯到了楼层，祁深走出电梯继续说，"你老板这么大费周章想做什么？不如直接来跟我谈，找个冒牌货算什么玩意儿？把我当傻子？"

郁小竹以为自己说出最有力的证据就可以证明自己，没想到祁深还是不信。

他沉默了一路，就是为了把她说的事情给合理解释了？

祁深按照走廊提示找到房间，他刷了一下房卡，将门打开。

这是一个套间。

外面是客厅。

祁深打开灯，看着小脸有些发白的郁小竹。

刚才在车里看得不真切，这会儿酒店房间灯光明亮，女孩的五官清晰展现在他的面前。

狐狸眼，睫毛纤长，鼻梁小巧，粉唇带着些肉感。

五官和他记忆里的人没有任何出入。

有那么一秒，祁深真的相信这个女孩就是郁小竹。

可是……

一个人怎么会凭空消失十二年，之后再以原来的样子回来？

意识到这点，祁深非常恼火。

他将门关上，伸手狠狠钳住女孩的下巴，三个指头掐着女孩的脸颊，问她："告诉我，你整了哪里？"

两个人就算再像也不可能一模一样！

既然她们这么像，那一定是整容整的！

郁小竹没想到祁深会突然动怒，在这密闭的房间里，她没法求助，被捏着也说不出话，只能用手推着男人，从牙缝里挤出一个字："疼……"

说话时，眼眶微红。

祁深顿住，迟疑片刻后，依然没打算放过她。

他用另一只手捏住她的鼻梁，左右晃动，之后又去捏她的下巴。

北煜科技是做娱乐互动平台起家的，旗下当红主播无数，许多都是整容脸。

祁深还算清楚女人需要整容的部位。

郁小竹拼命挣扎，可她的力量根本无法跟祁深抗衡，只能被他禁锢在小小的角落——检查五官。

几经折腾，女孩的五官除了有些发红外，没有任何变化。

郁小竹被他扯得脸疼，气得将男人推开，干脆也说："你也别装了，你根本不是祁深！祁深脾气很好，他不会冷着脸对我，更不会这样动手！"

祁深看着女孩嗔怒的模样，和从前的郁小竹也是一个样。

真的只是学得像？

郁小竹站在墙角，想了想，人都会变的。

现在的祁深，就算相信她，态度应该也不会好到哪里去。

这十几年，他已经成了大人，有了自己的生活和事业，有了新的朋友圈，说不定还交了女朋友。

一切都变了。

而她莫名其妙一觉睡了十二年，醒来还是原来的样子。

原来她比他大两岁。

现在他比她大十岁。

他们的生活已经不一样了。

郁小竹想明白后，仰起头，对祁深说："不管你信不信，我就是郁小竹。我明白你接受不了现实的心情，其实我也接受不了。但是事情已经这样，我也没办法，所以，我想问你借 10 万块，等我找到父母再还你。"

之所以要 10 万块，是因为郁小竹做了短时间找不到父母的最坏打算。

就算暂时找不到父母，她也要想办法证明自己的身份，最好可以继续读书，然后自己想办法赚钱。

"10 万？"祁深挑眉。

郁小竹很认真地点头："10万。我明天就离开这里。北城这么大,我想我们不会再遇见了。"

郁小竹认识祁深时,他只有十岁。

郁家住在恒安区大桥路北新开发的别墅区里;祁深则住在路南待拆迁的棚户区里。

一条路的左右,却是两个世界。

那时的祁深还是一个不学无术的小混混,天天只知道和人打架。

可现在他变得这么优秀。

郁小竹知道,这不是自己的功劳,是他自己努力的结果,但她依然很高兴。

祁深怎么可能相信:"你主子费这么大劲儿,怎么可能就要10万?"

这么大费周章,目的是图谋他的北煜科技他都信。

郁小竹想了想,祁深小时候过得不太好,有被害妄想症也不奇怪,干脆顺着他的话往下说:"嗯,我不跟他干了,打算拿着10万自己跑路,行不行?"

声音软糯中带着稚气。

祁深看着女孩,一举一动,和记忆里那个聪明狡黠的小姑娘一样。

可他实在说服不了自己去相信一个人消失十几年、重新出现后一点没变这种荒谬的事情。

权衡了一下,祁深点头:"可以,我明天上午派人给你送钱过来。"

等给了钱,他再找人监视她。

祁深离开酒店后,一整夜都没有睡,找了几个人查监控。

民警告诉祁深,郁小竹躺着的那张长椅碰巧是监控死角。

没有她到躺椅上的影像,只有她从躺椅方向离开的影像。

昨天一直在下雨,公园里一个人都没有。

监控也不算清晰。

只能看见她从某个地方走出来后,先找了个地方躲雨,之后一直往左右看，从行为来看，似乎非常迷茫。

之后，她便一路走到了大桥路派出所。

祁深坐在电脑前反复检查了几遍监控，确定监控并没有被人动过手脚。

"会不会真的有人消失许多年，又回来了？"

祁深自言自语，然后开始在搜索引擎上查找相关事件。

关于消失许多年又回来的报道，最著名的是三十年前，国外一架飞机消失三十五年后又回来。

但最终被证明是谣言。

截至目前，没有此类事件发生。

祁深又看了一遍监控。

他嘴上说的是想找证据揭穿这场骗局。

可是只有他自己知道，他在找的证据是——这一切不是别人的精心策划，而是他的郁小竹真的回来了。

第2章

/

我会离开

早晨六点。

雨早就停了。

太阳升起，照亮经过大雨洗礼的城市。

祁深忙了一夜，等阳光透过落地窗照进来时，他终于扛不住，靠在工作椅的椅背上睡着了。

也许是一整夜都在查郁小竹的事情，睡着后他做了一个梦。

梦见郁小竹消失那天放学的事情。

下课铃声一响，祁深提起早就收拾好的书包，第一时间跑到高中部的门口等郁小竹。

他站在门口，看见郁小竹和一个男生一起往外走。

他知道那个男生，是郁小竹班里的班长谭长东。

那时的祁深十四岁，读初二，身高刚刚一米七，身子也瘦。

而读高一的谭长东身高已经一米八了，头发用发蜡定过型，很引人注目。

祁深站在门口，突然没了过去的勇气。

在他决定离开时，身后传来郁小竹喊他的声音："祁深。"

祁深猛地惊醒。

梦里的声音还回荡在他的脑海里，那个声音，和昨天晚上那个郁小竹的声音完全重合。

真的是她回来了？

祁深想起昨晚自己吩咐李群今早给郁小竹送银行卡。

他从桌上拿起手机，有李群的一个未接来电。

回拨电话后，祁深走进更衣室，拿了件衬衫来换。

电话接通，祁深开了免提，一边对着更衣镜穿衬衫，一边问："那边什么情况？卡给她了？"

"祁总，卡还没给呢。我早上到这里后，按了几次门铃都没有人开门。"李群将那边的情况告诉祁深。

"没人开门？"祁深蹙眉，正在扣衬衫扣子的手停住，又问，"里面有什么动静吗？"

"我现在就在门口，里面没有任何动静。"李群继续说，"我刚去了前台，那位女士并没有留下房卡离开。需要我找服务员进去看看吗？"

这种事情，祁深不点头，李群也不敢擅自做决定。

祁深穿好衬衫，正在整理领子，听见李群的话，又看了一眼时间，一种不好的预感从心头升起："先别进去。你去找酒店的人查一查监控，看她有没有离开过房间。我现在过去！"

挂了电话，祁深从抽屉里随便拿了把车钥匙，到了 B2 停车场，开车就往岚山酒店驶去。

这会儿已经是中午了，郁小竹不可能没睡醒。

银行卡是她自己说要的，她既然要了，肯定会等着。

现在都十二点了，房间里还没任何回应。

难道一切只是一个短暂的美梦？

她来过，又消失了？

"不可能！"

祁深猛拍了一下方向盘，碰到汽车喇叭，发出"嘀"的一声。

路上的车并不多，祁深只用了二十分钟就从北煜科技所在的北城科技园开到了岚山酒店。

　　李群在大厅等他。

　　李群已经查过监控，录像显示，截至目前，郁小竹都没有离开过房间。

　　昨天的房间是用祁深的身份证开的，他出示身份证，让前台补了张卡，拿着卡就上了楼。

　　到了房间门口，祁深没有第一时间刷卡，而是按了下门铃，用比昨天稍好一些的语气开口问："在不在？"

　　门的另一边静悄悄的，没有任何声音。

　　祁深又按了两下门铃。

　　站在门外，隐约可以听见门内门铃响的声音。

　　祁深终于沉不住气，用房卡开了门。

　　"嘀"的一声，门锁开了。

　　祁深对李群说："你在外面等着，我自己进去。"

　　他推门进房间后，又把门反手关上。

　　进到房内，祁深扫了一眼。

　　会客厅和昨晚他离开时没有什么两样。

　　这儿没有郁小竹的身影。

　　祁深又快步走进了卧室。

　　卧室里摆着一张两米宽的大床，上面平铺着的白色被子一侧被掀起，枕头上的白色枕套有些褶皱，肯定是被人躺过的。

　　此刻那里却空着。

　　不大的房间一眼看尽，根本没有郁小竹的影子！

　　"郁小竹！"祁深走过去，暴躁地掀起被子。

　　里面是空的。

　　他又掀开窗帘，打开衣柜，都没有看见郁小竹的影子。

　　在他真的以为一切不过是大雨中的一场幻梦时，洗手间里传来一声很轻的响动！

祁深快步走进洗手间，看见女孩躺在洗手间的地上，身上穿着酒店为客人准备的浴袍，头歪向一边，头发完全遮住了脸。

祁深上前一步，一只手将她抱起，另一只手拨开她的头发。

郁小竹双眼紧闭，脸颊发红。

他的胳膊触碰到她的后脖颈处，高温很快在他手臂皮肤上传开。

酒店浴袍是为成人准备的，没有扣子，只有一条腰带。

郁小竹身材瘦小，这会儿被祁深撑着脖子，领口一路敞到腹部……

她上半身没穿其他衣服，十六岁女孩青涩的曲线毫无防备地撞入男人的视线中。

祁深赶紧别开脸，摸索着帮她把领口整理好，才抱着她去了床上。

替她盖好被子后，祁深又伸手摸了摸她的额头，烫得吓人。

想想也是，她昨天一路淋雨从公园走到派出所，后来他接到人后，开始也没给人家打伞。

不发烧才是怪事。

祁深小时候生病都是靠自己硬扛，长大后几乎没生过病，他根本不知道如何照顾一个发烧的人。

还是个从小长在温室里的小公主。

祁深想了一下，拿起电话打给手下施雯。

施雯是在北煜科技创办之初就在公司的元老级人物，现在是公司运营部的总负责人，也是公司管理层中唯一的女性。

祁深之所以联系她，是因为施雯是个单亲妈妈。

很早她就一个人带着女儿，对照顾人肯定很有经验。

电话接通，祁深第一句话就是："现在到岚山酒店 1302 房间来。"

电话那边的施雯有点蒙，打趣道："祁总，您这是要潜规则我？"

祁深在公司从来都是公事公办，起初有些人进公司是奔着总裁夫人这个位子而来，可进来才发现，在祁深眼里，员工没有性别。

那种高跟鞋穿不好，偏往他身上倒的人，下场就是被当场开除。

施雯进公司早，对祁深非常了解，说这话的意思更多是调侃。

祁深平时对下属说话不喜欢解释前因后果，这次情况特殊，不说清楚确实容易让人误会。

"我一个……朋友发烧，我不太会照顾人，你过来一趟。"祁深简单解释了一下。

"哦，我明白了，女的朋友对吧？"

施雯故意把"的"字说得特别快。

"赶紧过来！算公事，给你调休。"

祁深没有回答她的这个问题。

施雯："OK！"

挂了电话，祁深又让李群去买感冒药。

施雯来的时候，祁深已经站在那里看感冒药的说明了。

见她来了，祁深冲着卧室扬了扬下巴，道："人在屋里，你看看她还需要什么。"

施雯进屋第一件事就是把高跟鞋脱了，光脚踩在酒店的地毯上。

进了卧室，看见床上躺着一个人，身上穿着酒店的白浴袍，黑色长发散在四周，小脸埋在被子里。

她只看了一眼，开口就是："祁总，您这犯法。"

这张小脸，满满的胶原蛋白，有点像中学生。

祁深正在外面研究药品说明书，看了用量后又看副作用。

"我好歹是个人。"祁深这句话算解释了。他把一袋子药提进来，扔到床上，"李群买的，你看看要给她吃哪种，不够我再让他去买。"

施雯掀开被子摸了摸女孩的后脖颈，就算不用体温计也知道温度很高。

她把袋子拿到身边翻了翻。

里面装了七八盒药，却没有一支体温计。

她无奈地摇了摇头，果然男人做事就是这么粗心。

随后，她又检查了一下郁小竹的衣服。

女孩穿的浴袍领子很松，掀开被子时，领口已经开到足够看见里面的风光。

见这情形，施雯站起身，出去买了体温计和一套 S 码睡衣。

回来后她先帮郁小竹量了体温。

在帮她换衣服时，郁小竹醒了。

郁小竹昏昏沉沉的，感觉到有人摆弄着自己，加上喉咙干得要命，才极其不情愿地睁开了眼睛。

一睁眼便看见一个陌生的年轻女人在帮她……

脱衣服？

郁小竹愣了一下，想翻身下床，然而高烧未退，刚支起身体，脑袋就晕得厉害。

她一个踉跄，整个人往前栽去。

"小心点！"

施雯眼疾手快，一把将女孩拉住，才避免她摔得狼狈。

祁深一直在卧室门外等着，听见里面的动静，马上开门进来："怎么了？"

他目光撞上的却是还没穿好衣服的郁小竹……

郁小竹背对着他，听见祁深的声音，意识到自己衣服没穿好，赶紧蹲下，把自己蜷成个球。

施雯将床上刚换下来的浴袍给女孩披上，转身对祁深说："祁总，您再等等。"

等祁深退出去后，施雯站起来对郁小竹说："小姑娘，我是祁总的员工，你不用怕我。不过既然你醒了，就自己把衣服穿好，我出去帮你叫客房服务，让他们送粥进来，你垫垫肚子好吃药。"

郁小竹知道自己发烧了。

她看着施雯。

也许因为身为人母，施雯周身散发着温柔的气息。

郁小竹顺从地点了点头，这才继续穿衣服。

十分钟后，服务员推着移动餐车进了房间。

上面摆着三四种粥，还有一些清淡的小菜。

这会儿，郁小竹已经换好衣服，靠着枕头坐在床上。

施雯坐在床边，看了眼表，抬头看向祁深："祁总，我下午三点有个会，我喂完小姑娘再回去，估计就赶不上了。"

施雯下午根本没有会。

她是二十六岁那年进的北煜科技。

当时的北煜就是一间破办公室，里面摆着两张办公桌，跟皮包公司没什么两样。

祁深也只是个刚上大三的学生。

这几年下来，她跟着祁深，太了解这位老总的性格了。

不管郁小竹是什么背景，祁深都不可能放下工作，站在这里亲自陪着。

现在他会在这儿，说明这个小姑娘在他心里，地位不一般。

就是年龄小了点。

郁小竹听施雯这么说，赶紧从床上站起来，说："我自己吃饭就可以了。"

比起昨天，今天的祁深似乎没那么冷冰冰。

可郁小竹觉得，这都是看在施雯的面子上。等会儿施雯走了，祁深八成又会恢复仿佛她欠他八百万的表情。

施雯点头："OK，那你自己吃。我把你三天的药都分好放在药盒里了，记得吃药。"

郁小竹说："谢谢。"

等施雯走了，郁小竹再看祁深……

果然！

男人的表情变得更差了！

从昨天晚上到现在郁小竹一直没吃东西，早就饿得前胸贴后背了。

她也顾不上那么多，先走到餐车旁端了一碗粥，喝了一小口才说："对不起，我本来是打算今天拿到钱就走，没想到昨天晚上病了，给你们添麻烦了。我喝完粥，吃了药就走。"

郁小竹其实还有些没缓过来。

从她的角度来看，两天前她还和祁深关系很好，这会儿男人长大了却冷脸看她，她心里真的难受，但是又不知道怎么说。

他们俩关系好这事，对祁深来说，那是十几年前的事情。

郁小竹说完，低头喝粥。

她想快点喝，可粥太烫，她吹了半天也只喝下去两口。

祁深坐在卧室的沙发上，看着女孩背对着他，把粥端起来又放下，端着粥时手臂还微微有些发颤。

他走过去将粥碗从她手上夺过来，垂眸道："我帮你端着，你慢慢喝。"

郁小竹抬头看过去，因为身高差距，她感受到来自男人居高临下的压迫感。

她缩了缩脖子，点头道："好。"

她不敢拒绝，怕他打她。

她以前是见过祁深打人的，命都不要了的那种。

不过原因是那人将郁小竹堵在路上要钱，之后还想轻薄她。

祁深坐在刚才施雯坐过的位置上，将粥碗端到她面前。

郁小竹用勺子舀了一勺，放在嘴边吹了半天才喝下去一口。

这个碗她刚才端过，因为粥很烫，这碗温度也不低。

这么端着，祁深不可能不觉得烫。

郁小竹指了指床边的柜子，说："要不把粥放在旁边凉一下吧，等会儿再喝。"

祁深淡淡"嗯"了一声，把粥碗放在一旁。

手指温度过高，他暗暗搓了搓手指。

郁小竹抬头偷看坐在身边的男人。

他们之间相隔了十二年。

祁深和小时候很像，却又有些不太像。

现在的祁深更好看，微扁的一字眉下，眼角微长，注视某处时给人一种专注的感觉；下颌线的轮廓硬朗明显，两边的嘴角微微上挑，却感受不到任何笑意。

这清清冷冷的表情倒是让她想起第一次见到的祁深。

明明是十岁的小孩子，脸上却有着和年龄不符的苦大仇深。

郁小竹看着男人的眉心微微蹙起。

她不知道祁深现在信不信自己的身份。在她心里，就算她等会儿拿着10万块钱走了，以后再也不见了，也不希望两个人最后这么尴尬。

房间里非常安静。

郁小竹不再偷瞄祁深的脸，而是光明正大地看向他，说："祁深，你问问我吧！"

祁深看她。

郁小竹很认真地说："我知道你英语考试的事情，你也不相信我，那你可以问我你觉得只有我们才知道的事情。"

她认识他四年，有不少事情是只有他们才知道的。

祁深继续看着郁小竹，眸子微微眯起，带着几分探究，却没有说话。

郁小竹从小被父母带着出席各种场合，去过许多地方，见过许多人，情商比同年龄的孩子要高出许多，有一颗玲珑心。

她怕祁深误会，向他解释道："当然，我还是会离开，不会影响你的生活。我就是觉得我们以前关系也挺好的，不希望分开前你还对我抱有怀疑。"

祁深就这么看着眼前的女孩，静静听着她说话。

她以前就是这样，在开导他时，语速格外慢，似乎是怕他听不明白。

郁小竹刚消失的几个月，是祁深人生最黑暗的几个月。

正应了郁小竹曾念给他听的一首小诗——我本可以忍受黑暗，如果我不曾见过太阳。

很长一段时间里，祁深都没有办法接受郁小竹消失的事实。

他每天都会站在高中部的门口等她。

从日落，站到日出。

许多人都说他疯了。

后来祁深还是顺利进入大学。

大二那年他写了个程序，卖给一家大公司赚了第一桶金后，创办了北煜科技。

当时北煜科技正好赶上互联网发展的黄金时代，得以壮大。

在像微博这类社交媒体普及后，祁深注册了个账号，频频高调出镜。

这不是他的风格。

之所以这么做，不过是他心中怀着希望——

如果郁小竹还活着，不管她在世界哪个角落，看见他的话，也许会来找他。

祁深一直没有说话。

郁小竹试探性地问了句："你是不是不太记得以前的事情了？"

她的时间是停止的。

她的脑海里，前天放学时还见过祁深……

她今年十六岁，如果让她去想十二年前的事情，那她也想不起来。

祁深墨色的眸子盯着郁小竹。

上学时候的事情，他大部分都忘记了，甚至连高中时班主任姓什么都不记得。

可他却清楚记得关于郁小竹的大部分事情。

她说过的话，她初三时每次月考、期末考的名次。

祁深的目光扫过女孩的眉眼，他觉得她是郁小竹。

声音一样，五官一样。

他努力说服自己，一个人是有可能消失十二年再回来的，毕竟这个世界上有太多未解之谜。

可等他开了口，说的却是："不记得了。"

如果真的是有对手以为抓住了他的软肋，那他就更不能暴露了。

郁小竹有些沮丧："要不我说，看你能不能记起来，可以吗？"

她相信这个祁深就是小时候的那个祁深。

男人对她冷冰冰的态度，让她有些适应不了。

"不用了。"祁深站起来，居高临下地看着郁小竹，"如果有人安排你来，既然能查到英语考试的事情，很难说不会查到其他的事情。"

这些年，北煜科技发展得太快了。

公司项目涉及许多领域，其中最让竞争对手眼红的就是北煜前几年推出的社交软件"圈圈"。

在 QQ 和微信称霸社交圈的现在，圈圈另辟蹊径，以可爱的表情包、颜文字、内置修图软件以及视频美颜等功能，在学生中打开了市场。

圈圈除了普通社交，还有"社交圈"功能。

在社交圈里，任何人都可以随意修改头像、昵称，可以说是个完全匿名的社区。

正因如此，它受到了很多人的喜欢，也因此惹人眼红，有人想对北煜科技下黑手。

祁深作为北煜创始人，几千人跟着他吃饭，他不得不更加谨慎小心。

至于郁小竹说的话是真是假——

再给他些时间，祁深相信自己会判断出来的。

郁小竹并不知道祁深在提防什么，她坐在那儿像个漏气的皮球一样，一下子也想不到说服他的理由。

祁深能感受到自己内心难以抑制的动摇，他拿出手机，往之前的卡里又转了 40 万元，然后把卡拿出来，放在粥碗的旁边。

"这里面有 50 万元，密码在背后。李群这几天会跟着你，你有任何打算都可以跟他说，他会协助你。"

"只要 10 万元就可以了。"

郁小竹觉得，10 万元已经足够多了。

祁深没接她的话："我还有事，这里你想住多久都可以。"

"那个……"

郁小竹看着祁深转身往外走，开口想说些什么。

祁深也在同一时间停下脚步，微微回头，道："我觉我有必要提醒你，我和她的事情如果被更多人知道，那我不确定我会对你做出什么事。"

祁深说的是"我和她"，而非"我和你"。

这句话已经表明了他的态度。

祁深走出了房间，李群在外面候着。

祁深看了眼李群，道："这两天你跟着她，有任何情况立刻汇报给我。"

"好的。"李群答应。

祁深本来想走，又想起了一件事情，提醒李群："记得让她按时吃药。"

"好的，祁总。"

李群内心有几个疑问，可他不敢问。

等祁深离开，郁小竹一个人坐在床上，一时之间有些迷茫。

目前她唯一能联系到的人就是祁深。

可他不信她。

郁小竹坐那儿想了一会儿，又觉得祁深做得不过分。

这种事情，连她自己都不敢相信，凭什么让祁深相信？

他们非亲非故，祁深不相信，完全可以不管她的，可他还是安排她住下，并给了她 50 万元。

还找了个人跟着她。

她如果再抱怨什么，就太不懂事了。

妈妈从小就教育她，要对每一个帮助你的人心存感激，因为这不是他们应该做的。

肚子发出不和谐的叫声，提醒郁小竹该喝粥了。

她把一旁的粥端起来，边吹边喝，把粥喝完，又把药吃了。

退烧药里有安眠成分。

郁小竹吃了药，没一会儿就睡着了。

再醒来时已经是傍晚了。

卧室的门是关着的，门外传来电视的声音。

有人？

祁深回来了?

郁小竹睡了一觉,出了一身的汗,这会儿体温已经恢复了正常,体力也恢复了不少。

她从床上坐起来,快步走到门口,将门打开。

会客厅的电视开着,正在放映一部古装剧。

沙发上,施雯正坐在那里,大概是被电视剧的情节感动了,这会儿正偷偷抹眼泪呢。

施雯听见卧室开门声,斜了斜眼,余光看见郁小竹站在门口,上一秒还悲伤的表情马上转换成和蔼的笑容:"醒了?还烧吗?"

"你……"

郁小竹记得施雯。

只是,她不是走了吗?

"我叫施雯,你叫我施姐吧。祁总又让我回来照顾你了。"施雯自我介绍后,想到自己的工作,问她,"饿了吗?想吃什么,我帮你叫客房服务。"

本来祁深是叫李群跟着郁小竹的。

他回公司的路上,怎么想都觉得郁小竹是女孩子,李群跟着她有诸多不便,又把施雯叫来了。

郁小竹烧退了,正有点饿。

施雯站起身,从酒水吧台的抽屉里拿出一份菜单,翻了翻:"你现在这情况只能喝粥,等烧退了,我带你出去吃好吃的。"

"好。"

郁小竹和施雯不熟,也不好意思提条件,只能她说什么就是什么。

和中午一样,施雯点了几种粥。

她最近减肥,晚上不能吃东西。郁小竹吃饭的时候,她就坐在对面看着。

施雯仔仔细细地看了一下小姑娘的脸。

因为下午睡觉一直出汗,这会儿郁小竹小脸红扑扑的,显得更加稚气可爱。

祁深叫施雯来跟着郁小竹的时候说得清清楚楚：工作全部分下去，出了问题也不会追究她的责任。

以前的祁深从来都是工作至上，工作上出了问题，该谁的责任，一个都跑不了。

这次，祁深居然为了一个小姑娘，连原则都不要了？

施雯撑着下巴，看着这个满脸稚嫩的小姑娘，问她："小竹，你多大？"

郁小竹的名字，祁深之前告诉过她。

"我？"郁小竹想了想，虽然按照年份她已经二十八岁了，可她说了肯定没人信，于是回答，"十六岁。"

"都十六岁了？"施雯笑笑，"我还以为你十四岁呢。"

郁小竹这张脸长得可太显小了，施雯是真心觉得她只有十四岁。

施雯看着郁小竹吃饭。

郁小竹拿着汤勺盛起碗里的粥，轻轻吹了吹喝进嘴里，全程没有发出一点声音。

一看就是很有教养的小姑娘。

施雯好奇，这样的小姑娘怎么会沦落到没人管、让祁深管的地步？

"小竹，你和祁总什么关系？"

施雯问的时候，已经开始脑补一部偶像剧。

那种情窦初开的千金大小姐爱上白手起家的总裁，大小姐家觉得总裁年龄太大不同意，然后大小姐离家出走……

郁小竹拿汤勺的手顿住。

祁深走之前明确说了，不要让更多人知道他们的关系。

更何况，他们的关系，她说了也没人会信！

因为没有人会相信一个人消失了十二年又回来了。

见郁小竹这欲言又止的样子，施雯笑着摆了摆手："没事没事，你这么大的小姑娘，秘密多着呢！"

施雯看郁小竹就跟看女儿差不多。

她女儿今年七岁，九月份读小学一年级。

不大的小孩已经有个带密码的日记本，施雯几次说想看，都被女儿以"保护隐私"为由拒绝了。

祁深叫施雯来时告诉过她，她只要陪郁小竹做想做的事情就可以，不要问其他的。

施雯决定，拿着老板的钱就好好工作，别管其他的了。

而且，比起她脑补的偶像剧，施雯更倾向于相信小竹是少女一厢情愿的心动。

毕竟，他们相差十岁。

施雯相信祁深不是那种对这么小的姑娘动心思的人。

施雯的女儿跟着芭蕾舞团去参加夏令营了，她才有时间接下这个任务。

晚上她就睡在房间里，早上起来后陪着郁小竹去商场买衣服。

施雯有女儿，给这么大的女孩子买衣服很有一手。

她带着郁小竹在商场逛了一大圈，不仅仅是外出的衣服，还有睡衣、袜子、鞋子，甚至连卡通抱枕和毛巾、浴帽都买了。

凡是能想到的都买了。

去结账的时候，郁小竹拿出祁深给的卡，正准备结账，被施雯推了回去："不用，祁总说了，我和你的一切花销，只要有扣款信息就可以报销。"

施雯上了这么多年的班，第一次遇到这么宽松的报销政策。

郁小竹站在一旁，看着施雯将手机屏幕在旁边一个小盒子上照了一下。

"嘀"的一声后，施雯就把手机收了。

收银台里的机器开始打印票据。

"这就……支付完了？"

郁小竹刚才排队时就发现了，好像大家都没有使用银行卡，付款时只要出示手机就可以了。

"是呀。"施雯看着郁小竹一脸疑惑的表情，伸手搓了搓她的小脸，"你啊，不会真的是哪个大家族出来的小公主吧。"

就是出门保镖跟着，从来不用自己动手开任何门，出门也不需要带钱，保镖会付钱；一旦离了保镖、用人，生活基本不能自理的那种小公主。

如果不是这种小公主，施雯完全想不出来，谁会不带任何身份证件、银行卡、手机，只穿着睡衣就这么跑出来投奔一个男人。

"没有……"郁小竹闭了嘴。在她消失的这段时间里，这个世界变化太快，一切都不一样了。

"没事，你这种家世别人求也求不来，不用觉得不好意思。"施雯看着这个比自己女儿大几岁的小姑娘，语重心长道，"不过作为一个母亲，一个比你更有阅历的人，我想告诉你一些事情。"

郁小竹抬头。

施雯把她拉到一旁，用两个人刚好可以听见的声音说："我承认，祁总非常优秀，但是你们的年龄差是十岁，这还只是看上去的年龄差。祁总经历得多，他的心理年龄远比同龄人成熟，我想他很难喜欢一个十六岁的小姑娘。"

郁小竹从来没有想过自己喜欢祁深或者祁深喜欢自己，可是当施雯把这件事情说出来时，郁小竹却觉得心脏收缩了一下，清澈的眸底带着一丝迷茫。

施雯将一切看在眼里，抬手轻轻捏了捏女孩的丸子头："不过等你长大了就会知道，你的家世背景是你坚实的后盾，爱情可能在现阶段对你很重要，但不是全部，未来你还有许多许多事情要做。"

"我知道。"

郁小竹对自己的未来一直都充满规划，可这突如其来的消失，把她的规划全部打乱了。

施雯笑了笑："作为一个经历过一场失败婚姻的过来人，我的经验是，你有多优秀，你身边的人就有多优秀。如果你爱的男人非常优秀，那就让自己变得更优秀，也许他有一天会注意到你。"

郁小竹知道，施雯理解错了。

可她又觉得施雯说得对。

施雯看着沉默的郁小竹，搂了女孩一下："好了，拿了东西带你去吃午饭。"

李群一直在楼下等着。

施雯打电话把李群叫上来，三人一起将买的东西提到车的后备厢里。

本来宽敞的后备厢，瞬间就被购物袋塞得满满当当。

商场在商业区，周围餐厅多，不管想吃哪国菜都找得到。

施雯考虑到郁小竹病刚好，选了个口味清淡一些的餐厅，三个人点了八个菜，顺便给郁小竹和自己各点了一份炖燕窝。

菜上齐的时候，整个桌子都铺满了。

最后一道菜上来时，施雯的手机响了起来。

屏幕上显示来电人：祁总。

施雯的笑容凝住，内心有点慌乱。

她这还没结账呢，难道就被发现了？

施雯将手机举起来，给李群和郁小竹看了眼来电人的姓名，示意他们安静，这才把电话接起来。

"你们在哪儿？"

祁深的声音很快从电话那边传过来。

"祁总，我和李群刚带小竹买完东西，正吃饭呢！"施雯看着满桌子菜，莫名有些心慌。

果然，下一秒施雯最担心的事情出现了。

祁深说："具体地址，我现在过去。"

施雯看着满桌菜肴，硬着头皮报了地点。

祁深说："我半个小时后到。"

施雯这才松了口气。

挂了电话，施雯用筷子夹了一个大虾，吃之前说："祁总说他半个小时后到。"

施雯用余光看了下小姑娘，说实话，她有些看不明白。

公司有个项目今天上线测试，每到这种时候，祁深都会在现场盯着，今天居然肯出公司？

这要不是太阳打西边出来了，就是……

施雯看着郁小竹低着头，密长的睫毛垂下，在眼底投下一片小小的阴影；唇珠小巧明显，颜色是非常少女的浅蔷薇色。

确实整个人都透着干净的气质，颜值也比同龄人高出不少。

可她手底下的主播，从性感迷人大长腿到清纯素净初恋脸，还有可爱邻家妹，什么类型没有？

不能说都比郁小竹好看，但有一些也不差。

难不成祁深真的对这小姑娘动什么心思了？

可这小姑娘也太小了。

施雯有些看不懂。

不过作为一个跟了祁深多年的人，她相信自己的老总。

其中肯定有缘由。

半小时后，祁深到达餐厅门口，施雯已经带着郁小竹在门口恭候了。

祁深先对李群和施雯说："你们两个把买的东西放到我车的后备厢里，然后都回去工作，我把她送回去。"

"好嘞！"施雯乐意。

她自己带了这么多年孩子，最大的觉悟就是——带孩子和工作比起来，她永远会优先选择工作！

李群已经打开后备厢，开始往祁深车子的后备厢搬运东西了。

施雯和郁小竹也一起帮忙。

等东西搬完两个人走了，郁小竹才坐进祁深的车里。

小小的空间里只剩下他们两个人。

祁深发动汽车，开口："我给你在市里租了个小公寓，你暂时可以住在那里。"

"谢谢……"郁小竹小声说，语气很客气。

她想明白了，自己对祁深来说不过是个十二年前的朋友，他帮她任何事情，她都该道谢，都该好好记在心里。

因为这不是义务。

祁深单手握着方向盘，斜睨了一下身边的女孩，脸色微沉。

在轿车开出停车场后，他问她："你有什么打算？"

"什么？"

"后面的事情，你有什么打算？"

祁深现在思考问题，都是分两种可能性去思考——

一是眼前这个女孩是有人派来故意接近他，来窃取商业情报的；

二是她就是郁小竹，她真的回来了。

祁深现在没有任何头绪，加上郁小竹目前的行为让他看不出任何端倪，这两天，他内心仿佛有一个声音一直在告诉自己：相信她。

"我……"郁小竹不确定祁深是不是相信了自己的身份，想了想道，"目前我找父母也没什么头绪，我的打算是先继续读书。"

读书很重要。

她现在算是高中都没毕业，不管怎么说，也要把高中读完。

如果可以联系上父母，证明自己的身份，应该也是可以考大学的吧？

祁深似乎早猜到她会这么说，在等红灯的时候从副驾驶座前的储物格里拿出一个文件夹，递给郁小竹："看一下。"

郁小竹将文件夹打开，里面是两份资料。

似乎是……学校的宣传册。

郁小竹在看的时候，祁深就向她介绍："你目前没有身份证和户口本，普通高中进不去，只能进私立。"

"哦……"

"目前这两所私立学校比较适合你。"

祁深其实并不知道这两所学校适不适合郁小竹，他只知道这两所学校的学费很贵，宿舍环境很好。

万一真的是他的郁小竹回来了，他只希望尽自己所能，将最好的给她。

这是他学生时期做梦都想去做的事情，本以为只是一个遥不可及的妄想……

第 3 章

/ 你最好别骗我

郁小竹简单翻看了一下宣传彩页。

两所学校风格完全不一样。

其中一所，校舍是夸张的欧洲复古风，整个学校建得和霍格沃茨魔法学校一样。

大概是为了突出风格，这所学校从宣传页设计到图片拍摄，都有一股浓浓的欧洲中世纪风。

郁小竹看下来，满脑子就一个字——贵！

刚才买衣服，施雯没让她付钱，可她还是偷看了一眼账单，把数字记在心里。

等找到父母的时候，她要把这些钱都还给祁深。

郁小竹为父母的钱包着想，选了另一所学校——远航国际学校。

这所学校无论从校舍图片还是名字，看上去都更朴素一些，也更顺眼一些。

车开到路口等红灯时，郁小竹将"远航"的宣传册挥了挥："我就去这所学校吧。"

祁深看了一眼。

他之前想过，如果是他的郁小竹，应该会选择远航。

答案正如他所想。

祁深收回目光，眸底微微变得柔和，问她："决定了？"

"嗯。"

郁小竹点头。

祁深微微勾唇，又从车后座拿了一个袋子，道："这是你的手机以及平板电脑。我最近比较忙，开学前我会让李群来送你去学校。"

男人的声音淡淡的，却没有任何疏离的情感。

郁小竹低头看着袋子里放着的一大一小两个白色盒子，先将手机拿出来。

开机后，很快收到一条"北城移动欢迎您"的短信。

也就是说，这个手机是有手机卡的。

可郁小竹没有任何可以证明自己身份的东西，她没有办法办理手机卡。

她一边摆弄着手机，一边问："怎么会有手机卡？"

祁深用余光看了一眼女孩，回答："我办的。"

"谢谢。"

女孩的语气温和，声音客气。

祁深微微偏头。如果是郁小竹，她确实是凡事都喜欢道谢的性格。

也正因为如此，会给人一种距离感。

祁深将车开到一个小区门口，从地下车库顺利进了小区，找了个车位停了下来。

打开后备厢，里面塞满了购物袋，郁小竹自己看见都有些尴尬。

她不好意思让祁深搬东西，赶紧伸手先提了七八个袋子。

"我先提一些，等会儿再下来一趟。"

祁深一只手放在裤子口袋里，看着后备厢里的东西，沉默片刻，将帮她的心思压下来，点头："可以。"

郁小竹也没多想。

祁深已经帮她解决了钱和住处的问题，拿东西这种她自己能解决的事情当然要自己来了。

祁深带着郁小竹上楼。

其实这个房子不是祁深租的，而是祁深买的。

今天早上刚成交，只拿了钥匙，还没过户。

房子在九楼。

两人到了房门口，祁深从口袋里拿出钥匙，将门打开。

郁小竹走进屋里，将手里的购物袋放在地上，打开灯，仔细观察了一下房间内的情况。

房间布局似乎是一室一厅，非常干净。家具齐全，装修得也很好。

虽然房间在九楼，但这栋楼的位置很好，客厅的大落地窗将小区中心花园的风景尽收眼底。

本来，祁深能这么快帮她租个房子，她已经很感激了，郁小竹根本没想到会是这么好的一间房子。

刚才祁深说他很忙，郁小竹也不好意思耽误祁深的时间，搓了搓手，说："我下去拿东西吧。你把钥匙给我，等一下我自己上来就可以了。"

她刚提了许多东西，这会儿手被勒得有些疼。

祁深一直站在门口，听郁小竹这么说，他也没有反驳。

等到了地下停车场，祁深打开后备厢。

后备厢里还有不少东西。

郁小竹站在后备厢外面，把剩下的东西分配了三四次，都没有办法做到一次性拿光。

地下车库的灯光不算明亮，祁深低头，看着女孩的手因为拿太多东西勒出的红印，心情变得有些烦躁。

他走上前去，将她手里的东西全部接过来："我帮你拿吧。"

"不用了，我……"

"我来。"

祁深的态度非常坚决，语气也不如之前好。

郁小竹手上的东西没了，她本来想从后备厢再拿一些，然而男人按了车钥匙，后备厢盖开始缓缓下降。

祁深抬起胳膊拉了拉女孩的袖子，示意她往后退。

等后备厢完全关上，祁深才把手放开，没有多看她一眼，直接往电梯的方向走去。

郁小竹在原地站了三秒才跟了过去，试探性地问："要不我来吧？"

祁深不回她。

电梯还在 B2 层停着。

两人上了电梯，祁深道："我会派人帮你找父母的。"

郁小竹微愣："真的？"

"对。"

祁深这个人，把下属、朋友、家人、合作伙伴以及需要维系关系的人划分得非常清楚。

他没有家人。虽然身边围绕着许多人，但除了和尹亦洲关系还不错，没有人算是他真正的朋友。

祁深不是生性凉薄，只是这么多年的经历让他知道，不能轻易在别人面前展露多余的情绪——这些情绪不仅不会帮助到自己，反而会被利用。

所以他在内心筑起高墙，让自己看上去像是一个能驾驭情绪的人——他始终相信，一个人只要足够强大，就终有一天可以驾驭情绪。

可这高墙在他见到郁小竹的那一刻已经开始松动。

他现在只想证明一件事情——眼前这个女孩就是郁小竹。

祁深觉得，血浓于水，如果自己无法判断，她的父母一定可以。

之所以着急，是因为这十二年的思念快要冲破牢笼。

他很怕自己的冲动毁了北煜科技，怕跟着他吃饭的人失业。

"谢谢你。"郁小竹看着祁深冷着的脸，笑得好看，"你放心，我已经记账了，等找到父母，我会让他们把钱还给你的。"

这句话惹得祁深非常不高兴。

男人垂眸，目视前方，冷不丁地问了一句："怎么，你主子让你两边吃？"

郁小竹知道祁深有心帮她，可她真心实意道谢，没想到祁深直接冒出这么一句话！

郁小竹呆呆地站在那里，愣了好几秒，似乎是一下子无法接受祁深这么说话。

沉默几秒后，她噘了噘嘴，将眼底的失望敛起，点头："没错。"

祁深本来是听见郁小竹说要还钱，一时不爽，才说了句话刺刺她。当他说出这句话时已经后悔了，再看见女孩垮下去的小脸，他提着购物袋的手微微收紧。

电梯到了九层。

郁小竹先出去开门，祁深站在女孩的身后。

他以前只比郁小竹高出一点，现在已经比她高出二十多厘米了。

他看着女孩娇小的背影，张了张口，道："抱歉。"

楼道里很安静，男人的声音一字不落地传入女孩的耳中。

郁小竹回头。

祁深神色冷淡，看不出任何情绪，看见她看自己，又说了一句："对不起。"

此刻，祁深也想明白了。

如果她是假的郁小竹，那他发现以后，不会轻易放过她和她的主子；但万一她是真的，自己此时此刻做的每一件事情都是在伤害她。

郁小竹抬手捏了捏自己脑袋上的丸子头，先一步跨进客厅里，把通道让给祁深。

他虽然不相信她，可还是给她租了房子，帮她选了学校，找人带她买了衣服。

她摇了摇头："没关系。"

不是没关系，是算了。

毕竟这样的事情，谁也不想遇见。

谁让她倒霉呢？

祁深又下了一趟楼，把后备厢里的东西全拿上楼。

他看了眼表，刚刚下午两点。

公司还有事情。

他看着郁小竹一个人站在房间里。

也许是他已经二十六岁的缘故，看见十六岁的郁小竹独自在家，祁深有种想把她带去公司的冲动。

可他更明白，如果自己这么做了，他在忙的时候，郁小竹就可以在他的办公室里随意走动。如果她是冒牌货，后果不堪设想。

祁深看着面前这张和记忆中一模一样的脸，站在门口，沉默片刻，道："我去公司了，有事情可以打电话给我。"

"好。"郁小竹轻轻点头。

祁深本来觉得，郁小竹只有十六岁，如果她是假的，派她来的人肯定会让她联系自己；如果她是真的，她消失了十二年，对这个世界有诸多不了解，肯定会遇见困难，也会联系他。

可，让祁深万万没想到的是，一切都不过是他以为。

当他离开为郁小竹买的房子后，郁小竹一次都没有主动联系过他。

幸好他派人跟着郁小竹。

他的人提供的情报是，郁小竹生活极其规律。

她每天上午都会去超市，下午也不太会待在家里，基本每隔三天都会去附近的一家综合商场，不过每次都只去里面的书店。

祁深每天都会问郁小竹的情况，跟着郁小竹的人会把自己看见的或者观察到的告诉祁深。

比如郁小竹之前坐地铁都是买票，后来学会用 App，最近似乎还会用网约车了。

天气不好的时候，她出门也不坐地铁了。

在祁深的认知里，十六岁的女孩一定是需要照顾的，她一定会向自己求助。

没想到，两周多过去，郁小竹不但没有向他求助，反而……还过得很好？

祁深终于有些坐不住了。

翌日，郁小竹吃过午饭坐车去书店。

她以前就很喜欢看书，十几年过去，这书店里大部分的书都是她没有见过的。

为了不让自己在家发霉，郁小竹每次只买一本，看完了下次再来买。

郁小竹进了书店，轻车熟路地走到一个书架前，想找自己要买的书。可是上次她看好的一本书，此时已经不在它原来的位置上……

正当郁小竹为难时，一个年轻的男店员快步走过来："同学，有什么需要帮助的吗？"

"是你呀。"这个店员郁小竹很熟悉，每次她来，都正好赶上他上班。

郁小竹指着书架问："原先放这里的那本《冬暖》，卖完了吗？"

"那本已经卖完了。"

店员的语气里带着遗憾，嘴角的笑比服务性笑容更强烈，似乎很高兴听见她这么问。

"卖完了吗？"郁小竹有些失望。

店员保持着笑容，马上接住了她的话："不过这本书我自己买了，就在我的储物柜里，我可以借给你看。"

"真的可以吗？可……"

郁小竹话没说完，就看见一个熟悉的身影从书架后面绕了过来。

是祁深。

男人走到店员身后，一双眸子冷飕飕地看着那个店员，带着几分不悦，问："什么书？难道全市都卖完了？"

祁深刚才见郁小竹进书店后就跟了进来。

书店不大，高大的书架一排一排摆放，排列得非常整齐。

郁小竹来过五六次，对这里非常熟悉。祁深初次来，有些找不着北，进来就把郁小竹跟丢了，只能挨个书架找。

直到郁小竹和店员说话，他才循着声音找过来。

离得不远，两个人的对话内容他听得清清楚楚。

店员被背后突如其来的声音吓了一跳，转身，看见了一张熟悉的脸。

"祁……祁深？"这店员是暑假来打工的大学生，现在只要上网的年轻人基本都认识祁深，自然也包括这个店员。

祁深冷着脸，问他："什么书你这里没有？"

"一……一本畅销小说，叫《冬暖》，因为在网上比较火，所以卖得比较好。"店员客客气气地向祁深解释，声音却有些底气不足。

郁小竹也缩了缩脖子。

她能明显感觉到祁深在生气，又不知道他在气什么。

祁深扫了一眼书架，就绕到后面的书架，很快拿了本书过来，问："这本？"

郁小竹上次看过这本书，只看了一眼封皮就认出祁深拿的确实是《冬暖》。

她抬眼看向旁边的店员。

这个店员这两周一直在观察郁小竹，她每次来都会直接拿一本书，然后再看看其他书，下次来的时候就会直接拿上次看的书。

郁小竹上次看的书就是《冬暖》。

他算准郁小竹要来的日子，提前把这本书藏到了对面的书架上，放在最顶层，以郁小竹的身高很难看见。

可惜祁深比较高。

他过来时随便扫了一眼书架，碰巧就看见了这本书。

店员一看瞒不过去了。

他已经猜出郁小竹和祁深认识。

两个人的年龄一看就差很大，肯定不会是情侣，于是店员干脆承认："对不起，我很想认识你，但是不知道怎么开口，只能用这种方式，实在是对不起。"说完，他深深鞠躬。

每次郁小竹来，这个店员都会给她推荐书。

她本来以为这是书店的规定，加上她回来后也没有什么朋友，难得有人跟他说话，她也愿意交流，没想到……

祁深淡淡扫了一眼店员，没有说话，眼神却带着十足的压迫感。

他没搭理店员，只是对郁小竹说："走吧。"语气没有表情看上去那么冰冷。

店员明知道郁小竹这一走，可能再也不会来了，虽然不甘心，却也只能这么看着。

如果郁小竹是祁深的朋友，那她一定也不是一般人。

祁深带着郁小竹到收银台，付了账后，带她出了书店。

刚才的事情，在郁小竹看来不过是个小插曲。

她还有更好奇的事情。

"你怎么会来书店？"郁小竹觉得，这也太巧了吧。

"来找你。"祁深没打算隐瞒。

"找我？"

"我不来你打算怎么办？给他电话？"

自从郁小竹回来后，祁深的心思都在辨别她的身份是真是假上。

他忽略了另一件事情——

这个世界从来都是看脸的。

当一个人长得好看，她做什么都会更方便，自然也会招来更多人的喜欢。

这种现象在主播这个行业里尤为明显。

郁小竹想了想："如果只是从借书的角度出发，可能会吧。也可能不会，我也不清楚。"

她在这个世界暂时没有什么朋友，很可能会选择答应。

祁深冷脸道："这个社会上，没有人会无缘无故帮你，对你好的人，都是各怀心思。你是被父母保护得太好了，不知道人心险恶，哪天被人卖了，恐怕还在那儿帮人数钱吧？"

"我又不傻！"郁小竹最讨厌别人用这样的语气说她，不甘心道，"就算交换了联系方式，如果他问我要钱，我肯定不给的。"

她从小吃过太多这样的亏了。

她家条件好，可是父母为了不让她沾染不好的风气，专门把她送去了普通的中学，可又不放心，初一时会让司机开车送她。

很快，她家有钱的事情传遍了学校。

有不少人来和她做朋友。

起初，郁小竹天真，以为他们真的是和她关系好，直到越来越多的人对她说——

"小竹，我最近喜欢一个芭比娃娃，可我这个月零花钱花完了。我们关系这么好，你能不能买来送我？"

"小竹，你的新裙子真好看，你能不能送我？反正你都穿过一次了。"

"小竹，我的班费丢了，我父母都下岗了，我不敢跟他们说，你能不能帮我交一下？"

起初郁小竹碍于面子，不会拒绝，花了不少钱；后来她明白了，也学会了拒绝，然后便总能听见"你家那么有钱还在乎吗""这对你不是小钱吗""你也太小气了"之类的话。

起初她非常难过，可她还是挺了过来。

遇见祁深时，她还处在圣母期。

初见他时，少年浑身是伤，发着高烧。

她帮他买了退烧药，又买了水。

三天后，祁深攥着一张皱巴巴的 20 元钱跑到她面前，还给了她。

也正因为这样，郁小竹回来后知道长大的祁深成了大老板，一点也不惊讶。

她觉得，这都是他应得的。

祁深听见女孩简单的逻辑，要被她气笑了。

"你以为，别人就图个钱？"

"不然呢？"

"不然？"

祁深看着眼前的女孩，她的单纯一如从前。他微微俯身，一步步将女孩逼到墙边，本来想告诉她男人图什么，可话到嘴边又收住了。

看着郁小竹澄澈的眸子映着他的影子，祁深将所有的话化为一个名字：

"郁小竹。"

"啊？"

郁小竹被祁深逼得一直后退。原以为他要说出什么让她大彻大悟的话语，没想到一番沉默之后，他只喊了她一声。

祁深看着郁小竹，在心里告诉自己：

如果她真的是郁小竹，那自己会竭尽所能保护她，让她永远都不知道，在这个世界上，太多男人比她想象中肮脏。

他们图她的身子，图自己的一时之快或满足征服欲。

祁深在心里将这些话想了一遍，然后一字一顿地对她说："你最好别骗我！"

郁小竹歪着脑袋。祁深说的几句话，她根本想不到有什么联系。

只是，男人的眼睛微微眯起，面沉如水，眸底却蕴藏着汹涌的情感。

郁小竹是有些怕祁深的，但是在撒谎这件事情上，她丝毫不惧。

郁小竹抬起头，对上祁深的眼睛，很硬气地说："我从来没骗你，是你自己不信。"

女孩粉嘟嘟的嘴唇涂了润唇膏，说完话噘着的时候，像是一颗从水里捞出来的桃子。

这半个月，祁深有空就在查郁小竹当年的案子，又拿着郁小竹的照片在自家公司的人像支付数据系统里对比，没有找到任何相似的信息。

郁小竹的脸，似乎也没有整容迹象。

最近一切如常，北煜各个服务器遭受的攻击从来没停过；参加宴会时，也没有人向他暗示过什么。

祁深看着女孩的眸子，终于直起腰来，抬手捏了捏她的脸颊："我送你回家。"

"不用，我打车……"

"我是告诉你，"祁深把她要拒绝的话打断，"你连别人什么目的都分不出来，万一等一下网约车司机对你图谋不轨，你可能很难发现。"

郁小竹不服气："不可能，我肯定会发现的！"

祁深不理会女孩稚气的反抗，问她："你是自己跟我走去车上，还是我抱你过去？"

"我……"郁小竹本来还想争辩，看着祁深一副说到做到的表情，一下子蔫了，小声抗议，"你愿意做免费司机，我有什么理由不答应？"

祁深想了想："确实。"

曾经多少女人想让他做她们免费的司机，他连看都懒得看一眼；今天他主动提，还险些被拒绝。

想一想也是挺丢人的。

郁小竹虽然人跟着祁深走了，表情却还是气鼓鼓的。

这种状态一直持续到上车。

祁深看女孩不情不愿地系上安全带，问她："怎么了？坐我的副驾驶座这么委屈你？"

"你比起小时候可真的变讨厌太多了。"郁小竹小声嘀咕。

可惜车内太安静了，祁深一字不落地全部听见了。

他没发动车，看着女孩满脸写着不高兴，问她："那如果我说，这个位置只有你坐过，你心情会不会好一点？"

下一秒，祁深等来一个他从来没有想到过的答案。

郁小竹说："这有什么值得心情好的？"

祁深看着女孩诚实的脸，意识到这么大的姑娘可能真的不明白坐副驾驶座是什么意思。

他将车发动，换了个话题："那说一说，我比起小时候，怎么讨厌了？"

"列举不完。"郁小竹脱口而出。

反正她说什么，祁深都会认为在骗他。

被害妄想症！

郁小竹低头把《冬暖》的塑料包装拆了，开始看书。

祁深见女孩不想说话，也没再开口。

车开到小区的地下停车场。

郁小竹感觉到车停稳了才把小说收了，解开安全带准备下车。

祁深一把拽住还没有收回去的安全带扣，道："注册微信了吧？把我加上，以后出门前给我发信息或者打电话，我来接你。"

郁小竹消失的这些年，为了防止郁小竹的QQ被收回，祁深一直挂着郁小竹的QQ。

郁小竹拿到手机的那天晚上，祁深电脑上郁小竹的QQ显示为手机在线，他就把郁小竹的QQ关了，再也没上过。

"你不是很忙吗？"郁小竹不想麻烦祁深。

"送你的时间还是有的。"

经过刚才的事情，祁深有些担心下次见她的时候，她身边会多了个男朋友。

郁小竹摇了摇头，道："不用了，我马上开学了，之前在网上买了不少资料书，打算提前看看。"

十二年的时间，光教材都不知道改了多少版。

不过这不是主要原因。

郁小竹已经不想更多地麻烦祁深了。

他的背景郁小竹最清楚，他能走到今天这一步，一定比别人付出更多。

他已经帮助她很多了，她不想再给祁深添麻烦。

从前，郁小竹和父母生活在一起，父母会将她的生活打理得井井有条，所以她从来没有担心过什么。最近一个人生活，开始是有些不适应，不过好在郁小竹学习能力很强。

她很快学会了二维码支付、网购、滴滴打车等。

她发现，只要想学，自己一个人生活一点也不难。

女孩语气里的拒绝，祁深全部感受得到。

祁深将抓着安全带扣的手放开，看着郁小竹，一时也不知道要怎么说，沉默片刻道："好，那开学时我来接你。"

之前说是让李群来，此刻祁深决定自己来。

郁小竹点了点头："好，谢谢你送我回来。"

看着女孩走向电梯，祁深还是有些不放心。

他将车在原地停了三分钟，然后用自己原来的号码拨通郁小竹的号码。

确定她安全到家后，他才开车离开。

祁深开车回到公司。

北煜科技总公司所在地是北城在开发区新划出来的科技园，离市中心以及郁小竹住的地方都有一段距离。

祁深办公室里有个休息室，里面有床和浴室。

平时加班晚了，祁深会住在公司，或者住在附近酒店。

他在恒安区大桥路附近有套大平层住宅，但一年住不了几回。

祁深到了办公室，把助理牧楠叫了进来。

"我让你查的那两个人查得怎么样了？"

关于郁小竹父母的事情，祁深是安排牧楠去查的。

牧楠站在办公桌前，道："郁家出国前有来往的生意伙伴，目前我们能查到的已经全部联系过了。郁家当时走得很突然，跟任何人都没有打招呼。"

"继续查。"祁深点头，"有什么线索第一时间通知我。"

"好的。"

祁深想了想，又说："上次我让你买的那个房子，同一单元再买一套，最好是同楼层。"

他果然还是不放心郁小竹一个人住。

"好的。"

上次那套房就是祁深让牧楠买的。

牧楠正准备退出去……

"牧楠。"祁深再次喊住他，"你信不信有人消失十几年后再次回来，还是和消失前一样的模样？"

祁深问这个问题是临时起意，牧楠却并非一头雾水。

牧楠是跟在祁深身边时间最久的助理。这阵子祁深查郁小竹的事情，都是牧楠去办的。

牧楠和李群关系也不错，自然知道自己在查的那对夫妇有个叫郁小竹的女儿，在十二年前失踪了；他也知道，前阵子祁深安排李群跟着一个小姑娘，那小姑娘就叫郁小竹。

牧楠没见过原来的郁小竹，也没有见过现在这个郁小竹。

他想了想，回答："祁总，我觉得这件事情不太可能。"

他和祁深最初的想法差不多——那个小姑娘很可能是有人故意安排的。

牧楠的答案完全在祁深的意料之中。

他摆了摆手。

等牧楠出去，祁深靠在座椅靠背上，闭上眼，自言自语："可我觉得，就是她回来了。"

他刚才送走的那个小姑娘，和他记忆里的那道光一模一样。

牧楠办事效率很高。

郁小竹住的那个单元没人卖房，于是牧楠专门找到物业，在业主群里高价收购了一套同单元的房。

还是同楼层。

只不过这间房的原主人一直在住，不像郁小竹那套那么干净，需要重新装修一下才能入住。

祁深最近忙，也不急着住过去，只是叮嘱了牧楠一句："装修一下就可以，家具我自己买。"

北煜科技旗下有个 App 叫"爱家居"，打的就是新家一站式购物平台的旗号，买家具和家居用品非常方便。

郁小竹要去读的远航国际学校是八月二十八日到三十日报到。

开学前，郁小竹跟祁深沟通了几次，表示祁深那么忙，不用送她了。

祁深一口拒绝了。

八月二十九日早晨，祁深按照和郁小竹约定的时间，开车送她去学校。

远航国际学校建在北城最南边的郊区，是一所寄宿学校，是从幼儿园到小学、初中、高中一站式教育。

由于学费昂贵，来这里的大部分学生家境都不错，他们读完高中都会选择出国。

返校报到时间有三天，然而大部分学生对返校这件事情并不积极。

八月二十九日当天，学校里格外冷清，门口的停车场上停了十几辆车，清一色豪车。

车停好后，祁深先下车，绕到后备厢，将女孩的行李箱拿出来。

郁小竹自从学会网购后，许多东西都是网购来的，这个装东西的行李箱也是。

这是一款异形行李箱，表面是凸起的卡通独角兽造型，不仅样子可爱，价格还不贵。

郁小竹之前看着不到两百元的价格心里有些打鼓，可再看评价，三千多条购买评价，一条差评都没有，齐刷刷都是——

走在街上回头率特别高！

开始还有些担心质量不好，用了半年了，一点问题都没有！

比我想象中好太多了吧。

性价比惊人，姐妹们买它！买它！买它！

郁小竹看完评论，经受不住外观的诱惑，将行李箱拍了下来。

行李箱送到后，果然和照片上一模一样。只是这个行李箱造型太可爱，只适合女孩子，此时被祁深这个大男人拉着，显得特别违和。

郁小竹小步跑到祁深身边，道："我来拿着吧。"

"你跟好我就行。"祁深握着拉杆，丝毫没有要把行李箱交给郁小竹的打算。

学校门口有一个穿着衬衫西裤的男人等在那里，看见祁深和郁小竹过来，快步迎了上去，问："请问是祁先生和郁小竹同学吗？"

"是。"郁小竹答应道。

男人自我介绍道："你们好，我是学校的老师，姓管，负责接待二位。"

学校学生很多，并不是每个人都有这待遇。

这个待遇是祁深上周让人给远航送了一百套北煜开发的付费学习软件换来的，这套软件市价是 599 元一年。

这些郁小竹并不知道，只以为是私立学校服务好，认真地道谢："麻烦管老师了。"

管老师带着两人往新生登记的地方走。

之前郁小竹看这个学校的图片，都是两层、三层的那种校舍，从图片看上去很有年代感。

可当她站在学校门口看向学校里，才发现……自己被照片骗了。

这学校的校舍一看就是刚建没有几年，只不过校舍都是卤豆腐一样的颜色，给人一种历史的厚重感。

学校占地应该有几千亩，绿化很好。

除了前面几栋教学楼外，后面还有两栋高层。

管老师介绍，那里是中学部的学生宿舍。

管老师带着他们到学校行政楼，帮郁小竹办了入学手续。

郁小竹在消失之前选择的是文科，回来后决定继续读文科。

远航身为私立学校，入学手续非常简单——

只要交了学费，就是远航的人了！

尤其是郁小竹这种有背景的学生，远航最欢迎了。

等入学手续办好，管老师帮郁小竹设置了宿舍密码，告诉她："你的宿舍是 404。"

"404？"郁小竹下意识地重复了一下这个数字。

"不好意，因为我们每年招生数量是固定的，目前只有这一间宿舍还有空床位。"管老师介绍完，又说，"三十一日开学，我带二位参观一下学校，行李箱可以先让保安送到宿舍楼层的公共区域。"

郁小竹不迷信，一个数字而已。

祁深看了眼手机，对管老师说："我上一趟楼，不跟你们去了。"

管老师知道，祁深上楼肯定是要去找校长，赶紧客客气气道："好的，您先忙，我带着郁同学逛一逛。"

学校里没有什么人。

管老师带着郁小竹参观了教学楼、餐厅，一路参观过来，顺便介绍了一下学校的课程及兴趣社团。

一般高中以学习为主，除了奥赛班没有什么社团，但这所学校不仅有社团，还都是什么冰球社、马术社、击剑社……听得郁小竹一度怀疑自己进了艾利斯顿商学院。

一圈逛完，管老师将郁小竹带到女生宿舍楼下，简单地介绍了一下女生宿舍的楼层情况以及刷卡式电梯如何使用，就离开了。

郁小竹独自进了女生宿舍楼。

她的宿舍号码是 404，也就是在四楼。

郁小竹上电梯后刷了一下学生卡，四楼楼层灯亮的同时，电梯开始缓缓上升。

到了四楼，电梯停了下来，门打开。

正对着的是一片小型公共区域。

U 字形的区域摆放着三张三人沙发，旁边摆着书架，上面放了不少书籍。

郁小竹的行李箱被放在沙发旁边。

行李箱旁还站着两个长发女孩，正围着行李箱看。

听见电梯门打开的声音，两人齐刷刷地看了过来，看见郁小竹后，上下打量了一下。

其中一个人指了指行李箱，问她："你的？"

郁小竹点头。

两个人相视一笑，什么都没有说，直接就离开了。

郁小竹不知道她们什么意思。

她拖着行李箱开始找宿舍。

一个楼层有十间房，左边五间，右边五间。

404在左边。

郁小竹输入密码打开门。

宿舍将近二十平方米，比一般大学宿舍要宽敞一些。

左边是类似榻榻米的整体床，两张床并排放着，中间有柜子隔着；右边则是两张整体书桌书柜，两张桌子旁边各摆着一个衣柜。

这样的摆设，把整个宿舍分成了里外两个空间。

郁小竹看了一下，宿舍靠里的那张床上，床品铺得很整齐，角落放着一个小熊玩偶。

正对着的书桌书架上，书从大到小整整齐齐地排列着，都是理科书；桌上放了一台笔记本电脑，外观磨损有些严重，应该是旧的。

外面的书桌上摆着一沓文科新课本，桌旁胡乱摆着几个袋子，里面似乎放着衣服。

很容易区分出哪边是自己的位置。

郁小竹把行李箱放在一旁。

之前都是祁深帮她拿着，刚才她把行李箱从休闲区拖到宿舍里，感受到了什么叫一分钱一分货。

以前她家的行李箱，装多少东西拖行都不费劲；这个行李箱里并没有装多少东西，可拖起来特别费劲不说，拉杆还摇摇欲坠，像是马上要坏了一样。

郁小竹站在书桌旁，刚准备收拾书本，宿舍的门开了。

门口站着一个矮个子女孩，微胖，穿着一身大红色家居服，手里提了个小筐子，脑袋上裹了条毛巾。

看这样子，应该是刚洗完澡回来。

“你好，我叫郁小竹。”郁小竹客客气气地说，“是你的新室友。”

女孩先是愣了一下，然后马上冲进来，把手里的东西放下后，直接给了她一个大大的拥抱：“欢迎你！我终于等到你了！”

"谢……谢。"郁小竹被女孩突如其来的热情吓了一跳。

"我叫乔妮!"乔妮站直,盯着郁小竹打量,"你长得真好看,不化妆也比一般人好看!"

"谢谢。"郁小竹不知道怎么回答,只能客客气气地回应。

乔妮将头上的毛巾摘掉,短发垂下。她一边擦头发,一边问:"学校各地你都去过了吗?没去过,我带你去!"

"去过了。"郁小竹回答。

乔妮看向郁小竹的行李箱:"你先收拾东西吧!还有一会儿食堂就可以吃饭了,我跟你说,这里的食堂可棒了!"

乔妮的性格比郁小竹活泼不少,她见了郁小竹,整个人就像是发光发热的小太阳一样。

"嗯,好,你等我一下。"

面对乔妮一见面就散发出来的热情,郁小竹居然有些不知道如何回应。她把书本摆好,又把校服都挂起来,最后才打开行李箱。

偌大的行李箱摆在宿舍的地上,郁小竹现住房里的照片被她重新配了相框,也一起带来了。

她将照片放在桌上。

行李箱里大部分都是祁深给她买的衣服,还好宿舍衣柜够大,加上现在是夏天,这些衣服并不算特别占地方。

乔妮一边喝水,一边在旁边看着:"你这个行李箱我见过,淘宝爆款!我当时也很喜欢,就是旧的还没用坏,不舍得买新的。"

远航是私立学校,学生家境肯定不会差。

虽然说勤俭节约很好,但是旧的没用坏舍不得买新的这个思路……在这所学校应该是很少见的。

郁小竹把东西收拾完,已经十一点半了。

乔妮带着郁小竹去吃饭,一路上都在给郁小竹讲食堂的营业时间,以及有什么菜好吃。

"哎呀,小竹,你来远航真的要注意,免得一不小心像我一样。"乔妮自来熟地挽着郁小竹，"说出来你可能不信，我高一来的时候才八十多斤，现在都超过一百二十斤了！"

"没事，等高三复习一辛苦，就又瘦回来了。"郁小竹笑着安慰她。

今天是报到的第二天，只有一小部分学生来报到。

即使这样，往食堂走的路上也有不少同学同行。

郁小竹稍微留意了一下便发现，因为她们这栋楼是女生宿舍，所以往食堂走的也都是女生。

今天没有正式开学，大家都穿着自己的衣服。

八月末，北城的天气酷热依旧。

女生们明明都是十五六岁的年纪，穿着打扮却都是成熟风，一个个要么穿着偏成熟的连衣裙，要么穿着短裤，脚底下踩着七厘米的大高跟，背着一眼就看得出品牌的包包，头发大部分做了染烫，不过颜色都不算很夸张。

知道的清楚这是高中生去食堂吃饭，不知道的还以为这是公关公司开会呢。

郁小竹甚至有些怀疑，难道是她消失太久，不知道现在的世界已经开始流行……高中生扮成熟了？

乔妮把脑袋靠过来，对郁小竹小声说："我跟你说，我一直觉得这些正常交学费进来的人脑子都不好使，我听说今年学费都涨到 52 万了。52 万，你说做什么不……"

"多少？"

郁小竹听见乔妮重复了两次的数字——

惊了！

"52 万。"乔妮又重复了一次。

乔妮几乎和这个学校所有的学生都不一样。

她家没钱，但她是去年北城的中考状元。

是远航花钱邀请她来读书的。

404 宿舍因为数字不吉利，其他学生都不爱住，所以就给了她。

听见郁小竹的感叹，乔妮以为郁小竹也和她一样，惊叹于怎么会有学校这么不要脸，敢要五十几万的学费！

这还仅仅是学费。

后续在学校里参加社团、夏令营等，全都是钱钱钱！

其实郁小竹不是这么想的。

她想的是，一年 52 万，两年 104 万。

有朝一日，她把账单拿给父母时，父母可能会晕过去。

郁小竹听完乔妮的话，也明白了，问她："你不是交学费进来的？"

郁小竹一问，乔妮马上也反应过来了："你是交学费进来的？"

乔妮一直觉得，交学费进来的学生肯定不会住 404 这个房间，所以才会默认郁小竹和她一样，是被学校邀请来读书的。

郁小竹冲她尴尬一笑……

乔妮更觉得尴尬，她刚嘲讽完交学费进来的人脑子都不好……

乔妮在学校里待了一年，她太了解这所学校里其他学生什么样了。

知道郁小竹是交学费进来的富二代后，刚才乔妮脸上像小太阳一样的笑容全部消失，取而代之的是明显的沮丧。

她以为自己有了伙伴，没想到郁小竹和她并不是一类人。

郁小竹见乔妮跟熄灭火焰的蜡烛一样，将手伸向她，带着友好的笑容问："干吗，瞧不起交学费进来的啊？"

"没，没呀！"

乔妮根本没想到，郁小竹在知道她不是交学费进来的学生后，说的第一句话居然是这个。

"你学习一定很好吧。"郁小竹主动过去拉住乔妮的手，"我学习一般般，虽然我读文科你读理科，但是我们一个宿舍，你至少可以督促我学习。"

乔妮被郁小竹拉着走，好一会儿都没反应过来。

学校食堂非常大。

因为报到的学生不多，食堂只开放了一小块区域。

吃饭是刷卡自助的形式。

乔妮之前还有些放不开，但是到了食堂，还是忍不住对郁小竹说："这个好吃，你打这个，还有那个也好吃。"

郁小竹都听她的。

等两个人打好饭菜，找了位子坐下，乔妮抬头看着郁小竹，小声问："那个……我是被学校邀请来免费读书的，你真的没什么想法？"

"嗯……"郁小竹歪着脑袋认真想了一下，点头，"有想法呀，我也想免费读书。"

乔妮惊得下巴都要掉了。

在学校，她没交学费，从来都是被看不起的那一个。加上她每次吃得多，其他学生都会向她投来看小市民的目光，仿佛她在这里白吃白喝，占了学校的便宜一样。

她开始还有些难过，好在她性格大大咧咧，时间久了也就习惯了。

她本来还打算到了食堂，把自己丰富的"平常心"经验传授给郁小竹，现在看来……不用了。

郁小竹家里有钱，又这么漂亮，根本没有自卑的理由。

她们两人刚坐下，旁边就来了四个女生。

"你们知道我刚才在行政楼里看见谁了吗？"

"谁？"

"芷淇，你猜！"

"我不知道呀。"

"你怎么会不知道，我看见的是祁深呀！"

郁小竹专心吃饭，本来没有注意身边的人，突然听见了熟悉的名字，差点噎住。

"他来做什么呀？不会是知道芷淇在这儿上学，所以专门来找你的吧。"

"我也这么觉得！毕竟他可是咱们芷淇的未婚夫。"

郁小竹惊呆了。

什么情况？

重名？

第 4 章

/

不切实际的幻想

郁小竹偷偷地歪头看了一下旁边桌子坐的人。

四个姑娘,都穿得很好看。

其中一个黑长直头发的女生脸颊微红,小声埋怨:"你们可别乱说,这事只是我舅舅安排的,我和祁深还没正式见过面呢。"

其他女生起哄:

"哎呀,我们芷淇这么漂亮,等见面,这事就成了。"

"就是,要不然好端端的,他来咱们学校做什么?"

几个人一直叽叽喳喳地说着,那个叫芷淇的女孩脸颊更红了。

郁小竹内心没什么波澜。

她觉得应该是重名吧。

毕竟她的同学最多十七岁,怎么可能和二十六岁的人相亲?

"嘀嘀嘀!"

郁小竹口袋里的手机响了一下。

她将手机拿出来,是祁深的 QQ 信息。

"你在哪儿?我现在去找你。"

郁小竹看了眼旁边那个叫芷淇的女生,回道:"我在食堂吃饭。"

发完,她又补了一句:"和室友在一起。"

祁深本以为郁小竹还在和管老师参观学校，没有想到她不仅回了宿舍，还和室友一起去食堂吃饭了。

祁深之前为了找郁小竹，在社交网站上高调出镜，有段时间也曾被誉为"国民男朋友"。

北煜科技的社交软件圈圈能火，也有祁深一部分的功劳。

许多高中生、大学生都认得祁深。

以免引起麻烦，祁深站在行政楼门口回郁小竹："我先回公司了，你在学校有任何事情都可以给我打电话，紧急情况可以联系管袁，他的电话是 185×××××××××。"

"管"这个姓并不多见，郁小竹一猜就是刚才那个管老师。

郁小竹："好的。"

祁深看着女孩简单的回复，想再发些内容过去，却又找不到话题，对着屏幕看了几秒，才把手机收起来。

现在已经快十二点了，陆续有学生返校。

祁深走在校园里，对面有三个男生结伴迎面走来。

祁深用余光看了一眼。

三个男生颜值还算过得去，身高都在一米七五以上，不算矮。

正值夏季，三个人都穿着款式简单的宽松 T 恤，下身是运动裤、运动鞋，头发定过型，露出光洁的额头，充满了青春的气息。

等和三个人错身过去，祁深抬起胳膊，垂眸轻轻转动了一下衬衫袖口上的白金袖扣。

他似乎从来不曾有过这样的时光。

他的学生时期，从来没有哪一天不在为钱发愁。

上高中时，他曾路过一家精品店，橱窗里摆着雪花水晶球。

祁深觉得它很适合送给郁小竹，然而进去问了价格后马上退了出来。

其实那个水晶球并不贵，只要 80 块。

可他连 80 块都没有。

那天，祁深离开精品店路过郁小竹家小区大门时，站了很久。

看着进进出出的豪车和里面三层的独栋别墅，祁深将自己不该有的奢望藏了起来。

而现在，祁深心里明明白白，就算郁小竹真的回来了，他也不该抱有什么不切实际的幻想。

十二年前，他不配觊觎；

十二年后，他不能觊觎。

更何况，在这样的校园里，也许用不了多久，郁小竹就会遇见喜欢的男生。

祁深快步离开校园，开车往公司的方向走。

北煜科技对他才是最重要的。

至于郁小竹，现在信息这么发达，应该很快就会找到她的父母。到时候，她就不再需要他的照顾了。

郁小竹跟乔妮吃饭期间，旁边四个女生一直在讨论祁深：

"我听说祁深光被拍的车就值不少钱。"

"他可太厉害了，这么年轻就赚了这么多钱。"

"主要也是赶上好时代了。"

"大家不都在同一个时代，为什么他可以别人不行？还不是因为他比别人强。"

"也是，芷淇父母可太有眼光了。"

"光有眼光也没用，还得家里有背景，入得了祁深的眼。"

"我听说祁深好像是个孤儿……"

"嘘……"

在她们提到祁深身世前，郁小竹一直都觉得，她们说的应该是同名同姓的其他人。

可当对方说到"孤儿"两个字，郁小竹拿着筷子的手顿住，悄悄偏头去看。

大概是因为有人提到祁深的身世，几个女生都齐刷刷地看向那个叫芷淇的女生。

芷淇大方一笑："我知道的。"

虽然她的语气不介意，但这个话题还是停止了。

郁小竹吃饭比较慢，乔妮没有埋怨，而是坐在旁边等了她一会儿。

两人一起出了食堂，乔妮大口呼吸了一下新鲜空气，问郁小竹："我们旁边桌坐的女生，就是直发那个，你看见了吗？"

"嗯。"

郁小竹看见了，四个女生里，只有一个没有烫头发，就是被其他人称为芷淇的女生。

"她叫苏芷淇，算是咱们学校的校花吧。"乔妮主动挽着郁小竹，把脸靠近她，小声说，"其实学校里特别漂亮的女生有好几个，但是她家世最好，所以大家都公认她是校花。"

"她家是做什么的？"郁小竹忍不住有些好奇。

从刚才的话语里她已经可以判断出，女生们口中的那个祁深很可能不是重名，就是她认识的那个祁深。

"她家好像一般般吧，但是她有个舅舅特别厉害，是做什么 AI 新技术的，我也不懂。"乔妮噘着嘴，很不屑地说，"你说这学校的人势利不势利，选个校花不选漂亮的，而要看什么背景，那还选什么校花，直接选个学校里的首富得了。"

郁小竹被乔妮的话逗乐了，想了想："我觉得那个苏芷淇长得是挺好看的。"

不仅长得好看，而且名字也好听。

从刚才的行为举止看，也是个有家教的女生，在别人说起祁深家庭情况时，她脸上没有露出丝毫介意的表情。

祁深家的情况郁小竹很清楚。

他的母亲……现在是否还活着、和他有没有联系，她不知道。

乔妮听郁小竹夸苏芷淇，有些不甘心，脑袋往她肩膀上靠了靠："你也好看啊！谁说长得好看得是那种网红脸？你这种脸我就很喜欢呀，我要是男生，我就喜欢你！"

远航里最近似乎流行扮成熟，放眼望去，都是大波浪，成熟装扮。

郁小竹走在人群中，绝对是一股清流。

八月三十一日开学。

开学第一天，郁小竹就见识了远航的"校风"。

早晨去吃饭，餐厅空空荡荡，乔妮说，公主王子们在睡美容觉，起不来。

去上课，班里一共就二十个人，结果九个没来，偌大的教室就坐了十一个人。

她在文科班，班里女生居多，老师在上面讲课，几个女生就把椅子拉到一起，聊暑假的事情，根本无视老师。

郁小竹读文科，乔妮读理科，两个人不在一个班。

下课她们两个人在走廊聊天时，听见其他同学的聊天内容都是暑假去了哪里哪里度假。

郁小竹突然就明白了父母为什么要坚持让她上公立学校。

如果私立学校是这样，她宁可不来。

下午，来上课的突然多了一个人。

从十一个变成了十二个。

之前郁小竹旁边的桌子是空着的，新来的那个人就坐在郁小竹旁边。

是个男生。

在校期间大家都穿着校服。远航的校服是典型的英伦风格，女生的是衬衫和百褶裙，男生的是衬衫和西裤。

郁小竹和乔妮都把衬衫掖进裙子里，穿得规规矩矩。

到班上之后她发现，大家并不是都这么规矩地穿校服的。

而下午坐在她旁边的这个男生，就是把校服穿得最不规矩的人！

他没有把衬衫掖进西裤，衬衫扣子也只系了中间的三颗，上面敞着一部分，露出白花花的肉。

有点油腻。

自从坐在郁小竹旁边那一刻起，这人就开始不停地翻衬衫领子，左翻翻，右翻翻。

每次郁小竹往男生的方向看，他就冲着郁小竹挑眉。

郁小竹一直都是文明人，她不骂人，可是今天终于明白了"傻瓜玩意儿"这个词是用来形容什么人了。

不过她是淑女，只是心里想想，不说出来。

远航教室大，并没有同桌之说。

那男生见郁小竹不理他，干脆把桌子拉到郁小竹的旁边，歪着脑袋，开口道："新同学，听说你也是学校花钱请来的？"

这会儿还没上课，郁小竹在翻课本，本来这男生离她远远还可以忍受，没想到他直接把桌子搬了过来！

郁小竹一脸不高兴地把头转向那男生，第一眼看见的就是男生大敞着的领口，然后是一张油腻感满满的脸。

郁小竹皱了皱眉，想着都是同班同学，不能上来就关心别人脑子有没有问题，于是好心问了句："同学，你热吗？"

男生冲着郁小竹眨了下眼睛，然后很不要脸地说："看见你就有点热了。"

"哈哈哈哈！"

"罗洋你又来了。"

"去年追乔妮，今年追这个郁小竹，你真是钟爱扶贫啊。"

这个叫罗洋的男生一开口，班里的几个人都笑炸了。

郁小竹面无表情。

班里有在报到那天看见郁小竹行李箱的两个女生，加上郁小竹又和乔妮一个宿舍，所以大家一致认为，郁小竹肯定也是学校花钱请来的。

郁小竹和班里这些人关系不好，懒得和他们解释什么。

"我这不是响应老师要求，关心同学嘛。"罗洋听别人笑，也不气。

为了让罗洋停止关心，她干脆站了起来，低头看着罗洋，用非常非常认真的语气对他说："对不起，我不想和长得丑的人走得太近。"

空气瞬间安静……

下一秒——

"哈哈哈哈哈！"

"居然觉得咱们这个新同学有点可爱是怎么回事？"

"第一次有人这么严肃认真地说罗洋丑，我要笑死了！"

罗洋愣在原地。

郁小竹本以为罗洋会继续油腻地发言，没想到罗洋把屁股抬了起来，似乎是要站起来。

只不过，罗洋的眼睛没有看她，而是看向她身后。

下一秒，郁小竹用余光看见有人走到她身边，冲着罗洋说："起来。"

与此同时，周围的笑声也小了许多。

罗洋二话不说，麻溜地站了起来。

男生也没挪桌子，直接坐在了罗洋刚坐的椅子上，把手上的书包扔在桌子上。

郁小竹微微偏头。

男生没穿校服，上身穿了一件白 T 恤，短发一绺一绺，阳光从窗户照进来，可以看见男生发丝间的水珠。

郁小竹就在他的身边，淡淡薄荷味的洗发水味道在空气中飘散开。

应该是刚洗过澡。

男生一坐下，后面马上有女生"好心"提醒："施彦宇，刚才罗洋想泡新生，把你桌子搬了位置。"

叫施彦宇的男生这才注意到旁边有个人，扭头看见郁小竹，打量了一秒，又转头看向罗洋，半闭着眼睛，随口吐槽了句："不是我看不起你，这个你肯定追不上。"

施彦宇说完，把书包挂到书桌旁的挂钩上，一点要挪桌子的意思都没有。

罗洋在学校里属于家境一般、人又很油腻，学校里的男生女生都把他当个笑话。

他要面子，爱显摆，追不上家境相当的，就只能追乔妮。

当时乔妮没有现在这么胖，八十来斤，也算拿得出手。

乔妮虽然家境一般，但也有自己的想法，根本看不上罗洋。

今天罗洋听说高二（1）班又来了个学校邀请来的好学生，上午观察了好一会儿，确定是美女后，下午就直接主动出击了。

罗洋被施彦宇吐槽也没生气，又拉了旁边一把空椅子过来坐下，道："宇哥，别打击我积极性啊！这次我是动真格的，我以前都是玩玩的。我观察小竹一早上了，感觉这就是我要娶的女人啊，我连我们孩子的名字都想好了！"

郁小竹：？

有女生在后面笑罗洋——

"孩子？你没听到刚人家说你长得丑，怕你污染了人家好看聪明的基因吧。"

"罗洋这不正想办法改善基因嘛。"

施彦宇听见后面几个女生的话，没理她们，只对罗洋说："你加油，我睡会儿。"说完就直接趴到桌子上。

两个人的桌子就这么挨着。

远航的教室宽敞，学生少，从来没有把两张桌子并一起的事情。

后面几个女生看见施彦宇的桌子和郁小竹的桌子挨着，他就这么睡着了，马上不高兴。

"罗洋你傻吧，谁让你把桌子拉过去的？"

"就是。"

"以后别来我们班了。"

几个女生虽然在抱怨罗洋，可是语气和刚才完全不一样，声音也轻了许多，似乎是真的怕吵着施彦宇睡觉。

罗洋不想得罪女生们，一听她们这么说，也待不下去了，临走还不忘对郁小竹说："小竹竹，我晚上来找你哟！"

"别来。"

郁小竹被他吓得起了一身鸡皮疙瘩。

下午第一节课是历史课。历史老师进来，看见施彦宇的桌子和郁小竹的桌子挨在一起，什么话也没说，拿出课本就开始讲课。

施彦宇睡得跟猪一样，连身都不翻一下。

郁小竹也不理他，就听课和埋头做笔记。

一直到第三节课上了一半，施彦宇稍微醒过点神来，听着老师的讲课声，才意识到……

哦，开学了，他现在在教室。

施彦宇趴在那儿，耳边是女孩记笔记发出的"沙沙沙"的声音。

远航学校风气不好，大部分人都是来这里混日子的，没人会把精力放在学习上，也就高三的学生为了出国，考雅思托福时用点心，其他时候都把心思放在业余爱好上。

施彦宇觉得，上课的时候醒来太不给老师面子了，干脆继续趴着闭目养神。

第三节课下课铃声响起，后面的学生开始叽叽喳喳说话。

施彦宇听见自己耳边"沙沙沙"的声音还没停，便保持趴着的姿势，睁开了一只眼睛。

身边的女孩保持着最标准的坐姿，正在本子上写着什么。

施彦宇趴着看不清，就把脑袋稍稍支起来一点，正想看看郁小竹在写什么，这时郁小竹发现他醒了，马上说："那个……你能不能把桌子搬回去？"

施彦宇愣了一下，以为自己听错了。

郁小竹见他不动，又耐心地解释了一下："班里座位都是分开的，我们两个桌子挨着，别人路过的时候不方便。"

施彦宇："……"

远航高中部篮球队队长施彦宇，家中独子，老爸是全国著名地产公司的老总，以后亿万家业都是他一个人的。

无论从颜值还是家世背景来看，施彦宇都是女生们最乐意找的那一类型。

当然，他也是学渣中的学渣。

比起文科，他理科成绩稍微好一点。

之所以选择文科，主要是因为文科不会还可以瞎蒙一下，试卷写满了，老师看在他浪费了笔墨的分上，说不定还能给个辛苦分；理科不会，那真的是一个字都憋不出来。

别的女生都巴不得跟他挨着坐，这个学校邀请生居然让他挪桌子？

施彦宇这人从小被人惯着，要是郁小竹不说，他可能睡够就挪了；可郁小竹这会儿让他挪桌子，他还就不想挪了。

"不挪。"施彦宇直接拒绝。

他昨天刚从国外回来，时差还没倒过来，正困着呢。

郁小竹有些郁闷。

之前的两节课课间，因为施彦宇跟她挨着坐，几个女生来来回回，看她的眼神都不对了。

郁小竹懒得解释，本来想着施彦宇醒了让他把桌子挪了，没想到这人居然不讲理。

几个女生听见施彦宇说话，但没听清施彦宇说什么，以为郁小竹不仅不叫他挪桌子，还趁机搭话，就有些不爽了。

"还真有癞蛤蟆想吃天鹅肉的。"

"电视剧看多了，把自己当女主角了？"

"我看也是。"

她们声音不大，却足够让郁小竹听得清清楚楚。

郁小竹站起来，转身看着几个女生，很认真地问："换座位吗？"

那几个女生一脸惊讶地看着郁小竹，不明白她什么意思。

施彦宇睁眼。

十二年前，因为不借钱给同学，有一阵子郁小竹天天被人在背后议论。

她非常讨厌这种感觉。

她来这里只想把高中读完，根本不想和这些同学有太多交集。她不关心他们的老爸老妈是谁，不关心人家公司值几个亿，甚至连他们的名字都没兴趣知道。

郁小竹说："你们不是喜欢他吗？那就过来坐啊！我对他没兴趣，我只想学习，你们帮我找个安静的位子吧。"

几个女生都惊了。

施彦宇也坐了起来，看着身边的女生。

郁小竹长着一张娃娃脸，无论气质还是声音都是典型的乖乖女，可在和班里几个女生对峙时，气场完全不逊于她们。只不过明明她自己说得很硬气，眼圈却有点红。

怎么有这么矛盾的女生？

为了挪个桌子，还能自己把自己惹哭了？

"我挪。"施彦宇站起来，抬起脚，像是发泄一样，直接把自己的桌子踹到旁边。因为太过用力，桌子平移了一下，"哐"的一声砸到了旁边的桌子上。

施彦宇走过去，把自己的桌子扶正，又把椅子拉过来，趴在桌子上继续睡觉。

教室里静悄悄的。

后面几个女生面面相觑，谁也没吭声，都出去了。

郁小竹谁也没理，坐下来继续做笔记。

第四节课结束后可以去吃饭。

郁小竹刚出教室，就看见乔妮向自己班冲了过来，没和她说话，而是先往教室里看了看。

施彦宇还趴那儿睡觉呢。

乔妮班里的情况和郁小竹班里差不多，上课时老师在上面讲课，好些人在下面聊天。

刚才郁小竹让施彦宇挪桌子的事情，已经传到了乔妮的班上。

乔妮听了个大概，这会儿过来挽着郁小竹小声问："小竹，你把施彦宇给拒绝了？"

郁小竹满脑袋问号，心想，我只承认我拒绝了罗洋。

乔妮挽着郁小竹往食堂方向走："你可太厉害了，你知道施彦宇是多少人的男神吗？你就这么给拒绝了？"

郁小竹一头雾水："我没拒绝他啊，我都没和他说几句话。"

"骗人。"乔妮不信，"刚才我们班女生都说你不得了，才来第一天就拒绝了两个男生，其中一个还是施彦宇。"

"我没拒绝他，我就是让他搬个桌子而已。"郁小竹实话实说。

流言传得快，变得也快。

本来是一件小事，只一节课的工夫，就传成她拒绝了施彦宇。

郁小竹除了满脑袋黑线外，不想发表任何感想。

乔妮好奇，拉着她问："那你跟我说说怎么回事呗？"

郁小竹把事情经过大概给她说了一遍。

乔妮听完，几乎不敢相信："你为什么不跟施彦宇坐一起啊？你知道施彦宇是谁吗？"

郁小竹摇头。

乔妮左右看了看，拉着她说："我回宿舍跟你说吧。"

两人吃完饭回到宿舍，乔妮把施彦宇的事情给郁小竹科普了一下。

简而言之，就是长得帅，家里有钱，出手还大方，女生们都喜欢。

也正因为如此，他自以为是，不好好学习，每天晚上打游戏，白天上课不是睡觉就是逃课打篮球。

郁小竹听完，一脸嫌弃："那有什么用，仗着自己家有钱不好好学习。"

"哎呀，他学什么学呀。"乔妮拽着郁小竹的胳膊一脸兴奋地说，"我觉得他不愿意挪桌子，肯定是喜欢你。要是他追你的话，你就答应呗！他可是振易地产唯一的继承人，你嫁给他肯定吃穿不愁。”

郁小竹看着乔妮这花痴样，忍不住抬手捏了捏她的鼻子：“快写作业吧，才高二就想着嫁人了，你恨嫁呀？”

乔妮噘嘴，坐下来，拿起笔又不想写作业，趴在桌子上问郁小竹：“小竹，你还没跟我说过你父母是做什么的呢。”

郁小竹刚刚翻开作业本，听见乔妮的问题，睫毛微微垂下，手拿着笔在作业本上点了个点。

乔妮趴在旁边，一脸期待地看着郁小竹，等着她的答案。

郁小竹看着作业本，沉默了好一会儿才说：“我父母在国外。”

郁小竹回来一个多月了。

刚回来的时候，她一个人住在祁深为她准备的房子里，经常会悄悄抹眼泪。毕竟对她来说，父母前几天还在身边，现在突然一下子不见了。

她也不是没试着找过父母，可父母的电话变成了空号，小区也拆了。

爷爷奶奶去世得早，妈妈家那边的亲戚早就没了联系，她两个小姑早些年也嫁到国外了。

郁小竹渐渐意识到，找到父母可能需要比想象中更长的时间。

“你父母在国外？那你一个人住在国内吗？”乔妮好奇得不得了，“你为什么不去国外啊？”

“我……”郁小竹不想回答，可她知道这个问题逃避不了，今天不回答，以后也要回答，于是简单概括了一下，“我住在朋友准备的房子里。”

嗯。

她和祁深算是朋友吧。

至少以前算是。

“你父母的朋友吗？”乔妮很自然地联想。

“嗯……”为了避免乔妮继续问，郁小竹把自己的话圆了回来，“父母出国了，所以我就转来这里了。”

“啊？你父母把你丢在国内，自己跑出国做生意了？”乔妮惊得坐了起来，“他们……”

"好啦。"郁小竹打断乔妮的话，同时捏了捏她的鼻子，"做作业。"

第二天一早。

班里又陆续来了两三个学生。

教室终于快坐满了。

施彦宇的位子一直空着。

直到第二节课大课间，施彦宇才打着哈欠走了进来，走到自己的座位旁坐下，继续趴在桌子上。

时差没倒过来，他昨晚躺在床上睡不着，就拿出掌机打游戏，结果越打越精神，一直到凌晨五点才睡着。

教室里大部分同学出去了，剩下的几个基本也在睡觉。

施彦宇闭着眼睛，耳边是郁小竹"沙沙沙"写字的声音。

他睁开眼睛，看见女孩的侧脸。

此时，她正垂眸看着面前的书本，手里拿着中性笔，在纸上快速写着字。

施彦宇觉得纳闷，这不是刚开学吗，有这么多作业需要写吗？

施彦宇站起来，绕到郁小竹的身后。

女生桌上放着一个 16 开大笔记本，上面用彩笔分了几个区。思想政治书摊在一边，郁小竹正在逐条往本子上抄着什么。

施彦宇视力可以，可惜学习不行。

笔记本上每个字他都认识，可凑一起就不知道是什么意思。

他只能看出笔记本上的字清秀、好看。

拿着笔写字的手小小的，手指张开似乎比他的手掌大不了多少。

施彦宇站那儿看了好一会儿，冷不丁地说了一句："好好努力，等你大学毕业，我把你雇了。"

郁小竹抄得认真，根本没有注意到身后站了个人，直到某人突然冒出这么一句话。

郁小竹手中的笔停了一下，内心飘过"有病"两个字，继续写字，没搭理他。

"队长。"

施彦宇看郁小竹写字时，门口出现一个高个子男生喊他。

施彦宇看了眼那人，又打了个大大的哈欠，直接就出去了。

第三、四节课，施彦宇虽然没睡，但是一直在打哈欠。

远航每周二下午只上两节课，剩下的时间是社团活动。

郁小竹报到时就说自己不参加社团，下午的时间正好空下来，和乔妮一起去了学校图书馆。

远航学生少，大部分不爱学习。

图书馆是三层的独栋楼，一层是学校的多媒体室，二层是图书阅览室，三层有一部分是会议室。

郁小竹和乔妮在二层找了个地方坐下来。

郁小竹找了本小说看，乔妮拿着卷子刷题。

图书馆里非常安静，连人走动的声音都没有。

郁小竹第一次觉得，私立学校挺好的。

远航是寄宿学校，不过周五学生还是可以回家的。

郁小竹知道乔妮周末一般不回家，就和她说好，自己也不回，留在学校陪她。

其实，郁小竹回祁深为她准备的那间房子也没什么意思，还不如留在宿舍，有乔妮陪着说话。

郁小竹心想，祁深肯定没心思管她，于是在周五下午第三节课下课的时候，给祁深发了这周的第一条 QQ 信息："祁深，我这学期的周末应该不会经常回市区，我会照顾好自己，请放心。"

字里行间都透着疏离客气。

在祁深收到郁小竹信息的同时，牧楠走进办公室，通知他："祁总，该出发去接郁小姐了。"

祁深的时间安排从来不分工作日和周末。

上次去远航时，得知每个周五远航的学生都回家，想着到时候别的学生都被家长接走了，郁小竹还是孤零零一个人，她的父母不在身边，祁深不希望她有失落感，所以才让牧楠把这件事情加到了行程上。

远航第四节课下课是下午六点。

周五晚高峰时车多，北煜科技所在的科技园在开发区，到学校不需要经过市中心，一般并不会堵车。

即便如此，祁深还是把时间留得很充裕。

祁深又看了一眼信息，对牧楠说："不去了。"

"好的。"

牧楠是助理，只负责提醒老板行程，老板去不去，那是老板的事情。

祁深把手机放在一旁，重新拿起面前的文件，只是看了两行，把文件一扔，重新拿起手机，打开QQ。

几秒后，在教室的郁小竹收到一条QQ信息。

祁深："我已经快到你那儿了。"

郁小竹看见这条消息，紧张地站了起来，一边拨祁深的号码，一边往外走。

很快，电话接通了。

郁小竹："我跟室友约好了周末待在这里，你不用来接我了。"

祁深此时已经到了北煜科技的地下停车场。

他开门上车后，对郁小竹说："你父母出国前虽然把资产都变现了，但是在恒安区新买了一套房子，而且写的是你的名字。"

"真的？"郁小竹意外。

"对。"祁深发动了车，一边将车往停车场出口开，一边说，"我周末带你去看一看。"

这件事情，祁深早就知道。

在郁小竹再次出现之前，他就知道。

在郁小竹重新出现后，他不信任她，并没有第一时间将这件事告诉她。

之所以现在提，主要是因为郁小竹父母出国时走得太彻底，国内以前和他们有接触的生意伙伴，也都没联系了。

他从没有去过这个房子，但他相信房子里应该留有大量郁小竹以前的东西。

他可以从郁小竹看见这些东西时的情绪，再判断一下这女孩是否在说谎。

郁小竹此时正站在教室门口，想了想，点头："那下课我先回宿舍收拾东西，你等等我。"

祁深："好。"

第四节课下课的时候，乔妮还不知道郁小竹要回去的事情，撒了欢地冲到郁小竹班里，喊她："小竹，走吧，一起去吃饭。"

远航周末放假，学校里只留一个厨师给学生做菜，菜品也不可选。

乔妮一般会选择在周五晚上多吃点，弥补周末不能回家的遗憾。

乔妮到郁小竹班里时，郁小竹正拿着本书往书包里装。

远航是寄宿学校，只有要回家的学生才会用书包。

乔妮见郁小竹装书，马上就明白了："你要回家吗？"

郁小竹装完手里的书，认真地道歉："对不起，乔妮，我……父母的朋友今天要接我回去……"

乔妮以前周末都是一个人在学校，这次郁小竹答应陪她，她激动得不得了；这会儿郁小竹又说不住……

乔妮表情先僵了一下，马上又换上更灿烂的笑容："没事呀，你周日下午回来吧？我等你。"

"对不起。"郁小竹有种放别人鸽子的罪恶感，补了一句，"我下周一定和你一起住！"

"没事，没事。"乔妮摆了摆手，"那我先去食堂吃饭了。周日见！"

郁小竹把书包收拾好，回到宿舍，把她的独角兽行李箱拿出来。

学校里有个很贴心的服务——代洗校服。

每周五，大家把自己的校服叠好，放进写了自己名字的洗衣袋里，挂在宿舍门口，就会有宿管阿姨来收。

周三前会洗好还回来。

郁小竹把校服换下来挂在门口，带了一套换洗衣服，把书放进行李箱里。

她拉好行李箱拉链，刚想往外走……

"咣当！"

行李箱的拉杆断了。

箱子"砰"的一声摔到地上。

郁小竹傻眼了。

她把箱子扶起来，想看看拉杆能不能装上，试了半天，发现居然是拉杆接口处的钉子断了！

二十分钟前，祁深就发信息说他到了。

郁小竹不想让祁深多等，一咬牙，干脆把拉杆扔了，提着箱子往外走。

刚提出两百米，就遇见吃饭回来的乔妮。

"小竹，你的箱子怎么了？"乔妮看见郁小竹，从远处跑过来。

郁小竹欲哭无泪："拉杆断了……"

乔妮比郁小竹壮不少，力气也大，看她这小细胳膊提着拉杆箱，自告奋勇地把拉杆箱抢了过去："走走，我送你去学校门口。"

这个时间，学校里的学生走得差不多了。

她们到学校门口时，门口只剩下两辆车。

两个人过去时，其中一辆黑色轿车的驾驶座门打开，有人从里面出来。

是祁深。

"是祁深哎！"郁小竹还没开口，乔妮先在她耳边小声说。

乔妮左右看看，拉着郁小竹，带着几分八卦地问："他不会真的是来接苏芷淇的吧？"

郁小竹有几分尴尬，还没想好怎么解释，男人已经快步向两人走了过来，注意到两人中间放着的行李箱拉杆处空着，也没多问，伸手把行李箱提起来，对郁小竹说："走吧。"

乔妮站在一旁，惊呆了。

第 5 章

/

你是不是喜欢祁深

郁小竹赶紧先向祁深介绍："这是我室友，乔妮。"之后又向乔妮介绍，"这是我父母的朋友，祁深。"

郁小竹特地把"父母的"三个字读得特别重。

祁深明白了，对乔妮说："你好，我是小竹父母的朋友，小竹刚转到这所学校，希望你多多照顾她。"

乔妮的身份，祁深是知道的。

郁小竹转入远航时，女生宿舍只有顶层的十间宿舍和 404 空着。

郁小竹当时只有两个选项，要么一个人住一层，要么和乔妮住。

祁深得知乔妮的情况后，替郁小竹选了 404 宿舍。

祁深对乔妮说话的语气，像极了郁小竹的监护人。

乔妮傻眼了。祁深说完这句话三秒后，她才反应过来，点头："没问题，没问题！你放心，我保证把她照顾得好好的！"

祁深这才看向郁小竹："可以走了吗？"

郁小竹点头，跟在祁深后面。

祁深个子高，他怕郁小竹跟不上，故意放缓脚步。

乔妮一个人在校门口站了三分钟，直到祁深的车消失在视野范围内，她才拿出手机，给郁小竹发了条微信："你居然不告诉我，你父母的朋友是祁深！"

郁小竹："我也没想到你认识他……"

乔妮感觉自己有一肚子话要说，光发微信根本无法满足她的八卦之心。可是这会儿郁小竹和祁深在一个车里，肯定什么问题也回答不了她。

乔妮编辑了几次信息，最后都删掉了，只发出一句："等你周日回来我再严加审问。坦白从宽，抗拒从严！"

周六，祁深和郁小竹约了上午十点见面。

祁深联系了锁匠，开车带着郁小竹去了她名下房子的所在地。

当车停到小区门口时，郁小竹探头去看。

小区里都是小高层的洋房，绿化做得还不错。

夏末，树木依旧繁茂。

郁小竹来这里时，内心是怀着期待的。

她觉得父母既然会留一套房子在她名下，说不定也会想到她有一天可能会来，会留下联系方式。

小区建成差不多有十几年了。

似乎是地下车库位置不够，住户都把车停在路两边，只留下一条很窄的通道。

祁深今天开的是 SUV，轴距宽，这一路过去，很可能会剐蹭到旁边的车，于是他干脆将车停在小区外面的路边，带着郁小竹走进了小区。

锁匠在楼下等着二人。

这栋楼一共十层，郁小竹父母留给她的房子在顶层。

三人坐电梯上楼。

顶层是一梯一户的房型设计，面积非常大。

锁匠提着工具箱，先上去检查了一下门锁，然后左右看了看，转身问两人："确定是这里？"

"是。"祁深点头。

锁匠将工具箱收起来，指着门旁边几个奇怪的标志说："这房子是不是长期空置？贼都来过几遍了，哪还需要开锁。"说完，伸手轻轻推了一下门。

门开了。

屋里的景象展现在三人面前。

同时，一股怪味从屋里散了出来。

客厅里没有什么家具，地上散落着一些书本纸张。

"我先进去看看。"

祁深说话时，已经迈步进了屋子。

郁小竹也跟了进去。

客厅四周贴着墙纸，此时墙纸的边全部翻了起来，上面有新旧交替的水痕。

这房子一直在漏水。

最新的水痕应该是前几天下大雨时留下的。

地上扔着不少东西，有布条、打碎的杯子，还有……相框。

郁小竹走了几步，捡起相框。

相框上的玻璃碎了。

照片因为长期泡水变得模糊不清。

郁小竹认出，这是她初三暑假和父母出去旅游时照的合影。

郁小竹又随手捡起旁边散落的纸张，上面还写着字。

是她的字迹。

看屋里的情况，郁小竹不难猜出，她父母买下房子后，应该是把她的东西都搬了过来。

只不过遭了几次贼，家具都被搬空了，留下的都是些不值钱的东西。

此时祁深已经进了卧室。

郁小竹把相框拿在手里，也跟了过去。

卧室里也是一片狼藉，家具被搬空，只有地上扔着一些脏兮兮的破衣服和袜子。

离得最近的一条被扯破的床单，即使沾了水渍和灰尘也能看出本色应该是粉色，上面的图案是她曾经最喜欢的小美人鱼。

郁小竹弯下腰，用手摸了摸布料上小美人鱼的脸，一直在眼眶里打转的眼泪，不争气地落了下来。

房间里很安静。

祁深听见女孩子吸鼻子的声音，拿出手机，照了一下地上的画面。

这套房子一共有三个房间：两间卧室，一间书房。

从房间散落的杂物不难看出，当初郁小竹父母是把这里好好装修过的。

只可惜十几年没人来，成了这个样子。

郁小竹父母在郁小竹年满十六岁的时候，把她的户口独立出来，买了这套房。

祁深本以为郁小竹的户口本会在这里，然而找了一圈没有找到。

两人在三个房间里都转了一圈才回到客厅。

祁深看着低头抽泣的小姑娘，忍不住揉了揉她的头发："别哭了，只不过是这里被偷了而已，等你和父母团聚了，也不需要这些东西了。"

郁小竹点了点头。

"走吧，带你去吃饭。"祁深看着依然在吸鼻子的郁小竹，蹙眉，"以前怎么没觉得你这么爱哭？"

郁小竹噘着嘴，抹了一把眼泪，小声为自己争辩："我都找不到爸爸妈妈了，我能不哭吗？"

以前郁小竹家庭条件好，父母恩爱，爸爸妈妈都宠着她。她自己学习也好，未来一片光明，根本没有哭的理由。

祁深听着女孩鼻音略重的声音，看着女孩手里拿着的照片，伸手轻轻扣住她的肩膀，把她往自己这边揽了一下。

"有我在，还能让你找不到父母？"

无论是为了她，还是为了让自己相信是他的小竹回来了，他都会帮忙找到郁小竹的父母。

祁深嘱咐锁匠换了一把锁，带着郁小竹离开了。

郁小竹坐在车上，手里捏着刚从家里找到的合照，喃喃道："你说，我父母会不会很想我？他们就我一个女儿，我不见了，他们得多难过……"

郁小竹之前对自己和父母分开的时间到底有多久，并没有什么概念，直到刚才看见父母留给她的房子……

明明之前精心装修过，现在却成了那个样子。

墙纸脱落后露出的泛黄发霉的墙面像是在告诉她，时间真的过去了很久很久。

郁小竹以前觉得，自己长大，赡养父母，这都是理所当然、水到渠成的事情，从没想过，自己有一天会消失在父母的生命里十几年。

失去唯一的女儿，他们肯定过得不好吧……

车正好在一个红灯路口停下，祁深看向身边的郁小竹。

女孩正低头看着手里的照片，头发遮住了脸颊，看不见表情。

只看见女孩手里的照片上，有一滴刚沾上的泪痕。

祁深将轿车挂在空挡，转头对她说："以前不知道，但是现在应该还可以。"

"为什么？"郁小竹看向他。

女孩的眼眶有些发红，睫毛上带着水汽。

祁深道："他们在你失踪几年后又生了个男孩，今年应该七岁了。"

"他们给我生了个弟弟？"郁小竹听见祁深的话，破涕为笑，"都七岁了？"

"你很高兴？"

现在是二胎时代。

祁深因为工作会关注各类新闻，了解不少小孩十分抗拒自己多个弟弟或者妹妹，没想到郁小竹丝毫没有露出抵触情绪。

"当然了，那可是我弟弟。"明明还没见到人，郁小竹已经开始帮他说话了。

祁深看着女孩嘴角扬起的笑容，用右手拇指抹了一下她脸颊挂着的泪珠："我会争取让你们早日团聚的。"

男人的话像是带着魔力，郁小竹相信，他说了，就一定会做到。

郁小竹和祁深一起去商场买了红色 RIMOWA 行李箱，虽然样子很大众化，但价格贵上天，好歹质量好，再也不会发生那种走几步拉杆就坏了的糗事。

周日晚上，祁深陪着郁小竹吃过晚饭才将她送到学校。

在车上，郁小竹就和他说好，不要祁深送她进去。

到学校后，祁深帮着郁小竹把行李箱拿下来。

郁小竹跟他说过"再见"后，走了几步又停住，回头问祁深："你认识……苏芷淇吗？"

周末两天，祁深基本上都陪着郁小竹。

他周六上午陪她去了父母留给她的房子，下午陪她逛街买了行李箱；今天陪着她吃过午饭和晚饭，才将她送回学校。

郁小竹这一路一直想问祁深这个问题。

她觉得，如果祁深真的是同学口中说的那样和苏芷淇有关系，不管是不是未婚夫这层关系，她似乎都不应该继续麻烦他。

祁深听见这个名字，想了一下，否认："不认识。"他回答完后才问郁小竹："怎么了？"

"没事，谢谢你送我回来。"郁小竹冲着祁深摆了摆双手，"早点休息，晚安。"转头往学校走的时候，她像是放下了一件心事。

现在已经七点了，太阳落山，学校被最后一抹夕阳染成暖橘色。

1 万块的行李箱和 100 多块钱的行李箱差别明显。

郁小竹拖着行李箱往女生宿舍走，健步如飞。

当她坐电梯到了四楼，好巧不巧，上次围观她独角兽行李箱的那两个女生正准备坐电梯下去。

三个人打了个照面。

两个女生的目光齐刷刷地看向郁小竹的行李箱，都愣了一下。

郁小竹没搭理她们，拖着行李箱往宿舍的方向走，听见身后两个人的议论——

"真的假的？"

"低仿。"

郁小竹甩了甩马尾辫，直接回了宿舍。

宿舍门被打开。

屋里关着灯，窗帘被拉开。

夕阳从窗外照进来，乔妮逆着光站在窗前，影子拉长到了门口。

随着"啪"的一声脆响，乔妮开口："门关上。"

她故意压低嗓音，让自己的声音听上去格外严肃。

郁小竹关门时眯眼看了一下，才发现刚才"啪"的那声是乔妮拿了把尺子，拍在手心上发出的声音。

她反手关上门。

当门锁碰撞的声音响起时，乔妮突然冲过来，吓了郁小竹一跳。她下意识想躲开，却直接被乔妮死死搂住脖子。

下一秒，耳边响起女孩带着哭腔的声音："你总算回来了，我都要想死你了，你再不回来我都要得相思病了！"

"你，你没事吧？"

乔妮抬手把灯打开，表情如平时一样乐呵呵的。

她替郁小竹把行李箱摆好，又把她扶到床上坐好，拿起小折扇一边为郁小竹扇风，一边说："我准备好了，你可以说祁深的事情了！"

"祁深？"

郁小竹这才反应过来，乔妮居然还想着祁深呢！

"对呀，对呀！"乔妮以为郁小竹不想说，马上摆出认真脸，"你没告诉我你父母的朋友是祁深，这件事我就不和你计较了。你要是还有其他事情瞒着我，我真的要生气了！"

郁小竹从乔妮手上把扇子接过来，自己一边扇，一边抬头问她："你想知道什么？你问问看，看我知不知道。"

"我……"乔妮激动了整整两天，这会儿郁小竹问她想知道什么，她却语塞了，干脆说，"你随便说点什么呗！"

郁小竹有些发愁。

祁深的事情她是知道一些，可都是十二年前的事情，她不能随便乱说，只能挑一些无关痛痒的说："他生日好像是……"

"一月十九日。"不等郁小竹开口，乔妮就抢答了。

"你知道呀？"郁小竹意外。

祁深的生日确实是一月十九日。

"哎呀，不光我知道，全国人民都知道好不好。"

乔妮拉了把椅子过来坐下，一脸严肃地看着郁小竹。很明显，她对郁小竹这么敷衍的态度非常不满。

郁小竹消失了十二年，她根本不知道，祁深在这个世界这么有名。

比起乔妮想了解的，郁小竹更想了解别人眼里的祁深。

为了不暴露自己，郁小竹故意说："祁深很有名吗？我都不怎么上网。"

"怪不得！你微信朋友圈一条动态也没有，也没注册圈圈，微博也没有注册。"乔妮不可思议地看着郁小竹，"我突然怀疑你是从外太空来的。"

圈圈是北煜科技开发的社交软件，近几年在学生中间流行起来，大家都在用。

圈圈和微博都是乔妮帮郁小竹注册的。

乔妮发现郁小竹真的不知道祁深多有名，决定先给她科普一下："祁深是北煜科技的创始人，这个你知道吧？"

"嗯……知道一点。"郁小竹点头。

但北煜科技具体是个怎么样的公司，规模有多大，她没有概念。

在她看来，市值几个亿还是有的吧……

乔妮说："反正就是我们用的圈圈，还有悟空直播呀，悟空视频呀，都是北煜的软件，还有些手机游戏也是北煜开发的，但是我不玩，所以这块我也不太清楚。"

"哦……"

郁小竹还是不太清楚北煜的规模。

她消失前直播还不是特别火。

她回来也不看直播，不太清楚直播的受众有多少。

乔妮看郁小竹对这个不感兴趣，马上又说："哎呀，反正祁深就是特别有钱，一年能换好几辆车，每辆至少几百万。据说光是他名下的车，价值都有好几亿了！"

"这……这么多吗？"郁小竹惊讶得不得了。

她父亲是开公司的，有些事她还是明白的。

大家说一家公司值多少多少钱，那都是虚的，许多都是不动产，不能变现。祁深如果能花几亿买车，那他的资产至少是十倍，甚至更多。

"对啊！"

乔妮用手机打开微博，在搜索栏里输入"祁深 车"几个字，搜索栏里很快跳出一堆图片。

郁小竹接过手机翻了翻。

最上面的几条热门消息基本上都是祁深从某辆车上下来时抢拍的。

照片上的祁深就算没有穿正装，也都穿着各式衬衫，头发打理得很帅气，狭长的眼角微微眯起，无论看向哪个方向，似乎眼里都含着笑，嘴角也是微微上扬的。

看上去好像心情不错。

只有郁小竹知道，祁深不算特别爱笑，他只是天生长了这么张脸。

男人身后的车几乎都不重样。

乔妮看郁小竹看得这么认真，有些不可思议："所以，你是真的不知道，你父母的这个朋友在网上曾经是'国民男朋友'？"

"国民什么？"

"'国民男朋友'，以前流行过一阵子。"乔妮把手机拿回来，"其实我对什么明星都不感兴趣，只是祁深太有名了。前两年，只要在读的学生基本都在议论他，你们学校难道没人说？"

郁小竹一脸无辜。

不是没人说，是以前他们在一个学校……

乔妮似乎也不在意这些，盯着郁小竹问："他最近好像都不出来了，大家都怀疑他找女朋友了。他和你在一起的时候，有没有提过苏芷淇的事情？"

"没有……"郁小竹摇头，"我还专门问了他这件事情，他说他不认识苏芷淇。"

"不认识？"乔妮发表自己的观点，"骗你的吧！他八成是觉得他年纪那么大，却找了侄女的同学做未婚妻，不好意思开口。"

郁小竹之前从没想过祁深会骗她。

刚才祁深说不认识，她就信了。

乔妮这会儿这么一说，郁小竹又有些想不明白。

她把手里的扇子放在一旁，很认真地问乔妮："苏芷淇是我们年级的，对吗？"

乔妮点头。

郁小竹："那她和我一样大吧。祁深都二十六岁了，我觉得他挺成熟的，不可能和十六岁的女生订婚吧？"

这句话是施雯说的。

郁小竹觉得施雯说得对，她也觉得祁深肯定喜欢那种温柔成熟识大体的姑娘。

成功的男人都喜欢成熟懂事的贤内助吧，就像她妈妈那样的。

"苏芷淇是我们班的，她学习挺认真的，对人也不错，比有些大小姐成熟多了。"乔妮说完，贼兮兮地看向郁小竹，"难道……祁深不告诉你，是觉得你好看，想脚踏两条船？"

"当然不可能了！祁深不是这样的人！"郁小竹为祁深辩解时，声调不禁提高了几分。

"我不了解他，随便说的！你别生气。"乔妮赶紧哄郁小竹。

她说完，又发现了个问题，从椅子上站起来，坐到郁小竹的身边，也不说话，就这么偏头看着郁小竹。

郁小竹被她看得有些莫名其妙："怎么了？"

乔妮抬起胳膊，直接搭上郁小竹的肩膀，凑到她脸旁边，小声问："小竹，你偷偷告诉我，你是不是喜欢祁深呀？"

"啊？"郁小竹蒙了一秒钟，下意识地否认，"当然不可能了！"

乔妮在问郁小竹是不是喜欢祁深时，郁小竹第一时间是否认的。

她从来没有思考过这个问题。

如果是以前，她可能还会想一想，可是现在……

十二年的差距。

郁小竹觉得这件事情完全不在她考虑的范围内。

晚上睡觉时，郁小竹躺在床上，用手机学着乔妮在微博搜索祁深的名字。

先跳出的是一堆热门消息。

只不过这些消息大部分是几个月前的，最近的一条都没有。

下面的实时消息，倒是有一些看着像个人微博发的动态：

祁深好久都没冒泡了，不会真的像别人说的，找女朋友了，低调了吧？

每天刷一遍祁深的微博，依然没有更新。

老公没上热搜的第六十七天，想他。

…………

祁深有微博？

郁小竹很快搜索到一个认证微博。

认证身份是北煜科技CEO，头像是个卡通熊猫，和祁深的QQ头像一样。上一条微博发送的时间是七月二十一日。

她回来的当天。

微博内容就一个字:

雨。

下面的配图是一扇落地窗。

窗外似乎是一个小花园。

天空灰蒙蒙的, 加上玻璃上布满雨水, 看得不太真切。

郁小竹点开评论。

前面几条热评是七月二十一日当天发的。

其中有一条是:

老公, 等雨停了再回家吧, 别感冒了。

而下面的评论基本是:

要不是我老公在身边给我解释, 我差点就误会了。

姐妹大可不必, 为了你这句话, 老公哄了我好久。

我老公是你们叫的?

这是……重名?

郁小竹怀疑自己不小心点开了哪个娱乐明星的微博。

她往下翻了翻, 祁深在七月二十一日前发微博的频率很高, 有的还附了他本人的照片。

郁小竹确定自己没找错地方。

"雨"那条微博下面, 还有许多评论在更新, 都在问祁深最近为什么没有发微博。

祁深没有回应。

郁小竹躺在床上, 花了几个小时, 把祁深微博里的几千条内容都看了一遍。

祁深的第一条微博是在六年前发的, 内容是北煜成立。

那时候他发微博并不频繁, 一个月可能也发不了一条。

最近三年更新渐渐频繁起来, 频率也是固定的——一周三条, 不多不少。

内容看得出都是自己写的, 偶尔有转发, 也是转发和熊猫有关的消息。

郁小竹想起来，她上初三的时候，有一阵子学校门口来了好多摆小摊的，其中有个摊子是套圈。

地上铺了张床单，上面摆着一些小玩意儿。

5块钱五个竹圈。

许多同学放学都喜欢去套圈。

郁小竹好奇，有一天也凑了过去。

她看中其中一个卡通小陶人，买了10块钱的圈想试一下。

十个圈转眼扔了五个，每次都在小陶人旁边打转，就是套不中。

郁小竹有些泄气。

不知道什么时候，祁深站在她身边，问她："你喜欢粉色的那个？我帮你可以吗？"

在郁小竹的印象里，祁深沉默寡言，很少开口和别人打交道，这下难得开口，郁小竹毫不犹豫地把剩下的五个圈全部交给祁深。

祁深看着远处那个粉色的小陶人，瞄了一下，把竹圈扔了出去。

竹圈轻飘飘的，一下子就飞远了。

祁深一连扔了三个圈都没套中。

郁小竹怕祁深有压力，安慰道："这个挺难的，套不上就算了，我也就是试着玩。"

10块钱对她来说并不算什么。

祁深没说话。

他又瞄了一下，将圈扔出去。

这一次，竹圈非常准确地飞向小陶人，稳稳地落了下去。

"恭喜！"老板为了招揽生意，大声吆喝，问祁深，"最后一个还套吗？套完我一起给你拿。"

祁深扭头问郁小竹："你还喜欢哪个？"

郁小竹摇头："不用了。你看看你有没有喜欢的，套中就当我送你了。"

祁深看了一眼面前的娃娃，一抬手就把竹圈扔了出去。

郁小竹以为他是随便扔的，结果竹圈稳稳地落在了一个抱着竹子的熊猫钥匙扣上。

老板一看这情况，脸色变了变，把小陶人和熊猫钥匙扣都拿过来，带着几分示好的笑，道："一人一个，快走吧。"

——祁深这种最后两个圈接连套中的，一看就是高手，再玩下去他就别想赚钱了！

两个人离开。

郁小竹看着祁深手里拿着的熊猫钥匙扣，问他："你喜欢熊猫啊？"

祁深低头盯着手里的钥匙扣，好半天才开口："嗯。"

那晚，郁小竹关注了祁深的微博后才睡下。

远航和普通学校一样，每个月都有月考。

为了顾及学生家长的面子，远航会出两份成绩单：一份写着真实成绩，另一份只写优、良、中、差。

这优、良、中、差的评判标准不按成绩，而是按照名次。

优，是该科目成绩排在全年级前 10%；

良，是该科目成绩排在全年级前 11% ～ 30%；

中，是该科目成绩排在全年级前 31% ～ 80%；

差，是剩下的 20%。

郁小竹觉得，想出这个办法的老师简直是天才。

虽然还没开始月考，但是以远航学生目前的水平，成绩肯定不会太好。如果按照分数排优、良、中、差，估计全校没有几个优。

按照名次排就不一样了。

上次周末回去，郁小竹跟祁深说好，自己周末要留在学校，祁深没有反对。

这两周，郁小竹都在学校学习。

第一次月考时间是九月二十六、二十七日两天。

全校月考，班级座次都是打乱的。

郁小竹在第四考场。

二十六日一早，郁小竹吃过早饭便进入考场。

考场里有五个女生在角落里聊天，郁小竹看了一眼。

五个女生里，一个女生坐在中间，其他四个人都围在旁边站着。

而那个中心人物就是苏芷淇。

郁小竹找了一圈，发现自己的座位在苏芷淇左边，于是坐了过去。

身后几个女生还在叽叽喳喳聊得热火朝天。

"芷淇，我听说你高三就不读了？"

"嗯，可能会先出国读预科。"

"啊，我也好想快点出国啊，国内买包太贵了！"

"我也是，可我爸不放心我，非让我在国内把高三读完，这有什么可读的！"

"你跟你父母说你英语太烂了，早点出去适应环境学得快。"

"还能这样？那我出去了，万一考不过怎么办？"

"羡慕芷淇啊，学习这么好，什么都不愁。"

郁小竹本来带了课本过来，结果旁边几个人太吵了，让她一点看书的心思都没有。她干脆把手机拿出来，开始刷微博。

她的微博关注名单里，除了祁深，其他人都是系统推送的。

郁小竹从关注列表里点进祁深的微博。

今天他依然没有更新。

"对了，我舅舅说，月考完会安排我跟祁深见面。"

郁小竹刚退出祁深的微博，就听见身后苏芷淇说的话。

原来，那天祁深说他不认识苏芷淇，不是因为苏芷淇说的祁深和她认识的祁深不一样，而是他们还没见过面。

郁小竹悄悄偏头。

她这个角度正好可以看见苏芷淇的侧脸。

苏芷淇长得很漂亮，和郁小竹完全不是一个类型。

苏芷淇是标准的小V脸，眼睛大，鼻子挺，嘴唇薄，五官漂亮得找不出任何瑕疵。她没有随大流烫发染发，而是保持着一头黑长直。看人的时候，眼睛里像含着一汪水一样，温柔清澈。

郁小竹不禁想，祁深会不会喜欢苏芷淇？

监考老师拿着卷子进了教室，苏芷淇身边的女生这才散去。

第一天上午考语文，下午考数学。

第二天考英语和综合。

郁小竹十二年前学的内容和现在的课本有很多不同，她从假期就开始补课，可这次月考能不能考好，她心里还是没底。

起初郁小竹以为，远航学风这么差，老师很可能会顾及学生家长的面子，把试卷出得简单一些。

当她考完语文就发现自己想错了。

远航的月考不但没有降低难度，反而和她消失前所就读的重点中学的月考难度差不多。

远航的学生不多，二十七日考完，二十八日上午第二节课的时候就张榜了。

一下课，大家都跑去看榜。

月考成绩公示在教学楼一楼大厅。

是电子榜单。

郁小竹仰起头，很快在文科成绩榜最上面找到了自己的名字。

第一名：郁小竹，总分607。

文科分数普遍没有理科高，可是郁小竹这个分数，在文科里也不算高。

如果是十二年前她考这个分数，别说拿第一了，可能连年级前三十名都进不去。

旁边理科榜单的第一名毫无悬念，是乔妮，总分689。

郁小竹在和乔妮同住这段时间，发现乔妮是天才型学生。

乔妮并不像许多好学生那样一天到晚只学习，许多时候，她会抱着手机刷微博，会跟着郁小竹一起去图书馆看小说。

这分数一出来，郁小竹心服口服。

"小竹，你也第一耶！"乔妮在人群中发现郁小竹，跑了过来。

郁小竹叹了口气，一点自豪感也没有。

"很没含金量的第一。"

总分607，郁小竹真的高兴不起来。

不是她考得好，是其他人太不努力了。

理科成绩榜上，除了乔妮外，还有几个600分以上的。

文科成绩榜上，除了郁小竹607分以外，第二名513分，比郁小竹整整低了近100分。

"那也是第一呀！"乔妮挽着郁小竹，"你加油呀，期末的时候，优秀学生有3万到5万块奖学金，高二好像文理科都有。"

"3万到5万？"郁小竹眼睛发亮。

"对啊。"乔妮得意扬扬，"你以为我为什么受这么大的苦还要在远航读书？谁和钱过不去呀？"

郁小竹不缺钱，可当她听见学习好能拿这么多奖学金时，还是非常心动的。

毕竟别人给的钱和自己凭本事赚的钱，花起来心情完全不一样。

乔妮和郁小竹回到教室，其他学生还在那儿看成绩。

"哎哟，那个郁小竹果然是学校请来的，一来就考第一。"

"文科能上600分，挺厉害的啊。"

"主要她还长得挺可爱的。"

"哈哈哈，你别想了，我听说她刚来第一天就把罗洋和施彦宇都拒绝了。"

"施彦宇？"

两个男生议论的时候，施彦宇正在后面看成绩。

他这种吊车尾，以前从来不会来看成绩榜。这次他过来，主要就是好奇那个天天坐他旁边写写写的郁小竹到底能考第几名。

此时站在成绩榜前，施彦宇不但看见郁小竹是第一名，还听到一件连他自己都不知道的事情——

他被郁小竹拒绝了？

施彦宇个子高，手臂张开，搭在前面两个同学的肩膀上，低头问他们：“请问，谁说我被郁小竹拒绝了，嗯？”

施彦宇脾气不太好，身为篮球队队长，出去跟别人打篮球的时候，经常会和别人发生口角，也没少打架；在学校仗着老爸有权有势，横行霸道，别人都不敢得罪他。

这会儿他一问，前面那两个议论他的男生脸都吓白了。

“圈圈上有人说的。”

“班里女生也这么说。”

“我们不太清楚。”

“宇哥，对不起！”

两个人赶紧道歉。

施彦宇收了只胳膊，从口袋里摸出手机，打开圈圈 APP，轻车熟路地进了远航的圈子。

圈圈作为匿名社区，很受大家欢迎——

披上个马甲，谁也不知道马甲后是人是狗。

圈子里，热门帖子的标题会变颜色。

施彦宇很快就找到了和自己相关的那条：

入学第一天拒绝两个人，这年头大家都喜欢学霸？

施彦宇点进帖子。

罗洋就算了，还有一个我听说是施彦宇。

呵呵，假的吧，我就不信郁小竹能拒绝施彦宇。

楼上 +1，清高人设也有个限度。

拒绝罗洋很正常，我觉得罗洋脑子有问题。

拒绝罗洋，我信，拒绝施彦宇？不贴上去就不错了。

为什么不能拒绝施彦宇？这事儿要是假的，施彦宇能坐得住？

学霸一般都不太喜欢脑子不聪明的人，拒绝施彦宇也很正常吧。

帖子里，对于郁小竹拒绝施彦宇这件事情，信和不信的都有，但大部分持怀疑态度。

施彦宇看完帖子，把另一只胳膊也收回来，点了一下"发新帖"。他在昵称上直接把自己的名字"施彦宇"三个字打了上去，在帖子正文写道：

我从今天开始追郁小竹。

输入完后，他点击"发送"。

短短十个字，让远航的圈子炸了锅。

从第三节课开始，所有人都开始议论这件事。

乔妮也看见了，不停地给郁小竹发信息。

在发到第八条时，郁小竹终于注意到手机屏幕上的信息。

"看咱们学校的圈子！"

"快看呀！"

"施彦宇说要追你！"

"姐妹，看看我！别听课了！"

…………

郁小竹快速扫了一遍信息，才打开圈圈看帖子。

施彦宇二十分钟前发的帖已经有了上百条回复。

太阳打西边出来了？宇哥追人了？

宇哥用追吗？走个过场，直接答应就完事了。

有生之年居然能看见我宇哥追妹子。

这年头学习好这么受欢迎吗？

大部分都是施彦宇的追捧者，不过也有不看好的。

郁小竹，坚持住，别答应！我看好你！

对，谁说高富帅追就得答应？

我赌施彦宇追不上，别让我打脸。

郁小竹偏头看了眼施彦宇。

施彦宇依然趴在桌子上睡觉。

郁小竹有时候怀疑，施彦宇是不是睡神投胎？

第三节课一下课，周围同学虽然都坐着，但眼中看好戏的雀跃藏也藏不住。

郁小竹头疼。

施彦宇追她被拒绝确实是莫须有的事情，可惜这个学校里有好多不学习的人，他们太闲了，没事就喜欢传别人的八卦。

本来学校有很多八卦可以传，可她这个八卦的中心人物是施彦宇，事情就变得不一样了。

郁小竹看了眼正在睡觉的施彦宇，气得恨不得把他捶一顿。

可她打不过他，只得放弃了这个念头。

对于郁小竹在学校的事情，通过管袁，祁深了解得一清二楚。

月考成绩一出来，管袁第一时间就给祁深打电话。

"祁总，郁小竹在学校您就放心吧，她这次月考考了年级第一。"

"那就好。"

对于郁小竹考第一，祁深一点也不惊讶。

他从来都知道郁小竹是认真又努力的姑娘。

祁深上初一时，郁小竹念初三。

那时他们还在一个学校。

每次月考完，祁深从不看初一的榜单，而是第一时间去看初三的榜单。

每一次，郁小竹的名字都会出现在前十名。

他必须仰着头才能看见。

那时，郁小竹的名字在榜单上的位置，就像郁小竹在他心里的位置一样。

他只能仰望，只能远远看着。

祁深挂了电话，翻看了一下日历。

今天是九月二十日。

再过两天就是十一黄金周。

之前郁小竹和他说周末不回去，但黄金周她总不可能还待在学校吧。

祁深把牧楠叫了进来，告诉他："三十日五点以后的事情都推了。"

"好的，祁总。"牧楠先答应下来，继续说，"祁总，霍总的秘书刚刚打电话过来，说他很期待在明天的宴会上见到您，希望您不要缺席。"

祁深点头："我知道了。"

第 6 章

/

照顾她生活的方方面面

牧楠口中的霍总叫霍城，今年三十七岁，他的公司霍氏在人工智能也就是 AI 领域，有着自己的一套核心技术。

就算霍城不说，祁深也绝对不可能缺席。

二十九日晚上。

祁深着正装，准时来到霍城举办宴会的现场。

这个时代是互联网的时代，人们坚信，人工智能是未来社会发展的重点。

正因为如此，霍城在北城可以说是人人都会给面子的人物。

祁深到宴会厅时，会场里已经来了不少人。

他进去时看见霍城正在和一个客人谈话，身边站着一个年轻女孩。

祁深进来后，一个侍者走到霍城身边说了两句话。

霍城向祁深的方向看了一眼，带着那个年轻女孩径直走过来。

霍城往祁深身边走的时候，不少人走过来想和他打招呼，霍城冲着这些人微微抬手，示意自己有事。

祁深看见霍城走向自己，也向前走了几步迎上去，先一步走到霍城身边，客客气气地喊了声："霍总。"

"祁深，好久不见。"霍城微微点头示意。

祁深和霍城在北城都是传奇人物。

说祁深传奇，是因为他白手起家，眼光超前，能走到今天这一步，堪称奇迹。

霍城呢？他有强大的背景，看事情的眼光比同辈人长远得多。

五年前，在房地产最火爆的时候，他抽身出来，转而投资人工智能，别人都说他疯了；五年过去了，房地产的红利早就见底，当年说霍城疯了的人，纷纷来向他求助。

比起祁深，霍城要低调很多。

他很少出席宴会，更少举办宴会。

这次宴会是接在霍氏一个新产品发布会的后面，这个发布会可以说奠定了霍氏未来十年都会领先同行的基础。

祁深客气道："霍总是大忙人。"

"你年轻有为，我倒是愿意和年轻人多交流的。"霍城说完，微微侧身，对祁深说，"这是我外甥女，挺崇拜你的，认识一下吧。"

霍城这两句话放在一起说，意思已经非常明显了。

祁深看向霍城身边。

女孩穿着一袭香槟色长裙，脚底踩着高跟鞋，脸上妆容精致，一头黑发绾起一部分，还有部分披散在肩头。

看着……应该也就十七八岁吧。

这身打扮并不太适合她。

祁深还没说话，女孩先自我介绍："祁先生你好，我叫苏芷淇。"

"你好。"

如果不是看在霍城的面子上，祁深连这句"你好"都不会说。

祁深的声音和他温和的样貌匹配，清透干净，不像霍城的声音那样有压迫感。

苏芷淇很早以前就在网上关注了祁深。

那时候，男人经常被媒体从各种角度拍照放在网上。

许多照片都是抓拍的，没有经过任何修饰，可是无论从哪一个角度看，那张脸都完美无缺。

苏芷淇很小的时候就在家宴上宣布，她喜欢祁深，长大以后要嫁给祁深。

霍城身为最疼她的小舅舅，自然把这件事情记在了心里。

祁深今天穿的是古典的英式西装，合身的剪裁将男人颀长的身材衬得更加完美；嘴角自带弧度，给人一种温柔的感觉。

苏芷淇光是看着，脸就红了。

霍城看了一眼自己的外甥女，对祁深说："我还有点事，你陪一下小淇。"说完，就直接走了。

祁深已经明白是怎么回事。

不等他说话，苏芷淇指着不远处的沙发道："祁先生，我还是学生，平时很少这么打扮，高跟鞋我穿着不舒服，我们能不能去那边坐着说？"

苏芷淇长得漂亮，又是霍城的外甥女，一般情况下，她开口，任谁都会答应。

但是祁深并没有按套路出牌："你去坐着吧，我去见见朋友。"

苏芷淇傻眼了，见祁深要走，赶紧说："没事没事，就在这儿聊吧。"

祁深起先就觉得苏芷淇这个名字有点耳熟。

刚才听她说自己是学生，他终于想起来在哪儿听过这个名字了。转头看了她一眼，他问："你是远航国际学校的？"

苏芷淇点头："对，我同学前几天说在学校里看见过你。"

她很会聊天，很自然地就把这个话题进行了下去。

祁深也不否认："嗯，我有个……朋友在那里读书。"

苏芷淇惊讶："朋友？"

祁深看了苏芷淇一眼，道："她叫郁小竹。"

祁深之前只从管袁那里听过郁小竹的消息，但很明显，管袁这个人报喜不报忧，除了说郁小竹在学校学习好，受老师喜欢外，也说不出其他的。

苏芷淇和乔妮一个班。

乔妮是学校邀请生，开学这一个月基本上就干了两件事：一是刷题，二是和郁小竹在一起。

苏芷淇开学第一天就知道了郁小竹这号人，不过不是因为乔妮，而是她身边八卦的女生说：郁小竹拒绝了施彦宇。

昨天郁小竹考了文科第一，施彦宇扬言要追她，更是让她成了学校话题度第一的"名人"。

只是……

不都说郁小竹是学校邀请生吗？祁深怎么会认识她？

苏芷淇不傻，祁深既然提起郁小竹，肯定是想通过她了解什么。

"郁小竹啊，虽然才来学校一个月，但是在学校里很有名呢。"苏芷淇说的时候，脸上挂着浅浅的笑，眼神也带着善意。

祁深垂眸看她："有名？"

"对啊，她学习好，长得又漂亮，来学校第一天就有许多男生追她，昨天还考了年级第一。"苏芷淇顿了顿，故意用很羡慕的语气道，"昨天我们学校校草、振易地产的施公子还在学校圈子里扬言要追郁小竹呢！"

在苏芷淇说这些话的时候，祁深没发表任何言论。等她说完，祁深也只是说了一句："哦，是吗？"

语气平平淡淡，似乎郁小竹这个人和他关系也不是很近，他对她的消息也不是特别感兴趣。

祁深一句话，又把话题给断了。

两个人之间弥漫着淡淡的尴尬。

苏芷淇偷瞄着祁深的脸，正想着还要说些什么时，祁深把手机从口袋里拿了出来，看了眼屏幕，对苏芷淇道："失陪一下。"

祁深快步走到霍城身边，告诉他自己公司项目测试出了点问题，必须马上回去。

霍城看了眼祁深身后被晾在那里的苏芷淇，点头："好的，我公司有个项目想和北煜合作，等有时间我再单独约你。"

"随时恭候。"祁深的语气诚意十足。

祁深并没有和苏芷淇道别，而是直接出了宴会厅。

李群在门口候着，看见祁深出来，马上跟了过去。

两个人上电梯时，祁深已经点开了远航的圈子。

果然，最上面的一个热帖是"施彦宇"发的，内容是：

我从今天开始追郁小竹。

祁深黑脸。

李群站在一旁，看着自家老板心情这么差，也有些慌张。

但他是司机，无权过问老板的事情。

等两个人坐到车上，李群才小声问："祁总，咱们去哪儿？"

祁深刚进宴会厅没二十分钟就出来了，现在时间还早，李群不知道祁深是要回公司还是去哪儿。

祁深正在看远航圈子里的帖子，听见李群问他，他回了句："回家。"

祁深只有一个家。

在恒安区大桥路 CBD 中心，是间大平层公寓。

平时祁深很少回那里。

李群将祁深送回家后，就离开了。

公寓楼是独栋的，一共四十二层，祁深住在第四十层。

到了第四十层，祁深用指纹把门打开，推门而入。

为了让住户更好地观赏北城景色，客厅设计了一百三十度的观景落地窗。

而这观景客厅里，只摆了一台大电视机和一张黑色三人沙发。

除此之外，什么家具都没有。

旁边的餐厅也一样，连一张餐桌都没有。

祁深换鞋进屋，把西装外套挂在门口的衣架上，直接就进了主卧。

公寓是精装修，厨房、洗手间以及步入式更衣间等都是交房即用的。

祁深洗了个澡，随手拿了一件浴袍穿在身上，之后坐在床上，开始看远航的圈子。

从华灯初上，一直看到凌晨。

三十日早上，郁小竹起床时发现手机上有一条来自祁深的 QQ 信息。

内容是：今天晚上我去接你。

发信息的时间是凌晨两点二十三分。

这次放假，国庆中秋连着，一共放八天。

好多学生要出国旅游，月考完直接就走了。

三十日这一天，学校里已经没有多少学生了。

乔妮三十日上午就回家了。

下午放学时，郁小竹回宿舍将早就收拾好的行李箱拖起，连校服都没来得及换，就跑去学校门口等祁深了。

祁深百忙之中来接她，她不好意思让他等太久。

郁小竹拖着行李箱刚到学校门口，就看见一辆祁深上次开来的同款车，于是拖着行李箱打算先过去看看车牌再确认一下。

"哟，郁小竹。"施彦宇先一步走到她身边，"怎么，想坐我家车走？"

郁小竹此时已经看见车牌，和祁深那辆不一样。

"这车和我朋友的车型一样，我看一下车牌号。"郁小竹向施彦宇解释。

她说话时表情不卑不亢，一点也不像在说谎。

施彦宇直接乐了，盯着女孩精致可爱的小脸，问她："一样？这车北城就三辆，你跟我说说，你朋友是谁？开得起这车？"

他以为郁小竹是学校邀请生。

邀请生有两个特点：一是学习好；二是穷。

郁小竹怎么可能有朋友开得起这车？

郁小竹本来想解释，可看了看施彦宇那自以为是的样子又懒得开口，反正等一下祁深会来。

施彦宇以为郁小竹被自己戳中了痛点，一步跨到郁小竹前面，脸上挂着痞痞的笑，道："其实你想坐也可以，当我女朋友，喊我一声亲爱的，以后放假我都接你送你。如果你想，周末你也可以住我家。"

最近几天郁小竹发现，施彦宇这人真的是自恋又自负。她抬头看着他，指了指天："大白天就做梦啦？"

"我做梦？我……"

施彦宇正想反驳，一辆和他家同款的黑色轿车由远及近，最后停在了他家车的前面。

两辆车停在一起，看起来一模一样。

施彦宇和郁小竹同时向那辆黑车看过去。

祁深从驾驶座上下来，整理了一下袖口，走了过来，将郁小竹护在身后，看向施彦宇，直接问他："你就是那个说要追小竹的施彦宇？"

祁深前几年在微博频繁刷脸，知名度快赶上一线流量明星了，四十岁以下的网民基本上没有不认识他的。

"第一次见到活的。"施彦宇看见祁深先是有些吃惊，不过随即他双手插兜，痞痞笑道，"没想到我追我同桌的事情，北煜科技的老板也知道。"

祁深白手起家，跟很多富二代打过交道，其中有不少上进认真的，但像施彦宇这样的，就是绝对的食物链底层，离了老爸估计也成不了什么事。

祁深没想在施彦宇身上浪费时间，伸手将郁小竹的行李箱接过来，道："她不同意。"

祁深说完之后，又对着郁小竹说："上车。"

郁小竹点头，要跟着祁深走。

"等等！"施彦宇向前一步挡在两人面前——准确地说，是挡在郁小竹的面前——偏头上下打量着祁深，"你是她的谁啊？她本人都没说不同意，你算个屁！"

北煜科技在北城乃至全国都很有影响力，祁深更是年轻人中的佼佼者。

越是这样的人，施彦宇越讨厌。

不过，施彦宇家的公司也不是摆设。虽然这几年房地产不行了，但是像振易地产这样的大企业，再怎么说也是瘦死的骆驼比马大。在施彦宇看来，祁深再有钱也没他爸有钱，他根本不把祁深放在眼里。

"对不起，我不同意。"这次是郁小竹开口，她解释了一下，"你虽然之前在圈子里发了帖，但是从来没询问过我，所以我也没法发表自己的意见。"

不是郁小竹不想拒绝施彦宇，而是施彦宇高调地在远航圈子里发了个帖子后，在学校依然是上午睡觉，下午逃课打篮球，对她没有任何实质性的追求举动；再说了，圈子是匿名论坛，发帖人虽然署名是施彦宇，但郁小竹也不能确定是不是他本人，万一那帖子不是他发的，她傻呵呵地跑过去对他说"我不同意"，被骂自恋怎么办？

施彦宇的身高有一米八一，他微微俯身，看着还穿着校服的郁小竹。

郁小竹坐在施彦宇的身边，他平时也没少观察她，可每次都只看个侧脸。

这女孩和学校里其他人不一样，她喜欢扎单马尾，从不化妆，最多涂个唇膏。

这会儿太阳已经接近地平线，阳光变得柔和，女孩的脸颊在天然的光线下呈现出和谐的暖色调，脸型是难得标准的心形，一双狐狸眼正警惕地盯着他。

施彦宇身为振易地产的公子哥，女人见得多了，大概是大鱼大肉吃腻了，现在看看郁小竹，越发觉得让她做自己女朋友也挺不错的。

施彦宇道："别急着下定论啊，我这不是还没开始行动？等我开始追你，相信你很快就会改变主意了。"

在施彦宇看来，女人嘛，开始扭捏一下，不过都是为了让自己看上去不那么廉价。

"施公子，好歹你也是振易集团唯一的继承人，我希望你跟你父亲多学学，不要在没有可能的人和事情上浪费时间。"祁深提醒。

施彦宇直起腰，看向身边的祁深，一脸轻蔑："浪费时间？我这人别的没有，就时间多！钱多！我的时间，我愿意浪费给谁就浪费给谁。再说了，你是她爹吗？我追她还需要向你打报告？"

"小竹父母出国了，将她托付给我，所以我是她的监护人，会照顾到她生活的方方面面。"祁深顿了顿，眼中带着警告，"尤其是交男朋友这件事情，我不点头，就算她自己同意也不行。"祁深语速很慢，他的声音本来不是那种很低沉的，但此时说的每一个字都透着坚决。

"行啊。"施彦宇站在那儿，一副吊儿郎当的样子，"那你就管，看你能不能管住？"

"那你试试。"

"试试就试试。"施彦宇盯着郁小竹，"小可爱，等节后我就开始追你。"

"别浪费时间，我……"

郁小竹已经在抓紧时间说话了，可她还没说完，施彦宇已经上了自家的车。

他一上车，司机就把车开走了。

学校门口已经围了几个学生在看热闹，祁深揽了一下郁小竹的肩膀，道："上车。"

上了车，郁小竹耷拉着脑袋，小脸皱在一起，都快成苦瓜了。

祁深忍不住抬手摸了摸女孩的头发："这件事交给我吧。"

"不用，我自己解决吧。"郁小竹马上抬起头，"我能解决的！"

郁小竹回来后，许多事情都在麻烦祁深——那些事情大部分都是她自己无法解决的。

但是这件事情，她一定可以解决。

祁深看向郁小竹："你确定？"

郁小竹点头："对呀。你记不记得，以前有个高年级的男生有一阵子追我，每天我被烦到不行，开始怎么跟他说他都不听，后来我跟他说了好多次不想谈恋爱，他不是也放弃了？"

祁深本来已经准备发动车子了，可此时，女孩的话让他的动作顿住。

这件事情确实发生过，是在郁小竹初三的时候。

以前学校初中部和高中部不在一个校区。有一次春游，一个高二男生看见郁小竹，据说是一见钟情，随后对她展开了热烈且高调的追求，可是大概追了一个月，就没继续追了。

他放弃，不是因为郁小竹苦苦劝说他要好好学习回头是岸，而是因为祁深把那个男生堵到网吧门口，打了一顿。

不仅如此，祁深还警告那个男生："我可以不上学，也可以不要命，如果你想和我一样，那你就继续。"

他们学校是重点中学，当时那个男生上高二，学习成绩中上，不可能为了一个女生放弃大好前途。因为这样，所以他才最后找了一次郁小竹，说他决定好好学习了。

郁小竹一直以为，这是自己拒绝成功了。

祁深将车开出停车位，同时用余光看了看身边的女孩，淡淡应了一声："嗯。"

今非昔比。

现在的他是北煜总裁，几千人在他手下吃饭，他不会再像以前一样冲动。

祁深带着郁小竹吃了晚饭，再将她送到小区门口时，已经晚上九点二十分。

祁深将郁小竹送到家门口，看了眼表，道："我明天要去 B 国出差，会安排李群二十四小时待命，你要出门就联系他。"

"我知道了，你放心去忙吧。"

郁小竹答应得痛快，祁深却知道，她八成是不会麻烦李群的。

祁深沉默了片刻，又说了一句："你放心，我会想办法尽快找到你父母的。"

郁小竹没有身份证，也没有户口，办不了护照，要不然，他一定会带着女孩出国。

"谢谢。"郁小竹说完，又觉得这句话不足以表达自己的感激，又补了句，"我这次回来，许多事情一直在麻烦你。等以后你有什么事情需要我帮忙就尽管开口，我一定会帮忙的。"

祁深看着女孩真诚的小脸，忍不住起了一点狡猾的心思，讳莫如深道："什么事情都可以？"

"嗯，只要是我能做到的，一定会尽全力帮你。"郁小竹点头。

看着她认真的模样，祁深轻轻地摇头："也不需要到这个程度。"

再多的话，祁深也没法说了。他看了眼表，对郁小竹说："早点休息，我这几天有时间会联系你的。"

当天晚上，放学后校门口发生的事被人发到了学校圈子里。

不仅有帖子，还有图片和录像。

录像并不长，正好录到祁深说郁小竹的父母在国外，他是她监护人的这一段。

这个帖子下面一下多了很多评论——

这是什么惊天大新闻！

郁小竹的监护人居然是祁深？

所以，郁小竹不是邀请生对吗？她就是单纯学习好对不对？

她父母出国做生意，能找祁深做监护人，还需要邀请吗？

郁小竹对不起，我们现在做朋友还来得及吗？

这是什么剧情？为什么我闻到了玛丽苏的味道？

我好像听说祁深是苏芷淇的未婚夫，祁深又是郁小竹的监护人，没人觉得这个关系有些微妙吗？以后郁小竹要叫苏芷淇什么？

求求楼上别乱说，苏芷淇和祁深的关系是苏芷淇自己说的，祁深可半个字都没提过。

苏芷淇喜欢祁深又不是一天两天了。

就算这事是真的，祁深肯定也是看在苏芷淇舅舅的面子上才答应的吧！

…………

圈子里讨论的内容，说着说着就跑题了，从议论郁小竹，很快就变成了议论苏芷淇。

在学校，苏芷淇好朋友众多，许多女生都和她关系好，大家以苏芷淇为中心，无形中形成了一个小圈子。

苏芷淇靠舅舅安排跟祁深见面的事情，也只有圈子里的人才知道。

许多事情已经不言而喻了。

在远航短短的一个月，郁小竹把这所学校里的人际关系看得明明白白。

明明是学生，却都用成人社交的那一套，她有些应付不来，也不想去应付。

郁小竹看了一会儿就把圈子关了,拿出几张月考卷子开始纠错。

她想,等她再见到父母的时候,要让父母觉得她长大了,无论学习还是生活,都不需要他们操心了。

假期第一天,郁小竹和乔妮约好去了北城市中心。

除了逛街外,还去书店买了些辅导书。

回到家里,郁小竹拿出一个周计划本,把剩下的七天假期安排得满满当当,除了去超市以及傍晚出门散步外,其他时间都是留在家里做作业和学习。

第二天一早,郁小竹刚起床,就看见了祁深发的QQ消息。

祁深:"今天什么计划?"

郁小竹觉得打字太花时间,干脆把自己的周计划表用相机拍了发给祁深。

郁小竹计划每天的学习时间在晚上九点结束。

祁深:"OK,九点后我联系你。"

晚上九点刚过,郁小竹准时接到祁深的视频电话。

这个时间,郁小竹这边窗外天都黑了,祁深那边却是天光大亮。

祁深说:"我打算过几天去一趟C国。"

一听见C国,郁小竹就精神起来——她的父母就在那边。

她问:"你去工作吗?"

祁深摇头:"C国虽然很大,但是我们国家移民过去的人,大都会选择住在C国第一大城市C市。在那里,华人有自己的商会,我过去打听一下,看有没有人认识你父母?"

郁小竹:"啊,那麻烦你了。"

"没事,不麻烦,有消息我会第一时间跟你联系的。"

祁深最近逐渐相信,真的有人会消失十二年再回来。

这一刻，郁小竹觉得自己看见了希望，她甚至开始想，如果顺利的话，她父母会不会跟着祁深回来。

如果那样的话就太好了……

祁深那边是早晨，他还要出门，跟郁小竹说完去 C 国的事情后，就把视频电话挂了。

郁小竹从视频退出来，才发现乔妮在圈圈里给她发了条信息。

郁小竹点进去一看，是《你画我猜》的游戏邀请。

下面是乔妮给她发的信息：

"小竹，我们玩《你画我猜》，你来不来？"

"我们先开了，来的话你直接点进来！"

郁小竹点开邀请。

游戏已经开始了。

游戏带语音功能，郁小竹进去时，正好听见乔妮说话："林杉，你太厉害了，她画成这样你也猜得出来！"

紧接着，一个男声响起："很好猜。"

另一个女生也说话："都跟你说我哥除了追女生不行，就没有其他事情不行。"

乔妮发现郁小竹进来了，道："小竹，你来啦！你等一下！我们这局马上就结束了，下一局你就可以加入了。"

郁小竹没玩过这个游戏，她本以为就乔妮一个人，没想到还有其他人。

她正想打字说自己要睡觉了，就听见另一个女生说："你好呀，我们是乔妮以前的同学，我叫林佳，他是我哥林杉。"

"你好。"郁小竹也打了招呼。

她想，既然来了，就玩一局再走吧。

自从拿到智能手机，郁小竹也安装了一些游戏，不过大部分都是简单的抽卡游戏。

这种游戏最大的特点就是需要"氪金（网络游戏中的充值行为）"，不氪金就要花比别人多几倍的时间才能完成任务。

郁小竹的银行卡不是自己的，是祁深的。

虽然卡里有不少钱，但她始终觉得这钱不是自己的，不能花在没有必要的地方。

于是郁小竹就把那些游戏都删了。

《你画我猜》是个免费游戏。

简单来说就是用画面来表达一个词，让大家猜。

从小，郁小竹的美术课成绩就不错，她本以为这个游戏对她来说很简单，结果……第一个词是"姑奶奶"。

郁小竹：这是啥？

郁小竹费劲地在屏幕上画了个老奶奶，还特地涂白了头发，然而一直到计时结束也没有人猜出来。

几轮游戏下来，郁小竹发现，《你画我猜》比她想象中好玩许多。

不知不觉就玩到了十一点。

游戏里的四个人，除了乔妮外，其他两个人都加了郁小竹，约着明晚九点继续玩。

第二天晚上九点，郁小竹接到游戏邀请，不过不是乔妮发的，而是林佳发的。

郁小竹进去时，乔妮没来，只有林杉和林佳两个人。

林佳："等一下，乔妮去洗澡了，说晚两分钟来。"

郁小竹："好的。"

林佳："唉，天天在家我都要发霉了，咱们要不要哪天找个桌游馆，玩玩剧本杀或者密室逃脱？"

林杉："六号以后我白天都有时间。"

林佳："好的！就等乔妮啦！"

玩了一天游戏，郁小竹把林佳和林杉的性格猜得差不多了。

两个人虽然是兄妹，性格却差很多。

林佳和乔妮差不多，属于活泼型；林杉性格要沉稳一些，话不多，但是脑子很好使的样子——每次不管她们三个画成什么鬼样子，林杉都可以猜出来。

林家兄妹两人虽然性格不同，但似乎都很好打交道的样子。

乔妮来了之后，他们三个人就开始讨论六号去哪里玩密室逃脱，郁小竹在旁边也插不上话。

他们提到的许多综合性商场，十二年前还没有。

密室逃脱是什么，她更是没听说过。

三个人讨论得热火朝天，时不时问郁小竹一句，郁小竹的答案都是："你们定就好。"

主要是她真的不知道他们说的是哪里。

这些天一直待在家里确实很没意思，她内心也希望和他们出去玩的。

五号晚上。

祁深和郁小竹通了视频电话，告诉她自己的事情忙完了，等一下就要坐飞机去C国了。

郁小竹有些激动："如果有消息的话记得告诉我。"

祁深答应，又问她："这几天我没和你联系，你都在做什么？"

因为要腾出时间去C国，祁深把出差的时间缩短了。这几天都很忙，加上时差的缘故，他一直没有跟郁小竹通过电话。

李群告诉祁深，郁小竹最近都没有联系过他。

祁深担心郁小竹每天宅在家里不出门，把自己憋坏了。

郁小竹将和乔妮、林家兄妹玩《你画我猜》，以及明天约着一起出去玩密室逃脱的事情都告诉了祁深。

祁深安安静静地听郁小竹说完，问她："林杉？男的？"

郁小竹说的时候没有觉得什么，祁深一问，她立马有种被家长抓到和男孩子有超友谊关系的错觉，赶紧解释："是乔妮以前同学的哥哥，一起玩个游戏而已嘛。"

"哦……"祁深故意拖长尾音。

施彦宇的事情还没有过去，郁小竹为了让祁深放心，拍胸脯保证："林杉和施彦宇不是一种人，他脾气可好了，而且很聪明，特别会照顾人，尤其会照顾他妹妹。"

简而言之，就是个妹控！

祁深在电话那头看着女孩为林杉说话，一时也说不上自己是什么心情。

祁深不知道郁小竹到底喜欢什么样的男生，但他很肯定，郁小竹不会喜欢施彦宇。

施彦宇除了有钱，可以说是毫无魅力。

郁小竹被父母教得极好，她懂礼貌，会照顾别人的情绪，积极上进，对于超出自己经济范围的东西不会眼红。

就像一棵精心呵护下笔直生长的小树。

施彦宇展现出来的性格和郁小竹的性格完全相反。

她不会喜欢他。

但是郁小竹说的这个林杉，很明显是比她大而且成绩优秀、性格也好的人，和郁小竹是有相似点的。

祁深此时正坐在 B 国国际机场的头等舱休息室里。

看着对明天满怀期待的郁小竹，他开口："我那天去学校接你时对施彦宇说的话，你还记得吗？"

"哪句？"

那天祁深说了好多话，郁小竹不知道他指的是什么。

祁深看着屏幕里的女孩，放慢语速："我说，我会照顾你生活的方方面面，交男朋友这件事情，必须我同意，你们才可以交往。"

郁小竹今年十六岁。

她其实比较早熟，有一颗玲珑心，会顾及别人的心情，可是在感情上反应有些迟钝。

以前追郁小竹的人，都被郁小竹认认真真地教育过：中学就是读书的时候，谈恋爱是上大学以后才要考虑的事情。

郁小竹此时也是这样的想法，她对祁深的话没有什么异议："嗯，高中我不会谈恋爱的。"

祁深看着屏幕，本来想说"大学生谈恋爱也要注意"，转念想了想，等郁小竹找到父母，她可能就跟着他们去国外了。

那时候，也轮不到他管了。

祁深勉强勾起嘴角，对郁小竹说："早点睡吧，明天我让李群去接你。"

听他一提李群，郁小竹马上说："我们明天一早就去，我自己打车去就好了。"

正值节假日，所有网红密室上午十一点以后的场几乎都约满了。

没办法，他们只能约到上午十点场。

李群毕竟是祁深的司机，接送她不是本职工作。

这么早让祁深的司机来接她，郁小竹有些不好意思。

郁小竹的想法总是写在脸上。

祁深大概是老板做久了，想让下属做什么事情，从来都是直接说，如果下属质疑，也会直接把事情摆到台面上来说清楚。

这一次，祁深为了让李群二十四小时待命，直接给了他一周的假和三倍的工资。

可惜郁小竹一次都没找过李群，李群自己都有些不好意思了。

祁深本来想把这些告诉郁小竹，可话到嘴边又犹豫了，最后只用很低的声音说道："乖，让李群送你去，不然我不放心。"

也许是夜晚太安静，男人的声音从开着免提的手机里传出来，回荡在房间里，仿佛有些示弱的情绪。

明明是同样的话，爸爸妈妈也说过差不多的，可是当祁深说出口时，郁小竹的心情有些微妙。

她点了点头，乖乖答应："好。"

她的心情，也和答应爸爸妈妈时不一样。

少女心
未眠

116

第7章

/

能陪她的时间，也许所剩无几

第二天早上八点半，郁小竹换了衣服，套上件薄外套就出门了。

李群送她去北城市中心的步行街。

她和乔妮约好在步行街的麦当劳见面。

当郁小竹到的时候，乔妮似乎还没到。

黄金周的步行街，上午九点多就已经有不少人了，光是麦当劳门口就站了好几对男女。

郁小竹猜不出哪对是林佳和林杉，只好从包里拿出手机，准备给乔妮发信息。这时，有人拍了一下她肩膀，同时，旁边一个陌生的女声响起："郁小竹？"

郁小竹转头，看见一男一女。

女生和她身高差不多，男生差不多有一米七五，戴了眼镜。两人的五官有七分像。

"林佳？林杉？"郁小竹一边收手机一边说，"我还打算给你们发消息呢。"

大概是一起玩了几天游戏的缘故，虽然是第一次见面，三个人也没有什么陌生感。

林杉没有说话，只是冲着郁小竹微微点头示意。

林佳看了眼时间，又左右看看，确定没有乔妮的影子，才说："时间快到了，我们先过去，我给乔妮发信息，让她直接过去。"

北城步行街和十二年前大不相同，郁小竹看这里的每个地方都觉得陌生。

三人到密室逃脱场馆还没有十分钟，乔妮就到了。

每个密室逃脱的店都有几个固定的主题。

他们一共四个人，三个是女孩子，一般来说最想避开的就是恐怖主题。

可惜因为是十一黄金周，大部分主题都被选了，他们能选的很少，只能在几个场馆剩下的主题里找，最后选定一个微恐怖主题——巫女的诅咒。

人到齐后，店员让四人把随身携带的物品锁到柜子里，然后带他们到房间，给四人一人发了一个手电筒，说了一下大概剧情以及求助方式就离开了。

"巫女的诅咒"这个主题，讲的是一个塔罗牌巫女死在这间房子里，里面的人要解开房子的秘密才能出去。

第一间屋子很大，但是光线并不明亮。

房间的四面墙上按顺序画着塔罗牌里的二十二张大阿尔卡纳牌，有的是正位，有的是逆位。

其中有几张已经模糊不清了。

这些牌面画风非常阴暗恐怖，但凡牌面有人的，人脸也非常恐怖。

房间里立着一块电子屏，屏幕上是平铺开的塔罗牌。

但是里面少了三张。

郁小竹胆子不大，当店员出去把门关上的那一刻，她就后悔了。

她从来没有玩过密室逃脱，这种可怕的气氛让她总担心哪里会突然跑出来个什么东西。

林佳和乔妮似乎对游戏很熟悉，关上门后，两个人马上就开始到处找线索。

林佳积极性最高，她在电子屏周围转悠："这个肯定和少的这几张塔罗牌有关，只要我们找出少了哪几张牌就可以。"

乔妮有些疑惑："可是这些牌都是背面，我们怎么知道少哪张啊？"

林佳想了想道："蒙呗！"说着，直接去点屏幕。

可惜丝毫没有反应。

林佳和乔妮又想了几个办法，都不对。

这期间，林杉一直看着自己的妹妹解题，没有发言。

无头苍蝇般找了半天，林佳终于有些泄气了："要不咱们求助吧？"

林杉指了一下郁小竹："你没发现她站的那个地方是亮的吗？"

几个人齐刷刷看向郁小竹。

果然！

郁小竹站在墙边一张塔罗牌的下面，那张塔罗牌微微有些发光。

因为刚才郁小竹一直开着手电筒，所以林佳和乔妮都没有注意到这件事。

郁小竹吓了一跳，往前走了一步，身后的牌马上不亮了。

林佳马上想到了："我懂了，我懂了。我们站在缺的这几张牌的前面就可以了，对吧！"

林杉点头，赞同妹妹的说法。

乔妮似乎看出郁小竹在害怕，赶紧跑过来拉住她说："你别怕，这不是真人版密室逃脱，不会出现什么奇怪的东西！"

郁小竹尴尬地点了点头。

她站了一会儿，已经好一些了。

乔妮拉着郁小竹到屏幕旁边，几个人一起在那儿研究缺了哪几张牌。

乔妮想了想，说："应该是按顺序排的吧？"

林佳赞同。

几个人按照这个方法，很快找到了缺失的几张塔罗牌，分成三组——林杉跟林佳当然是一组的，乔妮和郁小竹分别为一组，然后一组站一张。

当所有人都站好时，屏幕上突然出现一个画面。

与此同时，一个女人的声音响起："请选择你们的牌，决定今天的命运。"

二十二张牌的背面全部出现在屏幕上。

几个人商量了一下，选了靠中间的一张。

当他们选定后，其他二十一张牌全部消失了。

屏幕背景中一道闪电划破黑暗，一张牌出现在投影上。

牌面上是黑夜中一座正在燃烧的高塔，塔顶已经塌了一部分。

与此同时，电子屏上的画面从塔罗牌变成一本书，书翻开的那一页写着高塔的牌意——灾难。

这时，旁边的门开了——他们可以去第二间房了。

第二间房比第一间还要暗。

站在外面可以看见里面有个发亮的东西，似乎是水晶球。

林佳和乔妮迫不及待地跑了进去。

郁小竹怕掉队，只能硬着头皮往里走，这时身后响起林杉的声音："你别怕，我走你后面。"

林杉长着一张"学霸脸"，脾气也很好，有书卷气。

郁小竹点头，小声说："谢谢。"

从第二个房间开始，游戏越来越难。

林佳和乔妮基本属于瞎掺和的，主要解密的还是林杉。

而且每一次都是林佳和乔妮先瞎猜一通，最后再由林杉纠正她们的错误。

这个主题一共有四个房间。

进到最后一个房间，里面有一封巫女生前留下的信和一个上锁的箱子。

信的内容满是怨气和诅咒，字也歪七扭八的，几个人在那儿看了半天也看不出所以然。

全程都在状况外的郁小竹看见信上有一行内容是：当灾难降临，将打破所有虚幻的希望……

"灾难……"郁小竹喃喃。

她想起来，高塔的关键词就是灾难。

郁小竹看了眼开着的门，想了想说："我想回第一个房间看一看。"

大家都忙着找线索，并没有人回应她。

郁小竹犹豫了一下，正想自己过去时，门突然从外面被打开了。

门外的光线照进来，店员站在门口提醒："时间到了。"

"啊？这么快？"

"还差一点就解开了！"

林佳和乔妮都很生气。

郁小竹想回去印证一下自己的猜测，但想到这场游戏已经结束，又放弃了这个念头。

店员站在门口好心地问："请问需要告诉你们最后的密码解开的方法吗？"

林杉摇头："不用了。"

林佳也跟着说："对，我们以前过不了就不问，丢人！"

店员点头，带着几个人去拿手机。

郁小竹把手机拿到手，发现上面有好多条未读的 QQ 消息。

都来自祁深。

"在哪里？"

"不接电话？"

"还想不想知道你父母的事情了？"

"这是见了谁，父母的事情都不想听了？"

除了这些消息，还有三个未接来电。

她跟乔妮、林佳说了一声后，跑去一旁给祁深回电话。

电话接通，祁深的声音很快传了过来："玩得很开心？"

祁深以前和郁小竹说话虽然也有严肃的时候，却从没有像现在这样，语气有点像……耍脾气？

"没有。玩密室逃脱不让带手机，我们把手机都锁起来了。"郁小竹向祁深解释，赶紧又问，"我父母有消息了？"

这才是郁小竹最关心的。

因为有时差，祁深那边已经是傍晚了。

如果祁深白天去打听消息，这会儿应该有消息了。

郁小竹问过后，电话那边的人沉默了一下，道："抱歉，暂时没有人认识你父母。我已经让朋友帮我留意，如果联系到他们，会第一时间把你的事情告诉他们。"

祁深用了整个白天的时间寻找，可是都没有结果。

晚上他有个聚餐。

他知道郁小竹今天要和朋友出去，一想到同去的有个男生，学习好，性格好，他就莫名有些担心，担心等他回国的时候郁小竹会告诉他，她要交男朋友了。

聚餐到后半场，祁深给郁小竹打了个电话。

没想到，还真没人接。

又打了一个，还是没人接。

祁深想用她父母的事情催她快点回消息，可惜郁小竹依然没有回他的电话。

郁小竹听祁深说没有父母的消息，声音明显有些蔫："哦……"

祁深听她这样，也觉得有些抱歉，这个话题再聊下去，只会让她更失望，于是换了个话题："你们游戏玩得怎么样？"

密室逃脱祁深知道，北煜也投资了一个连锁桌游店，只不过他从没去过，也没太过问。

郁小竹看了一眼正在聊天的乔妮三人，她看他们时，林佳正好也在看她，冲着她招手。

郁小竹挺想把游戏经过分享给祁深，又不好意思让其他三人等着，想了想说："等我晚上回去跟你说吧，他们都在等我。"

"好。"祁深答应。

玩过密室逃脱后，林杉就没有再跟着三个女生。

原来林佳父母也是个女儿奴，从小到大，无论林佳要做什么，父母都会让林杉陪着妹妹。

这次出来也一样，知道林佳要跟两个女孩出去，林家爸妈说什么都要林杉跟着。

林杉是没办法才跟来的。

林杉走后，三个女生跑去吃饭，之后又唱了一下午的歌，吃过晚饭才各自回家。

郁小竹到家时，已经快八点了。

十二年的差距，之前无论是在学校还是在外面，郁小竹总觉得和现在这个时代有点格格不入。

林佳和乔妮都在读高二，她们三个人一样大，玩了一天，郁小竹终于有种体验到当代高中生假期日常的感觉。

她进了洗手间正准备洗脸，外面传来 QQ 视频邀请的声音。

郁小竹愣了一下。

祁深去 C 国时，她特地查了一下他要去的城市和北城的时差。北城晚上八点，那边应该是凌晨四点才对。

郁小竹接起视频电话，第一个问题就是："你还没睡吗？"

视频里，祁深穿着睡袍坐在窗边，一双眸子眯着，脸上有些困意，看起来比平时显得更温柔。

男人懒懒地靠在沙发靠背上，道："嗯，说好回来要听你说今天过得怎么样。"

郁小竹当时只是习惯性一说，没有考虑到时差的问题。

她回来的路上想到祁深那边已经是半夜了，自然没打算再跟他通话。

"要不你先睡吧，你回来我跟你说。"郁小竹内疚得不得了。

祁深早就习惯了出差昼夜颠倒："没事，早上的飞机，一会儿就要出发了，在飞机上睡一样的，就当倒时差。"

郁小竹有些为难。

祁深继续问她白天的事情："怎么样？密室逃脱好玩吗？"

他有一点私心，想知道郁小竹和那个叫林杉的男生今天接触得多不多。

一提到今天的密室经历，郁小竹默默叹了口气："有我没我差不多吧，屋子里太黑了，我基本上没做什么。"

比起乔妮和林佳两个人的积极，郁小竹就是个凑人数的，哪个关卡需要几个人一起站，她就负责站一下。

"那就是不好玩？"祁深看着女孩有点沮丧的小脸，这么理解。

郁小竹回想了一下，摇头："其实也不是，解密挺有意思的，就是太黑了，我总担心有什么东西会突然出来。结果到最后什么都没发生，是我想多了。"

"是这样吗？"

"嗯。"郁小竹走到客厅沙发上坐下，倒是有了些兴致，"到后面我开始进入状态了，最后一关他们谁都没有解出来，我觉得我已经想到方法了，可是时间到了……我也不知道自己想的对不对？"

她觉得，她想的应该是对的。

但是刚才林佳和林杉都说不需要听解密的方法，郁小竹也不好问。

听出女孩语气中的遗憾，祁深勾唇笑了笑，道："那我回去陪你再去一次，看看你想的对不对。"

他今天一天为了郁小竹父母的事情一直在忙，晚上又喝了些酒，打电话前本来已经很累了，此时在视频里看见女孩兴致勃勃地给他讲起白天的事情，他又觉得，好像没那么累了。

郁小竹想了想，点头："好。"

夜晚很安静。

郁小竹透过小小的屏幕看祁深，突然觉得她好像一点也不排斥和他视频聊天，也不排斥把白天做的事情告诉他。

在他提出要陪她再去一次的时候，她一点也不抵触。

不知道从什么时候开始，她和祁深的关系似乎在慢慢变好。

这种关系，又和小时候两人的关系不一样。

"后来你们又去哪儿了？"

祁深在想，这个林杉难道一直和她们三个小姑娘一起？

虽然他没有问，但郁小竹仍解开了他内心的疑问："林杉是奉父母之命陪着妹妹的，玩完密室逃脱他就走了，直到我们吃完晚饭他才来把林佳接走。"

"那就好。"祁深低低说了声，想起白天的事情，告诉郁小竹，"你父母的事情也不是完全没头绪，只不过'郁'这个姓的商人在C国这边很多，加上他们移民后以英文名为主，我和朋友查了几个人的资料，从年龄上看，应该都不是你父母，不过我想很快就会有消息。"

郁小竹爸爸的老家在南边一个小村子，郁这个姓在全国是少数，可在他们村绝对算是大姓。

全村30%以上的人都姓这个，几乎每家每户都有姓郁的人。

几十年前，村子里很多人都出去做生意，许多甚至移民去了国外。

郁小竹心里着急，可是她也不能催祁深，只能乖巧地说："好的，要是联系到他们，请第一时间告诉我。"

她越客气，祁深知道这件事情在她心里分量越重。

祁深答应："好，第一时间告诉你。"

祁深骗了郁小竹。

他的飞机不是当天早上的，而是当天晚上的。

白天，祁深还要去做一件事。

十月十七日是郁小竹生日。

祁深这次出来，早早就计划好要在国外好好给女孩选生日礼物。

由当地的朋友带路，他选了一天才把礼物选定。

这次出差，牧楠跟着祁深。

两人到了机场，安检后进入候机大厅，路过一家店铺时，祁深看见橱窗里摆了一个粉白格子的兔子造型包。

祁深看见它的第一反应就是——很适合郁小竹。

他也没有多想，就进了店铺把包买了下来。

牧楠跟着祁深，有些忧心。他身为跟着祁深时间最久的助理，也是对方最信任的员工之一。

所以祁深才会把郁小竹的事情全部交给他来查。

牧楠跟李群关系好，自然知道李群整个假期都跟着郁小竹。

牧楠跟着祁深进了头等舱休息室，为祁深端了茶，找准时机才说："祁总，郁小竹的事情我查到一些，您真的确定，现在这位是……"

牧楠话没说完，祁深带着警告意味的眼神投过来，让他收了声。

作为助理，按理来说，他不该管祁深的私事，可祁深最近的变化太明显了。

虽然他和往常一样，大部分时间都在工作，可是他对郁小竹用心也是不难看出的。

祁深从来都觉得逛街是浪费时间，平时的成衣大部分是几个品牌定期把每季新品的册子送来，他选几件，部分需要私人订制的衣服才会去店里量尺寸。

可他今天整个白天都在为郁小竹选礼物，没有露出半点不耐烦；刚才在机场，看见适合她的，随手就买了。

牧楠怕自己老板是当局者迷，于是冒着被辞退的风险再次开口："我觉得这件事情您还是等找到她的父母再下结论比较好。"

虽然国内没有 DNA 库，但是只要找到郁小竹的父母，然后去相关机构检测一下 DNA，女孩的身份就水落石出了。

祁深喝了口茶，靠在椅子上，闭着眼睛，道："我心里有数。"

祁深一直以为，找到郁小竹父母这事至少要十天半个月，不承想，他回国仅仅三天，C 国那边就来了信息。

已经联系上郁小竹的父母了。

十月十日上午，祁深接到了一个越洋电话。

电话接通时，那边响起一个有些沙哑的男声："你好，请问是祁先生吗？"

"郁叔叔。"祁深一下就听出郁小竹父亲郁家安的声音。

当年他为了得到郁小竹的消息，每隔几天就会偷偷翻墙去郁小竹家的小区。

有几次遇上过郁家安。

也许是女儿消失的打击太大，郁家安当年看见祁深就生气，还骂了他好几次。

祁深也因为翻墙进院的事情被民警抓了好几次。

郁家安在得知有个叫祁深的人找到了他女儿时，也在想是不是当年那个祁深。

此时，他听见祁深的声音，马上肯定了自己的猜测。

"祁先生，请问我女儿现在在哪儿？"

郁家安知道是祁深后，语气明显变得冷淡许多。并不是因为这么多年过去，他对祁深的不喜欢还在，而是当年祁深在郁小竹失踪后，做了许多反常的举动。

有流言说祁深疯了。

郁家安最怕的是，说有郁小竹的消息，是祁深的疯言疯语。

这件事他还没有告诉妻子，就怕是空欢喜一场。

祁深并不介意郁家安态度的变化，道："在国内。你们回国后跟我联系，我会安排你们见面的。"

郁家安说："我觉得我们可以和她先视频通话。"

祁深说："郁小竹目前并不适合和你们视频通话，不过你们放心，她好好的。你们回来，我会第一时间安排你们见面。"

祁深不是不想让郁小竹和郁家安直接通话，而是他深知自己在郁小竹父母心目中的形象——如果他让十六岁的郁小竹和她父母通话或者视频，她父母肯定会认为是他找了个假的郁小竹来骗他们。

毕竟十二年过去，他们都老了，郁小竹怎么可能还是十六岁的模样？

郁家安在电话那边迟迟没有说话，沉默了近十秒后，终于开口："祁先生，虽然我对你的话并不是百分之百相信，但是我还是会带妻儿回国一趟。"

这么多年过去，这是第一次有人联系他们，告诉他们郁小竹找到了。

不管是不是骗局，他都决定要回去看一看。

祁深答应："可以。你们订了机票后，把机票信息告诉我，我会派司机去接你们，然后尽快安排你们见面。"

郁家安答应下来。

电话挂断五分钟后，祁深就收到了郁家安的短信。

上面写着航班号以及飞机落地时间。

北城时间十一日零时五分起飞，上午十一点到达。

此时是十日上午十一点。

祁深给郁小竹发了一条信息，告诉她，她的父母明天上午十一点到。

他的信息发出去不到半分钟，郁小竹的电话就打过来了。

"联系到我爸爸妈妈了？他们明天就到？真的吗？"

这件事情对郁小竹来说太突然了。

她本以为还需要一些时日，没想到短短几天就找到了父母，而且父母明天就要坐飞机回来了！

隔着电话，祁深也能听出女孩难以掩饰的高兴。

他微微勾唇："嗯，明天就到。晚上放学我去接你，回来好好选选明天穿什么衣服。"

"好！"郁小竹答应得痛快。

现在还是上课时间，郁小竹刚才偷偷跑出来接电话，电话挂了就赶紧回教室了。

这节课是数学课。

郁小竹的数学在所有科目里算弱的，可她此时一点也听不进去，满脑子都是明天就要见到父母了。

最后她干脆试探性地给祁深发了条 QQ 信息："你今天忙吗？不忙的话，能不能等一下就来接我？"

几秒后，便收到祁深的消息："好，到了发消息给你。"

看见男人答应得这么快，郁小竹忍不住高兴。

施彦宇就坐在郁小竹身边。

假期结束的第一天，返校后他二话没说，砸了一堆包在郁小竹桌子上。

在他受的教育里，女人的病就一种药可以治，那就是"包"治百病！

郁小竹当时坐在那儿，当即表示自己不想谈恋爱。

施彦宇根本不理，一副这些东西我就是送给你，你不要就扔了的架势。

郁小竹没办法，只能把东西拎起来。

在施彦宇以为她接受了时，女孩把一堆包都放在了教室后面，说了三个字："挡视线。"

现在那堆包还在教室后面放着，谁都知道那是施彦宇送给郁小竹的，谁也不敢问，更不敢拿。

此时，施彦宇坐在旁边看着郁小竹对着手机傻笑，那副模样，简直就是恋爱中的女人。

施彦宇的火"噌噌噌"往上冒，认为郁小竹是拿不想谈恋爱当幌子，其实早就有喜欢的人了。

他胳膊长，伸手直接将郁小竹的手机抢过去。

"喂！"郁小竹一惊，小声喊了一声。

老师在上面讲课，看向施彦宇和郁小竹。

郁小竹只能小声说："把手机还我！"

施彦宇不搭理她。

他刚手机抢得快，郁小竹还没锁屏。

施彦宇一眼就看见祁深和她的聊天记录。

今天只发了一条信息，就是刚才郁小竹说让祁深来接自己。

上面还有历史消息。

近期大部分都是视频通话，假期也有几条消息。

两个人的对话并没有暧昧的地方，但这几条时长十几分钟到半小时不等的视频通话记录……

施彦宇扭头看向郁小竹，一副看破一切的表情。

郁小竹着急生气，正不知道该怎么办时，下课铃声响了。

郁小竹猛地站起来，对施彦宇说："还给我！"

施彦宇抬头，女孩子的眼眶红了。

怎么这么爱哭?

施彦宇把手机放进口袋,冷笑道:"来,你跟我说说,你跟祁深什么关系?"

"那天不是说了。"郁小竹生气,"我有事要走,把手机还我。"

施彦宇个子高,他坐在自己的桌子上,把手机从口袋里拿出来,举得高高的——你来抢啊!

郁小竹走过去拿,施彦宇站了起来。

手机一下就到了郁小竹够不到的地方。

郁小竹又急又气,她退后,施彦宇又坐回桌子上,问她:"监护人?监护人还需要视频聊天?怪不得他说要照顾你生活的方方面面,谈个恋爱还需要他同意,原来是这么回事。"

"本来就是监护人!"

郁小竹想站在自己的桌子上去拿手机,刚爬了一半,施彦宇提醒:"走光了。"

郁小竹马上又下来。

施彦宇看了眼教室后面的包,因为这堆破包,他面子都丢尽了!

施彦宇举着手机冷笑:"我听说祁深为了和霍城合作,答应跟苏芷淇订婚,那你们这算什么关系?地下情?"

郁小竹从来不觉得自己和祁深的关系有任何阴暗面。

此时,手机振动了一下,有消息进来。

郁小竹也顾不上那么多了,从桌子上下来后,抬起脚,将自己的桌子踢了过去,直接撞上了某人……

施彦宇脸都白了,手机没拿稳,"哐"的一声掉到地下。

郁小竹也懒得管他哪里伤了,拿起手机就跑去办公室。

和老师请过假后,她出来看了一眼手机。

祁深到了。

郁小竹小跑回宿舍,换回常服就往学校门口跑。

祁深的车已经停在学校门口了。

郁小竹平时缺乏运动，这一路跑来，早就累得气喘吁吁。她稍稍调整了一下呼吸，马上问祁深："我父母真的明天就回来吗？"

祁深看向女孩，点了点头："嗯，他们给我发的信息说是明天就回来。"

因为跑步，此时郁小竹的脸颊红扑扑的，即便如此，眼角眉梢的欣喜藏也藏不住。

她是真的很期待见到自己的父母。

此时此刻，祁深彻底地相信了郁小竹的身份。

在他想到女孩很可能马上会离开这里，跟随父母去 C 国的时候，郁小竹突然开口："你能不能送我去商场？这么久没见爸爸妈妈了，还有我从没见过面的弟弟，我想给他们买些礼物。"

祁深点头："我陪你一起。"

"你不上班吗？"

郁小竹知道祁深很忙，他来接她，她已经很感激了。

"陪你。"祁深用最简单的答案回复她。

祁深和父母的关系不亲，但他相信，天底下大部分父母都是希望和孩子一起的，孩子也希望和父母一起。

他能陪她的时间，也许所剩无几。

两人先去吃了午饭，然后祁深陪着郁小竹去到北城一个高档商场。

因为是工作日，商场的人非常少。

祁深站在郁小竹的身后，陪她从一楼开始逛。

因为太长时间没有见父母，郁小竹也不知道父母现在什么身材，喜好变了没有，于是决定先不给他们买衣服。

逛了一圈，郁小竹发现自己根本不知道要给父母买些什么。

距离上一次和父母见面，她的时间只过去两三个月，可是父母那边过了十二年。

他们已经五十多岁了。

她根本无法想象，五十多岁的父母是什么模样，也不知道他们需要什么。

祁深陪着女孩在商场里逛了一圈，见她看看这个又看看那个，一张小脸迷茫得不得了。

他道："如果不知道给父母买什么，可以先考虑一下给你第一次见面的弟弟买些东西？"

比起大人的东西，小孩子的东西要更好买一些。

祁深没有兄弟姐妹，和家人也不亲，他只能去猜小姑娘此时的想法。

不过还好，郁小竹的想法很好猜。

祁深的提醒，像是把郁小竹从一个死胡同里救了出来，她马上找到了新方向："先给弟弟买！"

七岁的小男孩，肯定喜欢玩具吧！

祁深陪着郁小竹到商场里的玩具城。

时代虽然变了，但小孩子的玩具似乎都差不多。

郁小竹在导购的指引下，把玩具城逛了个遍，先选了一款号称最新款的玩具遥控车，又怕小朋友是动手型，索性又买了一款适合七岁以上小朋友的乐高玩具。

两样东西的盒子都很大。

付过账后，祁深帮郁小竹一路提到地下停车场。

直到回到车上，郁小竹还在不安地问祁深："你说我弟弟会不会不喜欢这些礼物？现在的小朋友生活好像挺好的，会不会觉得这些玩具幼稚呀？"

"不会，他会喜欢的。"

祁深不了解小朋友，也不喜欢小朋友。

但他觉得，郁小竹的弟弟，一定会是个好孩子。

他会明白姐姐的心意。

现在时间还早，祁深坐在车上，没有发动车。

车厢里有些安静，祁深偏头问女孩："想继续去玩密室逃脱吗？"

其实他想为她做的事情还有很多。

比如他记得郁小竹喜欢父母之前留下的房子里的美人鱼床上用品，他找人去买了，可因为年代太久远，没有一模一样的。

有些事已经来不及，现在还来得及做的，就是上次答应她去把那个密室逃脱游戏再玩一次。

"好呀。"郁小竹没想到祁深突然提起这件事情，她想了想，很快点头，"那我看看晚上有没有可以约的时间！"

上次，郁小竹已经跟林佳他们学会了如何用 App 预约密室逃脱的时间。

现在是下午三时二十分。

上次他们玩的"巫女的诅咒"，四点这个时段还是空着的，只不过这是四人本，预约必须要付四个人的钱。

郁小竹看向祁深："我们两个人好像玩不了，至少要四个人才可以预约，而且里面也有关卡需要三个人同时站定位置。"

密室逃脱游戏一般是按人头收费，设置这样的关卡，主要是为了限制最低人数。

这么大个房子，如果只进两个人，是有些亏。

其实也可以凑单，但是郁小竹已知道前几个房间怎么解，和他们凑单的人就会毫无体验感。

祁深道："你先把房间订下来，我们可以找个店员帮忙把前几个需要两人以上的关先过了。"

祁深今天无论如何都想完成自己的这个承诺。

郁小竹把四点的房间订了下来。

到了步行街，郁小竹带着祁深到那家玩密室逃脱的店里。

这个时间，既不是节假日，也不是周末，店里冷冷清清的。

祁深对着店员说明自己的来意后，店员倒是很愿意配合。

因为来过一次，郁小竹很熟练地开始第一个房间的解密，直接就跳到了选塔罗牌的地方。

二十二张大阿尔卡纳牌在显示屏上排列着，等待着被选择。

郁小竹以为剧情是一样的，正要点，店员在旁边提示："请诚心选择，我们这个塔罗牌很灵的。"

郁小竹赶紧缩回了手。

店员又补充了一句："有客人说很灵。"

因为店员的一句话，郁小竹马上有了心理负担——

明天就要见爸爸妈妈了，万一她抽到不好的牌怎么办？

郁小竹看了一下面前的二十二张塔罗牌，凭感觉选了一张。

很快，黑色的屏幕变成了浅蓝色。

云开雾散，一张牌显示出来，上面写着：命运之轮。

屏幕上的塔罗牌之书翻到相关页面，关键词是：改变。

郁小竹意外，原来每次抽的牌真的不一样。

她转身问店员："这张牌是什么意思？"

店员摇头："我不是很懂。"

店员跟着他们很快把前三个房间通关，等进到第四个房间，店员就先刷卡离开了。

房间里就剩下祁深和郁小竹两个人了。

第四个房间的显示屏上显示着巫女的信。

信纸上的字歪七扭八，有的字是加粗的。

刚才郁小竹在第一个房间特地尝试了一下，在选中塔罗牌后，塔罗牌之书确实可以操作翻页。

只不过每一页内容很少，只显示了牌面和这张牌的关键词。

郁小竹将信上加粗的几个关键词记住，回到第一个房间的显示屏前，找出相关的牌，记住牌的号码，再回到第四个房间，很顺利地就把桌子上的箱子打开了。

箱子打开的同时，桌子对面的一把椅子突然转了过来。

上面坐着一个穿着黑色袍子、披头散发的骷髅。

"啊！"郁小竹吓得往后踉跄了几步，很快被一双有力的大掌托住。

祁深双手扶着她的肩膀，低声道："小心。"

郁小竹站稳。

她最怕的东西，果然还是出现了……

祁深一只手护着她的肩膀，安慰："别怕，都是假的。"

郁小竹平复了一下心情，才过去重新打开箱子。

里面是巫女的另外一封信。

信中写了巫女的爱情故事。

原来巫女并不是被人杀害的，而是自杀。她在等她的爱人，可是她的爱人迟迟没有回来。巫女越来越老，行动困难，她怕自己的爱人回来找不到自己，才用了一种古老的巫术将自己杀死，然后将灵魂封锁在这个房间里。

巫女在这个房间里徘徊了百年，也没有等到自己爱的人。

信的最后写道：

如果有人看见这封信，请把戒指从我的手上拿走，让我从这一切中解脱。

郁小竹注意到，那个骷髅的左手中指上戴着一个红宝石戒指。

她不敢过去，只能看向祁深。

祁深不怕这些。

他把手从女孩肩膀上拿下来，道："你在这儿等我，我去拿。"

祁深走了过去，俯身将戒指拿了下来。

骷髅发出"咔咔咔"的响动声。

当祁深回到郁小竹的身边时，房间四个角落的烛火点亮，将整个房间照得透亮。

音箱里响起巫女的声音："谢谢你们，年轻人，作为感谢，我将解答你们心中的迷茫。"

声音收住。

片刻之后，巫女的声音再次响起："命运之轮永不止息，命运随时都会给你带来新的变化，变化就在你们的身边，你们需要做的，就是把握时机。"

当巫女的声音落下后，"咔"的一声，门开了。

门口的墙上有几个大大的字——请勿将道具戒指带离。下面是一个红箭头，指向一个小盒子。

祁深将戒指放进盒子里，和郁小竹一起出去。

两人去拿了手机。

往外走的时候，郁小竹喃喃道："巫女是后悔了吧？"

祁深看着她。

郁小竹仔细想了想："巫女让我们拿掉戒指，让她解脱，说明她后悔了，她后悔等那个爱人等了那么久……"

祁深对于这种编出来的故事倒是没有想太多："既然都做了，有什么好后悔的。"

郁小竹不知道男人怎么想的，反而把自己代入进去："反正换成我，肯定不会等这么久。"

祁深看她，终于对这个故事提起了一点兴趣："为什么？"

"这种负心汉有什么好等的？"郁小竹似乎对这个故事很沉迷，认真地分析，"你说一个男人如果真的爱你，只要不是死了，肯定会回来的呀，不回来肯定就是变心了。巫女在这里等了那么久，说不定她的爱人早就成家了，她这一生多不值得。"

祁深点头："确实。"

他觉得，她说得有理。

可他又觉得，等一个自己爱的人，只要愿意，没有什么值不值得的。

祁深带着郁小竹吃了晚饭，把她送回家。

在回家的路上，郁小竹反复向他确认："真的不需要我去机场接他们吗？我觉得爸爸妈妈会想第一时间就见到我。"

祁深道："不用了，我已经安排好了，明天上午十一点来接你，你只要负责把自己打扮好就可以。"

他怕郁小竹这个样子去见她父母，她父母会连解释的机会都不给她，直接转身坐飞机回去了。

祁深将车开到小区的地下车库。

停好车，看着已经解开安全带的郁小竹，祁深道："等我一下。"

他下车，从后备厢里拿出一个白色的袋子。

这里面是他从 C 国给郁小竹买的生日礼物。

祁深将袋子递给郁小竹，等她接好了才说："你的生日礼物，提前送你了。"

祁深今天从办公室离开时，犹豫了一下，还是把礼物带了出来。

明天郁小竹的父母就回来了，到时候陪她过十六岁生日这种事，估计轮不到他了。

"谢谢。"

郁小竹往袋子里看了一眼。里面是一个蓝色的长方形盒子，这个蓝色她认识，是蒂芙尼蓝。

蒂芙尼主要卖首饰，可这盒子和儿童鞋盒差不多大，如果这是首饰的话，得多大？

祁深见郁小竹迟迟不动，问道："不打开看看？"

这件礼物是他逛了一整天选中的，他希望她会喜欢。

郁小竹有点慌："不会是首饰吧？"

祁深摇头："你这么小，不需要这些。"

听见这句话，郁小竹才把心放下来。

郁小竹把盒子拿出来，才发现上面写着 STEIFF。

这个牌子只生产一种商品，那就是泰迪熊！

郁小竹将盒子打开。

盒子里躺着一只纯白色的泰迪熊，并不大，手心脚心是温柔典雅的蒂芙尼蓝，右耳耳钉的白底红字象征着这只泰迪熊是限量款。

郁小竹轻轻捏了捏熊的身体，软软的。

"喜欢吗？"

祁深问的时候，女孩儿脸上的表情其实已经给了他答案。

"喜欢！"郁小竹一手拿着泰迪熊，另一只手拍了拍被她斜挎在肩膀上的包，"你送的东西我都喜欢！"

今天她背的是祁深从 C 国回来时送她的兔子包。

以前郁小竹总觉得奢侈品包包设计太老气，她没想到，祁深居然能从那些老气的包包里选到一款这么可爱的。

她那天收到这个包的心情，和此时拿到泰迪熊的心情是一样的。

看着郁小竹拿着泰迪熊爱不释手的样子，祁深抬手，轻轻揉了揉女孩的头发，道："喜欢就好。"

当晚，郁小竹把泰迪熊放在枕边，还特地拍了一张照片，发给祁深。

第 8 章

/

你身边都会有我

翌日，郁小竹早早起床洗了个澡，没有像往常一样草草将头发扎成马尾辫，而是仔仔细细地将头发编成两束，搭在肩膀上。

上午十一点整，祁深开车来接她。

今天的祁深和往常一样，将衬衫西服穿得整整齐齐。

他带着郁小竹来到北城一家老牌高档餐厅——东风楼。

这家餐厅在郁小竹消失前生意就非常好。

东风楼里只有八个包厢，没有散台，需要提前一周才订得上。

郁小竹来过几次。

在她的印象里，这里无论什么时候来，八个包厢都是满的。

今天，当祁深带着她过来时，门口的停车场居然一辆车也没有。

郁小竹下车后左右看了看，有些好奇："这里……现在已经过时了吗？"

时隔十二年，东风楼居然这么惨了？

祁深没有回答，只是提着郁小竹送给弟弟的两件礼物向前走。

进了餐厅，祁深才向郁小竹解释："今天我们包场。"

祁深之所以这么做，一是想向郁小竹的父母展现自己现在的财力，二是担心可能会发生一些意外，包场的话，这些事情便不会外传。

祁深他们去的是东风楼三层东边的紫气阁。

包厢里摆着一张大圆桌，围着桌子摆着五张椅子，旁边有沙发。

郁小竹坐在旁边的沙发上，膝盖并拢，双手规规矩矩地放在膝盖上，眼睛看着地板，一语不发。

祁深站在一旁，看着小姑娘这副模样，问她："紧张？"

郁小竹没抬头，只是轻轻点了两下头，没有说话。

突如其来的沉默让包厢里的气氛变得更加紧张。

祁深继续问她："紧张什么？"

郁小竹这才动了动脚尖，小声说："你说，我爸爸妈妈会不会也像你一样，不相信真的是我回来了？毕竟我……没有长大。"

"不会。"祁深很肯定地回答，"你们是亲人。"

祁深的话像是给了郁小竹极大的鼓励。

她抬起头看着他，眼眶有些红。

祁深走到郁小竹面前，半蹲下来，平视着女孩，用半开玩笑的语气对她说："万一你父母不认你，我就继续做你的监护人养着你。如果有一天你要嫁人了，嫁妆我给你出。"

郁小竹看着祁深，一时不知道要如何接他的话。

祁深继续说："总之，不管发生任何事情，你身边都会有我。"

郁小竹成功地被祁深安慰了。

她浅浅地笑着，一双狐狸眼澄澈透亮，看着眼前的男人，问他："可你都这么老了，肯定很快就结婚了，我总不能一直赖在你身边让你照顾我。"

祁深没有思考，直接回答她："也不是不可以。"

郁小竹知道祁深是为了让自己安心才这么说的，她当然不可能一直麻烦他。

"谢谢。"郁小竹认真地道谢。

此时，身后的门被打开。

祁深站起身来。

郁小竹也赶紧从椅子上站起来。

一个服务员先进来，冲着祁深客客气气道："祁总，客人到了。"

偌大的包厢非常安静，郁小竹站在原地，甚至觉得可以听见自己的心跳声。

走廊里传来脚步声，一个中年女人率先进来，脸上的表情满是急切。

郁小竹一眼就认出，那是妈妈许美珍。

时间过了十二年，许美珍样貌变了不少，可郁小竹还是一眼就认出来了。

郁小竹正想开口喊"妈妈"，许美珍已经看见她了。

当许美珍看见郁小竹的那一刻，女人脸上所有的期待凝住，下一秒换成了惊讶。

这时，郁家安也进来了。

他们的身后跟着一个个子不高的小男孩，手里抱着一台掌上游戏机。

不用问，肯定是郁小竹的弟弟了。

许美珍和郁家安看见郁小竹后，都愣在原地。

只有她弟弟左右看了看，没和任何人打招呼，直接走到桌子旁，拉开一把椅子自己坐下，继续玩游戏。

郁小竹早就想到父母见到这个样子的自己，肯定会惊讶。

在她的时间里，只是数月未见的父母，脸上已经有了明显的岁月痕迹……

郁小竹鼻子一酸，哑着嗓子喊了一声："妈妈，爸爸。"

许美珍被郁小竹叫回了神，几步走到她身边，一把将她抱在怀里："小竹，真的是我的小竹。"

"妈妈！"郁小竹抬手抱着许美珍，眼泪落了下来，"我好想你啊！"

在郁小竹消失前的记忆里，妈妈没有一天不陪伴在她身边。

这段时间，她独自一人在北城，晚上睡觉时，经常会想C国那边是几点，父母现在在做什么。

然而郁小竹更明白，自己现在的痛苦不算什么，因为她知道，她的父母还好好活着，只是生活在地球的另一端而已。

而对她的父母来说，女儿却是生死未卜。

许美珍扶住郁小竹的肩膀，站直，手掌轻轻抚摸她的脸。

没错，是她的小竹。

当妈的，怎么可能不认识自己的女儿？

只是……

"小竹，这些年你去哪儿了？"许美珍说这句话时，眼里泛着泪光，也带着疑惑，"你怎么……没有变？"

十二年了。

她和郁家安都老了，精力、体力也不如从前了。

可是，她家小竹怎么还长得和十二年前一样？

仿佛时间在小竹身上停住了一样。

"妈……我……"郁小竹看着许美珍，一时也不知道该从何说起。

站在郁小竹身后的祁深道："这件事情说起来有些复杂，各位先入坐，我们慢慢说。"

许美珍擦了擦眼泪，马上点头："好。"

两人往餐桌旁走，郁小竹亲昵地挽起妈妈的胳膊，像从前一样。

许美珍拍了拍女儿挽着自己胳膊的手，也如从前一样。

郁家安一直站在门口看着母女俩，脸上的表情从惊讶变成了怀疑。

他们的儿子则一直坐在椅子上玩游戏机，根本没搭理这边的事情。

这一切，都被祁深看在眼里。

祁深提议后，郁家安也向餐桌走去。

一共有五把椅子，有一把和其他四把不一样，椅背要更高一些，代表主位。

祁深站在主位旁边的位置，很自然地把主位让给郁家安。

郁家安年龄最大，也没客气，直接就坐了下来。

祁深坐在他的右手边。

郁家儿子刚才就坐在主位左手边的位置，也没动地儿。

郁小竹坐在祁深身边，许美珍挨着她。

郁家安看着郁小竹，表情严肃。

很明显，他并不相信眼前这个女孩就是他失踪十二年、今年已经二十八岁的女儿。

虽然对方和自己失踪的女儿很像。

大家都不是来吃饭的，祁深也没点菜，直接让酒楼配菜。

等服务员出去，郁家安看向祁深，问他："祁先生，这究竟是怎么回事？"

郁家安没有直接说郁小竹是假的，但是他从进门开始，一直冷眼看着郁小竹和许美珍相认，已经说明了一切。

郁小竹听见郁家安的话，说道："我来说吧。"

这件事，说到底算是郁家的家事。

郁小竹了解爸爸。如果她是二十八岁的样子，郁家安可能还会相信；可是她现在是十六岁的样子。

不仅仅是郁家安，即使是认了她的许美珍，心里也不可能完全没有疑问。

郁小竹坐在自己的位子上，把在大雨中醒来发现自己躺在公园躺椅上，后来找到派出所，以及之后的事情，一点一点全部告诉了郁家安和许美珍。

当然，也包括这段时间祁深对她的照顾。

郁家安听完更是怀疑，带着几分不屑道："天底下怎么可能会有这样的事情？"

许美珍却有些信了："当初小竹失踪时也很离奇，周围的监控摄像都没有拍到她离家的影像，她就是在家里平白无故失踪的！当时你也说，天底下怎么可能会有这样的事情？"

郁小竹失踪那晚，郁家安出差了，家里除了用人，只有许美珍一个人。

那晚，郁小竹从学校回来，一直在书房里做作业。十点多，她从书房出来，洗漱过后，跟许美珍说了声"晚安"，就回卧室睡觉了。

第二天早上许美珍再去郁小竹房间时，人就没了。

当时，郁小竹的手机还放在枕头边充电，拖鞋整齐地摆在床边。

然而房间里空无一人。

后来，民警几乎把当晚郁家周围所有的摄像头都看遍了，也没有发现郁小竹，甚至没有任何可疑的身影。

这么一个大活人，就这么凭空消失了。

活不见人，死不见尸。

许美珍的一句话，把郁家安说得没脾气了。

确实，郁小竹失踪得很离奇。

在众人陷入沉默时，一直在玩游戏的男孩突然开口："这还用想吗？肯定是这个祁什么的，找来一个像我姐的人来骗你们的！"

桌边四个人齐刷刷地看向他。

从刚才进包厢开始，祁深就发现这个小屁孩有问题——一点教养也没有，进了包厢什么也不说，自顾自地打游戏，现在又凭空冒出这么一句。

"骗你们家感情？"祁深冷笑，"我没这么闲。"

郁小耀年纪还小，他能想到的估计就是这些；若是他年龄大一些，估计就要想到争家产了。

当初祁深的朋友找到郁家安一家时，同时也告诉祁深，郁家安他们在海外做什么。

郁家安携妻儿去国外后，做起了老本行——房地产。

当时本国房地产行业发展已经到了瓶颈期，而 C 国那边才刚刚有兴起的势头。郁家安当机立断，将国内资产变卖，办了投资移民——当然，主要是为了将妻子带离这伤心之地。

"小耀。"许美珍轻轻喊了一声郁小耀，"这就是你姐姐，你别胡说。"

但是，许美珍对说话这么没礼貌的男孩，语气中一点指责也没有。

郁小耀眼睛看着游戏掌机的屏幕，头也不抬："郁家就我一个孩子，反正我不会承认她。"

郁小竹此时心情有些复杂。

她一直非常非常期待见到自己这个弟弟，因为她知道，自己的父母能走出她消失的阴影，一定有这个弟弟非常大的功劳。

她觉得，自己见到他时一定要好好感谢他，感谢他来到这个世界上，感谢他陪着父母，以后自己也要好好对他。

没想到……

此时，服务员从传菜门进来，开始上菜。

今天祁深包场，整个酒楼只有这一桌，上菜的速度非常快。

服务员先把几道凉菜端上来。

其中有一道是放在一个鸟巢造型的冰碗里的鹅肝，下面的盘子里还放了干冰，雾气升腾。

服务员把这道菜放在桌上，正要转到主位时，一直在玩游戏的郁小耀看见了，抬手，直接将转盘压住，拿起筷子，夹起一块鹅肝放在嘴里，吃完之后把筷子放下，继续玩游戏，从头到尾一语不发。

郁小竹看见郁小耀的这个行为有些意外。

她根本不敢相信这是妈妈教出来的孩子。

以前许美珍都会说，凡事要有规矩：吃饭要等人到齐了再动筷子；要长辈先吃，小辈才能吃。

可是此时她这个弟弟……

规矩？

郁小竹觉得，这已经不是规矩的问题了，是教养的问题。

从她弟弟进来那一刻到现在，他的表现只能用三个字来评价——没教养。

许美珍见自己儿子这样，并没有责怪他，反而向祁深解释道："小孩子饿了，就让他先吃吧。"

没有人说话。

郁家安看了一眼郁小耀，又看了一眼郁小竹，道："等会儿吃完饭，去做个 DNA 鉴定吧。"

现在说什么都没有用，还不如信科学。

郁小竹点头。

气氛变得有些压抑。

菜一道一道上来，很快便上齐了，将桌边一圈全部摆满。

郁家安看着桌上的菜，都是好东西。

但这不是重点。

郁家安出国前就来过东风楼，也知道这里的档次。

他刚进来时，专门问过服务员为何今天没有人，服务员告诉他："是祁总包场了。"

包场？

以东风楼在北城的档次，加上今天是周末，绝对不是一般人想包场就能包场的，也不是说出点钱就能包场的。

祁深能做到，侧面证明了他在北城的人脉和财力。

可是，在他的印象里，祁深明明就是个没背景的穷小子。

当初郁小竹在家里也提过这个人，郁家安还怕女儿被人骗了，让她少和对方来往。

郁小竹失踪后，祁深对郁家的持续骚扰，加上他在学校里的一些传闻，让郁家安去查了祁深的家底——

没有正当职业的母亲和已经去世的酒鬼父亲……

这样的人，能走到今天这一步，如果没有靠外力，那绝对不是一般人。

郁家安带着几分好奇问祁深："祁先生，现在在做什么行业？"

"互联网。"祁深用三个字简单概括。

郁家安笑道："这是年轻人的行业啊！"

互联网兴起短短二三十年，以肉眼可见的速度飞快发展。

这个行业的从业者，平均年龄也不过三十来岁。

祁深说在做这个行业，郁家安倒也觉得有几分合理。

虽然郁小竹对郁小耀不满，但这并不妨碍许美珍依然是她最爱的母亲。

郁小竹站起身来，拿起茶壶为许美珍添了些茶水，问她："妈妈，你们这些年在国外过得好吗？"

"挺好的。"许美珍看着自己懂事的女儿，也很感慨，"小竹，妈妈真的做梦都没想过，这辈子还能再见到你。"

许美珍的眼眶又红了。

"妈。"郁小竹看着她哭，自己也想哭，"我再也不要离开你们了。"

郁小竹说着，眼泪在眼眶里打了个转，落了下来。

祁深听着两人的对话，知道自己猜对了——

孩子都是想和父母在一起的。

郁小耀本来抱着掌机玩游戏，听见许美珍和郁小竹的对话，终于舍得暂停游戏，存了进度，然后对许美珍说："妈，我要去厕所。"

郁小竹指了指包厢里一扇不明显的门："那里就是。"

这种酒楼的包厢里都自带洗手间。

郁小耀似乎没想到包厢里居然有洗手间，撇了撇嘴："这什么破地方，吃饭的地方还有个厕所，不恶心吗？"

他的声音很大，在场每个人，包括传菜间的服务员都能听见。

郁小竹突然有点明白，郁小耀为什么要一直玩游戏机了。

他不管做什么动作、说什么话，都会让包厢的气氛变得更加尴尬。

祁深喊道："服务员，把他带到外面的洗手间去。"

等服务员把郁小耀带出去，许美珍才满是歉意地说："小竹，你也别生你弟弟的气。当初妈妈从怀他到生他，搭了半条命进去，对他是宠了些，不过他还小，长大了再慢慢教。"

其实，郁小耀都七岁了，性格基本已经定型了。

郁小竹对这个弟弟没什么感情，但她对爸爸妈妈有感情，只能笑笑，没说什么。

祁深作为局外人看得出，郁小耀不接受郁小竹，只要郁小竹和许美珍说话，他就要"作"一"作"。

这会儿见郁小耀出去，祁深问郁家安："郁先生，北城能够做亲子鉴定的机构很多，您打算去哪家？是等一下吃完饭就去，还是休息一晚，明天再说？"

"下午就去吧。"郁家安毫不犹豫地回答。

他依然怀疑郁小竹是祁深找来的冒牌货，怕祁深在中间做手脚，打算越快越好。

"打算去哪一家？"祁深问。

郁家安想了想："就北城公安的司法鉴定中心吧。"

司法鉴定中心属于政府机构，绝对不可能帮助某人徇私，篡改报告内容。

祁深没有异议。

当郁小耀离开包厢五分钟左右，许美珍就有些坐不住了，自言自语："小耀怎么还不回来，会不会是迷路找不到包厢了？我得去看看。"说着，直接起身就出去了。

郁家安看见许美珍出去，深深叹了口气，对祁深道："见笑了，我们老来得子，确实没把这个儿子教好。"

对于这件事情，郁家安心里明明白白。

郁家安看向郁小竹，对她说："小竹以前很活泼的。"

这样的态度，和祁深最开始很像——

跟郁小竹说起自己时，并不会把她当郁小竹，而是当成陌生人。

经历过祁深的不信任，郁小竹是理解的。

郁小竹看了眼郁家安，垂下眸子，有些沮丧道："因为一觉醒来，世界都变了，小区拆了，爸爸妈妈不见了，连关系最好的朋友都长成大人了，而我还是原来的样子……祁深帮我入学，可是同龄人喜欢的东西我听都没听说过，我在哪个群体中都格格不入，我……"

郁小竹说着说着，声音有些呜咽，眼泪"吧嗒吧嗒"地落在桌子上。

这是她最真实的感受。

虽然她从来不说，可她的内心一直很迷茫。

消失了十二年，郁小竹甚至怀疑自己是不是不属于这个世界。

郁家安听着郁小竹的话，闭了闭眼，道："没关系，慢慢会好的。"

几个人又坐了一会儿，许美珍才把郁小耀带回包厢。

郁小耀进来就说："这么大饭店就我们一桌人啊？怎么还开着，快黄了吧？"

"小耀。"许美珍对郁小耀说，"今天是祁先生包场。"

"包场？"郁小耀看向祁深，"意思就是这个叔叔是大老板呗？"

祁深低头喝水，懒得看他。

郁小耀有些不爽地问："你要真这么有钱，为什么还要找个冒牌货来当我姐姐？我不欢迎她！我不要她！"

这句话终于惹怒了郁家安，他一瞪眼，一字一顿地喊："郁小耀！"

郁小耀不傻，郁家安这一开口，明显是发火的前兆。

他一看郁家安要发火，马上闭了嘴，但是又觉得自己没面子，眼神乱转了一圈，看见角落里的两个玩具盒，便走过去，问："这是什么玩意儿？"

没人回他。

连郁小竹也不想承认这是自己准备送给他的礼物。

这个包厢里就这么一个小孩，不用猜也知道是送给谁的。

郁小耀一脸不屑："这都什么年代了，谁还玩这个破玩意儿？"说完，还踢了一脚。

乐高的盒子偏高，他这一脚，直接把盒子踢倒了。

郁小耀完全没在意。

正准备回座位的时候，祁深直接从椅子上站起来，大步走到郁小耀的面前，一只手抓住小孩的手，居高临下地看着他，道："去把东西扶起来，然后给你姐姐道歉！"

祁深手劲极大，郁小耀愣了一下，想抽手，发现根本抽不动。

许美珍一看这情况，说道："哎，是小耀不小心，我帮他扶起来，都是一家人，一家人。"她说着站起来，打算去扶乐高盒子。

"妈妈。"郁小竹喊她，然后说，"你以前不是告诉过我，别人送你东西是他的心意，就算不喜欢也要道谢，因为他选礼物的时候，一定是希望你收到能高兴的。"

许美珍看着儿子，沉默了。

郁小竹一直觉得自己是有教养的，而这些，全都是许美珍教她的。

她的妈妈不仅仅是告诉她，还会以身作则。

许美珍在家里跟用人说话也都是和声细语，用人的家人病了，许美珍不但会给用人放假，还会给些钱或者东西。

郁小耀一看妈妈也不帮他，不服气："凭什么你送我礼物我就要道谢，我又没让你给我买！"

郁小竹说："那好，就当我这些礼物不是买给你的。既然不是送给你的，你有什么资格把它们踢倒？"

"我想踢就踢！我还砸了它们呢！"郁小耀觉得面子挂不住，气急败坏地说，"这几个破玩意儿值多少钱？我现在就把它们砸了，十倍赔给你们！"他说着就想抽手去砸东西。

祁深根本不可能给他跑的机会，郁小耀一个七岁的小孩，哪里拧得过祁深！

郁小耀挣扎了几下，抬头看向祁深。

之前看祁深的面相，郁小耀觉得他就是个软柿子，可是此时，男人盯着他，眸底没有任何笑意，冷冰冰的，有些瘆人，盯着他时，像是在对他做最后的警告。

郁小耀吓得眼圈都红了，"哇"的一声就哭起来："妈妈！我胳膊要断了！"

许美珍之前还挺理智，这会儿郁小耀一哭，她立马把持不住了，快速过去把盒子扶起来，然后对祁深说："祁先生，盒子我扶起来了，我替小耀给你道歉，你快把我家小耀放了。"

郁家安在许美珍身后深深地叹了口气。

"妈妈！我胳膊要断了，要断了！"郁小耀站那儿哼唧。

"祁先生！"许美珍站起来，"就算你帮我们找到了小竹，但是你也不能这么伤害我儿子！"

郁小竹站在一旁，眼眶又红了。

也许是她消失太久的缘故，妈妈心里的天平早就偏了。

可是谁让她消失这么久呢？

这些年和妈妈朝夕相处的是郁小耀，她偏心也是正常的。

郁小竹走到祁深身边，拽了拽他的袖子："算了。"

祁深放手。

郁小耀就是个金贵的大少爷，皮肤细嫩得不得了，被祁深这么一抓，胳膊上留下了五个明显的指印。

许美珍赶紧蹲下来,拉着郁小耀的胳膊看,一脸关切地问:"儿子,疼不疼?妈给你吹吹。"

"疼!"郁小耀带着哭腔说。

郁家安看不下去了,骂道:"男儿有泪不轻弹,这点小事哭什么哭!"

"别说了,小耀胳膊都红了!"许美珍冲着外面喊,"服务员,拿点冰块来!"

郁小竹转身回到座位上。

祁深坐到她身边。

饭局的后半程,大家都没怎么说话。

许美珍用手绢包着冰,给郁小耀小心翼翼地敷着"受伤"的地方。

郁小耀就是假哭,号了半天,一滴眼泪都没有。

等大家都吃完了,郁家安终于看不下去了:"就几个红印,要这么折腾?"

祁深看了眼表:"这个点,鉴定中心已经开门了,如果大家吃好了,我们就先过去吧。"

郁小竹起身,祁深快步走到她身边,站在她的身侧。

服务员从外面进来,客客气气地提醒:"请各位贵宾带好随身物品。"

包厢里除了郁小竹和许美珍的包以外,就只有地上的两盒玩具。

郁小竹走到服务员身边时,对服务员说:"这两盒玩具不要了,你们自己处理吧。"

"好的。"服务员回答。

北城最权威的鉴定中心就是北城公安司法鉴定中心。

祁深刚才已经发消息让牧楠提前过去,把鉴定流程搞清楚。

他们一行人到了之后,由牧楠带着,很快就完成了抽血取样。

接下来要做的就是等结果。

工作人员通知他们,七天后来拿结果。

"七天?"郁家安不解,"现在科技这么发达,需要这么久吗?"

郁家安以为，和抽血做化验一样，亲子鉴定当天就可以出结果。

工作人员告知："为了确保鉴定结果的准确性，我们会安排两名工作人员做两次鉴定，前后需要四天的时间；之后我们会用三天的时间对检测结果做计算审核等工作，一共需要七天。"

这个鉴定结果很重要，毕竟郁小竹已经失踪十二年了。

眼前这个和他们十二年前的女儿一模一样的女孩到底是不是郁小竹，郁家安和许美珍比任何人都想知道。

他们只能同意等七天。

祁深将郁小竹的父母送到岚山酒店，为他们开了一间家庭套房。

等一行人到了房间门口，开了房门，祁深将郁小竹叫住，道："你进去和你父母好好聊聊，我在楼下等你。如果有什么事情，你发短信给我，我就立马上来。"

刚才在包厢里，郁家安、许美珍以及郁小耀三个人，无形之中形成一个"家"的圈子。

而郁小竹，并没有在里面。

祁深不放心郁小竹。

"不用了。"郁小竹想，难得周末，她不好意思再占用祁深的时间，于是扬起笑容道，"我和父母在一起，你就放心回去加班吧。"

她不知道祁深是不是要回去加班，不过祁深是工作狂，就算在家，应该也是在工作吧。

"确定？"

"确定，拜拜！"

郁小竹露出甜甜的笑，推了男人一把，转身回了套房。

她进去时，郁小耀正在沙发上跳来跳去，许美珍在一旁护着，生怕他摔下来。

郁家安则在一旁打电话。

郁小竹一进去，许美珍看见她，先愣了一下，然后马上笑着说："小竹，来来，坐下。"

许美珍拍了拍自己旁边的位置。

郁小竹坐过去。

许美珍拉着郁小竹问："小竹，我刚听你说，那个祁深这么照顾你，他……为什么对你这么好啊？"

上高中时，郁小竹虽然和祁深关系好，在家却提得不多——主要是以前提过一次，被郁家安提醒少和其来往，郁小竹也就不爱说了。

在许美珍看来，祁深和郁小竹以前上学都不同年级，关系肯定好不到哪儿去，祁深就是典型的无事献殷勤，非奸即盗。

郁小竹知道妈妈在担心什么，解释道："当然是因为我们以前关系好呀！"

虽然现在她还是十六岁，但是她和父母的关系变得不一样了，自然想什么就说了。

许美珍不信："关系好？可你不都失踪十二年了吗？他就没有其他关系好的人了吗？他和你非亲非故，凭什么对你好？"

郁家安这时也挂了电话，听见许美珍的话，走过来说："祁深是个商人，商人不可能做赔本买卖，等到亲子鉴定结果出来以后再说吧。"

郁家安和许美珍此时的想法是一样的——

祁深肯定有所图谋，很可能是图钱。

郁小竹听郁家安和许美珍这么说祁深，心里不高兴，可是又找不出什么理由来反驳他们，憋了好一会儿才说："可是如果没有他，我可能永远都找不到你们……而且，如果是他消失十二年回来了，我也会尽我所能帮他的。"

郁小竹知道，自己没本事做到祁深这么大的事业，可她也会帮他。

许美珍拉着她："小竹，你啊，就是太单纯了，别人骗你，你都不知道。"

郁家安也说："我想，他会向我们开口的。"

但是，他们坚信祁深这么费心费力地帮助郁小竹，一定是另有所图。

郁小竹知道自己现在说什么他们都不会相信，只能沉默。

郁小耀在旁边的沙发上跳啊跳，突然脚底踩空……

"小心！"郁小竹第一个看见。

当她伸手去接的时候，已经晚了。

郁小耀直接一个劈叉，整个人从沙发上摔了下来。

"小耀！"

许美珍赶紧去扶他。

郁小耀还没抬起头来，就开始哇哇大哭。

从声音分辨，这次是真哭。

当郁小耀抬起头时，郁小竹吓坏了——

郁小耀满嘴是血。

"小耀？没事吧！"许美珍也吓坏了，"要不要去医院？"

郁小耀哭着哼唧："牙掉了……"

掉的是门牙，导致他此刻说话有点漏风。

郁小竹站在旁边有些慌，许美珍反而破涕为笑："不哭不哭，你这颗牙不是之前就松动了？掉了也好，我家小耀开始换牙了。"

郁家安一看就是掉了颗牙，也没放在心上。

郁小耀哭得更厉害了："好什么好，牙掉了多丑！这是什么破沙发，什么破酒店！垃圾死了！我不住了！"

许美珍赶紧哄他："是是，破酒店，破沙发，我们不住，不哭了，不哭了。"

这家酒店很好，房间也很好，还是祁深特意安排的。

这一切明明都是郁小耀自己造成的，和酒店有什么关系？

郁小竹不高兴了，站在一旁说："是你自己不小心。"

许美珍赶紧阻止她："哪有！就是酒店的问题，这沙发设计不合理！"

郁小竹听见许美珍这不讲理的话，心里更不高兴了，说了句："要不你们换个地方住吧，这里把他的牙磕掉了，不吉利。"

郁家安道："我们还要在北城住一阵子，我让小马帮我订一家新酒店，咱们尽快搬过去。"

郁家安的出发点和郁小竹不一样。

他觉得，不能一直住在祁深安排的地方，他们又不缺钱，无须欠这个人情。

许美珍想了想："小马那么远，又有时差，你让小竹帮着选不就好了？"

郁小竹看了眼郁小耀，马上说："我也是才回来，对 App 都不太熟悉……"

如果只是选房子给爸爸妈妈住，郁小竹非常乐意。

可是选的新地方，还要给郁小耀住。

万一他在她选的酒店摔了碰了，那不得怪她？

许美珍的怀里，郁小耀端着他那张和郁小竹五分像的脸，盯着郁小竹，没有哭，也没有发声。

晚上，一家四口出去吃饭。

郁家安和许美珍多年没回北城，感慨万千。

两人也聊到给郁小竹留的那套房子的事情。

郁小竹把房子的情况如实相告。

郁家安选了以前和家人经常去的一家海鲜酒楼。

这么多年过去，饭店早就没有了往日的风光，客人也不多。

一行四人进去，先在楼下点了菜才上去。

坐在包厢里，服务员先为他们泡了一壶热茶，给每人倒了一杯。

服务员走后，郁家安和许美珍在说北城的变化大，郁小竹坐在旁边不吭声，只是听着。

郁小耀今天依旧带了游戏机。

他之前坐在旁边按得起劲，郁小竹一直能听见耳边手柄的声音，突然，这声音停了……

郁小竹觉得不对劲，转头看了一眼。

郁小耀不知道什么时候停下游戏，就这么看着郁小竹，脸上的表情一看就是在打什么歪主意。

郁小竹没搭理他，可她收回视线，就感觉到郁小耀在往她这边靠。

她转头，发现郁小耀居然凑到自己身边，一挥手，直接把她面前的茶杯打了下来！

茶杯落在郁小竹的腿上，水洒了出来，弄湿了裙子。

郁小竹第一时间只觉得腿火辣辣地疼。

杯子在她腿上滚了几下，随后落在地上。

"喂！"郁小竹第一时间站起来，看向郁小耀，"你做什么？！"

郁小耀坐在自己的位子上，翻了个白眼："你自己不小心，你的杯子掉你腿上，关我什么事？"

刚才郁小耀的动作极大，郁家安和许美珍都看见了！

郁家安冷冷脸："你以为我们是瞎子是不是！"

许美珍跑过来，看了眼郁小竹湿了的裙子，没有指责郁小耀，而是先跟郁小竹道歉："小竹，对不起，小耀调皮不懂事，你别怪他，过几天我给你买新裙子。"

郁小竹看出来了。

当郁小耀调皮犯错的时候，许美珍的第一反应永远是替他道歉，却从来不指责他。

郁小竹看着许美珍，问："如果他不是故意的，我可以不怪他；可他现在明明是故意的，我为什么不能怪他？"

凭什么？

虽然郁小竹善良，可她早就不是圣母了。

她可以分辨什么人值得她对他好，什么人不值得。

像郁小耀这样的，根本就不值得！

郁小耀冲她做鬼脸："你怪我啊！你就是怪我爸爸妈妈疼我，你才不是我姐姐！我告诉你，郁家就我一个孩子，我从来就不知道自己有个姐姐！"

见郁小耀如此嚣张，郁家安坐不住了，快步走过来："她就是你姐姐！给你姐姐道歉！"

郁小耀最怕郁家安，他一开口，郁小耀眼眶就红了。

郁家安抬手打郁小耀，是真的打。

许美珍一看这个情况，直接将郁小耀护在身后："行了！孩子小，不懂事！"

郁家安气得要命，指着许美珍说："你……你……"

一时间竟说不出话来。

以前他想教训郁小耀的时候，许美珍总会拿郁小竹没了、她搭上半条命才生了郁小耀来说事，导致他都不忍心说郁小耀。

现在郁家安已经习惯了。

最后，郁家安一句话也没说，转身出了包厢。

许美珍这才开始说郁小耀："小耀，这是你姐姐，等爸爸妈妈去世了，她就是你在这个世界上最亲的人。"

郁小耀："我没姐姐！"

郁小竹也很平淡地说了句："我也没弟弟。"

她想要的是父母，不是弟弟。

如果弟弟是这样的，那她宁可不要。

许美珍在中间做和事佬："行了，别吵了，都是一家人。"

郁小耀吐舌头："她肯定是冒牌货！"

郁小竹懒得理他，坐回位子上。

天气不算热，郁小竹裙子下穿着丝袜，丝袜上刚刚还有些热的水，此时已经变凉了。

郁小竹只觉得腿上凉凉的。

然而，好像凉的，也不仅仅是腿上。

第 9 章

/

我始终相信你会回来

晚上三人要回酒店。

祁深订的家庭套房只有两个房间，一个房间是双人床，另一个房间是两张一米二的单人床。

郁小竹不可能跟郁小耀睡一个房间，于是说："我就先回家了，明天再联系吧。"

"好好。"许美珍还有些舍不得郁小竹，她走过来抱抱郁小竹，"小竹，妈妈真的很高兴你能回来，妈妈爱你。"

郁小竹眼眶有些热，点了点头："妈妈，我也爱你。"

郁小竹帮郁家安他们三人叫了车，自己才打车回家。

郁小竹回到自己的小屋子里，刚换了衣服，手机响了一下。

是祁深的消息——

回家了？

郁小竹看见祁深的 QQ 头像，鼻子有些酸，问他："你现在有空吗？"

她心里难受，想跟他说说话。

两秒后，手机"嘀嘀嘀"响了起来。

手机屏幕上显示着祁深发的最新消息：开门。

郁小竹惊了，不知道他这句话是什么意思。

可是怎么理解，好像都只有一个意思……

郁小竹想了想，站起身来，走到门口。

门上有个猫眼，从猫眼看出去，走廊的灯是亮着的。

下一秒，郁小竹听见门外响起祁深的声音："开门。"

郁小竹愣住，将门打开。

祁深真的在门口。

"你怎么……"

"我觉得小朋友今晚会有一些心情想跟我分享。"祁深嘴角勾起淡淡的笑。

他看得出，和早晨的期待相比，此时郁小竹的脸上已经全然没了笑意，被上牙轻轻咬着的嘴唇，甚至有些微微颤抖。

她抬头看着祁深，一语未发，只是往后退了一步，将门口的位置让了出来。

祁深一步迈进屋里，关上门，揉了揉女孩的发顶，问她："说说吧，下午去哪儿了？"

听见男人的问题，郁小竹的小脸一垮，再也绷不住，向前一步，将脸埋在男人的胸口，小声哭了起来。

开始是小声呜咽，后来哭声越来越大，止也止不住。

祁深站在原地，大掌覆在女孩的后背，轻轻拍着。

郁小竹越哭越伤心。

虽然祁深不知道晚上发生了什么，但是从今天午饭的状况他就能猜到，下午久别重逢的亲子时光可能并不会像郁小竹想象中那么美好。

郁小竹站在祁深面前哭了十几分钟，嗓子都哭哑了。

祁深轻轻叹了口气，道："别哭了，喝口水吧。"

郁小竹这才抬起脸。

屋里灯光明亮，她看见男人胸口处的衬衫被她的眼泪染湿了一大片，有些不好意思，小声道歉："对不起。"

"没事。"祁深倒无所谓，一件衬衫而已。

郁小竹转身，先拿了张纸在男人胸口处擦了半天，可衣服上那一大片都湿着，根本不可能擦干，只能作罢。

郁小竹之前就考虑过祁深可能会过来，去超市买杯子时多买了一个，今天正好用上。

郁小竹给祁深端了杯水，又给自己端了杯水。

也许是大哭过一场的缘故，憋了一下午的不愉快终于发泄了出来，郁小竹这会儿反而特别平静，不过小脸还是苦巴巴的。

屋里就一张长沙发，她坐在一边，祁深坐在另一边。

郁小竹噘着嘴说："我不想当姐姐了，我不想有个熊弟弟！"

祁深把水杯放在一旁，问她："怎么了？那个熊孩子又做什么事情了？"

郁小竹把今天被郁小耀泼了一身水的事情说了一遍。

祁深有些后悔中午下手太轻了，同时目光下移，看向郁小竹，问她："给我看看，烫哪儿了？"

郁小竹穿着成套的家居服。

祁深要看，她也没有多想，直接把右腿放在沙发上，将裤腿一点点往上推，露出大腿。

郁小竹的皮肤偏白，当时水不算很烫，被烫过的地方除了有些泛红，没有留下太多痕迹。

"已经没事了。"郁小竹边说着，边把裤腿放下来。

祁深看着面前的女孩，因为刚才狠狠哭过一场，此时她的眼眶红肿得厉害。

以前也有人在他面前摔倒了哭，他只觉得烦；可这会儿看着郁小竹刚哭过的模样，祁深只想哄哄她，可是他也不知道十六岁的女孩要怎么哄，只能说："我上午的话有效。"

郁小竹看他，不明白他这唱的又是哪一出。

祁深提醒："我可以继续做你的监护人，你缺的东西，我都会尽我所能给你最好的。如果有一天你要嫁人，我给的嫁妆，也足够让对方不敢欺负你。"他说得很慢。

郁小竹耳朵听着他的话，心里却想到白天郁家安说的话。

他说，祁深是商人，商人不会做亏本买卖。

可是郁小竹又觉得，祁深才不是在做买卖。

"你……"郁小竹看着祁深，想问，又不知道该怎么问。

"什么？"

"你……为什么要对我这么好？你这么忙，而我只是你一个十二年前的朋友，你已经帮我足够多了。"

郁小竹的话，把祁深问愣了。

屋里的灯是暖色调，他定定地看着面前的女孩。

即使他开了娱乐网站，旗下知名主播无数，可面前这张脸，仍是他十岁以后见过的最好看的一张脸。

祁深长大的那个破烂棚户区里，人人都知道他家的情况。

他父亲是赌鬼加酒鬼，而他母亲……在足疗店工作。

就算是在这北城最贫穷的地方，人们也被划分为三六九等。

祁深家就是第九等。

他靠自己的拳头，一拳一拳打得别人服他。

可他知道，这些人不是真服他，是怕他。

有一天他发烧了。

酒鬼父亲早就死透了，母亲几天没回家，他头晕难受，小小的孩子，脑子里想的是死前再出去看一看，看一看别人的世界，这样说不定下辈子投胎，就不这么倒霉了。

然后，他在迷迷糊糊之中看见了一个姐姐。

姐姐扎着双马尾，脸小小的，眼睛大大的，皮肤白白的，身上的校服干净得不得了，身后背着的粉色书包上，还挂着一个小娃娃。

后来，姐姐给他买了感冒药。

他吃了药。

烧退了，他还是按时吃药，心里仿佛舍不得丢掉那个姐姐送的东西。

可惜，他当时烧得太严重，没看清姐姐长什么样。

他抓了个小弟问，才知道姐姐穿的校服是附近一所中学的。

祁深拿着自己前一天晚上在夜市捡酒瓶子换的 20 块钱，跑到学校门口等着。

虽然他病得太重，没看清姐姐的模样，可是当他站在校门口，看见一个绑双马尾的初中生走出来时，他就知道，是那个姐姐。

他跑过去把钱交给她，转身就跑了。

他躲在树后面，后来看见她上了一辆特别豪华的轿车。

他愣了。

明知道距离太远，可他还是忍不住去见她。

也许是他从来没有见过这样的姑娘。

女孩脸上总带着甜甜的笑，皮肤白皙，衣服干净，一双眼睛看向别人时，仿佛能洞察他人的内心。

他试图接近她，可他没有奢求。

他想，他能护着她快乐地长大就好。

祁深想着以前的事情，看着面前这个他护到十六岁的姑娘，一时也说不出什么缘由。

他想了想，道："是执念吧！"

"执念？"郁小竹看他。

祁深勾唇："当你把感冒药交给我的时候，我就想，我要护着这个姑娘长大，直到未来她遇见自己的另一半。"

祁深本来连中学都不想上，可后来他还是咬牙努力，奇迹般地考上了郁小竹所在的中学。

后来一步一步，有了今天。

郁小竹微微仰头，看着祁深。

她已经习惯了看长大后的祁深的脸，甚至有些想不起小时候祁深的模样。

她点了点头："谢谢你，不过，我会努力，尽快让自己能照顾自己的！"

祁深本来想说"也不用那么快"，可是看到郁小竹这么认真，他点头："好。"

郁小竹端着水杯喝水，看着祁深，突然意识到一件事情。

"你为什么在我家门口？"

说起来这件事情也太巧了，她刚回家，他就发了信息；她刚说想跟他聊一聊，他就让她开门！

郁小竹有些不可思议地看着祁深："你不会……一直在跟踪我吧？"

小姑娘说着，居然很警惕地把沙发上的抱枕挡在身前。

祁深见她这样，有些无奈："你对我倒是挺有戒心的……"他想了想，又说："这是好事。"

郁小竹其实就是装装样子，也不知道为什么，她内心一直是信任祁深的。

特别信任，无论别人怎么说，她对他都没有一丝怀疑。

不过既然装了样子，话还是要问的。

"那你说呀，你为什么会在我家门口？"

仔细想想，除了跟踪她，或者一直在她家门口等着，好像也想不出其他的可能了。

祁深也没打算瞒着郁小竹："你隔壁那间房，被我租了。"

他没有告诉郁小竹，其实是买的，怕她有压力。

郁小竹一头问号。

这栋楼是两梯四户。

四套房子户型差不多，都是一室一厅。

郁小竹感到不可思议："你为什么要再租一间？"

祁深回答："我不放心让一个十六岁的女生自己住。"

事实就是如此。

祁深也有十六岁的时候。他的十六岁，别说一个人住了，一个人都去黑网吧当夜班网管了。

可在他看来，他的十六岁和郁小竹的十六岁不一样。

祁深看了眼表，将手里的水杯放下，然后伸手将郁小竹的手托起来。

男人的手刚刚拿过水杯，手掌还有水杯留下的余温。

郁小竹微愣。

下一秒，男人从口袋里拿出一把小小的钥匙放在她手心，道："这是我房子的钥匙，周末我会过来，你晚上有任何事情都可以给我打电话，或者直接去找我。"

祁深说完，站起身来："早点睡，我先回去了。"

郁小竹赶紧送他。

她开着门，亲眼看见祁深将隔壁的门打开，这才信了他的话！

他真的把隔壁租了下来！

祁深没有先关门，而是对她说："你关门，我再关。"

郁小竹还愣愣的，身体本能地听话。

当门关上时，郁小竹站在门口，听见外面的门"咔"的一声扣上，她又悄悄把门打开。

走廊里的感应灯灭了，隔壁房间门上的猫眼透出微光。

郁小竹一时之间居然觉得内心好像被什么东西填得满满的。

她看着猫眼上的那点光，心脏像被滴了柠檬汁，酸酸的。

对祁深，一种从来没有过的想法此刻在心中冒了出来。

可是……

郁小竹把门关上，摇了摇脑袋，自言自语："别想了，二十六岁的人怎么会喜欢十六岁的人……"

而且，他那么好。

她拿什么配他？

翌日一早。

郁小竹一起床，就看见许美珍二十分钟前发来的信息。

许美珍说今天想去北城郊区的平安寺拜一拜，希望她一起。

郁小竹想起昨天的事情，虽然有点讨厌郁小耀，但是妈妈开口，她还是决定要去。

平安寺在郊区，离城区有将近 40 千米车程。

那边是景区，郁小竹不确定回来的时候能不能叫到网约车。

最保险的方式就是包一辆车。

包车的话……

郁小竹拿出手机，正准备查一查网约车能不能包车时，手机收到祁深发来的信息：今天什么计划？要回学校吗？

郁小竹出来的时候请了三天的假。

她把今天的计划告诉祁深。

祁深的消息马上发了过来：我让李群开车过去接他们。

本来，郁小竹以为祁深的意思是让她不要去，但是很快，她便收到祁深的下一条消息：我回家换衣服，然后再开车带你去。

他们一共有五个人，坐一辆车的话太挤了。

郁小竹不想麻烦祁深，毕竟郁小耀太熊了，到时候不知道又会做出什么事来，所以她还是回复祁深：不用，我们自己打车去。

祁深没有回消息。

郁小竹先去洗漱，等她收拾好出来，拿起手机便看见祁深的消息：我已经跟你父亲联系过了，李群过去接他们了，说好了。你准备好后跟我联系。

祁深在商场摸爬滚打这么多年，他即使没体会过亲情，也明白郁小竹父母是特地为她回国的。

至少这前面几天，郁小竹的父母出门，她应该陪着。

郁小竹回复：谢谢。

她把衣服换好，给祁深发了消息。

当她站在门口时，发现祁深居然穿的还是昨天的衬衫……虽然上面的眼泪干了，那一块布料却皱皱巴巴。

祁深注意到女孩看自己的衬衫，于是说道："这里没有衣服，我回家换一身，你和我一起去。"

郁小竹乖乖跟着祁深下楼。

祁深自己的房子在恒安区的大桥路，恒安区 CBD 的中心，不是小区，而是一栋单独的公寓。

就在以前他们住的房子旁边。

这栋楼虽然高，但是住户并没有多少，除了下面部分楼层是一层四户外，上面基本上每层都只有两户，顶上的几层只有一户。

祁深将车开到地下停车场，停好车后就带着郁小竹上楼。

在电梯上的时候，郁小竹还有些紧张——家这个地方，尤其是自己的家或者房间，算是一个人最私密的地方吧。

也是最能反映一个人真实性格的地方。

郁小竹有些好奇，祁深的家会是什么样子。

这栋楼坐落在商业区，又是大户型，针对的客户就是祁深这样的城市新贵。

楼里的电梯也是最好的，上升时平稳静音，速度不慢。

40 层很快就到了。

下了电梯，郁小竹就发现这层楼就这一户，指纹密码锁。

祁深站在门口，没有第一时间开门，而是看向郁小竹，沉默了一下才说："我平时不太回来，家里没有什么东西。"

"哦……"郁小竹觉得这很正常。

祁深经常加班，不回家当然是正常的事情了。

可是当祁深把门打开，郁小竹往里看了一眼才发现……

祁深真的没骗她。

从门外向客厅看去，真的没什么东西。

整个房子是装修好的，但是面前至少有五十平方米大的会客厅里，居然……

只摆着一张黑色长沙发。

沙发正对面是一个窄窄的电视柜，上面放着巨大的电视机。

除此之外，什么也没有。

祁深进屋，见郁小竹还在门口站着没动，转身问她："怎么，吓到你了？"

郁小竹左右看看，确定这套房子没有她父母留下的房子旁边那种贼的记号才更加确定，祁深的家就是这么——简约。

嗯。

简约。

郁小竹点了点头。

她确实被屋内的景象惊到了。

祁深勾唇，一边往屋里走，一边说："我去卧室换衣服，你等我一下。"

"好。"

郁小竹换鞋进去。

屋里干干净净。

客厅里称得上家电的，除了装修自带的中央空调和电视机以外，就是角落里一个不大的扫地机器人了。

此时扫地机器人正在自动充电。

郁小竹左右看了看。

厨房是开放式的，里面家具以及冰箱等电器一应俱全，看样子应该是买房时就带的。

郁小竹在客厅坐着的时候，收到许美珍的短信：

小竹，我们已经出发去往平安寺了，这里很灵的。不过你如果有事，不过来也可以，小耀不懂事，我怕他又惹你不高兴。

许美珍不是不知道郁小耀是什么人。

郁家安也知道。

可是自家儿子，许美珍生他时年龄太大了，舍不得打，舍不得骂，家庭条件好，只要他要的都尽量满足，等发现溺爱过头时，已经晚了。

郁小竹回复：知道了，你们在路上注意安全，回来的时候记得告诉我。

她没说自己去，或者不去。

祁深在屋里不但换了衣服，还顺便冲了个澡。

不过男人洗澡快，他花了十分钟就从浴室里出来，穿好了裤子，正在系上衣的衬衫扣子。

他是从下往上系的。

郁小竹看过去时，祁深正在系倒数第三颗扣子。

男人的头发还没干，有水顺着脸颊滑下来，顺着颈侧，滑入衬衫领口。

领口微敞，露出一小片胸肌，看上去精壮结实。

郁小竹脸颊微红，将头低下，假装自己在看手机。

祁深没注意到小姑娘的不自在，他留了最上面的一颗扣子没扣，从门口衣柜里拿出一件休闲西服，一边套一边说："走吧。"

郁小竹这才看他："我妈妈说，如果我们有事可以不去，她怕郁小耀又惹我们不高兴。"

她确实有一点点不想去。

祁深走到沙发旁，低头看着郁小竹，问她："那你想去哪儿？"

郁小竹一时想不出来。

她以前的生活很简单，平时学习，周末上特长班。

偶尔和同学出去，也不过是吃吃饭。

她也不知道现在有什么事情做。

郁小竹看着祁深，仔细想了几秒。

"要不我们去看电影？"

"可以。"祁深点头。

郁小竹拿出手机 App。最近上映的电影不少，大部分是黄金周档期的，还没有下档。

只是……

几部排片多的电影，都是系列电影的续集，郁小竹没看过前面一部，并不想看后面的。

郁小竹坐在沙发上选电影，祁深站在她身后，胳膊撑着沙发靠背，陪她一起选。

看小姑娘这么纠结，祁深道："去私人影院吧。"

这件事情，就这么定了。

郁小竹在网上找了一家北城很火的私人影院，两个人订了其中一个中包。

包厢里错落摆着五张头等舱高级沙发椅，旁边还放着几个大沙包。

前面的桌子上摆了不少小吃。

既然是陪郁小竹，祁深便将选择权完全交给了她。

郁小竹现在十六岁，虽然已经上高中了，可她依然更喜欢看动画电影。

这十二年里，新拍的动画电影实在太多了，郁小竹看着这些从未见过的电影海报，犯了天秤座的通病——

选择困难症。

祁深不看这些，但是北煜旗下一些网站有时会和电影宣传联动，有几部出名的他还是知道的。

在郁小竹选电影时，祁深指着其中一部说："《冰雪奇缘》，小孩子都很喜欢看。"

郁小竹知道自己看的这些电影是小孩子看的，可是当祁深这么直接说出来时，她还是有些不好意思了。

郁小竹特地没挑《冰雪奇缘》，而是选了另一部电影，很不服气道："我十六岁了，又不是小孩子。"

祁深点头，表示赞同。

虽然没有选《冰雪奇缘》，但是郁小竹选的《魔法奇缘》其实和《冰雪奇缘》是同一系列。

祁深没有发表意见。

郁小竹坐在那里看得津津有味。

等这部看完，郁小竹又动了心思，决定看一看《冰雪奇缘》。

电影刚刚播放到打开城门那里，祁深口袋里的手机振动了。

是李群的电话。

这个时间，郁小竹的父母应该已经到平安寺有一会儿了。

这个时候打电话，可能没有好事。

祁深向郁小竹示意自己要接个电话，就向门口走去。

到门口他才把电话接起来，李群在电话那边说："郁小耀刚才在平安寺撞倒了个老太太，老太太现在说自己浑身不舒服，她家叫了救护车。"

祁深沉默了一下，道："就说没联系上我们。"

挂了电话，祁深重新走进包厢。

郁小竹的手机放在茶几上，看电影前已经调成了静音。祁深伸手过去，把郁小竹的手机朝下扣住。

郁小竹戴着 3D 眼镜，被电影情节吸引，根本没有注意到祁深将她手机扣了下去。

《冰雪奇缘》播放完的时候，已经是中午十二点多了。

该吃午饭了。

郁小竹终于舍得从座位上站起来，伸了个懒腰，走去洗手间。

祁深将郁小竹的手机拿起来。

屏幕上有三个许美珍的未接来电，以及几条信息。

祁深操作了一下，在锁屏的情况下，把这些消息都清空了。

手机屏幕又是干干净净。

等郁小竹回来，拿起手机看了一眼，没有任何信息。她也没解锁，转头对祁深说："我饿了，我们去吃午饭吧！"

祁深点头："好。"

他们所在的私人影院就在一个大型综合商场里，到处都可以吃饭。

郁小竹本来想打开手机找一找周围哪家店好吃，祁深随便指了指旁边一家餐厅说："就去那家吧。"

郁小竹和祁深待在一起的时间里，大部分时候都是郁小竹说祁深听，他很少会发表自己的意见。

现在见祁深拿了主意，郁小竹很愉快地把手机收起来，跟着祁深去了那家餐厅。

这是一家烤肉店。

两个人坐进来点好菜，没几分钟菜就上来了。

这种烤肉一般要有个负责烤的人。

祁深拿出手机，冲郁小竹说："我有事，你烤一下。"

对于这种事，郁小竹倒是很乐意。

祁深在那边看邮件，郁小竹就在那儿烤肉。

开始她还不太会烤，肉放上去不知道什么时候翻面，很快就老了，不好嚼；掌握技巧后，郁小竹烤得已经很不错了。

祁深看了一会儿邮件，抬头看郁小竹。

女孩开始用右手在翻烤，翻了一会儿可能累了，又换左手继续。

祁深觉得自己有些不像话，他把手机放下，从女孩手中接过烤肉夹，低低说了声："我来。"

他怕郁小竹看手机，又道："烤肉要快些吃，凉了就不好吃了。"

郁小竹听得认真。

祁深烤，她在那边吃。

身为女孩子，本身饭量不大，她吃了一会儿就吃不动了。

看到祁深还在烤肉，她马上摇头："不吃了，饱了。"

祁深一脸严肃："正是长身体的时候，不要减肥，多吃点。"

郁小竹摇头："不是减肥，真的吃不了了……"

她说话时，看着祁深不断夹到她盘子里的肉，有点想哭。

郁小竹不会刻意减肥。她平时就吃得不多，最开始在学校食堂，乔妮给她介绍的好吃的，她就每样都打一点，还经常剩下。

祁深没吭声，继续烤肉。

郁小竹夹起一块肉放进嘴里，嚼啊嚼啊，吃得很努力，可就是半天咽不下去。

祁深盯着小姑娘吃，终于看不下去了，说："吐出来吧，不用吃了。"

郁小竹如释重负，不过她没把肉吐出来，而是咽了进去。

祁深把剩下的肉和蔬菜一点点烤完，全部夹进自己的盘子里。

郁小竹撑得一点儿也吃不下去，她就这么看着祁深把肉全部吃光，突然冒出来一句："你吃得好多啊……"

她以前和祁深吃饭，因为吃得慢，光顾着自己吃，从来没有注意到祁深居然这么能吃。

祁深看她，毫不掩饰道："嗯。小时候家里穷，连肚子都填不饱，不想浪费。"

郁小竹眨巴眨巴眼睛，低头看着自己盘子里剩下的几片肉，想想牛长这么多肉也不容易。

她心一横，要不吃了吧！

可是肚子好饱。

郁小竹拿着筷子，在心里劝自己"吃它，吃它"的时候，祁深看出她的纠结，伸手过来，将她盘子里的肉全都夹走，道："别勉强，我来吃。"

郁小竹抬头，就这么看着男人把从她盘子里夹走的肉，蘸了蘸佐料，吃了……

虽然说这几片肉她没吃，可是也是在她盘子里放过的。

郁小竹小声问："你……不介意吗？"

祁深吃完，喝了口水，看着小姑娘脸颊微红，知道她在害羞什么，很认真地说："下次不动你的东西。"

他现在也觉得，自己这么做，有点越界。

可是他刚才在这么做的时候，什么也没有想，完全不介意那是小姑娘盘子里剩下的。

祁深见郁小竹想去拿手机，道："对了，你上次说的苏芷淇……"

郁小竹看他。

祁深继续说："我见到她了，不过是在你提过之后。她舅舅在北城很有影响力，上次参加他舅舅的宴会，我们见了一面。"

郁小竹点了点头，小声说了句："哦……"

对于这件事情，她没有什么发言权。

宴会上，霍城的意思是什么，祁深心知肚明，但他把自己的态度也表现得很明显。

虽然那天霍城说要再和他联系，但他们一直没联系过。

祁深觉得，霍城应该是放弃这个打算了。毕竟霍城在北城有头有脸，不会为了他这么一个人放下身段。

郁小竹没什么想说的，顺手就把手机拿了出来。

上面有一个未接来电，来自许美珍。

郁小竹对祁深说："我给妈妈回个电话。"

祁深知道拦不住了，只能点头。

不过从李群打第一个电话到现在，已经过了快三个小时了。

郁家安在C国算是有点人脉，加上那里的国家制度和这里不一样，许多事情他都能摆平。可是北城不一样。

这么多年没回来，祁深觉得，是时候让他感受一下国家的变化了。

郁小竹滑开手机才发现，手机左下角的电话图标上，显示有四个未接来电。

郁小竹点开通话记录，看了一下前三通电话的时间。

正是她看电影的时候。

郁小竹想了想才意识到，祁深刚才的反应有些反常，很明显他从一开始就知道许美珍在找她。

看看第一个未接来电的时间，父母应该刚到平安寺不久，是有什么事？

郁小竹没注意到消息，先拨了一个电话回去。

很快，电话接通，许美珍的声音传来，有些哑："小竹，你在做什么呢，怎么才接电话？"

郁小竹没有揭穿祁深，而是道歉："对不起妈妈，我刚在和祁深看电影，一直没看手机。"

许美珍也不能指责什么，只是把刚才平安寺发生的事情跟郁小竹说了一遍。

就是平安寺人多，郁小耀乱跑，不小心撞倒了个老太太。

那老太太躺在地上，嚷嚷着这里疼，那里也疼，只好送去医院检查。

十二年前就有碰瓷这一说，现在也不例外。

郁小竹也拿不定主意："那……怎么办？"

她就是一个高中生，根本没有能力解决这种事。

除非找祁深。

可她为什么要找祁深？

她父母是成年人，完全有能力解决，更何况这事是郁小耀惹出来的，和她没关系。

电话那边，许美珍叹了口气："没事了，你爸爸已经交钱给她做了全身检查。"

郁小竹这才说："你们在哪儿，要不我过去吧？"

她想知道，郁小耀带来这么大的麻烦，许美珍对他是不是还是一样的态度。

她甚至有些想不明白，妈妈还是那个妈妈，为什么教出的弟弟会是这样的。

郁小竹本来以为许美珍会答应，没想到许美珍拒绝了："你还是别来了。这里乱成一团，对方的家属在这边一直吵，怕吓到你。"

看来，医院的情况真的有些乱，许美珍说话的时候，身后人吵闹的声音清晰地传过来：

"这是在我们国家，你们就要守规矩！别跟我说没用的！"

听声音，应该是个中年女人。

许美珍赶紧小声说："我先挂了，你别过来了，等这边事情解决了，我再联系你吧。"

郁小竹还想说什么，电话已经被挂断了。

她看着手机桌面，有些担心。

"你父母那边怎么样了？"祁深的声音在郁小竹身后响起。

他的问题已经印证了郁小竹刚才的猜测。

郁小竹抬头看祁深，把刚才电话里的情况说了一下。

祁深看着小姑娘的脸，猜到她的心思，将车钥匙从口袋里拿出来，问她："想去医院看看情况？"

郁小竹想了一下，低下头说：“不去了。”

她去，什么忙都帮不上，不如不去。

“那回去继续看电影？”祁深问她。

“不看了。”郁小竹拒绝，想了想，“我想回家学习了。”

她这几天可能都不会去学校，但是学习不能落下。

远航虽然学风不太好，但是老师都是从各个中学高薪挖来的好教师，讲课质量很高。

郁小竹这几天虽然请假了，但是也让老师把作业发到她的手机上，返校的时候她会交上去。

祁深看了眼表，现在才一点多，于是对郁小竹说：“我送你回家拿作业，然后你跟着我去公司。”

郁小竹意外：“不用，我自己在家做作业就好。”

祁深低头看她，淡淡地问：“医院的事情还没解决，如果真的有什么意外，你确定不找我？”

其实，如果那边的事情真的那么棘手，祁深不可能不知道。毕竟李群在那里，发生任何事情都会第一个通知他。

郁小竹噘嘴。

确实，从许美珍的描述来看，那边的事情确实很棘手。她不过去只是因为自己过去没有用，但是万一事情发展到了郁家安都解决不了的程度，肯定还是要找祁深的。

郁小竹一想到这里，又有点头疼。

她觉得自己自从回来，一直在给祁深添麻烦。

“想什么呢？”祁深见郁小竹不说话。

“去吧。”郁小竹虽然答应了，但整个人跟蔫了的小葡萄一样。

祁深带着她下楼。

等坐上车了，祁深看着闷闷不乐的郁小竹，问她：“跟我去公司让你这么苦恼？”

郁小竹摇头。

祁深把郁小竹送到家。

她在家里换了双肩包，把书和作业都收进包里，又下楼。

等重新坐上车，郁小竹双手抱着包，问："你说，我不回来是不是好一点？"

祁深看着她。

郁小竹半张脸埋进包里，小声说："其实过了这么多年，我爸爸妈妈已经接受了我不见了的事实，他们把对我的感情都转移到了郁小耀身上，而你也可以安安心心工作，不用为我分神。"

听她说完这些，祁深并没有立刻说些什么。

他一路把车开出地库。

阳光照进车里，祁深放慢车速："我愿意你回来。"

郁小竹本来以为这个话题已经结束了，他不说，她也不会再提。

没想到祁深居然要继续。

祁深似乎想继续说什么，可他沉默了一会儿，只是把刚才那句话又重复了一遍："我愿意你回来，而且我始终相信你会回来。"

祁深也不知道自己哪里来的执念，他始终相信郁小竹还活着。

他这些年做出的努力，除了为了让自己能活出一个人样以外，还有一个原因就是他相信郁小竹活着，他坚信自己可以找到她。

郁小竹呆呆地看着祁深。

车厢里很安静。

她以为他还要说什么。

可是，他什么也没再说。

第 10 章

/

两个人的差距

北煜科技的总公司在北城开发区的科技园中。

当初北城为了鼓励新行业，在开发区划了一块地，北煜科技是最早进驻的企业之一。

车开了大约三十分钟才到开发区。

开发区和北城老城区不同，这里马路宽敞，两边的建筑干净、整齐，很有新城的样子。

当车开进科技园时，更是让人眼前一亮。

科技园的建筑都是统一设计的，大片大片蓝色玻璃的运用让整个科技园看上去非常有未来感；加上整洁的道路和统一的绿化，进到科技园，就给人一种走到这个城市科技最前沿的感觉。

郁小竹还是第一次来这里。她只是坐在车里，看到车外的建筑，就有些惊讶。

"你们公司在这里？"

她的第一反应是：这里简直太酷了！

女孩的心情写在脸上。祁深看着身边小姑娘的表情，问她："喜欢这里？可以经常带你来。"

之前祁深不放心郁小竹一个人在家，也想过带她来公司，只是那时他不确定郁小竹的身份，才把这个想法搁置了。

今时不同往日，如果郁小竹愿意，他可以天天带她来。

祁深将车开进北煜科技地下车库。

北煜科技地下车库一共有三层。其中第一、二层是给员工用的；第三层有一半给公司中高层使用，另外一半停的是公务车以及祁深的私人车。

祁深将车开到 B3，找了个空位停下。

郁小竹不知道北煜科技停车位是怎么划分的，但她认识车标。

下车后，看见周围要么是轴距很宽的豪华轿车，要么是线条拉风的超跑，郁小竹惊得下巴都要掉了。

"你们公司的人都这么有钱啊？"

郁小竹刚回来的时候就知道祁深有自己的公司，最初她以为祁深公司的总资产可能有数亿元；后来她渐渐了解到，祁深的公司可不仅仅是她想的那样；此时看见这些豪车，她只觉得自己好像还是小看了祁深。

从刚才看到的北煜科技的建筑外观，到现在地下车库满坪的豪车，以及她在用的这些东西，郁小竹越发觉得——

祁深太厉害了。

郁小竹跟着祁深往电梯方向走。

电梯是观光式的。

除了地下部分，公司一共七层，祁深的办公室在第七层。

郁小竹双手扒着玻璃。

科技园的建筑楼层都不高，随着电梯的升高，几乎可以将整个科技园尽收眼底。

而这些建筑里，郁小竹觉得北煜是最气派的。

电梯到了顶层，祁深拍了一下郁小竹的肩膀，郁小竹这才回过神来，跟着他出了电梯。

第七层除了设有总裁办，还有会议区。

从电梯出来，对面就是总裁办的开放式办公室。

看见祁深来了，众员工纷纷站起来，等着祁深路过时和他打招呼。

没想到祁深在电梯口站住，看着电梯里面，很明显是在等什么人。

下一秒，大家便看见一个背着双肩书包、扎着马尾辫的小姑娘从电梯里走出来……

女孩穿着浅色印着卡通图案的长袖卫衣，下身是短裙、黑色长袜，脚上是低帮马丁靴。

从外表上来看，最多也就是刚上高中的样子。

站起来的员工就这么看着自家老总带着一个小姑娘往办公室走，一个个的甚至忘了打招呼。

这里面，只有一个人淡定地说了声："祁总，下午好。"

这个人就是牧楠。

他一直知道郁小竹的存在，之前郁小竹父母回国，也是他去接的。

祁深带着郁小竹进了办公室。

办公室门刚关上，总裁办外面的人就立刻互相交换眼神，又纷纷回到各自的座位上。

七楼助理小群顿时活跃起来。

"什么情况？"

"不是我想的那样吧？"

"什么？"

"咱们老总好这口？"

"不可能吧，应该是哪个朋友的女儿，让他帮忙带一下？"

"呵呵，你看咱们祁总像是会替人带孩子的吗？"

"也是……"

"可这太不科学了！"

这个助理小群里就四个人。

四个都是男的。

能在祁深身边做助理的，都是名校毕业、至少掌握两门外语、业务能力卓越的高精尖人才，本来是不该这么八卦的，可今天这事儿太反常了。

以前祁深身边不能说苍蝇都是公的吧，但异性真的太少了。对任何员工，他永远都是那副公事公办的样子，从来没见过他对哪个女员工多看一眼。

北煜是做娱乐互动平台起家的，虽然现在公司的发展重心不在这上面，但是因为起步早，仍有不少重量级主播，在行业里也算是顶尖的。

公司为了拉拢人气，经常把名主播召集在一起举办一些线下活动。不少主播都瞄准了北煜总裁夫人这个位子，虽然名义上是参加活动，但个个妆容精致，衣服处处透着心机，在祁深面前晃来晃去，然而大多时候只换来他一句"你让开"。

不仅是他们几个助理，而且公司里许多员工都猜测祁深就是传说中的——

无性恋。

几个人聊得热火朝天，只有牧楠最冷静。

终于有人看出端倪了。

"@牧楠，你小子刚才怎么这么淡定，你说，你是不是瞒着我们什么？"

这件事情，牧楠算是知道得非常清楚，但他也很明白，这事没法说。

好一会儿，牧楠才回："是祁总朋友的孩子，父母在国外，前几天我还去接了她父母。"

这句话，算是把这件事情圆回来了。

"怪不得！最近祁总有好几天都早走，我就觉得不对劲。"

"还真是帮别人带孩子？那这女孩父母面子够大的。"

"哈哈哈，我听说霍城最近有意向跟咱们合作，是不是他那个十几岁的外甥女？"

霍城有个最疼爱的外甥女这事，圈子里人人都知道，不过见过这外甥女的人不太多。

牧楠看这些人八卦得越来越没谱，又说了句："不是的，别乱猜了。"

祁深和郁小竹的关系，具体怎样牧楠也不是特别清楚，但是通过这些天李群那边给他的信息以及他自己的观察，祁深对郁小竹绝对不只是表面上的照顾。

不过，牧楠也不敢多想。

办公室的样子都差不多。

郁小竹走进祁深的办公室，发现除了常见的大办公桌、老板椅、柜子、沙发、茶几以外，旁边竟还放着一套简易桌椅。

这套简易桌椅摆在办公桌旁边，和整个办公室格格不入。

祁深指了一下那张桌子说："给你准备的，你在那边写作业就可以了。"

郁小竹：果然和我猜的一样……

不过反正都是写作业，在哪里都差不多。

郁小竹坐过去，将书包放在椅子上，然后将里面的书拿出来，拿着笔开始写作业。

祁深不禁有些理解为什么郁小竹学习好了。

他后来虽然也很努力学习，可是写作业依然是让他头疼的事情，每次都是磨磨蹭蹭，不到迫不得已不想动手。

没想到郁小竹居然这么快就能进入状态。

祁深坐在旁边看着。

曾经他很讨厌自己比郁小竹小这件事情，他做梦都想和郁小竹坐在一个教室里，希望坐在一个可以一抬头就看见她的位子，希望看见女孩学习的样子。

那些儿时遥不可及的梦想，在此刻，也算是实现了。

祁深昨天就没来，堆了不少工作。此时大家知道他回来了，纷纷拿着需要批复的文件过来了。

有下属敲门进了办公室，祁深看向郁小竹，问她："会吵到你吗？"

郁小竹摇头。

尽管她否认，下属还是稍微放低了声音。

祁深工作的时候和郁小竹一样，非常专注。

郁小竹做完了一门课的作业，抬起头，便看见祁深坐在宽大的办公桌后面，听着下属汇报工作，时不时会点头回应。

回来以后，郁小竹知道经过这么多年，祁深经历了许多，成了大人，成了手下管着几千人的总裁。

他从容不迫，处事果断。

可是此时此刻，看到他在那边工作，而她坐在一旁写作业，郁小竹终于真实地感受到了两个人的差距。

一个学生和一个成熟的人之间的差距。

郁小竹看着男人此时专注的表情，脑袋里认认真真地确认了一件事情：这么好的他，肯定会喜欢成熟懂事的女孩。

郁小竹想了想，自己不是那样的女孩。

他们刚到办公室时，房间里阳光正好，不用开灯；当郁小竹做完三门课的作业后，窗外的天色渐渐暗下来。

暖色调的夕阳铺在办公室里，配上蓝色的窗户，将房间染成了第三种颜色。

郁小竹并没有打算今天一天就把作业写完。

她把作业本收起来时，祁深仍然在低头看文件。

办公室里没有其他人，怕打扰到他工作，郁小竹站起身来，蹑手蹑脚地往外走。

她有些渴了。

刚才牧楠倒是进来帮她倒过一杯水，她喝完了，没好意思再麻烦牧楠。

郁小竹端着一次性杯子，刚走到门口，身后就传来祁深的声音："去哪儿？"

郁小竹晃了晃手上的空杯子："去倒水。"

祁深也没多想，站起身来，走到她身边将水杯接过，道："我来吧。"说着，开了门，直接拿着纸杯往外走。

离办公室最近的几个助理见祁深出来，都在暗暗关注，毕竟刚才公司里几个私人群都炸了。

关于祁深带了个小姑娘来办公室写作业这件事情，大家和几个助理想得差不多，都觉得祁深在帮谁家老板带孩子。

祁深去帮郁小竹接水，郁小竹也不好意思留在办公室里等着，屁颠屁颠跟了出去。

她跟着祁深到了茶水间。

七楼的茶水间非常豪华，里面光咖啡机就有好几台，有普通款的，还有用来泡胶囊咖啡的。

旁边还有个小冰箱。

祁深打开冰箱，指着里面的果汁饮料问她："喝吗？"

"喝！"郁小竹赶紧点头。

比起水，她更愿意喝这些。

祁深微微勾唇，让出冰箱前的位置："自己选。"

郁小竹站在冰箱前选了一下，最终拿了一瓶柠果汁。

等她选好，祁深准备带人回办公室时，李群的电话来了。

李群在电话里告诉祁深，那边的事情好像快解决了，如果祁深想去，现在可以过去。

祁深看了看前面的郁小竹，走上去问她："你父母那边的事差不多解决了，要不要去看看？"

郁小竹刚才在做作业时还是有些忧心的，这会儿祁深问她，她自然答应下来。

郁小竹把书包收拾好，抱着果汁，跟着祁深离开。

总裁办所有人目送两人进电梯，直到看着电梯旁液晶板上的数字从"7"变成"6"，才有人开口：

"这到底是谁？"

"你们都说祁总帮人带孩子，为什么我的第六感告诉我，事情不是这样的？"

"我也有这样的感觉。"

总裁办这些人，每天忙得脚不沾地。

北煜这种有加班文化的公司，大家平时忙着工作赚钱，没有什么娱乐活动，加上北煜男多女少，办公室恋情也没几对。

祁深这种工作狂，虽然频频在社交网站上露脸，又长着一张桃花脸，但硬是没有半点跟异性有关的新闻。

这次终于让大家开了眼。

虽然对方是个高中生，但大家还是忍不住八卦。

"如果她再来咱们这儿写作业，我就认她当老板娘。"

"哈哈，如果让我见到她三次，我也认她当老板娘。"

"在你们眼里，我们祁总不是人？能对这么小的姑娘出手？"

大家跟着一起开玩笑。

又有人说："我觉得不可能。"

气氛过了，大家也都跟着说："我也觉得不可能，祁总看上去不像很喜欢这类型的。"

"加班调剂一下而已，我宁可相信咱们祁总对施雯下手，也不信他会喜欢这种。"

"你一说施雯，我突然觉得有戏。"

"唉，其实我也觉得施雯姐挺好的，除了比咱们老板大几岁，其他都不错。"

总裁办的气氛活跃了一会儿，很快众人又因为工作安静了下来。

祁深开车带郁小竹去了医院。

当时他们出事是在平安寺，老太太被撞倒没多久，直接被送到了附近的一家二甲医院。

祁深的车开到时，李群正在楼下等他们，见他们过来，忙道："祁总，刚才当事人的两个亲属已经走了，只留下老人在这里。郁家还给老人雇了个护工。"

郁小竹意外："伤得这么严重？"

李群摇头："其实不严重。这家人起初就是想要钱，加上那个男孩认错态度很差，对方开口就要 50 万。僵持了一天，郁先生生气了，说请护工；民警调解过后，也说先观察一周。"

郁小竹其实是有些生气的。

她见父母短短两天，郁小耀就惹了这么大的麻烦，真不敢想象他在 C 国的时候，是怎么无法无天、上房揭瓦的。

祁深点头。

对于这些，他不意外。

李群带着他们上到二楼。

郁家安正在和医生说话，郁小耀和许美珍站在一旁。

这个时候，郁小耀虽然手上拿着游戏机，却没有玩，正一脸紧张地看着郁家安，一语不发。

等医生走了，郁小竹才和祁深走过去。

许美珍猜祁深应该知道发生了什么，带着几分歉意道："祁先生，没想到会发生这样的事，真的让你见笑了。"

今天李群出了很大的力。

要不是有壮硕的李群在，对方家属肯定更加嚣张。

祁深一脸平静，似乎对这种事很不感兴趣，道："既然解决了就好。"

郁家安看看郁小竹，再看看郁小耀，终于绷不住了："你要是有你姐姐一半省心，也不会出这样的事情！"

郁小耀躲在许美珍的后面，昨天飞扬跋扈的样子，今天完全见不着了。

可想而知，白天的事情闹得有多大。

但郁小耀还是不服气，小声说："我怎么知道我跑过去的时候她会突然站起来……"

"你还顶嘴！"郁家安瞪眼，"那里是跑来跑去的地方吗？"

"行了。"许美珍又劝，"有外人在呢。"

这次她不是劝郁家安别怪郁小耀，而是劝他回去再说。

郁小耀知道事情不妙，抓着许美珍的裤腿，带着哭腔："妈妈，我知道错了……"

祁深知道昨天郁小耀干的好事，看他们急着回去，不咸不淡地问了句："这个时间了，要不要一起吃个饭？"

他想看看，今天这个熊孩子还要干什么。

郁家安明显憋了一肚子的气，可他对祁深态度还是不错的，表情微微缓和了一点，道："不了，我要回去好好训训这个孩子！这么多年，被他妈惯得不知天高地厚！"

许美珍这会儿也没话说了。

光看现在这个情况，郁小竹已经看出，今天的事情真的惹怒郁家安和许美珍了。

祁深见郁家安拒绝，也没多说："那好。我想郁先生之后几天都很忙吧，我就不打扰了。有事的话不用联系小竹，直接联系我就可以。如果需要，我会接她来见你们的。"

他站在郁小竹前面一些，将郁小竹挡在身后。

这个举动，像是对他们这对父母完全不信任，语气中甚至带着挑衅。

许美珍知道祁深为什么这样。

昨天的事情她回去也反思了。

身为母亲，她见到郁小竹非常高兴，毕竟郁小竹刚失踪那段日子，最痛苦的人就是她。

女儿在自己身边待了十六年，突然就这么不见了。以后的每一天早上起床，她都觉得女儿就在房间里，打开门就能看见女儿，可是一次次的失望让她彻夜难眠，以泪洗面。

也许是上天的造化，她在四十五岁那年怀上了郁小耀。

虽然怀孕的过程非常痛苦，妊娠高血压、糖尿病接踵而至，可她还是坚持着，最后把孩子生了下来。

生下孩子后，她身体虚弱，可她还是坚持每天自己带孩子。

郁小竹小的时候非常乖，晚上很少醒来；而郁小耀天生就是高敏宝宝，睡觉要人抱着才行。

即便如此，她也一声埋怨都没有，整晚整晚地抱着郁小耀睡。

她把对郁小竹的所有感情都转到了郁小耀的身上，天天陪着他，盯着他，生怕他哪天也突然不见了。

昨天，郁小耀将水杯打下桌子烫到了郁小竹，她不是不心疼郁小竹，但她护着郁小耀完全是下意识的行为，是她这七年养成的习惯。

许美珍看着郁小竹：“小竹，我知道你怪妈妈，妈妈回去也反省了，你们都是我的孩子，是我这几年把重心都放在弟弟身上了……”

“我没有姐姐！”郁小耀直接打断许美珍的话。

郁小竹也不想装了，讨厌就是讨厌。

她噘嘴对郁小耀说：“我也不会认你这样的弟弟的！”

“行了！”郁家安听到两人的话，冲着郁小耀说，“早知道你是这个德行，我们就不可能生你！”

郁家安这几年一直心疼老婆才容忍她对郁小耀的溺爱，现在再见到郁小竹，越发衬出他们对这个儿子溺爱过头了。

郁小耀一听郁家安的话，脸上又气又恼：“我就知道！我就知道你们不喜欢我了！在飞机上你们就一个劲说她有多好，我就知道你们不想要我了！正好，我也不想要你们了！”

郁小耀说着，转身直接冲向楼梯间。许美珍赶紧跟了过去。

郁家安正在气头上，大喊：“让他走！”

等两个人都走了，郁家安板着脸说：“真的气死我了！要不是他，就不会闹出这么多事情，这孩子真的是被你妈惯坏了！在学校惹事就算了，回国还是这样！”

郁小竹没说话。

祁深道：“下去看看吧。”

三个人坐电梯下来。

许美珍正抱着郁小耀在说什么。

祁深低头看了一眼站在身边的郁小竹，转身对郁家安说：“我让李群送你们回去，小竹我来送。"

郁家安看了祁深一眼，又看向郁小竹："你和他回去？"

郁小竹点头。

郁家安看着祁深，虽然脸上有些不高兴，但也没拒绝。

祁深带郁小竹吃了饭，才将她送回家。

翌日一早。

郁小竹刚起床就发现被她静音的手机上有一个许美珍的未接来电。

她打回去，只听见许美珍带着哭腔说："小竹，小耀不见了。"

郁小竹的第一反应是，郁小耀不会消失了吧？

她紧张地问："查过监控吗？"

许美珍叹了口气："查过，是他自己跑出去的。"

听见她这么说，郁小竹才放下心来："那就不用着急。现在监控系统很发达，无论去哪儿都可以找到的。"

她想了想又问许美珍："你们现在在哪儿？我这就过去。"

许美珍和郁家安这会儿都在派出所。

这件事情，郁小竹没脸麻烦祁深，独自去了派出所。

郁小耀是早上五点多离开酒店的，因为是七岁的小孩，之前又生活在国外，虽然还不够失踪报案时长，但民警还是接了这个案子。

知道来龙去脉后，郁小竹对郁小耀可以用厌恶来形容了。

怎么会有这么不为父母着想、不省心的孩子？

这一天，民警都在沿路商户挨个询问，查监控，查找郁小耀的行踪。

一找，就找了整整一天。

结果，线索在一条老胡同里断了。

那个胡同里都是些待拆迁的破房子，也没什么人住。

许美珍知道后就慌了，她最怕的就是郁小耀被绑架。

这是在国内，他们的手机号是回来临时办的，郁小耀根本不知道号码。

郁家安、许美珍、郁小竹以及民警，一整天都在胡同里乱转，可是仍然没有找到线索。

已经是晚上了，天色暗了下来，大家又回到胡同口。

这时民警发现一扇金属门的门缝里透出微光，于是走过去，直接将金属门拉开！

里面居然是个黑网吧！

网管扭头，看见门口站着的民警，直接就慌了，从收银台里抓了把钱，二话不说，撒腿就跑！

民警见这情况，就知道这里面有事。

这个网吧在地下室，郁小竹跟着民警下去，还没走到里面，就闻到令人恶心的烟臭味。

她差点吐了。

下去后，网吧里一台台破旧的电脑前，坐着的基本上都是十几岁的学生。

大家玩得正嗨，谁也没有注意到网管跑了。

这个黑网吧，越往里走，空气中的臭味越重。

烟味混着尿味，让人恶心得不得了。

网吧里灯光非常昏暗。几个人走到网吧中间的时候，终于有人看见了他们。

马上有人大喊："都看看，谁家长找来了？"

郁小竹看了看，周围的人都在玩多人游戏。

有人在网吧里喊了这一嗓子后，周围的人也只是看了他们一眼，又把脸转向屏幕继续打游戏。

看到这情形，民警说："你们先找找，我出去喊同事过来。"

未成年人禁止进入网吧，辖区内发现这个地方，也算是大事了。

民警出去了。

有几个人退出了游戏，站起来往外走。

郁小竹他们还在找郁小耀。

许美珍突然冲向其中一个打游戏、头发染成金毛的小孩，抓着他问："这是小耀的衣服！我儿子呢？我儿子呢！"

郁小耀金贵得很，身上穿的衣服都是名牌，从布料到剪裁，都是一般小品牌没法比的。

金毛正在打游戏，许美珍一抓他，他马上抬了下手："打团呢，别挨我！"

郁小耀从小都是玩掌机游戏，许美珍哪知道这小孩在玩什么，更不知道什么叫打团，只知道这小孩穿的是郁小耀的衣服。

郁家安走过去，直接把金毛从椅子上提起来，问他："我儿子呢？"

"我怎么知道你儿子是谁？这里这么多儿子，你们看哪个像就领走呗！"

这黑网吧，每天来找儿子的家长多了去了，金毛根本没意识到他们问的是什么。

他正嚣张，民警打完电话进来了。

见郁家安他们围着一个小孩，民警拿出郁小耀的照片问："见过这个小孩没有？他在哪儿？"

郁小耀这张照片是许美珍在机场给他拍的，穿的正是金毛身上这件衣服。

金毛这才意识到是怎么回事，赶紧站直，一边脱衣服一边说："我哪知道！这就一傻瓜玩意儿，在我的地盘上跟我叫嚣，被我们打了一顿就跑了。"说完，直接把衣服扔给许美珍。"还给你！我不认识他，也不知道他在哪儿！"

民警一把抓住那金毛："把具体情况说一下！"

小孩虽然不怕一般的大人，但民警还是怕的。

周围小孩见事态不对，纷纷下机想跑。

金毛也怂了："警察叔叔，我们什么都没干，就是，就是……"

民警："就是什么？"

"就是……"金毛看了看，突然指了指门口，喊了声，"他在那儿！"

几个人回头时，金毛撒腿就想跑！

民警冲过去，一个擒拿，金毛直接就被扣到地上，脸朝下，疼得嗷嗷叫："对不起，对不起！我不跑了！"

民警问他："说！怎么回事？"

金毛低着头："我说，我说！"

金毛老老实实地把事情交代了。

简单来说，就是这金毛和几个小兄弟打了一晚上游戏，正没钱吃早饭，从网吧出来就碰上了郁小耀。

几个人问郁小耀要钱，郁小耀态度嚣张得不得了，就被他们给打了，钱也全被抢走了。

后来郁小耀跑到网吧不依不饶，又被他们打了一顿，连衣服都被扒了。

那金毛说着，指了指一旁脏兮兮的垃圾桶说："内裤、袜子都在那里面呢。"

郁小竹听完，莫名有点想笑。

许美珍傻了："那他人呢？"

现在可是十月了，白天还好，温度有个 20 多度；现在太阳下山了，温度很低，不穿衣服，肯定冻坏了！

金毛挠了挠头皮："我不知道啊！我们把他赶出网吧，他就跑了！"

这个时候，其他民警也赶到了。跟着他们找郁小耀的民警把金毛交给那些民警后，又陪着他们继续找郁小耀。

根据金毛的交代，郁小耀没穿衣服，应该跑不远，很可能就在这附近。

可这附近的房子大部分都是锁着的。

许美珍一想到郁小耀现在一件衣服都没穿，心里急得不得了，连声喊道："小耀！小耀！"

郁家安觉得民警说得有道理，也在那儿喊。

这里的房子是要拆的，每栋房子上都用红油漆刷着"拆"字，按理来说早就断了水电。

大家喊了几声，终于，听见一个微颤的声音："妈妈……"

声音很小，大家仔细分辨，才发现是从旁边一个楼道里传出来的。

民警走过去，把门拉开。

这里没有路灯，现在天又暗了下来，站在门口，根本看不见楼道里什么情况。

民警拿出手机往里照了照，白花花的一团东西在楼梯上……

再仔细看，这下看清了，是个小孩。

"妈妈……"郁小耀的声音传来。

许美珍赶紧跑上前："小耀，你怎么了？你出来。"

"我……我不出去！"郁小耀声音里带着哭腔，"我没穿衣服，我还……"

他说着又哭了起来，没继续往下说。

郁小耀七岁，还没变音，要不是知道里面的是男孩，别人可能会以为里面待着的是个小姑娘。

郁小竹知道郁小耀没穿衣服，这会儿听他说起，往后退了一步，道："我回避一下。"

郁家安把外套脱下来递给许美珍，许美珍进去折腾了半天才把郁小耀接了出来。

郁小竹偷偷看了一眼。

郁家安外套很长，一直盖到郁小耀腿上，脚上也没穿鞋。

头发本来是帅气的小刺猬头，这会儿也没了型，好像……还被剪了一些？

郁小竹看得不真切。

郁小耀一出来，就抱着许美珍哭。

民警见状，也挺生气："那些孩子真的是没人管教！"

郁小耀听民警这么说，赶紧说："对，他们打我！还抢我钱，扒我衣服，剪我头发……还……还在我身上画画！"

郁小竹忍住笑，问他："谁让你自己跑出来的？"

郁小耀不说话还好，她一说话，郁小耀又羞又气，直接就冲过去推她："都怪你！都怪你！"

郁小竹见他过来，稍微躲了一下，郁小耀直接摔了个狗啃泥。

郁小耀坐起来，指着郁小竹："都是你！你为什么要回来？我没有姐姐！我不认识你这个姐姐！都怪你！没有你，我就不会离家出走了！"

"够了！"郁家安看不下去了，走过去直接把郁小耀身上的衣服拿走，"你要不觉得丢人，就继续丢人吧！"

郁小耀傻了！

衣服被拿走，被人画得乱七八糟的身子马上露了出来。

许美珍赶紧把自己的外套脱下来。

民警见这情形，也知道清官难断家务事，劝了句："小孩子嘛，教育一下就行了。我先走了，过几天有时间，你们来局里结一下案。"

郁小竹不高兴："我让你离家出走了吗？"

许美珍也说郁小耀："你离家出走，知不知道妈妈有多着急？"

郁小耀"哇"的一声抱着许美珍就哭了："我就是想让你们知道，我也很重要，我也会走！"

这么多年，许美珍在家从不提郁小竹的名字。

郁小耀并不知道自己的姐姐是消失了十二年，他一直以为郁小竹是离家出走了十二年。

郁家安冷脸："过阵子小竹肯定会跟我们回家的！你要是接受不了，回去就把你送到寄宿学校，寒暑假也别回来了！"

郁小耀傻眼了，哭声戛然而止。

虽然许美珍宠他，可家里赚钱的是郁家安，郁家安说的话是绝对能算数的。

许美珍知道这事不可调和，一边拍着郁小耀的背一边说："别说了。先回去换了衣服，去吃饭吧。"

郁小耀似乎是怕郁家安真的把他送到寄宿学校，吓得一声不吭。

提到吃饭，郁小竹有些阴影，她看了眼表，道："我自己回去吃就好了。这几天我还要学习，等过几天亲子鉴定结果出来了再说吧。"

许美珍点头："好，十七日正好是你的生日，妈妈爸爸一定会给你好好准备的。"

郁小竹愣住。

这几天许美珍和郁家安从没提过她生日的事情,她以为,他们可能忘了。

郁小竹还傻乎乎地安慰自己,毕竟过去了十二年,忘了也很正常。

没想到他们还记得。

郁家安难得露出了笑容:"我们给你准备了生日礼物,你那天记得要打扮得漂亮一些。"

郁小竹眼眶微红,点头:"好。"

明明在她的记忆里,去年还和父母一起过了生日……

此时此刻,她觉得自己好像真的十二年没有和父母一起过生日了一样,心情难以抑制地期待。

郁小竹坐车回家的路上,收到乔妮的圈圈信息。

乔妮:"小竹!全国希望杯英语演讲大赛开始报名啦!我今年想参加,你有没有想法呀?我们结伴!"

希望杯英语演讲大赛?

郁小竹没有听说过这个比赛,不过乔妮很贴心地把比赛报名链接发了过来。

比赛分为初试、复试以及决赛三个阶段,时间分别是十月下旬、十一月下旬和十二月下旬。

初试、复试在全国各地都有赛点;决赛在十二月份,比赛地点在最南边的一个海岛城市。

郁家条件好,郁小竹以前初中寒暑假参加过好几次国外的夏令营。

郁小竹的口语比一般学生要好,但是这种全国性的英语演讲大赛,参加的人肯定都是口语非常棒的。

郁小竹还在看大赛介绍,乔妮的消息又发了过来:前三名不但有五万元奖金,还能去 A 国参加文化交流。单项奖也有奖励!最主要的是,如果这次拿到好成绩,可以申请北城大学的自主招生。

看见有奖金,郁小竹有点动心。

5万块钱在她看来不是什么大钱，但是如果这钱是自己赚的，价值就不一样了。

　　报名截止时间是十月二十日。

　　刚才郁家安说要带她回C国，郁小竹并不知道自己这样的身份，去C国需要花多长时间。

　　她先回乔妮：我先考虑一下，如果参加，我会在二十日前报名的。

　　乔妮：好。

　　郁小竹第二天又向学校多请了两天假。

　　十月十七日正好是周末。

　　因为提前预约过，饭店工作人员已经在等他们。

　　上午，祁深开车去接郁小竹。

　　郁小竹今天特地编了个好看的发型，嘴唇上涂了一层浅浅的唇膏，樱桃小口如果冻一般。

　　祁深看见她，先祝贺："生日快乐，十六岁的小朋友。"

　　郁小竹心里知道十六岁不大，可她又不甘心被祁深这么说，很不服气道："十六岁已经不是小朋友了！"

　　祁深侧目："才十六岁就不想当小朋友了？"

　　"不是想不想当，是已经不是了。"郁小竹微微扬起下巴，带着几分小骄傲道，"我已经长大了。"

　　祁深微微偏头，看着女孩稚气的小脸，想说什么，却又没说。

　　两人开车到鉴定中心时，李群已经载着郁家安他们到了。

　　郁小耀也在。

　　祁深下车，看见郁小耀之前飞扬跋扈的莫西干头，今天变成了短寸头，头发特别短，基本上贴着头皮，和光头只有一点距离。

　　虽然还是一副天底下的人都欠他的表情，但是熊孩子气质明显收敛了许多。

　　变化这么大，绝对不是打一顿的成效。

祁深拍了拍郁小竹，问："他怎么了？"

郁小竹看着郁小耀，想起那天的事情，还是觉得有些好笑。

大家往鉴定中心里面走的时候，郁小竹简单地把那天的事情跟祁深说了一遍。

今天鉴定中心很多部门都休息，走廊里很安静，郁小竹说的时候，郁小耀自然听见了。

他转头气呼呼地警告郁小竹："不许说！"

郁小竹不理，要继续说，郁小耀气得冲过来。

虽然不知道这小孩要做什么，祁深还是伸手，一下就把小屁孩提了起来，冷着脸，一双没有任何温度的眸子盯着郁小耀，警告道："离她远点。"

郁小耀不服气，还乱扑腾。

祁深继续说："要不然，你父母不管教你，我也会打断你的腿。"

许美珍赶紧把郁小耀抱过来："小耀，你爸爸打你，你还没长记性是不是？"

郁小耀心眼多，也看人下菜碟，他知道谁可以惹，谁不能惹；惹谁父母能护着，惹谁父母护不了。

像祁深这样的人，郁小耀心里清清楚楚，惹到了，父母肯定护不了。

而许美珍对祁深也有些忌惮。

当年祁深一次次翻墙进来，敲门问郁小竹回来没有，许美珍只觉得祁深对郁小竹是关心的。

有一次祁深又来，结果小区里一个十几岁的小孩在那儿喊："郁家的漂亮小姐姐被人拐走了！再也回不来了！"

祁深当时抓着小孩警告，小孩不听，他一拳头就打上去了。

当时家长、保安都在拉，好半天才拉开。

祁深双眼通红，整个人像疯了一样在那儿喊："你再说一次！她要回不来，我不会放过你的！"

那小孩在那儿哭："又不是我说的，是大家都在说！"

那一次，许美珍就觉得祁深这孩子不对劲。

这次回来，虽然祁深变得完全不一样了，但那件事在许美珍心里，像是一根刺。

工作人员将检测报告交给郁家安。

郁家安只是接过来，连看都没有看就说："不用看，小竹就是我的女儿。"

经过这几天的相处，郁家安早就不怀疑了。

郁小竹心中微暖。

郁家安对郁小竹说："走吧，去餐厅。我们订了蛋糕，去帮你过十六岁的生日。"

"嗯。"郁小竹点头。

祁深知道这是一家团聚的时刻，他想了想，说："那我就不去了。"

郁家安刚才没看报告，这让祁深对他的态度稍稍有些改观。

"祁先生也去吧。"郁家安顿了顿，继续说，"我有些事情想问问你。"

祁深看向郁家安。

郁家安看着他，似乎有话要说。

而郁家安要说什么，祁深不用猜也知道，肯定是关于郁小竹的。

祁深想了想，还是答应了。

第 11 章

/

救命恩人

李群和祁深开着两辆车，到了北城一家餐厅。

服务员将一行人带到餐厅最里面的大包厢。

包厢的门此时是关着的，门口装饰着气球和鲜花。

服务员将门打开。

包厢里的墙上用金色字母气球摆着"HAPPY BIRTHDAY"的字样，红色的地毯上铺了不少粉色气球。装饰得其实并不算好看，但是能看出用了心；包厢的角落里放着几个大盒子，不用猜，里面装的应该是礼物；中间的大圆桌上摆着一个三层生日蛋糕，蛋糕最上面是一个红头发的小美人鱼。

郁小竹走进包厢里，看着眼前的一切，眼眶微微有些发红。她转身抱住许美珍，带着些鼻音道："谢谢妈妈。"

之后她又抱抱郁家安："谢谢爸爸。"

以前她过生日，许美珍也会精心准备，郁家安再忙也不会缺席。

许美珍会找专门的花店来布置家里，摆气球和花束。

这些其实都是许美珍的喜好，她就喜欢在节日时，在家里各处摆放新鲜的花束。为了让花束好看，她还专门学了插花。

郁小竹从小什么都不缺，许美珍在她生日时其实也不会买其他的，基本上就是买衣服。

以前的郁小竹有好多衣服。

但学校要穿校服，有些衣服还没穿就小了。

许美珍往前几步，扶着包厢角落的大盒子说："这个是妈妈给你准备的生日礼物。这几天妈妈四处逛街，把觉得适合我家小竹的衣服都买了。"

郁小竹还是十六岁的模样。

她的尺码没有变，许美珍自然记得。

郁小竹知道，妈妈也没有变，过生日依然是送衣服。

"谢谢妈妈。"

郁小竹快步走过去将盒子打开。

偌大的盒子里平平整整地摆着一件件漂亮的裙子。

许美珍先拿出一件，对郁小竹说："小竹，那天弟弟把你的裙子弄脏了，对不起啊。"她又替郁小耀道歉。

郁小竹摇头，道："我不想听你道歉，我想听他道歉。"

自己犯错，为什么要让别人道歉？

郁小耀站在后面，一副大爷脸。

刚才他看见这包厢里的装饰就非常非常不高兴，龇牙咧嘴，像是要咬人一样。

刚才许美珍说到礼物，郁小耀正想上前，直接被祁深从后面拉住领子。

郁小耀抬头，祁深低头。

两个人对视一眼，郁小耀老老实实站在原地，再也不敢动了。

这会儿郁小竹说让郁小耀道歉，郁小耀两只手抱着胳膊，鼻孔朝天："那天就是你自己把水杯打掉了，关我什么事！我才不会道歉呢！我也没姐姐，没姐姐！没……"

郁小耀话没说完，整个人突然往前趔趄了一下，摔倒在地。

郁小耀转头看祁深，祁深面无表情道："你自己摔倒了，关我什么事？"

这句话就是复制粘贴了郁小耀的话。

不到火候，祁深当然不会当着人家父母的面教育孩子。

郁小耀气得跑到桌子旁，拿起一个杯子就想砸祁深。

他刚想扔，看见郁家安的眼神，手不自觉一抖。

杯子落到地毯上，骨碌碌滚了两下。

郁家安看着郁小耀，冷冰冰地说了句："把杯子放好。"

郁小耀犹豫了一下，黑着脸把杯子放了回去。

前几天郁小耀在平安寺惹了事，当时郁家安就要收拾这小子，可许美珍护着，没有成功；第二天，郁小耀又闹了一出离家出走。当天把他找回来后，郁小耀有些发烧，郁家安丝毫没可怜他，把许美珍关屋外面，拿皮带狠狠揍了他一顿。

郁小耀在屋里把嗓子哭哑了都没用。

挨了那顿打后，郁小耀哭闹着说父母只要姐姐不要他了，他要走。

郁家安直接把房门打开，对他说："你走！你这种废物，你看看出去有没有人要你，你离了我们能不能活！"

郁小耀精明得很，他当然知道自己几斤几两，离了父母，他真的是纯废物。

要是没有郁小竹，他可能就真跑了。毕竟他是郁家唯一的孩子，再怎么样，郁家安和许美珍肯定是要把他找回来的。

可现在郁小竹回来了。

郁小耀一次次听着两人夸郁小竹，怀疑自己跑出去，他们可能真的不会找自己。

大家落座。

祁深坐在郁小竹的身边。

等菜上来，许美珍让服务员拉上窗帘，把蛋糕上的小美人鱼前面"16"形状的数字蜡烛点亮，对郁小竹说："我们为你唱生日歌，你许愿吧。"

郁小竹许愿，从来都是说出一个愿望，再在心里许一个愿望。

许美珍说的是"我们"，其实唱歌的主要是她，其他人也就是跟着拍手。

郁小耀连手也不拍，就坐着，一副欠揍的表情。

不过也没有人在意他。

郁小竹双手合十抵在下巴上，闭着眼睛，开始许愿。

她先在心里许了一个愿望，之后睁开眼睛说："我希望我永远不要再离开你们。"说完，站起身来，吹灭蜡烛。

郁小竹切了第一块蛋糕，递给妈妈，把第二块递给爸爸，第三块给祁深。

最后只剩下郁小耀和她自己了。

郁小竹先切了一块给自己，之后看向郁小耀，问他："要吃吗？"

郁小耀毕竟年纪小，看着这蛋糕这么好看，他当然想吃。

可是这是郁小竹的生日蛋糕，他讨厌郁小竹，前几天也没少害她。见郁小竹问他，他好面子，脑袋一扭："不吃。"

郁小竹一句话都没说，直接将蛋糕刀放下。

服务员将蛋糕放在一旁的桌子上，开始上菜。

许美珍拉着郁小竹说："小竹，今年这个生日在这边过，等到明年咱们回去了，妈妈亲自给你做菜。"

以前生日宴的菜，都是许美珍亲自做的。

再次听妈妈提到回去，郁小竹不禁看向祁深。她想了想，还是决定问："那我……什么时候回去？"

许美珍看向郁家安，郁家安脸上带着些歉意："是这样的，小竹，虽然你是我们的女儿，但无论是子女团聚签证，还是上学签证，申请周期差不多都要一年左右。你目前还是得留在国内。如果我们现在申请，最快明年秋季你就可以过去读高中了。"

毕竟是两个国家。

任何人去C国读书或者加入C国国籍，都需要层层审批，这绝对不是一两个月就可以完成的事情。

郁小竹听见郁家安这么说，反而松了口气。

她想了想："要不，我在这里把高中读完……直接申请那边的大学行不行？"

学校里有不少人都要出国读大学，她偶尔听一听，也知道大概流程。

郁家安看她："目前你可以申请子女团聚移民，周期差不多是十个月，也可以申请读高中，最快明年秋季可以入学；当然，也可以按照你说的在这里读完高中，申请C国的大学，这都看你的选择。"

郁家安给的选择里，并没有让郁小竹一直留在国内的这个选项。

从世界排名上来看，C国顶尖大学的国际综合排名要远远高于北城的大学。

郁小竹学习好，英语也不差，不用担心考不上。

郁小竹直接回答："那我就大学时再去C国吧。"

女孩隐隐感觉到自己内心第一次生出一点叛逆。

她不是很想去C国读大学……

她想留在国内。

郁家安不知道她的想法，点了点头："也好。你现在在哪儿读高中？"

郁小竹实话实说："因为我不能证明身份，所以读的是一所私立高中，叫远航国际学校。"

远航国际学校是最近几年创立的新学校，郁家安和许美珍都没听说过。

许美珍有些担心："私立学校？那里适合你吗？之前你读书的时候，我调查过私立学校，那里面的学生大部分学习态度不好，好多就想着高中读完了，去国外找个大学混个毕业证。"

确实被许美珍说中了，远航的学生就是这样。

可这是祁深给她选的学校。

她想了想，道："挺好的，我室友是他们那一届的中考状元，前几天还发短信问我，要不要参加今年的英语演讲比赛。"

如果问郁小竹在远航最庆幸的事情是什么，那一定是和乔妮做室友。

乔妮是典型的乐天派粗神经女孩，郁小竹有时候真的很佩服她能在这样的环境里待一整年。

之前学校里的人误会郁小竹是邀请生，郁小竹一点也不慌，因为她知道，自己不是邀请生。

更何况，她从不觉得邀请生有什么丢人的，甚至觉得是一件很光荣的事情。

就像乔妮，她是中考状元，全市就一个，为什么不值得骄傲？

许美珍听郁小竹说学校好，这才放下心来："那就好，我就怕你进去跟那些孩子学坏了。"

郁小竹甜甜一笑。

许美珍听她说起室友，又问她："那你现在住校吗？"

郁小竹用余光看了眼祁深。

许美珍以前对她管教很严，出门都必须晚上九点前回家。

郁小竹怕许美珍多想，就撒了个谎："祁深给我租了个房子，不过我开学后没去住过，一直住在学校的。"

许美珍之前也担心祁深和郁小竹会不会有什么越界的行为，毕竟是自己女儿，郁小竹说了，她也就信了。

服务员开始上菜，大家都吃了起来。

吃得差不多了，郁小耀就坐到角落里玩游戏，许美珍拉着郁小竹聊她这些年的事情，郁家安则把祁深叫到了一旁。

郁家安客客气气地说："祁先生，谢谢你这些日子照顾我家小竹，过阵子我们回去，会雇三个保姆和一个司机照顾她的生活。她这些日子所花的钱，我们也都会还给你。"

祁深点头："好。"

他没有提出任何异议。

郁家安观察着祁深的表情，沉默了几秒，问道："你当年和小竹关系应该确实是不错的，但是咱们都是男人，都是商人，作为父亲，我觉得……你对小竹的照顾有些多了。"

郁家安没有拐弯抹角。

他们两个最大的共同点就是，都是男人，都是商人。

郁家安年纪大，他更明白，男人比女人更理智。

他们如果为某样东西付出，大部分时候是已经在心里对这样东西标好价格了，计算得很清楚，他们的付出是肯定可以换取更高回报的。

　　如果不是这样，那就只有一个原因……

　　祁深勾唇，一双桃花眼带着浅笑："郁叔叔，您不知道我和小竹怎么认识的吧？"

　　小时候，祁深为了得到郁小竹的消息，一直讨好郁家安，叫他郁叔叔。

　　在郁小竹回来后，他再次跟郁家安联系时，为了让他知道自己是谁，祁深又叫了一次郁叔叔。

　　之后，他一直称呼郁家安为郁先生。

　　郁家安摇头。

　　"我想您早就已经把我的背景查了个底朝天，我就不多介绍了。我小学的时候发高烧，家里没人，差点死了。当时我和小竹还不认识，但是她给我买了感冒药。"祁深顿了顿，继续说，"所以，她不是我的朋友，是我的救命恩人。"

　　祁深只说到这里，后面的话已经不用再说了。

　　对朋友，他这么做可能确实是过了；可郁小竹是他的救命恩人。

　　换而言之，他这条命都是她帮他捡回来的。

　　有了这更深一层的关系，他为她做什么都不为过。

　　在郁小竹失踪之后，郁家安第一次见祁深就觉得，这个男孩子对自己女儿感情不一般。

　　可是祁深的这句话，把郁家安的后话都堵住了。

　　他说什么、做什么，这沉重的"救命恩人"四个字，都能解释过去。

　　不过郁家安还是毫不客气地揭穿了："又不是武侠小说，哪有什么救命之恩，不过是你给自己找的借口罢了。"

　　"您可能不看重这些，不代表别人也不看重。"祁深明白郁家安在担心什么，顿了顿，又说，"不过您放心，我只是在她需要帮助的时候照顾一下，举手之劳，没有任何其他想法，更不会做越界的事情。"

　　郁小竹十二年前失踪，虽然按照身份证上的年龄已经二十八岁了，其实心理年龄只有十六岁，且从小生活在郁家安和许美珍的保护下，对人没有什么防备心。

郁家安点头，也不拐弯抹角："祁先生这么说，我就放心了。毕竟我家小竹年龄小，从小我们养得娇气，也不太适合祁先生。"

郁小竹和祁深，无论是成长环境还是家庭背景，都差十万八千里。

郁家安始终相信"门当户对"这句话。

祁深不语。

等大家吃完，郁家安把郁小竹叫过去，给了她一张银行卡，以及她的户口本和身份证。

这张银行卡是用郁小竹的名字办的，卡里有五百万元。

这部分钱里，自然是包括还祁深的。

郁家安表示，以后每个月都会给郁小竹两万元生活费，如果不够，随时都可以再加。

等钱给了，许美珍拉着郁小竹说："等会儿我们去中介帮小竹租个好点的房子，再请两个用人照顾小竹。"

刚才许美珍已经说了，她可以留下来照顾小竹一段时间，但是不能太久，毕竟郁小耀年龄小。

回到 C 国后，郁家安还要工作，照顾小耀的事情只能她来。

郁小竹自己在北城生活了几个月，她表示，许美珍跟着郁家安回去就好，反正等她出国读大学时也能团聚。

这会儿许美珍说要帮郁小竹租房子，郁小竹愣了。

她看了眼祁深，很认真地劝说许美珍："不用啊，祁深帮我准备了房子，位置很好，生活很方便。而且我平时都住学校，要不是你们回来，我也不会回来，根本用不上什么用人。"

许美珍看了眼郁家安。

郁家安刚才和祁深也谈过了。

郁小竹现在这个情况，请几个用人确实也是多余。

郁家安没有反驳:"那就先这样吧。我们提前给小竹办理旅行签证,假期一到就去 C 国吧。"

这件事情,就算说定了。

郁家安和许美珍在郁小竹生日后,又在北城多待了三天才回 C 国。

郁小竹也回了学校。

她在确定今年不去 C 国后,就报名了乔妮说的希望杯英语演讲比赛。

就算不能拿奖,万一她以后真的要去 C 国读书,英语好也很重要。

希望杯英语演讲比赛一共分三个组,分别是小学组、中学组和大学组,初赛全国都有赛区,其中北城有三个参赛点。

报名时的必填项里,除了基本信息外,还要填写所在学校。其中,中学组里涵盖了北城所有私立和公立中学,自然也包括远航。

初赛时间是十月二十四、二十五日两天。

周三上午第二节课下课,班主任叫郁小竹去办公室一趟。

远航不像其他中学,老师很少叫学生去办公室。

郁小竹在往那儿走的时候,就已经猜到是为什么。

她报名希望杯的时候,需要填写身份证号,郁家安已经把身份证和户口本都给了她,她就把自己的信息填了上去。

按身份证上的年龄,她已经二十八岁了。

老师不找她是不可能的。

虽然想得明白,但郁小竹进办公室时还是有些紧张,努力思考如何撒谎。

郁小竹所在的高二(1)班,班主任是语文老师,叫孙明军,今年四十多岁了。

见郁小竹进来,孙明军表情有些严肃:"郁小竹,你的情况我们已经知道了。你放心,这件事情我代表学校向你保证,一定会为你保密的。"

郁小竹:?

孙明军见她不说话,继续道:"祁先生已经联系过我们,说了你的情况,确实很特殊。你不要有心理压力，这样对你的病不好。你放心，无论学校还是希望杯比赛组委会，都不会有人向外透露你的年龄的。"

郁小竹听得云里雾里，但是孙明军这么说了，她也没问，只是认认真真地感谢："谢谢孙老师。"

"不客气。"孙明军上下打量着郁小竹，带着几分不可思议，"不过我确实没想到，你今年居然已经二十八岁了，可太不像……如果不是祁先生拿出你这些年的诊断证明，我一定会觉得他在骗我们。"

郁小竹不好意思地摸了摸侧颈："长得显小……"

第二节课后是大课间。

郁小竹从办公室里出来后，没有急着回教室，而是下楼找了个没人的角落，给祁深打电话。

电话接通，郁小竹第一句话问的就是："我得了什么病？"

"精神分裂。"祁深道，"你在十二年前失踪，任何人都找不到你；数月后你自己回来，被诊断出患有严重的精神分裂，其中最重要的表现是有被害妄想症，但是你无法说出失踪期间发生了什么。你父母将你藏在北城的一家医院进行治疗。经过十二年的治疗，你终于彻底走出阴影恢复正常，重新回归校园。"

郁小竹："谢……谢谢。"

祁深继续说："这件事情你不用和任何人提及，学校里也只有几个老师知道。我找人帮你做了这十二年的完整病历，从现在起，就算有人质疑你的身份，他们也挑不出理。"

郁小竹自己非常清楚，她消失了十二年。

现在的社会非常发达，不可能随便造一个假的身份，无论她去哪个国家，都只能用二十八岁郁小竹的身份。

而这无法解释的空白的十二年，一直是她担心的事情。

现在，祁深帮她把这个空白补上了。

郁小竹握着手机，一时之间不知道要如何感谢祁深，只能又说了一次：

"谢谢你，如果以后你有任何需要我帮忙的事情，一定要告诉我，我一定会竭尽全力帮你。"

电话那边传来男人带着笑意的声音："好。"

郁小竹以为他在笑她，有些泄气："你是不是在笑我肯定帮不上你的忙？"

祁深道："不会，我以后可能有很大的忙需要你帮。"

十月二十四、二十五日，郁小竹参加了希望杯的初赛。

比赛地点在离远航不远的一所中学里。

北城一共有三个比赛地点，光郁小竹所在的地方就有三百多人参赛。

因为是开放式报名，这三百多人的水平参差不齐，有很大一部分人的水平并不算高。

一周后，郁小竹就接到了复赛通知，同时，希望杯英语演讲比赛的官方网站上也公布了数据。

本次比赛，从初赛到复赛淘汰了 90% 的人。

复赛采用的是大区分区。

全国一共有五个赛区。

北城是第二大赛区。

每个赛区只有前六名可以参加十二月在阳城举行的总决赛。

远航参加这次演讲比赛的只有郁小竹和乔妮。

她们二人进入复赛后，学校马上在学校网站主页横幅上通报；除此之外，教学楼一楼的大公示屏上也挂出了喜报。

喜报一出，马上有其他班女生跑到郁小竹班里。

郁小竹自从进了复赛，收到复试的半命题题目后，平时下课除了去洗手间外，其他时间都在准备复赛的稿子。

以她的英语水平，进复赛肯定没问题，可是能进复赛的都是厉害的选手，想进决赛绝对不是容易的事情。

那女生来找郁小竹时，郁小竹正塞着耳机听英语新闻。

"郁小竹。"女生进来，蹲在郁小竹桌子前，脑袋微微仰着看她，又冲她挥了挥手。

郁小竹这才发现她，把耳机摘下来看向她。

郁小竹在学校里很低调，平时也不参加社团，除了上课就是写作业，和大部分女生都不熟悉。

"郁小竹，你好，我叫刘丹。你英语这么好，能不能教教我怎么学的？"刘丹表情有点郁闷，"我明年就要申请大学了，但是雅思至少要考六分，可我最多也就考过五分……尤其是听力，特别差！"

这是郁小竹到学校以来，第一次有人来问她关于学习的事情。

郁小竹要去Ｃ国读书，也要考英语，雅思、托福成绩，那边的学校都认。

她之前也翻了一下雅思的真题，道："主要还是词汇吧。先把词汇量冲上去，然后再反复听真题的听力，直到听懂为止……"

郁小竹简单地说了一下。

其实她说的这些，学习英语的人都知道，没什么捷径可走。

刘丹听了，倒也没觉得郁小竹说的是废话，反而问她："那你平时什么时候学英语呀？喊我，我和你一起呀。"

郁小竹最近都和乔妮一起。

两个人早上六点多就起来背单词；晚上除了写作业，就是改演讲稿。

郁小竹实话实说："我们就是早上起来在宿舍背。"

刘丹马上提议："你们能不能去宿舍一楼公共区背？你们带上我！跟你们一起，我也不好意思偷懒。"

宿舍楼一楼是一个大的公共区域，有沙发、长桌、椅子和书架。

这里设计的初衷确实是希望同学们一起学习，可惜远航的学生都不爱学习，久而久之，这里就荒废了。

郁小竹想了想："那行。我们早晨六点多过去，你要是起得来就来。"

刘丹点头："好的！太感谢了！"

施彦宇就坐在旁边，等刘丹出去了，他才撩起眼皮看了一眼郁小竹。

自从上次郁小竹拒绝了他送的包，还踢桌子伤了他，施彦宇在学校里的男神人设算是崩了一半了。

前几天，施彦宇一怒之下把扔在教室后面落灰的包全部送给了班里的女生，同时施彦宇也想明白了：女人多的是，郁小竹不喜欢我，我也不会在一棵树上吊死。

翌日早上六点多，郁小竹和乔妮就到一楼背单词。

她们下来时，别说教学楼了，整个学校也没几个人醒了。

一直到七点，刘丹才从楼上下来，抱着一个单词本，满脸不好意思地说："对不起，睡过头了，明天一定早起。"她说着，把手上的书本放在桌子上，坐在了郁小竹的旁边。

之后陆陆续续有学生下来，看见她们学习，都不禁多看了一眼。

为了准备复赛，郁小竹一直没有回家，都住在学校里。

复赛时间是十一月二十一日，周六。

周五下午放学，郁小竹先回宿舍拿行李。

她回宿舍时，乔妮也在宿舍装东西。

郁小竹顺便问了句："你怎么回家？"

乔妮自开学到现在，只有十月黄金周回了一次家，还是上午提前走的，郁小竹一直都不清楚乔妮平时是怎么回去的。

"我坐公交车回去。"乔妮很自然地回答，又补了句，"我父母周五都上班。"

远航是晚上六点放学，这个时间普通的上班族一般也就是刚刚下班，根本来不及赶到郊区来。

郁小竹又问："你家在哪儿，要不我送你吧？"

乔妮马上拒绝："不用，我自己坐公交车就行了，很方便的！"

郁小竹把行李箱提起来，拉着乔妮说："没事，先去问一问，他有时间的话就送你，没时间你再坐公交车。"

"他？祁深吗？"乔妮一听，更不好意思了，"他的车太好了，我……我真的不坐了。"

上次祁深和施彦宇的视频发出来，大家都知道祁深开的什么车。

乔妮不懂车，但她知道，施彦宇家的车肯定不会差。

那祁深的车自然也很好。

"不都是四个轮子。"郁小竹拉着乔妮的手，"快走吧。"

在去校门口的路上，郁小竹就给祁深发了消息，问他能不能顺便送一下同学。

答案自然是肯定的。

学校门口。

祁深坐在车上等着，远远就看见郁小竹牵着乔妮的手往外走。

两个小姑娘的感情看上去不错。

祁深下车，把后备厢打开，等她们过来，先帮着郁小竹把行李箱放在后备厢。

他转身正想帮乔妮，乔妮赶紧说："我自己来！"她说着，抬起行李箱，将它放在后备厢里。

平时郁小竹都是坐副驾驶座，这次乔妮来了，她就陪着乔妮坐在后排。

今天之前，祁深已经有一个多月没见过郁小竹了。

他从后视镜看了眼郁小竹，才问："去哪儿？"

"那个……祁，祁先生。"乔妮本来想喊祁叔叔，又觉得不合适，临时改成了祁先生，"我家比较远，你送我去附近的地铁站就可以了。"

乔妮的客气反而让祁深对她有些刮目相看，道："你是小竹的朋友，送你回家吧。"

郁小竹赶紧先替乔妮说谢谢。

乔妮这才说了住址。

今天周五，市里有些堵车。

郁小竹和乔妮开始一直在讨论明天比赛的事情，等把明天的事情计划得差不多了，乔妮看了眼开车的祁深，趴在郁小竹耳朵旁小声说："祁深长得好帅啊！"

郁小竹不知道乔妮怎么突然会说到这个。

乔妮又凑过去说："你和他这么相处，难道就不会喜欢他吗？"

虽然乔妮声音不大，但车厢里很安静，她说出的每个字不仅郁小竹听见了，连祁深也听见了。

男人从后视镜看过去，正好可以看见郁小竹的上半边脸。

当乔妮说出这句话的时候，他看见郁小竹明显有些害羞。

郁小竹说："当然没有！"

女孩的语气有些局促。

郁小竹说完，似乎怕乔妮再问什么，大声打断她："你脑袋里一天到晚在想什么？"

"我……"

"到了。"

乔妮刚想解释，车已经停稳。

她说的地址到了。

乔妮看了一眼，确实已经到家了，赶紧一边道谢一边下车去拿行李。

郁小竹下车送她。

等乔妮走了，祁深将副驾驶座那边的门打开，示意她坐在副驾驶座。

郁小竹这才坐了上来。

她并不知道祁深听见了乔妮的问题，一直以自然的神情看着前方。

祁深也没提刚才的事情，问郁小竹："想吃什么？"

"明天要比赛，要不，我们就吃些简单的吧。"

郁小竹以前就经常参加各类比赛。

为了不在比赛前掉链子，许美珍都会让她吃些清淡简单的食物，避免第二天拉肚子。

祁深将车开到一家南方菜馆，带着郁小竹进了包厢。

不大的包厢里放着一个小圆桌，坐两个人很合适。

乔妮的问题像是一个魔咒，郁小竹这一路，满脑子都在想她的问题。

祁深看着小姑娘心不在焉的样子，微微勾唇，问她："明天在哪儿比赛？我送你过去。"

郁小竹这才想起来，自己有一件非常重要的事情要告诉祁深："你猜在哪儿？"

祁深看她，一点头绪都没有。

郁小竹也不等他猜了，自己先说："在北城三十二中。"

北城三十二中，是祁深和郁小竹的母校。

郁小竹又接着说："而且比赛是在初中部的教室。"

北城三十二中的初中部，是祁深和郁小竹唯一一同待过的地方。

那一年，他上初一，她上初三。

祁深眉眼的笑容淡淡的："知道了。"

翌日。

祁深送郁小竹去参加复赛。

远航还是要求郁小竹和乔妮都穿校服参加。

当郁小竹到三十二中门口时，那里已经站了不少家长。

学校大门关着，只开着一个小门，工作人员在门口拦着，只有参赛的学生才可以进。

郁小竹一早就拿到了复赛通行证。

她看家长都被拦在门口，便对祁深说："我先进去了，等我比赛完再联系你。"

祁深的大掌落在她的后背："没事，我陪你过去。"

祁深送郁小竹到门口。

工作人员在那边喊："参赛学生请出示通行证。"

郁小竹把通行证拿了出来。

祁深单手轻扣住她的肩膀，弯下腰，低声说："我等一下去公司，你比赛完出来给我发信息。"

"好。"郁小竹点头。

复赛有一百二十名选手参加，分在五个教室同时进行，每个教室有五个老师进行打分，最后取平均分。

一百二十名选手分为二十四组，一组学生比完，下一组才能进入教学楼。

为了防止作弊，每组学生在进教室前随机抽号，决定进入哪个教室。

郁小竹进入学校后被安排到了礼堂，同时被没收了手机。

八点整，礼堂门关闭。

所有学生开始抽分组。郁小竹抽到了第十四组。

三十二中初中部的礼堂非常大，参赛选手都分散在各处，继续准备稿子。郁小竹也不例外。

每个学生演讲时长为八分钟，加上回答问题的时间，总时长不会超过十五分钟。再加上老师第一遍打分的时间，一小时差不多只能比完三组。

上午结束时，刚刚好卡到第十二组。

郁小竹所在的第十四组被分到了下午。

三十二中并没有学生食堂，学校老师给下午比赛的学生都订了盒饭，而评委老师则由比赛主办方统一安排外出吃饭。

这主要是为了避免评委老师和参赛学生接触。

中午吃完饭后，下午两点，比赛继续进行。

很快就轮到了郁小竹所在的第十四组。

郁小竹抽到了二号考场。

她深吸一口气，推门进入，先走到讲台前，鞠躬，自我介绍。

当郁小竹抬起头来时，发现评委中有一位年轻男老师有些眼熟，不过她并没有时间思考这些，在评委允许下随即开始了演讲。

前后过程一共持续十五分钟。

郁小竹出来后，拿了手机，就离开了学校。

出来时，祁深已经在门口等着她了。

郁小竹看见祁深，有些沮丧："本来以为可以和你逛一逛这里，没想到我一直被关在礼堂里。"

祁深摸了摸女孩的头发，道："有机会再来。"

郁小竹看见学校对面有个工商银行，对祁深说："你卡号多少？我把之前花你的钱先还你吧。"

郁家安走之前给郁小竹留了钱。

郁小竹本来计划把卡跟手机绑定，然后直接给祁深转账。可她的手机号是用祁深的身份证申请的，根本无法绑自己的银行卡。

之后的一段时间，郁小竹一直住在学校，也没有机会转账。

今天见到祁深，郁小竹打算直接在柜台操作，把钱都转给祁深。

"两年的学费加上这两年租房的钱，还有之前买衣服的钱，我都有记账。"郁小竹说着，在手机里打开一个表格 App，然后将手机递给祁深，"明细在这里，你看看对不对？"

祁深扫了一眼。

女孩真的比他想的细心，光学费一项里，连学校额外收取的校服费和伙食费都算在里面，一项一项列得清清楚楚。

祁深将手机推回到郁小竹面前，道："不用还了。"

"那不行，你的钱又不是大风刮来的。"郁小竹回答得很认真。

祁深看她："那你父母的钱也不是大风刮来的。"

郁小竹不服气："可是他们是我父母，我以后会照顾他们啊，而且我以后赚钱也会给他们花。"

祁深单手插在口袋里，看着女孩认认真真地解释，忍俊不禁道："这么想还钱？"

郁小竹点头。

祁深道："那就等你自己赚钱了再还我吧。我不收他们的钱，但是你的，我可以收。"

男人的表情带着笑意。

郁小竹手里捏着父母给的银行卡，扬起下巴，微微踮起脚，一双漂亮的狐狸眼带着几分狡黠地看着他，问他："那你就不怕我去了 C 国读大学，以后再也不回来了？那你岂不是亏大了？"

郁小竹这么说，是开玩笑的。她本以为祁深会说，会去 C 国把她找回来什么的，没想到祁深露出一副不介意的表情："那也挺好，你欠我一辈子。"

郁小竹知道，她欠祁深的这点钱对他来说是九牛一毛，但还是带着些失望说："我还以为你会跑到 C 国把我抓回来还你钱呢。"

祁深拍了拍女孩的发顶："如果有一天真的这样，那你欠我的……可能有点多。"

"放心吧，我会努力赚钱还你的。"郁小竹顿了顿又说，"可是估计还要等几年。"

郁小竹以前在公立学校待过，了解同学父母的收入。

她以前对人生还是有些小规划的，可这十二年的空白，让她的规划全部变成了泡影。

她不知道自己毕业后会做什么，能赚多少钱……

"没事，多久我都等着。"祁深温声道。

短短的几句话，像是做了个约定。

一个让两个人在未来很长一段时间内，都会有瓜葛的约定。

第 12 章

/

替身

希望杯英语演讲大赛复赛的成绩，在比赛结束两周后上传至大赛官网。

还在上课时，郁小竹放在桌面右上角的手机屏幕就亮起，上面显示一条新的圈圈信息。

郁小竹将手机从桌子上拿起来，滑开屏幕，看见乔妮发来的消息。

乔妮："恭喜小竹！你进决赛啦！"

郁小竹感到意外。

其实这次复赛，虽然郁小竹很认真地准备了，但她还是觉得自己竞争力不够。

郁小竹点开希望杯的比赛页面。

上面已经更新了三大组五个赛区的复赛成绩。

郁小竹在手机上把北城赛区的表格下载下来，点开仔细看。

表格是按照成绩来排名的。

郁小竹很快找到了自己的名次，在第六名。

可她的前面并没有乔妮的名字。

郁小竹继续往下找，在第九名的位置终于看见了乔妮的名字。

最近郁小竹和乔妮在一起练习，还互相当评委指出对方演讲时情绪等方面不足的地方。

郁小竹觉得，乔妮在综合水平上应该是强于自己的，如果她们两人只有一个人进决赛，郁小竹觉得，应该是乔妮。

郁小竹给乔妮发信息：你怎么会才第九名呀？

乔妮当时被分在第四组，很早就比完赛离开了。

乔妮：紧张了，有点卡壳，回答问题也没回答好……

郁小竹正在想怎么安慰她时，乔妮又发消息来。

乔妮：虽然我去不了，但是有个人和你一起去！所以你不会孤单的！

郁小竹：谁？

乔妮卖关子：你猜猜呀！

希望杯主页贴出决赛的行程及相关事项。

决赛时间是十二月二十日至二十七日，地点在阳城。

二十日是开赛仪式；二十一日至二十六日这六天，是三个组的决赛时间，每个组比赛时间两天；二十七日是颁奖仪式。

郁小竹刚刚下载了自己所在赛区的表格，除了自己，前五名她都不认识。

郁小竹顺便把其他赛区的决赛人员名单也下载下来，名单上的人她依然不认识。

郁小竹有种不好的预感，她看了眼身边的施彦宇……

应该不会是这货吧？

这个念头在郁小竹的心里闪过一秒又打消了——

如果真的是他，乔妮肯定不会不说的。

郁小竹干脆把大学组的成绩表格也下载下来，终于找到了答案。

北城赛区大学组第一名——林杉。

居然是林杉！

郁小竹把带着林杉名字的表格截屏，发给乔妮。

乔妮："你好聪明，居然这么快就发现了！林杉真的很厉害，我觉得你应该联系一下他。"

郁小竹看着消息发愣。

她有些不好意思。

虽然十月黄金周的时候，她加了林佳和林杉的好友，可在密室逃脱之后，再也没有联系过。

这次为了演讲比赛的事情去联系林杉，是不是目的性太强了？

郁小竹想了想，还是放弃了这个打算。

希望杯英语比赛在学校里非常有影响力，成绩一出，孙明军马上到教室，向全班宣布了郁小竹进入决赛的消息。

同时他也告诉郁小竹，为了帮助她在决赛中取得更好的成绩，学校会给她安排一位经验丰富的辅导老师。

等孙明军走了，班里安安静静，一时间居然没有人说话。

直到一个女生走到她的桌边，带着几分讨好的语气问道："郁小竹，我看你和乔妮还有刘丹每天早上都一起背单词是吗？是几点呀，我能不能加入？"

郁小竹正想去找乔妮，那女生问她，她才站住："可以呀，我们就是六点多起床，都是自发的，没有什么可不可以的。"

早晨的学习时间，郁小竹和乔妮不仅限于英语，也会背背其他科目。

那女生犹豫了一下，又说："那你平时什么时候有空，跟我对对话，我们一起练练口语，行不？"

郁小竹转来远航已经有三个多月了。

班里的同学个个自我感觉良好，从来不把老师和别人放在眼里。他们虽然不在乎学习，但对英语还是很看重的。因为英语是他们出国混文凭的关键所在，更何况说是一起练口语，其实就是郁小竹陪她练。

郁小竹想了想，道："我最近要准备决赛，没有什么时间。"

她们又不熟，她没必要把自己宝贵的时间分给别人。

因为学校给郁小竹安排了辅导老师，郁小竹就更不会找林杉帮忙了。

希望杯决赛一共比三个项目。

第一个是演讲比赛的必有项目：定题演讲。比赛时长五分钟，题目在公布决赛名单的同时公布了出来。

第二个是即兴演讲。两名选手一组抽取主题，一正一反围绕主题阐述自己的观点。演讲结束后，评委老师会根据演讲内容提问。

第三个是半开放式即兴演讲，时长五分钟，依然有答题环节。

辅导郁小竹的老师是个经验丰富的女老师，叫莫兰。她从演讲时应该善用视线来降压，演讲时要巧妙利用距离、姿势、表情以及即兴演讲的特点，非常有针对性地给郁小竹进行了讲解。

接受过辅导的郁小竹仿佛被打通任督二脉，对月底的决赛充满信心。

为了确保郁小竹能够取得好的成绩，十二月十九日莫兰也跟着郁小竹一起坐飞机去阳城。

二十日这一天，祁深有重要的工作安排，他只能把郁小竹送到机场，并不能陪她去阳城。

中学组的比赛在二十三、二十四日。

祁深之前已经决定在比赛前一天赶过去，可他把郁小竹送到机场后，看着孤零零拉着行李箱的小姑娘，又有些不放心。

"你自己一个人没问题吧？"祁深问。

毕竟郁小竹才十六岁。

她一个人坐飞机，祁深不放心。

郁小竹左右看了看，道："莫老师也和我一起过去，我联系一下她。"

为了让祁深放心，郁小竹打了莫兰的电话。

没过几分钟，一个穿着驼色长款大衣的女人走了过来。她手里拿着身份证和登机牌，先和郁小竹打了个招呼，之后向祁深自我介绍："祁先生您好，我叫莫兰，是郁小竹的辅导老师。这次比赛，我会全程陪着她，您放心。"

远航在找莫兰辅导郁小竹时已经告诉过她，郁小竹的监护人是祁深，让她在辅导的时候不要过于严厉。

莫兰见祁深没有带任何行李，以为这次他全程不在，当场就打了包票。

祁深点头："我二十二日晚上到，这几天就麻烦莫老师了。"

莫兰微微一笑："祁先生客气。"

祁深这些年在商场混，见的人不少，大部分人他看一眼、听几句话就清楚对方是什么样的人了。

莫兰说话得体，举止大方，祁深这才放下心来。

郁小竹的年龄是个秘密。

祁深带着郁小竹换了登机牌，提醒她把身份证收好，把她和莫兰送到安检口才离开。

郁小竹的机票是主办方买的，坐的是经济舱。

莫兰带着郁小竹到登机口附近找了两个空位坐下等登机。

两个人刚坐下，郁小竹身边就坐了个人，同时，那人喊她："郁小竹。"

郁小竹扭头去看……

坐在她身边的居然是林杉！

见她看过来，林杉笑道："恭喜你进入决赛，你真的非常优秀。"

林杉穿着白色的高领毛衣，外面套着浅灰色长大衣，眉宇透着书卷气，整个人看上去特别干净温柔。

郁小竹赶紧"商业互吹"："你是大学组第一名，才是真的厉害。"

莫兰本来在低头看手机，听见郁小竹和人说话，才抬起头来。

这次比赛，为了保证公平公正，所有选手复赛的比赛视频在网上都是可查的。

莫兰在受邀来辅导郁小竹后，也看了一下每组前几名的参赛视频。林杉是北城赛区大学组第一名，而他的演讲，无论是稿件质量还是演讲技巧和张力，都明显好于同龄人。

不出意外，决赛的第一名应该也是他。

莫兰问二人："你们认识？"

林杉笑道："嗯，她是我妹朋友的室友，关系有点远。"

莫兰说："是挺远的，你的比赛演讲我看了，非常好。你们不同组，你可以站在选手的角度上给我们小竹分享一下经验。"

莫兰和郁小竹相处了有半个月的时间，把郁小竹当小妹妹来看，见郁小竹和林杉认识，就顺便提出希望林杉教教郁小竹。

林杉站在选手的角度，更能用切身经验来告诉郁小竹如何让演讲效果更好。

林杉没有反对，反而带着几分腼腆道："我之前一直以为郁小竹会来向我请教，结果等到出发这一天也没有等到。"

"黄金周后，我们一直没有联系过，突然联系找你帮忙，我觉得不太好。"郁小竹解释。

"没什么不好的。"林杉低头看她，"我倒是很希望你联系我。"

莫兰今年二十八岁，看着林杉同郁小竹说话时的神态，把小男生的心思抓得清清楚楚。

莫兰也不是什么封建的人，加上林杉长得不差，在北城大学读书，又这么优秀，她觉得，就算林杉家境不如郁小竹家，但他是配得上郁小竹的。

莫兰以去洗手间为由走开了。

林杉给郁小竹讲了几个简单的小技巧，郁小竹在笔记本上记了下来。

很快，候机厅响起登机广播。

林杉道："等飞机落地，我们找个地方，你把你的演讲稿讲一遍，我帮你看看有没有什么问题。"

飞机落地时，已经是晚上六点。

阳城在南边，这里四季如夏，即使现在是十二月底，温度也一直在25℃上下。

飞机上的旅客在下飞机前纷纷去洗手间脱掉厚重的冬衣，换上春夏的衣服。

主办方专门派人在机场到达大厅举着牌子接选手。

很快，北城的小学组、中学组和大学组的选手都到齐了。

小学组都有家长跟着，而中学组不只是郁小竹，其他几个学生也都跟着随行辅导老师。

只有大学组的六名选手各自提着行李就来了。

一行人到了酒店。

在酒店吃过自助餐，郁小竹就接到了林杉的圈圈消息。

林杉：你什么时候有时间记得联系我，你们二十三日比赛，提前准备一下比较好。

看见林杉的信息，郁小竹也不好意思再拒绝。

她想了想，回道：现在可以吗？如果不影响你准备比赛的话。

希望杯英语演讲比赛，论精彩程度，自然是大学组的最为精彩。

二十一日先比的，就是大学组。

林杉：我在酒店大厅等你。

阳城是旅游城市，这里的酒店都是主打休闲度假，所以酒店设有专门的庭院供游客放松聊天。

郁小竹在楼下见到林杉。

林杉此时穿的还是下午坐飞机时穿的衣服，外面套了件针织外套。

见郁小竹过来，林杉对她说："我刚才在院里看了一圈，有一处凉亭有灯，我们去那边吧。"

郁小竹点头。

这处凉亭在酒店院子中一个不起眼的角落，少有人过来。

郁小竹站在那儿，按照之前莫兰教的，把准备好的定题演讲内容在林杉面前讲了一遍。

林杉帮她掐着时间，四分三十秒。

林杉点头，简单地说了郁小竹存在的一些问题。

郁小竹拿手机一一记下后，怕耽误林杉准备演讲，好心道："谢谢你，不过你们后天就比赛了，我自己回去消化你说的内容就好。"

林杉这个人性格不内向，不过也不善于直接表达自己的想法。

他见郁小竹这么说，没强求，只能点头："那好，我送你回去。"

已经快九点了，院子里静悄悄的。

郁小竹边走边想回去后要在哪些方面改进，让自己这五分钟演讲变得更饱满。

两个人回到了酒店大堂。

这个时间，大堂里只有零星几个新来的客人在前台登记，很冷清。

林杉陪着郁小竹走到电梯口，电梯门正好打开，里面站着一个年轻男生。

看见林杉和郁小竹，年轻男生先是愣了一下，然后走出电梯，小声对林杉说了一个字："牛。"

郁小竹没听见。

两人进了电梯。

郁小竹住在五楼，林杉住在七楼。

当电梯到了五楼，郁小竹有礼貌地对林杉道："后天比赛加油！"

少年看着她，嘴角挂着轻笑，点头。

这六天的比赛，无论哪个组比，其他两组都是要全程观看的。

二十一日的比赛在阳城一个公开场馆举行。

场馆并不算大，差不多能容纳三百人。

场馆的观众席上，前排坐的都是媒体人和嘉宾，而其他组的选手及相关人员全部被安排在了后排，离主席台十万八千里。

选手们都是按组坐的。

郁小竹身边坐的都是中学组的选手，也就是她比赛的对手。

比赛开始，当第一名选手演讲结束时，郁小竹就发现，大学组和高中组的实力是有绝对差距的。

大学组的学生演讲，无论从内容选择还是情感把握上来说，都比高中组更上一层楼。

林杉是第十个上台。

当他上台的那一刻，郁小竹听见身边一个女生说："这就是大学组第一名那个林杉，帅不帅？"

林杉的演讲开始。

礼堂里回荡着少年的声音。

那天回去后，郁小竹去网上看了林杉复赛的演讲，觉得非常完美。而此时坐在现场，郁小竹只觉得，林杉的现场演讲更有感染力。

她发自内心地觉得这个少年非常优秀。

选手头顶就是计时牌。

当时间走到四分五十八秒时，林杉的演讲结束。

郁小竹身边的女生小声评论：

"这个人也太厉害了吧！"

"对吧！我听说他虽然读大三，但是才十八岁，上小学还是中学时跳级了两次。"

"也不知道他有没有女朋友？"

"别说不吉利的，肯定没有。"

郁小竹正专心地听着身边两个女生说话，莫兰拍了拍她，道："明天你再找林杉讨教一下，说不定你也能得个第一。"

郁小竹有些犹豫。

莫兰见她不说话，又说："你们不多接触接触，怎么增进感情？当然了，高二是不适合谈恋爱。不过林杉这么优秀，等你上大学，他估计都被别人追走了。"

郁小竹这才反应过来莫兰是什么意思。

她看着莫兰，讷讷地说："我……我不喜欢他啊。"

莫兰看她："不喜欢？这么优秀你不喜欢？那你喜欢什么样的？"

莫兰只是随口一问，郁小竹却认认真真地回答了一句："不喜欢。"

之后，她又开始思考这个问题。

她喜欢什么样的？

她喜欢……

郁小竹一时之间什么都想不到。

可她想到一个名字——祁深。

莫兰听见郁小竹的回答，看了她一眼，像是把小姑娘的心思都猜透一样，道："也是，你认识祁深，像林杉这种的，也就算一般优秀吧。不过我建议你不要拿祁深做参考，像他那样的，近几十年也不会再有了。你要是把标准定这么高，恐怕单身的时间会比我还长。"

祁深好歹曾经是"国民男朋友"，莫兰身为当代年轻人，对他也是有了解的。

以祁深的背景，即使赶上了互联网起步加飞速发展的好时代，他现在所拥有的一切也绝对是个奇迹。

这种搭上时代顺风车、自己又有头脑的人，在这个国家、这个世纪，不知道能不能再出第二个。

郁小竹手里攥着手机，沉默了好一会儿，小声问莫兰："那你觉得，祁深会喜欢什么样的女孩啊？"

小姑娘的问题，让莫兰一下子就嗅到了其他味道。

因为她问的不是"祁深会喜欢什么样的女人"，而是"女孩"，这说明郁小竹把自己包括了进去。

郁小竹不喜欢林杉，那么……

莫兰问她："你和祁深什么关系？"

兄妹？

祁深以前属于每天能被媒体扒三次底的人，从没听说有什么妹妹。

可如果不是亲人，几天前祁深在机场对郁小竹表现出超出朋友的关心又很奇怪。

郁小竹的答案还是跟以前一样："他是我父母的朋友，我父母在国外，委托他照顾我。"

莫兰其实想发表些意见，可她又担心影响郁小竹的心情，于是伸手将胳膊搭在女孩的肩膀上，道："这样啊……也挺好的，我看祁深很关心你，很称职。"

二十二日下午。

大学组的比赛还没完全结束，郁小竹就接到祁深的信息，告知他已经到了阳城，问她在哪里。

郁小竹将比赛场馆的地址和比赛大概结束的时间发给祁深。

下午五时三十分，大学组的比赛全部结束。

观众们陆续出门。

祁深在十分钟前给郁小竹发过消息，告诉她自己已经到了。

郁小竹跟莫兰说了一下祁深到了的事，就独自往场馆外走去。

到了门口，她一眼就看见路边停着拉风的黄色跑车，祁深就站在车旁，手里拿着手机，似乎在发信息。

郁小竹正想过去……

"郁小竹。"林杉不知道从哪里冒出来，眼底带着几分自信问她，"这两天的比赛，你觉得我表现得怎么样？"

郁小竹看了眼祁深，先站定，对林杉说："真的很棒。我觉得大学组里就你最出彩，你以后可以考虑往这方面发展，一定会有所成就的。"

林杉这个人，平时看起来很内敛，话也不多，可是当他站在演讲台上时，整个人像脱胎换骨了一样，有一种说不出来的魅力。

而此时在台下看见林杉，他又变回了那个温柔的大哥哥。

郁小竹夸他，是真心实意的。

她真的觉得林杉在这方面太出彩，以至于整场大学组比赛下来，她只记得他的演讲。

"是吗？"林杉听完郁小竹的夸奖，眼神定定地看着女孩，好半天才开口，"那你明天比赛加油。"

"谢谢。"郁小竹点头，"那我先走了。"

"等一下。"林杉见郁小竹要走，赶紧喊她，"我前几天去问比赛的工作人员，他们说如果打算比赛后再留在阳城玩几天，可以把机票退了。"

"我知道了，谢谢你告诉我。"郁小竹只是道谢。

她小时候经常和父母出国去海岛旅行，阳城的海与那些地方比起来要差一些，加上现在是冬天，虽然天气不算冷，但也不适合下海。

这个季节来，郁小竹并没有游玩的打算。

林杉也看出郁小竹没有继续这个话题的打算，可他还是想邀请一下她：

"阳城周围有……"

林杉话说到一半，就看见有个男人进入他的视线范围，站在郁小竹的身后。

他抬起头。

是祁深。

之前乔妮就跟林佳说过郁小竹的监护人是祁深的事情，林佳又把这件事情转告给了林杉。

林杉不上微博，更不会花时间去关注对自己没有帮助的人。当他表示不认识这个人时，被林佳一顿嫌弃。为了不被妹妹嫌弃得太厉害，他专门去网上查了一下祁深是谁。

同一时间，郁小竹回过头来。

她看见祁深，一点也没有意外，而是很自然地向他介绍林杉："祁深，这是林杉，估计是这次演讲比赛大学组的冠军。"

祁深目光很冷淡地扫过林杉，手插在口袋里，淡淡"嗯"了一下。

很明显，他对这个人一点兴趣都没有。

林杉知道祁深是郁小竹的监护人，反而很客气："祁先生你好，我是小竹的朋友。"

似乎是为了突出"朋友"，林杉这次没有连名带姓喊郁小竹，只喊了小竹。

祁深本来想带郁小竹走的，听到林杉的话，他微微挑眉，问："你们很熟？"

郁小竹不知道祁深的意思，点了点头："嗯，这是第二次见面了。之前我们一起玩过《你画我猜》，还去过密室逃脱，我和你说过的；前天他还在演讲方面点拨了我一下。"

郁小竹的语气很像是在给家长介绍自己的某个朋友。

祁深听完，随口说道："我看也不是很熟。"他说完，看向林杉，带着几分明显不悦的口气道："既然不熟，下次还是喊她郁小竹。"

林杉虽然已经大三，但实际年龄才十八岁。祁深是成年人，又是北煜科技的老总，气场肯定是一般人比不了的。林杉站在那儿，真的有种被女孩子家长警告"离我女儿远一点"的错觉。

他本身并不擅长应付这样的场合，只能点头，然后对郁小竹说："我先走了，明天的比赛加油。"

看着林杉离开，祁深才对郁小竹说："走吧。"

郁小竹看着后面的跑车，看向祁深："你在这里也有车吗？"

在北城时，祁深永远是一副商务人士的派头，无论坐车开车，基本都是舒适性较强的轿车。

在郁小竹的印象里，她没见过祁深开跑车。

"借的。"祁深道，"这里的路况比较好，适合开跑车。"

北城的交通不说一天二十四小时堵车，大部分时候路上的车比较多，基本上不可能痛痛快快地开一回；阳城是旅游城市，夏天游客少，冬天不少北方的退休老人来这里过冬，他们一般都不会开车。

所以阳城和北城的交通情况恰恰相反，大部分时候，马路上畅通无阻。

郁小竹将车门打开，低头看看副驾驶座，微微弯腰才坐进去。

祁深坐上驾驶位。

等车门关上，祁深才问她："前几天，那个林杉点拨你了？"

"是的。"一提到林杉，郁小竹就忍不住想夸他，"你知道吗，他演讲真的很厉害，其他人明显和他不是一个等级的，天赋异禀大概说的就是他这种人。"

她话音刚落，祁深一脚油门踩到底。

"嗡——"

随着引擎发出的高调声响，车直接冲了出去。

"啊！"郁小竹吓了一跳。

她虽然系着安全带，但心里还是有些慌，生怕路口突然蹿出一辆车，跟他们的车撞上。

毕竟是在城市，祁深只是开始时提了一下速，后来就松了油门。

等车速降下来，祁深严肃地说了句："你才高二，不要让我知道你在高中时期谈恋爱。"

郁小竹双手紧紧握着安全带，看着前方的路。

听到男人提到谈恋爱这件事情，郁小竹下意识地反驳："谁说我要谈恋爱了？"

她才不谈恋爱呢！

祁深将油门又松了一些，看着女孩为自己辩驳的样子，又问："怎么，你刚把那个林杉夸到天上了，不是想和他谈恋爱？"

此时，祁深居然有一些庆幸，庆幸他对外是以郁小竹监护人的身份待在她身边。

要不然他要如何禁止她谈恋爱？

要不然他怎么藏住自己的私心？

祁深想得明白，郁小竹在他身边的时间不会超过两年。

这两年，她不谈恋爱，他可以接受；至于以后去了大学，她喜欢谁，和谁在一起，最后嫁给谁……那都不由他管。

郁小竹不服气："觉得别人优秀就不能夸吗？夸人就是要谈恋爱吗？那你还夸，还夸……我呢！"

郁小竹说完，又有些底气不足，但是又有一点点自己的小九九。

果然，下一秒，祁深看向她，带着几分回忆的语气："有吗？"

郁小竹："有……有吧……没有吗？"

她仔细想了想。

这么长时间，一直是自己在麻烦他，而祁深……

好像真的没夸过她？

郁小竹往更久之前想了想，马上想到了："你以前夸我聪明，夸我学习好，还夸我……反正就是夸过我！"

嗯。

夸过。

只不过是十二年前的事情。

祁深见女孩努力想证明自己夸她，这才道："噢——那我现在夸夸你，我的小竹最……"

"不用了。"郁小竹此时就像泄气的皮球，"一个人夸另一个人，是因为那个人比自己厉害。我现在又不比你厉害，你夸我，我会觉得你是在敷衍我。"

郁小竹夸林杉，是她真的觉得林杉厉害；以前祁深夸她，也是因为她的学习比当时的祁深好。

十二年过去了，祁深不再是学生，各方面都变得非常优秀；而她确实没什么值得祁深夸的。

祁深并不是很擅长安慰人。他突然后悔刚才质疑郁小竹，只能换个话题："阳城有一家山顶餐厅听说不错，等比赛结束，我带你去。"

郁小竹点头："好。"

今天是中学组的比赛，中学组的三十名选手被安排在观众席最右边，方便上场。

选手们都到齐后，嘉宾和其他观众才陆陆续续入场。

祁深之前决定来看决赛时，早早就让牧楠帮忙弄了张嘉宾证。

他穿着休闲西裤，将嘉宾证挂在脖子上，正要从前门进入会场，迎面走来的一个男人径直走到他的正前方，喊了声："祁深。"

祁深看过去。

面前的男人年龄似乎和他差不多大，穿着一身正式的西装，脖子上挂了一张蓝色卡牌，最上面写着：评委证。

下面还有照片和名字。

挂得太低，祁深看不清名字，不过他基本可以确定，眼前这个人他不认识。

"有事？"祁深问他的时候看了眼表。

离比赛开场还有半个多小时。

男人上下打量了祁深一番，自我介绍道："我叫谭长东，是这次比赛的评委之一。"

"哦……"

祁深起初不在意，但是，他很快在自己的记忆里搜索到了这个名字。

谭长东。

郁小竹高中时的同班同学。

祁深脸上的表情没变，又问了一次："有事？"

谭长东也不拐弯抹角，左右看了看，确定周围没有其他人后才小声问："这次中学组比赛的郁小竹，是怎么回事？"

祁深一脸不感兴趣地看着他，没回答。

谭长东又往前凑了一点，小声说："我已经查过资料了，她的生日和她一样，而且……你的身份和这个比赛八竿子打不到一起，你根本没理由来看这个比赛，除非……"

他没把话继续往下说，但是意思已经非常明显了。

这个郁小竹就是那个郁小竹。祁深知道这一切，所以他才会来。

祁深这才"哦"了一声。

谭长东不甘心，继续说："我知道当初你喜欢郁小竹，虽然我不知道这是怎么回事，但是你这么做，是不是对这个女孩不公平？"

祁深这才正眼看他。

他以为谭长东这么快就接受了郁小竹消失十二年又回来的这个事实，没想到，是他高估了谭长东。

从谭长东目前的话来推测，很明显，对方觉得他找了一个长得像郁小竹的人来冒充郁小竹。

祁深双手环在胸前，一脸无所谓："我乐意，需要你管？"

谭长东生气："但是她这样是违规的。如果被人知道她不是用本人的身份参加比赛，会被取消比赛资格的！"

祁深"哦"了一声："如果你不说，有人知道？"

谭长东看着祁深这副有钱人可以为所欲为的嘴脸，愤愤道："当年郁小竹失踪，不只是她父母，我们作为她的同学都非常难过。但是这么多年过去了，你怎么就不死心？郁小竹肯定死了，她回不来了。你就算找个长得像她的人来骗自己，也只会让自己更痛苦！"

走廊里有人路过，谭长东的声音压得很低。

如果在找到郁小竹之前有人敢在祁深面前说郁小竹死了这样的话，祁深一定会控制不住自己的脾气。可现在，祁深倒是无所谓："这么说，你也承认她很像郁小竹？"

谭长东以为自己猜中了真相，用非常严厉的语气道："是有一点像，但是两个人还是有很大差别的，她不是郁小竹。这个女生多大？我看没有十六岁吧，我猜你肯定没有对她说实话，你这么做，很危险！"

郁小竹生得漂亮，家境又好，懂礼貌，无论什么时候说话，脸上总是带着笑。

不只是祁深，谭长东也喜欢她。

高一的谭长东，无论相貌还是其他方面都比其他同学优秀。学校里那么多女生中，他就喜欢郁小竹，也只觉得郁小竹适合自己。

祁深当初在郁小竹失踪后做出许多疯狂的事，全校人都知道祁深喜欢郁小竹。

此时，比起谭长东的严厉指责，祁深淡定得要命。

听谭长东说郁小竹不像郁小竹，祁深只觉得有些可笑，勾起一边嘴角，问谭长东："不像吗？我觉得很像，简直一模一样。"

"一点也不像！"谭长东指着祁深，"你不要以为有钱就可以为所欲为，如果这女生未满十四岁，就算她是自愿的，你也要坐牢！"

祁深没想到，谭长东居然在想这么出格的事情。

祁深抬起胳膊，微微调整了一下左手上的腕表，决定还是解释一下："抱歉，我没有这么恶趣味。"

别说十四岁，即使是十六岁的郁小竹，他也不可能对她做超出友谊范围的事。

谭长东带着几分狐疑："真的？"

祁深低头看了眼表，懒得和谭长东废话。

祁深想走，又想起一件非常重要的事情，转身看向身后的谭长东，道："丑话说在前面，如果让我知道在她比赛前你去找她说了不该说的话，别怪我不客气。"

男人表情冷淡，话语中却是说到做到的笃定。

谭长东这些年也有关注祁深，知道祁深的地位，他要是真的做什么，那就是以卵击石。

他点头答应："我知道，我不会在比赛前影响选手。"

祁深对他的答案很满意。

两人向走廊的两个方向走去。

比赛于上午九点开始。

郁小竹的号码是六号。

十点多的时候，郁小竹上台演讲。

祁深作为嘉宾，坐在第三排。他的位置在中间，一抬头就可以看见郁小竹。

今天女孩穿的依然是远航的校服。

远航的校服在圈子里被叫作枫叶服，校服的颜色是深秋的红色。

郁小竹穿着百褶裙，上身是衬衫，外面套了一件和裙子同色系的针织V字领格子背心，头发编成两个马尾，搭在肩膀两侧。

祁深的英语没有郁小竹这么好，对于演讲他也没有研究，可他觉得，郁小竹讲得很好。

昨天，郁小竹说她回来后他没有夸过她。

其实，无论是十二年前还是现在，在祁深看来，郁小竹一直都是非常好、非常优秀的。

十二年前，他站在月考成绩榜单下，仰头看着女孩的排名在最上面几行。

他躲在高中部礼堂的窗外，看着她代表高一新生发言。

他站在她面前，听她说："你要好好学习，以后才能有更多选择。"

十二年后，郁小竹依然是那个优秀的女孩。

只是他长大了，关注的事情不一样了而已。

谭长东作为评委，坐在第一排。

当郁小竹演讲时，他的目光一直盯着女孩的脸。

复赛时，郁小竹正好排在他所在的考场，当时他看见她，吓了一跳。

他刚才虽然义正词严地对祁深说，这个女孩和郁小竹一点也不像，可其实郁小竹失踪十二年，他早就不太记得郁小竹的模样了。

谭长东对郁小竹仅有的一些记忆让他觉得，此时台上站的这个女孩确实和郁小竹非常像。

但他不信有人会消失十二年，再度出现时一点也没变。

他只是佩服祁深，居然可以找到一个和郁小竹这么像的人。

两天的比赛中，谭长东一直在观察祁深和郁小竹。

基本上比赛一结束两个人就会一起离开。

祁深开的是跑车，女孩就跟着他上车。

谭长东身为成年人，对他们两人的关系，只想到一种可能性。

不管祁深那天说的是真是假，谭长东都觉得，祁深至少是在用她来弥补内心的遗憾。

但是，谭长东内心也有一丝疑惑。

中学组比赛第二天的内容是半命题即兴演讲。

半命题的内容是：如果我失去了……

其他选手的选题一般都往大了选，而郁小竹别出心裁——

她的题目是：如果我失去了十二年。

这个题目她讲得非常好，声情并茂地从各个方面描述，如果她失去了十二年的时光，她的世界会是什么样子。

讲到最后，女孩的眼泪就在眼眶里打转。

不只是她，连台下的评委老师和观众也跟着偷偷抹眼泪。

第 13 章

/

第一个照顾我的人

比赛进行到第六天，也就是小学组的比赛结束当天，祁深如约带郁小竹去阳城的山顶餐厅吃饭。

山顶餐厅算是阳城的网红餐厅，建在阳城郊区的一座矮山上。

餐厅大部分座位是露天的。

祁深和郁小竹出发得早，到的时候大部分位子都空着。

两人选了一张靠近围栏的桌子。

山顶餐厅的景色非常好，放眼望去，山下一半城，一半海。

两人点过菜后，祁深才告诉郁小竹："那天我看见谭长东了。"

"是……我们班长吗？"郁小竹马上想起来，"他是不是评委？我复赛的时候见到一个很眼熟的人，好像是他！"

在郁小竹的记忆里，上次见谭长东不过是几个月前。

她满脑子都是十六岁谭长东的样子。

那天见到长大的他，她没有第一时间反应过来。

祁深点头："对。"

郁小竹马上意识到一个严重的问题："那谭长东认出我了对吗？他有没有说什么？"

郁小竹也不是没思考过，万一她以前的同学见到她怎么办。

她还没想好应对之法，就真的遇见这个问题了。

服务员把两人点的饮料端了上来。郁小竹点的是百香果汁，祁深点的是咖啡。

祁深浅浅抿了一口咖啡，道："嗯，他说你是我找来的替代品，说你和郁小竹一点也不像。"

他说这话的时候，自己也觉得可笑。

郁小竹"噗"地笑出声来："我不像我自己吗？"

祁深替谭长东解释："也许是太久没见，忘记了。"

郁小竹把果汁拿到自己面前喝了两口，又有些好奇地问祁深："那你当初见到我是怎么想的，觉得我像我吗？"

毕竟过了十二年，就算忘记了也很正常。

祁深看着面前的女孩，沉默了许久，道："你和我记忆里的一模一样。"

也许是执念太深，他把她的眉眼、她的唇鼻、她笑起来的样子，都深深刻进了脑海里。

当他看见她时，他才发现，十二年过去了，他一秒都不曾忘记她。

祁深说到这儿时，脸颊上突然一凉，一滴水落了下来。

郁小竹抬头："下雨了。"

阳城是临海城市，天气说变就变。

服务员发现下雨了，迅速过来，非常熟练地将周围的大伞撑开。

很快，露天的餐厅座位上撑起一片伞，将雨水挡在外面。

为了不扫兴，祁深还是陪着郁小竹吃完了这顿饭。

郁小竹吃饭慢，他们吃完时，天已经黑了。因为下雨，所以周围也只剩下三四桌客人。

祁深结账后，带着郁小竹离开。

其实刚刚开始下雨的时候，祁深就有些后悔来的时候借的是跑车。

虽然这里的山路修得非常好，但是下雨天路滑，他对这里的路不熟悉，又没有路灯，危险系数直线攀升。

祁深绝不可能带着郁小竹冒险，他坐上车时就跟郁小竹说："我可能会开慢点。"

"好。"郁小竹赞同。

刚开始下雨时，祁深以为雨很快就会停；可当他把车开出餐厅，才发现雨下得比想象中要大。

祁深打开远光灯，用最慢的速度往下开，开到拐弯处，会一边按喇叭一边闪灯，确定没问题才通过。

这条山路并不长，可祁深开得慢，大约开了半个小时，才走了一小半。

为了安全，他并不着急。

车继续往前行驶。

突然，有一团黑色的东西从山上蹿下来，横穿马路。

祁深赶紧刹车！

因为车速不快，车稳稳停住。

那一团像是什么动物的小东西已经跑了过去。

当祁深重新踩下油门，想继续行驶时……

车熄火了。

祁深皱眉。

他又试着打了两次火，车都是轰鸣了两声又归于平静。

"车出故障了。"祁深对郁小竹解释，拿出手机想打电话。

手机左上角写着三个字：无服务。

就是没信号的意思。

祁深将手伸向郁小竹："你手机借我一下。"

郁小竹赶紧把手机从包里拿出来，递给祁深。

祁深看了一眼，也是无服务。

祁深看了眼窗外的雨。

现在雨已经没有刚刚在山上时那么大了，最多算是中雨，可惜车上没有伞。

半山腰，也没有路灯。

祁深将车的远光灯打开，手放在车门把手上，对郁小竹说："我出去找个有信号的地方打电话，你在车上等我。"

郁小竹点头。

这个时候，车是半步也移动不了了，只能人移动。

祁深说完，开门下车。

郁小竹坐在车里，看着男人顺着车灯照亮的方向往前走。

灯光下，雨水落下的轨迹被照得一清二楚。

男人衬衫从肩膀开始，一点点被打湿……

十二月阳城的夜晚，最高温度只有十几度。

车熄火了，暖风也停了，雨落在车盖上，发出"嗒嗒嗒"的声音。

车内的温度也随之降了下来。

祁深在外面差不多打了十几分钟的电话，随后走回车旁，手搭在车上，却没有要进来的意思。

车窗是深色的，只能隐约看见男人侧身的轮廓。

郁小竹将安全带解开，弓着腰爬到驾驶座，伸手将车窗降下一点。

雨水从窗外打进车里，同时，外面的冷空气也跟着钻进车里。

郁小竹不禁打了个寒战。

祁深发现郁小竹把车窗打开，这才低头："把窗户关上。"

"你为什么不进来？"郁小竹透过小小的缝隙看着外面。

她只能看见祁深的半张脸。

男人的头发贴在额头上，雨水顺着眉心额角滑下。

他身上的衬衫早就湿透了。

祁深抹了一把脸上的雨水："我身上都是水，先不进去了。我已经打了电话，马上就会有人上来，你再等一下。"

郁小竹扭头看了眼上山的路，目前还没有车过来。

"你站在外面会感冒的。"郁小竹没有关窗户，而是伸手把门打开，"进到车里等吧。"

她刚刚把车门打开一点，祁深就伸手将车门关上，同时道："我不会感冒的，放心。"

祁深一直自诩身体不错，这些年他在工作之余也会健身，这么多年的体检报告，他的各项指数也一直非常正常。

祁深说完，哄小孩一样地对郁小竹说："车后座有我的外套，你要冷就披上。把窗户关上，听话。"

郁小竹问："你真的不进来？"

祁深道："车很快就到了。"

说是说很快就到，其实市里到这里有一段距离，肯定不会太快赶到。

郁小竹有些冷，她从后座把祁深的休闲西装拿过来，披在身上。

男人的西装很大，披在她身上非常不合身，衣服下摆能一直盖到她的腿上。

腿也冷。她就把腿收到座椅上，整个人全部蜷在衣服下。

衣服上淡淡的茶香在她鼻息间蔓延，很好闻。

郁小竹坐在车上，看着祁深站在外面。

她在车里都这么冷，祁深怎么会不冷？

哪有人不会感冒？

郁小竹又爬到驾驶座上，降下玻璃，对祁深说："你上来。"

祁深皱眉。

郁小竹噘了噘嘴，接着说："你要不上来，我也跟着你下去站着好了。"

她从来都是很好说话的女孩，可是这次她的语气认真，一点开玩笑的意思都没有。

祁深站在那儿看着车窗里小姑娘露出的大半张脸，犹豫了一下，才将车门打开。

等郁小竹爬回副驾驶座坐好，他才坐进去。

男人身上全都是水，从衬衫到裤子全都湿透了，贴在身上勾勒出精壮的肌肉曲线。

水一滴滴落下。祁深用手把刘海往后捋了一下，对郁小竹说："你离我远一些，别把你衣服也弄湿了。"

车上很冷，郁小竹把西装外套拿下来，问他："要不你把衬衫脱了，把这个外套披上？"

"不用。"祁深解开衬衫的袖扣，将两边的袖子一层一层挽到手肘处，水顺着袖口滑落下来。

车熄了火，暖风也打不开。郁小竹打开自己的小包，拿出一包纸巾，抽出一张对祁深说："我帮你擦擦吧？"

祁深看她。

郁小竹也没等他回答，手上铺着一张摊开的面巾纸，轻轻拍到男人的胳膊上。

薄薄的纸巾很快被水湿透。

郁小竹把纸拿起来，翻了个面，又在祁深肩膀处蘸了蘸。

一张纸巾蘸不了两下就都湿透了。

郁小竹把纸攥成团，放在一旁，又拿了一张出来。

祁深斜睨着小姑娘，本来想阻止的，可是见她这么认真，就没有张口，静静地看着她帮他擦水。

郁小竹看着祁深头上的水顺着鬓角滑到锁骨处，又滑进衬衫的领口。

她身子往前蹭了蹭，把下一张纸拍到了男人的胸前。

很快，纸巾就湿透了。

郁小竹一边帮他擦，一边说："现在只有这个，你先坚持一下，等会儿回酒店就可以洗澡了。"

明明是比自己小十岁的姑娘，此时却认认真真地嘱咐他。

祁深垂眸看着郁小竹又换了一张纸巾，忍俊不禁道："好。"

很快，郁小竹的十张纸巾都用完了，她坐回副驾驶座，歪着脑袋，偷瞄祁深。

平时男人的衣服总是穿得整整齐齐，她一直觉得祁深挺瘦的；可是此时雨水打湿了衬衫，衬衫贴着他的身体，她才发现他好像也不瘦。

大概又过了十分钟——

终于，他们看到上山方向有车灯的光亮。

开车的人看见祁深的车，马上停靠过来。

一来，就来了三辆。

三辆车停好，离他们最近的那辆车的司机下车，拿着两把伞。

祁深开门下车，从司机手里接过伞。

看见祁深下来，第二辆车上才下来一个个子不算高的男人，穿着一件粉色衬衫，右耳戴着一个耳钉。

他和祁深说了两句话，祁深指了指郁小竹。

很快，祁深走到副驾驶座这边，将车门打开，指了指最近的那辆车道："换辆车。"

郁小竹穿好鞋，低头下车。

祁深把她送到第一辆车的旁边，打开车门，对她说："你坐这一辆。我和朋友有点事要说，坐后面那辆。"

郁小竹乖乖点头，坐进了后排。

车上的暖风是开着的。

郁小竹一进去，马上觉得很温暖。她将西装外套脱下来递给祁深。

男人摆手："你先穿着，到了再还给我。"说完，将车门关上。

很快，前两辆车就掉头往市里的方向开去。

郁小竹坐的这辆车上只有她和司机。

司机训练有素，从头到尾也没和郁小竹说过一句话，只是安安静静地开车。

越往市里走，雨越小。

等车开到他们住的酒店时，大雨已经变成了毛毛雨。

祁深先下车，打着一把伞走到郁小竹的车前，为她撑开伞后才开门，护着郁小竹下车。

郁小竹住的这家酒店是大赛主办方为选手准备的，并不算很高档。

祁深来了之后，为了见郁小竹方便，也住在这里。

只不过，他住的是顶层的套间。

两个人往酒店大堂走的时候，第二辆车的车窗降下来，坐在车里那个穿粉色衬衫的男人冲着二人挥了挥手，喊道："深哥拜拜，照顾好你的小美女啊！"

说完，车窗玻璃重新升起。

两辆车掉头离开。

到了酒店门口，祁深将伞收了起来，套上酒店门口放着的透明伞袋，跟着郁小竹往里走。

进了大堂，郁小竹发现，祁深走得很快，刻意和她保持距离，似乎是怕把雨水蹭到她身上。

郁小竹尽量追赶他的脚步，实在追不上才小跑了两步，手扣住祁深的手腕，不情愿地说了句："等等我。"

祁深看她："我身上都是水。"

"那又怎么了？"郁小竹不高兴。

女孩的手很软，暖暖的，扣在祁深的手腕上时，和男人微冷的手腕有明显的温差。

郁小竹说："你的胳膊好冷。"

祁深不以为然："我回去洗个澡。"

在他看来，淋一场雨，只要冲个热水澡就没事了。

酒店一共十六层。

祁深的房间在第十六层。

他先把郁小竹送回房间，等莫兰开门，祁深说了句"麻烦照顾一下她"，之后才回自己房间。

莫兰刚才开门时，看见祁深从头湿到脚；再看看郁小竹，一身衣服干干爽爽，连发丝都没有一点水汽。

等门关上，她问郁小竹："你们去哪儿了？"

市里的雨一点也不大，可看祁深的样子好像跳进过游泳池被捞上来一样。

郁小竹把包放下，然后把去山顶餐厅遇上大雨、车又出了故障的事简单跟莫兰说了一遍。

莫兰坐在床上，听完，倒不觉得是什么稀奇事。

作为一个成年人，如果是她和郁小竹上山，那样的情况，她也不可能让郁小竹下车淋雨。

这次比赛，中学组选手的水平都差不多，郁小竹之前并没有觉得自己有什么绝对的优势拿奖。

中学组比赛第二天的半命题即兴演讲，郁小竹看见题目是《如果我失去了……》时，她决定赌一把，把题目定为《如果我失去了十二年》。

还好，她成功了。

也正是因为郁小竹在即兴演讲这个场次的出色发挥，让她最终获得了中学组的银奖。

郁小竹上台领奖。

今天她依然按要求穿着远航的校服。

当她站上讲台时，发现观众席第三排，也就是之前祁深坐的那个位子，居然是空着的——

主办方为了不让嘉宾坐错位置，椅子上都贴着名字，祁深的位子正好在正中间。他不来坐，也没有其他人来坐。

郁小竹左右看了看，确定嘉宾席上没有看见祁深的影子，才意识到一件事——

昨天淋了雨，祁深会不会是生病了？

郁小竹拿着奖状和奖杯下了台，马上就给祁深发消息。

郁小竹："你没有来颁奖仪式吗？"

男人没有回。

过了五分钟，郁小竹又发了一条："你是不是生病了？"

男人依然没有回。

颁奖仪式一直持续到中午十二点，获奖选手站在台上一起合影之后才算结束。

郁小竹觉得，祁深肯定是生病了！

她下了台，把奖状和奖杯都交给莫兰，自己跑出去给祁深打电话。

第一遍，电话没有人接。

当郁小竹打第二遍的时候，电话才接通。

"喂。"电话那边响起祁深的声音，有些低。

"你是不是生病了？"郁小竹也不想再问他为什么没有来颁奖仪式了。

"有点咳嗽。"祁深顿了顿又说，"今天没去是因为有点工作上的事情，颁奖礼结束你自己回去。"

郁小竹这才放下心来，认认真真地答应："好，那你记得吃药。"

"我知道。"祁深说完，咳嗽了两声，就把电话挂了。

一整天，郁小竹都没有见到祁深。

第二天一早，她跟着主办方派的车去到机场。

来回机票都是主办方提供的，都是经济舱。

祁深之前说要和她搭乘同一趟飞机回去，肯定是会坐头等舱的。

郁小竹联系祁深，祁深只说自己有事，却没有说具体什么事，也没有说自己在哪儿。

郁小竹总觉得祁深好像在故意躲着她？

进了候机大厅，郁小竹背着双肩包，悄悄地跑到头等舱休息室门外往里看。

郁小竹正在往里看的时候，听见身后有人问她："你在做什么？"

是祁深！

郁小竹赶紧站直。

祁深没有在头等舱休息室，而是站在她面前。

今天的他依然穿着西裤和宝石蓝衬衫，衬衫的扣子系到最上面一颗，搭配一条藏蓝色花领带，胳膊上搭着休闲西服。

虽然祁深极力表现出精神状态很好的样子，可是郁小竹看见他的脸颊微红。

候机厅里的温度正好，不高不低。

郁小竹怀疑，祁深真的生病了。

郁小竹心里这么想，嘴上还是故作轻松道："我以为你生病了，你怕我担心，故意躲着我呢。"

"怎么会？"祁深本来想伸手拍拍女孩的发顶，伸出手，又很不自然地收了回来。

他把手机从口袋里拿出来，道："我工作上有些事情，你先去找莫兰吧！"

郁小竹站在那儿不动，一双狐狸眼盯着祁深，指了指他的头顶："你头发上怎么有花？"

"花？"祁深下意识地伸手蹭了一下头发。

郁小竹皱眉："好像不是花……你弯一下腰，我帮你拿掉。"

祁深也没有多想，微微弯腰。

郁小竹以迅雷不及掩耳之势，抬起右手，压住男人的额头。

明显高于人体正常体温的温度传到她的掌心。

"你发烧了！"郁小竹看着祁深，有些生气，"你还想瞒着我！"

祁深愣了一下，没有想到自己居然也有被这个小丫头算计的一天。

因为发烧，祁深弯腰弯得不太舒服，所以他将上身直起来，然后才放心地伸手揉了揉女孩的发顶，道："嗯，瞒了你。"

他也没想到，一场雨居然能把自己淋生病了。

在祁深的记忆里，自己上次生病还是大一的时候。

这么长时间不生病，他都有点忘记生病的感觉是这么难受了。

郁小竹噘着嘴，不高兴："吃药了吗？"

"吃了。"祁深勾唇，看见女孩双肩包的拉链开口处露出来的半截登机牌，伸手道，"登机牌给我。"

郁小竹拿给他。

祁深也没有看，直接进了旁边的头等舱休息室，将登机牌放在台面上，对门口的服务人员道："查查商务舱还有空位置没，帮我把这张票升舱。"

郁小竹意外。

她赶紧跟进去，拿出自己的银行卡说："我来付钱。"

郁小竹来的时候坐的是经济舱，她没觉得有什么不方便，这次没有推脱，是因为祁深病了。

她觉得，自己虽然年龄小，可是坐在他身边也能照顾他一下。

祁深看着她的动作，没有拒绝，只是把面前的位置让出来。

服务人员查了一下剩余的舱位，发现还有空着的座位，就给郁小竹办了升舱。

刷卡后，郁小竹先去跟莫兰说了一下情况，然后回到头等舱休息室。

两个人选了两个连在一起的空座位坐下。

郁小竹在祁深身边只是坐了一下就很快起身，道："我去帮你倒水。"

她说着就去了食品区，用一次性纸杯接了两杯水端回去。

当郁小竹把水端来时，祁深刚刚接起一个电话。

他听电话那边的人说了一会儿，回道："我知道了。你一会儿来机场接我，我们直接过去。"

郁小竹虽然不知道祁深在跟谁通电话，但她知道，祁深下飞机后马上要去工作。

她坐在旁边，把自己的水放在面前的桌子上，手里一直端着要给祁深的水。

祁深还在打电话，一偏头，看见女孩双手端着水在他旁边坐着，一双眼睛盯着他似乎欲言又止。

"就这样吧，有事等我下飞机再说。"祁深向电话里的人交代完，将手机收进口袋里，问她，"怎么了？"

"喝水。"郁小竹又把水往男人面前送了送。

祁深抬手，将纸杯拿起来送到嘴边，一饮而尽，而后看着女孩，问她："可以说了吧？"

两个人的椅子都是单人的，中间隔着扶手。

此时，两人的距离并不算远。

祁深在发烧，脸颊微红，眼睛看着郁小竹时，瞳光微微有些散。

即便如此，男人的神情依然从容。

郁小竹又伸手摸了摸祁深的额头，和刚刚一个温度。

女孩略带担忧地看着他，张了张口，问道："你不难受吗？"

其实，郁小竹想说的不是这个。

她想问祁深，你等一下不回家吗？

还要去工作吗？

如果可以的话，能不能不去工作？

可是郁小竹又觉得，自己没有资格让祁深不去工作。

他自己的身体，他肯定心里有数。

而且，拖着病躯都必须去做的工作，肯定非常重要。

祁深听到女孩的关心，道："还可以。"

因为生病，所以男人的声音有些沙哑，听上去很温和。

祁深不是不难受。甚至此时他浑身发冷，头也隐隐有些疼。

如果可以，他也希望躺在床上，盖上三层被子，好好睡一觉。

可惜不行。

刚才给他打电话的是助理之一魏亮，来电内容是霍城的助理联系了他们，说是想和他见面聊一聊。

在北城，别人想见霍城很难，但不管霍城想见谁，任何人都会为他腾出时间。

以霍城在 AI 领域的地位，他坐上北城第一把交椅只是时间的问题，但凡是国内的公司，没有不想跟霍氏合作的。

祁深自然也不例外。

既然霍城要见他，他只要不是病到起不来，都是要去的。

祁深抬起手，在太阳穴上揉了两下，对郁小竹说："我休息一下。"说完，他靠着沙发靠背，闭上眼睛。

郁小竹就坐在旁边看着。

见男人微微皱眉，知道他不舒服，她小声问："要不然下飞机不要去工作了？回家吧，我照顾你。"

郁小竹长到现在，从来没照顾过别人，但她生病时总会有妈妈和用人照顾。就算没吃过猪肉，也算见过猪跑吧。

男人闭着眼睛，只说了一句："我没事。"

郁小竹知道他的意思——

无论怎么样，他都要去工作。

登机后，郁小竹和祁深的位子并不在一起。

祁深身边坐着的是个六十来岁的老爷爷。

老爷爷穿着一身灰白色的中山装，一头银发，慈眉善目，看上去很好说话的样子。

郁小竹走过去，客客气气地跟老爷爷说："爷爷，我朋友生病了，我想照顾他，能和您换个位子吗？"

她指着旁边的位置道："我的位置就在这里。"

老爷爷抬头，眯着眼睛看向郁小竹，发现身边站着的是个年纪不大的小姑娘；又看看她身边的男人，嘴唇发白，一看就是生病的样子。

他痛痛快快地站起来，道："行，你们坐吧。"

"谢谢爷爷。"郁小竹客客气气地道谢。

等坐下来，郁小竹先问空姐要了两张毛毯，趁着飞机还没起飞，站起来认认真真地给祁深盖上。

女孩的手软软的，似乎是怕有风进去，她将两层毯子掖得非常仔细。

他们在商务舱，登机早。

这时候后面经济舱的乘客也陆陆续续上来了。

飞机上有好几个参加完希望杯回北城的选手。

林杉也是其中一个。

可是，郁小竹根本没有注意到他，而林杉为了不挡后面的旅客，也只是匆匆往商务舱看了一眼就离开了。

郁小竹帮祁深把毛毯掖好后，又说："先不要把座位放平躺下，不然一会儿飞机起飞还要再升起来。你先睡觉，晚一点我帮你放下来。"

祁深刚才一直闭着眼睛，直到听见女孩子说这句话才缓缓将眼睛睁开，看着眼前的郁小竹。

郁小竹是天生的娃娃脸，一双眼睛不是杏眼，而是内眼角微长的狐狸眼，看着他时，带着属于她这个年龄的不谙世事。

可是，就是这么一个小姑娘，现在正在照顾他。

而且很细致，比他上一次照顾她要好多了。

祁深睁眼看着面前的女孩，问她："你们女人在照顾人这一点上是不是都很有天赋？"

郁小竹歪着脑袋，不明白他什么意思。

祁深低声开口："我以为，才十六岁的年纪，看见我生病的你，应该手忙脚乱，不知道该怎么办才好。"

他之所以瞒着郁小竹，就是怕郁小竹慌，没想到，郁小竹不但比他想象中淡定，还比他想象中做得好很多。

出乎他的意料。

郁小竹站在原地，歪着脑袋看祁深，眨巴了两下眼睛，突然伸手点了一下他的鼻子，满脸不高兴："原来还有人照顾你？"

祁深："？"

郁小竹："为什么是'我们女人'？而且我才十六岁，和其他照顾你的女人不一样。"

郁小竹说完，伸手帮祁深把安全带系好，又坐回自己的位子。

祁深看她，郁小竹就把脸偏向窗外。

祁深就是随口一说，本是想夸她的，大概是烧糊涂了，没用好词，反而把她惹得不高兴了。

可她就算不高兴，也没忘记帮他把安全带系好，调节好长度。

郁小竹之前的座位离这边不远。

祁深正想安慰郁小竹，刚才换了座位的老爷爷看见两人吵架，乐呵呵地开口："小姑娘呀，刚才还信誓旦旦说要照顾你的朋友，怎么，这就生气了？"

郁小竹没想到，老爷爷居然还在关注他们。

郁小竹噘了噘嘴。

老爷爷坐直，看着她这副模样，道："看见你，我就想起我外孙女，每次生气就是这样，嘴巴呀，都可以挂油壶了！"

老爷爷的声音沙哑，却带着慈祥。

郁小竹的爷爷去世得早，见这老爷爷这么说她，她又把嘴巴抿了起来，小声说："我没生气……"

明明脸上写着生气，却还狡辩。

祁深坐起来想解释，可他还没开口，老爷爷又先一步说："要不，咱们换回来？"

老爷爷说着就站起身来，这架势，真是要和她把座位换回来。

郁小竹下意识地用双手扶着扶手，摇头："不换，不换……"

祁深还在生病呢，她不换。

刚才郁小竹照顾祁深时还游刃有余，可是此时爷爷说要跟她换座位时，她却有些慌了。

老爷爷又坐下去，笑呵呵地说："男人啊，多大都跟小孩子一样。不过你这么小却懂得照顾人也是难得，长大一定是个好妻子。"

头等舱里很安静。

老爷爷说完，四周的客人都探头来看。

郁小竹有些不好意思，赶紧把头低下来，双手捂着脸颊，不让别人看见自己脸红。

祁深微微倾身，看她："还生气呢？"

郁小竹低着头不说话。

祁深将薄唇尽量靠近她的耳朵，低声道："我自记事起，生病了第一个给我买药的和第一个照顾我的，都是同一个人。"

男人的声音不大，刚好能被他们两个人听见。

郁小竹埋着头不说话，嘴角却忍不住上扬。

这话像是有魔力，从耳朵进来，一直甜到心里。

阳城到北城的空中飞行时间是三个半小时。

从飞机起飞开始，祁深就闭着眼睛一直在睡觉。

因为药力的作用，男人刚刚睡着没一会儿，就已经开始出汗了。

郁小竹坐在他旁边，看见男人额头上一层层细密的汗珠，就从包里拿出纸巾，探身过去，小心翼翼地帮他擦掉。

男人偶尔翻身会把毛毯带起来，郁小竹就又凑过去，把毛毯扯一扯给他盖好。见他会扯毛毯，郁小竹干脆把毛毯一直拉到他的脖子上。

就这样，一直到飞机落地，祁深依然睡得安稳。

飞机平稳地滑行到指定地点，空姐们站在门口准备的时候，郁小竹轻轻推了推祁深的胳膊，小声说："到北城了，起床了。"

祁深皱了皱眉，没有理她，翻了个身继续睡！

郁小竹愣了。

祁深醒着的时候，一直是一副无事发生的样子，连发烧这么难受，如果不是被她发现，估计也能装得从容不迫地和她说完话，再进头等舱休息室。

此时男人睡着了，叫都叫不醒。

其他旅客都站了起来。郁小竹又推了推祁深，怕影响到其他客人，她只能把脸凑到祁深耳边，微微提高嗓音："起床了！我们到啦！"

女孩的声音清甜。

两人离得近，郁小竹的语声伴着呼吸，像是微风吹落树梢的浮雪，落下时让人有些痒痒的。

祁深这才伸手揉了揉太阳穴，微微睁眼。

飞机的遮光板是打开的，外面是机场。

祁深撑着扶手想坐起来，刚刚起身，就感觉后背被一股小小的力量托着。

他回头，是郁小竹一只手扶着他的后背，另一只手扶着他的胳膊。

女孩的力量很小，加上两个人体重的差距，如果祁深真起不来，她也是帮不上什么忙的。

不过祁深还是勾唇，低低说了声："谢谢。"

北城的天气明显比阳城冷，当舱门打开时，外面的冷风呼呼地钻了进来。

空姐早就把祁深和郁小竹放在行李架上的衣服拿了下来。

郁小竹先将祁深的衣服拿出来："外面很冷，把衣服穿上，不然你出这么多汗，出去会着凉的。"

郁小竹说完，把自己的白色短羽绒服抖开，穿在身上。

祁深抬眼，看着穿衣服的郁小竹，好半天才回她："好。"

他本来想说，看来，女孩子真的是天生会照顾别人。

小时候，祁深从父母那里没有得到过太多的关心，从来不会有人在变天时告诉他要添衣服，也不会有人关心他的身体。成年后，自然更不会有人给他这种多余的关心。

祁深没想到第一个提醒他天冷了要加衣服的人，居然是现在比他小十岁的郁小竹。

祁深将大衣套上，跟着郁小竹一起下了飞机。

商务舱的行李先出来。

祁深推来一辆行李车，等郁小竹的行李一出来，他就提到行李车上。

莫兰此时也到了行李大厅，看见祁深和郁小竹站在一起，走了过来。

她个子高，加上又穿着高跟鞋，很自然地揽住郁小竹的肩膀，道："小竹，拜拜，有机会我们再见。"

莫兰不是远航的老师。

这次英语演讲比赛结束了，她就要回到自己的学校了，以后还有没有机会和郁小竹见面，怕是要交给缘分了。

祁深对莫兰印象不错，说了句："这阵子莫老师费心了。"

男人的语气友好却很官方，就是一个监护人该对辅导老师说的，其中似乎没有掺杂任何私人感情。

"不辛苦，不辛苦。"莫兰低头看了看郁小竹，"我倒是觉得小竹接下来要辛苦了，毕竟马上高三了。"

郁小竹这种十几岁小姑娘的心思，瞒不过莫兰。

她觉得，郁小竹喜欢祁深，怕是要比一般小姑娘谈恋爱辛苦不少。

很快，祁深的行李也出来了。

祁深和郁小竹拿上行李，离开大厅。

魏亮在门口等着两人。

祁深推着行李车一出来，魏亮赶紧过来将行李车接了过去，眼睛却看着郁小竹。

上次郁小竹去北煜写作业这件事情，可是个大八卦。

现在又是什么情况？

他们祁总临时去阳城，难道是陪小姑娘度假？

可度假也不该去阳城啊。

阳城的海跟国内其他几个临海城市比是不错，可跟国外那些群岛国家或者大溪地根本没有可比性。

魏亮的心情是：咱也不明白，咱也不敢问。

自家老总想干吗就干吗，只要还给他发工资，他就只负责把分内的事情做好。至于老板是给人家带孩子，还是给自己带孩子……

那和他也没什么关系。

魏亮引着祁深和郁小竹到了车边。

司机是李群。

魏亮放行李。

祁深打开车门，让郁小竹先坐了进去，他才坐进去。

司机座位的后面挂着一整套西服，还有衬衫和领带。

祁深上去后，先把大衣脱掉，交给魏亮；之后脱掉西装外套，也扔给魏亮；再然后……

郁小竹看见，祁深扯开领口的领带，将领带挂在前排的座位上，开始解衬衫的扣子……

一颗。

两颗。

当祁深要解开第三颗扣子时，才注意到身边的女孩正看着他，一双眼睛瞪得大大的，似乎没反应过来他要做什么。

"闭眼，把脸转过去。"祁深开口，同时向郁小竹解释，"刚才在飞机上睡了一觉，加上出汗……等一下送完你，我要去见个人，不可能穿成这样去。"

平日里，祁深的西装衬衫都是一天一换，如果去重要的场合见重要的人，他一定会重新换一套。

毕竟西装穿了几个小时，尤其是裤子，难免会有褶皱，会让形象大打折扣。

郁小竹刚才见祁深一件件脱衣服，本来还想劝他注意保暖，结果男人反手把领带取了，然后又开始解衬衫……

她一下子看呆了，忘记开口。

此时祁深提醒她，她才想起来把脸别过去，耳朵有些发红。

车后座非常宽敞，郁小竹看着窗外，男人换衣服根本不会影响到她。

郁小竹余光看见他的手臂横了过来，将她面前挂着的那套西装拿走。

郁小竹赶紧把脸往窗外偏得更多了一些，但是她很快想到一件事情！

"你，你不会还要在车里换裤子吧？"郁小竹红着脸，小声吐槽，"不许换，等我下车你再换。"

她虽然偏着头看不见，可还是不能接受祁深坐在她身边换裤子，总觉得哪里怪怪的。更何况，她下车后，车开到他要去的地方肯定还要一段时间，根本不需要在她坐车上这会儿换裤子。

其实连换衣服也不用赶在这个时间。

"知道了。"祁深回答。

他当然不可能在郁小竹在车上时换裤子。

祁深经常在车上换衣服，在他看来这不是什么大事，想着只要郁小竹把脸扭过去，他就可以换了。

轿车上了机场高速，浅蓝色的隔离带外是一片树林，树梢上压着一层薄薄的积雪。

看来他们去阳城的这几天，北城下雪了。

郁小竹正专注地看着窗外的雪花，就听见祁深说："好了。"

她这才把头转过去。

祁深已经换掉了宝蓝色衬衫，改穿上刚才挂在司机座椅后方的白色衬衫，领带也换成中规中矩的墨蓝色格子领带。

上身带暗纹的西装和裤子明显不是一套。

也许是换了衣服的缘故，祁深整个人看上去比下飞机时精神多了。

郁小竹稍稍靠近，伸手摸了摸祁深的脑袋。

刚才他在飞机上出了不少汗，此时他的体温已经恢复正常。

祁深微微伸展了一下身体，道："烧退了。"

郁小竹看他："哪有这么容易退烧，你只是因为吃了药出了汗，温度暂时下去了。等到了晚上，肯定还会再升上来的。"

她小时候身体不好，经常发烧感冒，也算是久病成医。

祁深上次生病已经是很多年前的事情了，早就忘了发烧是怎么回事。

他收下郁小竹的关心，道："我会注意的。"

车开到郁小竹小区的地下车库，祁深把她送到楼上后才重新回到车上。

他一边换西裤，一边问魏亮："霍城说为什么要见我了吗？"

此时的祁深已经切换为工作模式，态度和郁小竹在车上时判若两人。

魏亮赶紧回复："没有，霍总助理只是说霍总要见您。"

祁深低头整理衬衫，没再说话。

全国的公司都想和霍氏合作。

之前霍城就表示过对北煜感兴趣，此次又主动找祁深，魏亮身为助理也忍不住高兴，道："祁总，我听说霍氏最近确实有个大项目要找合作伙伴，说不定是好事。"

霍氏最近有个大项目要找合作公司的事情，早就放出风来，在圈子里传遍了，所有互联网公司都伸长脖子，等着这个答案揭晓。

经过上次的宴会，祁深已经隐约探到霍城的目的。

眼看着车开到了霍氏门口，祁深再次整理了一下领带，道："不要过分乐观。"

　　如果是看中北煜的技术和公司实力，那他没有什么好怕的。

　　可他觉得霍城很可能是看中了他这个人。

第 14 章

/

不要早恋

霍氏不像北煜，在开发区建总公司。

霍氏的总公司就建在北城寸土寸金的 CBD。

不只是一栋三十多层高的办公楼，前面还有个大广场。

魏亮跟着祁深进了霍氏，在秘书的带领下，顺利地到了顶层霍城的办公室门口。

秘书进去通报后，出来告诉二人："霍总说，祁总一个人进去就可以了。"

祁深推门而入。

魏亮等在门口。

霍城的办公室非常宽敞气派，一百八十度全景落地窗让窗外景色尽收眼底。

祁深进去时，霍城正站在落地窗边，手上夹着一根烟。

听见声音，他回头，抬了抬右手，问祁深："抽烟吗？"

"不抽。"祁深回答。

霍城听见祁深的答案，露出一个满意的笑容，走到办公室里的黑色组合沙发旁，自己坐在单人沙发上，先伸手把烟灰抖进茶几上的烟灰缸里，才指着旁边的位置说："坐。"

祁深这才走过去，坐下。

他的身份让他不可能像霍城那样整个人都坐进沙发，后背靠着椅背，一副慵懒的样子。

祁深只是坐在沙发边，脊背挺得笔直，整个人看上去非常精神。

霍城打量了一下祁深，满意地点了点头："我听说祁总没什么背景，又见你频繁出现在社交媒体上，本来以为你不太懂规矩，今日一见，是我想错了。"

祁深道："前几年不懂事。"

他自然不能说，他做这些，是想找一个失踪了十二年的姑娘。

霍城双腿交叠，看他："我听小淇说，你最近在照顾一个朋友的女儿，而且那女孩碰巧就在远航上学？"

一般情况下，别说是霍城，普通的商务会面都不会这么拉家常。

此时霍城从他是否抽烟聊到他的家庭背景，又问到郁小竹，这一步一步，已经印证了他的猜测。

即便如此，祁深也不可能提前表示什么，只能顺着霍城的话往下说："是。"

多的，他也没说。

霍城见他问一句答一句，干脆也不拐弯抹角："祁深，你应该很清楚我这次叫你来的目的吧？"

办公室里非常安静，天花板的高度将近六米，让霍城的话语带着些回声。

祁深抬眸看向霍城，露出商业化的浅笑："请霍总明示。"

"我们霍氏有一个项目，一共三期，一期五年，现在需要跟一个或数个互联网公司合作。"霍城顿了顿，道，"我让我的团队在北城看了一圈，目前有几个比较看好的公司，北煜就是其中之一。"

霍城说话很巧妙。

他先把项目的周期说出来，一共十五年，也就是说，这是长期合作；之后他又说是团队选的公司，而北煜虽然被看好，但也不是唯一的。

当然，霍城也不是会拿自己公司大项目开玩笑的人，北煜科技绝对符合他们的要求。

祁深微微点头，问："那霍总需要我做什么？"

"我的外甥女，小淇，之前你们见过。"霍城见祁深点头，才继续说，"她之前就跟我说很喜欢你，年后她要去国外念书，我和她父母的意思是，如果你愿意，在她出国前，便把这件事情先定下来。"

果然，整件事情和祁深想的一模一样。

祁深露出不可思议的表情："霍总，您的外甥女和我朋友的女儿同级，正常情况下她也就十六七岁，而我今年二十六岁了，我觉得……我和她连辈分都差着。"

说完，祁深又补了一句："霍总，您就别拿我开玩笑了。"

祁深很清楚，霍城在跟他谈什么。

霍城在跟自己谈交易。

不过，霍城肯拿一个长达十五年的项目来换自己外甥女的所求，不难看出，霍城对苏芷淇是非常宠的。

霍城对祁深的这个态度也不奇怪。

不过在他看来，祁深不过是在给自己加码，要不然，他一提祁深就答应，那这交易的意味就太浓了。

在他看来，祁深是聪明人，不会做傻事。

"小淇今年十七岁，过完年就十八了，更何况，相差九岁而已，哪算差辈分。我身边的朋友娶的老婆，大有比自己小十几岁的。"

在霍城看来，他并不觉得这个年龄差有什么问题。

祁深看向霍城："霍总，既然苏芷淇是您最疼爱的外甥女，您只想着作为舅舅满足她的要求，就一点也不在意我是否喜欢她？如果我不喜欢她，为了这项目答应下来，那我终究只能做做表面功夫，她的婚姻生活也不会幸福。"

以霍城在北城的地位，就算祁深不要这个项目，也绝不能得罪他。

此时，祁深的态度很明显，他要拒绝。

霍城皱眉头，把手上的烟掐灭在烟灰缸里，坐直身体，问祁深："你见过小淇，她不但长得好看，而且被父母教得也很好，加上有我做靠山，别说在北城，就算是放眼全国也找不到综合条件这么好的妻子了。"

他们这种家族，结婚不像普通人，需要看什么感情合不合得来；他们是商人，商人结婚只权衡利弊，为的就是稳住现在，发展未来，对感情的态度根本无所谓，就算是各玩各的，只要在人前装装样子便可。

北城圈子里的人都知道霍城的妻子曾经也是北城的名媛，但圈子里的人更知道，娱乐圈里好几个当红小花都是霍城一手捧上去的。

至于这些小花和霍城的关系，大家只会私下议论，谁也不会拿到台面上说。毕竟，霍城的太太都睁一只眼闭一只眼，他们这些外人有什么资格指手画脚？

祁深摇头："很抱歉，霍总，我不把婚姻和事业放一起谈。"

刚才祁深对霍城的态度客客气气，为的就是此刻表面上不伤和气地拒绝这件事。

整个北城，无人不知霍城宠自己的外甥女苏芷淇，多少人想攀这门婚事？所以祁深和苏芷淇的事，在霍城看来本是十拿九稳的，可他从来没想过，他把话说得这么明白，居然会被祁深拒绝。

霍城面子上有些挂不住，站起身，从办公桌上又拿了一根烟点上，抽了一口，才走到祁深面前，居高临下地看着他，道："祁深，我听说北煜也有进入手机市场的打算。你们现在是发展得不错，但我觉得，作为商人，看事情要长远，应该把一切能利用的资源都利用好。"

霍城顿了顿，继续说："毕竟，有的机会只有一次，错过了，这辈子都不会有第二次了。"

这句话的提醒意味非常明显了。

涉足手机行业，前期需要大量的资金。霍城这是在告诉祁深，自己可以帮他，而且只会开今天这一次口，如果祁深拒绝了，那么这件事情就算翻篇了。

他绝对不会放下面子再找祁深谈第二次。

祁深也站起来。

两人的身高差不多，祁深平视着对面的霍城，嘴角露出浅笑："对不起，霍总，我是为了您外甥女的终身幸福着想。我这个人不太会演戏，如果不是我自己选的人，就算装，我恐怕也很难装出来。"

祁深天生一双桃花眼，嘴角自然上挑，这张看上去就好脾气的脸，此时表情格外严肃——

似乎在告诉霍城，他说的每一个字，都是认真的。

而让霍城苦恼的是，祁深的拒绝不是为自己辩护，而是站在苏芷淇的角度考虑。

这就像是祁深给霍城挖了个坑。

祁深已经把丑话说在前面了，如果霍城执意要乱点鸳鸯谱，那他最疼爱的外甥女，婚姻生活很可能不会太幸福。

霍城身为家族联姻的牺牲品，很清楚自己的妻子过的是什么样的生活；正因为他很宠苏芷淇，所以更不舍得苏芷淇过同样的生活。

霍城看了眼表，道："我知道了。我接下来还有个会。"

祁深点头："霍总，您忙您的。"

霍城背对着门，直到听见办公室门被打开又关上才转过身来，表情带着明显的不悦。

祁深一出去，在外面等了半天的魏亮马上拿着他的大衣过来，问："祁总，谈得怎么样？"

"出去说。"祁深接过大衣穿上。

进到电梯，祁深才说："霍总叫我来就是问问北煜的情况，没有谈具体项目。"

祁深当然不可能跟魏亮说，自己刚才在里面拒绝了娶霍城外甥女的事。

魏亮有些不信："就问问情况，需要把您叫来吗？直接让助理联系我们不就好了？我以为是找您谈合作呢。"

祁深将大衣的扣子扣好："别想太多了，想和霍氏合作的人多的是，我们并没有绝对优势。"

祁深很明白，别说这次了，以后他们可能都很难和霍氏合作了。

从霍氏离开后，祁深回到公司工作。

前几天都在阳城，现在回来，有不少工作需要他处理。

祁深一直忙到晚上九点多。他手里拿着文件看，只觉得文件上的字模模糊糊，他必须全神贯注才能勉强看清文件上的字，而且身体也有些发冷。

祁深皱眉。

居然真如郁小竹所说的那样，退烧只是暂时的，晚上体温还会升高。

祁深把手上的文件放下，才想起晚上的感冒药还没有吃。

祁深起身，从沙发上的包里拿出感冒药，吃药时想看一眼手机，发现……手机还开着飞行模式。

下飞机后，送完郁小竹他就直奔霍城那里，回公司后又一直在忙公事，几乎没有时间看手机，更没有发现忘记将手机从飞行模式调回来。

祁深把药放进嘴里，喝了口水，顺手把手机的飞行模式关闭。

"嘀嘀嘀嘀……"

手机先传出来的是 QQ 消息的声音，之后弹出两个未接来电。

北煜科技内部联系基本都用圈圈企业版；祁深和尹亦洲他们联系，除了打电话之外，基本是用微信。

祁深的 QQ 里，只有郁小竹一个好友。

祁深点开 QQ，列表里唯一的好友头像不停地跳动，是卡通的绿色竹子。

他点开。

郁小竹：吃晚饭了吗？记得吃药，多喝水，早点休息！

郁小竹：吃药了吗？看见信息记得回复我。

郁小竹：有没有再发热？你不会真的一天就好了吧？

这三条信息，基本上是很有规律地隔四十分钟左右发一条。

就算祁深没回，也不会很快发第二条。

最后一条信息是半个小时前发的。

在祁深想回郁小竹消息时，手机又"嘀嘀嘀"地响了。

卡通竹子头像又发来新消息：还在加班吗？就算不烧了也要注意休息呀！

也许是夜晚的灯光太柔和，祁深看见这条消息时，眼底淡淡的温柔化也化不开。

他用电脑打开 QQ，回道：知道了，现在休息。

因为今天祁深病了，所以郁小竹晚上学习的时候，一直把手机放在手边。

她知道祁深肯定在工作，信息不好意思发得太频繁，可见他太久不回，又忍不住再发一条。

此时，祁深一回消息，郁小竹马上就抱着手机回他：你还发烧吗？

祁深摸不出自己的体温，但是浑身发冷和头晕的迹象已经告诉了他答案。

祁深回道：确实发烧了。

得知祁深发烧，郁小竹一点也不意外。

除非症状很轻或者打点滴，一般情况下，没有人会一天就退烧的。

祁深说他会休息，郁小竹理所当然地以为他要回家。

祁深家她是去过的，那套房子里除了卧室有一张床，没有任何其他家具。厨房似乎也是全新的，完全没人用过的样子。

祁深还在生病，就这么回家，恐怕晚上发烧连杯热水都喝不到吧……

郁小竹抱着手机，纠结了许久，才发出一条信息：那你回家是不是没人照顾你？

祁深家没有用人。

祁深本来已经打算走出办公区域去休息了，看见郁小竹的消息，他脚步一顿，靠在旁边的办公桌上。

上一次郁小竹来写作业，一直待在办公室里，并不知道他办公室另一扇门后面其实是一间小休息室，里面从床到更衣室甚至浴室，一应俱全。

祁深看着手机屏幕，想了想，回复：没关系。

下一秒，如他所预料的一样，郁小竹问他：你是不是在公司？我去接你吧。你住在我家隔壁，这样睡觉前我都可以照顾你。

自从郁小竹回来以后，祁深帮了她太多忙。

这次生病，也是因为他去阳城看她比赛，之后又带她去山顶餐厅。车抛锚后，为了不让她淋湿，他宁可站在车外面不进去。

现在祁深发烧了，郁小竹觉得，自己有义务照顾他。

可能是生病的缘故，面对郁小竹的关心，祁深一点也不想拒绝，只是发了条信息：我等你。

发过这条信息，祁深走出办公室。

门口，魏亮还在那儿等着。

"你回家吧。"祁深又补了句，"你下楼时跟保安说一声，等会儿有个小姑娘进来，不用拦着。"

魏亮愣了一下，点头答应："好的，祁总，那我先下班了。"

四十分钟后，祁深在办公室里见到了郁小竹。

女孩穿着白色的羽绒服，脑袋上戴着有毛茸茸线球的毛线帽子，一直盖住耳朵，只留下些刘海，脖子上围着厚厚的卡其粉格子围巾，围巾和帽子一样，也挂着好几个毛茸茸的球球。

上身裹得这么严实，下身却是裙子搭配雪地靴，腿上虽然穿了加厚的连裤袜，可看上去还是很单薄。

祁深忍不住问她："冷吗？"

郁小竹摇头。

祁深伸手，用自己有些发烫的手摸了摸女孩被冻得发红的脸颊："鼻头都冻红了，还说不冷。"

冬至刚过，前几天下过雪，今天正在化雪，又是晚上，气温比平时低很多。

郁小竹摸了摸自己的鼻头，理直气壮道："我皮肤薄，走路也会发红。"

"是吗？"

祁深起身把大衣穿上，关了办公室的灯。

两人进了电梯，郁小竹按了一楼，道："你别开车了，我让司机在楼下等，我们坐车回去就好。"

祁深低头看着郁小竹，忍不住问："你是天生就这么会照顾人吗？"

经过今天，祁深越发觉得，女生真的是他不了解的一个群体。

郁小竹仅仅十六岁，身为学生，许多事情解决不了是正常的。

可是在他生病之后，郁小竹表现出的细心完全超乎他的想象。

郁小竹被问得有些不好意思，低头，小声说道："我怎么知道……"

她以前没有照顾过别人。

自从祁深生病，她心里就有了小小的责任感，不用别人教，不自觉地就会关心他。

她担心他在飞机上睡觉冻着，担心他工作太忙忘记吃药……

这些事情以前都是妈妈或者家里用人做的，她从来没有刻意去记过。

今天，它们全从记忆里跑了出来。

他们坐车回到小区，站在九楼的楼道里。

左右两套房，一套是郁小竹住的，另一套是祁深住的。

郁小竹家里虽然东西比较齐全，可都是她用的，没有祁深用的。

"要不，你先回家换上家居服，然后再来我家，我这里有多余的被子。"郁小竹怕祁深误会，又解释道，"等你困了想睡觉的时候你再回去。在那之前你待在我家的话，想喝水吃东西我都可以帮你拿。"

郁小竹只是怕祁深没人照顾。

祁深点头："我先换衣服。"

自从上次在这里住过一次，祁深便找人在这套房子里添置了些生活用品，睡觉是没有什么问题的。

祁深进屋，郁小竹站在门口看着。

这两套房户型差不多，房门正对着的是客厅。

祁深开门时，郁小竹看见里面的家具还不如祁深在恒安区房子里的多。

那套房子，客厅里至少还有沙发和电视柜，这里连沙发都没有，只有一台电视孤零零地挂在墙上……

郁小竹回屋，把外套和围巾脱了，开着门等祁深过来。

大概过了十分钟，祁深才过来。

男人穿着稍微有些厚度的成套家居服，头发似乎刚刚洗过，发丝半干。

进屋后，祁深看了眼沙发，坐过去，问："现在需要我做什么？"

他现在这副模样，就像是在配合小朋友玩医生病人过家家。

郁小竹倒是很认真，她问祁深吃过什么药了，然后从客厅柜子下面拿了个小药箱放在茶几上。

祁深看过去。

小小的药箱分成两层，上面一层放着纱布、消毒巾、创可贴、棉签，下一层则放了酒精、碘酒、测温枪，还有各色药品。

郁小竹把药都拿出来，一盒一盒地看，没有用的又放回去。

这些药里，有治疗胃病的，也有消炎药、感冒药。

小小的箱子，相当于一个小药铺。

祁深双手撑在腿上，微微探身去看："你这药箱和百宝箱差不多啊。"

"这是妈妈走前帮我配好的。"郁小竹解释道。

郁小竹仔细看药品说明，最后留下两个药盒以及测温枪，其他的都放了回去。

她将其中一个药盒拆开，从里面拿出一个长方形的包装袋，说："先把这个贴上，然后这个药是治感冒的，也吃一颗。"

祁深点头。

本来他没什么意见，可当郁小竹撕开袋子后，祁深微微皱眉："不用贴这个也行吧？"

郁小竹拿的是退热贴。因为是许美珍帮她买的，所以退热贴是粉色椭圆形、外面有卡通兔子图案的，和他的形象完全不符……

郁小竹拿起测温枪在祁深的额头按了一下。

"嘀"的一声后，测温枪液晶屏上显示 38.5℃。

"必须贴。"郁小竹把测温枪放下，一只手撩开男人前额的头发，另一只手将退热贴贴在男人的脑门上，又把他的头发放下来，安慰他，"放心，基本上看不见。"

祁深无奈地笑笑，没有说什么。

郁小竹转身去厨房接了杯水，让祁深把感冒药吃了，又把沙发上的靠枕摆靠在扶手上，道："你先坐这儿。"

祁深侧身坐好后，郁小竹从卧室抱来一床鸭绒被。

之后，她又回了一趟卧室，把平板电脑和耳机拿出来，自己拉了一把椅子坐在祁深旁边，道："我在这里学习，你如果想喝水或者吃东西就跟我说，我帮你拿。"

"好。"祁深看着身边准备把耳机塞进耳朵的郁小竹，开口问，"你以前也这样照顾过别人吗？"

他虽然之前问过类似的问题，可还是忍不住想再次确认。

毕竟，郁小竹做得太好了。

郁小竹拿着耳机的手停住，这回认认真真地想了想，道："小学的时候，我和妈妈逛街，在路边看见一个人卖小狗。当时是冬天，小狗冻得瑟瑟发抖，我就求妈妈把它买下来，妈妈同意了。

"结果买回来不到一周它就生病了，又拉又吐，带到宠物医院去，医生说它病得很严重。"

听到这里，祁深已经猜到故事的结局了。

"之后我每天都带它打点滴，还会用小注射器喂它葡萄糖。虽然它很乖，很听话，打针也很配合，可是因为年龄太小了，最后还是死了……"郁小竹表情沮丧，"我就照顾过这么一只病……狗。"

虽然郁小竹对祁深的问题有些答非所问，祁深却一点也不生气，反而抬手摸了摸女孩的脑袋："放心，我不会死的。"

郁小竹愣了一下，马上说："你当然不会死了。"

祁深勾唇，嘴角的笑容非常好看。

房间里再次变得沉默。

郁小竹抱着平板电脑，看着祁深，问他："你家里……为什么不买家具呀？"

她问完又觉得自己这样不礼貌，马上道："如果不想说就算了。"

祁深没想到郁小竹会问这个问题。

如果是别人问，他肯定不会说。

但问的人是郁小竹，祁深倒觉得没有什么可藏着掖着的。

"我以前的家特别小，家里东西又多，堆得到处都是。我家没有客厅，从门口到两间卧室只有两条窄窄的通道，我小时候莽撞，走得快，经常会撞掉旁边的东西，我父亲就会打我，母亲也骂我。"祁深低头，自嘲道，"之前我本来觉得离开家就没什么了，后来我自己有了房子才发现，家里有任何家具都会让我不适应。"

其实，家里有家具对祁深来说不只是不适应，更是让他会恐惧、会慌张。

可他不想对郁小竹说得太具体。

郁小竹听完，有些错愕。

她之前觉得，母亲因为这些年一直和弟弟生活，心里的天平偏了这件事，已经对她有足够大的打击。可听到祁深的经历，郁小竹觉得自己的遭遇是那么微不足道。

至少爸爸妈妈还爱她。

祁深见郁小竹不说话，看她："怎么，吓到你了？"

郁小竹摇头："那你看见这里的家具呢？"

"别人家的都没关系，只有在睡觉的地方，我才会有这种心情。"祁深说完，又提醒她，"这件事情我只跟你说过，你要替我保密。"

祁深说得很认真，郁小竹也很认真地点头："我一定不会告诉别人的。"

也许是有了属于两个人的秘密，郁小竹觉得，她和祁深的关系好像更好了一些。

嗯……

虽然以前他们关系也很好，可是他们从来没有分享过秘密。

祁深看着郁小竹一直抱着平板电脑没空看，觉得自己打扰她了，道："你去学习吧，我有事会喊你的。"

郁小竹点头，回卧室做作业。

去阳城比赛了几天，她又落下几天的课，要赶紧补上来。

郁小竹把两门课的作业做完，看了眼表。

十一时十五分了。

郁小竹伸了个懒腰，想换睡衣去睡觉时才想到自己好像忘记了什么重要的事情！

祁深！

郁小竹赶紧跑出卧室。

她本来以为祁深已经走了，出来时才发现，男人躺在沙发上，似乎是睡着了？

郁小竹蹑手蹑脚地走过去，蹲下来。

客厅没开大灯，只有周围一圈小灯开着。

郁小竹蹲在祁深的身边，看着双眼紧闭的他。

明明是男人，睫毛却长得让人羡慕，在眼下投下一片小小的阴影。

听见他均匀的呼吸声，郁小竹才确定祁深是睡着了。

郁小竹以前就知道祁深家庭条件不好，他的母亲对他也不上心，但是她没想到，祁深的原生家庭比她想象中的还要糟糕很多。

小时候她打碎碗，许美珍从来不会骂她，只会关心她有没有受伤。

她无法想象，一个小孩子不小心把家里东西碰掉了就会挨打挨骂……

他的内心该是多么难过！

郁小竹伸出手，像平时祁深揉她发顶一样，摸了摸祁深的头发，小声说："以前不开心的事情都过去了，等我长大了，我可以带你做许多许多可以让心情变好的事情。"

郁小竹说完，想到了一件事情，又有些丧气地补充道："当然，如果是别人也可以，反正你开开心心的就可以了。"

只要有人能让祁深每天开开心心的，就算那个人不是她，也没关系。

郁小竹在心里对自己这么说。

她回到卧室，洗漱过后躺在床上，用被子挡住半张脸，越想越不开心，忍不住自言自语："那个人当然是我，我可是唯一知道他秘密的人！"

想到祁深刚才说他小时候的事只跟她说过，郁小竹内心泛起小小的骄傲。

此时，她也想明白了。

别人都不行，只能是她。

祁深退烧后，郁小竹就回了学校。

远航的学生都是要出国读书的，他们不参加高考，对成绩也不看重，申请大学时，钱到位了，中介自然会帮着想办法。

这里的学生，唯一需要学的就是英语。

只能雅思、托福硬碰硬，有钱也没用。

郁小竹在希望杯英语演讲比赛得奖的事情，在她回学校前就传开了。

远航的圈子里也有了相关帖子，底下有很多评论——

郁小竹得了希望杯英语演讲比赛的银奖，这波你们觉得是什么水平？

郁小竹这学期才转来远航。

短短几个月里，她的名字已经出现在远航圈子的热帖里好几次了。

能怎么觉得，就是牛呗。

听说她每天早上在女生宿舍一楼带大家学英语？老师，我能进女生宿舍吗？我不上楼，就去一楼。

我最近越发觉得她各方面都长在我的择偶标准上。

这姑娘长得挺好看，脾气好像也挺好的，学习好，英语优秀，十项全能吧。

毕竟是拒绝了施彦宇的人。

楼上你太敢说了，不怕施彦宇找北煜的人把你马甲扒了？

郁小竹不是认识北煜老板祁深吗？这种想跟郁小竹早恋的人，我猜祁深不会帮他的。

郁小竹回宿舍的当天晚上就开始翻这个帖子的评论。

评论里，许多都是熟悉的马甲。

郁小竹记性好，这些人几个月前评价她时可都没什么好话。

她也不知道这些人怎么记性就这么不好，自己说过的话，这么快就忘了？

郁小竹把手机扣下，闭眼睡觉。

第二天，郁小竹吃完早饭进教室。

刚坐下，马上就有班里的一个女生跑过来，拉了旁边的椅子坐在她身边说："郁小竹，你可以啊，居然拿了银奖！这个比赛在全国可有分量了。"

郁小竹认识这女生，她叫卢薇，就是当初笑她行李箱的两个人之一。

她假笑着说了句谢谢，然后拿出第一节课的语文课本，准备预习一下。

卢薇也不生气，反而问郁小竹："你是不是挺讨厌我的？因为开学时我嘲笑你用的劣质行李箱？"

郁小竹把语文书翻开。

卢薇说："你那个行李箱是质量不行，看着就知道。我就是想问问，你平时早晨跟刘丹她们在一楼学英语是不是？我能不能去？"

在宿舍一楼早读已经持续了很长一段时间，学校的女生来来回回都看见过。

还有不少人加入。

郁小竹偏头看卢薇："那里是公共区域，又不是我的，你当然可以来。"

那里又不是她圈地为王，更何况在那边学习，大家都各学各的，互不干扰，谁都可以。

旁边有男生听她们讨论学英语的事情，也凑过来："我们男生能去吗？"

"你滚啊！"卢薇踹他，"女生宿舍，你们怎么能进？"

那男生不服气："你们一楼又没有住人，我就跟着去学一下英语不行吗？你们气氛好，我想被熏陶一下！"

"这不废话吗？肯定不行。没住人也是女生宿舍楼，门口写着呢，男人与狗不能入内。"卢薇语气嚣张，马上把那男生逼退。

"我就问，你凶什么，是不是觉得我不打女人！"

"我乐意凶，你打啊！"

两个人说着，直接就出去比画了。

郁小竹安心看书。

在郁小竹回学校短短半个月的时间里，女生宿舍一楼就成了圈圈里的"网红地点"。

每天都有人在学校圈子里发早上女生宿舍一楼的样子。

基本上是人满为患，去晚了连个坐的地方都没有。

后来有人给校领导提意见，校领导马上落实，把女生宿舍一楼重新装修布局，让更多的人能坐下。

男生也是要考雅思和托福的。

圈子里有个持续热帖：

我们抗议！我们要进女生宿舍一楼！

底下有人问：

你们男生不也有公共区域？自己组织啊。

我们没组织过吗？凑够六个人就3V3，凑够十个就5V5，差点上午的课都不上了。

之前好不容易有几次，结果有傻子带头打篮球。

哪个傻子？

施彦宇！

你们都不上学吗？雅思上六分了吗？就打篮球，打什么啊！

别说了，我明天穿裙子戴假发去女生宿舍了，谁也别拦我。

也不知道是女装评论给了大家启发，还是发评论的人真的这么做了，第二天，真的有四个男生不知道从哪儿找了女生校服，戴着假发进了女生宿舍。

没有半分钟就被打了出来……

这件事情一出，马上引起校方重视。

校领导在图书馆里改了个学习角，找郁小竹和乔妮谈了几次，两个人同意早上去那边早读。

以前冷冷清清的图书馆，没几天就有了浓浓的学习氛围。

郁小竹通常都和乔妮两个人坐在角落，大家各学各的，互不干扰。

除了高二，高三仅剩的一个班也来了许多人。

莫名其妙地，远航从一个出了名的学风差的学校，变成了大家都努力学英语的学校。

一月十九日是祁深的生日。

这个日子郁小竹惦记了几个月。

她认识祁深后，每年过生日，都会给他买一块小蛋糕。

上次做这件事，对她来说是在一年前，而对祁深来说是在十二年前。

郁小竹在英语演讲比赛结束的三天后，收到了银牌的奖金。

奖金一共 6 万元，扣掉税后剩下不到 5 万元。

今年过年是二月十二日。

期末考试在一月底，之前乔妮提过的奖学金，都是等期末考试完才会发。

郁小竹还没拿到奖学金，所以参加比赛获得的奖金，算是她第一次完全靠自己赚到的钱。

拿到钱后，郁小竹在元旦当天给远在国外的父母一人转了 1 万块作为新年礼物。

尽管许美珍和郁家安并不缺这个钱，但郁小竹觉得，自己赚钱了，当然要第一时间孝敬父母啦！

剩下的钱，郁小竹决定给祁深买一个生日礼物。

最近几周，因为要复习，郁小竹周末都没有回家。

一月十九日是周二。

前一个周日，郁小竹自己坐车去市中心，在几个大商场里逛了 N 圈，从早上逛到晚上六点多，才最终选定了一条黑灰相间的经典款羊绒围巾。

围巾不长，质地也不算厚，在天冷的时候，可以直接戴在大衣里面，不会显得特别突兀夸张，很适合祁深，还很保暖。

回到学校后，郁小竹在网上预约了北城人气最高的网红餐厅，还订了蛋糕。

因为怕祁深有事，所以在他生日前一天晚上她特地给祁深发了消息，问他：你明天有时间来接我吗？

因为之前落下了课，外加期末考试临近，最近两个周末郁小竹都没有回家，所以收到她突然发来的信息，祁深有些担心：生病了吗？我现在可以过去。

郁小竹看着手机短信发呆。

不会有人连自己生日都不记得了吧？

郁小竹不知道祁深是真忘了，还是没把这件事情放在心上，她卖了个关子：没有生病，天天在学校食堂吃饭，吃腻了，听说有一家餐厅很好，想去尝一尝。

祁深看着信息，皱眉。

这个理由……太拙劣了。

字里行间仿佛写着：我准备了一个你意想不到的惊喜，等明天告诉你。

祁深坐在办公室里，看了眼电脑右下角的日期。

明天是一月十九日。

一月十九日……

对了，他今年的生日到了。

去年他还是会过生日的。

他过生日倒不是为了庆祝，而是为了高调出镜，让更多的人关注他。

尤其是郁小竹。

去年郁小竹回来了，祁深一早就告诉助理，把以前的社交媒体活动全部取消，自然也包括虚伪的生日派对。

祁深没有揭穿郁小竹的小"伎俩"，而是回道：好，我明天下午六点去学校门口接你。

一月十九日。

祁深在学校门口接到郁小竹时，女孩只背了个双肩包。

她把网红餐厅地址发给祁深后，男人直接往那里开。

郁小竹坐在副驾驶座上，抱着双肩包，内心本来有些紧张，等着祁深问她"为什么突然想来这里吃饭"之类的问题，可是眼看着车就要开到餐厅了，祁深居然什么都没有问。

似乎是真的信了她临时编出来的话……

郁小竹把手中的背包又抱紧了些。

这里面放的是她要送给祁深的围巾。

为了不让祁深提早察觉，她把购物袋扔了，把围巾单独放进了防尘袋里。

车开到餐厅门口时已经近七点了，门口的小停车场早就停满了车。

门口的管理员为祁深指了附近的一个停车场，祁深把车开过去，才发现那个停车场距离餐厅还是有一段距离的，差不多一千米。

这一千米，如果放在其他季节，并不算远，可放在这寒冬腊月……就显得有些远了。

今天是一月十九日，而一月二十日是大寒节气。

郁小竹裹得严实，脑袋上有帽子，脖子上有围巾，裹着羽绒服，穿着雪地靴，只露出了小半张脸，刚出停车场就冻得通红。

俗语有云：小寒大寒，无风自寒。

郁小竹今天算是领教了。

祁深只穿了一件大衣，没有戴帽子，更没有系围巾。

郁小竹用手摸了摸自己的背包，停下脚步，抓住祁深的袖子说："等一下。"

祁深站住。

郁小竹把背包取下来，拉开拉链，从里面拿出围巾，又重新把书包背好后，双手捧着围巾递到男人的面前，笑着说："生日快乐！"

天气冷，女孩的脸颊被冻得红红的，像是红苹果一样，显得更加可爱。

这些年，祁深在生日派对上收到过形形色色的礼物，但他很少拆，也从没有觉得哪个礼物能让他高兴。

眼前这条看上去很百搭的围巾，让他有了久违的……过生日的开心感。

上一次生日这么高兴，还是十几年前收到郁小竹送的巧克力蛋糕的时候。

蛋糕虽然不大，却是小时候的他每年在生日这天的唯一期待。

祁深看着女孩递到自己面前的围巾，没有接，而是弯下腰来，将自己和郁小竹的距离拉近。

他的意思已经很明显了。

郁小竹把商标拆了，将围巾在男人脖子上绕了一圈，又把围巾末端塞到大衣里，整理得整整齐齐。

在整理的时候，郁小竹还不忘告诉祁深："这条围巾是用演讲比赛的奖金买的，是我自己赚的钱！"

女孩的语气里满是骄傲。

冬夜的天黑得格外早，今晚是阴天，乌云遮住星月，将男人眸底那化不开的温柔隐藏得很好。

"谢谢。"祁深直起腰，抬手，将女孩往自己怀里轻轻揽了一下，用很轻的声音说，"我的小竹长大了，能赚钱给我买礼物了。"

男人的动作有些突然，郁小竹微微僵了一下，回过神，带着几分不满道："你这么说，好像你从来都比我大一样。其实在我看来，你几个月前还是要喊我姐姐的小朋友！"

她的声音升高，掩盖住刚刚在祁深怀里停留时生出的害羞。

打从心眼里，她不希望祁深把她当小孩子。

祁深低头看她，语气带着几分调侃："想听我喊你姐姐？"

祁深以前确实喊过，还不止一次。

郁小竹摇头："不要！你这么老，喊我姐姐，把我也喊老了。"

她不想让他喊她姐姐，也不想让他把她当小朋友。

祁深拍了拍女孩帽子上毛茸茸的球球："郁小竹，走吧。"

"叫小竹。"

"小竹。"

冬夜很冷，可是祁深很高，肩膀很宽。

走在他身边，郁小竹觉得，冬天也没那么冷。

一千米的距离，两个人走了将近二十分钟。

　　等进了包厢，郁小竹把围巾和帽子摘掉，白皙的皮肤将泛红的脸颊衬得更明显。

　　服务员帮二人把外套挂好，拿来菜单。

　　郁小竹将菜单递到祁深的面前，很大气地说："喜欢吃什么随便点，我请客。"

　　祁深翻开菜单点了两个菜，然后把菜单递给郁小竹。

　　"真的不再点别的了吗？"

　　郁小竹不甘心。

　　她的卡里还剩下两万多元，今天是抱着请祁深大吃一顿的心理来的，没想到男人就点了很普通的两个菜。

　　祁深点头。

　　郁小竹又点了几个菜单上的特色菜。

　　过了几分钟，他们点的两个凉菜就上来了。

　　同时，服务员走到郁小竹的身边问她："请问蛋糕需要现在推进来吗？"

　　"可以！"郁小竹回答过后，又对祁深说，"这个蛋糕是我专门为你选的，把之前十二年的份都补回来了，我觉得你一定会喜欢！"

　　祁深浅笑。

　　不管蛋糕什么样，只要是郁小竹选的，他根本找不出不喜欢的理由。

　　服务员退到门口，道："我可以先将灯关上吗？"

　　在郁小竹同意后，服务员关了灯。

　　当包厢灯关上的那一刻，房间里一下子就暗了下来。

　　唯一的光线来源是窗外大厦灯光秀的彩光。

　　郁小竹激动地看着门的方向，而祁深看着郁小竹。

　　微弱的彩色灯光勾勒出女孩的轮廓，影影绰绰，看上去有些不真实。

　　时隔十二年，他的生日，终于又有她的存在了。

　　祁深还是觉得郁小竹出现得有些晚。

　　她应该在他最春风得意的时候出现，那样的话，他就可以好好照顾她，一直到她大学毕业。

最近这短短半个月，北煜科技旗下几个 App 相继爆出负面新闻，他花钱压了下来。

祁深很清楚这是谁的手笔。

去年一整年，北煜的发展速度明显慢了下来，已经进入瓶颈期，想去到更高的地方，要做的肯定是开拓，是创新。

但是这么做——

如果求稳妥，步伐就要小；如果要让北煜达到一个新高度，那会伴随极大的风险。

成功了，可以与霍城抗衡；失败了，北煜易主。

可惜，在公司发展的问题上，祁深从来不是胆小的人，要不然北煜也不会有今天。

只是，如果他失败了……

祁深看着对面的女孩，暗暗做出了决定。

如果失败了，他将不再打扰她以后的生活。

包厢门再次被打开。

服务员推着餐车进来，餐车上放着双层蛋糕，蛋糕最顶端插了数字"2"和数字"7"的蜡烛。

餐车上的蓝牙音响播放着生日快乐歌。

随着餐车的移动，暖暖的烛光将包厢内一小片空间点亮。

郁小竹一边随着节奏拍手，一边提醒祁深："吹蜡烛前记得闭眼许愿！"

祁深以前过生日从不许愿，他觉得这就是迷信。

与其许愿，不如踏踏实实做事。

这一次，他照做了。

祁深闭眼，在心中许下一个很长远的愿望。

他睁眼，将蜡烛吹灭。

服务员用遥控器把包厢的灯打开，从餐车旁拿出一个小盒子递给祁深，道："先生，我代表餐厅全体员工祝您生日快乐，年年有今日，岁岁有今朝。"

说完，将礼物奉上："这是餐厅送您的生日礼物。"

待祁深接过礼物后，服务员就出去了。

郁小竹小步跑到蛋糕旁，先把两根蜡烛拿走，之后才问祁深："这个蛋糕你喜欢吗？我选了很久。"

这个双层蛋糕是以白色和绿色为主要色调，第二层的中间有两只非常可爱的小熊猫，一只趴在那儿，撅着屁股睡觉，另一只则抱着一根竹子在吃。蛋糕上面也插了不少用绿色巧克力做的竹子。

祁深看着蛋糕上两只圆滚滚的小熊猫，点头："喜欢。"

郁小竹见男人肯定，忍不住有些自豪："我就知道，就算过了这么多年你还是喜欢熊猫，要不然也不会一直不换头像。"

祁深看着小姑娘信心满满的样子，没有多解释，顺着女孩的话点头道："嗯，我这个人专一。"

郁小竹拿起金属餐刀，指着最上面两只小熊猫问祁深："这两只'滚滚'，你要吃哪只？"

"吃……东西的。"祁深本来想说吃竹子的，可话到嘴边又改了。

这是他许多年前的想法。

可时间最是无情，十二年过去了，一切都变了。

过了今天，他就二十七岁了。

他不希望郁小竹察觉这件事情，尤其在北煜可能出现大变动的这几年里。

郁小竹也不意外。一刀切下去，把有吃竹子的熊猫的那块蛋糕放在手边的盘子里，递到祁深的面前："我就知道你喜欢这个。"

"为什么？"祁深顺势问她。

"因为你是工作狂嘛，当然不喜欢懒懒睡觉的这个了。"郁小竹理所当然道。

在回来的这短短几个月里，郁小竹已经深刻认识到祁深工作狂的本质。

郁小竹并不觉得这样有什么不对，毕竟年轻嘛，当然要努力一些，才不枉此生。

郁小竹把懒懒的熊猫切下来，放在自己的盘子里。

她没有先吃，而是看着祁深，很骄傲地说："尝尝吧，这是我为你选的。"

选这个蛋糕不仅仅因为它是熊猫造型。

祁深其实并不爱吃甜食，这些年也没怎么吃过蛋糕这类东西，不过郁小竹买的，他很乐意吃。

祁深用叉子挑起一小块蛋糕，吃了一口。

"怎么样？"郁小竹满脸期待。

祁深微微皱眉……

这蛋糕虽然看上去是奶油做的，可吃起来才发现，质地沙沙的，也不甜，根本不是奶油。

郁小竹不等他开口就揭晓了答案："这个不是奶油，是豆蓉蛋糕！我猜你不喜欢吃太甜的，才选了这家。"

祁深从来没有跟郁小竹说过他不爱吃甜食，可她却猜到了。

祁深从来没有意识到，郁小竹是一个这么细心、周全的女孩。

祁深看着郁小竹。

女孩已经开始低头专心吃蛋糕，刘海垂下，挡住大半张脸。

祁深捏着叉子的手，骨节有些发白。

他看着郁小竹，顿了顿，才问她："小竹，这是我二十七岁的生日。你觉得二十七岁……老不老？"

郁小竹之前已经不止一次说过他老，祁深觉得自己已经可以预见答案了。

郁小竹听见男人的问题，抬起头来，先摇了摇头，喝了口水后回答："不老呀，只是变成更成熟的大人而已。"

包厢里很安静。

女孩声音清甜，说的每一个字都清晰地传到祁深的耳朵里。

祁深看着对面娃娃脸的姑娘，知道自己此刻的心思是不该有的，是龌龊的。

是一个成年人对一个女孩不该有的心思。

可是，听见这句话后，他在心中花了数年才垒砌起的堡垒，顷刻间土崩瓦解。

剩下的只有他对她不该有，却无法忽视的心意。

祁深看着郁小竹，神色认真而严肃，带着几分沙哑开口对她说："不要早恋。"

当一切遮掩不在，祁深发现，这份感情不知道什么时候已经将他所有思绪占满。

明知道是错的，明知道不应该，此时的祁深却已经做好不顾一切的准备。

无论发生任何事情，他也要把她圈在自己身边。

本书由猫形云委托长沙大鱼文化传媒有限公司正式授权浙江工商大学出版社，在中国地区独家出版中文简体版本。未经书面同意，本书的任何部分不得以图表、电子、影印、缩拍、录音或其他方式进行复制和转载，违者必究。